武田家滅亡

伊東 潤

角川文庫
16029

晴雪玲瓏《せいせつれいろう》

一

「あっ――」

突然、輿《こし》が持ち上げられ、三郎からもらった匂袋《においぶくろ》が手から落ちた。桂《かつら》はそれを拾うと、大切そうに襟元にしまった。

「奥州様が大手門までお見送りです」

ともに甲斐《かい》に旅立つ従者の清水又七郎が、簾《すだれ》の外から声をかけてきた。

わずかに輿窓を開け、大手門方向を見ると、兄の北条陸奥守氏照《ほうじょうむつのかみうじてる》とその家臣が整列している。氏照は騎乗のまま、にこやかに行列を見送っていた。その傍らでは、十二歳になる姪《めい》の鶴《つる》が、涙で顔をくしゃくしゃにしながら懸命に手を振っている。

(兄上、お見送りありがとうございます。鶴も元気で――)

桂が視線で語りかけると、氏照がそれに応《こた》えるかのように力強くうなずいた。鶴は輿に駆け寄ろうとして、左右の侍女に押しとどめられている。図らずも涙が溢《あふ》れそうになった桂は、あわてて輿窓を閉めた。

おそらく、二度と再びこの地に帰ることはないであろう。氏照や鶴に会うこともないかも知れない。しかし、そうした少女の感傷など、託された使命の大きさに比べれば、取るに足らないものである。

桂は強く己に言い聞かせた。

行列の先頭が井細田口《いさいだぐち》に着いたようだ。輿が止まると、簾が巻き上げられた。

(これで小田原ともお別れ)

桂は十四歳の少女らしい感傷的な気分になったが、すぐに気持ちを引き締めた。

(行く手には、何が待ち受けているかわからない。しかし、いかなることがあろうと、己の使命だけは全うせねばならない。三郎様、どうか桂をお守り下さい)

桂は匂袋を強く握り締めた。

「姫様、最後のお別れにござります」

清水又七郎が輿の外から声をかけてきた。

又七郎に促されるままに、桂は輿を降りた。

足の悪い又七郎が桂の手を取ろうとするのを、相役の早野《はやの》内匠助《たくみのすけ》がすかさず代わった。

又七郎は若く武勇に秀でていたが、北条家の連絡将校として武田勢に同行した長篠《ながしの》合戦で足を射貫《いぬ》かれ、不自由な身体となっていた。それゆえ、再び戦場に出ることが叶《かな》わず、桂の従者として甲州に赴くことになった。

相役の早野内匠助は、実家が小田原で問屋をしており、甲斐国との商業振興、伝馬《てんま》経路開通のために従者に加わった。商家出身ゆえか、若いが機転の利く男である。

この二人のほかに、従者頭《がしら》として初老の剣持但馬守《けんもちたじまのかみ》が随行している。彼ら三人は、桂とともに甲斐に移住し、武田家の家臣となる。

桂が輿を降りると、眼前には百を超える従者たちが拝跪《はいき》していた。

己一個のために、これだけの人数が甲斐に向かうことに、桂は驚きを禁じ得なかった。

かつて甲斐から黄梅院《おうばいいん》が小田原に輿入れした時の華やかさには比ぶべくもないが、輿の数五挺《ちょう》、長持十五棹《さお》、主立つ者の乗る馬六十疋《ひき》という行列は、近年ないほど豪奢《ごうしゃ》なものであった。

ちなみに、信玄の長女黄梅院が北条家四代当主の氏政《うじまさ》に輿入れしたのは、天文《てんぶん》二十三年（一五五四）十二月のことであった。「末代あるまじき盛儀」（『妙法寺記《みょうほうじき》』）とまでたたえられたこの婚儀は、騎馬武者三千を含む一万の供揃えに、輿が十二挺、長持四十二棹という絢爛《けんらん》豪華なものであった。

亡母の形見である辻《つじ》が花《はな》染めの小袖《こそで》を着た桂は、拝跪する従者たちの間をゆっくりと歩み、門前まで至ると、城内に向かって深々と頭を下げた。

（お世話になりました）

そう心の中で呟《つぶや》くと、桂は大きく息を吸い込んだ。磯の香と古木の織りなす小田原独特の空気が胸腔《きょうこう》に満ちた。

（これで海ともお別れ）

桂は大好きだった磯遊びを思い出した。そこにはいつも三郎がいた。桂や鶴が大波にさらわれないか心配し、三郎はいつも沖を見ていた。その瞳《ひとみ》は水晶のように澄んでいた。

(三郎様と過ごした小田原とも今日限り——)

そう思うと、図らずもこみ上げるものがあった。周囲にそれを気取られまいと、小袖をひるがえし、桂は輿に戻った。

天正《てんしょう》五年(一五七七)一月十八日、亡き北条氏康の末娘である桂姫は、甲斐、信濃《しなの》、駿河《するが》国を領する甲斐源氏の惣領《そうりょう》、武田大膳大夫勝頼《だいぜんのだいぶかつより》に輿入れすべく、小田原を後にした。

甲州道をたどった一行は、荻野《おぎの》で一泊後、いよいよ三増《みませ》峠に至った。

当時、小田原から甲斐府中への道は甲州道《こうしゅうみち》と呼ばれた。この道は、丹沢・大山という相模《さがみ》国の二大山嶺《さんれい》を避けるため、いったん東に向かった後、酒匂《さかわ》で北東に進路を変える。七沢《ななさわ》でさらに北に進路を変え、荻野、田代《たしろ》、半原《はんばら》を経て、三増、津久井《つくい》に至る。

通常、小田原から甲斐国に向かう場合、迂回路《うかいろ》となるが比較的平坦《へいたん》な檜原道《ひのはらみち》か、三増峠以上に峻険《しゅんけん》な峠が続くものの最短距離の御坂道《みさかみち》を使う。しかし、あえて桂は三増峠越えを選んだ。それには理由《わけ》があった。

この時をさかのぼること八年前の永禄《えいろく》十二年(一五六九)、甲相両軍はこの峠で衝突した。世に名高い三増峠合戦である。最終的には武田方が勝ちを収めたが、この戦で両軍合わせて四千五百人余の死者を出した。

無念にもこの地で命を落とした人々も、今となっては甲相一和を望んでいるはずであると、桂は信じた。それゆえ、桂はこの地に彷徨《さまよ》う亡魂たちを供養し、甲相一和をともに願いたかった。

首塚、胴塚と呼ばれる首と胴が葬られた塚の前で、随行する僧に経を唱えてもらい、桂はささやかな供養を執り行った。

（わたしが望むのは両家の末長い繁栄だけです。お亡くなりになられた方々も、どうぞお力をお貸し下さい）

桂は自らに課せられた使命を全うするためにも、三増で逝った甲相両軍の死者たちの合《ごう》力《りき》を欲した。

供養を終えた後、一行は三増から一里弱北方の津久井城に入った。

津久井城は甲相国境にあり、武田家と敵対関係になるや、最も緊張が高まる〝境目の城〟の一つである。しかし今は、両国が同盟関係にあるためか、行き来する人々の顔にも明るさが垣間見られる。

そうした人々の顔を見る度に、戦乱のなき世がいかに大切かを、桂はつくづくと感じた。

津久井城には、甲斐府中で同盟と婚儀の最終調整を終えた北条家重臣板部岡《いたべおか》江雪斎《こうせつさい》が、桂一行を待ち受けていた。

江雪は、元は田中越中守《えっちゅうのかみ》融成《ゆうせい》と名乗り、伊豆《いず》の土豪出身の一官僚であったが、次第に頭角を現し、今では北条家の外交官として東奔西走している重臣中の重臣である。この縁談も、彼の奔走により実ったといっても過言ではなかった。天文六年（一五三七）の生まれなので、この頃は働き盛りの四十一歳。その江雪が、甲斐府中まで同道してくれると聞き、桂は心強かった。

宿館に割り当てられた津久井城主内藤大和守《やまとのかみ》綱秀の上屋敷での夕食後、侍女と歓談している桂の許《もと》に、早速、江雪が謁を請うてきた。桂はすぐに了解し、江雪の待つ書院に向かった。

江雪は枯れかけた老木のような厳《いかめ》しい顔をしているが、その外見に似合わず、根は優しい男である。子煩悩らしく、かつて小田原城内で桂を見かけると、いつもその厳《いか》つい相好を崩して声をかけてくれた。珍しい勾玉《まがたま》や上方《かみがた》の菓子、ときには簪《かんざし》などを懐から取り出し、桂や鶴の手の平に載せてくれたこともあった。その頃は知らなかったが、江雪は諸国に使いすることが多く、珍奇な品々を入手する機会が度々あったという。

その江雪が威儀を正して桂を待っていた。

「姫様、此度《こたび》は祝着至極に存じまする」

「そこもとの奔走は聞いております。しかも、またとない縁談を調えていただき、こちらこそ礼を申さねばなりませぬ」

桂は江雪の働きに心から感謝していた。一方の江雪は、自ら推し進めた同盟策が婚姻という形で強化され、肩の荷が降りたらしく、珍しく多弁であった。

とりとめのない雑談の後、桂が問うた。

「ときに江雪殿、越後《えちご》の三郎様の消息を、近頃、お聞きになっておられるか」

「いいえ、越相《えつそう》手切れより、付家老《つけがろう》の遠山（左衛門尉康光《さえもんのじょうやすみつ》）殿から便りもなく、消息は途絶えたままとなっております」

とたんに江雪の歯切れが悪くなった。

「偽りを申してはなりませぬ。そなたには、何らかの消息が入っておるはず」

「はっ——」

江雪は察してくれと言わんばかりに俯《うつむ》いた。

「江雪殿、わたしが兄上（氏政）を深くお恨みいたしておるのは、ご存じの通り。越相同盟の証《あかし》として三郎様を越後に送り、大聖寺《だいしょうじ》様（氏康）がご遠行（逝去）なされるやいなや、手の平を返したように三郎様を見捨て、次には、わたしを甲相同盟の証として甲斐に輿入れさせる。これが関東の太守を自認する者のすることでありましょうか」

氏康五男（二人早世のため正確には七男）の三郎は、元亀《げんき》元年（一五七〇）、越相同盟締結の証人（人質）として越後に赴いた。謙信は三郎を大いに気に入り、自身の初名景虎《かげとら》を贈り、自らの世継ぎとした。しかし、いかに優遇されているとはいえ、三郎が謙信に命を握られていることに変わりはなかった。

「姫様、お言葉が過ぎまする」

江雪が渋い顔でたしなめた。しかし、桂は物怖《ものお》じせずに反論した。

「いいえ、此度ばかりは申させていただきます。われら女子《おなご》にも、人の世で〝誠〟がいかに大切かはわかります。なるほど、越相同盟がうまくいかなかったのは事実。そのため甲州勢が押し寄せ、武相の野は焼き払われました。しかし、不識庵《ふしきあん》謙信公は義を重んじる方と聞きます。判物《はんもつ》や印判状《いんぱんじょう》を取り交すだけで、謙信公がこちらの思惑通りに動くはずもない。長年培われた謙信公の疑念を晴らすには、こちらが先に〝誠〟を示さねばならぬとは思いませぬか」

桂の言うように、越相同盟は機能しなかった。元々、甲相駿三国同盟を一方的に破棄し、駿河今川領に攻め入った信玄を孤立させるという目的で調えられた同盟であったが、越相両国の思惑がすれ違い、実効性のないものとなっていた。そして、同盟の条件交渉が遅々として進まないまま、永禄十二年(一五六九)の信玄の武相侵攻を迎える。

北条家は再三にわたり謙信に出馬を要請したが、謙信は条件の履行を要求して動かず、武相の地は焦土と化した。これに失望した新当主氏政とその幕僚は、謙信との同盟を一転して破棄、信玄との再同盟に踏み切った。

いかに権謀術数渦巻く戦国の世とはいえ、領国の大半を焦土にされて一年も経たぬうちに、当の敵と手を結ぶなどという政略は、人に感情がある限り、できようはずもない。しかし北条家には、当主の権限を上回る評定《ひょうじょう》制度という仕組みがあり、一時の感情に左右されない冷静な判断が下せるようになっていた。

結局、この外交政策の転換により、三郎の存在は宙に浮いたものとなってしまった。

「仰せはごもっともながら――」

平伏していた江雪が顔を上げた。その眼光は武家の厳しさに満ちていた。

桂も負けまいと強い視線で応じた。

「異論あらば、遠慮せず述べよ」

「それでは申し上げます」

江雪は、「三郎様も姫様も、大名家にお生まれになられたのです。その運命《さだめ》を受け容《い》れていただくしかありませぬ」と言った。

（そんなことは――）

「わかっている」と言いかけて、桂は押し黙った。わかっていないからこそ繰り言を述べていることに、思い至ったためである。

「わかりました。もう繰り言は申すまい。せめて、三郎様の消息をお教え下さい」

「仰せの通り、細々とではありますが、いまだ越後の〝つなぎ〟との連絡は途絶えておりませぬ。それによると、三郎様はいたって意気軒昂《いきけんこう》とのこと。近頃は御家中として扱われるようになり、三郎様ご本人も小田原との通交を絶ち、越国《こしのくに》の漢《おとこ》として生きるご所存に見受けられるとのこと」

「越の漢――」

その言葉に、桂はうれしさと同時に寂しさも覚えた。三郎が、さらに遠くに行ってしまった気がしたからである。

「道満丸《どうまんまる》様も健やかにお育ちのようです」

「ああ、お顔を拝見したい」

三郎の嫡男道満丸は、三郎とその正室である上田長尾政景《まさかげ》の娘との間にできた唯一の子である。元亀二年（一五七一）の生まれなので、もう七歳になっている。しかし、政治状況からすれば、桂が三郎や道満丸に会うなど、考えも及ばぬことであった。

（つい数年前までは、手を伸ばせば触れられた三郎様が、何と遠い存在になってしまったことか——）

桂は三郎と己の運命に慨嘆した。

「姫様」

江雪が威儀を正した。

「三郎様への敬慕の情、今日を限りと捨て去り、明日からは敵の一将としてお考えいただきますよう、この江雪、切に願っておりまする。さもなくば、四郎様と姫様の仲を裂き、武田家と北条家の紐帯《ちゅうたい》を切断せんとする輩《やから》に利用されること必定」

「わかっております」

「姫様、くどいようですが、これは大切なことにございます」

「江雪殿」

「はっ」

威厳溢れる桂の態度に、逆に江雪が畏《かしこ》まった。

「わたしは武田家の御台《みだい》となる身。兄上からこのことを告げられた時から、その覚悟を決めるよう、己に申し聞かせてまいりました。三郎様をすでに敵と思わねばならぬこともわかっております。武田家の臣に疑心を抱かれれば、甲相の和が破綻《はたん》することは必至。それでは、わたしの生きる意味がない。三郎様が使命を果たせなくなった今、わたしだけでも己の使命を全うせねばなりませぬ」

「姫様、よくぞ申された」

江雪は威に打たれたかのように平伏した。

「それゆえ、疑心を抱かせる言動だけは慎むつもりでおります」

「全く仰せの通り。しかしながら、一つだけ、心得ていただかねばならぬことがございます」

「それは何か」

「これは上意とお受け取り下さい」

上意という言葉に、桂は反発を抱いた。

「そのことは聞かずともよい」

「いいえ、申し上げねばなりませぬ。もしも何らかの事情により、実家と婚家が疎隔《そかく》となった際は、姫様には時宜《じぎ》を得た振る舞いをしていただきたく――」

「わかっております。正説、実説、虚説を問わず、あらゆる武田家の雑説《ぞうせつ》（諸事情）を、北条家に流せということでありましょう」

「はっ、真《まこと》にもって申し上げにくき儀ではございますが――」

表面的には恐縮している江雪であったが、その眼光は冷たく光っていた。

桂はその光を避けるように、江雪の言葉を遮った。

「話だけは聞きました。しかし、わたしは了解したわけではありません」

「もしもの折の話にございります」

横を向く桂を尻目に、江雪が部屋の外に向かって声をかけると、障子が開き、二十歳《はたち》前後とおぼしき一人の女性が入ってきた。

「そなたは——」

「はい、亡き御母堂様の侍女浅茅《あさじ》にございます」

「そうか、そなたが〝つなぎ〟か」

かつて、桂の母松田氏の傍らを離れず、いつもかいがいしく身の回りの世話をしていた一人の少女のことを、桂は思い起こした。

「姫様、母上様のことは真に無念でございました」

浅茅はこみ上げるものを抑えきれず、目頭をぬぐった。

「母上のことはもういいのです。母は大聖寺様の寵愛《ちょうあい》を受け、幸せな生涯を送りました」

数年前、桂の母は流感に罹《かか》り、床について三日と持たずにこの世を去った。桂の乳母も同じ流感により、しばらくして亡くなった。その時から、桂はひとりぼっちになった。

「この浅茅、姫様のお役に立てることこそ、この上なき喜びにございます」

「こちらこそと申したいが、わたしの許しがあるまで、〝つなぎ〟としての働きは厳に慎むように」

「はい」

消え入るように浅茅がうなずいた。

「江雪殿、それでよろしいか」

「仰せのままに」

江雪が深々と頭を下げた。

桂は悲しかった。従者の中に〝つなぎ〟がいることは、ほどなくして武田家にも知られるだろう。逆の立場であれば、武田家もそうするからである。しかし、それだけで武田家に溶け込んでいくことは困難となる。

（所詮《しょせん》、わたしは武田の人間にはなれぬのかも知れぬ。しかし、三郎様のように、真の心をもって接すれば、いつかわかってもらえる日が来るであろう）

桂は決意を新たにした。

この時代、政治の道具として他家に輿入れする少女たちには、徹底した教育が施される。礼儀作法、生活の心得、文学・仏典などの教養はもとより、いざという場合の心得、つまり、実家のための情報収集に当たることまで、念入りに刷り込まれる。

縁組が調うや、桂に対し、以前にも増して、こうした教育が厳しく行われた。それまで比較的奔放に育てられてきた桂にとり、終日続く様々な教育は苦痛以外の何物でもなかった。しかし桂は堪《た》えた。それは、桂の縁組が決まる前の元亀元年（一五七〇）に、人質として越後に去った兄三郎の言葉があったからである。

「わしは証人として越後に赴くのではない。越相一和のために行くのだ」

七歳の桂は三郎の言葉に衝撃を受けた。そして、自らもいつの日か他国に輿入れし、三郎のように、他国との紐帯となることを願うようになった。

辛《つら》いことがある度に、桂は三郎の言葉を反芻《はんすう》し、厳しい教育にも堪え抜いた。


江雪と浅茅が去った後、桂は縁に出てみた。

青白い光を放つ月に、時折、雲が掛かり、眼下の田園をまだらに照らしていた。

（相模国とも、これでお別れ）

感傷的になるまいと気を張ってきた桂であったが、一人になると、急に寂しさがこみ上げてきた。善きにつけ悪しきにつけ、桂の故郷は相州小田原であった。桂は温暖の地小田原と美しい相模湾をこよなく愛していた。一方、婚家の武田家といえば、名だたる山国。桂の好きな海もない。しかも、武勇で鳴らした家であり、気風の荒々しさにかけては、北条家の比ではないとも聞かされていた。

桂は、どのような態度で彼らと接すべきか迷った。強く出れば反感を抱かれるであろうし、弱気を見透かされれば、軽んじられるだろう。

（真の姿で接すれば、心を開いてくれる人もいる）

桂は、あるがままに振る舞おうと心に決めた。

（しかし、周囲はそれでいいとしても、最も大切な人とはいかに接すればよいのか）

桂は、自らの主人となる四郎勝頼に対して、期待と不安が入り混じった複雑な感情を抱いていた。

（四郎様とはいかなる御仁か。果たして四郎様は、心を開いてくれるだろうか）

桂は勝頼のことを様々に想像した。

二

甲斐の冬は厳しい。容赦ない北風が甲府盆地に吹き下り、木々は一斉に葉を落とす。寒気が足下から忍び寄る頃には、山々は冬装束をまとう。

厳冬が去るのを人々は身を縮めるようにして待ち、翌年の豊作を願う。しかし、たとえ豊作となっても、その物成り（作柄）は、人々が食べていけるぎりぎりのものであった。

それは太古の昔、甲斐国には富士の火山灰が降り注ぎ、作物が実りにくい土地柄になったためである。さらに、釜無川《かまなし》と笛吹川《ふえふき》の二大河川とその支流の氾濫《はんらん》が頻繁に起こり、農作物に甚大な被害をもたらしてきた。

往古からこうした土地柄であったためか、甲斐国には農民の定住が遅れた。そのため奈良王朝は、渡来人を集住させ、開墾に従事させた。その結果、他国に先駆け、甲斐国は二毛作を実現したが、耕地面積の絶対的少なさは甲斐国の発展を妨げた。

気候温暖な駿遠両国、広大な沃野《よくや》を持つ南関東諸国に比べ、甲斐国の宿命とも言うべき、こうした厳しい自然環境や耕作条件が、幾度となく踏みつけられても、その都度、立ち上がる雑草のような、甲斐の民の辛抱強く根気ある気質を育んできた。その甲斐国に一人の英雄が現れる。言わずと知れた武田信玄である。彼は、こうした甲斐の民の気質をうまく利用し、戦国最強と謳《うた》われる戦闘集団を創り上げた。そして、父信虎《のぶとら》が成した甲斐統一という基盤を元に、信濃、駿河、遠江《とおとうみ》東部、上野《こうずけ》西部、飛騨《ひだ》と越中の一部を制することに成功した。

やがて、信玄は京に上り、天下に号令することを夢見た。しかし、病魔には勝てず、天正元年(一五七三)、軍旅の途上で力尽きた。

彼の悲願は後継者に託された。その後継者こそ、諏方《すわ》四郎勝頼こと武田勝頼である。

勝頼は、天文十五年(一五四六)、信玄の四男として生まれた。しかも、母は側室の諏方氏であったため、正室三条夫人の腹から生まれた三人の男子、義信・信親(竜芳)・信之に家督継承順位は劣り、誕生当初は、武田家家督を継ぐなど考える者は皆無だった。しかし、いくつかの偶然が重なり、信玄亡き後の大武田家を勝頼が担うことになる。

「上方《かみがた》での計策(外交調整)、大儀であった」

「はっ」

報告を終えた執政の長坂釣閑斎光堅《ながさかちょうかんさいこうけん》に、勝頼がねぎらいの言葉をかけた。

長坂釣閑は永正《えいしょう》十年(一五一三)生まれで、すでに齢《よわい》六十五を数える。

「ときに釣閑、信長は門徒らに屈するだろうか」

早速、勝頼が最大の懸案に触れてきた。

釣閑は上目遣いに勝頼の表情を窺《うかが》いつつ、慎重に言葉を選んだ。

「織田家の威勢は四海を払うほど。これしきのことで屈するとは思えませぬ。しかしながら、将軍義昭《よしあき》公は毛利の力を背景にいまだ意気盛ん。また越後の謙信が、大軍を率いて上洛《じょうらく》の雑説（情報）もあり。それゆえ、信長の苦境はしばし続くかと」

永禄十一年（一五六八）、将軍義昭を擁して上洛した信長は、苦戦を強いられながらも、天下統一への道をひた走ってきた。天正元年（一五七三）には朝倉・浅井両家を滅ぼし、その翌年から翌々年にかけて、伊勢長島と越前《えちぜん》の一向一揆《いっき》を平定、さらに天正三年（一五七五）には、長篠で武田家を完膚なきまでに叩《たた》きのめした。

しかしながら、その後の情勢は予断を許さないものとなっていた。本願寺攻めが思うように進まず、逆に毛利領備後《びんご》国鞆《とも》の津《つ》に腰を据えた将軍義昭の説得により、毛利家が信長に対して宣戦布告したからである。

天正四年七月、毛利勢は木津川口《きづがわぐち》で織田方の水軍を粉砕し、門徒勢の籠《こも》る石山本願寺城への兵糧《ひょうろう》搬入に成功している。

勝頼は釣閑を京に派遣し、将軍義昭の呼びかける甲相越三国の停戦協定に応諾すると同時に、織田方の動きを、直接、見聞させ、それを元に今後の政略を立てようとしていた。

「長篠の借りを返せる時が来るやも知れぬな」

勝頼が感慨深げに言った。

「いかにも。あの折は宿老どもと齟齬《そご》を来《きた》し、利を失いました。しかし、その宿老どもはすでに黄泉《よみ》の国。これからは、御屋形《おやかた》様が存分に手腕を発揮する段にございまする」

「そうよな、長篠では宿老どもと対立し、大利を失った。しかし、今となってはそれも考えようだ」

勝頼は、長篠合戦において、宿老と呼ばれた山県昌景《やまがたまさかげ》、原昌胤《まさたね》、内藤昌秀、馬場信春ら軍事面での統率者の多くを失った。しかし、こうした宿老たちの死が、逆に武田家内における勝頼の権力を確立させる契機となった。

帰国後、勝頼は自身への権力集中を図るべく、生き残りの宿老、及び歴戦の士隊将《さむらいたいしょう》(侍大将)である春日虎綱《かすがとらつな》(高坂弾正《こうさかだんじょう》昌信)、小山田出羽守《でわのかみ》信茂、小山田備中守《びっちゅうのかみ》昌成《まさなり》、小幡豊後守《ばたぶんごのかみ》昌盛、小幡上野介信真《のぶざね》、曾根下野守昌世《しもつけのかみまさよ》らを遠ざけた。代わって、理財に長じた長坂釣閑、跡部大炊助勝資《あとべおおいのすけかつすけ》、秋山摂津守《せっつのかみ》昌成らを重用、さらに重商主義を推し進めるべく、一族の重鎮穴山玄蕃頭信君《あなやまげんばのかみのぶきみ》に駿河国の経営と交易を任せた。

外交面では、先年九月に将軍義昭から呼びかけのあった甲相越三国同盟を推し進め、毛利輝元《てるもと》にも連携作戦を打診、信玄以来の信長包囲網の一角に復帰した。

こうした積極的な内政・外交政策により、勝頼は家内の立場を固めようとしていた。

武田家にとり、長篠の惨敗は信玄の膨張政策の終焉《しゅうえん》を意味した。しかし、それを契機として、勝頼は新しい国家統治への道筋を見出《みいだ》したのだ。

勝頼がその切れ長の瞳を光らせた。

「暗黙裡《あんもくり》とはいえ、甲相越三国の停戦が成った今、三河（家康）も容易に動けまい。彼奴《きやつ》は織田の後詰《ごづめ》がない限り、穴に籠った狐も同じだからな」

「いかにも」

釣閑がその岩塊のような面《おもて》に笑みを浮かべた。

「そういえば、北条の姫は明日にも着くらしいな」

話題を転じた勝頼に、即座に釣閑が応じた。

「相州（氏政）めは、とっておきの妹御を出してきたと聞きました」

「そうか」

無関心を装う勝頼に、阿《おもね》るように釣閑が言った。

「関八州並びなき美貌《びぼう》の持ち主とか」

釣閑の言葉に、勝頼は口元をわずかに緩ませた。

勝頼への報告を終わらせた釣閑は、通りに出ると、あらためて躑躅ヶ《つつじが》崎館《さきやかた》を振り仰いだ。館は信玄往時と変わらず、小ぶりだが古風典雅な姿を見せていた。

（思えば長い道のりであった）

釣閑はため息をついた。

長坂釣閑斎光堅は、武田家分家の栗原家傍流長坂家の嫡男として生まれた。少年時代には、信玄の父にあたる信虎の奥近習《きんじゅう》として機転の利くところを見せ、大いに気にいられた。元服に際しては、信虎から一字をもらい、虎房と名乗った。ところが天文十年（一五四一）、信虎が息子晴信《はるのぶ》（信玄）により甲斐国を追放されるに及び、釣閑の運命も変転する。（法性院《ほっしょういん》様（信玄）在世の頃、わしは軍評定《いくさ》の末席にさえ連なることを許されなかった。宿老たちは文官というだけでわしを蔑《さげす》み、あからさまに邪魔者扱いした）

長坂家は武田家累代の重臣の家柄であり、釣閑も重臣の道を歩み始めるはずであった。ところが、信玄は門閥にこだわらず人材を登用した。その傾向は軍事面において顕著で、他国の浪人から農民の子弟まで、有能と見込んだ人材は躊躇《ちゅうちょ》なく士分に取り立て、大身《たいしん》の士隊将に出頭（出世）させた。

一方、父祖代々、武田家に仕える釣閑や跡部大炊助のような門閥派は、政権の中枢から遠ざけられた。その中で、わずかばかりの気が利く者どもは、文官吏僚とされるか新占領地の郡代《ぐんだい》として地方に追いやられた。

釣閑もその例に漏れず、若き頃は諏方郡代板垣信方《のぶかた》の相備《あいぞなえ》（副将格）として、武田家の信州統治の一翼を担った。

釣閑は黙々と仕事をこなし、信州統治になくてはならない存在となっていったが、所詮は出先機関の一副官に過ぎなかった。

そんな釣閑にも運が開けた。信方が天文十七年（一五四八）の上田原合戦で敗死し、釣閑にその職が回ってきたのだ。

釣閑はその機会を逃さず、諏方地方に己の勢力を扶植し、新たな利権構造を確立した。

さらに釣閑は、勝頼と出会うという幸運にも恵まれた。

天文十八年、郡代所が上原城《うえはら》から上諏方に移されることになり、釣閑は諏方家を継ぐ四歳の勝頼の傅役《もりやく》に指名される。それから六年ほど、釣閑は諏方御料人と勝頼の傍らに侍り、二人から絶大な信頼を得ることに成功する。

その後、信玄から官僚としての才を見出された釣閑は、駒井高白斎政武死去後の外交交渉全般を任されるまでになった。

それでも一官僚に過ぎなかった釣閑は、武田家の中枢に食い込むべく、嫡男の源五郎（昌国《まさくに》）を、次代を担うであろう信玄の嫡男義信の側近に入れた。ところが、これが裏目に出る。

永禄八年（一五六五）、武田家を震撼《しんかん》させた義信事件が発覚した。

この謀反《むほん》未遂事件で、謀主の飯富虎昌《おぶとらまさ》とともに、源五郎が切腹を申し付けられた。

源五郎は義信の側近として、この謀略の中心を成したとされたのである。

釣閑は信玄に取り成しを依頼し、信玄も軟化したが、この裁きを担当した公事奉行《くじぶぎょう》の小《こ》宮山丹後守《みやまたんごのかみ》虎高は、信玄の口利きにも頑として応じず、源五郎は自害させられた。

義信側近に嫡男を入れ、次代の布石を打ったつもりでいた釣閑の思惑は完全に裏目に出た。しかし、これにより勝頼が家督を相続することになり、釣閑は政治生命を失わずに済んだ。次善の策が奏功したのだ。

信玄死去後、勝頼の執政の座に就いた釣閑は、武田家を牛耳ろうとしたが、そこに信玄股肱《ここう》の宿老たちが立ちはだかった。彼らは結束して、釣閑ら門閥派を排斥した。

むろん、亡き信玄の遺訓を守り、信玄の理念を堅持しつつ発展を図ろうという彼らの考えと、勝頼を担いで新しい国造りを目指そうとする釣閑らの考えが、相反した結果であり、どちらが正しいとはいえない対立であった。ところが長篠の惨敗により、釣閑の目の上のこぶたちは一掃された。

敗戦に打ちひしがれる武田家にあって、釣閑ただ一人がほくそ笑んでいた。

（あとは、最後の一人が消えるのを待つばかり）

最後の一人とは、高坂弾正こと春日弾正忠虎綱であった。

新しい武田家を築こうとする姿勢は一致するものの、釣閑と虎綱の方針は正反対だった。重商主義により西国との接近を図ろうとする釣閑に対し、信玄路線を踏襲し、農本主義を貫こうとする虎綱は、東国（北条家）との紐帯を重視し、武田家を縮小均衡に導こうとしている。

少なくとも、釣閑にはそう思えた。

（あの男さえいなければ――）

その時、釣閑の眼前を早馬が通り過ぎていった。

早馬を駆った使者は百足《むかで》の背旗をひるがえし、門内に駆け込んでいった。

（また、どこかの国で異変があったのか）

しかし釣閑にとり、そんなことはどうでもよかった。

(武田家は磐石《ばんじゃく》だ。他国などは眼中にない。わしの敵は弾正のみ)

釣閑は再び館を見上げた。幾重にも連なる甍《いらか》が、釣閑の積み上げてきたものの大きさを物語っていた。

(この国を統べるのは、わしなのだ)

むろん、釣閑は下剋上《げこくじょう》などという非合理的な手段を用いるつもりはなかった。要は、思い通りの国造りができ、武田家と釣閑個人が富めば、それでいいのである。

(わしは武田家の執政なのだ。弾正さえいなくなれば、わしの思い通りの国を造れる。そしてゆくゆくは、四郎様を擁して天下に号令をかけるのだ)

釣閑は不敵な笑いを浮かべた。

一月十九日、桂一行は津久井から上野原経由で甲斐国に入った。

甲州道は上野原で小仏道と合流し、それをさらに西進すると大月に出る。大月は、桂一行が通った甲州道、奥秩父《おくちちぶ》から雁坂《かりさか》峠を越えて甲斐に入る秩父道、箱根西麓《せいろく》から須走《すばしり》、山中湖を経由し甲斐に入る富士道の交差する交通の結節点となっており、甲斐武田領国の東を守る要地であった。

その大月の宿場町からほど近い岩殿城下が、桂一行の二日目の宿泊地となった。

岩殿城は、武田家重臣の小山田出羽守信茂の本拠谷村《やむら》に近接した武田家の番城である。

桂一行は城下の大刹《たいさつ》円通寺に案内された。

輿を降り、ふと空を見上げた桂は息をのんだ。

そこには、巨大な裸岩《らがん》が大地からせり上がる波のようにそそり立っていた。それは、今にも眼下の地をのみ込もうとするかのように動きを止めていた。その巨大な岩塊の上に立つ城こそ岩殿城であった。

岩殿城は、比高三十五丈（約百メートル）にも及ぶ大懸崖《だいけんがい》鏡岩の上に築かれた堅固な山城である。南側は、桂川が深さ四十尋（約七十メートル）の渓谷を成し、東側は、北西から南東に走る葛野川《かずのがわ》が自然の大外堀を形成し、西側と北側は、獣とて登れぬほどの直角に切り立つ絶壁となっている。この城は、自然地形を巧みに利用した、まさに難攻不落の大要害であった。

岩殿城は、桂を拒否するかのように、甲斐国の門口に立ちはだかっていた。

「ご心配めさるな、あのような城は甲斐にも二つとございませぬ」

桂の気持ちを察したかのごとく、江雪が耳元で囁《ささや》いたが、桂は不安で押しつぶされそうになった。

(甲斐国は、やはり鬼の国なのか)

桂は、子供の頃によく聞かされた甲斐国の様々な説話を思い出し、急に不安になった。

甲斐国は大きく三つの地域に分かれる。

国中《くになか》と呼ばれる甲府盆地を中心とした最も肥沃な地域は、武田家が領し、小山田家は、富士山北麓桂川流域の郡内《ぐんない》と呼ばれる一帯を本領としていた。残る穴山家は、富士川流域の河内《かわうち》という地域に蟠踞《ばんきょ》していた。

それぞれ独立傾向が強い地域勢力であったが、信玄の父にあたる信虎の代で統一が成り、信玄の頃には、結束して外敵に当たるほどの関係になっていた。

桂らが旅装を解き休息していると、出迎え役の跡部大炊助が、小山田信茂を伴い謁を請うてきた。

早速、桂は江雪とともに会うことにした。

大炊助が当主を務める跡部家は、一時、武田家を甲斐から追い出し、甲斐国守護代《しゅごだい》として強勢を誇ったが、信虎に敗れて衰微し、武田家重臣となった家柄である。

大炊助は、又八郎と名乗った少年の頃から信玄の側近くに仕え、その信頼を得てきた。若き頃には三百騎の士隊将となり、川中島合戦にも出陣したが、軍事には適性がなかったらしく、まもなく内務官僚に転じた。勝頼からも信頼され、この頃は武田家内政全般を取り仕切っていた。すでに齢六十を数えるが、長坂釣閑とともに筆頭家老である「職」の地位に就いていた。

一方、三十九歳の小山田信茂は、父祖の代から武田家の有力家老として、軍事外交両面で手腕を発揮し、信玄の信頼もことのほか篤《あつ》かった。勝頼の代になっても、その信頼は変わらず、宿老の一人として武田家を支え続けていた。

「この城下を流れる川の名をご存じでしょうか」

型通りの挨拶《あいさつ》が終わった後、大炊助が意外なことを問うてきた。

「わたしの名と同じでございましょう」

何事にも好奇心旺盛《おうせい》な桂は、すでにその川の名を知っていた。

「はい、仰せの通り、桂川と申します。この川は富士山麓の山中湖を水源とし、相模国に入り相模川となり、多くの流れと合流しながら相模湾に注いでおります。奇遇にも姫様は、その川をさかのぼり、甲斐府中に輿入れなされます。これは真に吉兆」

怪訝《けげん》そうに首をかしげる桂を見た大炊助は、問われるまでもなく、その理由《わけ》を語った。

「唐国《からくに》では、川をさかのぼる鯉は次第に大きくなり、竜に変化《へんげ》すると申します。姫様もそのご運を、わが主《あるじ》にお運びいただけるものと信じております」

(山国に輿入れするのだから川をさかのぼるのは当たり前、たまたまわたしの名が、川の名と同じだっただけではありませぬか)

桂は可笑《おか》しかったが、むろん、大真面目に聞き入る振りをした。こうした縁起をかついだ〝こじつけ〟は、座の中の誰かが否定や揶揄《やゆ》をした瞬間に消えるものと、信じられていたからである。

「ときに大炊助殿、武田家の歴史や家風などを、姫御前《ひめごぜ》にご教示いただけませぬか」

江雪が水を向けたので、大炊助は「得たり」とばかりに膝《ひざ》を進めた。

「そもそも武田家は――」

太り肉《じし》で汗かきらしい大炊助は、さかんに手巾《しゆきん》で額の汗をぬぐいつつ、武田家の歴史を語った。

甲斐武田家は、新羅《しんら》三郎義光の子義清と孫清光が、大治《だいじ》五年（一一三〇）に常陸《ひたち》国武田郷から甲斐国市河庄に配流されたことに始まる。

その清光の子で庶腹次男の信義が、武田姓を名乗り、初代当主となる。信義は治承《じしよう》四年（一一八〇）の頼朝挙兵にもいち早く参加し、鎌倉幕府創建に貢献した。しかし、頼朝一流の謀略に翻弄《ほんろう》された甲斐源氏は次第に衰微し、鎌倉時代を通じて執権北条氏の下風に立たされる。

室町時代、第七代信武は足利尊氏《あしかがたかうじ》の室町幕府創建を助け、武田家を興隆に導く。しかし、応永《おうえい》二十三年（一四一六）の上杉禅秀《ぜんしゆう》の乱において、十代信満が娘婿の禅秀方となり、鎌倉公方《くぼう》足利持氏《もちうじ》を支持する逸見《へみ》有直《ありなお》に敗れた。信満は天目山栖雲寺《てんもくざんせいうんじ》までたどり着いたところで自刃する。

その後、甲斐国は、幕府の後押しにより復権した武田家、逸見家、穴山家、信濃から侵攻した跡部家が入り乱れて争闘を繰り広げることになるが、ようやく寛正《かんしよう》六年（一四六五）、武田信昌が跡部景家《かげいえ》を破り、甲斐国を統一した。武田家にとり、実に五十年ぶりの国主復帰であった。

その後、油川信恵《あぶらかわのぶしげ》との家督争いに勝った信縄《のぶつな》が武田家を隆盛に導き、次代の信虎が甲斐国を完全に掌握、そして、天下に比類なき英傑と謳われた信玄が、信濃、駿河、西上野などの隣国を切り従えることに成功する。

このように武田家は、滅亡の危機を幾度も迎えながら連綿と続いてきた。その系譜を受け継ぐ者こそ、桂の夫となる四郎勝頼であった。

大炊助の長い話が終わった。すでに小田原で幾度も聞いた話ではあったが、桂は大炊助の名調子に惹《ひ》きつけられ、無心に聞き入った。

（たいへんな家に輿入れすることになった）

皆が帰った後、自室に引き上げた桂は、あらためて責任の重さを痛感した。

（武田家の御台所という大役が、果たして、わたしに務まるか）

桂は自問した。しかし、その答えは一つだった。

（やらねばなりますまい）

桂はその言葉を幾度も反芻した。


一月二十日、岩殿城下円通寺を出発した一行は、昼過ぎに笹子《ささご》峠を越えた。

駒飼《こまかい》という小さな宿場を抜けると、街道は二手に分かれる。左手が本道で、石和《いさわ》を経由し、甲斐府中に至る。右手の脇道を行くと、天目山から大菩薩《だいぼさつ》峠を経て武蔵《むさし》方面に抜けられる。その途次に栖雲寺はある。

昨夜の大炊助の話に出た栖雲寺に参り、非業の死を遂げた信満の加護を得たいという桂の願いを聞き届けた江雪と大炊助は、本隊を駒飼の次の宿場である鶴瀬に先行させ、一部の従者を連れて日川《ひかわ》渓谷をさかのぼった。

崖際《がけぎわ》の細い道をしばらく行くと、突然、一行の眼前に視界が開けた。そこは白梅や菜の花などの早春の花が咲き香る小さな集落であった。

桂はそのあまりの美しさに息をのんだ。

「これほど美しい地がこの世にあるとは――」

「極楽浄土とは、かようなものでございましょう」

歌心のある江雪も感無量のようだった。

「この村の名は何と」

「さあ、それがしも存じませぬが――」

そう言いながら江雪が背後を振り返ると、それに気づいた大炊助が、つまらなそうに言った。

「ここは田野の水野田という取るに足らぬ村でございます。このような風景は、甲斐にはあまたございます」

「それでも、わたしはここが好き」

「それがしも気に入りました」

桂が無邪気に笑うと、江雪も岩塊のような頬を緩めた。

「江雪殿、同じ季節、わたしはこの地を再び訪れることができましょうか」

「申すまでもなきこと。府中からこの地に参るには一日もかかりませぬ」

江雪の言葉に安心した桂は、野に下りると菜の花を摘んだ。

(三郎様は、わたしのためによく春の花を摘んできてくれた。わたしは、うれしくてその花を抱いて寝たこともあった。でも、それも遠い昔のこと)

己の少女時代に訣別《けつべつ》するかのように、桂は両手いっぱいの菜の花を中空に投げた。折からの風に乗り、花は一斉に舞い上がった。

(わたしの行く先にも、花に満たされた幸せがありますように)

桂の小さな胸は、未知への希望ではち切れんばかりであった。

その後、栖雲寺に詣《もう》でた桂一行は、甲州道に戻り、石和で小休止した後、夕刻、甲斐府中に入った。

三

武田家の本拠である躑躅ヶ崎館での対面の儀で、桂は初めて勝頼とあい見《まみ》えた。

(これがわたしの旦那《だんな》様)

いかに劇的な対面をするか、胸を弾ませていた桂であったが、あまりの呆気《あっけ》なさに肩透かしを食った気がした。

勝頼は大月代《おおさかやき》を銀杏髷《いちょうまげ》に結い、やや下膨れの顔に切れ長の目をしていた。その面《おもて》には、そこはかとない気品が漂い、甲斐源氏と諏方神家《みわけ》双方の血が流れていることを、うなずかせるものがあった。その挙措振る舞いも堂々としており、武田家の当主にふさわしい貫禄《かんろく》がにじみ出ていた。しかも、噂に聞いていた気の強さは微塵《みじん》も感じられず、逆に、物静かで知的な人物に見受けられた。

（この方なら――）

桂は勝頼に一種の信頼感を抱いた。しかし、それだけのことであり、女性としての、それ以上の感情は湧いてこなかった。

続いて挨拶に現れたのは、今年十一歳になる勝頼嫡男の信勝《のぶかつ》である。若衆髷《わかしゅうまげ》に髱《たぼ》を出した髪形には幼ささえ残るが、その凜々《りり》しい面構えと堂々たる態度は、甲斐源氏嫡流にふさわしい威厳に溢れていた。

信勝は桂に反感を抱いているらしく、憎しみに満ちた視線を向けてきた。一瞬、たじろいだ桂だったが、真っ向からそれを受け止めた。信勝は驚いたらしく視線をはずした。

（やれやれ）

桂は前途の多難を感じた。

躑躅ヶ崎館内に設けられた八幡神社での御婚《ごこん》の儀が終わり、二人は御旗屋《おはたや》で御旗《みはた》と楯無《たてなし》の鎧《よろい》を前にして夫婦《めおと》の誓いをした。

御旗とは日の丸の重宝旗《ちょうほうき》のことで、天喜《てんぎ》四年（一〇五六）に源頼義《よりよし》が後冷泉《ごれいぜい》天皇から下賜され、三男の新羅三郎義光に受け継がれて以来、武田家に伝わっている家宝である。一方、楯無の鎧も、義光以来、武田家の家督継承者に受け継がれてきたとされる由緒ある宝《ほう》物《もっ》である。ちなみに楯無とは、盾も不要なほど堅固という意味である。

武田家では方針や作戦が決まると、反対した者も含めて心を一つにするために、御旗と楯無の鎧を前にして「御旗、楯無、御照覧あれ」と、三度、唱えさせたという。


内々の儀が終わり、二人はいよいよ家臣団の前に姿を現すことになった。

すでに家臣たちは御主殿大広間に居並んでいた。勝頼の後に従い、女中頭に手を取られた桂は、白無垢《しろむく》の打掛の裾《すそ》を引きずりつつ、しずしずと渡り廊下を歩んだ。

そこかしこに拝跪する同朋《どうぼう》（茶坊主）、奥近習、女中などの数は溢れるばかりである。武田家の威光をもってすれば当然なのかも知れないが、この館が手狭であることは明白だった。

やがて大広間に着いたのか、勝頼がわずかに背後を振り返り、桂を見た。それが入室するという合図なのであろう。勝頼は威儀を正し、幾分、顔を引き締めた。桂は「おや」と思った。桂の父も兄も、こうした場に出る際、自然体であったからである。すでに聞かされている勝頼の微妙な立場を、この時、桂はあらためて思い起こした。

大広間に入ると、左右に居並ぶ家臣が一斉に平伏したらしい。衣擦《きぬず》れの音が夥《おびただ》しい。むろん、桂が視線を上げることは、儀礼上、許されておらず、その人数の多さを想像するだけである。

俯き加減で座に着いた桂は、ほんの一瞬、上目遣いに周囲を見渡した。想像した通り、彼方《かなた》の広縁の端に至るまで、家臣たちが満ち満ちている。

勝頼はやや頬を紅潮させ、「たった今、わしは婚儀を挙げてきた。ここにいる桂は今日からわが正室となる。皆も桂を御台所として敬い、わし同様、よろしく頼む」と言いつつ、並み居る諸将を見渡した。

桂も「どうぞ、よしなにお取り計らい下さい」と小声で言いつつ、深々と頭を下げた。

続いて、勝頼から家臣たちの紹介がなされた。

向かって右手に親類衆、左手に譜代家老衆という座次《ざなみ》である。

通例通り、紹介は親類衆から始まった。

親族衆の最上座を占めるのは穴山玄蕃頭信君である。信君は天文十年（一五四一）の生まれで、この時、すでに三十七歳。信玄とともに幾多の戦場に赴き、ともに戦塵《せんじん》にまみれてきたが、どちらかというと、理財と外交に長じる官僚型の人物であるという。この頃は、親類衆筆頭という立場から、最重要拠点の一つ、駿河国江尻《えじり》城を預けられており、武田家の南部戦線を一手に引き受けていた。その妻は勝頼の異母姉であり、勝頼とは義理の兄弟の間柄となる。しかし、勝頼への対抗意識は並々ならぬものがあり、ことあるごとに勝頼に反発していると聞く。小田原では、最も注意すべき人物と教えられていた。

続いて、武田左馬助《さまのすけ》（後に相模守）信豊《のぶとよ》が紹介された。信豊は天文十三年（一五四四）の生まれで、このとき、三十四歳。信玄の次弟信繁《のぶしげ》の嫡男で、勝頼より二歳年長である。年齢が近いということもあり、勝頼が最も信頼を寄せている親類衆である。父典廏《てんきゅう》信繁の戦死後、家督を継承し、後典厩とも呼ばれた。この頃は信州小室城（小諸《こも》城《ろ》）を預けられている。先代の名に恥じない武将という評判がもっぱらであるが、どちらかというと線の細い印象を、桂は持った。

続いて、武田刑部少輔信廉《ぎょうぶしょうゆうのぶかど》が紹介された。信廉は天文元年（一五三二）の生まれなので、この頃、すでに四十六歳。信虎の四男で、信玄の死後、その影武者まで務めたが、すでに第一線を退きつつあった。今は下伊奈《いな》郡代を任され、大嶋《おおじま》城に在ったが、その発言力はとみに低下していた。彼は、むしろ画人として気ままに生きることを望んでいるらしく、すべての職務から退くことを望んでいた。彼の活力のない瞳には、長い戦乱に倦《う》んだ老将の憂愁が漂っていた。

続いて、勝頼の異母弟仁科《にしな》五郎盛信が紹介された。盛信は弘治《こうじ》三年（一五五七）生まれの二十一歳。武田家の次代を担う若武者という評価も一部にあったが、もっぱら小田原では、〝かぶき（傾奇）者〟と、噂されていた。

〝かぶき者〟とは、派手で異様な身なりをして、奔放な行動を好む若者たちのことをいう。

盛信は型通りの挨拶を終えた後、桂に強い視線を注いできた。桂は顔を上げることなく、それを強く感じた。

（やれやれ、敵が多いこと）

桂はため息をついた。

さらに、信玄の別腹弟の一条右衛門大夫信竜《のぶたつ》、仁科盛信と同腹弟の葛山《かずらやま》十郎信貞らが祝いの口上を述べた。

続いて、紹介は譜代《ふだい》家老衆に移り、まずは、譜代筆頭の長坂釣閑斎光堅が紹介された。釣閑は引き締まった体軀《たいく》と鷹《たか》のように鋭い目をしている。老齢ながら好々爺《こうこうや》の趣は一切なく、いまだ何かに野心をたぎらせているかのような印象であった。

すでに面識のある跡部大炊助の紹介が簡単に済んだ後、信玄宿老生き残りの一人、春日弾正忠虎綱が紹介された。彼は大永《だいえい》七年（一五二七）の生まれで、この頃、五十一歳。本名を春日源助といい、石和の豪農春日大隅の子であったが、若き頃に信玄と昵懇《じっこん》の間柄となり、異例の出頭を遂げた。虎綱は信玄の奥近習から出発し、士隊将に出頭、信州更級《さらしな》郡を本拠とする国人《こくじん》香坂氏の名跡を継ぎ、香坂（高坂）弾正忠と名乗った。第四次川中島合戦において、武田家の危急を救ったことに始まり、その後の武勲は数知れず、この頃は、善光寺表（川中島）を治める郡代となり、常は海津《かいづ》城に在った。その媚《こ》びた態度が微塵もない厳格な面持ちに、桂は好感を抱いた。

続いて、小山田備中守昌成、原隼人佑昌栄《はやとのすけまさひで》、山県三郎右衛門尉昌満、今福筑前守《いまふくちくぜんのかみ》昌和、馬場民部少輔らが順次、祝いの口上を述べた。

信州木曾福島城の木曾伊予守義昌《いよのかみよしまさ》、上州岩櫃《いわびつ》城の真田《さなだ》安房守昌幸《あわのかみまさゆき》、上州箕輪《みのわ》城の内藤大和守昌月《まさあき》ら遠隔地の郡代や城代たちは、勝頼の祝言とはいえ城を空けるわけにはいかず、名代を送ってきた。

一通りの紹介が終わった後、祝いの酒と膳《ぜん》が出され、座はくだけた雰囲気となった。そのため桂は、勝頼との新居である西の御座に、いったん下がることができた。

西の御座とは、信玄の嫡男義信が、かつて今川夫人と新婚生活を送った躑躅ヶ崎館の西曲輪《くるわ》のことである。その当時の華やかさは喩えようもなかったが、義信が謀反の疑いで捕らえられた後、人質たちを留置する人質曲輪となっていた。

西曲輪は、義信の悲劇や幾人かの人質の悲しい運命から、忌み嫌われている場所であったが、勝頼はここの家屋敷を一新し、桂を迎えることにした。

自室で一人になり、ようやく桂はくつろいだ気分になれた。

それでも桂は緊張を解かず、正座したまま一穂《いっすい》の灯明を見つめていた。そのうち旅の疲れからか、うつらうつらしてきた。

桂は夢を見ていた。正確には、夢と思い出の狭間《はざま》を彷徨っていたのかも知れない。

小田原城弁天曲輪の森の中を、桂は三郎とともに歩いていた。それは、三郎の越後入りが決まったことを告げられた時の光景そのままだった。三郎はいつものようににこやかに、そのことを告げてきた。幼い桂は初め意味がわからず、幾度も問い直した。おぼろげながら、三郎が遠くに行ってしまうことと、容易に会えなくなることだけは理解できた。

桂は泣いた。わけもなく泣いた。涙は止めどなく溢れ出てきた。三郎は無言で桂の背を撫《な》でていた。やがて桂が振り向くと、三郎の姿は消えていた。桂は周囲を見回し、懸命に三郎を探した。

一筋の涙が頬を伝った。それで眼が覚めた桂は、懐紙を探ろうとしたが、それよりも早く眼前に何かが差し出された。

「これを」

懐紙を差し出しているのは勝頼だった。

「上様、こ、これはお見苦しいところを――」

「気にせずともよい」

桂は押しいただくようにそれを受けた。

「わしも諏方から府中に入った折は、そなたと同じ気持ちであった。そなたも肉親や親しき者などを小田原に残してきたであろう。そうした人々を想い、悲しむのは当然のことだ」

「上様――」

桂は勝頼の優しさに接し、うれしい反面、申し訳ない気持ちになった。しかし勝頼は、そんなことなど気にもかけず、自らの生い立ちを淡々と語った。

天文十五年（一五四六）、勝頼は武田信玄の四男として生まれた。

母は、天文十一年（一五四二）の信玄の諏方侵攻により滅ぼされた諏方頼重《よりしげ》の娘である。諏方氏滅亡に際して、あまりに美しい彼女を見初めた信玄が、強引に連れ帰ったと伝わる。

しかしこの縁組が、往古より神権社会に生きる諏方領の人々に、武田家の支配を浸透させるための周到な政治戦略の一つであったことは言うまでもない。

諏方御料人は薄命の人で、弘治元年（一五五五）、勝頼が十歳のときに、二十四歳で病没した。それゆえ、勝頼が唯一の子である。

永禄三年（一五六〇）、勝頼は十五歳で元服し、永禄五年六月には正式に高遠城主に任命された。この時、諏方氏の名跡を継承することも決まり、諏方四郎勝頼と名乗ることになる。

翌永禄六年、上州箕輪城攻防戦で初陣を済ませた勝頼は、永禄八年、信長の養女となった美濃《みの》苗木《なえぎ》城主遠山直廉《なおかど》の娘を娶《めと》った。これは、武田家と織田家の同盟締結の証としての政略結婚であった。

これにより、信玄は駿河今川家を攻める方針を固める。その裏には、信玄と長男義信の確執があり、信玄は義信を廃嫡してまで、この方針を貫くことになる。

諏方家を継ぐ予定であった勝頼は、一転して武田家の家督継承予定者となった。しかし、図らずも親今川路線を貫こうとした義信と相反する政治的立場に身を置くことになり、義信に同情的な宿老たちからは白い目で見られることになる。

永禄十年（一五六七）十一月、勝頼に待望の嫡男信勝が誕生した。しかし、正室遠山氏はこのときの難産が因《もと》で死去した。

そして、元亀二年（一五七一）二月、勝頼は府中に呼び戻された。五歳になる信勝もむろん一緒である。信玄は、勝頼の官途を将軍義昭に奏請するなどして、勝頼を後継者に据えようとするが、いったん諏方家を継がせた勝頼の家督継承に反対する宿老たちの意見を容れ、信勝の陣代《じんだい》という中途半端な立場に勝頼を据え置かざるを得なかった。

信玄としては、勝頼に武功を重ねさせ、周囲から文句の出ないようにした上で、正式な当主に立てるつもりであったらしい。勝頼もその期待によく応えた。しかし、天正元年（一五七三）四月、上洛の途次、信玄は病没する。これにより、信勝が十六歳になるまでの陣代という中途半端な立場のまま、勝頼が武田家の指揮を執ることになった。

「わしはこの地に歓迎されて来たわけではない。それに比べ、そなたは幸せだ。此度の婚礼に強く反対した者はいない」

小田原で少しは聞いていたものの、勝頼本人から、政治的道具と化したその人生を聞き、勝頼に対して、桂は初めて感情らしきものを抱いた。それは、同じ境遇にある者に対する同情に近いものだったのかも知れない。

やがて宴席に戻った二人に、すでに顔を赤くした家臣たちが次々と挨拶に来た。この日ばかりは、派閥争いや複雑な人間関係を忘れ、皆、勝頼と桂の門出を祝ってくれた。

そして、二人は初夜を迎えた。勝頼は桂をいたわり、終始、優しく振る舞ってくれた。その優しさに桂は身を任せた。喩えようもない幸福感に包まれながら、甲斐府中での最初の夜がゆっくりと更けていった。

四

武田家の本拠躑躅ヶ崎館は、国中と呼ばれる甲府盆地の北の隅に位置する。躑躅ヶ崎という この館の名は、館の東方にせり出すように伸びている丘陵の名から付けられた。かつて、その地が山躑躅の咲き乱れる美しい地であったためと伝わる。館は相川と西富士川が作り出した扇状地の要《かなめ》の部分にあり、そこから南西に向かって、甲府盆地が緩やかな傾斜を伴い広がっていた。

館の北半里には、帯那山系の深山が連なり、詰城である丸山の城（要害山城、積翠寺城《せきすい》）が控えている。さらに、館から西半里の湯村山には湯村山城が、南半里には一条小山城があり、躑躅ヶ崎館を三方から守っていた。唯一、支城と呼べるもののない東方には、大笠山、夢見山、愛宕山《あたご》が張り出しており、その尾根沿いに、平時には遊覧の茶堂（休憩所）となり、戦時には砦《とりで》や狼煙台《のろしだい》に早変わりする〝亭候〟と呼ばれる施設が設けられていた。

すなわち、信玄は府中全域を城と見立て、それぞれの支城と亭候を有機的に連携させて防御するという構想を持っていた。さらに、即座に防御態勢を布《し》くために、領国全体にわたり、狼煙台が効果的に配置されていた。それゆえ躑躅ヶ崎館自体は、単郭《たんかく》で正方形の平面を初期形式とする「館城《やかたじろ》」でこと足りた。府中そのものを城域として考えれば、居館自体の防御性は、それほど重視する必要がなかったのである。

『甲陽軍鑑《こうようぐんかん》』によると、かつて信玄は、「人は城、人は石垣、人は堀、情けは味方、仇《あだ》は敵なり」と言ったとされる。これは、「信玄公は家臣や領民を大切にするので、他国から攻められることがなく、城を造る必要もなかった」などと解釈されてきた。しかし信玄は、いざという場合の防衛構想を周到かつ緻密《ちみつ》に練っていたのだ。信玄の町全体を城と見立てるこの防衛思想は、武田の〝大曲尺《おおかね》〟と呼ばれた。

その中心を成す躑躅ヶ崎館御主殿と堀を隔てて隣接する〝西の御座〟に、勝頼と桂の新居は構えられていた。

桂は館の周りを散歩するのを日課としていた。むろん、傍らには浅茅をはじめとした侍女たち、その数十間後方には、早野か清水、あるいは従者頭の剣持但馬守のいずれかが付き従っていた。

すでに甲斐国は、桃の蕾《つぼみ》が膨らむ季節となっていた。路傍の草にも生気が宿り、遠い山並みの緑も濃くなったように感じられる。

桂は初めて過ごす甲斐の春に心をときめかせていた。

「浅茅、もうすぐ上巳《じょうし》の節句ですね」

「はい」

「覚えておりますか。私の七つの上巳の節句に、母上が紙の天児《あまがつ》と這子《ほうこ》をお作りなさったことを」

「もちろんです。御母堂様はお手先がたいへん器用でございました」

天児と這子とは、江戸期に確立する雛《ひな》人形の原型となった「ひいなあそび」の際に祀《まつ》られた人型の形代《かたしろ》のことである。

「あれは、色とりどりの色紙をちりばめた美しいものでした」

桂は、こちらに来てから少女時代の楽しかったことをよく思い出した。それは故郷を想う心のなせるものに違いなかった。

談笑しながら御厨《みくりや》小路《こうじ》を南に向かって歩いていた桂らの前に、突然、数名の武士が現れた。武士たちは六方《むつかた》小路をやってきたらしく、危うく桂たちにぶつかりそうになった。

彼らはいずれも若く、当世流行の〝かぶいた〟装束を着けていたが、どこかで夜通し遊んだらしく、髷を乱し、その異風な装束を着崩していた。

双方は驚き、立ち止まったので、しぜん向き合う形となった。一瞬の沈黙の後、桂と浅茅は道を空けようとしたが、その時、先頭を行く武士が声を上げた。

「これは、御台所様ではありませぬか」

「いかにも武田四郎の室にござります。確かあなたは――」

「仁科五郎盛信に候。今日はまた何の詮索でございまするか」

盛信は桂を小馬鹿にしたような笑みを浮かべていた。

「何の詮索でもございません。われらは朝の散策に出ておるだけです」

「詮索も散策もさして変わらぬ」

盛信の言葉に男たちがどっと沸いた。その時、少し後方を歩いていた剣持但馬守が駆けつけ、双方の間に割って入った。

「無礼であろう！」

但馬の威嚇に動じる風もなく、盛信は横柄な態度で但馬を睨《ね》めつけると、太刀袋の紐《ひも》を緩めた。但馬は桂たちを庇《かば》うように後ずさりしつつ叫んだ。

「ここにおわすは、御屋形様の御簾中《ごれんちゅう》であるぞ！」

「そんなことはわかっておるわ」

やれやれといった体で、盛信がせせら笑った。

「それであるなら、何ゆえこのような無礼を働く」

「わしは誰に対してもこんな感じでな」

盛信はふてぶてしい態度を変えようともしない。

「かような無礼は赦さぬ。御屋形様に注進いたすぞ！」

「ふん従者づれが、小田原にも注進いたせばよい」

「な、何を申すか――」

「籠坂《かごさか》と黒駒の関の鍵《とざし》を抜却《ばっきゃく》したのをいいことに、早速、当家の内情を伝えようとしたのはどこのどいつだ」

武田家と北条家は婚礼の祝いとして、黒駒の関から国境の籠坂峠の関までの行き来を自由とした。これにより、東国からの富士山参拝者が増加し、甲斐国が経済的に潤うという利点はあったが、むろんそれは、双方の情報が漏洩《ろうえい》することにつながる。それゆえ両家は、常以上に人の行き来に過敏になっていた。

一瞬、但馬がたじろいだ。

「今更、何も申せまい。われらの目は節穴ではない。関を開けても、監視の目を光らせているということを忘れるな」

盛信は凄《すご》みを利かせるかのごとく声を潜めた。

「もっとも此度は、兄者《あにじや》は内々に処断なされたが、次はそうはいかぬ」

そう言い捨てると、盛信は抜きかけた刀身を収め、高笑いしながら館の方角に去って行った。

唖然《あぜん》として双方のやりとりを聞いていた桂であったが、盛信の傲岸不遜《ごうがんふそん》な態度よりも、その口から出た話に驚いた。

「但馬、今の話は本当ですか」

「はっ――」

「何ということを――」

「申し訳ございませぬ」

但馬は正直にことの顚末《てんまつ》を告白した。

武田家の財政が火の車であること、釣閑が政治を壟断《ろうだん》していることなど、こちらに来てみて、小田原の想像の範疇《はんちゆう》を超えることが多々あることに但馬らは気づいた。思った以上に、長篠以後の武田家の屋台骨が揺らいでいることを知った彼らは、小田原に密書を送ることにした。

但馬らは商人に扮《ふん》した乱破《らっぱ》（北条家の忍）に密書を持たせて、黒駒から御坂道を通り、籠坂峠を越えさせようとした。ところが、そこは武田家である。網の目のように張りめぐらされた監視網にその乱破が掛かり、密書は勝頼の手に渡った。

これを聞きつけた仁科盛信は、小田原に室を返し、同盟破棄を伝えるよう、勝頼に迫った。勝頼も抗議の使者を北条家に送りつけようとしたが、たまたま在府していた春日虎綱がこの話を聞きつけ、病身を押して参内し、「ここは大局に立ち、お見逃しあれ」と諫言《かんげん》した。

元々、この同盟は、虎綱が強く主張し、ようやくそれが実ったという経緯《いきさつ》があり、虎綱は、こんなことで北条家との関係に亀裂《きれつ》が入ることだけは避けたかった。虎綱は、長篠以後、恃《たの》むべきは北条家以外にないと唱え、武田家に危機が迫れば、勝頼はすぐにでも小田原に出頭し、氏政の幕下に入れとまで主張する親北条派の代表であった。

『甲陽軍鑑』によると、この同盟と婚姻が成立した際、虎綱は「長篠の後三年已来《いらい》、初めて今夜心安く候て、夜をよく寝入り申し候」というほどの喜びようだったという。

結局、勝頼は虎綱の意見に従った。但馬らの許には、乱破の首だけが送られてきた。そこには、以後、こうした姑息《こそく》な手段を慎むようにという警告の意があったことはもちろんである。

「何と愚かな――」

「申し訳ございませぬ」

身を縮めるように頭を下げる但馬を見て、桂はため息をついた。

懸命に武田家に溶け込もうとしている桂の気持ちをわかろうともせず、小田原から付き従ってきた者たちは、北条家のことばかり考えている。これでは、いつまでもよそ者として扱われることは明らかである。

同盟国とはいえ、けっして相容れない二つの家の宿命を、桂は嘆くほかなかった。

春日虎綱の府中下屋敷は大泉寺《だいせんじ》小路にある。上屋敷は、躑躅ヶ崎館東曲輪のすぐ南、馬場信春館、穴山信君館などと軒を並べる一等地に設けられていたが、出仕の支度で上屋敷を使う以外、虎綱は生活の拠点として、主に下屋敷を使っていた。

躑躅ヶ崎館を中心とした広小路などに軒を並べる御親類衆や宿老たちとは一線を画す、町の東端に生活拠点を定めたのは、信玄の寵愛を受けて出頭したという虎綱の出自にも関係している。

虎綱は、信玄の晩年、あえて信玄から距離を取り、宿老の中の一人として振る舞おうとした。さらに、山県、内藤、馬場ら股肱《ここう》の宿老でさえ遠慮するようなことを、ずけずけと直言することにより、同僚たちからも信頼を勝ち得ていった。

武田軍団の軍師格として、その智謀の限りを尽くしてきた虎綱は、傍輩《ほうばい》たちが長篠の露と消えた後も、その全知全能を傾け、武田家を守ろうとしていた。

それゆえ虎綱は、かつての同僚たちの子弟に、信玄の統治思想から戦略戦術、さらに、その生き様までを伝えることを、己の使命と定めていた。

この日も、虎綱に心酔する若者が四人、下屋敷で講義を受けていた。

「わしもめっきり衰えた。こうして皆と語り合えるのも、今後はそうないかも知れぬ」

孟子《もうし》の講義を終えた虎綱が寂しそうに笑った。

「何を申されますか。弾正様あっての武田家ではございませぬか」

間髪を容れず辻弥兵衛《つじやへえ》が言うと、甘利《あまり》甚五郎と大熊新左衛門も負けてはいない。

「弾正様に衰えなどありませぬ」

「われらが弾正様から学ぶことは、まだまだありまする」

彼らは、心底、虎綱に信服している青年たちだった。

甘利甚五郎の祖父は、かつて信虎・信玄の二代にわたり、板垣信方とともに「職」の地位にあった虎泰《とらやす》である。父は、信玄の西上野攻略に多大な貢献をした信忠（昌忠）である。二人ともすでに鬼籍に入り、この頃は、藤蔵（実名不詳）という者が名門甘利家を継いでいた。甚五郎はその庶弟にあたる。

大熊新左衛門の父は、上杉謙信の重臣から武田家に転じたという特異な経歴を持つ備前守長秀《ながひで》（朝秀）である。新左衛門はその長秀の庶子にあたる。

いずれも信玄に大恩がある者たちの子弟であり、むろん、その忠義心も一方ならぬものがあった。

若者たちの頼もしい言葉に、虎綱は目を細めつつ言った。

「物事には順序というものがある。わしもかつてはおぬしらと同様に若かった。その頃は法性院様と甲信の山野を駆けめぐったものだ。しかし、今は老いた。それゆえ、わしの学んだことをおぬしらに伝えておる。おぬしらもそれを後代に伝えていかねばならぬ」

「はっ」

若者たちは威儀を正し、一斉に平伏した。虎綱はうれしそうにうなずいていたが、ふと、一人の若者に目をとめた。

「内膳《ないぜん》、元気がないようだな」

「はあ――」

「好きな女子《おなご》でもできたのだろう」

弥兵衛の冷やかしに一同はどっと沸いたが、内膳と呼ばれた若者だけは、片頰に苦い笑みを浮かべただけであった。

その若者は、勝頼の御馬廻衆《おうままわり》で使番を勤める小宮山内膳佑友晴《ともはる》といった。

「内膳、申したきことがあれば、遠慮せずに申してみよ」

「それでは――」

内膳は重い口を開いた。

「此度の北条家との婚儀、弾正様の苦心により、ようやく成ったこと、真に祝着ではございますが、弾正様が善光寺表（川中島海津城）にお帰りになられるや、また出頭者（長坂釣閑・跡部大炊助ら）どもが御屋形様を取り囲み、悪しき作配（策謀）をめぐらすのではないかと思うと、先が思いやられます」

「いかにも。此度はわしが押し切ったが、わしがいなくなれば、彼奴らは再び政道を捻《ね》じ曲げようとするだろう」

「ましてや、弾正様が病身とあれば、彼奴らは御屋形様とほかの家臣との間を壟断し、専横を極めることでありましょう」

「だからこそ、こうしてそなたらを訓育しておる。しかし、そなたらが武田家の中枢を担うまで、わしの命が持つかどうか」

虎綱の面に不安の色がよぎった。

「弾正様にもしものことがあっても、われら一丸となり、出頭衆の専横を阻止して見せます。弾正様は心安らかに養生して下され」

弥兵衛が断固たる口調で言い切ると、それに呼応するように、甘利甚五郎と大熊新左衛門も膝を進めた。

「われら心は一つ」

「必ずや武田家を守って見せまする」

彼らの言に感極まった虎綱は目頭を押さえた。

「法性院様とわしはよき息子たちを持った。おぬしらこそ新しい武田家の柱石だ」

その後も次々と威勢のいい言葉を口にする三人を尻目に、一人、庭の桜に見入っていた内膳が、思い余ったように問うた。

「弾正様、孟子に〝民こそが国家の財産であり、君主に過ちあれば臣下が諫め、聞かざればさらに諫め、それでも聞き容れざれば、君主に譲位を迫っても構わない〟という教えがあります。法性院様はその言葉に従い、御父君（信虎）を追放なされました。しかし、同じことが繰り返された際、われら臣下は、いかに振る舞えばよろしいのでしょうか」

あまりに畏《おそ》れ多い内膳の問いに、若者たちは沈黙した。

虎綱は腕組みし、しばらく虚空を見つめた後に言った。

「孟子はその『万章篇』で、君主に大過あれば、君主を替えても構わないと、確かに申しておる。しかしながら、こうした時代だ。内乱一つで国を失うこともまた真実。いかに主君が道に反していようとも、法性院様と同様のことをしてはならぬ。主君が諫言をどうしてもお聞き届けにならない折は、己から国を出て主を変える以外にない」

「侍は所詮、渡り者と――」

「それもまた真だ」

虎綱は寂しそうに笑った。

その笑いには、老いと病の影からくる諦《あきら》めが色濃く現れていた。

江戸期と異なり、この頃の武家社会では、忠義という概念で主従が縛られていなかった。主従関係は一種の契約により成り立っていた。そのため、奉公人が条件次第で主人を転々と変えても、誰からも後ろ指を指されることはなかった。

むろんこの概念は、身分を固定し、社会を安定させようとした江戸期には徹底して排斥され、やがて儒教的概念に縛られた〝忠義〟の時代がやってくる。

皆の輪から離れ、内膳は一人、考えに沈んでいた。

（弾正様の仰せはもっともだが、弾正様が倒れれば、武田家は門閥派の独擅場《どくせんじょう》となる。彼奴らが武田家を悪しき方に導こうとするなら、誰かが立たねばならぬ。われらは取るに足らぬ若輩者かも知れぬが、立つべきときには立ってみせる）

内膳は決意を新たにした。

五

三月三日、勝頼夫妻は諏方下社《しもしゃ》の秋宮千手堂と三重塔の落慶供養で諏方を訪れた。この再建事業の名目上の大檀那《おおだんな》は勝頼であったが、むろんこの頃、財政的に厳しい状況に陥りつつある武田家である。その費用の大半は、蔵前衆《くらまえ》（蔵奉行）を兼ねる特権商人諏方春芳《しゅんぽう》軒《けん》が負担していた。

いずれにしても、自らの故郷である諏方の地を桂に見せておきたいと思っていた勝頼にとり、この落慶供養はまたとない機会であった。

諏方における勝頼の人気は格別である。信玄が神のように崇《あが》められる甲斐国中とは異なり、諏方では勝頼が希望の星であった。諏方に近づくほど、沿道の人々は増え、皆、笑顔で勝頼を迎えた。

そうした様子から、勝頼の真の故郷がこの地であることを、桂は知った。

桜の花が湖面に舞い散る春の諏方は、極楽浄土を思わせるほど美しく、桂は何度も輿を降り、その光景を心に刻んだ。馬上の勝頼は先を促すこともなく、そうした新妻の仕草を微笑んで見ていた。二人にとって、幸福な時間がゆっくりと流れていった。

諏方社は延喜式《えんぎしき》において信濃国の一宮《いちのみや》（奈良期の官立社）とされ、甲信地域一帯で最も権威のある神社であった。

その特徴は、上社《かみしゃ》と下社に分かれており、さらに、上社は前宮と本宮に、下社は春宮と秋宮の二社に分かれていることである。この四つの社は諏方湖畔に分布しており、その神域は広大である。それゆえ往古から、その地域一帯の人々は、諏方社の支配する神権社会を生きてきた。

かつて勝頼の継いだ諏方惣領家は、諏方明神の大祝《おおはふり》を司《つかさど》る名家で、神代より上社に拠《よ》って栄えてきた。室町期に入り、室町幕府から守護職に任命された小笠原《おがさわら》家と対立し、信州の主《あるじ》の座を賭《か》けて、抗争を続けた。また、諏方家内の内訌《ないこう》も激化し、やがてそれは外部勢力の介入を招き、諏方家は弱体化の一途をたどる。

戦国期に入り、諏方家中興の祖と呼ばれた諏方頼満《よりみつ》（碧雲斎《へきうんさい》）の活躍により、一時的に勢力を挽回《ばんかい》した諏方家は、境川合戦で信虎を破り、甲斐北部まで領有、小笠原長時との塩《しお》尻《じり》合戦にも大勝利を収め、信濃統一目前まで行くが、天文八年（一五三九）、頼満病没に伴い再び衰勢に陥る。

頼満の跡を継いだ二十四歳の嫡孫頼重は、天文九年信虎の娘禰々《ねね》御料人を正室に迎え、武田家との同盟を強化した。ところがその翌年、信虎が嫡男晴信（信玄）により追放されるに及び、雲行きが怪しくなる。

この混乱を突き、関東管領《かんれい》上杉憲政《のりまさ》が信濃国侵攻を開始した。この時、武田家は出兵できず、諏方家が単独で戦うことになったが、背後の上野国が気になる憲政は長期戦を嫌い、頼重に和睦《わぼく》を呼びかけた。頼重もこれに応じたが、この時の単独講和と領土分割協定は、同盟する武田家の了解を得ずに行われたことにより、晴信の怒りを買うことになる。

落慶供養が終わり、二人は諏方湖畔を歩いた。桜や桃だけでなく、木蓮《もくれん》や杏《あんず》なども色を添え、湖畔は春たけなわであった。とはいえ、北からの吹き下ろしはいまだ厳しく、湖の中央辺りには白波が立っていた。

吹き寄せる風に首をすくめる桂に気づいた勝頼は、袖無羽織を脱ぎ、桂の肩に掛けた。

「あっ、いけませぬ」

「いいのだ」

「上様がお風邪を召します」

「わしは風邪など引かん」

褐色《かちん》の絹小袖だけになった勝頼が優しく笑いかけたので、桂も微笑み、勝頼の好意に甘えた。二人の間に夫婦らしい温かい感情が流れた。

桂はうれしかった。こうした感情の積み重ねが、少女の頃に読んだ『源氏物語』が語るところの、恋心というものに育っていくのかも知れぬと思った。

「武田家と諏方家のことだが、小田原ではどこまで聞いてきた」

勝頼が唐突に問うてきたので、桂は現実に引き戻された。

(所詮、わたしは北条家の者。上様でさえ、そう思っている)

寂しそうな桂の様子に気づいた勝頼は、誤解を打ち消すように語り始めた。

「武田家と諏方家の間には、とてつもなく深い亀裂が横たわっている。それはこの大湖のように暗い」

勝頼は、桂が小田原で施された情報教育のことを探ろうとしているのではなく、純粋に、己の出自とこれまでの人生を、桂に知ってもらいたいだけだった。

天文十一年(一五四二)四月、諏方頼重と禰々御料人の間に嫡男寅王丸が誕生した。頼重は二十七歳、禰々は十五歳である。二人は嫡男誕生を喜び、六月十一日、上社に詣で、時毛《つきげ》の馬と太刀を奉納、寅王丸の健やかな成長を祈った。むろん、東方から迫りつつある脅威など念頭にあろうはずもなく、夫妻は束の間の平穏を味わっていた。

その二週間後の六月二十四日、武田晴信が突如として軍勢を催し、諏方侵攻を開始した。計画は周到に練られていたらしく、同じ諏方一族の高遠頼継や諏方下社のみならず、千野、小坂、矢島、有賀らの国衆も武田方について挙兵した。

この急報を聞いた頼重は、理由もなく義兄の晴信が攻め寄せるなどとは、到底、信じられず、ましてや、同族や重代相恩の家臣団がこぞって裏切るなど夢にも思わず、情報の確認に四日を費やした。その間に、武田勢は難なく諏方郡への侵入に成功、七月一日に矢崎原で諏方勢と対峙《たいじ》した。

ところが、高遠頼継が杖突《つえつき》峠を越えて諏方盆地に乱入したため、挟撃を恐れた頼重は本拠上原城まで撤退、さらに山間の詰城である桑原《くわはら》城に籠城した。

結局、桑原城で諏方一族は降伏し、頼重は甲斐府中に送られ、詰腹を切らされる。

ここに由緒ある諏方惣領家は滅亡した。

同年九月、晴信は高遠頼継をも攻め滅ぼし、諏方郡全土が武田家のものとなる。

「そして、頼重殿の娘であるわが母は、甲斐国に連れ去られたというわけだ」

「御母堂様は無理やりに――」

「うむ。母は憎みても余りある父の側室とされたのだ。その口惜しさは想像もつかない」

「御母堂様のお気持ちが、わかるような気がします」

勝頼の母に比べれば自分はよほど幸せだと、桂は思った。

「おぬしも辛いであろう」

勝頼は、桂の存在を母に重ね合わせているようだった。しかし、桂は毅然として言った。

「いいえ、わたしは望んでこの地に参りました」

「その言葉、真か」

「はい、いずれ知らぬ方に嫁ぐ身であるならば、由緒ある武田家に嫁ぎたいと思いました」

「そうか――」

桂に背を向けた勝頼が思い詰めたように言った。

「知っての通り、わが母は若くして身罷《みまか》った。おぬしにはそうなってほしくない」

勝頼は恥ずかしげに俯き、先を歩いていった。

それが勝頼の精一杯の愛情表現であることに気づいた桂は、喩えようもないほど幸福な気分に満たされた。

六

伊奈谷には伝説があった。

源平の昔、平氏追討のため、西国に出陣する若い武士が、故郷の寺の住持に別れを言いにきた。その時、境内に咲く桃の花を見た若武者が「この花を見るのも今生《こんじょう》最期か」と嘆いた。住持はそれを哀れに思い、桃の枝を手折って武士に与えた。

やがて出征した武士は、桃の花を兜《かぶと》の錣《しころ》に挿して敵勢に討ち入り、見事な最期を遂げた。

それからしばらくして、形見として武士の兜だけが寺に送り返されてきた。死する時、水を欲したであろう若武者を憐《あわ》れに思った住持は、兜に挿された桃の枯れ枝を盆に活《い》けてやった。すると、桃はみるみる生気を取り戻し、一夜で花を咲かせた。驚いた住持が、その桃を境内に植え替えたところ、根が張り、やがて大木となり、毎春、見事な花を咲かせたという。

（昔、そんな話を聞いた）

宮下帯刀《たてわき》は凍える手先に息を吹き掛けながら、桃の花をぼんやりと見ていた。

この日、帯刀は寄親《よりおや》の片切監物《けんもつ》昌為に付き従い、下伊奈北部を統括する保科《ほしな》筑前守正俊の在番する大嶋《おおじま》城に来ていた。

伊奈谷には、松尾小笠原氏のほかに、高遠、藤沢、下条、知久《ちく》、松岡、座光寺、坂西《ばんざい》、片切、大嶋、飯嶋ら、二千余騎の地侍《じざむらい》が蟠踞し、守護である深志《ふかし》小笠原氏を押しいただきつつも、独立自尊の気風を保ってきた。しかし、武田家の支配体制に組み込まれてからは、下伊奈北部は保科氏が、同南部は松尾小笠原氏と下条氏が、それぞれ触頭《ふれがしら》（寄親）を務め、ほかはその風下に置かれた。

触頭は傘下の国人らに次の在番地を任命する立場にある。むろん、どこに何人という指令は甲斐府中が命じる。彼らは、様々な事情を勘考し、誰の部隊をどこに在番させるかを決めるだけである。此度は府中から跡部大炊助も来ており、ぴりぴりした雰囲気が城内に漂っていた。

源平時代の若武者に倣い、桃の枝に手を伸ばし掛けた帯刀であったが、その武士が討死したことを思い出し、すんでのところで手を止めた。

（もう若くもないわしに、桃の花など似合いはしない）

しがない中年の地侍でしかない己に思い至り、帯刀は苦笑した。

「帯刀」

「あっ、これは親父殿」

知らぬ間に、片切監物が背後に立っていた。

「帯刀に桃の花を愛でる風流心があったとはな」

「いえ――」

「わしとてこの年だ。ゆっくりと桃の花でも眺めて余生を送るつもりでおったが、そうもいかなくなった」

監物がため息まじりに言った。

「と申されますと――」

「次の在番地は高天神《たかてんじん》と決まった」

「な、何と――」

遠江の高天神城といえば、宿敵徳川に対する最前線の城である。しかも、すでに周囲は敵の城に囲まれ、武田領国内でも不自然に突出した地となってしまっている。

帯刀ががっくりと肩を落とすのを見た監物が、言い訳がましく言った。

「われら伊奈の者に遠江は近い。これも致し方なきことだ」

「それにしても、美濃表の戦い（岩村城合戦）でも奮戦したわれらに、次は遠江とはあまりの仕打ち」

「御家存亡のときだ。勝手は申せん。むろん、秋の穫《と》り入れまでには帰してもらえるという約束だ。それまでは辛抱せねばなるまい」

「美濃表のときもそういう話でございましたな」

監物に言っても仕方がないこととは知りつつも、帯刀は、愚痴が出るのを抑えられなかった。

「そう申すな。府中もやり繰りには頭を悩ましておるはずだ」

「出立は稲の苗付けの後でございますな」

「いや」

監物は俯くと首を振った。

「よもや、すぐ出立と申されるのではありますまいな」

「わしも抗弁したのだが、苗付けは女子供でもできると、府中から出張ってきた跡部殿に断じられた」

帯刀は、脇百姓（小作）や下人、所従の女子供を励ましながら苗付けをする妻の姿を思い浮かべ、ため息をついた。

「明後日、御射山《みさやま》社に参集し、出陣の儀を執り行い、その足で出立する。おぬしは、わが麾下《きか》の者どもにそれを伝えよ」

そう言い残すと、監物は背を向けて歩き去った。

（いよいよ覚悟を決めねばならぬな）

帯刀は左右を確かめ、遠慮がちに桃の枝を手折った。

宮下帯刀左衛門尉《さえもんのじょう》玄元《はるもと》は、その厳《いかめ》しい名前と裏腹に、わずか十八貫文の知行地《ちぎょうち》を持つ伊奈郡下春近《はるちか》庄片切郷の地侍である。

宮下家は、武田家から軍役・普請役《ふしんやく》等の役務を課される階級の中では、最下層の御印判衆（惣百姓）であったが、父祖代々、片切家の家臣として〝片切十騎〟の一人に数えられている。〝片切十騎〟とは、片切家を支える直臣団の総称である。むろんその関係は、主従というより寄親寄子《よりこ》に近い。

帯刀は天文元年（一五三二）の生まれなので、この年、四十六歳になっていた。

一方、片切昌為は、片切家十八代当主として伊奈郡片切城に拠《よ》る国人領主である。片切家は宮下家より上位の軍役衆（給人）であり、〝春近五人衆〟と呼ばれる地域武士団の惣領家でもあった。

〝春近五人衆〟は、片切家のほかに、大嶋源次郎為輝、飯嶋大和守為方、上穂善《わ》次為光、赤須《あかず》次郎三郎頼泰から成っていた。本家は片切家であったが、この頃は、それぞれ独立国衆として武田家から遇されており、大嶋、飯嶋両家は片切家を上回る実力を備えるようになっていた。ちなみに、豊臣家の家老として名を馳《は》せた片桐且元《かつもと》は、片切家分流の出である。

片切家の当主監物昌為には、源三昌忠という嫡男がいる。しかし、一昨年の織田信忠との岩村城をめぐる戦で深手を負い、戦場に出られぬ体となっていた。昌忠の子はまだ幼児であるため、監物が当主に復帰し、軍役を果たしていた。

天正四年（一五七六）から翌年にかけて、〝春近五人衆〟は、保科正俊・正直父子の組下に置かれ、高遠、飯田、大嶋城などの在番を命じられ、戦と縁のない日々を過ごしてきたが、遂にそれも終わりを告げた。

「いよいよ、此度は帰れんことになりそうだ」

館に帰って早々、帯刀は妻子にことの次第を告げた。二人は神妙に聞き入っていたが、妻は落胆よりも諦めに近い顔をしていた。

一方、嫡男の四郎左は初陣に奮い立った。

「父上、功名を挙げるよき機会ではありませぬか！」

四郎左は若者らしく物事を前向きに捉《とら》えていた。しかし、武田家を取り巻く状況の厳しさを、たびたび監物から聞く帯刀にとり、功名どころか武田家存亡の危機が迫っており、無理をしても得るものが少ないことを、薄々感じていた。

「功名は命あってのものだ。しかも守り戦となれば、たとえ敵を押し返したとしても、もらえるものは感状くらいだ」

守り戦とは、敵の侵攻を阻止するための戦いのことである。

「それより、苗付けはいかがなさるおつもりか」

横合いから妻が非難めいた口調で問うてきた。

「此度は、下人・所従まで男衆は根こそぎ連れて行くことになった。女手だけで、やってもらうことになる」

「それは無理というものであろうに」

「無理を承知で申しておる！」

帯刀は怒気をあらわにすることで、この議論を終わらせたかった。しかし、妻はなおも食い下がった。

「まさか、四郎左を連れて行くわけではあるまい」

「すでに四郎左は十五だ。元服も済ませた。武田家の軍令に従い、置いていくわけにはまいらぬ」

「父上、ありがたきお言葉！」

四郎左が弾むように腰を浮かせたが、妻は父子のやりとりに呆然《ぼうぜん》とし、泣きながら走り去った。

「母上！」

「追うな」

帯刀の言葉に、四郎左は浮かせかけた腰を下ろした。

囲炉裏を前にして父子は押し黙った。木の弾《はじ》ける音が沈黙の重さを際立たせ、帯刀の口を鉛のように重くした。しかし帯刀は、この機会に伝えるべきことは伝えておこうと思った。

「実はな――」

帯刀は、これまでに聞き知った武田家を取り巻く情勢の厳しさを、たどたどしく語った。

天正元年（一五七三）四月、信玄が信州駒場《こまんば》で不帰の客となってから、ほぼ四年が経った。当初、勝頼は信玄の三年秘喪の遺言を忠実に守り、信玄の方針を踏襲した。しかし、信玄死去の報は野火のごとく隣国に広まり、一月後《ひとつき》には信長、家康、氏政らの耳に達していた。

同年五月には、早くも家康が駿河まで進出し、岡部に火を放って探りを入れてきた。ところが、駿河先方衆《さきかた》の動きは鈍く、武田家の命令系統の乱れを察知された。

六月には、菅沼《すがぬま》正貞、室賀山城守《むろがやましろのかみ》信俊の守る長篠城が、徳川勢の攻撃に晒《さら》された。

この城は、武田家が伊奈谷から東三河に進出するための橋頭堡《きょうとうほ》となる重要な城である。元亀二年（一五七一）に信玄が攻略して以来、幾度か攻め寄せる徳川勢を撃退してきたが、信玄の死により、孤立感が高まっていた城の一つであった。

この時は、在地土豪の菅沼正貞と援将の室賀信俊がよく防ぎ、落城には至らなかったが、神速をもって鳴る武田勢の後詰はなく、家康は信玄の死に確信を持った。

当時の状況はすべて家康を後押ししていた。

七月、室町幕府を滅亡に追い込んだ信長は、八月に朝倉義景《よしかげ》、浅井長政を滅ぼし、包囲網を壊滅させた。これにより、信長からの援軍要請のなくなった家康は、宿敵武田家との決戦に全力を傾けられることとなった。

八月には、かねてから調略の手を伸ばしていた作手《つくで》城の奥平貞能《さだよし》・信昌父子が家康に通じ、長篠への道が開けた。これにより、家康は長篠城に猛攻を掛け、九月八日、これを落とした。

天正二年（一五七四）二月、反攻態勢の整った勝頼は美濃に出陣、信長傘下遠山氏の明智城をはじめ、東美濃十八城を落とした。さらに、六月には小笠原長忠の守る高天神城を攻略、九月には浜松・久能《くのう》・掛川《かけがわ》諸城を攻撃し、武田家の健在ぶりを示した。しかし、そうした日々も長くは続かなかった。

天正三年（一五七五）、武田と徳川の力の均衡は一気に崩れる。世に名高い長篠合戦である。運命の五月二十一日、長篠設楽原《したらがはら》で完敗した勝頼は、東三河どころか西遠江からの撤退を余儀なくされる。

家康は六月に光明寺城、八月に諏方原城、九月に小山城を攻略し、十二月二十四日には半年に及ぶ籠城《ろうじょう》に堪え続けた二俣《ふたまた》城を開城させた。

美濃国も無事であろうはずがなく、十一月、織田信忠により岩村城とその支城群が奪還された。

勝頼と武田家は一転して存亡の危機に立たされた。

一方、安土《あづち》に本拠を移転した信長の勢威は日増しに高まり、信長重臣の間では、甲州征伐が話題に上り始めていた。

天正四年（一五七六）、悪いことに、甲斐・駿河の各金山の涸渇《こかつ》が顕在化してきた。これにより、財力が著しく衰えた武田家は、さらに窮地に立たされることになる。

資金不足に陥り、思うように兵が動かせなくなった勝頼は、外交政策に活路を見出す。勝頼は、前《さき》の将軍義昭、本願寺顕如光佐《けんにょこうさ》、毛利一族らと誼《よしみ》を通じ、家康とその背後にいる信長を牽制《けんせい》してもらおうとした。幸いにして、義昭の呼びかけに応じて、甲相越間での停戦の機運が高まり、勝頼は北条氏政と同盟の〝筆改め（更新）〟をした。

一方、同盟締結とまでは至らずとも、義昭の要請に謙信も応じ、信越国境はいたって穏やかである。事態は好転したわけではないが、小康を得るまでになっていた。

話し終わると、帯刀は深くため息をついた。

「父上、それでは武田はもう終《しま》いか」

「いや、わからん。現に相州（氏政）はそう見ておらん。駿遠忽劇《すんえんそうげき》の折も、先代（氏康）はつぶれかかった今川家を支えた。武田家危急の折にも必ず兵を出すだろう」

「彼奴らにとっても、上方との間に壁がないと、安穏《あんのん》としてはいられないということだな」

「まあ、そういうことだ。後は、越後の痴《し》れ者《もの》（謙信）の関心が上方に向かえば、北と東は平穏になる。さすれば、われら信玄公御在世の頃に戻れるというものだ」

四郎左に語りながら、帯刀自ら希望を持てるようになってきた。しかし、たとえそうなったとしても、高天神城をめぐる激戦は避け難く、帯刀父子の命が極めて危険なことに変わりはなかった。

帯刀は囲炉裏の火をぼんやりと眺めつつ思った。

(何があっても、四郎左だけは生かして帰さねばならぬ)

そのとき、火かき棒で榾《ほた》を返していた四郎左が、唐突に問うてきた。

「父上、御屋形様とはいかなるお方かの」

「遠くから眺めたことはあるが、わしも言葉を交わしたことはない」

「聞くところによると、勇猛果敢なお方のようだの」

「甲斐源氏の当主だからな」

帯刀は、自分たちのように地面に這《は》いつくばって生きる地侍とは、ものが違うと言いたかったが、四郎左は夢見心地に続けた。

「武士になるからには、御屋形様の側近くに仕え、お役に立ちたいものだ」

「馬鹿を申すな」

帯刀は、いつか四郎左に先方衆の立場を教えねばならぬと思った。先方衆とは被支配民であり、武田家当主の側近くに仕えるなど、余程のことがない限り、叶わぬ夢であった。

「武士になるのだ。それくらいの夢を持っても構わぬではないか」

「身のほどをわきまえろ」

帯刀は不安を笑いで吹き飛ばそうとした。

その時、火の中の榾に何かが滴り、「ジュッ」という音とともに蒸発した。

われに返った帯刀が顔を上げると、妻が戻り、自在鉤《じざいかぎ》に鍋《なべ》を掛けていた。

泣きながら夕餉《ゆうげ》の支度をしたに違いないその顔は、腫《は》れぼったく赤らんでいた。

「すまんな」

妻の心遣いに、心底、帯刀は感謝した。

親子三人水入らずの最後の夜が静かに更けていった。

七

御先《おさき》小路に面した長坂釣閑の府中館には、商人の来訪が多い。

商人たちは、長坂館と通りを隔てて接する伝奏館《てんそうかん》（訴訟取次所）へ何らかの訴えや陳情をした後、長坂館に土産《みやげ》を置きにやってきた。土産は唐渡《からわた》りの書画骨董《こっとう》など高価なものばかりで、そこには、自らに有利な沙汰《さた》を下してもらいたいという下心が見え隠れしていた。

釣閑は、重商主義により財政再建を図ろうとする新経済方針の立役者ではあるが、こうした商業主義者に付きものの脇の甘さも、むろん兼ね備えている。

この日も、信州商人の諏方春芳軒と伊奈宗普《そうふ》が、多くの土産物を抱えて来訪していた。

彼らは、釣閑と跡部大炊助によって引き立てられた新興商人である。

信玄死後、武功派の宿老たちから「信州の茶売り」と蔑まれてきた春芳軒たちは、当初、容易に商圏を拡大させられなかった。宿老たちがその後援者である甲斐商人を擁護していたからである。しかし、宿老たちが黄泉の国に去り、ようやく誰に気兼ねすることなく、「信州の茶売り」たちは釣閑らと癒着し、その権益を拡大させようとしていた。

「諏方での落慶供養は、たいへんな物入りだったそうな」

茶を勧めながら、釣閑がちらりと春芳軒を一瞥《いちべつ》した。

「確かに、少々こたえましたな」

春芳軒はもったいぶった手つきで茶を喫した。

「それにしても、武田家の御金蔵《ごきんぞう》は、相当、苦しいとお見受けしましたが――」

高齢の伊奈宗普が、その皺顔に一層の皺を寄せた。

「度重なる出兵で、金蔵《かねぐら》には風が吹いておりまする」

釣閑が正直に内情を晒した。その方が資金を得やすいからである。しかし、今回ばかりは勝手が違った。

「われら、長坂様にお引き立ていただいた新参の商人《あきゅうど》でございますゆえ、長坂様御出頭のためとあらば、水火も辞さぬ覚悟でおりましたが、さすがに懐も寂しくなってまいりました」

壮年の春芳軒が、その肥満した体軀を丸めて言った。

「懐が寂しくなったと仰せか。戯言《ざれごと》もたいがいになされよ」

釣閑が皮肉っぽい笑みを浮かべた。

「いえいえ、戯言などではありませぬ」

二人も名うての商人である。負けてはいない。

「われら主家のためとあれば、身代《しんだい》を投げ打つ覚悟でございますが、ない袖は振れぬと申したまで。それゆえ、われらだけの工夫にも限りがあり、長坂様のお知恵を拝借したいと、此度は雁首《がんくび》揃えて参った次第」

人のよさそうな微笑を浮かべてはいたが、宗普の目は冷たい色をたたえていた。

「なるほど、新たな権益がほしいということですな」

「はい」

二人は恐れ入ったように平伏した。

「それがしとて無理は通せませぬが、聞くだけは聞いておきましょう」

「ありがたき仰せ」

二人が求めたのは駿河の米座、麴座《こうじ》、塩座、紺座（綿、麻布等）など、十六座の地子銭《じしせん》（定年貢）の徴収権であった。これらは日常的に必須《ひっす》の物資であり、取引量が大きい。それぞれ、伝統的に地域領主や寺社が座主《ざす》として管轄していたが、近頃は商人に徴収を委託するようになっており、その権益は計り知れない。二人は、これらの利権を松木珪林や友野一族ら駿河商人から奪ってくれというのだ。

「それは無理かと――」

言下に否定する釣閑を制するように、二人は神妙な顔つきで眼前の包みを解いた。そこには三段に積まれた重箱があった。春芳軒がうやうやしくその蓋《ふた》を取ると、燦然《さんぜん》とした輝きが釣閑の目を射た。それは、ぎっしりと詰まった砂金であった。

「当座の口利きにとお持ちしました」

「むろん、ことが成ったあかつきには、さらに献上させていただきます」

二人は催促するがごとく、重箱をさらに前に押しやった。

「わかりました。何とか考えてみましょう」

そう言うと、釣閑は不機嫌そうに横を向いた。

その時、取次役が部屋の外から声をかけてきた。

「跡部様、ご来着でございます。いかがなされますか」

「わかった。通せ」

跡部大炊助を呼びつけていたことを思い出した釣閑は、その骨ばった顎《あご》で、二人に下がるよう促した。

「くれぐれもお願い申し上げまする」

二人は深く平伏すると、念を押すように強い視線で釣閑を見据え、部屋を出て行った。

武田家一の権勢を誇る釣閑に対して、物怖じすることなく、二人は逆に脅しを掛けていったのである。

（いまいましい者どもだが致し方ない）

砂金の重箱を背後に隠しつつ、釣閑が大炊助を迎え入れた。

「長坂様、あの二人は――」

「そのことは後で話す。それよりも、伊奈はいかがであったか」

「はっ、伊奈の田舎侍どもは御し易く、大した反駁《はんばく》も受けず、われらの差配に従いました次第」

「そのことではない」

「あっ、試掘のことでござるな」

「それ以外、何があろうか」

釣閑がため息をついた。

「実は今のところ、信州のどこからも朗報はもたらされてはおりませぬ」

「そうか」

「残念ながら、最も有望であると思われた川上も――」

「空櫃《からびつ》であったというのか」

「はっ」

多くは期待していなかったが、これらの有望と思われた金鉱脈がいざ駄目となると、さすがの釣閑も落胆の色を隠し切れなかった。

甲斐、信濃、駿河は山国のため、関東平野などと比べると耕地面積が極めて少ない。その不利を補うかのように、金山開発によって、武田家は莫大《ばくだい》な軍資金を調達してきた。しかし、黒川、中山、雨畑、保《ほう》、黒柱《つづら》、長畑など甲斐の金鉱脈は、信玄健在の永禄十年（一五六七）頃から産出量が減り始めており、天正期に入ると、新たに占領した梅ヶ島、富士井川など駿河側の鉱脈も涸渇し始めていた。信玄が、嫡男義信と骨肉の争いまでして領有に踏み切った駿河国とその金山であったが、十年と経ずして涸れたのである。

そこで釣閑と大炊助は、新たな金鉱を見つけるべく、金掘《かねほり》衆を領国の隅々にまで派遣し、試掘をさせていた。しかし、それらもすべて徒労に終わったというのだ。

「おぬしのおらぬ間に、黒川金山衆の田辺四郎左衛門からは、秩父表の雲取《くもとり》山麓龍喰《たつぐい》渓谷の試掘も無為に終わったという知らせが入った」

「あの一ノ瀬川をはるかにさかのぼった龍喰金山の奥の瀬でござるな」

「うむ」

「あれは有望と聞いておりましたが――」

「それが駄目だったのだ」

「これは参りましたな」

大炊助が肩を落とした。

「これで、われらもいよいよ窮まったということだ」

「仰せの通り、窮まりましたな」

二人は同時にため息を漏らした。

「先ほどの商人どもといい、何一ついい話はない」

「彼奴らは何と」

「もう、ない袖は振れぬと申しおった」

「蔵前衆に取り立ててやった御恩を何と思っておるのか」

大炊助が釣閑に阿《おもね》るように怒ってみせた。

「商人とはそういうものだ」と言いつつ、釣閑は彼らの要求を大炊助に語った。

「しかし、駿河には駿河の商人がおり、その権益を保護するがゆえ武田家のために尽くすという取り決めが、法性院様御在世の頃より為されていたはず」

「その通りだ。信州の商人どもがいかにわれらに取り入ろうが、できぬことはできぬ。われらとて、今、穴山玄蕃を敵に回すわけにはまいらぬ」

長篠以後の武田家では、釣閑ら側近官僚、穴山信君ら親類衆、そして春日虎綱ら宿老生き残りという三者鼎立《ていりつ》の派閥ができ上がりつつあった。釣閑は親類衆をうまく操りつつ、宿老たちの発言権を骨抜きにしようとしていた。

その親類衆の筆頭が穴山信君である。信君は理財に明るく、駿河商人と結託し、自らの財源確保に躍起となっていた。

「それでは、信州商人からの圭幣《けいへい》（賄賂《わいろ》）は、もう期待できぬやも知れませぬな」

「彼奴らの権益拡大を助けぬ限り、無理というものだ」

「このままでは、われらどころか武田家が行き詰まります。いかがなさるおつもりか」

大炊助が悲痛な面持ちで問いかけたが、釣閑は平然として言ってのけた。

「あの者どもには別の餌《え》を投げればよい」

「別の餌とは――」

「尾張のたわけ（信長）と結び、伊勢船《いせ》をこちらに呼び戻せばよいのだ」

「あ、あの尾張のたわけと昵懇《じっこん》にせよと仰せか」

当時、西国の物資を東国に運ぶための中継基地は、日本海側では敦賀湊《つるがみなと》であり、太平洋側においては伊勢の大湊であった。大湊を出帆した伊勢船は、遠江の掛塚《かけづか》、駿河の小川《こかわ》、江尻を経由し、小田原、品川に至っていた。ところが、信長はこの海の動脈を押さえることにより、東国への物資の流通を妨げ、東国を〝干し殺し（兵糧攻め）〟にしようとしていた。むろん東国とて、食糧は自給自足体制が確立しているので、それほどの影響はない。問題は鉄砲、硝石（火薬原料）などの兵器や軍事資材から、貨幣経済を停滞させるための渡唐銭《ととうせん》、青苧《あおそ》や上布《じょうふ》などの生活必需品である。

「しかし、船が着くのは駿河の湊になりますな。それでは駿河商人は利すれども、信州商人が得るものはないのではありませぬか」

「わしは、何も船を駿河に着けるとは申していない」

「つまり――」

「徳川領掛塚に船を着け、品々は伊奈谷を経由して諏方に運ぶ」

「なるほど、しかし、それはあまりに大それた考えではありませぬか」

さすがの大炊助も、釣閑が武田家の政治外交方針を根底から覆そうとしていることに気づいた。

「それもこれも金《かね》のためだ。致し方あるまい」

「そうは申しても——」

「跡部殿、金とはすべてを支配するものなのだ」

「なるほど、仰せの通りやも知れませぬ。しかしこのままでは、国の計策（外交）すべてが商人どもの意向一つで動くようになりまするな。われらが主導権を握り続けられる唯一の手が、金山でありましたのに——」

大炊助が疲れたように嘆息した。

「しかし、それもこれも、金《きん》が出ないことにはどうにもならぬ」

「それでは、今後、われらはいかがいたしまするか」

「商人の手代にでもなるか」

釣閑の戯言にも、大炊助は笑う余裕すらなかった。

「先々、武士というものは、商人どもの下風に立たされるやも知れませぬな」

理財に明るい二人は、今後、商人たちが国の政治経済を左右するであろうことに、気づき始めていた。

二人の間に重い沈黙が広がった。その気まずさを厭《いと》うように大炊助が言った。

「ただ一つだけ、耳寄りな話を聞きました」

「何だ」

釣閑の目が光った。

「金掘人夫どもの雑説（噂）でございますゆえ、確かなこととは思えませぬが——」

「構わぬ、申してみよ」

「伊豆から流れてきた黒鍬《くろくわ》（人夫）の一人が申すには、西伊豆土肥《とい》の奥地で、わずかながら砂金が採れる河原があり、その男も、子供の頃に河を浚《さら》っていたそうです」

「それは真か」

「むろん、わずかな量らしく、われらが金山には及ぶべくもないのですが」

「われらには、もうその金山がないのだ」

そう言うと釣閑は立ち上がり、障子を開け放った。南西から張り出した雨雲が、今にも甲斐国中《くになか》を押し包もうとしていた。雨雲の下は霧のように煙っており、豪雨に襲われていることは間違いなかった。

「あれは遠江の方だな」

釣閑の独り言を無視し、大炊助は先を続けた。

「長坂様、われらの計会（財政状況）は確かに苦しい。しかしそれだけのために、計策を覆すなどということはできかねまする」

さらに言葉を続けようとする大炊助を遮るがごとく、釣閑が音を立てて障子を閉めた。

「跡部殿、心して聞いてほしい」

「はっ」

釣閑の射るような眼差《まなざ》しに、大炊助の顔色が変わった。

「鉱脈が確かであれば、伊豆を獲《と》ろう」

「まさか」

　大炊助の眼前まで迫った釣閑は、額と額を接するかのようにして言った。

「北条家は肥沃な関東を領有しておるので、金山を重視していない。鉱脈の雑説は相府（小田原）に届いておらぬはずだ。早速、その伊豆生まれの男に案内《あない》させ、金掘衆の主立つ者を土肥に潜行させろ」

「お、お待ちあれ、北条との同盟は、われらの切留《きりどめ》（切札）ではありませぬか」

「背に腹は代えられぬ。織田や徳川と組めば、伊勢船も寄せられる。さすれば信州商人たちとの関係も旧に復する。すべてはそれでうまく回り始める」

「とは申しても――」

「このこと、わしと貴殿だけの話とする」

　大炊助はことの重大さに困惑した。

「そ、それは」

「できぬと申すか」

　釣閑がぎょろりと目を剝《む》いたので、大炊助は本能的に身を引いた。

「北条との〝筆改め〟は、弾正が強引に進めたもの。元々、わしは反対であった。北条から室をお迎えになった今となっては、いかんともし難いと思ってきたが、これだけ手詰まりとなると、話は別だ」

「それは、ひそかに北条との手切れを策するということでございますか」

「やむをえまい」

「しかし――」

「むろん、すぐに四囲に敵を持つことはできぬゆえ、当面、ことは内密に進める。当座の軍資金は、更なる過料銭（軽い罪科に対する課税）や徳役《とくえき》（富裕者に対する課税）など新儀の課役《かえき》を設けて工面する。しかし、それも微々たるものだ。武田家の金蔵は持って一両年。それまでに織田と組み、北条と手切れせねばならぬ」

「なるほど」

思い出したように懐紙を取り出した大炊助が、額の汗をぬぐった。

「伊豆の調べが終わり次第、その是非を問わず、探索に出した者は始末しろ。仲間の金掘衆には敵の乱破《らっぱ》（忍）にやられたことにすればよい」

「いや、それは――」

殺しと聞き、大炊助が露骨に嫌な顔をした。

「跡部殿、ことはそれだけ慎重を要する」

その岩塊のような頬骨を押し出しつつ、釣閑が大炊助を睨めつけた。

八

先ほどまで張り出していた黒雲が北東に去り、雲間からは青空がのぞいていた。

「雨が上がりましたな」

宮下帯刀が空を見上げた。

「大降りにならなくてよかったな」

手庇《てびさし》で日光を遮りつつ、片切監物が応じた。

城将の横田甚五郎尹松《ただとし》の命を受けた監物と帯刀は、十数名の黒鍬を引率し、高天神城堂ノ尾曲輪《くるわ》を取り巻く堀を掘削していた。

「普請を再開させよう」

「はっ」

帯刀は、蓆《むしろ》をかぶり堀の中でうずくまる黒鍬たちに、仕事の再開を告げて回った。黒鍬たちはもぞもぞと起き上がると、鋤《すき》や持籠《もっこ》を手に取ったが、その動きは緩慢である。

「いつ何時、敵が攻め寄せるかわからぬぞ。励め、励め！」

堀の中の黒鍬たちを堀の上から叱咤《しった》しつつ、帯刀は自らも鋤を手に取った。

（これは焔硝《えんしょう》の臭いではないか）

その時、焔硝独特の鼻をつく臭いがかすかに漂ってきた。

帯刀の心臓が早鐘を打った。

（われらの監視網を突破して、敵がここまで来るとは思えぬが――）

すかさず眼下の茂みを注視したが、周囲は静まり返っており、小動物の動く気配すらない。しかし、戦場経験の長い帯刀は自らの嗅《か》いだものに確信を持っていた。

帯刀が監物を呼ぼうとした時だった。突如として耳をつんざくような轟音《ごうおん》が響き渡った。鉄砲による釣瓶《つるべ》撃ち（一斉射撃）である。

（敵に相違ない）

「敵だ！」

恐怖に顔を引きつらせた黒鍬たちが、口々に何か叫びつつ堀を飛び出してくる。しかし、曲輪へ入る虎口《こぐち》は長い堀の左右両端にしかないため、中央付近では、どちらが近いか迷った黒鍬どうしがぶつかり、混乱を呈している。中には、ぶつかったまま堀底に落ちる者もいた。

その場に伏せた帯刀は、逃げ出したい衝動を抑えつつ監物を見た。三間ほど先に伏せている監物は、落ち着いた素振りで敵の来る方角を見定めている。

「どうする親父殿」

帯刀は監物のいる場所ににじり寄った。

「敵との距離はある。今のうちに黒鍬を避難させろ」

「親父殿は――」

「皆が逃れたことを確かめた後、立ち退く」

「わかりもした」

堀から這い出てくる黒鍬たちに手を貸しつつ、帯刀は敵に注意を払っていた。そのとき、敵の第二撃が林間に響き渡った。

「ぐわっ！」

黒鍬の一人がもんどりうって斃《たお》れた。長く延びる横堀の上縁部を走ったため、恰好《かっこう》の標的とされたのだ。

「走ってはいかん！　匍匐《ほふく》しろ！」

帯刀は声を限りに注意を促したが、その声を聞く者は少なく、皆、われ先に曲輪内に逃れようとしている。

再び斉射《せいしゃ》が起こり、堀の上を走っていた二人の黒鍬が斃れた。

（射程が合ってきている）

敵が近づいていることは確実だったが、帯刀たち工兵部隊に反撃する武器はない。

「堀の中にいる者はその場にとどまれ！」

監物の声をかき消すように、再び筒音が轟いた。

恐怖にすくんだ黒鍬たちは堀底に戻り、そこかしこに固まっている。曲輪の虎口に至るには長い横堀の上縁部を走らねばならず、下から狙い撃ちされるからである。

通常なら堀底道を使って避難するのだが、防御性を高めるため、堀底は畝《うね》状に仕切りをつけており、移動がままならない。

崖際まで進んだ帯刀が恐る恐る下を見ると、無数の敵が樹叢《じゅそう》に身を隠しながら這い上ってくる。敵は、上にいる部隊に戦闘能力がないとは知らず、反撃に備えて慎重に進んでいるのだ。

（どうしたものか——）

いかに戦場《いくさば》慣れしている帯刀とはいえ、武器がなくてはどうにもならない。安全圏での作業と思い込んでいたことが悔やまれた。

その時であった。

「父上！」

頭上の曲輪から呼びかける者がいる。振り向くと、先ほど水を取りにやらせた四郎左が、土塁の上から顔をのぞかせている。

「頭を下げろ！」

帯刀は咄嗟《とっさ》に叱りつけたが、四郎左は構わず身を乗り出し、「父上、これをお受け取り下され！」と叫ぶや、長い筒状のものと袋を堀底に投げ入れた。

堀底を見た帯刀は、それが鉄砲と火縄や玉薬《たまぐすり》を入れた袋であることを知った。

（しめた）

合図すると、堀底にいる黒鍬の一人がそれらを押し上げてきた。

鉄砲を手にした帯刀は、素早く弾を込めると、そのまま体をひねった。

再び崖下をのぞくと、敵が眼前まで迫っていた。帯刀は無心に引金を引いた。

横田尹松《ただとし》が鉄砲隊を率いて駆けつけた時、敵は普請途中の堀のすぐ下まで迫っていた。それを一人の男が鉄砲を撃ちまくって防いでいた。少なくとも尹松にはそう見えた。

「あの者を死なすな！」

　尹松の命令とほぼ同時に、土塁の縁に取りついた鉄砲隊の筒口から火が噴いた。双方の凄《すさ》まじい筒音が山間《やまあい》にこだまする。

　背後から筒音が轟くや、帯刀の心中には「助かった」という安堵《あんど》と、味方の放った弾《たま》が当たるのではないかという不安が同時に湧き上がった。背後から放たれる弾は、遮蔽《しゃへい》物がない分、極めて危険だからである。

　敵に対していたときとは比べ物にならないほどの恐怖が押し寄せ、帯刀は両手で耳を押さえ、石のように固まったまま動けなくなった。

　故郷《くに》の山にいるヤマネのように、帯刀は丸く丸くなろうとした。知らぬ間に漏らした小便《ゆばり》が妙に生温かい。

（これはいかん）

　帯刀が恐怖に駆られて走り出そうとした時、何者かに足首を摑まれた。腋《わき》の下から後方をのぞくと、監物である。

「親父殿――」

「そのままにしていろ！」

　その小柄な体軀のどこにそんな力があったのか、帯刀の足をむんずと摑んだ監物は、一気に手前に引き寄せた。堀際まで引き寄せられた帯刀は、監物と抱き合ったまま堀底に落ちた。

「父上!」

顔に水を吹きかけられた帯刀が驚いて身を起こすと、周囲に敵はなく、見た顔ばかりである。

「何があったのだ」

渡された竹筒の水をあおりつつ、帯刀は四郎左に問うた。

「父上の見事な働き、この四郎左、とくと拝見いたしました」

四郎左が誇らしげに言うと、監物もうなずいた。

「立派な働きであった」

背後から肩を支えているのが監物と知った帯刀が、起き上がろうとしたその時、前方から若々しい声が聞こえた。

「そのままでよろしい」

眼前の人垣が左右に割れ、そこに城代の横田尹松が立っていた。

帯刀は阿呆《あほう》のように尹松の姿を見上げていた。帯刀から見れば、尹松は輝くばかりの存在である。その尹松から直々《じきじき》に声をかけられるなど、思ってもみなかったのだ。

「宮下帯刀とやら、見事な働きであった。おぬしが一人で敵に向かっていなかったら、今頃、この城は落ちていたやも知れぬ。おぬしが稼いだほんの数刻がわれらを救ったのだ」

「い、いやわしはただ——」

黒鍬たちを守ろうとして咄嗟に取った行動だと言いかけたが、それを制するように、監物が帯刀の頭を押し下げた。

「おぬしのことは、後々、御屋形様に言上する。恩賞は追って沙汰する」

「はっ」

「差し当たり、この大小だけでも受け取ってくれ」

そう言うと、尹松は腰の大小をはずした。脇差だけでなく、大小ともに下賜するのは異例である。それだけ、帯刀の活躍が抜きん出ていた証左であった。

眼前に差し出された梅花皮《かいらぎ》造りの揃いの差料を、帯刀は呆然と見つめていた。

梅花皮とは鮫《さめ》の皮で包んだ鞘《さや》のことで、武田家華やかなりし頃、上級家臣の間で流行《はや》った拵《こしら》えの一種である。

尹松が咳《しわぶ》きを発するに及び、見るに見かねた監物が肘《ひじ》でつついた。われに返った帯刀は、それを押しいただいて礼を述べた。

大小を拝領すると同時に、記憶も徐々に戻ってきた。恐怖がよみがえり、手の震えが収まらなくなった。

「それほど、喜ばずともよい」

その言葉に周囲はどっと沸いた。尹松は感激のあまりの震えと誤解したらしい。

歓声に沸く高天神城に夕闇が迫っていた。

九

天正五年（一五七七）閏《うるう》七月の家康による高天神城攻撃は、落城には至らないまでも、武田方の心胆を寒からしめる効果はあった。しかも、ときならぬ雷雨を利用して城際まで近づくことに成功した徳川勢は、城の防御力に探りを入れることに成功した。攻撃の効果はそれほど大きくなくとも、武田方の士気や練度を知り得ただけでも十分であった。

一方、この知らせを受けた勝頼は即座に出陣した。高天神城が遠州確保の生命線であることはもちろんだが、この城は、父信玄が落とせなかったところを、自らが落としたことで、強い思い入れがあったからである。

高天神城は、西から指を伸ばすように遠江国に張り出す小笠山山塊の東南先端に位置する標高四十四丈（約百三十メートル）の鶴翁山《かくおうさん》に築かれた山城である。特に東南方面の眺望は良好で、眼下の小笠平野から南の遠州灘《なだ》、さらに東の牧之原台地までの広い範囲が見渡せた。

その縄張りは、険阻な渓谷に囲まれた東峰の曲輪群と、山頂に平坦部が多く取れる西峰の曲輪群から成っており、あたかも二つの城が隣接しているかのように見える一城別郭という築城形式を取っていた。

元亀二年（一五七二）の信玄の攻撃に堪えたこの城も、天正二年（一五七四）の勝頼による猛攻により落城し、武田家の城となっていた。

徳川勢が去った後、城に入った勝頼は、徳川勢が陣を構える横須賀方面に兵を向けた。

横須賀の地には、家康の高天神城攻撃の策源地となる陣城が築かれていた。勝頼はこれを取り除かんとし、城攻めの支度に掛かるが、家康自ら出馬してきたため、包囲を解き、対峙姿勢を取った。しかし戦線は膠着《こうちゃく》し、穫り入れの季節とともに、両軍は兵を退いた。

武田と徳川の決戦の機はいまだ熟していなかった。

九月、小康を保つ太平洋岸諸国とは対照的に、日本海に面する国々は風雲急を告げていた。越後の上杉謙信が、北上する織田勢力に対抗すべく南下を開始、能登畠山《のとはたけやま》氏の内訌《ないこう》に乗じ、要害として名高い七尾《ななお》城を自落させた。一方、日本海沿いに加賀国まで進出していた柴田勝家ら織田家先手《さきて》衆は、七尾落城を聞き、撤退を開始した。ところが、手取川まで来たところで上杉勢に捕捉され、散々に討ち果たされた。これにより織田勢力は、能登、加賀両国から大きく後退する。

これが世に名高い手取川合戦である。

越後に凱旋《がいせん》した謙信は、上洛戦に先がけての関東征伐を内外に喧伝《けんでん》、これにより、北条家とその与党の国人は激しく動揺した。

この機に乗じ、勝頼は遠江国小笠山西麓の馬伏塚《まむしづか》城まで攻め寄せた。この城は高天神城の西方二里にある徳川方の一拠点である。

しかし、情勢判断に長けた家康は勝頼との決戦を回避し、籠城戦法に徹した。

たとえ平城《ひらじろ》であっても、沼沢地《しょうたくち》の岬のような地形に築かれたこの城を攻めるのは容易ではない。干し殺しをするにしても、軍資金に乏しい武田勢に長期の滞陣は困難である。勝頼は無念の臍《ほぞ》を噬《か》みつつ甲斐に引き上げた。

徳川方との戦いがいつ果てるともなく続くと思われた同年十一月、甲斐府中に驚くべき知らせが舞い込む。

躑躅ヶ崎館には、親類衆や宿老が続々と集まってきていた。評定の議題は事前に知らされず、ただ、重臣たちに緊急召集がかけられた。そのため、今回ばかりは名代を立てずに遠路はるばるやってくる各地の郡代や城代も多かった。

御主殿大広間に勝頼が入室すると、重臣たちは一斉に平伏した。

「皆の者、よくぞ参った。遠路やってきた者は特に大儀であった」

一同を見渡した勝頼は、まず遠来の者の労をねぎらってから座に着いた。このあたりの細やかな心配りは勝頼生来のものでもあるが、信勝の陣代という微妙な立場からきていることも確かであった。

勝頼の右手下座に侍る釣閑が、評定の開催を告げた。

「われらが御屋形様の勢威が、四海を払うほどになった証左が届きました」

冒頭から思わせぶりな釣閑の言葉に、一同の批判的な視線が集まった。

「もったいをつけずに委細をご披露下され」

穴山信君が焦《じ》れるように言った。

釣閑は致し方なしといった顔をして、「このほど信長は加賀で大利を失い、何と、御屋形様にご助力を請うてまいった」と、信長から同盟打診の使者が来たことを告げた。

予想もしなかった話に、大広間にどよめきが走った。

「信長が手取川で謙信に不覚を取り、その主兵力を失ったのはご存じの通り。彼の者にすでに余力はなく、越後勢の上洛には抗しきれずと見て、われらに助力を請うてきた次第」

「つまり、われらに〝あつかい（和睦）〟を請うてきたと」

真田昌幸が問うた。

「そういうことになり申す」

「これはありがたい！」

穴山信君が膝を叩いた。

「これぞ千載一遇の機会、長篠の遺恨は忘れ難きものでござるが、ここは大なる心を持ち、以後、織田・徳川と昵懇となり、われら東国を平らげるべきでありましょう」

「穴山殿の言、真にごもっとも。織田・徳川と組むことで、新たな三国同盟を形成し、東国を膝下《しっか》にひれ伏させることこそ、われらの進むべき道でありましょう」

織田勢力下の美濃国と国境を接する木曾義昌《よしまさ》が、ここぞとばかりに同調した。

諸将の前向きな反応に手応えを感じた釣閑が、勝頼に向き直った。

「御屋形様、われらと織田・徳川が結べば敵はなし。上杉、北条を平らげ、東国に覇を唱えましょうぞ」

「それはいかがなものか」

錆《さ》びた鋼のように低く落ち着いた声が室内に響いた。

春日虎綱である。

「信長は稀代《きたい》の表裏者。〝あつかい〟といっても一時の方便。われらが越後と手切れになるということは、信長包囲網が瓦解《がかい》することを意味し、これにより上杉だけでなく毛利も孤立する。信長は、上杉、毛利を平らげた後、われらを先手《さきて》として北条を攻めさせ、最後にはわれらをも屠《ほふ》るつもりであろう」

信長に疑心を抱く者たちから同意の声が上がった。その声に押されるように、仁科盛信が立ち上がった。

「春日殿の申す通り、われらは山のように静まっておればよい。信長も家康も表裏者にしかず。かつて父上（信玄）は彼奴らの誘いに乗り、手を握ったが、肥え太るのは彼奴らばかりで、こちらに利はなかった」

再びそこかしこから賛意を示す声が上がった。

形勢不利となった釣閑の顔に、焦りの色が見えた。

「法性院様御在世の頃とは異なり、信長の勢威は四海を払うものがある。それを先方から〝あつかい〟の申し入れがあるなど、思いもよらぬこと。ここは禍根を捨て、実利を取ることがよき分別かと」

「信長の膝下にひれ伏すくらいなら、滅んだ方がましであろう！」

仁科盛信が叫んだが、釣閑も負けてはいなかった。

「膝下にひれ伏すとは誰も申しておりませぬぞ。これは対等の和談でござる」

「対等の和談が聞いて呆れる。これは明らかに、われらが信長麾下に入ることを意味している！」

睨み合う釣閑と盛信の間を取り持つように穴山信君が言った。

「対等だろうが配下だろうが、どうでもいいことだ。われらが長篠の痛手を回復するには、時を要する。それを稼ぐためにも、織田との同盟を進めるべきだ」

「いかにも穴山殿らしいご意見、それなら貴殿だけ臣従すればよい」

盛信がうそぶいた。

「な、何を申すか！」

今度は、信君の顔色が変わった。

「静まれ」

主座から勝頼の声が聞こえたので、重臣たちは一斉に黙した。それは、勝頼の威光というよりも、主座を占める者、すなわち信玄の頃の名残があったからである。

「法性院様ご健在の砌《みぎり》より、われら、彼の者どもの風下に立ったことは一度としてない。長篠での不覚も、その後の巻き返しにより挽回した。しかし、われらが態勢を立て直している間に、信長は手の届かないほどの大きさになっていた。禍根のあるなしにかかわらず、国を治める者としては、信長と結ぶべきであろう」

勝頼の言葉に、穴山信君は大きくうなずき、仁科盛信は不満げに口を尖《とが》らせた。

「しかしながら弾正の申す通り、信長は表裏者。義の心を嘲笑《あざわら》い、人を利で釣ろうとする。われらは新羅三郎義光公以来、義を重んじ、義を専《もっぱ》らとして国を造ってきた。わが代でそれを曲げるわけにはいかぬ」

「よきご思案！」

春日虎綱が周囲も驚くほどの声を上げた。

「義を曲げてまで生き延びることはありませぬ。義のために滅ぶのなら、われら本望でござろう」

虎綱は己の言葉に酔うかのように目を潤ませたが、収まらないのは穴山信君である。

「春日殿は越後と戦端を開きたくないのでござろう。長年にわたり、三河や遠江で徳川勢と戦ってきたわれらにひきかえ、北信濃は平穏。これでは割に合わぬ」

「穴山殿は、それがしをそのように見ておられたか」

虎綱が呆れたように首を振った。

「御屋形様」

今度は真田昌幸が進み出た。

「そもそも信長と謙信、どちらが勝つか、見当もつきませぬ。ここは高みの見物を決め、白黒ついた後に計策をめぐらせばよいかと」

「確かに、その通りやも知れぬ」

勝頼が昌幸の意見に同意したので、結論は「情勢を観望する」という最も中途半端な形で終わった。

結果的には、春日虎綱の意見が押し通った形になり、武田家と織田・徳川両家との関係に変化はなかった。結局、宿老生き残りの虎綱が最後の踏ん張りを見せ、釣閑、穴山信君ら、勝頼政権の実力者たちを押し切る形になった。

その夜、勝頼の許に春日虎綱がやってきた。

勝頼は虎綱を広縁に誘い、一献、傾けることにした。

「そなたは、よくここでこうして、父上と語らっていたな」

「遠い昔のことにございます」

「わしは庭伝いにここに迷い込み、父上に叱られたこともあった」

「そんなこともございましたな」

二人は信玄在りし頃の躑躅ヶ崎館を思い起こし、それぞれの感慨に耽《ふけ》った。

しばしの沈黙の後、虎綱が威儀を正した。

「御屋形様、今宵は御屋形様との最後の語らいと心得て参りました」

「最後の語らい――」

虎綱の意外な言葉に、勝頼は危うく盃《さかずき》を落としそうになった。

「戯言の類ではありませぬ。この弾正、いよいよ五十の坂を越えました。しかも、法性院様と同様、膈《かく》（胃潰瘍《いかいよう》）を患ったらしく、食が衰え、もういくらも生きられませぬ」

「馬鹿を申すな。おぬしが遠行（死去）してしまっては、わが家は立ち行かぬ」

「そのお言葉は老身には身に余るものですが、いかんせん、もう身体が言うことを利きませぬ」

確かに虎綱の衰えは隠しきれないものがあった。いまだ五十を少し過ぎたばかりのはずなのだが、頭には白髪が目立ち、目は茶色く濁っている。その白面には昔日の美しさはなく、ただ冬枯れの野のように荒れ果てていた。

傍輩はすでに長篠設楽原の露となり、ただ一人残された虎綱は、武田家をいかに存続させるかという一点に己の生命を賭けてきた。しかし病は、その鉄の意志を蝕《むしば》むほど進行していた。

「御屋形様、長きにわたりお世話になりました」

勝頼はかけるべき言葉を探したが、気の利いた言葉は見つからなかった。

「御屋形様、この春日虎綱、元は石和の農夫に過ぎませぬ。たまたま法性院様に拾っていただき、面白可笑しき日々を過ごさせていただきました。もはや思い残すことはありませぬ。ただ、御家の行く末を見届けられぬことだけが心残り」

「わが家の行く末か――」

「それがしが、御屋形様に申したきことは一つだけ」

「これが遺言」と言わんばかりに、虎綱が膝を進めた。

虎綱は、謙信に対し、辞を低くして同盟を呼びかけ、北条家を交えた三国同盟を締結すべしという持論を展開した。信長は三国に調略を仕掛け、同盟の瓦解を画策するに違いないが、三国が信頼し合い、人的交流（婚姻と人質）を深めれば、信長など恐るるに足らないというのだ。

さらに虎綱は、「雑説を壟断する君側《くんそく》の奸《かん》にご注意めされよ」とも言った。すなわち、長坂釣閑、跡部大炊助ら代替わりに出頭した者たちが情報を壟断し、己に都合のいいように歪曲《わいきょく》した上で、勝頼に伝えることを恐れた。しかし、さすがの虎綱も、新体制を確立しようと奮闘している勝頼に対し、あからさまに君側の奸を排除せよということまでは言えなかった。

勝頼は虎綱の話にじっくりと聞き入ったが、虎綱の主張に対しては、あえて具体的な返答を避けた。その老婆心が疎ましくもあったからである。

「苦労をかけたな」

「御屋形様、名残惜しゅうございます」

勝頼からいたわりに満ちた言葉をかけられた虎綱は、感極まりすすり泣いた。かつての冷静で鋭利な刃物のようであった春日虎綱は、もうそこにいなかった。勝頼は年老いた一人の農夫の姿をそこに見た。そして、命の衰えの厳しさを見た。

すすり泣く虎綱の背後の空には、冬の月が煌々《こうこう》と輝いていた。かつて、虎綱は武田家の月であった。太陽である信玄を支え続け、武田家の行く道を照らし続けた。しかし、その光もすでにか細いものとなり、眼前の道を照らすことすら覚束ない。

(それでも、わしは進まねばならない)

勝頼は、武田家が今後いかにあるべきかを、いよいよ考えねばならぬと思った。

春日虎綱は翌天正六年(一五七八)五月七日、この世を去る。武田家を照らし続けた月光は、雲間に隠れ、二度と姿を現すことはなかった。

十

桂の許に安房《あわ》里見家への鶴姫輿入れの報が届いたのは、天正五年(一五七七)の暮れも押し迫った頃だった。鶴姫の婚礼は、実はこの夏に行われていたが、北条家と安房里見家が極秘裡に話を進めていたこともあり、桂の許に知らせの届くのが半年も遅れたのである。

(鶴、おめでとう)

桂は心の中で鶴姫を祝福し、その前途の幸せを祈った。

北条家と里見家の四十年に及ぶ確執が容易に氷解するとは思えないが、平和な世の実現に、また一歩近づいたと思うと、桂はうれしかった。

これにより、三郎、桂、鶴と、仲のよかった三人が三方に分かれ、それぞれ、平和を維持するという大任を担うことになった。むろん一つ間違えば、それぞれは敵になる。大名家に生まれた宿命とはいえ、桂は自分たちの運命の皮肉に慨嘆した。

鶴は桂の姪にあたる。年齢は桂が二つ上である。童子《わらべ》の頃から二人は気が合い、一緒によく遊んだ。桂にとり、三郎と同様に鶴との思い出も大切なものの一つであった。

いつまでも幼女だと思っていた鶴が、もう輿入れする年齢に達したことを思うと、桂は星霜《せいそう》の積もる早さに驚きを禁じ得なかった。

（時の経つのは早いもの。その中で、人ができることといえば知れたもの。それでも、わたしは己の使命を全うせねばならない）

桂の甲斐での生活は一年になろうとしていた。


天正六年（一五七八）に年があらたまった。

甲斐武田家の新年は〝盃あらため〟で始まる。御神水で造った屠蘇《とそ》を当主と家族が酌み交わし、新年を祝うのである。続いて、次々と挨拶に訪れる重臣とも同様の盃を酌み交わす。これにより主従関係を確認し、少なくともその年一年、お互いに表裏のないことを神前で誓うのだ。

同じ頃、諏方社では、武運長久、国家安泰を祈念する御玉会《おたまえ》が行われ、正月五日には、諏方社の使者が躑躅ヶ崎館に入り、太刀一振と巻数《かんじゅ》（祈禱《きとう》の際に読誦《どくじゅ》した経典の目録）を武田家当主に贈る。

躑躅ヶ崎館で正月の二日間を過ごした勝頼と桂は、正月三日、連れ立って韮崎《にらさき》の武田八幡宮に詣でた。

武田八幡宮は、弘仁《こうにん》十三年(八二二)、嵯峨《さが》天皇の勅命により、この地の氏神である神武田武大神と豊前《ぶぜん》国宇佐《うさ》八幡宮を合祀《ごうし》し創建された。初代武田信義がこの武田八幡宮の社前で元服したことにより、それ以後、武田家の崇奉《すうほう》を集めることになる。信玄も天文十年(一五四一)に本殿を再建し、この社の加護を願った。

桂は、この一年、無事に過ごせたことを感謝するとともに、これからも末長く平穏な日々が続くことを祈念した。

勝頼がどのようなことを祈ったのか、桂にはわからない。ただその横顔からは、家臣や領民のために国を保っていかねばならない者の真摯《しんし》な思いが感じられた。

(国主とはたいへんな仕事)

桂は、あらためて勝頼の辛い立場を思い知らされた。

(御先祖様方も、どうぞ武田家をお守り下さい)

桂は白い手を合わせ、武田大明神と武田家の先祖に、勝頼の武運長久を祈った。

その後、勝頼と桂は社殿とその周囲を散策した。勝頼は終始にこやかに桂を導いた。桂は礼式に則《のっと》り、勝頼のやや後方をゆっくりと歩んだ。桂が少し遅れると、勝頼は振り向き、桂を気遣った。その心遣いが、桂にはうれしかった。

(これが夫婦《めおと》というものかも知れない)

桂は、何か大きく暖かいものに抱かれているような安心感を持った。

武田八幡宮に詣でた後、一行は武田信義館跡に赴いた。ここは武田家発祥の地として、子孫たちから大切に扱われてきた聖地であり、館跡には小さな社が建てられていた。

二人は再び家の繁栄と武運長久を祈った。勝頼は神域であった武田八幡宮とはうって変わり、打ち解けた様子で先祖や父祖のことを語った。

「知っての通り、わしの父法性院様は、祖父（信虎）を追放し、甲斐一国をわがものとするや、権謀術数の限りを尽くし、信濃、西上野、駿河、東遠江までも併呑《へいどん》した」

「偉大なお父君《ちちぎみ》であらせられたのですね」

「うむ。甲斐源氏の当主として、これほどの傑物はおらぬだろう」

「お父君は、いかなるお人柄だったのですか」

「父か――」

西に連なる連山を見ながら、勝頼は片頬に苦い笑みを浮かべた。そこには、一言では言い尽くせない複雑な思いが込められていた。

「桂、わしは父を人とは思いたくない」

「そ、それはなぜでございますか」

「父には人としての情などなかった。人を人とも思わず、己の野望を遂げるためとあらば、人の心など平気で踏みにじった」

「それほどに――」

桂は、小田原で聞かされてきた信玄の恐ろしさが、半ば事実であることを知った。

「父は神代から続いた諏方家を滅ぼし、母を拉致《らち》すると、飯を食らうように犯した。その挙句に生まれたのがこのわしだ」

「上様――」

「桂、わしの血は穢《けが》れておるのだ」

勝頼は、母を拉致した父とその象徴である武田家の血筋に対する抜き難い憎しみと、相反する誇りを抱いていた。それは、諏方神家《みわけ》に対する純粋な憧憬《しょうけい》からくる誇りとは異なる複雑な感情であるに違いなかった。己の血筋に対する愛憎半ばする思いが、勝頼の内面をより複雑なものにしていたのである。

桂は、勝頼という人間を、また一つ、理解できたような気がした。

信義館跡に詣でた後に勝頼が誘ったのは、七里岩の崖上であった。予想もしなかった場所に誘われ、桂は戸惑った。しかし、輿から降ろされた桂は、眼下に広がるその絶景に息をのんだ。

その丘からは釜無川と信州往還が望まれ、その先には、御所山《みどころやま》と甘利山がなだらかな稜《りょう》線《せん》を見せている。西に傾いた夕日が差す冬枯れの田園からは、野焼きの煙が真っ直ぐに立ち上り、連れ立って家路に着く農民たちを見送っている。

「美しいだろう」

傍らに立つ勝頼がしみじみと言った。

「はい、真に――」

「これが甲斐国だ」

その時、桂には勝頼の気持ちがわかった。

勝頼は、山国である甲斐や信濃に容易になじめない桂を気遣い、多忙な時間を割いて、諏方や韮崎の美しい風景を見せるため、桂を連れ出してくれていたのだ。そこには、この地を愛してほしいという勝頼の切なる願いが込められていた。

言葉は少ないが、勝頼なりに桂を慰めようとしてくれたことが、桂にはこの上なくうれしかった。

「上様、桂は甲斐や信濃が好きになってまいりました」

「それは真か」

「はい」

桂は、甲信の地を本心から好きになりかけていた。

「そうか、それはよかった」

勝頼は安堵したかのように、大きくうなずくと、「わしはここに城を築くつもりだ」と、唐突に言った。

思いもしなかった勝頼の言葉に、桂は戸惑った。

その時、後方に控えていた近習頭の土屋惣三昌恒《そうぞうまさつね》が咳払《せきばら》いした。新城創築構想を桂に話し始めた勝頼に、釘《くぎ》を刺すための咳《しわぶ》きであることは明白だった。

勝頼はあからさまに嫌な顔をしつつ、昌恒の方を振り向いた。

「少し下がっていてくれぬか」

「夫婦の会話だ。水入らずにしてほしい」

「はっ」

近習、小姓《こしょう》を促しつつ、昌恒が下がっていった。

「上様、今、城と申されましたか」

二人になったので、桂は何の気兼ねもなく問うた。

「うむ、それもただの山城を築くのではない。ここに武田家の本拠を移す」

「えっ」

桂は驚きのあまり絶句した。

「わしは、いつかこの地に、新しい甲斐の国府を築きたいのだ」

「ここが甲斐の国府になるのですか」

「そうだ。今、われわれが見ている田園に多くの町家《まちや》や店棚が建ち並び、家臣屋敷や寺社も移す。この地を武田家永代の本拠とするのだ」

気持ちが昂《たか》ぶってきたためか、勝頼の頬は紅潮していた。

「なぜにこの地を」

「それはな——」

勝頼は桂にもわかるように、その理由を丁寧に語ってくれた。

韮崎の地は甲斐一国で見た場合、西に偏っているが、信濃、駿河、西上野を包含する武田領国全体から見れば、その中心に位置する。この地は交通の要衝でもあり、北西に進めば諏方郡に至り、高遠から天竜川沿いに三州街道を南下すれば、伊奈谷経由で遠江、三河への進出が可能となる。また、諏方から北に進めば深志に至り、さらに佐久《さく》往還を北に進めば、信濃佐久郡に出られる。佐久から上野国へは中仙道《なかせんどう》を使えばすぐである。また、新城予定地の脇を流れる釜無川の流れに乗れば、富士川に合流し、容易に江尻から駿府に出られる。むろん、駿信往還を使えば、陸路でも駿府に抜けられる。

このように、韮崎は交通の要衝に位置していた。

要害という点からしても、七里岩の急崖《きゅうがい》上であれば防御上の心配は少ない。釜無川に面する西側は三十五丈（約百メートル）の急崖の上、東側にも釜無川支流の塩川が流れており、自然の要害を形成している。段丘の傾斜は南側に落ちているので、南からの攻撃も困難である。唯一、北側から攻められ易いが、この方角には、勝頼に最も忠実な諏方領があり、上原、深志、高遠などの堅城が前衛を成している。

韮崎は、利便性と要害としての機能を併せ持った、武田家の本拠として申し分のない地であった。

「上様のお考えは、必ずや皆様におわかりいただけることでしょう」

「そうとは限らぬ。皆にはそれぞれの思惑があり、何かを決めようとする度に諍《いさか》いが起こる。わしはそんな体制に辟易《へきえき》した。何事も即時に決し、神速をもって行動する。わしにはそうした生き方しかできん」

「真っ直ぐなお方なのですね」

独り言のような桂の呟きは、勝頼の耳には届いていないようであった。

「今は父上の時代とは違うのだ。こうしている間も、上方では巨大な権力を持つ統一政権が誕生しようとしている。それを顧みず、われらはいつまでも、いがみ合いを繰り返し、心を一《いっ》にしようとはせぬ」

桂は、家中の意見さえも統一できない勝頼の歯がゆさが、痛いほどわかった。

「上様のお気持ちは、桂にもよくわかります。わたしにできることがあれば、何なりとお申し付け下さい」

「そうだな――」

桂の言葉に、勝頼は苦笑いで応じた。その顔には、「女子《おなご》に何ができる」と書いてあった。しかし、桂は真剣だった。

(わたしが、このお方をお守りせねばならない)

桂の曖昧模糊《あいまいもこ》とした思いが、この時、結晶した。甲相の紐帯という己の使命を超越した、もっと簡潔で直截《ちょくさい》な情念が、桂の心中で形を成しつつあった。

(この国とこのお方を守るために、わたしは生まれてきたのだ)

そんな桂の心中を知るはずもなく、勝頼が背を向けたまま問うた。

「桂よ、小田原には想いを寄せた者もおったであろう」

「えっ」

突然の問いかけに、桂は戸惑った。

「別に構わぬことだ。利巧（感受性豊か）なおぬしに、好きな男の一人でもおらぬ方がおかしい」

「な、何を申されます」

「小田原を去るのは、さぞ辛かったであろうな」

「いえ、わたしには託された役目があり――」

「甲相の絆《きずな》か」

「はい」

「おぬしのような少女がそうした大任を背負わされるとは、悲しい世の中よな」

桂は、自嘲気味に笑う勝頼の横顔に孤独を見た。そして、前々から問いたいと思っていたことを思い切って問うてみた。

「上様には、かつて織田家から輿入れなされた御台所様がいらっしゃいましたね」

「ああ、いた。だが武王丸《たけおうまる》（信勝）を産んですぐに身罷《みまか》った。幸せの薄い女人であった」

勝頼はそう言ったきり沈黙した。

甲尾《こうび》同盟締結の折、信長の養女となって甲斐に輿入れしたのは、美濃苗木城主遠山直廉の娘であった。彼女は政略結婚の道具とされて死んでいった。

桂は、同じ境遇にあった先妻に、他人とは思えない共感を抱いた。

勝頼には側室もいた。勝頼はその側室にも細やかな心遣いを見せた。長篠戦役の直前、彼女に送った書状には、勝頼の優しさが溢れている。しかし彼女も、すでにこの世にいない。十歳の時に亡くした母親も含め、勝頼の愛した女性は次々と彼の許を去っていった。

桂が先妻のことをさらに問おうとした時、みるみる勝頼の顔色が変わっていった。勝頼の視線の先を追うと、近習たちが慌《あわただ》しく動き回り、肩を支えられた使者らしき者が、土屋昌恒に何事かを告げている。

「いかがいたした！」

勝頼の問いかけに昌恒が走り寄りつつ答えた。

「はっ、徳川勢が小山城を攻撃中！」

「小山城だと！　彼奴ら高天神を抜いたのか」

柔和だった勝頼の顔はすでに武人のものとなっていた。

「わかりませぬ」

「すぐに府中に戻る。江尻の玄蕃（穴山信君）に、すぐに後巻《うしろま》き（後詰）を掛けるよう馬を飛ばせ。朝比奈《あきひな》（信置《のぶおき》）と依田《よだ》（信蕃《のぶしげ》）にも同様の使者を送れ！」

矢継ぎ早に指示を飛ばすと、勝頼は自らの馬に飛び乗った。

「桂、すまぬが火急のことゆえ、先に府中に帰る！」

そう言い残すと勝頼は馬に鞭《むち》をくれた。土煙だけ残して、あっという間に勝頼と従者たちは視界から消えていった。桂は呆然としてそれを見送った。

十一

甲斐府中に居館を構える重臣団の中でも、釣閑館の構えは、一際、豪壮である。

それがこの人物の権勢の大きさを物語っていることはもちろんだが、その重厚な構えには、他国から訪れる使者たちを威圧し、交渉を有利に進めんとする狙いもあった。

当然、この館には人の出入りが激しい。国外から訪れる賓客はもとより、上は豪商から下は貧村の乙名《おとな》（庄屋）に至るまで、その誰もが、釣閑の口利きにより、訴訟や陳情が有利に運び、要求が滞りなく通ることを期待しているのである。

しかし、この日だけは違った。この館には珍しく、ある人物を迎えた後に門が閉ざされ、人の出入りが禁じられた。むろん、それだけ重大な密議があるということである。

その密議の相手は、長遠寺（長延寺）実了師慶《じつりょうしけい》という使僧であった。

実了は、前関東管領山内《やまのうち》上杉憲政の庶弟にあたる。兄が北条家に攻められ、没落することにより、実了自らの居場所も関東になくなり、甲斐武田家に身を寄せた。その後、実了は深い学識を信玄に買われ、武田家の外交僧となった。実了に対する信玄の信頼はことのほか篤く、七男の信清を婿に与えるほどであった。

謙信でさえも、その人品骨柄を高く評価していたらしく、『甲陽軍鑑』では、使者としてやってきた実了との初対面を終えた謙信が「さすが信玄の気に入りたること道理かな」と言ったとされる。

実了は、越後上杉家、石山本願寺、伊勢長島門徒との外交交渉も担うほど、武田家にとって欠かせない人物であった。この時、実了は新年の挨拶に小田原まで出向き、北条家の動静を探ってきたばかりであった。

「長坂様、年の瀬の評定では、春日様に押し切られたと聞きましたぞ」

茶を喫しつつ、実了が釣閑を揶揄《やゆ》した。五十歳そこそことはいえ、実了の態度と物腰には、すでに老熟した高僧の雰囲気が漂っている。

「すでにそこまでお聞き及びとは驚きましたな」

釣閑が苦笑いを浮かべた。

「年をとるほどに、耳が早うなりましてな」

実了も含みのある笑いを返した。

「確かに、此度は弾正に押し切られました。むろん、それがしとて信長の思惑には気づいております。またしてもわれらを利用し、一時の便宜を図ろうとするその魂胆、見え透いておるとは思いつつも――」

「あえて信長の手に乗ろうとした、その真意はいずこに」

「わかっておりましょう」

「ひとまず、北条領国でございますな」

その大きな鼻腔から息を吐きつつ、釣閑がうなずいた。それを見た実了は、すべてを察したがごとく諸国の情勢を語り始めた。

「房総平定を成した後の相州（氏政）の関心は下野進出にあり。これに慌てた佐竹、宇都宮《うつのみや》、結城《ゆうき》らは一味同心し、相州への対抗姿勢を強め、謙信越山を懇望しております。それに対して、北条は伊達《だて》、蘆名《あしな》、田村の奥州諸豪と連携し、彼らの背後からの圧力を強めております」

「しかし、謙信には信長征伐で上方に赴くという雑説もありますな」

「はい、内外には大規模な関東越山を挙行し、北条家をひれ伏させた後、上方に進出すると喧伝しております」

「それが真であらば、北条家にとり、由々しき事態」

「しかし」と前置きした実了は、「拙僧は、必ずしもそれが真とは思えませぬ」と言った。

「それでは――」

「謙信は西上の途につきましょう」

「まさか」

「謙信にとっての唯一の懸念は、謙信留守の越後を狙われることでありましょう。しかし、たとえ軍神不在とはいえ、越後に攻め寄せるほどの気概が、北条家や奥州諸豪にあるとは思えませぬ。謙信が佐竹らを見捨てるつもりであれば、信長征伐が優先されるはず」

「なるほど、関東に行くと見せかけて、実は西上の途につくというわけですな」

「まあ、そういうことになりますな」

しばし沈思した後、釣閑が腕組みを解いた。

「実は折り入ってお話がございます」

釣閑は、武田家の破綻《はたん》寸前の財政のことを包み隠さず伝えた。

「そこまでとは知りませなんだ」

釣閑の話に衝撃を受けた実了であったが、すぐにその意図に思い至った。

「それゆえ、織田と組み北条を滅ぼす。そして、武田家は広大な北条領をいただくという魂胆ですな」

「そういう筋書きになりましょう」

「北条家には煮え湯をのまされてきたこの実了、異存はございませぬが――」

「何かご懸念でも」

「それであらば、造作の要らぬことではありませぬか。春日殿、小山田殿ら北条寄りの重臣らが領国に帰った今となっては、御屋形様は長坂様の思い通りではござらぬか。すぐにでも計策を転じさせ――」

「いや、実は相府から来た御簾中が思いのほか賢く、御屋形様もその言に耳を傾けるようになってきたのです。現に土屋昌恒などは、御屋形様が、武田家の秘事（機密）を何でも御簾中に話されるので困っておった。御簾中とその従者の周囲には、厳重に見張りをつけておるので、今のところ心配は要りませぬが、今後、見張りが緩めば、御屋形様が、今朝、食したものまで、夕には相府に筒抜けとなりましょう」

「ははあ、獅子身中の虫ですな」

実了が茶化したが、釣閑は笑わずに続けた。

「ただの小娘と侮っておりましたが、さすが氏康の子、御屋形様は知らぬ間に取り込まれてしまいました」

「どうなさるおつもりか」

「北条と手切れになれば、御屋形様も彼の娘を相府に送り返さざるを得ますまい。根を絶てば、所詮、枝は立ち枯れる。これから、その策を巡らそうということです。それゆえ是非、お力を――」

釣閑の言葉に実了が深く首肯した。

その頃、躑躅ヶ崎館では、北条家の賀詞交換使として来府した板部岡江雪が、桂の許を訪れていた。両家は同盟関係とはいえ、江雪は他国から来た使者である。以前のように、親しく桂と歓談できるわけではなかった。それゆえ、跡部大炊助らが同席の下での再会となった。

「御方様、お久しゅうござります」

「こちらこそ、ご無沙汰いたしておりました」

「早いもので、もう一年でありますな」

「そういえば、もうそんなになりますか」

桂は、環境の変化に順応していくことに懸命であったこの一年を思い返した。

「それがしも、この一年、関東一円を走り回っておりました」

「羨《うらや》ましいこと。わたしは上様に連れられて諏方と韮崎に行っただけです」

「それだけでも十分ではありませぬか。御屋形様のお心の優しさがわかろうというものです」

「はい――」

桂は俯きつつ頰を赤らめた。

「お幸せのようで何よりです」

目を細める江雪を尻目に、桂ははにかみつつ話題を転じた。

「里見との一件では、さぞたいへんな苦労があったことでしょう」

「はい、それは――」

大炊助らが同席している手前、政治向きの話題になると、とたんに江雪の返答は歯切れの悪いものとなる。それを察した桂はすぐに話題を転じた。

「鶴の輿入れはいかがでございましたか」

「はい、御方様の婚礼に劣らぬほど、それは見事なものでした。房総里見家との四十年にわたる抗争が終わったことで、小田原は祝賀気分一色に包まれておりました」

「それはよかった」

鶴個人の思いはどうあれ、皆の祝福を受けて、鶴が新しい人生に向けて旅立っていったことだけでも、桂にはうれしかった。

「鶴姫様はたいへん美しい打掛を召され、笑顔で小田原を後にしました」

「それは嘘」

「はっ――」

少女時代と変わらぬ鋭い桂の指摘に、江雪はたじろいだ。

「鶴は泣いたはずです」

桂は、自分と異なり、鶴が女性的な気質の持ち主であることを知っていた。しかも、鶴の生母は小田原で健在である。

かつて、ともに遊んでいた頃、鶴が桂に向かい、「わたしはずっとここにいたい」と言っていたことも、桂は覚えていた。鶴にとって他国への輿入れは、身を切られるほど辛いものであったはずである。

「かわいそうな鶴」

桂は己のことを忘れて鶴に同情した。

「ただ――」

江雪がわずかに笑顔を見せた。

「供の者から後に聞いた話ですが、小田原を望む最後の地である国府津《こうづ》の峠まで来たところで、鶴姫様は急に輿を降りると申されました。驚く供回りを尻目に、輿を降りた鶴姫様は、西方に向かって手を合わせました。おそらく、北条家に別れを告げ、その武運長久をお祈りなされたのでありましょう」

「それは真ですか」

桂の瞳にうっすらと涙が浮かんだ。あの幼かった鶴が、己の使命をようやく理解し、少女から大人の女への節目《ふしめ》を立派に飾れたことが、桂にはうれしかった。

「その後、里見家に入られるまで、鶴姫様は一切泣かず、悠然と輿入れなされたとのことです」

「そうでしょう、鶴ならばきっと――」

桂は、止めどなく溢れる涙を隠そうともしなかった。

それを機に跡部大炊助が退出を促した。江雪は暇乞《いとまご》いの言葉を残し、去っていった。

自室に下がった桂は涙をぬぐい、鶴の幸せをあらためて祈った。しかし、押し寄せてくるのは悲しさばかりであった。

三郎は越後に去り、鶴は安房に輿入れしていった。そういう自分もすでに甲斐の人である。桂はときの流れが、川のように人々を押し流し、離れ離れにしていくことを知った。

しかし、思い出だけは三人の中で、いつまでも生き続ける。

(三人の命がある限り)

桂はそれでいいのだと思った。

十二

天正六年(一五七八)正月、徳川勢が遠州小山城に攻め寄せてきた。しかし、小山城はその三重に連なる三日月堀の威力をいかんなく発揮し、徳川勢を撃退した。

ただ、この時の攻撃で、家康は一つの大きな収穫を得た。それは、信玄健在の頃と比べれば、武田方の守備隊の士気が目立って落ち始めており、支城間の相互連携にも綻《ほころ》びが見え始めていることであった。

すなわち家康は、東遠江の沼沢地の間を縫えば、武田方に知られることなく、駿河まで攻め寄せることも可能であるとの感触を得た。あえて堅固な高天神城を攻めずとも、その兵站《へいたん》線を担う後方の城を落とせば、さしもの堅城といえども、自落必至であることを家康は覚ったのである。

それだけでなく、この頃、家康は駿河国江尻城の穴山信君に調略の手を伸ばし始めていた。むろん、すぐに信君が内応するとは思えないが、江尻城からの兵站支援が滞ることで、家康には信君の動揺が十分に読み取れた。

三月、家康は駿遠諸城への本格的侵攻作戦を開始する。


その頃、高天神城将の横田尹松《ただとし》は、兵糧の欠乏に悩まされていた。

天正三年（一五七五）八月の諏方原《すわはら》城失陥により、大井川が使用できなくなった武田家にとり、甲斐から東遠江に進出するためには、富士川沿いに駿河に出て、江尻、田中、小山、滝堺《たきざかい》、相良《さがら》、比木《ひのき》、天ヶ谷《てんがたに》と続く駿河湾沿いの大迂回路を使わねばならなかった。むろん、高天神への兵糧運搬も同様の経路が取られていた。

ところがどうしたわけか、穴山信君が守る江尻城からの兵站補給が滞り、さらに、周辺地域での徳川方の跳梁《ちょうりょう》も激しくなり、武田方の荷駄が襲われることが多くなっていた。尹松は各兵站城に頻繁に兵糧運搬を催促したが、どこも危険の多い兵糧運搬に兵が出たがらず、おのずと先端拠点の高天神から兵糧が欠乏し始めていた。

すでに高天神城近隣の作物《なりもの》は、限界まで収奪したため、農民から怨嗟《えんさ》の声が上がり始めている。高天神を守り抜くには、いずこかの兵站城まで届いているはずの兵糧を、何としても運び込まねばならなかった。

尹松は高天神から兵糧運搬部隊を派遣することを決意した。

「前方の台地に敵影なし」

「わかった。荷駄隊を進めよう」

物見に出ていた宮下帯刀の報告を聞いた片切監物は、指揮棒代わりの粗朶《そだ》を大きく振り、後方の藪《やぶ》に隠れている荷駄隊を呼んだ。

横田尹松の命を受けた片切隊は、小山城まで兵糧をもらい受けに行った。しかし、小山城に着いているはずの高天神城の兵糧は、小山城の北二里半の田中城にとどまったままだというので、田中城まで兵糧を取りに行くはめになった。

武田方の勢力圏とはいえ、この周辺の土民の向背は定まらない。しかも、徳川方の偵察部隊も跋扈《ばっこ》している。そうした中、監物は果敢に前進を続け、田中城に入ることに成功した。しかし、問題は鈍重な荷駄を抱えた帰路である。

草鞋《わらじ》を取り替えつつ、帯刀がぼやいた。

「われらばかり、いつまでこんな苦労をさせられるのですかな」

「詮なきことを申すな。それが先方衆の宿命《さだめ》だ」

それだけ言うと、監物は用心深く周囲を見回した。

帯刀はため息をつき、わが身の不運を呪った。

監物は、四方に目を配りながら慎重に前進を再開した。草鞋を替えた帯刀が立ち上がると、後方から荷駄隊が追いついてきた。

「父上、いかがでございましたか」

荷駄隊警固を任されている四郎左が歩み寄ってきた。

帯刀が横田尹松から差料を拝領したため、四郎左は帯刀の差料をもらった。それが誇らしいらしく、四郎左は常に腰に手を当てている。その様子が、いかにも飢えた狼のように見え、帯刀は気に入らなかった。

「心配は要らん」

ぞんざいに答えた帯刀は再び先頭に立って歩き始めた。しかし、新しい草鞋が足になじまず、〝まめ〟をつぶした。そのため監物にことわり、最後尾を歩かせてもらうことにした。

しばらく行った峠道で、片切隊は二人の杣人《そまびと》と出会った。二人は片切隊に大した関心も示さず、一礼すると通り過ぎていった。農民や杣人にはそこかしこで出会う。それをいちいち詰問していては、埒《らち》が明かない。監物も一瞥《いちべつ》しただけで二人を通した。

一方、最後尾の帯刀は、つぶれた〝まめ〟がどうにも我慢ができず、ひとり路傍の切り株に腰掛け、草鞋を修繕していた。その眼前を男たちが通り過ぎていく。

帯刀も一瞥したが、特に変わったところのない杣人である。しかし、草鞋を履こうとした拍子に、彼らの足元を間近に見た。それは日焼け跡がなく、白く骨ばっていた。

(これは山で糧を得る者の足ではない。杣人の足はもっと黒ずみ、石のように硬いはずだ――)

「待て」

帯刀の言葉に二人は止まった。その振り向いた顔は、どこにでもいる朴訥《ぼくとつ》な地下人《じげにん》のものである。

「おぬしらはどこから来た」

太刀袋の紐を緩めつつ帯刀が問うと、二人が視線を絡ませた。その直後、間合いに殺気が漂った。

「何かあったか」

帯刀の様子をいぶかしんだ監物らが、ばらばらと走り寄ってきた。その姿を視線の端で捉えた帯刀に一瞬の隙が生じた。それを逃さず、杣人が懐から短刀を取り出し、帯刀に襲い掛かってきた。

敵の最初の一閃《いっせん》を飛びのいて避けた帯刀は、すかさず太刀を抜こうとしたが、足元の切株に躓《つまず》き、もんどりうって倒れた。

（しまった）

帯刀は無様に転がりながら、次の瞬間、九分九厘殺されることを確信した。しかし、敵は帯刀を一顧だにせず、藪の中に逃げ込もうとした。それを見た帯刀は、咄嗟に一人の足首を摑んだ。

「あっ！」

敵の一人が片膝をついた。脇差の鞘を払った帯刀は、すかさず敵に抱きつき、その脇腹を深く抉《えぐ》った。声を上げる暇もなく敵の口から鮮血がほとばしった。

（こいつは凄い）

帯刀は、尹松からもらった差料の鋭い斬れ味に啞然《あぜん》とした。

その様子を見たいま一人は、仲間の救出を諦め、藪の中に飛び込んだ。そこを片切隊の面々が追いかけていく。

「父上、お怪我は！」

「ない、それより敵を捕らえよ」

「父上は」

「わしは〝まめ〟がつぶれて追えん」

四郎左は弾かれたように藪の中に飛び込んでいった。

ようやく立ち上がった帯刀は、虫の息の敵兵にとどめを刺した。

やがて、藪の中から悲鳴が聞こえ、いま一人の敵が討ち取られたことが知れた。

「てこずったが何とか倒した。あれは敵の遠候（長距離の斥候）に違いない」

しばらくすると、監物が藪の中から出てきた。

「四郎左は」

「無事だ。敵は藪に隠れ、わしらが通り過ぎるのを待ち、こちらに引き返そうとしたらしい。ところが、たまたま遅れてきた四郎左と鉢合わせし、討ち取られた」

「今、何と――」

四郎左が人を討ったと聞き、唖然とする帯刀の許に四郎左が戻ってきた。

「父上、敵を仕留めましたぞ！」

四郎左の目は、帯刀にほめられることを期待して輝いていた。しかし、帯刀の口からは思いもよらない言葉が出た。

「下郎一人を討ち取ったくらいで喜ぶな」

父の意外な言葉に、四郎左は不満そうに頰を膨らませた。

「まあ、いいではないか。今日のところはほめてやれ」と、監物に言われた帯刀は、不承不承、言った。

「よくやったな」

周囲はどっと沸き、次々と四郎左の肩を叩き、祝いの言葉を浴びせた。先輩たちに冷やかされながら、四郎左も機嫌を直した。

（こうして四郎左も、一人前の武士になって行くのか）

帯刀は複雑な心境であった。

「それにしても、徳川の遠候が、田中城と小山城の間の道まで探りを入れに来ているということは、小山城をすり抜け、田中城に奇襲を掛けるつもりやも知れぬ」

監物が額に皺を寄せた。このまま進むか、田中城に戻るか決めかねているようだ。

（親父殿はいかがなさるおつもりか）

考えに集中させるため、帯刀は監物にあえて言葉をかけなかった。

やがて考えがまとまったらしく、監物が顔を上げた。

「このまま進み、小山城を目指す。敵と遭遇したら荷駄を捨て、皆、勝手に逃げよ」

勇壮さの欠片《かけら》もない監物の策に、帯刀はあらためて兵糧運搬の困難さを知った。

（これでは伊奈の河原喧嘩《げんか》と同じだ）

子供が集団となり、石を投げ合って争う河原喧嘩を、帯刀は思い出していた。石が当たって一人が泣き出せば、そちらの方はなりふり構わず逃げ出す。その姿が可笑しく、野良仕事の大人たちも手を休めて眺めたものだ。

「帯刀、すまぬが物見《ものみ》に出てくれ」

物思いに沈んでいた帯刀はわれに返った。

（どこにいても、死ぬときは死ぬ）

大あくびをした後、帯刀は一人、藪の中に消えた。もう〝まめ〟は痛まなかった。

藪に分け入り、しばらく進むと、右手に牧之原台地が見えてきた。台地は大井川西岸にいくつも指を伸ばしたように広がっている。その手の平の部分に、敵方の諏方原城があるはずだが、四里近く離れているので見えない。眼前の大井川を西に渡れば、武田方の小山城は間近である。

(敵の大軍勢が接近しているやも知れぬと、親父殿は申していたが、杞憂《きゆう》であったかの)

帯刀は、小山城方面の展望が利く場所を探した。

「あっ」

見晴らしのいい崖上まで出た帯刀は驚愕した。

小山城から死角になっている眼下の隘路《あいろ》を、徳川の大軍が進んでいたのだ。その半数近くはいまだ渡河していないらしく、多くの旌旗《せいき》が大井川対岸に揺れている。

(たいへんなことになった)

半ば転がりながら来た道を引き返し、見てきたままを報告すると、監物の顔から血の気が引いた。

「それにしても、われらしか知らぬはずの渡河地点を、なぜ敵が知っておるのか。敵は、ひそかに小山城近辺の地形を調べ終えていたに違いない」

監物が唇を噛んだ。

「親父殿、ここは荷駄を捨て、小山城に走ろう」

いたたまれなくなった帯刀が提案した。

「いや、それはいかん。敵はすでに川を渡りつつある。われらが後先構わず逃げ出せば、田中城が奇襲を受ける」

「では、どうする」

「徳川勢より先に田中城に達し、危急を知らせるほか手はない」

「とは申しても——」

「知っての通り、田中城へ至る道はここから一本だ。ほかの道は迂回路ばかりで、どんなに急いでも、敵より先に田中城に着くことは叶わぬ」

監物がその場に腰を下ろしたので帯刀もつられるように座った。その周囲を四郎左たちが取り巻いた。

「このままお味方の危機を見過ごしても、どこからも文句は出ぬし、田中城が落ちるとは限らぬ。ここで息を潜めてやり過ごそう」

帯刀が言うと、竹村次郎右衛門尉、南嶋小平太ら〝片切十騎〟の面々も首肯した。しかし、先ほど「勝手に逃げろ」と言った同じ人物とは思えないほど毅然とした態度で、監物が言った。

「田中城が落ちれば、高天神への補給路は断たれる。ここは、われらだけで何とかせねばならぬ」

「そんな——」

帯刀は出かかった言葉を引っ込めた。これ以上、何か言えば、怒鳴られるだけだからである。

(何とも御し難きお方だ)

ため息をつく帯刀を尻目に、監物はにやりとした。

「いい策がある」

最後尾を進んでいた後方警戒役の兵二人を手際よく討ち取った監物と帯刀は、素早く敵兵の甲冑《かっちゅう》を着けた。それは徳川家の〝お貸し胴〟らしく、腹の中央に、葵紋《あおいもん》がでかでかと描かれていた。

帯刀の着付けを手伝いながら、四郎左は何度も「わしも行きたい」と懇願し続けた。しかし帯刀は、頑としてそれを許さず、四郎左には、敵が去った後、小山城にこのことを知らせ、何が何でも荷駄を高天神城に運び込むよう命じた。

やがて日が落ちた。

荷駄隊と別れた監物と帯刀は、夜陰に乗じて徳川勢の殿軍《しんがり》にまぎれ込んだ。

朝日の昇る前に起き出した二人は、後方の浜松城からの使者と偽り、新しい馬と使番の旗をまんまと借り受けることに成功した。そして、危急の使番と叫びながら、隊列を裂くように進み、先頭を目指した。よもや、これだけ堂々とした使番を敵とは思わず、徳川勢は二人のために道を譲った。

「親父殿、大丈夫か」

瀬戸川《せと》を渡ったところで、帯刀は監物に馬を寄せた。

「ああ、大丈夫だ」

そう言いながらも、監物の顔面は蒼白《そうはく》だった。

「親父殿、この後、どうする」

「わからん」

啞然として監物の横顔をのぞき込む帯刀を意に介さず、監物は目を細めて前方を凝視している。

「どうやら、徳一色《とくいっしき》(田中城周辺域)が見えてきた」

監物が呟いた。前方に目を凝らすと、確かにいくつかの櫓《やぐら》が霞《かす》んで見える。

やがて徳川勢の先頭が止まり、各隊が散開を始めた。奇襲を掛けるべく、徳川勢が陣形を整えにかかったのだ。そのとき、先手の物頭らしき武将が馬を寄せてきた。

「使番、見慣れぬ顔だが、抜け駆けは許さぬぞ！」

「上様から大久保殿への使いだ。ははあ、ここは鳥居隊か」

監物がとぼけ顔で答えた。

「寝ぼけたことを申すな。旗印《はたじるし》を見ればわかるだろう」

「そういえばそうだな」

「貴殿らはこれだけ多くの旗を見ても気づかなんだのか。いよいよ抜け駆けのつもりだな」

「いや、夜通し駆けてきたので、大久保殿の旗を見逃してしまっただけだ。すぐに引き返す」

「それは異なこと。大久保隊は最も大所帯ゆえ、使番ともあろう者が見逃すはずなかろう」

「いや、最近はとんと目が悪くなっての」

「目が悪いだと。そういえばおぬし、使番としては随分、〝とう〟が立っておるな」

「いや、最近の人手不足で駆り出されたわ。さてと、大久保隊はどこかの」

高笑いしながら、監物はその場を去ろうとした。冷や冷やしながらことの成り行きを見守っていた帯刀も、ほっとして監物の後を追おうとした。

「おいそこの二人、せめて名乗っていけ」

その時、背後から物頭の声が追ってきた。

「ああ、わしの名か」

にこにこしながら物頭に近づいた監物は、突然、脇差を抜き放ち、騎乗のまま体当たりした。

「うげっ!」

鮮血をほとばしらせ、物頭が落馬した。奇襲攻撃の支度に大わらわだった徳川勢の視線が一斉に集まった。しかし、まだ喧嘩か何かと思っているらしく、遠巻きに眺めているだけである。

その時であった。

「武田大膳大夫家臣、片切監物昌為、ゆえあって徳川殿の陣をお借りした。これから、われらが城に逃げ込む。首を獲りたければ追うべし！」

そう言うと監物は馬に鞭をくれた。徳川勢とともに呆然とこの有様を見ていた帯刀も、われに返ったように鞭を入れた。二人は徳川陣から抜け出し、眼前の田中城目指して、ひた走りに走った。

振り向くと、背後ではたいへんな混乱が起きていた。武田勢が二人だけとは思わず、兵たちが右往左往している。それでも、数騎が土煙の中を飛び出し、二人を追跡してきた。

「親父殿は相変わらず剛腹《ごうふく》だ！」

馬を寄せた帯刀が喚《おめ》いた。

「剛腹なものか！ずっと肝が縮み上がっておったわ。しかし、侍は名乗ってなんぼのものだからな」

「親父殿には敵わんのう」

二人は天に届けとばかりに笑いながら、春の田園を疾走した。

田中城に駆け寄った二人は、円形の城の外周をぐるぐると回りながら、知己を探した。

藤枝口から平島口まで回ったところで、ようやく「あれは兵糧を取りに来た高天神の者だ」と認める者がおり、城内に引き入れられた。おかげで城将の依田信蕃は、すぐさま城兵を配置につけ、敵の攻撃に備えることができた。

一方、統制の取れていないまま押し寄せた徳川勢は、城方の反撃を受け、ほうほうの体で退散した。しかも、四郎左らの知らせにより、急遽《きゅうきょ》、出撃してきた岡部元信率いる小山城兵に帰路を阻まれ、四分五裂しながら諏方原城目指して潰走した。

徳川方の被害はさしたるものではなかったものの、「衰勢の武田に敗れた」という精神的な打撃は大きく、この天正六年（一五七八）三月三日の戦い以後、家康は高天神城周辺の地形調査と横須賀城の創築に注力し、八月まで攻勢に出ることはなかった。

こうして、微妙な力の均衡の上で、武田と徳川の攻防は続いていった。

春嵐《しゅんらん》縹渺《ひょうびょう》

一

「謙信死去」

　この知らせが甲斐《かい》国にもたらされたのは、天正六年（一五七八）三月中頃のことだった。ほぼ同時に、謙信の二人の養子、喜平次景勝《かげかつ》と三郎景虎の間で、跡目争いが勃発《ぼっぱつ》したとの報も入った。

　その日、桂は勝頼とともに一条信竜の上野城に招かれ、花見の茶会を楽しんでいた。宴もたけなわの頃、突如、走り来た取次役が土屋昌恒の耳元に何事か囁《ささや》いた。昌恒の顔色が瞬時に変わり、勝頼に目で合図した。

　勝頼は昌恒とともに座をはずし、額を寄せて何事か話し合った後、屋内に消えた。続いて、次々と重臣が呼ばれ、茶会は軍議の場に取って代わった。

　この騒然とした様子に、女たちは不安げに身を寄せ合っていたが、一条家の奥方が機転を利かせ、女たちを奥の間に誘った。

　女たちが奥の間に向かったので、仕方なく桂もそれに従ったが、何とも言いようのない胸騒ぎがした。

女たちは、奥の間で貝合わせなどに興じ始めたが、桂の心は別の場所にあった。

(何か凶事ではないか)

そう思うと桂はいたたまれなくなり、自分の番が来ても、気づかないほどであった。

折よく取次ぎの尼僧が茶菓を持ってきたので、桂は浅茅を呼んでもらおうとしたが、浅茅はすでに次の間に控えているという。桂は厠《かわや》に立つと言って次の間に入った。

「浅茅、いかがいたした」

「越後《えちご》の不識庵《ふしきあん》様がご遠行なされたとのことです」

「あの謙信公が!」

桂にとり、予想だにしない話だった。

(毘沙門天《びしゃもんてん》の再来と自他ともに認める軍神上杉謙信が、かくも容易に亡くなるのだろうか。武田家と北条家はこの先どうなるのか)

桂には、謙信死去という大事が、両家にとり、けっして良い方向に作用することがないような気がした。それは女の勘に近いものだった。

「三郎様はご無事なのか」

当然のごとく、桂は三郎の安否を気遣った。

「越後国内が混乱しているようで、小田原でも確説は摑《つか》めていないようです」

浅茅が申し訳なさそうに答えた。

「三郎様は上様と戦うことになるのか」

混乱に乗じて勝頼が越後に討ち入り、謙信の世継ぎといわれる三郎と戦うということも考えられる。

「いえ、そういうことにはなりませぬ」

浅茅は、それだけは自信ありげに言い切った。

「武田と北条は同盟国ゆえ、御屋形様が北条家にことわりもなく三郎様を攻めるなど有り得ませぬ」

「そうでしたね」

桂は、複雑に組み上げられた外交関係を思い起こし、胸を撫《な》で下ろした。

「ただし――」

浅茅は、唯一の懸念である世継ぎの問題に触れた。

越後の家督争いは、生涯不犯《ふぼん》を通した不識庵謙信に実子がなかったことに起因する。そのため、謙信は養子を三人迎えていた。一人は、越相同盟締結時に北条家から迎えた三郎であり、いま一人は、上田長尾氏から迎えた謙信の姉の子景勝である。さらに上条《じょうじょう》家を継がせている畠山義続《よしつぐ》（能登《のと》畠山城主）の次子義春《よしはる》がいた。ただし義春はすでに上条家に入り、上条政繁《まさしげ》と名乗らされていたので、後継候補からは除外されていた。

謙信は跡継ぎを明言せぬまま人事不省に陥ったが、その扱いから、三郎が事実上の後継者に指名されていることは明白だった。一方、景勝は家臣として軍役帳《ぐんえき》に名を連ねており、その待遇からして三郎とは格段の差があった。

しかし、それをはっきりさせる前に謙信は急逝した。そのため、景勝の出身母体である上田長尾家を中心とした勢力が、何らかの抵抗を示す余地があった。

「三郎様はほかの養子を押しのけ、越後の太守となられるだろうか」

「おそらくそうなりましょう。三郎様の背後には、北条と武田が控えております。それだけでも三郎様が圧倒的に優位。上田長尾以外の重臣や国衆は、三郎様を支持するに違いありませぬ」

「それならばいいのですが――」

その時、桂を呼ぶ声がした。厠の場所がわからず、桂が迷っているのではないかと心配した一条夫人らしかった。浅茅に下がるよう命じた桂は、夫人の声のする方に向かった。


謙信急逝に伴う家督争い〝御館《おたて》の乱〟は、景勝方の奇襲攻撃同様の蜂起《ほうき》が端緒となって始まった。

三月十三日の謙信死去にあたり、発表や葬儀をいかに実施するかを論じる景虎陣営、すなわち重臣団を尻目《しりめ》に、十五日、武装蜂起した景勝陣営は、いち早く春日山実城《みじょう》（本曲輪）に安置された謙信の遺骸《いがい》、金蔵、焔硝蔵《えんしょうぐら》を押さえた。

これを知った景虎は、すぐに反撃の態勢を取ろうとしたが、謙信の遺骸を安置している実城を攻めるに攻められず、途方に暮れた。

一方、支持者の少ない景勝側も積極的な攻勢を取れず、若干の小競り合いがあった程度で、事態はいったん膠着《こうちゃく》した。

三月二十四日、内外に謙信の後継者宣言をした景勝は、景虎打倒を越後国衆に呼びかけたが、反応は鈍く、事態を静観する国人《こくじん》・土豪が大半を占めた。

一方、上野《こうずけ》国の国衆はこぞって景虎支持を表明した。謙信から派遣されている沼田城の河田《かわだ》伯耆守重親《ほうきのかみしげちか》、廄橋《まやばし》城の北条丹後守《きたじょうたんごのかみ》高広もこれに同調した。特に越後国衆でも最有力者の一人、三千の動員能力を誇る北条《きたじょう》高広が、景虎支持を表明したことは大きかった。

ちなみに、北条《きたじょう》高広は鎌倉北条氏、小田原北条氏双方との血縁関係はない。高広の祖先は鎌倉御家人《ごけにん》大江姓毛利氏の一族であり、たまたま越後国佐橋　庄北条《さばしのしょうきたじょう》に所領を得たため、北条《きたじょう》と名乗ったという経緯がある。遠縁には、中国の太守毛利一族がいる。

四月、謙信死去がいよいよ事実と判明し、北条氏政はこの千載一遇の機会を逃すまいと、越後進出を決定した。しかし、結城攻めで下野《しもつけ》・常陸《ひたち》戦線に全軍を釘付《くぎづ》けにされている北条方は、兵員の移動が困難な情勢下にあった。

五月、氏政はようやく軍勢の一部を割き、越後に向けて出発させた。急遽《きゅうきょ》、編成された北条家の越後進攻部隊は、一路、三国峠を目指した。

関東から越後入りするには、三国峠か清水峠越えが主な経路となる。しかし、両峠を越えたところにある上田庄は、景勝の出身母体である上田長尾家の本拠でもある。それゆえ関東勢入越とともに、上田庄で激戦が展開されるであろうことは明らかであった。しかし、そうなると、軍勢の多寡がものを言う。

（防御態勢が整うまで、三国峠を越えさせてはならない）

これが、緒戦における景勝と上田長尾家の戦略方針であった。

上田長尾勢は北条勢を三国峠南麓で叩《たた》くべく、ひそかに上野国まで進出し、猿ヶ京の宮野城に兵を入れた。宮野城は数少ない上田長尾家の勢力下に置かれた関東側の城である。三国峠南麓にあるこの小城が強化されているとは思いもよらない北条勢は、この城を無視して通り過ぎようとした。ところが、城から突出した部隊に虚を突かれ、ほうほうの体で沼田方面に退却した。

小競り合いとはいえ、緒戦は景勝陣営の勝利に終わった。

五月十三日、春日山城から府中大場まで後退していた景虎方を攻撃すべく、景勝は春日山城を出陣した。両軍は大場宿で激突するが、明確な勝敗はつかず、景勝は春日山に、景虎は上杉憲政を頼り、御館城まで撤退した。

御館城とは春日山城の北東一里にある上杉憲政の隠居城である。城主の上杉憲政はかつて関東管領《かんれい》山内上杉家の当主であったが、北条家により関東を逐《お》い落とされ、謙信を頼り越後に身を寄せていた。むろん落去《らっきょ》してからは、無力な飾り物と化していたが、謙信に上杉家家督や管領職を譲ったことから、越後国内では形式的な尊崇を受けていた。

巻き返しを期した景虎は、五月十六日、春日山城下を焼き払い、翌日、春日山城に猛攻を掛けた。しかし、景勝方の必死の防戦の前に撤退を余儀なくされる。そのほかの地域でも、それぞれの陣営に属した国衆らの衝突が相次ぎ、越後全土が戦火に覆われた。

越後の動静が重大な局面を迎えつつある五月七日、春日虎綱がこの世を去った。死因は信玄と同じ膈《かく》（胃潰瘍《いかいよう》）と伝わる。まさに、信玄が嫡男義信との対立で悩み、膈を患ったのと同様、虎綱も長篠合戦以後の武田家のために命を削り、燃え尽きた感があった。

五月中旬、勝頼は躑躅ヶ崎館に重臣を召集した。むろん、越後への対応をどうするかが主目的の評定《ひょうじょう》である。

長篠以後、常に評定の主導権を握ってきた春日虎綱の不在は大きかった。仮に虎綱健在であれば、評定の必要もないほど、武田家の方針は明確だったはずである。虎綱の死をひそかに喜ぶ長坂釣閑は、早速、評定の主導権を握るべく、積極策を提議した。

「その方は、北条勢が三国峠を越える前に、われらが先んじて入越すべきと申すのだな」

勝頼が長坂釣閑に念押しした。

「いかにも」

うやうやしく平伏する釣閑の傍から、跡部大炊助が膝《ひざ》を進めた。むろん、大炊助は釣閑と口裏を合わせている。

「今こそご出陣の機《しお》にござります。どちらが跡目に座ろうと、いち早くわれらが進駐すれば、東上野ないしは越後国内の何郡かを割譲させることができまする」

これに対し、春日虎綱亡き後、唯一の親北条派ともいうべき小山田信茂が反論した。

「待たれよ。相州《そうしゅう》（北条氏政）の同意なくして出兵したとあっては、何かと痛くない腹を探られる。それが因《もと》で、小田原との間に隙間風が吹くのはまずい」

「気にすることはない。われら三郎殿を後詰《ごづめ》すると決めているのだから、何の遠慮も要らぬ」

武田家きっての伊達男《だておとこ》と謳われる一条信竜が、自慢の美髯《びぜん》をしごきながら言った。

「相州は結城攻めに全軍を投入し、当面、主力勢は身動きが取れない。ほどなく、われらに後詰を要請してくること必定。われらは出陣の支度をしつつ、相州に請われて入越するという体裁を取る。その頃には、相州も上田庄にいくらかは兵を入れましょう。上田長尾勢と北条方が小競り合いを演じている隙に、われらは春日山を押さえるという寸法」

周囲の反応を確かめつつ釣閑が続けた。

「おそらく相州は、われらが手伝い戦ということで士気が騰がらず、国境で牽制《けんせい》する程度と見ておりましょう。その油断に乗じ、越後の中枢まで乗り入れ、春日山を占拠する。さすれば喜平次滅亡の後、三郎と相州は、越後半国をわれらのものとして割かねばなりますまい」

釣閑の理路整然とした論法に、並み居る重臣たちは返す言葉もなかった。

「わかった」

勝頼が立ち上がった。

「小室（小諸）の典廏《てんきゅう》（信豊）に早馬を飛ばし、即刻、出陣させよ。われらは陣触《じんぶ》れを発し、軍役衆、御印判衆を府中に集結させる。そこまでしておき、相州からの要請を待つ」

五月二十五日、待望の援軍要請が氏政から届いた。釣閑らが予想した通り、氏政と北条勢主力は、結城城救援に赴いてきた佐竹勢と鬼怒《きぬ》川を挟み対峙《たいじ》しており、身動きが取れない状況にあった。

援軍要請が届くや、勝頼はすでに府中に集結している武田勢に出陣を命じた。

ちなみに、氏政は会津の葦名盛隆《もりたか》にも同様の要請を出していた。当時、北条氏は遠交近攻策の一環として葦名氏にも通じ、南北から佐竹義重《よししげ》に圧力をかけていたのである。その攻守同盟を口実に、氏政は景勝派の揚北《あがきた》衆を抑える役割を盛隆に期待し、勝頼には春日山城を中心とした頸城《くびき》郡牽制を要請、自らは最も強固な景勝の地盤である越後上田庄占領を策していたのである。現に、九月初旬、葦名盛隆は揚北地方に乱入し、景勝派の新発田《しばた》、本庄《ほんじょう》氏らと交戦している。すなわち、この作戦が成功すれば、越後は三分される運命にあった。

五月二十八日、信越国境大出雲原《おおいずもがはら》まで進駐した武田信豊勢は、行程一日の距離にある春日山に無言の圧力をかけた。翌日には、勝頼ら武田勢主力も甲斐府中を出陣した。

こうした経過は浅茅を通じて桂にも知らされていた。よもやとは思っていたが、最も恐れていたことが起こったのだ。三郎優位が変わらぬとはいえ、養父の喪の明けぬうちに城を奪い、三郎の機先を制した景勝という男の底知れぬ周到さを、桂は畏怖した。その反面、勝頼が越後出陣に積極的であることに、桂は安堵《あんど》もしていた。

（上様が三郎様を救って下さる）

勝頼に期待してはいるものの、何とも言いようのない不安に桂は苛《さいな》まれていた。それが何であるか、桂にもわからなかった。

いよいよ明日、出陣という日、桂は思い切って勝頼にその真意を質《ただ》そうと思った。


「上様、桂にございます」

茶を運んできた桂が、広縁から室内の勝頼に声をかけた。

「構わぬ、入れ」

勝頼は看経《かんきん》の間《ま》で書状を書いていた。

「上様、此度《こたび》の出陣、おめでとうございます」

桂は、淹れたばかりの茶を勝頼の傍らに置いた。

「越後は夏でも涼しいと聞きます。お風邪を召さぬよう、お気をつけ下さい」

「わかっておる」

勝頼は書状に集中しているためか、上の空で返事をしている。

勝頼の多忙な様子に桂は躊躇《ちゅうちょ》したが、思い切って疑問を口にした。

「上様は、越後の跡目争いをいかに裁くおつもりでございますか」

唐突な桂の問いに、勝頼が顔を上げた。

「何か不安でもあるのか」

勝頼は、いつものような優しい眼差《まなざ》しを向けてきた。

「いえ、不安などございませぬが――」

「戦にはならぬゆえ心配は要らぬ。わしらが赴けば、喜平次もひれ伏す」

「それでは、三郎様を越後の太守に据えられるのですね」

「むろんそのつもりだ。わしと義兄上《あにうえ》（氏政）は、それ以外、考えておらぬ」

「それを聞いて安堵いたしました」

「三郎殿が心配か」

「はい、兄でございますので」

桂は頬を赤らめた。

「そうであったな。これは迂闊《うかつ》であった」

勝頼は筆を擱《お》くと向き直った。

「此度は三郎殿を立てるつもりだ。しかし今後、武田家と上杉家が敵味方となった際、わしは三郎殿の首を獲らねばならぬ。その覚悟だけはしておけ」

「はい」

不安そうな顔でうなずく桂に、勝頼が笑顔で言った。

「心配いたすな。そうはならんようにする」

「ありがとうございます」

その言葉に桂は心底からほっとした。

二

六月八日、川中島海津城に着陣した勝頼は、春日虎綱の供養に参列した後、その跡取りである源五郎信達《のぶたつ》の跡目相続を承認し、春日家の本領と海津城代の地位を安堵した。その後、三々五々集まる各地の部隊を収容しつつ、勝頼は越後の情勢を探り続けた。

そんな最中《さなか》の六月十二日、海津城に景勝の使者として樋口《ひぐち》与六という若者がやってきた。この若者こそ、後の直江山城守兼続《なおえやましろのかみかねつぐ》である。

与六は景勝の側近として出頭しているとはいえ、この頃、弱冠十九歳である。景勝は己の運命をこの一青年に託していた。

この来訪の表向きの理由は、「春日殿のお悔やみを申し上げに参った」ということだったが、何らかの交渉に来たことは明白であった。

地位の低い相手であるため勝頼本人が会うわけにもいかず、しかし、景勝の書状を持参してきているとのことなので、無下《むげ》に帰すわけにもいかない。処置に困った勝頼は、釣閑に名代として話を聞くよう命じた。

釣閑が入室すると、当世流行《はやり》の茶筅髷《ちゃせんまげ》を結った若者が待っていた。

「上杉弾正少弼《だんじょうのしょうひつ》景勝家臣、樋口与六に候」

若者は落ち着いた挙措で、型通りの挨拶《あいさつ》をした。

「武田大膳大夫家臣、長坂釣閑斎光堅に候、遠路はるばるお越しいただき痛み入る」

「春日山からここ善光寺表は一日の行程、遠路とは申せませぬ」

若者は小面《こづら》憎い微笑を浮かべた。

「そうでございましたな」

釣閑は、内心「小癪《こしやく》な」と思いつつ、照れ笑いで応じた。

与六は上目遣いに鋭い視線を返しつつ、型通りの悔やみの口上を述べた。

(好かぬ小僧だ)

立て板に水を流すがごとく口上を述べる与六に、釣閑は嫌悪感を抱き、この会談を早々に終わらせようと思った。

「樋口殿、御用の向きはそれだけか」

「いいえ」

口端に笑みをたたえて与六が応じた。

(いよいよ好かぬな)

釣閑は嫌悪感を愛想笑いで隠しつつ、早々に話を済まそうとした。

「われら多忙ゆえ、手短に用向きをお伺いしたい」

「ごもっとも」

と言いつつ、与六は懐から書状を取り出した。

「これはわが主《あるじ》、弾正少弼から託された書状でござる。大膳大夫殿（勝頼）、もしくは名代の御方のみに披瀝《ひれき》するよう、申しつかってまいりました」

「それがしが名代を仰せつかっており申す」

「それでは――」

与六から書状を手渡された釣閑は一読して首を横に振った。

「やはり、用向きはこういうことでござったか。われらが弾正少弼殿に荷担するなどとんでもない」

「ごもっとも」

「それではなぜかような用向きで、ここまで参られたのか」

「そこには、何もわれらに馳走《ちそう》（味方）してくれとは書かれておりませぬ。ただ、〝あつかい〟を取り持っていただき、すみやかに本国にお戻りいただきたいと記してあるはず」

釣閑は再び書状に目を落とした。よく読むと、確かに味方してくれとは書かれていない。流し読みして文意を誤解した釣閑の早とちりであった。

「なるほど、その通りでござるな」

釣閑は怒りを抑え、苦笑いを浮かべた。

「なるほど、〝あつかい〟を取り持ったということであれば、相州からも苦情が出にくい。しかしわが主は直情で、節を曲げないことが信条でござる。せっかくですが、ご期待には沿いかねます」

　それでも与六の表情に諦《あきら》めの色は浮かばなかった。

　与六は背後に控える副使に合図し、包みを持ってこさせた。そして慇懃《いんぎん》に一礼すると、それを前に押しやった。

「黄金一万両でも無理と申されますかな」

「えっ」

　予想もしなかった提案に、釣閑の顔色が変わった。

「われら、いち早く春日山の御金蔵を押さえ、不識庵様が青苧《あおそ》の交易で備蓄した黄金十万両をわがものとしました。それゆえ、資金は潤沢。今日は当座の茶料《さりよう》（滞在費）として、長坂様に一千両をお持ちいたしました」

　あまりに突然のことに、釣閑は答えに窮した。その様子を上目遣いに窺いつつ、与六が包みを解くと、次の瞬間、黄金の輝きが釣閑の目を射た。

「これは小板《こいた》に鋳造した混じりものなしの黄金、目方は一枚四匁《もんめ》（十五グラム）となります」

　その中の一枚を手に取った与六は、餅《もち》でも扱うように手の平でそれを弄ぶと、蔑《さげす》むように投げ戻した。

「あっ」

　その小板が割れはしないかと、釣閑は反射的に手を差し伸べようとした。

「ご心配は要りませぬ。混じりものなしに鋳造しておりますゆえ、割れはいたしませぬ」

釣閑は咄嗟《とっさ》に取った行動を恥じ、威儀を正した。それを見た与六は、勝利を確信したかのように、余裕ある態度で話を転じた。

「さて、勝頼公は金では動かないと、申されたいのでございましょう」

「い、いかにも」

「それには妙案あり」

与六が、その白面に再び小面憎い笑みを浮かべた。


与六が去った後、釣閑は、今まで与六が座していた場所をじっと見つめていた。

(好かぬ小僧だが、喜平次はよき片腕を持ったものだ)

釣閑は与六に自らの若き日を重ね合わせていた。

かつて釣閑は、打てば響くように機転の利く小姓《こしょう》だった。信虎にその才を愛され、様々な用向きに使われた。そして釣閑は、それらを見事にこなし、信虎から絶大な信頼を得た。しかし、信玄による信虎追放、それに伴う門閥派の左遷、さらに義信謀反《むほん》事件への関与の疑いなど、様々な逆風が吹き荒れ、釣閑が今の地位に昇り詰めるまでには、四十年近い歳月を要した。

(それにひきかえ、あの小僧はすでにその地位を手にしているというのか——)

「笑止!」

釣閑は鉄扇で脇息《きょうそく》を叩いた。誰もいない広間にその残響が轟《とどろ》き渡った。

しかし、与六の持ち込んだ話はあまりに魅力的だった。しかも、それは武田家のためでもある。

（大博打《おおばくち》を打つか）

釣閑は久方ぶりに迷った。迷いに迷った。これが武田家にとり、存亡を賭《か》けた決断となるからである。

（いずれにしても、金がなくては、どの道、滅びるしかないのだ）

釣閑の瞼《まぶた》の裏に、先ほどの黄金の輝きがよぎった。

（しかも、この賭けには勝算がなきこともない）

武田家としては、まず七月《ななつき》前に信長から打診のあった同盟に合意し、西部戦線を安定させる。そして、景勝に馳走し越後を取らせ、その借りを返させるかのごとく、北条征伐に荷担させる。北条滅亡の折には、上野国を景勝に与え、それ以外の関東を武田が制する。そして、武田家の財政が十分に立ち直った頃を見計らい、信長と雌雄を決する。

（見事な筋書きだ）

釣閑は己の考えに魅了され、薄ら笑いを浮かべた。

そのとき、妻女山《さいじょ》に沈む夕日が、その最後の光を千曲川《ちくま》に投げかけたらしく、周囲が突然、明るくなった。

（川中島か――）

釣閑は己の居る場所を思い出した。

（あの時もそうであったな）

第四次川中島合戦の折、釣閑は信玄の帷幕《いばく》にあった。激戦が終わった後に狭霧《さぎり》が晴れ、戦場は紅《あか》く染まった。越後勢の姿はすでになく、戦場に残った武田勢は、満身創痍《そうい》となりながらも勝鬨《かちどき》を上げていた。

多くの犠牲を強いられながらも、越後勢を敗走させることに成功し、将も兵もなく、多くの者たちは歓喜に咽《むせ》び泣いていた。宿老たちは互いに肩を叩き、それぞれの奮戦をたたえ合っていた。

その中で、釣閑一人が醒《さ》めていた。

（わしは、宿老どもが憎かった。彼奴らは法性院《ほつしよういん》様から絶対の信頼を得て、すべてを取り仕切っていた。法性院様は彼奴らの差配にうなずくだけで、一切、口を挟まなかった。わしは彼奴らが羨《うらや》ましかった。法性院様の手足となり、戦場を駆け回る彼奴らに、わしは憧《あこが》れた。わしは彼奴らの仲間になりたかったのだ）

釣閑は己の複雑に屈折した心理を知っていた。

（しかし、わしには血筋という誇りもあった。わしを頼る多くの者どももいた。わしは、かような山猿どもと戦場《いくさば》を駆け回るわけにはいかなかったのだ）

憧憬《しようけい》と嫉妬《しつと》が憎悪に変わるのには、さしたる時を要さなかった。

（法性院様、ご臨終の際、なぜそれがしに、瀬田に旗を立てよと、お申し付けいただけなかったのか！）

信玄臨終の際、その一言が釣閑に向けて発せられていれば、釣閑は、宿老たちと手を携えて勝頼を盛り立てていくことができたはずであった。しかし、現実は違った。その言葉は、信玄が右腕と恃《たの》んだ山県昌景に対して発せられた。その昌景こそ、義信事件の際の讒《ざん》言《げん》により、釣閑の嫡男源五郎の命を奪った、最も憎むべき宿老である。

やがて釣閑の脳裡に、その肉を食らいたいほど憎んだ宿老たちの顔が、次々と浮かんできた。

（彼奴らは、法性院様なくして何もできなかった。それゆえ、ご臨終の後、周囲の状況が変わっても、無理に御遺言を守ろうとした。彼奴らには、四郎様より御遺言が大事だったのだ。わしは、彼奴らを葬り去らねば、武田家は滅びると思った）

長篠崩れの折、釣閑は後詰部隊編成のため東遠江にいた。当時、釣閑と勝頼は一枚岩の関係であったため、逐次、戦況が知らされてきた。さすがに軍事に疎い釣閑にも、刻々と伝わる状況の変化は、すべて武田方に不利と映った。むろん、このまま決戦を挑んでも勝ち目はない。

（だが、わしはあえて御屋形様を焚き付けた）

結果は見ての通りだった。武田家は惨敗し、宿老たちは揃って屍《かばね》を野辺に晒《さら》した。

（しかし、あの時、賭けに勝ったのはわしだったのだ）

最大の果実を手にした者は、信長でも家康でもなく、己であることを釣閑は知っていた。

長篠合戦の折、鳶ノ巣砦《とびのすとりで》が敵手に落ち、挟撃態勢を取られた時点で、武田方に勝ち目はなかった。誰が見ても撤退戦に移るべきは、あの時を措《お》いてほかになかった。

宿老たちは躊躇なく勝頼に撤退を迫った。しかし若い勝頼は、これまで敗戦を知らず、どうしても兵を退《ひ》きたくなかった。そこで迷った末に、釣閑に意見を求めてきた。あの時、釣閑も宿老たちの言う通りだと思った。

(しかし、わしは宿老たちをまとめて葬り去りたかった。あの時を措いて、その好機はなかった)

釣閑は勝頼に〝無二の決戦〟を勧めた。宿老たちがなおも反対した場合には、彼らが逆上して、自殺的突撃をするであろう一言を口にするよう、書き添えておいた。

「何《いず》れまでも(年をとっても)命は惜しきものなり」と。

そして、勝頼の口からその言葉が発せられた時、すべては決した。

釣閑が追憶を終えると、すでに薄暮が迫っていた。広間の隅はすでに暗がりとなり、その輪郭さえ定かではない。釣閑が目を凝らすと、暗がりが動き、やがて何かの形を成していくかのように見えた。

(おぬしらか――)

暗がりの中には、長篠で死んだ宿老たちが端座していた。

「わしに意見するため帰ってきたのか」

幻とは知りつつも、釣閑は暗がりに語りかけた。むろん暗がりは何も応《こた》えず、沈黙したままである。

釣瓶《つるべ》落としのように日が落ちるにしたがい、暗がりは広がり、宿老たちの数も増えていった。亡霊たちは皆、俯《うつむ》き加減に虚空を見据え、微動だにしなかった。それが逆に釣閑を圧迫した。

「おぬしらにはもう何も申させぬ！　あの時、わしは賭けに勝ったのだ。むろん、此度の賭けにも勝つつもりだ！」

釣閑はやにわに立ち上がると、太刀を抜き、宿老たちを一閃《いっせん》した。その瞬間、亡霊は消え、元の暗がりが戻った。

釣閑はほっとして脂汗をぬぐった。すでに迷いはなくなっていた。

勝頼の御座所に伺候した釣閑は、勝頼に人払いを要求すると、与六から預けられた景勝の書状を渡した。

それを読む勝頼の表情が瞬く間に変わっていった。

「この書状は、われらを愚弄《ぐろう》しておるのか！」

勝頼はそう叫ぶと、書状を叩きつけた。

「確かにそうとも取れます。われらが三郎殿と喜平次の間を取り持つなど、無理な相談。しかし、喜平次が出した条件は破格。東上野、信濃《しなの》飯山郷・越後根知《ねち》郷の割譲、さらに――」

釣閑が圭幣《けいへい》（賄賂《わいろ》）の話をした。

「おぬしは、わしにこの話に乗れと申したいのか」

勝頼の唇が震えた。

「滅相もない。三郎殿を敵に回すということは、われらが北条と手切れになるということ。しかし、喜平次と三郎殿の間を取り持ったということにすれば話は別」

「だめだ。〝あつかい〟は相州の意に反する」

「いつまで経っても越後に出てこぬ相州の意など、気にすることはありませぬ。われらが先に越後に入り、平和裡《り》にことを収めたというのであれば、苦情の申しようもございませぬ」

「それは絶対にいかん。当初の合意通り、三郎殿に馳走し、喜平次を討つ」

「しかし、このままわれらが春日山に進めば、喜平次方の激しい抵抗に遭いましょう。われらの春日山への進出は、北条方の上田庄進出があってのもの。それがなくば、喜平次は上田長尾の精兵をわれらに振り向けまする。さすれば激戦は必至。一方、相州は沼田辺りで高みの見物では、割に合いませぬ」

北条方の動きは、勝頼らの予想に反し、依然として低調かつ緩慢だった。

「とは申しても――」

勝頼も、不快な思いを抱いていることは確かだった。

「しかもわれら、いよいよ軍資金に窮しておりまする。喜平次に黄金一万両を献上させれば、向こう一年は自在に兵を動かせまする」

「それほど、われらの金蔵は窮迫しておるのか」

「はっ、此度の出征で軍資金はほぼ尽きました」

「まさか――」

啞然《あぜん》とする勝頼を横目で見つつ、釣閑はいよいよ最後の札を切ろうとした。

「このままでは、われら座して死を待つばかり」

「それはわかっておるが――」

「ここが切所にございまする」

「それでも節《せつ》を曲げるわけにはいかぬ！」

憮然《ぶぜん》として言い放つと、勝頼は横を向いた。

釣閑はいよいよ機が熟したことを覚った。

「御屋形様は節と申されるが、北条の方こそ節を曲げておるではありませぬか」

「何――」

釣閑は、話すべきか話さざるべきか迷った素振りをみせた。

「いや、この話はやめておきましょう」

「何を申すか！　政治向きの話を壟断《ろうだん》することは許さぬ！」

「政治向きの話ではございませぬ」

「それでは何だと申すか」

「それは御方様のことでござる」

「桂のことだと」

その言葉に勝頼は唖然とした。これこそ、釣閑の待っていた瞬間であった。

「いや、これは樋口与六という若輩者の申したことゆえ、あてにはなりませぬが――」

「偽説、惑説を問わず、すべてをわが耳に入れるのが執政の役目であろう」

「とは申しても――」

勝頼を焦《じ》らすことで、効果が倍増することを釣閑は心得ていた。

「申せ釣閑！　そなたが申さぬなら、与六とやらを連れ戻すぞ！」

「それほどまでに仰せなら致し方ありませぬ」

釣閑が悲しそうに目を伏せた。

勝頼は固唾《かたず》をのんで、釣閑の口から発せられる次の言葉を待っていた。

「実は――」

釣閑は効果を推し量りつつ、ゆっくりと口を開いた。

「御方様は、かつて三郎殿の許婚《いいなずけ》であったのです」

「な、何だと！」

あまりに意外な言葉に、勝頼は愕然《がくぜん》とした。

「あの二人は兄妹ではないか！」

「いささか、そこには事情がございまして――」

「いかなる事情か！」

「三郎殿と御方様は、ご両親ともに異なるのです」

「ま、まさか、母だけでなく父もか――」

「はい」

「釣閑、戯言《ざれごと》を申すでないぞ！」

勝頼は脇息を倒して、立ち上がりかけた。

「まあ、お聞き下され」

その骨張った手を広げ、勝頼を制すると、釣閑は悲しげに続けた。

「樋口与六によると、三郎殿は氏康の子なのですが、御方様はその弟にあたる氏堯《うじたか》の子だというのです」

「氏堯とは、あの病死したという氏康の弟か」

氏康には、新九郎（早世）、氏政、氏照、氏邦《うじくに》、氏規《うじのり》、六郎（早世）、氏忠、三郎、氏光の九人の男子に十人の女子がいた。その中で、氏忠と氏光は氏康の子ではなく、氏康の弟氏堯の子であった。

氏康は、壮年で他界した氏堯の幼子たちを憐《あわ》れみ、自らの養子として彼らを育てたのである。そのため越相同盟の折も、氏忠、氏光は謙信養子の候補にも挙がらなかった。しかし、女子については確かな情報が少なく、誰が氏康の実子であるか定かではなかった。

与六が摑んだ真説によると、桂は氏堯の娘であり、ゆくゆくは三郎と娶《めあ》わせるために、三郎の近くで養育されていたというのだ。

「しかし三郎殿は、北条幻庵《げんあん》殿の息女と祝言を挙げ、その養子となったではないか。桂が三郎殿の許婚だったなどというのは、根も葉もない雑説ではないか」

勝頼の反駁《はんばく》に動じる風もなく、釣閑は平然と切り返した。

「与六によると、それはこういうことになります」

確かに三郎は、早雲《そううん》四男にして北条家長老の幻庵の養子になった。幻庵の息子たちが永禄十二年（一五六九）十二月の武田勢の駿河侵攻により、揃って蒲原《かんばら》城で討死を遂げたからである。

幻庵はその直後に三郎を養子に迎える。ところが、わずか四月《よつき》後の翌元亀元年（一五七〇）四月、突如として三郎は、謙信養子として越後に送り出されることになる。

与六によると、越相の和を永続させるためには、氏康の子を養子にもらい受けるしかないと思った謙信は、当初、氏邦を要求した。氏邦は和戦双方で謙信と交渉があり、その手腕と人柄を高く評価されていたからである。事実、氏邦は三郎入越までの二月《ふたつき》あまり、あえて謙信の陣中に身を置き、双方の調整に奔走している。

ところが、氏康、氏政父子としては、氏照とともに、次代の北条家の柱石となるべき氏邦を出すわけにはいかない。そのため、いったんは氏政三男で六歳の国増丸を養子に差し出そうとした。ところが、六歳の子供に越相間の困難な外交交渉の調整役は務まらない。

氏康、氏政父子に残された札は三郎だけとなった。三郎ならば元服もしており、武将としての素養も申し分なく、謙信も受け容れると思われたからである。しかし、三郎は無官の上、部屋住みのような立場である。父子は、急遽、空きのできた幻庵家督とその所領である小机《こづくえ》領を形式的に相続させ、三郎に氏邦と遜色《そんしょく》ない箔《はく》を付けた。

あからさまな箔付けとはわかっていたが、さすがの謙信も北条家の事情を察し、養子縁組が成立したというのである。

「なるほど、確かに筋は通るが――」

「三郎殿の付家老遠山康光《やすみつ》の家臣を寝返らせて聞きだした話とのこと。与六はたいそう自信を持っておりました」

「しかし、桂がなぜ――」

「むろん御方様は、己が氏康の子ではないことをご存じのはず。さらに三郎殿との縁組のことも知っていたはず。つまり、御方様はこれらのことを、一切、伏せていたのでございます」

「あの桂がまさか――」

「殿は相州にまがいものをつかまされたことになり申す」

「まがいものだと――、桂はまがいものなのか！」

「御屋形様は見事にしてやられたのです」

「釣閑、慎め！」

勝頼の顔は怒りで引きつり、脇息を握る手に青筋が走っていた。しかし、釣閑は攻める手を緩めず、嵩《かさ》にかかった。

「それだけならまだしも、御屋形様は、御方様の言動をおかしいとは思いませなんだか」

「な、何のことだ」

「侍女として西の御座に潜り込ませた者の話では、御方様はしきりに三郎殿の安否を気遣っているとのこと。それがしも、初め聞いたときには気にもとめなかった話でございますが――」

「それは、どういう意味だ」

「お心当たりがなければそれまでのこと」

勝頼の顔が紅潮した。何か思い当たる節《ふし》があることは明白であった。

「それがしのような老骨が申すべきことではありませぬが、世に女子《おなご》の心ほどわからぬものはありませせぬ」

「お、おぬしは何が申したいのだ！」

勝頼の怒りの矛先が己に向きつつあることを察した釣閑は、それを三郎と北条家に向けるべく話題を転じた。

「いずれにしても、三郎殿も器用者（才覚者）と聞きまする。殿の力を借りて越後を制し、力を蓄えた後は、相州ともども殿を攻め殺し、甲信の地と御方様を手に入れる魂胆でありましょう。相州、三郎殿、御方様は一味同心。狙っているのは殿の命と武田領国でございます。それでなければ、長篠崩れで劣勢に立たされたわれらと、同盟など結ぶはずもござりませぬ」

「ま、まさか――」

「殿はのこのこと越後まで出向き、己の墓穴を掘らされるのでございますよ」

勝頼が脇息を持つ手を震わせた。

「桂に限ってそのようなことはない！」

「御屋形様、よもや女人の魅力に搦《から》め捕られてしまったのではありますまいか」

「何を申すか！」

「そうでなければ、北条に対し、断固たる態度を示すべきでありましょう！」

「しかし――」

「これは、われらが相州の思い通りにはならんということを示す、またとない機会でございます」

苦渋に満ちた顔を引きつらせつつ立ち上がった勝頼は、ふらつく足取りで奥に去っていった。

釣閑は平伏し、勝頼の背を見送った。

（これで御屋形様の気持ちは決まったも同じ。三郎が和睦に応じるわけがなく、また、徳川に遠江を脅かされれば、この陣も払わねばならず、ときならず、われらは喜平次と組み、北条とは手切れになるであろう。そうなれば、早急に喜平次に越後を取らせ、同盟を強化すると同時に、織田・徳川と結び、北条を孤立させねばならない。軍資金は持って一年。

それまでに伊豆を制し、土肥金山を傘下に収める。さらに関東を制し、広大な北条領国を手に入れれば、織田・徳川はわれらに一指も触れられぬ)

釣閑は自らの構想に酔った。

(弾正《だんじょう》めがこの世に残した最後の置き土産も、これで踏みにじれる。文官と蔑まれ、軍評《いくさ》定でも小さくなっていたこのわしが、武田家のすべてを取り仕切るのだ。もう誰にも口出しはさせぬ)

釣閑は不気味な笑いを口端に浮かべた。

自室に入った勝頼は、いたたまれなくなり広縁に出た。ひんやりした夜気により、熱した体が徐々に冷めてきた。勝頼は次第に冷静さを取り戻していった。

(いかがいたすべきか——)

川中島の月に問いかけても、答えてくれるはずもないが、勝頼は問わずにはいられなかった。

確かに、釣閑の話はすべてに筋が通っていた。どうしても三郎に勝たせたければ、氏政《うじ》が陣頭指揮を執り、死に物狂いで入越すればよい。結城攻めの最中とはいえ、景勝方は籠城《じょう》するのが精一杯であり、北条領国に逆襲を掛ける余力はない。主導権は氏政にある。それをしないのは、勝頼の手で景勝を屠らせ、武田家の兵力と軍資金を疲弊涸渇させた上で、ゆっくりと武田家を料理しようという魂胆にほかならない。

よしんばそうでないにしても、氏政の言うままに動くだけでは、氏政の下風に立つことになり、内外にも示しがつかない。ましてや軍資金が尽きてしまえば、領国を保つことは困難である。

一方、喜平次は和睦を取り持つだけで大金《たいきん》を贈ると言ってきているのだ。勝頼は、この話がそれほど悪くはないように思えてきた。

(それにしても、桂のことは真《まこと》だろうか。いや真に違いない。すべてはそれを示唆している)

勝頼の胸中に、黒雲のごとき嫉妬心が湧き出てきた。

(桂の瞳にしばしば表れる哀しみの色は、故郷を想ってのことではなかったのだ。桂が想っていたのは三郎のことだったのだ。それを間抜けにも、わしは諏方や韮崎に桂を連れ出し、甲信の地に馴染《なじ》ませようとした)

勝頼は血のにじむほど唇を噛《か》んだ。

(何たる愚か!)

中天の月は、勝頼を侮蔑《ぶべつ》するがごとく冷たい光を放っていた。勝頼は、己を取り巻く人々すべてに見放されたかのような深い孤独感を抱いた。

(かくなる上は、喜平次の話に乗ってみるのも一興。そして、相州と三郎の真意を探る。しかし、あくまで三郎と敵対することだけは避けねばならぬ。喜平次には〝あつかい〟の条目を遵守するよう、念を押そう)

和睦を取り持つことで、勝頼は北条方の動きを観察しようと思った。

ときはすでに子《ね》の下刻（午前一時）を回っているのだろう。寒気は足元から腰辺りに迫り、庭園に立つ燈籠《とうろう》の放つ灯だけが、冷たい空気を暖めているかのように見えた。

孤独で苦しい戦いの連続であった勝頼の人生にとって、桂はまさに燈籠の灯《あか》りだった。しかし、その燈籠の灯りさえ、今では偽りの暖かさを放っているかのように思える。

（桂、よくも謀《たばか》ったな）

勝頼が鋭い眼光で月を睨《ね》めつけると、月はそれから逃れるように雲間に隠れた。

三

勝頼の口から、景勝、景虎双方の和睦を取り持つと発表されると、海津城内大広間は騒然となった。あからさまな景勝への荷担でないとはいえ、氏政の要請に反することによって生じる北条方との軋轢《あつれき》を危惧《きぐ》する者は多く、軍議は紛糾した。

「相州には何と申し送るのか」

「三郎殿が〝あつかい〟に合意する見込みはあるのか」

「停戦後に内乱が起こった際、いかなる立場を取るのか」

疑問が百出したが、釣閑と大炊助が玉虫色の回答で誤魔化し、諸将は不承不承ながらも一応の納得をした。むろん、信長からの同盟要請に応じるという切札がある限り、釣閑には軍議を思い通りに運ぶ絶対の自信があった。

結局、六月二十八日には、全軍が春日山に向けて出陣することになった。

軍議の後、この決定に疑問を抱いた者がいる。使番の小宮山内膳佑《ないぜんのすけ》友晴である。

内膳は、色黒で長身痩軀《そうく》の寡黙なだけが取り柄の青年だった。特に機転が利くわけでもなく、学問や弁舌も得意ではない。しかし一途に思い込むと、頑として動かないところがあり、周囲をはらはらさせることもあった。

天正四年（一五七六）七月、遠江犬居城が徳川方の手によって攻略された折、奪回戦を挑もうとする勝頼を、内膳が身を挺《てい》して押しとどめ、切腹を仰せつかったことがあった。その時は、周囲の取り成しによりことなきを得たが、再び同様のことが起こらないとは、誰も断言できないほどの頑固者だった。

内膳の父丹後守虎高は、信玄十七家老の一人に名を連ね、諏方郡代から松井田城代を歴任した有数の重臣であったが、元亀三年（一五七二）十月の二俣城攻めで討死した。父の戦死後、内膳は小宮山家の家督を継いだが、若年のため、すぐに家老職継承というわけにはいかず、勝頼の使番十二人衆の一人となっていた。

使番という仕事柄、内膳は重臣会議への出席が許されていたため、海津城での評定の一切を知ることができた。

内膳には、この決定がどうにも納得のいかないものに映った。本来の後継者と認められていた三郎景虎が和睦に応じるはずもなく、肝心の信長からの同盟要請は謙信健在の頃の話である。

思い余った内膳は、友人である旗本辻弥兵衛の陣屋を訪れた。

辻弥兵衛は、知略縦横の上、弁舌も立ち、勝頼帷幕《いばく》の中でも抜群の逸材と謳われた男である。色白で中肉中背、いかにも才子然とした風貌の弥兵衛だが、武術にも長《た》け、その撃剣の腕は武田家屈指とされていた。

辻家は武田家中でも有数の武辺を誇る名家であった。

弥兵衛の祖父六郎兵衛は信虎と信玄の二代に仕え、永禄四年（一五六一）の信越国境野《の》尻《じり》湖畔にある割ヶ岳城の合戦で討死した。その跡を継いだ父の盛昌は、永禄四年の第四次川中島合戦を初陣に、数々の戦場を疾駆し、その武名を甲信の地に轟かせた。

『甲陽軍鑑』では、「さるほどに辻弥兵衛（盛昌）、指物《さしもの》はあかねの吹抜にて、山県（昌景）同心の中にて、若手には辻弥兵衛、和田加介の両人なり」とその勇猛さを謳われた。

信玄は、死をも恐れず武功を重ねる盛昌をほめたたえ、「能戦者不死（よく戦う者は死なず）」と書かれた金の制札の旗指物を贈った。その意は「戦場の状況をよく見て、戦う者は死なない」、つまり、「才覚で武功を上げよ」ということである。これ以後、盛昌は闇雲な猪突猛進を控え、様々な知恵を駆使して、以前にも増して手柄を立てたという。

それゆえ弥兵衛は、盛昌から「知恵をもって功を挙げる」ことを徹底して教え込まれてきた。しかしその父も、長年の戦場での無理がたたり、この頃には病臥《びょうが》していた。

「いよいよ弾正様の危惧していたことが起こったな」

内膳の話を黙って聞いた後、弥兵衛が言った。

「おぬしもそう思うか」

「うむ、しかし、ことはそう容易ではない。この話には裏がある」

左右を見回した後、弥兵衛は声を潜めた。

「そもそも、われら武田勢は三郎殿に馳走するため、ここまで出張ってきた。ところが、喜平次の使者が城に入ったとたん、事態は一変した。当然、使者は何らかの餌をぶら下げて来たことになる」

「釣閑がその餌に飛びついたというわけか」

「北条を敵に回す危険を冒してまで飛びつく餌だ。尋常なものではない」

しばし考えた後、弥兵衛が言った。

「釣閑はお家大事と申しながら、私腹を肥やすことにも熱心だ。おそらく金《かね》だろう」

「やはり金か。喜平次が上杉家の金蔵を押さえたという雑説は、真のようだな」

「うむ、金蔵に蓄えた金銀を餌に、釣閑を釣ったというわけだ」

「それにしても、御屋形様も釣閑の考えに同意したというのは不可解だ」

勝頼の人柄を知る二人には、それだけが理解できないところだった。

「金だけで御屋形様が動くとは思えん。よほどの理由《わけ》があってのことと思えるが、それが何かまではわからぬ」

「いずれにしても、お諫《いさ》めいたさねばなるまい」

「しかし、下手に動けば釣閑につぶされる。ここは様子を見るべきではないか」

弥兵衛の言うこともっともだったが、内膳は首を振った。

「時機を逸すれば、取り返しがつかなくなるやも知れぬ。おぬしがやらぬなら、わしだけでやる」

「わかった。おぬしがそれほどまで申すのなら、わしも行こう」

「すまぬ」

「なんの」

二人は笑顔で濁酒《どぶろく》を傾けた。


翌朝、内膳と弥兵衛は勝頼に拝謁を願い出た。突然のことであったが、勝頼は快く二人を引見した。

「二人揃って、今日は何用だ」

海津城の大広間に二人を迎えた勝頼は、昨晩、眠れなかったのか、腫《は》れぼったい目をしばたたかせていた。二人は冷たい板敷きに額を擦り付けつつ、非礼を詫《わ》びた。

「まあよい、申したき儀があれば、遠慮は要らぬ」

「それでは――」

弥兵衛が膝《ひざ》を進めた。

「実は、昨日の評定のことにございます」

「ほう」

勝頼は、二人が前線への配置替えを願い出に来たものと思っていたらしく、意外な顔をした。一方、弥兵衛は勝頼の表情の変化を意に介さず、和睦を取り持つことがいかに危険かを、力説し始めた。

「そんなことはわかっておる」

勝頼が話を遮ろうとしても、弥兵衛は退かなかった。

「いったんは和睦となっても、われらが兵を退けば、戦端が再び開かれるは必定。そのとき、三郎殿が勝てばよし。しかし喜平次が勝てば、相州の怒りはわれらに向きまする。さすれば、われらは東西に敵を持ち、まさに四面楚歌《そか》」

弥兵衛の滔々《とうとう》たる熱弁に、勝頼の心が動き始めたのは明瞭《めいりょう》だった。

「御屋形様」

そのとき、二人の背後から古びた銅鐘《どうしょう》のような声が響いた。

「釣閑」

勝頼がほっとしたような顔をした。

「これはこれは、武田家の行く末を担う若武者が二人、今日は何用ですかな」

致し方なく、二人は左右に分かれ、釣閑に道を空けた。釣閑はその間を進み、勝頼の右手下段に座を取った。執政として当然の位置であるが、勝頼と釣閑に対する弥兵衛と内膳という図式が、心理的にでき上がった。いかに弁舌縦横の弥兵衛とはいえ、これでは不利は否めない。

勝頼自ら、釣閑のために二人の申し出を要約した。

「ははあ、なるほど」

不敵な笑いを浮かべる釣閑に不安を抱いたらしく、弥兵衛は額に汗して激しく論じたてた。

「それゆえ、いかな事情があろうとも、相州の機嫌を損ねることは得策ではありませぬ」

弥兵衛の舌鋒《ぜっぽう》は衰えなかったが、釣閑は余裕を持って反撃を開始した。

「そうは申しても、このまま三郎殿が越後の主となれば、越後は相州のものになったも同然。これにより越後のみならず、佐竹、結城、宇都宮を筆頭とする関東の国人《くにうど》どもも、揃って小田原に頭《こうべ》を垂れることになろう。さすれば相州の勢威は、われらどころか信長をも凌駕《りょうが》する。すなわち、われらは東西にいつ敵となってもおかしくない大国を抱えることになる」

「いや、三郎殿は器用者と聞きます。相州の思い通りにはならぬでしょう。しかも越後の国人は気骨のある者ばかり。おいそれと小田原の命には従いますまい」

「それは甘い。力の均衡が崩れれば、人の心は容易に変わる」

釣閑は、具体論と一般論の間を行き来しつつ弥兵衛を翻弄《ほんろう》した。誰が聞いても、釣閑の方が一枚も二枚も上手だった。

(これでは、弥兵衛でも敵わん)

心中、内膳は舌打ちした。

「貴殿らが、それほど御屋形様の馬を小田原につなぎたいと申すのなら、勝手になされよ。もう老骨は何も申さぬ」

決めの一言を投げつけた釣閑が、座を払おうとした。

「まあ待て」

瞑目《めいもく》し、二人のやりとりを聞いていた勝頼が、ようやく口を開いた。

「内膳、弥兵衛、おぬしらの申したきことはわかった。しかしながら、われらは様々な雑説を踏まえ、熟慮の末、断を下している。軽々しい意見具申は、今後、慎むように」

「お待ち下さい。たとえそうであっても、北条家にわれらを裏切る気配がない限り、こちらから甲相同盟を踏みにじることはできませぬ」

「その気配があったら何とする」

釣閑が勝ち誇ったように言った。弥兵衛と内膳が、虚を突かれたかのように顔を見合わせた。それを機に勝頼が断じた。

「もう決めたことだ。これ以上の争論は無用とする」

「はっ――」

唇を嚙みつつ、二人は抵抗を諦め、退室した。

「釣閑、彼の者らも、ああ申しておるが――」

二人が去った後の勝頼の面には、迷いが表れていた。釣閑はそれを打ち消さねばならぬと思った。

「御屋形様のご懸念は、この釣閑、重々、承知いたしております。しかしながら、あの金《かね》なくして、武田家は立ち行きませぬ。計会が行き詰まれば、遅かれ早かれ、北条にも見捨てられまする」

「わかった」

勝頼は覚悟を決めるがごとく、脇息を握り締めた。

釣閑は内心ほっとしたが、次の布石を打っておく必要を感じていた。

(御屋形様は即断即決の人だが、御曹司《おんぞうし》として大事に育てられたためか、人の意見に左右され易い。此度は何とか抑えたが、別の者が再び意見しに来るやも知れぬ。そうなれば、御屋形様は再び動揺する。ここは見せしめのため、弥兵衛と内膳を罰しておく必要がある)

釣閑がおもむろに膝を進めた。

「いずれにしても、誰彼となく、こうした具申を今後も認めるとなると、家内の統制が取れませせぬ」

「それは、もっともだが――」

「本日のやりとりは、小姓や近習《きんじゅう》の耳にも入っております。このまま二人を赦しては示しがつきませぬ」

「とは申しても――」

「此度は、大した役に就いていない者どもであったから幸い。出羽《でわ》（小山田信茂）や安房《あわ》（真田昌幸）がこれをまねれば、家内は乱れ、御屋形様の威信も失墜いたしまする」

「それはそうだが――」

「おそらく、二人は弾正と親しかった出羽に泣きつくことでありましょう。出羽が反対すれば、ことは容易に収まりませぬ」

「それでは、どうせいと申すのだ」

「われらの決定を、明日、御旗《みはた》と楯無《たてなし》の鎧《よろい》の前で誓い、これ以上の争論を防ぐと同時に、彼の二人に何らかの処罰を加えるべきでございましょう」

「処罰だと――」

　勝頼の顔色が変わった。

「そこまでのことではあるまい」

「いえいえ、こうしたことを赦しておけば、家内の統制がままなりませぬ」

「そういうものか」

　勝頼は気乗りしないかのごとく横を向いたが、釣閑は追及の手を緩めなかった。

「二人の処断を、それがしにお任せいただけませぬか」

「おぬしにか」

　勝頼は逡巡《しゅんじゅん》しているように見えた。釣閑には、それぞれの父に対する抜きがたい恨みがあったからである。

「おぬしは若き頃、海尻城で散々に敗れて逃げ帰った折、居並ぶ家臣の面前で、弥兵衛の父に罵倒《ばとう》され、面目を失った。それを深く恨んでいたはずだ。また、おぬしの息子は、兄上（義信）謀反の折、内膳の父の裁きにより自害に追い込まれたというではないか。そのおぬしに、彼の者らの処断を任せるわけにはまいらぬ」

「ふふふ、それもこれも昔のことにござります」

釣閑が鼻で笑った。

「それでは、いかなる罰を下すつもりか」

「さて、半年ほどの間、国中《くになか》から放ち、その後、帰参させればよろしいかと」

「その含みを二人に伝えるのならいいだろう。絶望させ、他家に仕官などさせるでないぞ」

「御意」

釣閑は大仰《おおぎょう》に平伏した。

悄然《しょうぜん》として陣屋に戻った内膳と弥兵衛を待っていたのは捕吏だった。いわれなき罪に問われた二人は捕縛され、甲斐に送還の上、国中からの所払《ところばら》いを申し渡された。

この厳しい処断に、家中からは取り成しの声も上がったが、釣閑が握りつぶし、勝頼の耳に入れなかった。

二人は言論統制の見せしめとなったのだ。

翌日、随行する重臣たちとともに、勝頼は御旗と楯無の鎧を前にして、和睦を取り持つという軍評定における決定を誓った。これにより、武田家の方針が決定した。

後日、それぞれの本拠でこの知らせを聞いた小山田信茂と真田昌幸は驚愕した。しかし、和睦を取り持つと言って氏政を脅かし、越後に引っ張り出す算段だと使者から聞かされ、ひとまずは矛を収めた。


六月二十九日、信越国境に迫った武田勢は、春日山城の南十一里にある飯山《いいやま》城に陣を布いた。ここから春日山へは一日の行程である。

景虎方は、固唾をのんでことの成り行きを見守っていたが、いくら待っても武田勢は動かず、不審に思い始めた頃、勝頼の使者が御館城に現れた。

使者の話を聞き、景虎らは卒倒せんばかりに驚いた。勝頼が和睦を取り持つなどという話は、彼らの想像の範疇《はんちゅう》を超えていたからである。景虎は和談の取り成しを拒否し、氏政に早馬を飛ばした。

結城城包囲陣でこの知らせを聞いた氏政は、初めは誤解と信じた。しかし、勝頼からの使者が氏政の許《もと》に参上し、同様の口上を述べたことで、事実と判明した。

氏政は、景虎にけっして和睦に同意してはならないと書き送り、勝頼に対しては詰問の使者を送った。

六月末日、勝頼本隊が、春日山城から一里南の木田まで進出してきた。

景勝は木田に出向き、勝頼に面会し、味方となることを懇請した。さらに、兵糧《ひょうろう》、馬糧、飲料水を勝頼陣営に運び込み、武田勢の引き止めに躍起となっていた。

七月、氏政は「勝頼恃むにあたわず」とばかりに、猿ヶ京の宮野城を制圧し、三国峠越えの拠点を確保した。さらに、元上杉家家臣河田重親と北条高広《きたじょう》を先遣隊とした援軍を編成し、三国峠に向かわせた。

三国峠を越えれば、そこは上田庄である。上田庄は景勝の実家である上田長尾家の本拠であり、ここを制圧すれば勝負は決まる。

景勝は、三国峠と清水峠を押さえる荒砥《あらと》、直路《じきろ》の二城に兵を送り、応急の普請作事を施し、徹底抗戦を指示した。同時に、上野国内の景勝支持派に後方攪乱《かくらん》を命じた。

これが功を奏する。

北条方先遣隊が三国峠を越えんとする頃、北条方入越部隊の兵站《へいたん》基地である沼田城で叛《はん》乱《らん》が起こった。在番衆筆頭の河田重親が城を空けている隙に、留守居役の上野家成が叛旗を翻したのだ。

背後が脅かされては戦えない。致し方なく、河田は沼田に戻った。

上野家成の裏切りに怒った氏政も援軍を送り、河田らとともに沼田城を包囲した。

七月十七日、上田庄から援軍が来るとばかり思っていた上野家成は、集まるのは北条方ばかりの状況に絶望し、降伏した。これにより、沼田城は再び河田ら親北条派の手に戻ったが、景勝は防戦に必要な時間を稼ぐことに成功した。

こうして、北条方の第一次入越作戦は失敗に終わった。

しかし、氏政は諦めなかった。

七月末、佐竹義重との鬼怒川対陣を終結させた氏政は、再び入越を画策する。

八月初旬、氏照・氏邦を主将とする北条勢主力四万が、三国峠と清水峠を越えた。氏政の弟たちに率いられた北条家主力部隊は、瞬く間に荒砥、直路、樺沢《かばのさわ》の諸城を落とし、上田長尾勢の本拠である坂戸《さかと》城を囲んだ。


八月十九日、秋風が頸城平野に吹く頃、勝頼は陣払いを決意した。徳川勢が、高天神城付近に出没し始めたという情報が入ったからである。

武田勢が越後に駐屯している間、家康は、誰にも邪魔されることなく横須賀城の構築を終えた。これより遠江攻防の主導権は家康に握られた。

勝頼は、和睦の呼びかけに応じようとしないだけでなく、本格的な交戦態勢に入った景虎陣営への苛立《いらだ》ちを隠せず、遂に景虎方との手切れを宣言、一転して景勝と起請文《きしようもん》を取り交わし、攻守同盟を結んだ。ここに、甲越同盟が締結された。

いよいよ、賽《さい》は投げられたのだ。すべては釣閑の思惑通りに進んだことになる。

これには、さすがの氏政も啞然とした。

景虎陣営と手切れということは、北条家を敵に回すことになる。すなわち、織田・徳川両家と和睦しない限り、武田家はその領国の東西南の広大な国境線に、強大な敵を持つことになる。唯一の救いは北の上杉景勝だけだが、景勝はいまだ越後の太守となったわけではない。たとえ景虎を破ったとしても、当面、国内をまとめることさえ覚束ないことは明らかである。すなわち景勝は、勝頼が危機に瀕《ひん》した際も援軍を出す余裕がないのである。

しかも当時、北条家と武田家の国境線は上杉家との国境線より四倍近く長かった。想定衝突戦域が善光寺表（川中島周辺）にほぼ限定される後者と、上野・武蔵《むさし》間、甲斐・武蔵間、甲斐・相模《さがみ》間、東西駿河間の広大な国境を持つ前者では、たとえ衝突がなくとも、防御にかかる負担は比較にならない。

「われらの知らぬ間に、武田は織田・徳川と同盟を結んだのか！」

そうとしか推測し得ない北条家では、一転して騒然となった。氏政は勝頼に使者を送り、翻意を促したが、勝頼はこれを黙殺した。

越後上田庄に在陣する氏照・氏邦兄弟にも、この話は寝耳に水であった。

九月、二人は坂戸城に猛攻を掛ける。この城を抜かない限り、景虎救援への道は開かれないからである。

北条兄弟の決死の猛攻により、さしもの堅塁坂戸城も、山麓《さんろく》の曲輪群は北条方の手に帰した。これにより、景虎救援の道が開けた北条方は、早速、北条高広《きたじょう》の嫡男景広《かげひろ》を彼らの本拠である北条城《きたじょう》にいったん帰還させ、御館救援の方途《ほうと》を探らせた。

この上田庄の危機に際して、景勝は勝頼に救援を要請、これに応えた勝頼は、妻有《つまり》城

（今井城）まで援軍を派遣することに決した。

九月、甲斐府中に戻った勝頼は大きな衝撃を受ける。越後陣中から信長への使者として派遣した長遠寺実了が、すでに戻っていたのだ。

実了の話によると、和睦要請の受諾を信長に申し入れたが、取り次ぎもされずに追い返されたというのだ。

「実了殿、それは真か！」

躑躅ヶ崎館に勝頼の怒声が轟いた。

「はっ、残念ながら――」

「何たることだ」

がっくりと肩を落とした勝頼は、気を取り直して釣閑を睨めつけた。

「釣閑、北条と手切れとなっても、織田からの申し入れを受ければ、何の憂慮もないと申したのはそなたではないか。わしとて、七月《ななつき》も前に無視した申し入れを、ここに至り蒸し返したとて、聞き入れるはずもないと思ったが――」

勝頼の指摘はもっともであった。かつて、信長からの同盟打診が届いた時、謙信は健在であった。手取川で不覚を取った織田家内部には、軍神謙信に対する恐怖心が蔓延《まんえん》した。困った信長は、謙信の抑え役として武田家を利用し、その間に、謙信でさえ手が出せぬほど自らが膨張するか、謙信の死を待つという策を取ろうとした。その二つが同時に実現した今となっては、信長にとり武田家は用済みの存在であり、今更、同盟を受諾されても、笑止としか言いようがなかったのである。

「御屋形様、この大炊助が使者に立ち――」

額に汗を浮かべつつ、大炊助が膝をにじった。

「誰が行っても同じことだ。信長はもう聞く耳を持たぬ！」

「いや、これは取り次ぎ手筋を誤ったからかも知れませぬ。美濃の遠山ではなく、三河の徳川を通じて――」

なおも打開策を講じようとする大炊助に、勝頼が呆《あき》れ顔で言った。

「これだけ重大な計策（外交交渉）だ。取り次ぎ手筋の問題ではない！」

「申し訳ありませぬ」

大炊助が、すべての責は自らにあるように平伏した。しかし勝頼は、誰に責があるかを忘れてはいなかった。

「釣閑、これはおぬしの策であったな！」

釣閑は不敵な笑みを浮かべつつ瞑目していた。

「釣閑、何か申せ！」

勝頼の言葉に、ゆっくりと目を開けた釣閑は、周囲を蔑むように言った。

「この釣閑、すでに次善策を練っておりまする」

「次善策だと！」

「こんなときこそ、玄蕃《げんば》（穴山信君）を使うべきでございましょう」

「玄蕃を——」

「以前より、玄蕃は家康と懇意にしたがっております。殿がお墨付きを与えれば、喜んで家康と誼《よしみ》を通じましょう。一方、家康も玄蕃が味方すれば、労せずして、遠江、駿河をわがものにできると信じましょう。まずは玄蕃を仲立ちにして、時を稼ぐのが上策かと」

「して、その後はどうする」

「何としても喜平次を勝たせ、再び信長の矢面に立たせる。不識庵不在でも、越後の強兵が、おいそれと尾張の弱兵に敗れるとは思えませぬ。さすれば、信長が再び同盟を請うてくるは必定」

釣閑は恬淡《てんたん》として語ったが、もはや勝頼は、その言葉を信じなかった。

「それほど都合よく行くはずがない！」

勝頼が沈痛な面持ちで言い捨てた時、近習が廊下を走り来た。

「真田安房守様、急のお越し！」

「取り込み中だ。待たせておけ」

釣閑が吐き捨てるように言った。

「はっ」

走り去ろうとした近習を、勝頼が呼び止めた。

「待て、すぐにここへ通せ！」

抗議の視線を向ける釣閑を尻目《しりめ》に、勝頼は真田昌幸の入室を許した。

異例のことに、釣閑の背後に控える跡部大炊助と長遠寺実了は顔を見合わせた。

やがて、渡り廊下に軽やかな足取りが響いてきた。

「御屋形様！」

「安房か、よくぞ参った！」

昌幸はきびきびとした動作で入室すると、釣閑の対面に座を占めた。

「御屋形様、北条と手切れのこと、聞き申した。それがし、すぐに府中に参上し、真偽を問い質したかったのでござるが、北条と手切れとあれば、諸城の構えを堅固にせねばならず、手間取っておりました」

「そうか、心配をかけたな」

「なんの、本国の計策に黙って従うのもわれら城代の務め。ただ此度は解《げ》せぬことが、ちと多い気がいたしまする」

昌幸は釣閑を睨めつけた。

真田昌幸は天文十六年（一五四七）の生まれで、この頃、三十二歳。信濃先方衆《さきかたしゅう》真田幸綱の三男として生まれ、信玄近習となった後、武藤家に養子入りし、武藤喜兵衛と名乗った。その後、長篠合戦で兄二人を失い、真田家を継ぐことになる。

この頃、昌幸は上州岩櫃《いわびつ》城を拠点として、武田家の上野統治の要《かなめ》となっていた。

「解せぬとは穏やかでない物言いでござるな」

釣閑がぎょろりと目を剝《む》いた。

「解せぬことを解せぬと申しておるだけにござる。突然の計策転換の裏に何がおありだったのか、おおよその推察はついておりますが」

「ほほう、それは面白い」

睨み合う二人の間に、すかさず勝頼が入った。

「まあ待て。ここで内輪もめしていても仕方がない」

勝頼が昌幸に顔を向けた。

「安房よ、実は困ったことになった」

「困ったこととは」

「信長への計策が、はかばかしくないのだ」

「よもや、信長との〝あつかい〟の内諾なく、北条を敵に回したとは仰せであるまいな！」

「実は、そういう仕儀にあいなった」

「何と――」

昌幸は天を仰いだ。

「むろん、このままでは四囲に敵を抱える。信長への和談の申し入れは継続するが、こちらの本意のままになるか否かは全くわからぬ。それゆえ、越後の喜平次をどうしても勝たせなくてはならぬのだ」

「それは無理というもの。われら四囲に敵を抱え、遠江では、家康が高天神城攻略の付城《つけじろ》を築いているというではありませぬか。一兵でも多くを遠江に回さねばならず、越後を助ける余力などありませぬ」

「だからといって、喜平次を見捨てるわけにもまいらぬ」

「今更ながら、信長に〝あつかい〟の内諾を得ずに、北条を敵に回したこと、悔やんでも悔やみきれませぬ。この七月《ななつき》の間、信長を取り巻く情勢は変わりました。謙信亡き今、北からの脅威は取り払われ、信長の眼前に大きく道は開かれております。今更、われらと和睦する理由が、彼の者にはありませぬ」

「その通りだ。何の弁明もない」

「御屋形様、海津城で、いったい何があったのでございますか」

困った顔をする勝頼に、釣閑が助け舟を出した。

「安房守殿、慎みなされよ。此度のことは、御屋形様の深きお考えの下に決したのだ」

昌幸は憤怒《ふんぬ》に燃え、釣閑《しえん》に向き直った。

「長坂殿、弾正様憎しの私怨から、これまでの計策を否定し、北条を敵に回すとは、何たる愚劣。しかも、織田の意向を確かめぬまま、北条と手切れするとは。これほど底の浅い計策、往古の昔から聞いたことがない！」

「そなたのような若輩者には、わからぬ事情があるのだ」

「それがいかなる事情か、おおよその見当はつく。おそらく――」

「もうよい！」

勝頼が苦渋に満ちた顔を上げた。

「この決定はわし一人の責によるものだ。確かに安房の申す通り、慎重さに欠けていたかも知れぬ。しかし、もう後には退けぬのだ」

「かくなる上は、上野国を経略し、殿に進上いたす以外に道はありませぬ」

「うむ、安房、頼りにしておるぞ」

「はっ」

昌幸は、最後に釣閑を睨みつけると、大股《おおまた》で渡り廊下を去っていった。

残された勝頼らには、すでに何ら方策もなく、室内は重苦しい空気に支配された。

四

浅茅からその知らせを聞いたのは、西の御座の庭園であった。

「それは真か！」

「はい――」

眼前の夾竹桃《きょうちくとう》の鮮やかな桃色が、血に染まる三郎の死装束に見えた。

「よもや――」

その場にくずおれそうになった桂を、かろうじて浅茅が支えた。しかし桂は、意識が朦《もう》朧《ろう》とし、浅茅の腕の中で気を失った。

（上様に翻意を促すほかない）

しばらく寝所で休息した桂は、勝頼が帰還するのを待ち、面会を申し入れたが、その用向きが何であるかを知る勝頼に拒絶された。それ以来、勝頼は本曲輪で起居し、水堀を隔てて隣接する西の御座には、一切、足を踏み入れることがなくなった。

面会を断られるなら、せめて書状でもとばかりに、桂は日に何度も筆を執ったが、封を切られずにそれらは突き返された。勝頼は桂を全く拒否したのだ。出陣する前の優しかった勝頼の面影を想い、桂は泣き暮らした。しかし、桂との約束を違え、三郎と北条家を敵に回した後ろめたさだけで、ここまで桂を拒否するのはおかしい。

ようやく冷静さを取り戻した桂は、浅茅に命じ、出陣中に何があったのか探らせた。しかし浅茅の聞き込んだ話は、どれも大筋、「喜平次殿からお悔やみの使者が入った後、御屋形様が変心し、和睦を取り持つことになった。しかし、それを三郎様が拒否したため、立腹した御屋形様は喜平次殿と同盟を結ぶことになった」というものだった。

唯一、変心の理由となる情報は、喜平次なる者が謙信公の金蔵を押さえ、多額の軍資金を手にしたというものであった。

その金に目がくらんだとは思いたくはないが、国のため民のため、勝頼がそうした選択をしたことは考えられる。しかしそれだけで、桂をここまで拒絶する理由にはならない。

かつて兄氏政は、信玄公と手切れの折、夫婦仲のよかった正室黄梅院を甲斐に送り返さねばならなかった。小田原に残りたいという黄梅院の願いは知りつつも、冷徹な政治家であることを優先した兄は、黄梅院を離縁して禍根を絶った。たとえ黄梅院に表裏はなくとも、その従者たちはそうとは限らない。よしんば、双方に疑心暗鬼が生じる因ともなる。氏政はそう考えたに違いなかった。

輿《こし》入れが華やかであればあるほど、送り返すときの光景は、言葉で言い尽くせないほど寂しいものであった。小さな子供たちを残し、小田原を後にしなければならなかった黄梅院の悲しみは深く、出家の上、翌年には病死した。

桂も黄梅院と同様の立場である。しかし桂は、命じられるままに送り返されることだけは嫌だった。

（やはり、何かおかしい）

勝頼が帰還して十日ほど経ち、ようやく桂は、何らかの惑説に勝頼が惑わされているのではないかということに思い至った。

（しかし、それはいったい何なのか）

桂の思考はそこから一歩も進まなかった。浅茅の集めてくる雑説からも、それは一向にわからない。桂は思い悩み、遂に床に臥《ふ》せった。しかし、勝頼からは見舞いの言葉一つなかった。

（上様には、わたしが臥せっていることは伝わっているはず。それでも、見舞いの言葉一つ賜れないということは、北条家ではなく、わたしについての惑説を何か聞いたのではな

いか。しかも、その惑説を上様は信じた)

桂は、はっとして半身を起こした。

(もしや、それが惑説ではなかったとしたら——)

己自身も知らぬ秘密が隠されているのではないかという疑念が、心中に湧いた。

床から半身を起こした桂は、すぐに浅茅を呼んだ。

「なるほど、それであらば北条家でも、一方的に同盟を破棄された理由《わけ》がわからず、戸惑っておりましょう」

「小田原の中枢の者ならば、思い当たることがあるに違いない」

「流説によると、江雪殿が須走《すばしり》まで参られ、武田方に交渉を呼びかけているそうですが、武田方は籠坂から黒駒までの関を堅く閉ざしているとか」

「江雪殿にこのことを問えないか」

「関は厳重に閉じられており、御屋形様の過所《かしょ》(通行手形)のある者のほかは、通ることが叶いませぬ」

「それでは、手は無いと申すか」

「はい」

桂と浅茅は揃って肩を落とした。

「そういえば——」

しばらくして浅茅が顔を上げた。

「断られるかも知れませぬが、頼めるお方が一人だけおります」

その言葉に、桂は一縷《いちる》の望みを託した。


黒駒は、甲斐国と相模国を結ぶ途次にある宿駅の一つである。当時、この地には黒駒道場と呼ばれる時宗《じしゅう》称願寺があり、市が立つほどの賑《にぎ》わいを見せていた。

その黒駒の街全体が緊張していた。関の守備兵が突如として増強されたことからも、武田家と北条家の手切れは、すでに在地の商人たちに知れ渡っており、いち早く国中《くになか》方面に避難しようとする者たちで、往来はごった返していた。

それというのも、北条方との国境である籠坂峠から黒駒までは十里弱あるとはいえ、御坂道が通じており、中立に近い立場の御師宿吉田を除けば、この地が攻勢正面に立たされている最初の宿駅だからである。

関に近づくや、多くの同情の視線が二人の若者に注がれた。

辻弥兵衛はそれらを無視したが、小宮山内膳はいちいち応えるように目礼した。

やがて、見届役と関所の在番衆との話がついたらしく、関が開けられることになった。

門《かんぬき》がはずされ、数名の小者が門に取り付いた。

二人の国外退去を確認する役目を担った見届役の武士が、二人の許に近づいてきた。

「辻殿、小宮山殿、われらの役目はここまでだ。ここから先は、何方《いずかた》なりともお好きな国に行かれよ。ただし、この関から甲斐国中に戻る際は俗体ではだめだ。半俗の沙弥《しゃみ》も認められん。出家得度した上、それなりの格式を持つ寺院の住持による証書が必要となる」

「坊主になどなる気はない」

弥兵衛が吐き捨てるように言った。

「それでは、敵国に仕官すると申すか」

「それもあるな」

弥兵衛が不敵な笑いを浮かべたが、その武士は厳しい顔で言った。

「いいか、よく聞け。今の武田家には気骨のある若者が必要だ。此度は運悪く所払いとなったが、貴殿たちの忠心を知る者も多い。すでに知っておるとは思うが――」

その武士は、内藤修理亮《しゅりのすけ》昌秀、原美濃守《みののかみ》虎胤《とらたね》、曾根下野守昌世《まさよ》の例を持ち出し、二人を戒めた。

内藤昌秀は、父工藤虎豊が信虎の勘気に触れて成敗されると、小田原に逃れ、しばし北条家の家臣となっていた。しかし、信玄が信虎を追放するに及び、武田家に帰参した。その後の活躍は目を瞠《みは》るばかりであり、「甲軍の副将」と呼ばれるまでになる。

原虎胤は鬼美濃と呼ばれる猛将であったが、日蓮宗と浄土宗の宗旨争論で浄土宗の肩を持ったため、信玄に追放された。いったん知己のいる北条家に身を寄せた鬼美濃であったが、後に赦免され、信玄の許に戻った。

曾根昌世は、その若き頃、父周防《すおう》が義信事件に連座して処刑されたため、諸国を流浪するはめになった。しかし、機会あらば帰参しようと思っていた矢先、信玄の小田原攻めが

城の城代を務めるまでになる。

「かたじけない」

開始された。浅利右馬助信種《うまのすけのぶたね》の隊にもぐりこんだ昌世は、混戦となった三増《みませ》合戦で信種が討死するや、その指揮を代わり、総崩れを防いだ。この功が認められ、昌世は後に興国寺《こうこくじ》城の城代を務めるまでになる。


その武士は真心をこめて諭した。

「こうした話は諸国にも多い。けっして短気を起こさず、帰参が許される日を待たれよ」

「かたじけない」

内膳は素直に感謝したが、弥兵衛は無言であった。

「これはそれぞれの同役衆からの餞別《せんべつ》だ。これで当面の糊口《ここう》をしのがれよ」

最後に、武士はずっしりと重みのある銭袋を二人に渡した。

「ご配慮、感謝いたす」

内膳は武士の厚情を謝した。さすがの弥兵衛も少し頭を下げて餞別を受け取った。

外に出ると、突然、心細さが募ってきた。いまだ武田領国内ではあるが、二人とも甲斐国中以外の地で暮らしたことなどなく、不安ばかりが先に立つ。

「これからどうする」

弥兵衛の問いに、内膳が胸を張って答えた。

「わしは関東に行く」

「そうか、やはり、わしとともに徳川家には仕官せぬか」

「うむ、わしはどんな形でも、いつの日か再び武田家に戻るため、いったん関東の知己に身を寄せる」

「そうか、わしとて武田家に戻りたいのはやまやまだ。しかし、釣閑らが政道を牛耳る今の体制が、一朝一夕に崩れるとは思えん。武田家に再仕官するということは、彼奴らに膝を屈することになる。それならば、徳川家に仕官する方がましだ」

「元来、武士は渡り者だ。武田家だけが天地ではない。弾正様もそう申された。おぬしの考えは間違っておらぬ」

「そう申してくれるとありがたい。肩の荷が降りた気がする」

「わしの方こそ、おぬしを巻き込んでしまい、すまなかった」

「もうそれは申すな。わしはわしの考えで同心したまでだ」

しばらく無言で歩いた二人の眼前に、やがて二股道が現れた。

「残念だが、ここで袂《たもと》を分かつしかなさそうだな」

「うむ、そのようだ」

「この世で会うのも、これが最後になるやも知れぬ。水盃《みずさかずき》を交わそう。〝かわらけ〟はここに用意してある」

弥兵衛が、懐から手で捏《こ》ねたらしい無骨な〝かわらけ〟を二つ取り出した。

「手回しのいいことだ」

二人は竹筒の水を分け合い、あらためて義兄弟の契りを結んだ。

「これでわれらは義兄弟だ」

「遠く離れても、いつも一緒だ」

「さらばだ」

「達者でな」

二人はお互いの武運長久を祈り、その場に〝かわらけ〟を捨てた。その後、弥兵衛は西へ向かう間道を進み、内膳は御坂道をそのまま南に向かった。

二人の胸中には、様々な思いが去来していた。しかし、二人の男はそれを振り切り、己の信じる道を進んでいった。

弥兵衛と別れた内膳は、籠坂峠を越え、須走の乙名館《おとなやかた》（庄屋屋敷）に入った。北条家に事前に知らせていなかったためか、当初は警戒されたが、桂の書状を示すことにより、板部岡江雪との面談が叶った。

内膳の話を聞いた江雪は腕組みし、しばし考えた末、言った。

「御方様はそこまで思い詰めておいでであったか。おいたわしいことだ」

「しかし御方様にも、その理由《わけ》が何であるか見当がつかぬということです」

「そうですか――」

「江雪殿はその理由《わけ》を御承知のようですな」

「心当たりは、なきこともありませぬが――」

「それを話すも話さぬも江雪殿の勝手でござるが、もし御屋形様の誤解であれば、御方様はその誤解を解き、武田と北条の復縁に力を尽くすと仰せです」

「わかりました」

江雪が威儀を正した。

「この話はわが家でも秘事中の秘事でございます。一つ間違えば、この江雪、腹を切らねばなりませぬ。しかし、御方様の胸中を思えば、お話しするしかありませぬ」

江雪は、実は桂が氏堯の娘であることと、かつて三郎の許婚であったことを告げた。

「なぜそれを輿入れの前に、武田家にご通知いただけなかったのか」

江雪は苦渋の色を面に浮かべ、その理由《わけ》を話した。

「かつて法性院様は、織田家との同盟の証に信長の娘の輿入れを所望されました。しかし、信長は養女を送りつけてきた。しかも、家格の低い美濃遠山家の山出しの娘と聞き、法性院様は痛く誇りを傷つけられたと聞きました。それは四郎様も同様でございましょう。そしてまた、お迎えになる室が大聖寺《だいしょうじ》様（氏康）の息女でないとしたら、さすがに、まとまる話もまとまらぬと思いました」

「それは全くの浅慮。こうした秘事は漏れるに決まっている」

内膳は天を仰いだ。

「弁明の余地もありませぬ」

「しかし御方様は、ご自身が三郎様の許婚であったことを、ご存じなかったのか。常であれば、許婚同士は、幼き頃より、連れ添う相手を聞かされておるはず」

「そこには、ちと複雑な事情がございます」

江雪が訥々《とつとつ》と語り始めた。

弘治二年（一五五六）、里見水軍が三浦半島まで攻め寄せ、北条水軍を撃破して三崎城を占拠したことがあった。里見水軍を率いた里見義弘の目的は、鎌倉太平寺に預けられているかつての許婚の青岳尼《しょうがくに》（小弓公方《おゆみくぼう》足利義明息女）を奪うことにあった。

実は、天文七年（一五三八）の国府台合戦で、青岳尼の実家小弓公方家が滅亡することにより、青岳尼は鎌倉に連れ去られた。これを恨んだ義弘は、いつの日か青岳尼を取り戻すことを、心に期していたのだ。

鎌倉を焼き払った義弘は、青岳尼を房総に連れ帰り、晴れて二人は夫婦となった。

その結果、北条家の威信は失墜し、面子をつぶされた氏康は激怒した。

名家の子息や娘にとって、政略結婚しか許されなかったこの時代、許婚も絶対のものではなかった。娘は手駒として、状況に応じて自由に使える方がいい。そのためにも、幼い当人は何も知らぬ方がよい。この事件によって、氏康はそう痛感したのである。

「この事件が大聖寺様を傷つけ、以後、北条家の幼き者たちは、許婚が決まっていても、けっして告げられることはございませんでした」

江雪は語り終えると、がっくりと肩を落とした。

内膳は、これ以上、江雪を責めても意味がないことに気づいた。

りか」


「それがしは甲斐に戻り、このことを御方様に告げる。よろしいですな」

「差し支えございませぬ。ただ、貴殿は所払いの身。いかなる方策でご入国なさるおつもりか」

「出家得度いたす」

「なるほど。もう武家には未練はないと仰せか」

「この若さ、未練がないと申したら嘘になる」

「それでは、当家にしばらく逗留《とうりゅう》してはいかがか」

江雪は、しばらくほとぼりを冷ました後、武田家に帰参するか、そのまま北条家で仕官するか、どちらでも選択できる方法を提案してきた。

「せっかくのお申し出ではござるが、武田家は今が切所。いかなる方法を用いても、すぐに戻る所存」

「ということは、偽りの出家の上、甲斐に戻ると」

「致し方ありますまい」

内膳は開き直ったかのように言った。

「わかりました。出家の便宜はすぐに調えさせていただきます」

「よろしくお願いいたします」

その日のうちに須走で頭をまるめた内膳は、袈裟《けさ》を掛けた己の姿に自嘲《じちょう》しながら、来た道を引き返していった。

五

「帯刀、あれが見えるか」

小声で監物に呼ばれた帯刀は、崖《がけ》の突端から東方に目を凝らした。いまだ丑《うし》の下刻（午前三時頃）であり、周囲は漆黒の闇の中に沈んでいる。

雲間からのぞく月明かりだけを頼りに、帯刀が目を凝らすと、月光の下に多くの旌旗《せいき》がはためいていた。

「なるほど、徳川勢が小山の城を取り囲んでおりますな」

「このままでは、城は落ちる」

「確かに落ちるやも知れませぬ」

（親父殿は、まさか、この人数で後巻きするつもりではあるまいな）

監物は目尻に皺を寄せ、前方を凝視している。

「この人数では後巻きを掛けても犬死だな」

その言葉に、帯刀は内心ほっとした。

「さて、いかがいたすか——」

監物は、皺の多くなった額にさらに皺を寄せて考え込んでいる。

三月に痛撃を食らって以来、逼塞《ひっそく》していた徳川勢が、八月に入ると再び動き出した。武田勢主力が越後入りしている間に、横須賀に本格的な城を築き、再び高天神城を窺い始めたのだ。

城将の横田尹松《ただとし》は横須賀への築城を妨害するため、高天神への兵力増強を、再三、勝頼に要請していたが、勝頼は越後の政変に掛かりきりになっており、その余力はなかった。

七月中旬には横須賀城が完成した。この城は遠江独特の丸石を使った堅固な平山城《ひらやまじろ》である。これで、高天神の西半里に敵の一大策源地が築かれたことになる。

武田家の予備兵力が底をついたと見た家康は、いよいよ本格的な攻勢に移るべく、着々と支度に掛かった。しかし家康は、高天神を力攻めする愚をよく知っていた。たとえ落城に追い込んでも、甚大な被害を出しては、その後の作戦に響く。

それゆえ、家康は高天神の兵站補給を担う大井川河畔の小山城を落とし、高天神を立ち枯れさせようという作戦に出た。むろん、高天神からの出撃を防ぐために、包囲は怠りなく行う。

家康は主力部隊を高天神包囲に当て、別働隊を小山城に向けた。この作戦に気づいた横田尹松は、高天神守備隊の一部を小山城の援護に振り向けようとした。

小山城は高天神城の生命線である。どんなに立派な花を咲かせても、根を絶たれては、花は枯れる。小山城が落ちれば、高天神城が落ちるのは時間の問題となり、続いて次々と駿河の諸城が落とされていくことは間違いなかった。

幸い、府中に遣わした使者が戻り、十月には勝頼自ら遠江戦線に出馬するという連絡を受けた。小山城が十月まで持てば光明は見える。しかし、夜陰に乗じて徳川勢の重囲を突破し、複雑に入り組む河川や沼沢地《しょうたくち》を縫い、小山城に達するのは至難の業である。しかも、大人数では見つかるので、百名程度の決死の小部隊を派遣する必要があった。

この話を聞いた時、帯刀は選抜される将兵に同情した。死地に入るようなものだからである。しかし、尹松は志願者を募る際、「間道をよく知る者でないと、この仕事は任せられぬ」とも言った。その言葉が、兵糧運搬の経験により、間道をよく知る片切隊のことを指しているのは明らかであった。むろん志願者はおらず、皆の視線は監物に集まった。

監物は困ったような顔をしていたが、結局は引き受けることになった。さすがに気の毒に思ったのか、尹松は、「この後巻きは、小山城兵に危機を知らせ、敵を動揺させることにある。よって、後方で小当たりし、戻ってくればよい」と言った。

しかし、小当たりしてこちらの兵力を知られれば、殲滅《せんめつ》されるだけである。百名程度では、後方攪乱の効果を出すのは容易ではなく、さらに高天神に戻るなど、考えようもなかった。

監物率いる片切隊は、この日あるのを予期し、尹松に建言して造っておいた〝犬戻り猿戻り〟の痩《や》せ尾根を伝い、包囲する徳川勢の背後に出ることに成功、そのまま小山城目指してひた走った。

〝犬戻り猿戻り〟とは、万一の場合に使う脱出口のことで、〝伏せの塁〟とも呼ばれる。

帯刀は、泥土に半身を浸かりながら、幾度も「このまま伊奈に帰ろう」と監物に言いかけた。しかし、初老の監物が懸命に葦《あし》をかき分けて進む姿を見て、口に出かかった言葉をのみ込んだ。

そうこうしているうちに、片切隊は小山城を望む小台地にたどり着いた。

小山城は牧之原台地の東端にある。ちょうど台地が指を伸ばした地形の先端に位置し、その突き出た指の先が大井川の流れを蛇行させている。すなわち小山城は、三方を自然の水堀に囲まれ、残る西方は、三重の三日月堀が守るという後ろ堅固の要害城であった。

「明朝、敵は惣懸りするな」

考え込んでいた監物がやにわに言った。

「親父殿には、なぜそれがわかる」

「耳を澄ませてみろ、甲冑《かっちゅう》の擦れ合う音や喧騒《けんそう》が聞こえる。すでに敵は惣懸りの支度に掛かっておる」

帯刀も耳を澄ませてみた。初めは何も聞こえなかったが、そのうち、何ともいえない音が空気を伝ってきた。このどよめきこそ、戦の前の雲気である。

「なるほど」

「明日の朝、この城は落ちる。それまでに何とかせねばならぬということだ」

「とは申しても——」

監物が意を決したように言った。

「帯刀、山を焼こう」

「山焼きでござるか」

帯刀は目を丸くした。

山焼きは山国の信濃では滅多に行われない作戦である。平地ならばまだしも、下手《へた》に山に火をつければ、どこまで火の手が延びるか見当もつかない。敵地ならともかく、味方の勢力圏でそれをやれば、民心は離れ、その後の統治は困難を極める。しかも、火をつけて回る兵士も、下山経路を火に塞《ふさ》がれれば助かる見込みはない。

「西から小山城に至る道は、あの山裾《やますそ》とこちらの山裾の間を通ってきている。双方の突端に放火し、敵の退路を断つ形に持ち込めば、敵は動揺し、北に兵を退くやも知れぬ」

「なるほど」

「しかも、周りの空気が湿ってきている。時を経ずして雨になる。そうなれば火は広がらない」

言われてみれば、確かに空気が湿ってきているような気がする。監物があらゆる要素を勘案して作戦を立てていることに、帯刀は今更ながら感心した。しかし、手勢が少ない割に大掛かりな今回の策が、功を奏すとは思えなかった。

「しかし、問題はその後だ」

「はあ」

「敵はほどなくして戻ってくるだろう」

「いかにも、戻ってまいりましょう」

「敵に当面の攻撃を諦めさせるためには、敵をできるだけ遠方に追いやらねばならぬ」

「と、申しますと」

「火をつけた後、出撃し、敵を攪乱する」

「そ、そんな――」

帯刀は、何としても監物を思いとどまらせねばならないと思った。

「しかし、これだけの小勢では、夜目でもすぐに覚られましょう」

「わしらが小勢であるのを覚られる前に、城から岡部殿が出てくれるはずだ。彼のお方は城を打ち出でて戦うことを好まれる」

小山城を守る岡部丹波守元信は、武田家の遠江戦線を一手に引き受けてきた猛将である。

「もし、小山城からの出撃が遅れるか、出てこなかった折はいかがいたしまするか」

帯刀の質問には答えず、監物は前方を凝視していた。むろん、それが愚問だからである。

小山の城兵が片切隊とほぼ同時に出撃しない限り、片切隊はあっという間に敵にのみ込まれるはずであった。

城は堅く城門を閉ざし、連絡する術はない。この作戦は一か八かの賭《か》けなのだ。

(これはいかん)

帯刀が反論しようとしたとき、すでに監物は寄子《よりこ》や郎党を集めていた。

寄子たちは怪訝《けげん》な顔をしながらも、幾度も局地戦で勝利を収めてきた監物の言に従い、次々と指定された持場に散っていった。皆がいなくなった後、監物は帯刀の肩に手を置くと言った。

「わしと一緒に出てくれるな」

「はあ——」

帯刀は力なく首肯した。片切隊の半数近くは放火を担当することになったので、残るは五十名足らずである。到底、助かる見込みはなかった。帯刀は、四郎左が放火隊に選ばれたことだけでも神仏に感謝した。

西方の台地にちらちらと何かが瞬いた。それを合図に、漆黒の闇の中、五、六ヶ所から火の手が上がった。

「いよいよだな」

兜《かぶと》の緒を締めた監物は、馬の鐙《あぶみ》に足を掛けると、六十過ぎとは思えない身のこなしで馬にまたがった。後れじとばかりに帯刀も馬に乗った。

「行くぞ！」

「応！」

監物らは台地を駆け下り、喚声とともに野営中の敵陣へ討ち入った。

恐ろしさに身を縮めながらも、帯刀も敵中に突入した。敵の足軽《あしがる》小者が恐怖に駆られて逃げ惑う。帯刀はそれらを蹴《け》散《ち》らしつつ、闇雲に走り回った。ところどころにある敵方の篝火《かがりび》を頼りにしての当てどない〝駆け入り〟である。すでに監物やほかの仲間はどこにいるかさえわからない。

そのとき、眼前に掘立小屋が現れた。避ける間もなく掘立小屋にぶつかった帯刀は、図らずも馬から落ち、その拍子に槍を落としてしまった。

立ち上がった帯刀が白刃を抜き、周囲を見回すと、手に手に得物《えもの》を持った足軽たちが遠巻きに近づいてくる。

(いよいよだな)

帯刀はかつての監物に倣い、名乗りを上げようとしたが、恐怖で喉《のど》が強張《こわば》り、一声《ひとこえ》も上げられない。その間も足軽たちは輪を狭め、襲い掛かる時機を見計らっている。

(死に際しても、名乗れずじまいか——)

帯刀が覚悟を決めた時であった。

異様などよめきが足軽どもの背後から巻き起こると、無数の矢が射込まれた。帯刀を取り囲んでいた足軽たちは蜘蛛《くも》の子を散らすように四散した。すると、そこを裂くように騎馬隊が駆け抜けていく。

(あ、あれは岡部殿か!)

岡部元信の左三巴《みつどもえ》の馬標《うまじるし》を先頭に、猪の旗指物の一隊が、帯刀の眼前を風のように通り過ぎていった。帯刀は、火焔に映る味方の勇姿に呆然《ぼうぜん》と見とれていた。

(どうやら助かったようだな)

帯刀は同士討ちされないように、背に回していた花菱《はなびし》の大きく描かれた皮笠《かわがさ》をかぶり、周囲を見回した。

(四郎左や親父殿は無事か)

遠方を見やると、すでに山裾《やますそ》まで火は広がり、ところどころで炎が激しく舞っている。

(山が焼けねばよいが)

やがて、敵を蹴散らした岡部勢が、三々五々引き上げてきた。帯刀もその中に交じって城に入った。

その後、帯刀は城中で監物と四郎左との再会を果たした。四郎左は、火に取り巻かれたときの恐ろしさを夢中で語った。

結局、片切隊二十名ほどの行方がわからなかった。

「高天神目指して落ちたのだろう」と監物は語ったが、帯刀は、その中の何人かが逃亡したであろうことを知っていた。むろん、監物にもわかっているはずである。

戦場にはつきものとはいえ、劣勢となれば、櫛《くし》の歯が欠けるように味方は少なくなる。今まで、〝片切十騎〟は結束が固く、脱落者を出さなかった。しかし、武田家が衰勢になりつつあることを、誰しも感じつつある昨今、わが身大事となるのは致し方なかった。

(親父殿としてはやりきれんだろう)

帯刀でさえすべてを投げ出し、故郷に帰りたいという衝動に駆られたことが幾度となくあった。しかし帯刀には、それをする度胸がなかっただけである。何代も前から地縁血縁で結ばれた地侍《じざむらい》たちは、生まれたときから櫓《やぐら》のように堅牢《けんろう》に組まれた人間関係の中で成長していく。それを毀すことは、たいへんな勇気が要る。

それからしばらくして、不意に訪れた驟雨《しゅうう》のおかげで、山の火が衰えた。

小山城の人々は胸を撫《な》で下ろし、神仏への感謝の言葉を口々に並べていたが、監物だけは、さも当たり前のように、平然としていた。

帯刀には、そんな監物が頼もしく、また誇らしくもあった。

空が白み始める頃になると、城の周囲に敵がいないことが明らかとなった。城兵らは緊張を解き、泥田のようになった城内のそこかしこに腰掛け、休息をとった。

帯刀と四郎左も蓆《むしろ》を頭からかぶって眠った。


一方、勝利の祝宴に呼ばれた監物は、岡部元信の突出があまりに速かったことに疑問を抱き、その理由《わけ》を問うてみた。

その問いに、元信は笑って答えた。

実は、元信も明朝の敵の惣懸りを予期し、その機先を制すべく、出撃支度をしていたという。「いざ出陣」というところで、監物らの放火と攻撃が始まり、「この機を逃さじ」とばかりに出撃したというのだ。監物の後方攪乱がいいきっかけとなり、最も効果的に敵を追い散らせたことに、元信は幾度も感謝した。

九月から十月にかけて、徳川勢は遠江の武田方勢力圏を自由に行き来し、周囲を焼き払い、各城を孤立させた。局地戦に勝利し、少しばかりの敵を討ち取ろうが、徳川有利の状況に変わりはなかった。ここ数年、遠江で点と線の支配を保ってきた武田方も、いよいよ点だけの支配に陥ろうとしていた。

九月末、片切隊は小山城を後にした。小山城と高天神城の間をつなぐ滝堺、相良両城はかろうじて武田方が保っているが、比木、天ヶ谷の両砦《とりで》は、すでに敵手に落ちていた。そのため、相良から小舟に分乗した一行は、昼は岩陰に舟を隠し、夜に駿河湾沿いを進むという危険を冒しながら浜野浦《はまのうら》に到着、菊川《きくがわ》をさかのぼり、十月中旬、徳川勢の目を盗み、ようやく高天神城に帰り着いた。

六

北条家が越後上田庄制圧に躍起になっている頃、御館では、三郎景虎が窮地に陥っていた。景勝の包囲作戦が功を奏し、景虎方の兵糧が欠乏し始めたのだ。

九月下旬、各地の与党に支援を要請した景虎に応えるべく、北条《きたじょう》景広が兵糧荷駄を連ねて重囲を突破、御館に入城した。上田庄の危機に浮き足立った景勝方包囲網の隙を突いての功名だった。これで意気上がった景虎方は積極策に転じた。

運命の九月二十六日、御館城を出た景虎勢は、御館城と春日山城との中間点にあたる大場口で、景勝勢と激突した。まさに、乾坤一擲《けんこんいってき》の大勝負であったが、この戦いに景虎方は惨敗する。これにより景虎は再び御館城に逼塞し、いよいよ北条家主力軍の来援なくして、退勢を挽回することは困難となった。

同じ頃、信長との同盟締結が絶望的になった武田家内には、沈鬱《ちんうつ》な空気が漂っていた。勝頼は、終日、考え込むことが多くなり、釣閑ら側近と談ずる機会もめっきり減った。

この日、跡部大炊助が穴山信君の本拠江尻城から府中に戻った。早速、釣閑館を訪れた大炊助は、信君から家康を経由して信長に通じるという手筋も閉ざされたことを告げてきた。

「玄蕃はこちらの指示に従い、あらゆる手筋を使って、家康に取り成しを依頼したものの、色よい返事が得られないと申しておりました」

「ははあ」

「玄蕃はお役に立てず申し訳ないと、幾度も繰り返しておりました」

「それで彼奴は、いかなる顔をしておったか」

「はっ、いま何と」

大炊助が聞き返した。

「顔を聞いておる」

「顔と」

「ああ、顔だ」

大炊助はいぶかしみつつ答えた。

「いつもと変わらず、日陰に転がされた瓜《うり》のように青白い面に、狐狸《こり》のように狡猾《こうかつ》そうな目が二つ――」

それを途中で釣閑が遮った。

「そうではなく、いつものように面つき厚く、憎々しげに、われらのやり方に文句をつけなんだか」

「はあ、此度は生き別れた兄弟に再会したかのように、手を取らんばかりにそれがしを迎え、いつになく親身になって武田家の行く末を案じておりました。穴山殿の忠心、真に武士の鑑《かがみ》としか申しようがなく、この大炊助も大いに感じ入りました」

大炊助は今にも涙を流さんばかりに語ったが、釣閑は信君の真意を見抜いていた。

「ははあ、彼奴、通じたな」

「えっ」

「己だけ家康に通じるつもりだ」

「な、何と！」

「玄蕃のことだ。すでに通じておるやも知れぬ。おそらく、徳川勢を率いて甲斐に討ち入り、御屋形様を亡き者とし、己が武田宗家の主となるつもりであろう」

啞然として声も出ない大炊助を尻目に、釣閑は平然と続けた。

「しかし、彼の者は武田家の柱石。おいそれと討伐するわけにはまいらぬ。御屋形様と玄蕃が衝突し、越後のような内乱が起これば、信長と家康は〝これ幸い〟と攻め入ってくる」

「それでは、いかがなされるおつもりか」

「穴山のみならず、木曾、小山田、朝比奈、小幡、下条、保科、依田ら、有力な者どもから一律に証人を集めてくれ。武田家に二心なき証拠を見せよと申して、息子、娘、母親、一人あたり三人の親族を集めよう。すでに各支城に置いている証人は、すべて府中に呼びつけよ」

「それは強引な——」

「おぬしの腕の見せ所だ。わしは御屋形様の了解を取る」

「わ、わかりました」

渋い顔をしつつも大炊助が同意した。

この後、各地の有力者から集められた人質たちは、府中城下のそれぞれの屋敷に住まわされた。監視は町衆に託され、それなりに緩やかであったが、いかなる理由があっても、代わりの人質が来着するまでは帰郷を許されなかった。

一人の托鉢《たくはつ》僧が甲斐府中に入った。各門の番士たちは、それが誰であるか知っており、気の毒そうな視線を注ぎつつ、その僧を通した。

僧は堂々たる態度で証文を示し、門をくぐると、行き交う人々の好奇の視線を無視し、一路、府中市街の南のはずれにある広厳院《こうごんいん》に向かった。

「兄者《あにじゃ》、よくぞ戻られた」

「すまぬが世話になる」

目深《まぶか》にかぶった笠の下から、かつて小宮山内膳と名乗っていた男の顔が現れた。

応対に出た広厳院の住持拈橋《ねんきょう》の顔に、笑みが広がった。

「ところで、御方様はもういらしておるのか」

「はい、お忍びの御姿で朝も明けやらぬうちに参られ、ずっと奥にてお待ちでございます」

「わかった」

井戸端で足を洗い、冷水を浴びた内膳は、拈橋の差し出す手巾《しゅきん》で顔をぬぐうと、回廊を渡り、奥に向かった。

「そ、それでは、上様の疑心は誤解ではなく、真説により生じたものだったのですね」

「いかにも」

内膳が首肯した。

「何ということを——」

ようやく床を出たとはいえ、病み上がりの体に無理は利かない。桂は畳に手をついて体を支えた。

「御方様、お気をしっかりと」

傍らの浅茅が桂の肩を支えた。しかし、桂はそれを振り払い、浅茅を睨めつけた。

「浅茅はこのことを知っていたのですね」

「いいえ滅相もない。わたしは氏堯様ご遠行の後、御母堂様付きとなりましたので、委細は存じ上げませぬ。今から思えば、大聖寺様が御母堂様の許に通われたことはなく、あれだけお美しい御母堂様の許へ通わぬとは、大聖寺様も不思議なお方だと、若い侍女たちと語り合ったものでした」

「そうだったのですか」

亡き弟氏堯の側室を、氏康が表向き自らのものとしたのは、その子らを氏康の子であるとするための方策であったのだ。

「氏忠様、氏光様の御母堂様も、表向きは大聖寺様の側室となりました。しかし、御方様の御母堂様については、口の端にも上りませんでした。おそらく、お産みになられたのは御方様だけだったので、小田原城内の者はもとより、他国の間者《かんじゃ》の関心も引かなかったのでありましょう」

「そういうことだったのですね」

二人のやりとりを黙って聞いていた内膳が、話を引き取った。

「御屋形様は御方様に心を奪われた。そして、この話を聞いた時、三郎様に対する嫉妬心が芽生え、御屋形様の心に隙が生じた」

「わたしがこのことを知りながら、上様には伏せていたと思われたわけですね」

「はい、おそらく釣閑あたりが、ありもしない北条家の野心として、この話を組み直し、御屋形様のお耳に入れたのでありましょう」

「な、何ということを——」

「彼奴らは己の野心のためには、それくらいのことは平然とやってのけます」

「ということは、このわたしの出生の因縁が、武田家を窮地に追いやることになったのですか」

「残念ながら——」

あまりの宿命の酷《むご》さに、内膳は言葉がなかった。

「それではいかがいたせば、武田家と北条家の関係が旧に復するのでしょうか」

「この上は、御屋形様の喜平次への荷担をやめさせ、北条家への攻撃を阻止するほか手はありませぬ。さすれば雪が解けるがごとく、両家のわだかまりも消えましょう」

「それができるのですか」

すがるように問いかける桂に、内膳が大きく頭《かぶり》を振った。

「それは容易なことではありませぬ。御屋形様へ諫言《かんげん》できるのは重臣のみ。しかも、頼るべき御親類衆の穴山玄蕃は表裏定まらず、典厩殿（信豊）、逍遥軒殿（信廉）は、釣閑らの勢威に押されて口出しさえできませぬ」

「それでは、方策はないと申すのですか」

「それがしのできることは一つ。越後に出向き、妻有（上田庄）に向かう甘利甚五郎と大熊新左衛門に、三郎様の軍勢と交戦せぬよう説得いたしまする。彼の者たちが喜平次への後詰を命じられたのは幸い。彼の者たちは、必ずやわが言葉に耳を傾けることでありましょう。しかし——」

力強くそう言ってはみたものの、次の瞬間、内膳は面に苦渋をにじませた。

「むろん武田家が手を貸さずとも、喜平次は三郎様を倒すやも知れませぬ。恃みの綱は、御方様のご兄弟がいち早く坂戸城を落とすこと以外にありませぬ」

「必ずや、兄上たちはやり遂げましょう」

内膳は厳しい顔をして頭《かぶり》を振った。

「歴戦のご兄弟とはいえ、坂戸は西国にも鳴り響くほどの大堅塁。幸いにして山麓は制したと聞きましたが、山頂曲輪群を落とすことは容易ではありませぬ。しかも、一日でも早く坂戸城を抜き、年内に春日山を落とさねば、越後に冬将軍が到来いたします」

「冬将軍——」

「越後の寒気のことです。かつて謙信公は、冬の間に農家の次三男が餓死凍死するのを見兼ね、冬季に越山し、関東の沃野《よくや》で彼らを養い、春の苗付けの頃に戻ったということです」

「それでは、もし、兄たちが坂戸城攻略に手間取ったら、三郎様を見捨てて関東に引き上げることもあり得るというのですか」

「いかにも」

「ま、まさか——」

「ご兄弟率いる四万の大軍は北条家にとって虎の子の精鋭。雪で峠が閉ざされる前に、彼らを退かさねば、寒さと飢えで四万の軍勢は全滅いたします。それこそ北条家存亡の危機につながりまする」

「そ、それでは三郎様は――」

「己の力で、この苦境を脱するしかありませぬ」

「内膳、そなたの力で何とかできぬのか」

「それがしには、甘利らを足留めするくらいしかできませぬ」

「それだけでも、やっていただけますか」

「この内膳、命に替えてもそれはお引き受けいたした。三郎様を助けられるかどうかはわかりませぬが、少なくとも、武田家をこの争いに関与させぬことだけでも、やり遂げねばなりませぬ」

「わたしは、無駄とわかっていても上様へのご面談を願い続けます」

「それがよろしいかと」

浅茅に体を支えられ、桂は去っていった。その後ろ姿には、苦悩の色がにじみ出ていた。

桂を見送った内膳は、自らの政治的信念とは別のところで、「このお方を守らねばならぬ」と感じた。それは、これまで内膳が感じたことのない得体《えたい》の知れない感情だった。

桂らが去った後、内膳は弟の拈橋と夕膳をともにした。

「兄者、さぞ無念であろうな」

年若い拈橋は、溢《あふ》れる涙をぬぐおうともせずに言った。

「泣くな、飯がまずくなる」

「この寺の飯はいつでもまずい。わしは毎日食っているからわかる」

その言葉に内膳は噴き出したが、拈橋は大真面目で続けた。

「忠心ある者が排され、邪心を抱く者が栄える。世の常とはいえ、口惜しいではないか。そんな御屋形様になぜ忠義を尽くす。あまりに重い軍役に音を上げ、所領を捨てて浪人する者さえいるこの頃だ。兄者は、御屋形様を見捨て他家に仕官しても、誰からも文句の出ぬ身ではないか」

「平五郎」

内膳は弟を幼名で呼んだ。

「おぬしの申すことはもっともだ。現に、弥兵衛は徳川殿に仕官するため西に去った。わしはそれを非難しようとは思わぬ。それが弥兵衛の生き方であり、渡り者たる武士としての権利だからだ。しかしな――」

内膳は箸《はし》を擱《お》いてため息をついた。

「言葉ではうまく言い表せぬが、わしには胸内《むなうち》から湧き上がる何かがあって、それが道を指し示すのだ。それが孔孟《こうもう》の説く忠義というものなのかも知れぬし、そうでないのかも知れぬ。それはわしにもわからぬ。ただ、己の選んだ生き様を全うしたいがゆえに、わしはこの道を往《ゆ》くだけだ」

内膳は己に言いきかせるかのごとく語った。

「兄者、死んではならぬ。死んではならぬぞ！」

「いや、残念ながら、わしは死ぬだろう」

「兄者は不器用者だ」

「それが、わしには似合っている」

内膳の口端に苦い笑いが浮かんだ。

ひとしきり、盃を酌み交わした後、拈橋が問うた。

「兄者、やはり明日にはここを去るのか。せめて、あと数日、逗留せぬか」

「いや、飯がまずいので出る」

内膳の戯言に、拈橋は顔をくしゃくしゃにして泣き笑いした。

「飯のことは別として、わしが急ぐのは、妻有の兵が城を出てからでは手遅れになるからだ。それゆえ明朝、出立する」

「わかった。兄者、体を大切にせえよ」

「おぬしこそ、もっとうまいものを食え」

森閑たる寺内に、兄弟の笑いがこだました。

七

十月、越後に冬が近づく季節である。北条方は様々な手を尽くし、坂戸城を攻め上げてみたものの、城方のすさまじい抵抗に遭い、山頂の曲輪群を制するまでには至らなかった。使者を送り、降伏開城を勧めてみても、城方は頑として応じない。

常であらば、降伏開城により命が助かり、うまくすれば本領安堵されることも有り得るが、今回ばかりは、上田長尾一族にとり、降伏は死を意味した。すなわち、ここで北条方に降伏することは、景虎の勝利を意味する。それにより、喜平次景勝が滅びるのは必定である。それは景勝の実家である上田長尾家の滅亡を意味する。景虎に与する古志《こし》長尾、府中長尾一族らが、上田長尾一族を許すはずがないからだ。

十月二十四日、景勝は後詰を要請する坂戸城を無視し、御館城攻撃に向かった。

坂戸城に後巻きをかければ、北条主力と正面から戦う羽目になる。それを避け、疲弊し始めている御館城攻めに向かい、北条方の焦りを誘うという戦法であった。しかし、景虎方も防備を固め、容易に付け入る隙を与えなかった。

十一月に入り、戦線が膠着した。景勝は御館城を包囲し、外部の景虎与党から届く兵糧荷駄を次々と奪った。景勝は御館城の糧道を断ち、景虎方を餓死寸前に追い込み、その後、惣懸りを掛けようとしていたのだ。

十一月三日、勝頼率いる武田家主力部隊が高天神城に到着した。城兵は在番の交代があると思い込み、歓喜をもってこれを迎えた。

「これで帰れる」

高天神城に在城する信濃先方衆は、手を取り合って喜んだが、勝頼の命令は非情なものだった。

「これから横須賀の新城に攻め寄せる！」

甲州兵は解き放たれた獣のように横須賀城に攻め寄せた。信濃先方衆も、彼らに背を押されるように、戦場に追い立てられた。

幸いにも片切隊は城の留守居を命じられ、横須賀攻撃に参陣しないで済んだが、多くの先方衆は、鼻面を引き回されるがごとく駆り出された。

敵の前衛を蹴散らし、横須賀城際まで迫った武田勢であったが、それ以上は攻めきれず、城を包囲するにとどまった。ところが、家康が浜松城から主力部隊を率いて馬伏塚城《まむしづか》に入ったとの報が入るや、勝頼はそちらに軍勢を向けた。むろん、そうなれば横須賀城から追撃が掛かる。これにより損害を受けた武田勢は、馬伏塚攻撃を諦め、高天神に撤退してきた。

横須賀城の存在により、武田方が西遠江に攻め入ることがいかに困難となったかを、勝頼はこの戦いで思い知らされた。勝頼が越後の家督争いに介入することにより失ったものは、あまりに大きかった。

高天神城本曲輪では、連日にわたり勝頼と釣閑の間で打開策が練られていたが、思い通りにいかない戦況に、勝頼は苛立っていた。

「釣閑、もう金がないのか」

「まだありますが、家康との戦いが長引けば、たとえ勝ったとしても、再び涸渇することになりましょう」

「そうか――」

「越後の金で遠江を獲る。これほど割の合わぬ仕事もありませぬ」

武田家にとっての当面の問題は資金の涸渇である。景勝から黄金一万両を得たとはいえ、それを有効に使い、利殖しなければすぐになくなると釣閑は説いた。

山国の上、沼沢地が多く耕作地が少ない遠江を奪取しても、支配が行き届き、利益を得るまでには数年かかる。この地を守り抜くには、甲斐からは大迂《う》回《かい》路《ろ》を取らねばならず、遠征費もかかる。しかも、いったん奪っても徳川勢に奪還される可能性が高い。

「それにひきかえ、伊豆《いず》は――」

釣閑は北条領国である伊豆国の攻撃を勧めた。

「しかし釣閑、伊豆はさらに山国。地味《ちみ》も薄く、獲れるのは魚だけではないか」

「確かに、彼の国を上から見れば、その通りでありましょう」

「どういう意味だ」

ここぞとばかりに釣閑が膝を進めた。

「実は、密かに伊豆国の地の下を調べておきました」

「地の下とは」

「金山でございます」

「な、何だと！　なぜ、それを今まで知らせぬ！」

「御屋形様に余計な心配をかけたくなかったためでござる。しかし、晴れて北条家と手切れした今となっては、隠しておく必要もありませぬ」

「馬鹿な！　わしは越後で汚名を着た。さらに、金山のために北条家を裏切ったということが知れ渡れば、他国から何と謗《そし》られるか！」

「御方様のことで、先に謀《たばか》られたのはわれらの方ではございませぬか。だいいち、外聞を気にしていては、大名家の当主は務まりませぬ」

「この不忠者め！　一度ならず二度までも、わしに武士としての面目を失わせるつもりか！」

憤怒の形相で釣閑を睨めつける勝頼を尻目に、釣閑は平然として言ってのけた。

「そんな面目は、お捨てになった方が利巧でござろう」

「さがれ、さがれ！」

釣閑はわざとうやうやしく平伏し、出て行った。

一人になった勝頼は、情勢を客観的に捉《とら》え直そうとした。

（いずれにしても、賽は投げられたのだ。もう後には退けない）

釣閑の言う通り、武田家にとり、軍資金は有効に使わねばならない。軍資金が途切れたときこそ、武田家は危機的状況に陥る。勝頼は、釣閑の言うように、景勝からもらった金を元手に、伊豆を奪う以外にないことを覚った。

勝頼が遠江に来援したことで、作戦は一定の効果を上げた。武田家健在を確認した家康は、この後、再び殻に閉じこもる。

十一月末、勝頼は甲斐に戻った。

沛然《はいぜん》として降り出した驟雨《しゅうう》が下人小屋の軒端《のきば》を叩いた。板葺《いたぶ》きなので室内は騒然たる有様となる。弥兵衛はその音で目が覚めた。

（まだ昼か）

昼夜逆転の生活を送っているせいか、時間の感覚が鈍っている。

その時、どやどやと黒鍬者《くろくわもの》（普請人足）が戻ってきた。

「ひどい雨だ」

「蓑《みの》がなくては仕事にならぬ」

「徳川殿は吝《しわ》いからの、蓑も出さぬわ」

一人の戯言に黒鍬たちはどっと沸いたが、弥兵衛は〝われ関せず〟とばかりに、再び片手枕で横になった。すると、それを見咎めた一人が、「これはこれはお武家様、いらっしゃいましたか」とおどけたように言った。

弥兵衛がそれを無視すると、黒鍬たちは聞こえよがしに弥兵衛を揶揄《やゆ》し始めた。

「こんな天気でも駆り出されるわれらと違い、大したご身分だ」

「けっ、どこぞの殿様か知らぬが、いい気なものだ」

「浜松には黒鍬の仕事はあっても、仕官の口はないものよ」

黒鍬者たちは、ひとしきり悪態をつくと、女を買いに出て行った。

誰もいなくなると、板葺きの屋根を叩く雨音だけが際立つ。遂には雨漏りが始まり、眼前の板敷きにまで、水が落ちるようになった。

弥兵衛は雨漏りを避けるように寝返りを打った。

（あれから半年か一年か、どれほど経ったのかもわからぬ）

甲斐を追放された弥兵衛は、徳川家への仕官を目指し、浜松にやってきた。しかし、知己も〝つて〟もない若侍に世間の風は冷たかった。

同僚からもらった餞別を賄賂に使い、何とか本多正信《まさのぶ》家中への手掛かりを摑んだ弥兵衛であったが、正信は家康に付き従って最前線の城を転々としており、面談の機会はなかなかやってこなかった。そうこうしているうちに、資金も底をつき、弥兵衛は下人小屋に転がり込んだ。

初めのうちは、不本意ながらも普請人足となり糊口をしのいでいたものの、そのうち博打を覚え、それで食いつなぐようになった。

下人たちと違い、相手の顔色を読むことに長《た》けた弥兵衛は勝ち続けた。そのため、昼頃まで下人長屋でごろごろし、昼過ぎに本多屋敷に様子を聞きにいく。そして夜通し、博打を打つという生活が続いた。

(このまま、博徒にでもなるか)

弥兵衛は自嘲《じちょう》したが、間違いなくこのままではそうなってしまうに違いなかった。

(わしは甘かった。大身《たいしん》ならばまだしも、武田家内だけでしか名の売れていないこのわしを、他家が高く買うはずがないのだ。頼み込んで陣を借りても、名もなき末端の徒士《かち》として、どこかで討死するのが落ちだろう)

弥兵衛は、八方塞《はっぽうふさ》がりになったことを認めざるを得なかった。

(武田家に帰参するか――)

そう思った次の瞬間、弥兵衛はその考えを振り払うかのように、猛然と起き上がった。

(そうはいかんのだ!)

太刀を摑んだ弥兵衛は土砂降りの外に走り出た。

皆、長屋に引き籠《こも》っているらしく、外には誰一人いなかった。あばらが透けて見える赤犬が一匹、驚いたように弥兵衛の様子を見つめている。

(釣閑に頭を下げるなど、できるか!)

弥兵衛は厚い黒雲に覆《おお》われた空を睨めつけた。

「天よ、わしを苦しめたければもっと苦しめるがいい!」

白刃を抜いた弥兵衛は気合いとともに雨を斬った。弥兵衛の眼前で雨は二つに割れた。

「必ずや武田家を見返してやる！」

漲《みなぎ》る弥兵衛の殺気に、犬は猛然と走り去った。

人気のない長屋前の広場に立ちつくす弥兵衛に、容赦なく雨が降り注いだ。


寝たり起きたりの生活を続けていた桂にも、春は訪れた。すでに梅は散り、桜が蕾《つぼみ》を膨らませる季節となったが、あいかわらず勝頼は西の御座に顔を見せず、桂は捨て措かれた状態となっていた。そして遂に、西の御座の北条家旧臣に対して、御主殿との行き来が禁じられた。

その日も、桂は寝床から半身を起こしたままで、ぼんやりと庭を眺めていた。

そこに浅茅が駆け込んできた。

「御方様！」

「いかがいたした」

桂の脳裡に不吉な予感が走った。

「三郎様が――」

浅茅の口の端が震えているのを見て、桂は胸の動悸《どうき》が高まるのを感じた。

「浅茅、三郎様がどうかなさったのですか」

「この三月二十四日、三郎様が身罷《みまか》られました」

桂は目の前が真っ暗になり、床の上に倒れた。

(三郎様はもうこの世にいないのか。そんなことがあろうはずがない――)

桂は意識が遠のくのを待った。しかし冷酷にも、桂の意識はしっかりしていた。

「浅茅、それは確かなのですか」

「はい、すでに越後からの使者が御主殿に入り、御主殿では祝いの支度が進んでおります」

「なんという――」

三郎が死んだというのに、武田家では祝宴の支度を進めている。様々な成り行きからそうなったとはいえ、桂にとって、あまりに残酷な結末だった。

(死のう)

この時、桂は初めて死を意識した。


三郎景虎の運命が急転したのは、昨天正六年(一五七八)十二月であった。内膳の予想した通り、北条主力部隊は冬将軍の到来を前に関東に戻り、坂戸城は遂に持ち堪えた。

一方、北条方は来春の再進攻を睨み、樺沢城に河田重親を、坂戸城山麓には北条《きたじょう》高広を残しておいた。景勝方も冬のうちは積極的な攻勢を取れず、逼塞するのではないかという甘い観測を元にした処置であった。ところが景勝は動いた。

二月一日、御館《おだて》城に攻め寄せた景勝は、その途次、迎撃に出てきた北条《きたじょう》景広の首級を挙げる。北条《きたじょう》高広の嫡男景広は知勇兼備の武将として、景虎方における事実上の軍事指揮官であった。これにより、景虎方の戦意は著しく阻喪《そそう》した。

続いて景勝は上田方面に進出、河田重親と北条《きたじょう》高広率いる上野衆と激突した。この戦いで上野衆は散々に破られ、上田庄の諸城をことごとく放棄することになる。最終拠点である樺沢城を自らの手で焼いた上野衆は、一路、関東目指して落ちていった。かくして上田庄は景勝の手に戻った。

この頃には、越後の国人や土豪はこぞって景勝の許に参じ、万に一つも景虎の勝ち目はなくなった。

景虎方を完全に追い込んだ景勝であったが、それでも慎重にことを運んだ。景勝は包囲された御館に使者を送り、景虎が小田原へ退去することを条件に停戦を持ちかけた。むろん景虎の退去が確認されるまで、人質として前関東管領上杉憲政と景虎の一粒種である道満丸を、証人として差し出すことを要求した。その話に乗る以外に、すでに策のない景虎方は、結局、それをのんだ。

景虎は最後まで味方してくれた国衆を解散し、わずかな側近だけ連れて、与党の堀江宗《むね》親《ちか》の鮫ヶ尾城に落去した。

越後国から関東に抜けるには、三国峠か清水峠を通る経路が早道ではあるが、いまだ雪に閉ざされているだけでなく、景勝のお膝元である上田近辺にのこのこ出て行けば、騙《だま》し討ちに遭うことも考えられる。それゆえ、景虎は鮫ヶ尾城から北信濃を経由し、上野国に抜けようとした。ところが、鮫ヶ尾に着いたのも束の間、景虎一行を待っていたのは、堀江宗親の裏切りであった。

堀江は景虎を引き入れた後、景勝勢に降伏した。景勝勢は瞬く間に二曲輪まで落とし、景虎を本曲輪まで追い込んだ。それでも、景虎の最後の抵抗は激しく、景勝勢は攻めあぐんだ。ところが、そこに二つの首が届けられた。それは憲政と道満丸のものであった。その首を見るや、景虎はすべてを諦め、従容《しょうよう》として死に就いた。

上杉景虎、享年二十六――。


遂に最も恐れていたことが起こった。敵は三郎だけでなく、三郎が深く愛したであろう、わずか九歳の道満丸をも殺した。

(何という無道な)

桂は、これほどまでに過酷な運命を三郎に下した天を憎んだ。そして終日、泣き暮らした。

その翌日、桂の許に一通の書状が届いた。それは、鶴の死を告げるものであった。鶴は里見家に輿入れして間もなく発病し、約一年半の後、この世を去ったという。命日は三郎の死に先立つこと三日の三月二十一日であった。

桂は茫然《ぼうぜん》として言葉もなかった。もう涙さえ涸れ果てていた。

桂は二人の顔を幾度も思い出そうとしたが、あれだけ一緒だった二人の顔をどうしても思い出せなかった。二人の背恰好《せかっこう》や着ていたもの、声色から、皆で話した他愛のないことまで、桂は細部にわたり克明に覚えていた。しかし、どうしても顔だけは思い出せなかった。

（天は、わたしの大事な人たちを次々と奪っていった。そして今、わたしの思い出までも奪おうとしている。それなら、わたしにできることは一つだけ）

館全体が寝静まった丑三刻《うしみつどき》（午前二時）、桂は夢遊病者のように起き上がった。

南瞑蒼茫《なんめいそうぼう》

一

三郎景虎が越後で敗死する一月《ひとつき》ほど前から、武田と北条の衝突は始まっていた。当初、武田家に翻意を促そうというのが北条家の外交方針であり、武田家に無用な刺激を与えぬよう慎重に行動していたが、二月一日の御館城攻防戦での景虎方大敗を契機に外交方針を転換、武田家を敵国と認め、武力衝突もやむなしということになった。

その方針転換を察知した真田昌幸は、先手を打つべく、越後から廏橋《まやばし》城に逃げ帰っていた北条《きたじょう》高広に接触し、その調略に成功。さらに、阿曾《おぞ》、長井坂、津久田、猫、見立《みたち》の赤城《あかぎ》山西麓《せいろく》の北条方諸城を立て続けに落とした。

二月中旬、勝頼は廏橋城に向かった。北条家を敵に回した不安を一掃するような真田昌幸の活躍に、胸を撫《な》で下ろしての上州入りであった。

廏橋城主の北条《きたじょう》高広は、北条家越後進攻部隊の先駆けとして、前年十一月に越後入りし、北条家主力部隊とともに上田庄の各城を奪取した。しかし、坂戸城を抜けず、北条主力が関東に戻った後も上田庄での越冬を命じられる。不満が鬱積《うっせき》していたところに、二月一日の御館城攻防戦で、嫡男の景広を失うという悲劇に見舞われた。これにより、勢いに乗った景勝勢が上田庄の北条方諸城を攻撃、高広自身も上田庄から逐《お》い落とされた。すでに六十五歳の高広としては北条家に対し、憤懣《ふんまん》やる方ないところだったのである。

北条《きたじょう》高広逆心の報に驚いた氏政は、廐橋の北方にある沼田城の河田重親、白井城の白井長尾憲景《のりかげ》との連絡が遮断されることを恐れ、氏邦率いる鉢形《はちがた》衆に出撃を命じた。それを迎撃すべく上武国境を越えた武田勢は武蔵《むさし》国広木大仏《だいぶつ》で、北条方と激突した。この時の勝敗は明確につかなかったが、氏邦は進攻を諦《あきら》め、自らの本拠である鉢形城に撤退、勝頼は廐橋に兵を収めた。

廐橋に戻ると、三郎景虎敗死の報が勝頼らを待っていた。

（そうか、三郎は死んだか）

その知らせを聞いた勝頼は複雑な心境になった。北の脅威はなくなったが、これで北条家との関係修復の道が閉ざされたことも確かである。

（果たして、これでよかったのか）

勝頼は自問自答を繰り返した。しかし何が正しいかは、誰にもわからないことである。

（桂はさぞ悲しむであろうな）

勝頼は桂の悲しむ顔を思い浮かべた。

（いや、これでよかったのだ。彼奴《きゃっ》らは一味同心してわしを陥れようとしていたのだ）

勝頼は無理にそう思おうとした。しかし、釈然としない何かが幾度も胸に去来した。

「御屋形《おやかた》様、いかがなされましたか」

われに返ると、眼前には跡部大炊助が、徳利《とくり》を持って立っていた。その後方に居並ぶ家臣たちも不思議そうな顔をしている。

「うむ、少し考えごとをしておった。皆、構わぬからどんどんやれ」

勝頼の言葉に、廏橋城本曲輪御殿は再び明るい雰囲気に包まれた。景勝が越後の主となることにより、武田家にとって最悪の事態は回避された。しかも、上野国の要衝廏橋城を労せずして手に入れ、勝頼と側近たちは久方ぶりの勝利の美酒に酔った。

時あたかも桜の季節である。本曲輪庭園に敷かれた緋毛氈《ひもうせん》の上に、降り積む桜を眺めつつ、勝頼は盃《さかずき》を干した。

「さすが、東国の主にふさわしい見事なのみっぷりにございます」

大炊助が追従《ついしょう》を言った。

「大炊助、舞を披露せよ」

「はっ」

勝頼に促され、跡部大炊助が舞い、新参の北条高広《きたじょう》が得意の謡を披露した。それを楽しむ勝頼の許《もと》に、釣閑が近づいてきた。

「それにしても、此度《こたび》は相州《そうしゅう》の手際の悪さに助けられましたな。上野衆を越後に捨て措《お》き、己らは雪の降る前に撤退とは。これでは、国衆はついてきませぬ」

「いずれにしても、廏橋の寝返りにより、沼田、白井との間が遮断された相州は、さぞ慌てふためいておることだろう。沼田の河田、白井の長尾も、こちらに靡《なび》くのは必然。無理な我攻《がぜ》め（力攻め）の要もない」

勝頼は不安を打ち消すように言うと、釣閑から受けた盃を干した。

「しかし、弟を殺された相州の怒りの矛先はわれらに向くこと必定。その機先を制し、関東をわれらのものにするためにも、早急に全軍を東方に回さずばなりますまい」

再び釣閑が勝頼の盃を満たした。

「むろん、織田・徳川のみならず、北条をも敵に回した今となっては、彼奴らと同時に戦う愚だけは避けねばならぬ。何か策はないものか――」

「それについては、妙案がございます」

釣閑を押しのけるように、真田昌幸が勝頼の前に進み出た。

「御屋形様、北条とその与党を牽制《けんせい》し、身動きが取れぬようにするためには、孫子《そんし》の近攻遠交策を用いればよいかと」

昌幸は勝頼に佐竹義重との同盟を勧めた。

佐竹一族は、武田家と同じ新羅三郎義光を祖とする源氏の有力氏族である。常陸《ひたち》国を本拠に四辺に勢力を伸ばしつつあったが、それが北条家の北進政策と真っ向から衝突、苦戦を強いられていた。しかも、これまで頼りとしてきた謙信はすでに亡く、内乱の越後から援軍が来るあてはない。そうした状況から、佐竹義重が強力な同盟国を欲していることは歴然であった。

勝頼はその案に合意し、早急に話を進めるよう昌幸に命じた。

昌幸に一本取られた形の釣閑は、自らまとめた越後との同盟に話題を転じようとした。

「早速、与六に越後平定の祝賀使を送りましたところ、〝甲州御屋形様の手を煩わせずに、われらだけで逆徒を平定できたこと、真に幸い〟などと皮肉を述べてまいりました」

「小賢しい申し様だ。それにしても、妻有の甘利と大熊はいったい何をしておったのか。わしはいかなる形でも越後平定の戦に加わるよう、強く申し付けたはずだ」

「実は、それについてのことの次第が判明いたしました」

釣閑がしたり顔で言った。

「あの小宮山内膳が妻有城に潜入していた模様」

「な、何！」

「ご存じの通り、彼奴は甘利らと親しく、なんのかのと理屈をつけて出兵を遅らせた次第。かねてより、御屋形様の計策に不満のある内膳のこと、甘利らを言いくるめ、妻有に足どめさせ、逆徒どもの勝利に裏面から貢献しようとしたに違いありませぬ」

「何たることか――」

勝頼が盃を持つ手を震わせた。

「早速、内膳を手討ちにいたせ！」

「残念ながら、内膳は逃亡いたしました」

「草の根を分けても探し出し、わしの前に首を持ってこい！」

「はっ」

「甘利と大熊はどうした！」

「ひとまず、妻有からの撤退を命じました」

「わが命に従わず、内膳ごときの口舌に乗せられるとは、人の上に立つ器量はない。彼の者らの父にいかなる功があろうが、話は別だ。早速、知行を返上させ、小山田信茂預かりにせよ」

「はっ」

釣閑は得たりとばかりに平伏した。

「わしは、わが存念を家中に徹底させねばならぬのだ」

「もっともでございます」

「しかし、内膳が独断で動くとも思えぬ」

「むろん、西の御座の指図によるものでございましょう」

「桂か」

「いえ、そこまではわかりませぬが、西の御座が、獅子《しし》身中の虫であることに変わりはありませぬ。即刻、退去を命ずべきでありましょう。ことここに至れば、西の御座を打ち毀《こわ》すと脅し、一刻も早く御方様と相州者を追い払うが得策でございましょう」

「それはそうだが――」

勝頼は逡巡《しゅんじゅん》した。

「御屋形様、この釣閑にお命じいただければ、ご帰国までに、相州者を一人残らず甲斐《かい》から追い出して見せまする」

「うむ――」

明確な回答を避けようとする勝頼に釣閑はなおも食い下がった。

「殿、腫《は》れ物は早めに取り去らぬと手遅れになりまするぞ」

「わかっておる」

「もしや、未練がおありでは」

「何！」

勝頼の面に憤怒《ふんぬ》の火が灯《とも》りかけた。

「まあ、ここは一つ」

勝頼と釣閑の間に気まずい空気が漂ったのを察した大炊助が、勝頼の盃を満たした。勝頼も大炊助の舞と北条《きたじょう》高広の謡をたたえ、盃を与えたので、座は再び和やかな雰囲気に包まれた。

「御屋形様！」

そのとき、陣幕内に土屋昌恒が慌しく駆け込んできた。

「このめでたい席に何事だ！」

釣閑の叱責《しっせき》を無視し、勝頼の傍らに拝跪《はいき》した昌恒が耳元で何事か囁《ささや》いた。

「何だと――」

勝頼の盃が緋毛氈に落ちた。

「御屋形様、いかがなされましたか！」

何事かといぶかしむ昌幸らをよそに、勝頼が立ち上がった。

「桂が――、桂が入水《じゅすい》いたしたと」

勝頼が茫然《ぼうぜん》として問い返した。

「はい、しかし、命に別状はありませぬ」

土屋昌恒が周囲に聞こえるように付け加えた。それを聞いてか聞かずか、勝頼は二歩、三歩、ふらふらと歩み出た。

「桂――」

その時、一陣の風が吹き、勝頼の頭上の桜を揺らした。夥《おびただ》しい桜の花びらが勝頼の頭や肩に降り注いだが、勝頼はそれを気にする風もなく、空《うつ》ろな目を虚空に向けていた。

「お目覚めでござるぞ！」

桂がゆっくり目を開けると、いくつかの顔がのぞき込んでいた。

「これで心配は要りませぬ」

法印《ほういん》（医師）の御宿監物友綱《みしゅくけんもつともつな》が桂の額の汗をぬぐった。

桂は何があったのかわからず、周囲の顔を見比べていた。

「御方様」

「これは、上人様ではありませぬか」

枕頭《ちんとう》に恵林《えりん》寺の住持快川紹喜《かいせんじょうき》の姿を見つけた桂は、紹喜ほどの高僧がなぜ枕頭にいるのか、にわかに理解できなかった。

紹喜は美濃土岐《みのとき》氏の出身、若き頃は京都妙心寺で修行し、その後、美濃崇福《そうふく》寺の住持を勤めた。信玄の母大井夫人の法要の折、信玄と知り合い、その帰依《きえ》を受け、甲斐恵林寺の住持となる。信玄没後の恵林寺における葬儀では導師を務め、勝頼からも深く帰依を受けていた。

「上人様、わたしは――」

徐々に記憶が呼び覚まされてきた。

「わたしは入水したのですね」

「はい」

「そして、助けられた」

周囲が一斉にうなずいた。

「上人様にまでご心配をおかけし、申し訳ありませぬ」

紹喜はにこやかに桂を見守っていた。

「ご心配には及びませぬ。今は何も考えず、ゆっくりとお休みなされませ」

「上様にはこのことを――」

「すでに早馬にて、ことの次第はお伝えいたしました」

剣持但馬守《たじまのかみ》の声が後方から聞こえた。

「それでは上様はお戻りになられるのですね」

人々はお互いに顔を見合わせたが、答える者はいなかった。

それを見た快川紹喜が自信をもって答えた。

「必ずやお戻りになられるでしょう。ただ、すぐというわけにもいかぬご様子。御屋形様から拙僧に早馬があり、御方様のお側にて見守るようにとの仰せにござります」

「ああ、上人様のご迷惑となってしまい、何とお詫《わ》びしていいか――」

「なんの、それが僧たる者の務めにござります」

そう言いつつ、紹喜は周囲の人々に下がるよう、目で合図した。

人払いが済むと、桂は枕頭の紹喜に救いを求めるように言った。

「上人様、わたしはもう堪えられませぬ」

甘えるように言う桂に、紹喜が厳しい顔で応じた。

「御方様、仏から賜った大切な命を、己から捨てようなどという企てを、仏はけっして許しませせぬぞ」

「仰せの通りにございます。わたしは仏の道を踏みはずしました。それでも、こうするしかなかったのです」

「御方様」

一転して紹喜は、微笑を浮かべて優しく語り始めた。

「人には仏の声は聞こえませぬ。しかし、仏には地上に住まうすべての人々の声が聞こえます。それがたとえ怨嗟《えんさ》の声ばかりでも、仏はじっくりと耳を傾けます。また、それが嘘偽りであらば、仏にはわかります。それでも、仏は衆生《しゅじょう》の声を聞き続けます」

「仏には、わたしの声も届いているのでありましょうか」

「むろん、届いております」

「それではなぜ、仏は過酷な責苦をわたしに与え続けるのでしょうか」

「それは仏の思《おぼ》し召しからです。仏の御心《みこころ》がわかる時が、御方様にも必ずや訪れましょう」

紹喜の言葉が徐々に桂の心にしみ入ってきた。

「わたしは大聖寺様の子ではありませぬ。わたしの与《あずか》り知らぬこととはいえ、それだけでも上様に偽りを申したことになります。仏はそれをご宥免《ゆうめん》なされるでしょうか」

紹喜は慈愛に満ちた笑顔を見せた。

「仏には、お許しにならないものなどありませぬ」

「それでは、わたしはいかがいたせばよいのでしょう」

「真《まこと》を通すことしかありませぬ。真を通せば、必ずやお気持ちは通じましょう」

「果たしてそうでしょうか。上様には、この上、何を申し上げても、信じてもらえるとは思えませせぬ」

「御方様は甲相の楔《くさび》ではありませぬか。御方様がそれを諦めては、未来永劫《えいごう》、甲相の民は戦火に呻吟《しんぎん》いたしますぞ」

　確かに紹喜の言う通りであった。甲相の楔である桂が死ねば、さらに甲相間の亀裂《きれつ》は深まり、修復は不可能となるだろう。

「いつの日か、必ずや御屋形様は御方様のお言葉に耳を傾けましょう」

「それは真ですか」

「拙僧を遣わしたことだけでも、それは確か。ただ、お立場や気位がそれを表に出すことを邪魔しておいでなのです」

「お立場が――」

「御屋形様は御方様を信じたいのです。しかし、それを素直に表せぬのです」

「そうだとしたら、どんなにいいか」

　固く閉ざされた勝頼の心が、そう簡単に開くとは信じ難かった。しかし、何としても勝頼の心を動かし、甲相の関係を修復せねばならないことだけは確かである。

「御方様、仏は衆生を救うために在ります。それと同様に、上に立つ者は民を守るために在ります。御方様は甲相の民を戦火から守らねばなりませぬ」

「そうでしたね」

　徐々にではあるが、桂の中に生きる気力が生じつつあった。

「御屋形様は上州から戻り、御方様にお会いなされるでしょう。しかし、それですべてがうまくいくわけではない。御屋形様の心を開かせるには、真の光で佞人《ねいじん》たちを追い払わねばなりませぬ。それには時が必要でしょう。しかも、それができるのは芝蘭《しらん》のごとき清らかな心を持つ御方様を措いて、ほかにはおられませぬ」

紹喜は桂のことを芝蘭に喩《たと》えた。芝蘭とは、『孔子家語』によると、周囲を徳化する崇高な人柄の意である。

桂の胸内《むなうち》で何かがせめぎあっていた。生きねばならないという使命感と、もう何もかも終わらせたいという絶望が同時に押し寄せてきた。

(ここで命を絶てば、どんなに楽か。しかし、それでは甲相の民は救われない)

桂は自問自答を繰り返した。

(真の光で上様の心を開かせることが、わたしにできようか。いや、できるできないではない。やらねばならぬ)

桂は、甘い死の誘いを振り払うかのように涙をぬぐった。

(上人様の言う通り、ここで負けるわけにはいかぬ)

桂の心の葛藤《かっとう》が終わった。

「上人様、桂は間違っていました。己の使命を忘れ、己の命を絶とうなどということは、仏の御心に背く行為でした」

「それがわかればよいのです。甲相一和のため、御方様の命を捧《ささ》げられよ」

「はい」

桂の瞳《ひとみ》から止めどなく涙が流れ落ちた。しかしその涙は、悲しみから出たものではなく、新たに生まれ変わるために、過去を洗い流すための涙であった。

（三郎様、桂は間違っていました。すんでのところで、三郎様の死を無駄にするところでした。桂は生きます。甲相の民のために生き抜きます。三郎様、見守っていて下さい）

この時を境に、桂は生まれ変わった。少女から女性へ、そして甲斐の大方様《おおかた》（母）へと、桂は成長した。相模川をさかのぼった鯉は桂川に入り、竜に変化《へんげ》したのだ。

二

上州から帰国後、日を措かず遠江《とおとうみ》高天神城に出陣し、徳川勢を牽制した勝頼が、四月下旬、ようやく甲斐府中に帰還した。越後での景勝の勝利、上州での躍進と、ここにきての立て続けの朗報に、将兵の顔は明るく、沿道で迎える領民たちに笑顔で手を振る姿も見られた。

躑躅ヶ崎館《つつじがさきやかた》も、桂のいる西の御座以外は祝賀一色であった。釣閑は連歌師や高僧を館に集め、凱旋《がいせん》連歌会を企画していた。しかし、勝頼は帰陣の儀が終わるやいなや、釣閑の制止を振り切って西の御座に向かった。

勝頼が必ず来ると信じ、桂は正装して待っていた。すでに人払いしてあるため、周囲には誰もいない。

勝頼は平伏する桂の傍らを通り過ぎ、上座にどっかとばかりに腰を下ろした。

「桂、入水したと聞いたぞ！」

勝頼の顔は憤怒に燃えていた。あらかじめそれを予期していた桂は、その強い視線をしっかりと受け止めた。

「はい、入水いたしました」

「何ということだ」

勝頼は口にすべき言葉が頭の中に充満しているらしく、何度も口を開きかけては閉じた。

「入水に関しては、申し開きもございませぬ。しかし——」

「しかし、何だ！」

勝頼が気色ばんだ。

「上様のお気持ちが、桂にはわかりませぬ」

「何を申すか！」

勝頼は、桂の悟りきったような様子にさらに怒りを感じたらしく、桂の三郎への想い、実父を偽ったことなどを、いちいちあげつらって桂を責めた。

桂はそれを黙って聞いた。今は堪えるべきときだと自らに言い聞かせ、言い訳がましいことは一つも口にするつもりはなかった。しかし、桂が黙していればいるほど、勝頼は激していった。

「かくのごとき大事を、よくも黙っていたものだ。北条家は表裏者の集まりと聞いていたが、そなたまでとは思いもしなかった。挙句に、わしの面《つら》に泥を塗るために入水するとは！」

そこまで言うと、勝頼はくるりと背を向けた。それは、桂の言い訳を待っているかのような仕草であった。しかし、桂はわかっていた。ここでいくら言い訳しても、勝頼の感情を逆撫《さかな》でするだけであることを。

「何も申し開きはないようだな！」

勝頼はしばらく待ち、桂から何の言い訳もないことを確認すると立ち上がった。

「桂、ここから早々に立ち退け」

用は済んだとばかりに、勝頼は立ち去ろうとした。

「上様」

広縁に出た勝頼の背に、桂は思いきって声を掛けた。

「今は何を申しても、お聞き届けにはなられないでしょう。しかし、いつの日か、わたしの気持ちがおわかりいただけると信じております。その日まで、わたしはここを立ち退きませぬ」

勝頼はしばらく考えた後、「勝手にせよ」と言い捨て、西の御座を去っていった。

桂には、怒りも悲しみも、感情らしきものは何も湧いてこなかった。ただ、紹喜の言葉だけが頭の中を駆け巡っていた。

（真を通せば、いつかは気持ちが通じる）

桂はその言葉を反芻《はんすう》しつつ、日が落ちるまでそこに座していた。

外交政策の転換を強いられ、混乱する北条家を尻目に、真田昌幸を中心とする上州武田軍は北条家との本格的対戦に備え、着々と手を打っていた。

天正七年（一五七九）六月、佐竹義重との甲佐同盟締結に向けて、最終調整に入っていた昌幸は、同時に、寝返ったばかりの北条高広《きたじょう》とともに、上野、下野《しもつけ》の在地国人《こくじん》の調略にいそしんでいた。これにより、那波顕宗《なわあきむね》、河田重親、白井長尾憲景など、動揺していた上野国の有力諸侯は、次々と武田家の傘下に入っていく。

一方、いよいよ武田家との関係修復が困難と覚った北条家では、武田領と境を接する諸城の防備を厳にし、臨戦態勢を整えつつあった。

七月、武田家と佐竹家の間で、秘密裡に進められていた甲佐同盟が成立した。それを知らない北条方は、廏橋城奪回を目指し、東上野まで兵を進めてきた。

北条家と佐竹家は天正五年（一五七七）の結城城をめぐる攻防後、一応の停戦協定が成立しており、それを拡大解釈すれば、和睦《わぼく》状態と取れないこともなかった。同年に里見家との同盟も成った北条家としては、対武田戦だけに兵力を集中できると思い込んでいても不思議ではなかった。ところが、いまだ佐竹義重は北条家打倒に燃えていた。

北条氏邦勢来襲の第一報を受けた勝頼は、即座に出陣し、廏橋城に入った。同時に佐竹義重に対し、同盟の証《あかし》を立てること、すなわち、常陸から下野方面への軍事行動を要請した。

七月下旬、武田、北条両家が上野国内で対峙《たいじ》していたところ、佐竹勢が土浦、古河《こが》、小山、榎本の北条方諸城を攻撃してきた。佐竹勢は城の攻略が目的ではない。あくまで牽制目的の軍事行動である。そのため、それぞれの城下を焼き尽くすと、風のように去っていった。これに動揺した氏邦勢は撤退を開始、廏橋城に手を掛けることさえできなかった。

九月五日、甲佐同盟の成立をようやく察知した氏政は、徳川家康に働きかけ、攻守同盟を締結した。

ここのところ、おとなしかった家康だが、実はこの頃、築山殿《つきやまどの》事件が起こり、その収《しゅう》拾《しゅう》に躍起となっていたのだ。築山殿事件とは、家康正室の築山殿と嫡男信康《のぶやす》が、謀《む》反《ほん》の疑いから家康に殺された事件である。

八月二十九日、家康は正室築山殿を殺害し、九月十五日には嫡男信康に切腹を申し付けることにより、辛くもこの騒動を収める。まさに信玄における義信事件と相似形を成す内紛だが、信玄を師とする家康は、同じ轍《てつ》を踏まず、この危機を乗り越えていく。

一方、北条・徳川同盟締結を察知した勝頼は大幅な人事異動を行う。

景勝との同盟により、北信国境が安定を得たため、その方面の城将たちを、緊張が高まる伊豆、遠江両方面に振り向けたのだ。

信州海津城からは、春日虎綱の跡を継いだ次男源五郎信達が普請半ばの沼津三枚橋《さんまいばし》城に入り、曾根下野守《しもつけのかみ》昌世とともに河東（富士川以東の駿河《するが》国）戦線を支えることになった。

また、緊張高まる高天神城の城将には、小山城の実績が認められた岡部元信を入れ、その副将格として信濃善光寺別当の栗田鶴寿《かくじゅ》を配した。横田尹松は軍監（軍目付《いくさめつけ》）として高天神城にとどまった。

甲斐府中はすっかり秋の衣をまとっていた。釣閑屋敷の柿の木も多くの実をつけ、それをついばみに来る鴉《からす》たちのかまびすしい鳴き声に支配されている。

「人払いはしたか」

「はっ、ぬかりはありませぬ」と言いつつ、大炊助が茶室の〝躙《にじ》り口〟に半身を入れようとした。しかし、太り肉《じし》の大炊助はうまく入れず、難渋している。

その様子を見た釣閑が失笑した。

「贅沢《ぜいたく》なものばかり食らうから、そうなるのだ」

「いや、これは痛いところを突かれましたな」

額に玉の汗を浮かべつつ、ようやく大炊助が着座した。

茶室の床の間の花入れには、実のなった柿枝が無造作に活《い》けられ、その自然な様が、いかにも釣閑らしい〝かぶいた〟風情を醸し出していた。

その草庵《そうあん》風茶室の外から聞こえる鴉たちの鳴き声に顔をしかめつつ、釣閑は茶を点《た》てた。

「耳寄りな話とは何だ」

釣閑が問うと、大炊助がにやりとした。

「それがまた山のことで」

「金《きん》が出たか」

「そのようです」

「また伊豆か」

「いいえ秩父で」

「厄介なことよ」

そう言いつつも、釣閑は満足そうな笑みを漏らした。

「北条領に潜行させていた田辺四郎左衛門の手の者から、奥秩父股之沢《またのさわ》に鉱脈が発見されたと告げてきました。これは確かなようで、狸掘りでもぐったところ、大きな鉱床の兆しがあったとのこと」

狸掘りとは、人一人が入れるだけの穴を直下に掘り、鉱脈を探り当てようとする最も簡易な鉱脈探査方法である。

「いよいよ、ことは急がねばならぬな」

釣閑は、北条領への侵攻計画をさらに早めねばならないと思った。

その時、突然、訪れた驟雨《しゅうう》が庭先の竹林を叩《たた》いた。勘のいい鴉どもはすでに逃げ散ったのか、先ほどまでのかまびすしい声が全く聞こえない。

「鴉鷺《あろ》(鳥類)どもは賢いものだ。眼前に熟柿があっても、わが身に及ぶ災いを察すれば、惜しげもなくそれを捨てられる。ところが、人とは愚かなものよ。眼前に金《きん》の輝きを見せられれば、前後の思慮など全くなくなる」

「それは、われらのことでは――」

大炊助が阿《おもね》るような笑いを浮かべた。

「ああ、それが人である証だからな」

「なるほど、ものは言いようですな」

二人は顔を見合わせて笑った。

「政治も軍事も金《かね》がなければ立ち行かぬ。われら地味《ちみ》の薄い山国にあっても、天下の覇を競うことができたのは、ひとえに金鉱脈あってのものだった。金が採れなくなったからといって、今更、元の貧しい甲斐国に戻ることはできぬ。また、開墾して農地を増やすことは、すぐには金《かね》にならぬし、検地では所領役（税）を増やすにも限界がある」

「それゆえ、金鉱脈と――」

「うむ、金《かね》は万能だ。金《かね》の前には帝《みかど》でさえひれ伏す」

「何と畏《おそ》れ多い――」

「いかに高貴な生まれであっても、人である限り、欲の頸木《くびき》からは逃れられぬものだ」

何かと戦っているかのように、釣閑は荒々しく茶筅《ちゃせん》を回すと、大炊助の眼前に天目を置いた。

「跡部殿、われらは金《かね》の力で武田家を再興せねばならぬ。そして、織田、徳川、北条のみならず、商人や領民までも一様にひれ伏させねばならぬのだ」

「しかし、そのために克服すべき障壁が多すぎまする」

天目を置いた大炊助が、懐紙で口をぬぐいつつ応えた。

「それはわかっておる」

釣閑はその決意のほどを示すように、大きくうなずいた。

その時、先ほど去った鴉たちの声が、遠方から聞こえてきた。しばし、その声を聞いていた釣閑が意を決するごとく言った。

「眼前に雷雨が迫ろうと、武田家のためであれば、わしは熟柿を最後までついばんでみせる」

「雷に打たれても、でございますか」

大炊助が不安そうに問うたが、釣閑はそれには答えず、立ち上がると格子窓の障子を開け放った。あっという間に雨雲は去り、格子窓から夕日が漏れていた。その格子状になった光が強い陰影を茶室内につくっていた。

「見よ、跡部殿。雷雲は瞬く間に去った。思えば武田家の歴史も同様であった。幾度も危難を乗り越え、家運を開いてきた武田家だ。此度も同じことになろう」

「そうであれば、よいのですが──」

大炊助の不安げな様を無視するかのように、釣閑は言った。

「実のところ、武田家に新たな領土など要らぬのだ。金の採掘と交易で国が潤えばそれでよい。領土の大小が国力を左右する時代は終わったのだ」

「そういうものですか」

「そういうものだ」

吏僚に過ぎない大炊助には、釣閑の言う新しい時代のありようなど、理解できようはずもなかった。しかし、釣閑は己に語りかけるように続けた。

「それゆえ、われらは家内の敵を除き、新たな国の形を造っていかねばならぬのだ」

「もっともですな」

「しかし、そのためには、懸念が一つある」

「西の御座ですな」

「うむ、西の御座の北条家の者どもを追い返さぬ限り、御屋形様は北条家との〝あつかい〟に望みを託すこともあり得る」

「確かに」

「御屋形様はわしの再三の勧めにも応じず、西の御座をそのままにしておる。おそらく、北条家との再同盟を考えているか――」

釣閑は諦めたように瞑目《めいもく》した。

「彼の小娘に未練があってのことだろう」

室内を照らす夕日が、幾分か赤みを帯び、日没が間近なことを告げてきた。

「その件に関しては、それがしにお任せいただけませぬか」

珍しく、大炊助の方から提案した。

「ほほう、おぬしが追い出すとでも申すか」

「とんでもない。御屋形様のお許しが出ぬのに、われらが勝手な振る舞いをすれば、勘気をこうむること必定。ここは、御屋形様が大目に見る者に動いてもらいまする」

「ははあ、そいつをたぶらかして、西の御座の連中を追い払わせるという目論見だな」

「まさしく」

格子窓の桟から差していた西日はすっかり暮れ、そこかしこから蜩《ひぐらし》の声が聞こえ始めていた。

三

深山宿《じんせんのしゅく》を出て行者岳に向かった内膳は、つけられていることに気づいた。

(日光山までつけてくるとは、ご苦労なことだ)

鎧通し(短刀)を仕込んだ錫杖《しゃくじょう》を握る手が汗ばんだ。

(敵は二人か、二人であらば何とか逃げ切れる)

あと少しで行者堂である。そこまで行けば人がいるので、いかに草の者(忍)でも、容易には手が出せないはずである。

内膳がさらに歩みを速めようとした時であった。坂の上から二人の行者が下ってくるのが見えた。

(まさか四人では――)

内膳が歩みを止めると、前後の四人も同様に止まった。

(やはり四人か)

内膳は右手の崖下《がいか》に飛び込むことも考えたが、断崖であることを思い出した。左手も切り立った崖《がけ》であり、攀《よ》じることは困難だ。

(ここは斬り抜けるしかない)

内膳が覚悟を決めた時だった。坂の上から来た行者の一人が声をかけてきた。

「小宮山内膳《ないぜんのすけ》佑殿とお見受けいたした」

「いかにも」

内膳がゆっくりと錫杖の宝珠をはずすと、刀身が現れた。それを見ても行者は慌てる素《そ》振《ぶ》りすらなく、同様の仕込み杖を抜いた。いま一人は、背負った地笈《ちおい》を下ろして鎖鎌《くさりがま》を出している。おそらく、背後の二人も何らかの得物を用意しているはずである。

「主命である。お命頂戴《ちょうだい》いたす」

「何が主命だ! 釣閑の指図であろう!」

内膳の心中に沸々《ふつふつ》とした怒りが湧いてきた。

「問答無用!」

前方の敵が宙を跳んだ。その距離は約二間——。

この距離では、いかに剣の名手でも草の最初の一撃はよけきれない。しかし内膳は、忍の先制攻撃に対する返し技を、父親から伝授されていた。

くるりとばかりに体を回転させた内膳は、最初の一撃をかいくぐり、その後方の行者が繰り出す鎖鎌の一撃もはずすと、その男の足を払った。男は跳び上がってそれをよけ、体《たい》を入れ替えた。

しかし、それが内膳の狙いだった。坂の上に出た内膳は、挟撃という全く不利な態勢からは脱せられた。それだけでなく、坂下からの跳躍技はそれほど効果がない。

それでも相手は草である。じわじわと距離を詰めてきた。

（あっ）

その時、右肩から熱いものが流れてきた。内膳は最初の一撃をかわしたつもりだったが、切っ先が浅く当たっていたらしい。

（しまった、肩の腱《けん》を切られたやも知れぬ。これで斬り抜けられる見込みはなくなった）

試すまでもなく、内膳は右肩が上がらなくなったことを覚った。

（無念だが致し方ない）

内膳が覚悟を決めて、仕込み杖を左手に持ち替えた瞬間、背後から何かが投げ込まれた。

それは、けたたましい音をたてて転がってきた。内膳がそれを跳躍してよけると、草たちも慌てて飛び下がった。

投げ込まれたのは、山作《やまつくり》（樵《きこり》）が伐《き》り出して積んでおいた大木だった。その直径は三尺、長さは人の背丈三人分くらいある。並な膂力《りょりょく》では投げ落とせるものではない。

双方、唖然《あぜん》とする中、藪《やぶ》の中から行者姿の大男が現れた。

「うるさいのう。ゆっくり用も足せん」

男はそう言うと、ずかずかと間合いに踏み込んできた。

「何奴だ！」

草の一人が警戒を解かずに誰何した。

「見ての通り、わしはただの行者だ。そなたらは違うのか」

藪から出てきた男は物怖《ものお》じせずにやり返した。

「そこをどけ。わしらはその男に用がある。黙って立ち去れば危害は加えぬ」

年かさの草が言った。

「馬鹿を申すな。やり過ごすつもりなら、そのまま藪の中で糞《くそ》を垂れていたわい。いかなる事情か知らぬが、神域を血で汚すことは許さぬ」

男は神妙な顔で言ったが、草も負けていなかった。

「おぬしは糞で汚したではないか！」

「ああ、いかにも汚した。ただ、糞は人の生理だ。人が生きるための所業ならば神仏は許すが、人を殺すための所業を神仏は許さぬ」

「妙な理屈だ」

「それが説法というものだ」

男が人懐っこい笑みを浮かべた。

「問答無用！」

自らの仕事を思い出した草たちは、有無を言わさず男に斬り掛かった。

「ほい、きたな」

男は地笈を背負ったまま錫杖を軽々と構えると、次々と襲い来る草の攻撃を見事にはずし、それぞれに一撃を加えた。

「ぎゃっ」

骨が砕ける音がした。

「気をつけろ、手強《てごわ》いぞ！」

草たちは、男が尋常な腕ではないことを覚った。

「退《ひ》け！」

年かさの草が即座に断を下した。草の一人は仲間の肩を借りるほど重傷だったが、素早い身ごなしで、山麓《さんろく》に向けて駆け去っていった。

一部始終を呆気《あっけ》に取られて見ていた内膳が、やっとわれに返った。

「かたじけない」

「なあに、浮世には様々なことがある」

男は地笈から塗り薬と膏薬《こうやく》を取り出し、内膳の肩を治療した。

「すまぬ」

「腱は切れておらぬようだ。しばらく湯に浸《つ》かれば癒《い》える」

男はそう言うと、諍《いさか》いの理由を問うこともなく、その場を立ち去ろうとした。

「行者殿、待ってくれ、わしは甲斐の小宮山内膳と申す武士だ。ゆえあって修験《しゅげん》の姿を借りている。詳しい事情はお話しできぬが、命の恩人である行者殿の名前だけでも、お聞かせいただけぬか」

「名乗るほどの者ではない」

「いや、命の恩人の名を知らずば、後悔は一生続く」

「侍とはそういうものか」

「そういうものだ」

男は「わかった」と言いながら名乗った。

「わしは高尾《たかお》山の堯覚《ぎょうかく》と申す者だ。此度は木材の売買を学びに日光山輪王《りんのう》寺の知己の許に来た。そのついでに回峰行《かいほうぎょう》を思い立ち、最初の山に登ったらこの有様だ」

男は大笑しながら山を下っていった。その後ろ姿を内膳は茫然と見送った。


「四郎殿は、それだけのことで貴殿を放逐したというわけか」

本多佐渡守《さどのかみ》正信が乱杭歯《らんぐいば》を剝《む》き出しにして笑った。

「いかにも」

辻弥兵衛は屈辱に堪えながら平伏した。

「貴殿ほどの武辺の家に生まれた者を、それだけのことで放逐するとは、武田家も先が知れたな」

「わが主――、いや勝頼は、長坂釣閑らの讒言《ざんげん》に踊らされただけのこと」

「ほほう、まだ武田家に未練があるような申し様じゃの」

正信が意地悪そうに笑った。

「いえ、そのようなことはありませぬ」

弥兵衛は、武田家への未練を懸命に否定する己の姿が情けなかった。

思えば、ここまでくるのは容易ではなかった。数少ない徳川家のつてを頼り、ようやく本多正信に拝謁が叶うまでに、一年以上の歳月がかかった。仲間からもらった餞別《せんべつ》も、そのための賄賂《わいろ》に消えた。

もっとも、正信より下位の者に陣借りするつもりであれば、それほど難しいことでもなかったが、弥兵衛は自分を安く売るつもりはなく、正信と会えるまで、食うや食わずの生活に堪えた。

（それで、やっとここまで漕《こ》ぎ着けたのだ）

弥兵衛は、下人たちに交じって暮らしたこの一年を振り返り、唇を嚙み締めた。

「それにしても、地縁血縁浅からぬ武田家を見限り、徳川家に仕えたいというのはよほどの覚悟だ。一昔前なら喜んで仕官させたのだが――」

「と、申しますと――」

「近頃は武田も芸が細かくなりおって、こちらに間者《かんじゃ》をよく入れてくる」

「それがしを間者とお思いか」

弥兵衛の背筋に冷たいものが走った。

「いや、貴殿が間者だとは申しておらん。だが間者でないなら、その証を立てねばならぬ。

証と申しても独り身の貴殿だ。証人を取るわけにもまいらぬ」

「い、いかにも――」

正信の口から発せられる次の言葉がよからぬものであることを、弥兵衛は予感した。

「高天神に知己はおらぬか」

茶色く濁った正信の瞳が光った。

これが嫌な仕事であると感じた弥兵衛であったが、ここで拒否しては、今までの苦労が水の泡となることもわかっていた。

「おらぬこともございませぬが――」

「それなら話は早い」

上座から下りた正信は、弥兵衛の眼前にしゃがむと、臭い息を吐き出した。

正信の話では、ここ数年、高天神城に何度も攻め寄せたが、城方の守りが堅く、甚大な損害をこうむってきた。さる九月七日にも大須賀康高《おおすかやすたか》が攻撃を仕掛け、城際まで攻め寄せたが、結局、城を落とすには至らなかった。

何か妙策はないか、家康から知恵を絞るよう正信は命じられているという。

「そこでだ、城内を攪乱《かくらん》できる者を探しておった。一年にわたり行方知れずとなっているおぬしなら、城衆にも怪しまれぬ」

(仲間を売れということか)

弥兵衛は、他家に仕官することの辛《つら》さを、この時、つくづくと思い知った。しかし、もう後戻りするわけにはいかなかった。

「その仕事、ぜひそれがしに――」

苦渋に満ちた表情を隠すかのように、弥兵衛が平伏した。

その瞬間、弥兵衛は一つの川を渡った。それは、武士が武士として、いかに生きるべきか、いまだ個人に委《ゆだ》ねられている時代の川だった。

「そうか、それはよかった」

正信は膝《ひざ》を叩かんばかりに喜んだ。

それでも弥兵衛は、見返りを確認することを忘れなかった。

「ことが成ったあかつきには、何をいただけまするか」

「ははあ」

正信の目の色が先ほどとは変わっていた。それは、仲間を売る決意をした者に対する蔑《さげす》みの光を含んでいた。

「むろん、それなりの働きはいたしまする」

弥兵衛は毒を食らわば皿までだと思った。

「殿から申しつかった恩賞は――」

もったいをつけるように一呼吸措くと、正信は言った。

「城一つ」

「引き受けましてござりまする」

弥兵衛は、この瞬間、何かが終わったことを強く感じた。そんな弥兵衛の気持ちを知ってか知らずか、伸びすぎて息苦しいばかりの鼻毛を抜きながら、正信は作戦の詳細や連絡手段などを語り始めた。

四

天正七年（一五七九）九月、徳川・北条間の攻守同盟締結の確報が甲斐府中にもたらされた。かねてより予期されていたものとはいえ、いざ現実になると、勝頼と幕僚たちは動揺を禁じえなかった。

前述のごとく九月七日、早速、大須賀康高が高天神城に攻め寄せてきた。同盟締結の証として、北条家の要請を受けての攻撃であった。

家康は築山殿事件の最中《さなか》であったため動けず、とは言っても、北条家からの要請は断り切れず、大須賀康高を名代に立ててのお手合わせ程度の攻撃であった。

これを聞いた勝頼は、即座に陣触《じんぶ》れを発し、高天神城救援に向かった。ところが、大井川の国安の渡しまで来た時、すでに徳川勢は退いていったとの報が入った。そのまま高天神城に入ろうとした勝頼であったが、北条勢が伊豆、駿河国境付近の黄瀬川《きせがわ》河畔まで進出し、沼津を窺《うかが》っているとの報が届いたため、急遽《きゅうきょ》、軍勢を東に向けた。

これが、徳川・北条連合の東西揺さぶり作戦の端緒となった。

九月十七日、黄瀬川西岸に陣取った勝頼は、北条方に〝無二の一戦〟を挑もうとしたが、氏政はあっさりと兵を退いた。

一方、嫡男信康の切腹を見届け、内紛を収めた家康は、武田方の防衛線をくぐり抜け、西駿河に進出した。

家康は持舟城の出城《でじろ》であった遠目砦《とりで》を攻略すると、大崩《おおくずれ》の海岸沿いに兵を進め、持舟城を急襲した。落城は免れたものの、この戦いで、武田水軍を代表する向井正重以下、三十余名が討死した。

九月二十五日、この報に驚いた勝頼は西に兵を転じた。今度こそとばかりに、家康との〝無二の一戦〟を望んだ勝頼であったが、徳川勢はすでに撤退した後だった。

一方、勝頼が西駿河に転じている隙に、北条方は戸倉城、泉頭《いずみかしら》城の構築を始めた。これらの城は、沼津攻略の拠点として築かれていた。

これを聞いた勝頼は、再び東に転じ、十二月初旬、「豆州乱入、国中悉《くにじゅうことごと》く撃砕を行う」（『妙法寺記』）という暴挙に出る。氏政が兵を退いたことが因とはいえ、民心の離反など意にも介さぬ武田勢の猛攻であった。

勝頼が伊豆に転進しているこの頃、家康は高天神城の周囲を自由に行き来し、小笠山《おがさやま》、能ヶ坂《のがさか》、火ヶ峰《ひがみね》、鹿ヶ鼻《ししがはな》、中村城山、三井山の六砦構築に着手した。さらに高天神城の周囲に堀をめぐらし、城兵の動きを封じると同時に、鹿垣《ししがき》、柵《さく》、逆茂木《さかもぎ》、虎落《もがり》を幾重にも設けて、蟻の這《は》い出る隙もないほどの包囲陣を築き上げた。さらに、六砦の後方にも堀をめぐらし、勝頼の後詰《ごづめ》を防ぐ構えを取った。

稀《まれ》にみる大規模な土木工事を施した包囲網は、翌年夏に完成を見る。この間、高天神城の武田方はさかんに出撃し、普請作事の妨害を試みたが、さしたる効果は上がらなかった。

勝頼は東西を行き来するだけで、莫大《ばくだい》な戦費を費やしていた。それだけでなく、伊豆と遠江の間に横たわる富士川、大井川などの大河を渡河する度に損耗する兵馬、兵糧《ひょうろう》、荷駄は、戦による損害を上回りつつあった。まさに、真綿で首を絞められるかのように、武田家は疲弊していった。

しかし、こうした苦戦の日々にあって、明るい話題もあった。

十月八日、武田家と佐竹家の間で誓詞が交換され、甲佐同盟が正式なものとして成立した。すでに、七月に実施した連携作戦は奏功しており、両者ともにこの同盟への期待は大きかった。かくして、武田・上杉・佐竹に対する織田・徳川・北条という対立軸が形成された。この構図は、むこう二年にわたり続いていくことになる。

十月二十日には、勝頼の異母妹であるお菊御料人が越後に輿《こし》入れし、甲越同盟も強化された。十一月十六日には、十三歳になる勝頼の息子信勝が元服した。

十一月初旬、上州では、真田昌幸が箕輪《みのわ》在城衆の北条《きたじょう》高広、那波顕宗を従え、北条方の藤田能登守《のとのかみ》信吉の守る沼田城を攻撃する。城は落とせなかったものの、十日には、救援に寄せた北条勢を名胡桃《なぐるみ》付近で破り、その勢いで、北武蔵の要衝鉢形城まで攻め寄せた。昌幸の攻勢を前に、北条方の沼田城は孤立し、落城必至の形勢となりつつあった。

末枯《うらが》れの庭に、いつしか緑が芽吹いていた。春は冬に気づかれないように、そっと庭の片隅から始まっていた。

桂は霜を突き破って芽を出そうとする春の草の生命力に感嘆した。

(草木は冬に滅んだと見えても、再び土中から蘇《よみがえ》る。われらも草木のように強くあらねばならぬ)

春の草が懸命に命を芽吹かせようとするのを助けてやろうと、桂が霜をかき分けようとした時、門前で何やら声高なやりとりが聞こえた。桂は、退去を促す使者がやってきたことを確信した。

「御屋形様からの正式なご使者でない限り、ここを通すわけにはまいりませぬ」

清水又七郎が門前に立ちはだかった。その背後では、剣持但馬守が真っ赤な顔をして刀に手を掛けている。

「ほほう、面白い。義弟のわしが義姉上《あねうえ》にご挨拶《あいさつ》に参上仕ったと申しておるのに、通さぬとは無礼千万！」

仁科盛信が居丈高に叫んだ。

「何も通さぬとは申しておりませぬ。まずは背後の者どもを下げて下され」

不自由な足を引きずりながら又七郎は懸命に抗弁した。

一方、盛信の背後には、当世風の茶筅髷《ちゃせんまげ》を結い、〝かぶいた〟小袖《こそで》に革袴《かわばかま》の若党や中間《ちゅうげん》が屯《たむろ》していた。しかも彼らは、長鳶口《ながとびくち》や打ち杵《きね》など、手に手に〝毀し道具〟を持ち、西の御座に、今にも打ち掛からんとしている。早野内匠助からことの次第を告げられた桂は、周囲の止めるのも聞かずに門前に向かった。

「何事です！」

「これは義姉上ではありませぬか。この五郎をお忘れではあるまいな！」

盛信が調子のはずれた声を上げた。桂をからかっているのは明らかだった。

「五郎殿、かように物騒な者どもを従えて何用ですか！」

「われら、これから狩に行くのでござるよ。その途次に、たまたまこちらに所用を思い出し、立ち寄った次第」

しかし、若党たちの得物は〝毀し道具〟である。狩に行く装束でもなかった。むろん盛信は、それを百も承知でとぼけているのである。

「わかりました。しかし、門内には五郎殿のほか通しませぬ」

「それで結構」

盛信は又七郎らを押しのけるようにして門内に入った。

桂の御座所に通された盛信は、門前とは打って変わった礼儀正しさで桂と接した。正装に着替えた桂も堂々とした態度で、盛信に相対した。

「此度のお越しは、上様のお指図でございますか」

「いやいや、それがし独断で参りました」

「それでは、あまりに不躾《ぶしつけ》ではありませぬか」

「ごもっとも」

　盛信は薄ら笑いを浮かべつつ桂を射るように見たが、桂は動じなかった。

「五郎殿は、われらに退去をお勧めに参ったというわけですね」

「いかにも」

「わたしは、上様から〝とどまるも去るも勝手にせよ〟というお言葉をいただき、この地にとどまることを選びました。それを今更、五郎殿が退去せよとは筋違いではございませぬか」

「ははあ、確かに――」

　おどけた笑顔とは裏腹に、盛信の眼光が鋭くなった。桂も負けまいと、視線を絡ませた。

「それでは、外の者どもを連れて、お帰りいただけますね」

「そうはいきますまい」

「それでは、このことを上様にお伝えいたします」

「兄者《あにじゃ》はすでに御方様のご実家を討つべく、伊豆に向かいましたぞ」

　おどけたようにそう言うと、盛信は威儀を正した。

「御屋形様が何と申されようと、御方様ご一行がここにいる限り、家内の統一はままなりませぬ。われら難局にあり、一丸となってそれを打開せねばなりませぬ。御方様ご一行はそれを妨げていることになります。御方様が武田のためを思うなら、ここはお立ち退きいただくのが筋というもの」

盛信は、今までの様子とは打って変わった折り目正しい口調で説いた。そこに盛信の本性を見た桂は、説得の可能性を見出《みいだ》した。

「なるほど、それはもっともかも知れません。しかし、苦境にある夫を守るのも妻の役目。甲斐の者、武田家の者となったからには、己の役目を全うすることが、わが本望にございます」

「今、甲斐の者と申されたか」

「はい、桂は甲斐の者として生きております」

「心底からそうお思いか」

盛信の視線がさらに強く桂を射た。桂はそれに抗するように視線を返した。

(ここで負けてはいけない。三郎様、桂をお守り下さい)

桂は手の中の匂袋《においぶくろ》を握り締めた。

「義姉上はお強いのう」

しばらくして、根負けしたように盛信が言った。

「いえ、わたしは懸命なだけです」

「何を仰せか。これほど強い女子《おなご》は見たことがない。兄上がかわいそうじゃ」

そう言うと盛信は大笑した。

「五郎殿は桂の真意をご理解いただけたと――」

「いかにも。義姉上の甲斐国と武田家を思う気持ちはわかりました。義姉上に表裏はない。

しかし、武田家のあり方については、それがしも思うところがあり、すべてが義姉上と一致するわけではありませぬ」

「いかなる点が――」

「義姉上は、そのお立場から北条家との復縁を考えておいでと思うが、すでにそれは手遅れ。確かに、いかなる事情からかくのごとき仕儀にあいなったかは、それがしも与《あずか》り知りませぬが、ことここに至っては何を申しても後の祭り。われらは一途《いちず》に国境を守り、武田健在を示していくしかありませぬ。それにより、徳川でも北条でも、先方より和談の働きかけがありましょう」

盛信は盛信なりの強気の打開策を考えていた。それは、武田家の武威と財力が衰えていないことを周囲に示し、外交と調略により敵方の一角を切り崩していくという、武田家の威光をいまだ信じる者の方策だった。

「それは、武田家の国力が無尽蔵なれば可能なこと。しかし、これだけ長い国境に敵を持てば、それは無理というもの。われら国力を疲弊させずに国を保つには、早期に北条家と再同盟するしかありませぬ。北条家は北条家なりに、西国の脅威に危機感を抱いております。越後の行き違いは時が経てば癒えましょう。その時のためにも、われらは、北条家との軋轢《あつれき》を少なくしておくべきとは思いませぬか」

桂は、今まで思ってもいなかったことが口をついて出たことに驚いた。

(三郎様、お許し下さい)

甲相一和という大義のためには、三郎のことさえ水に流さねばならぬと桂は思った。

「越後のこととは、三郎景虎殿のことにございますな」

桂はうなずいた。しかし、その面に現れた色から、盛信はその心中の葛藤を見破ったかのようだった。

「御方様は正直だ。しかし、その正直さが災いをもたらすこともある」

「此度はその通りでございました。しかしそのことを、今更、悔やんではおりませぬ」

「あなたは強いお方だ」

盛信はそう言うと一礼し、立ち上がった。

「五郎殿」

「これ以上、論じても埒が明きませぬ。お互い立場も異なれば存念も異なる。しかし、御方様の真意はよくわかりました。折を見て兄上に、それをお伝えいたしましょう。ただ、紹喜様でさえ困難な説得を、それがしごときにできるかどうかはわかりませぬ」

「わたしのためでなく東国の民のために」

「民、と申されたか」

「そうです。われらは民のために甲相一和を実現せねばなりませぬ」

「なるほど、よくわかりました」

眼前に道が開けたかのごとく、盛信の顔が輝やいた。

盛信を送り出した後、桂は、先ほどの新芽を見に行った。暖かい初春の日を全身に浴び、芽は先ほどより、幾分、大きくなったように感じられた。それは、一途に生きれば、いかなる障害でも乗り越えられぬものはないということの証でもあった。

（〝真《まこと》を通せば、必ず気持ちは通じる〟と上人様は仰せになられた。その教えに従ったがゆえに、此度は難局を切り抜けられた。そればかりでなく、五郎殿と心を通い合わせることもできた。これも仏のお導きに違いない）

桂は天を仰ぎ、仏に感謝した。

一方、盛信が何の成果も挙げられずに戻ったと聞いた大炊助は啞然とした。血気さかんな盛信をけしかけ、桂を追い出そうと画策した大炊助であったが、その盛信が、逆に桂に説得されるとは思いもしなかった。その報告を聞いた釣閑は、大炊助の愚策を嘲《あざけ》りつつも、桂が油断ならない才覚の持ち主であることを、あらためて認識した。

五

天正八年（一五八〇）正月、真田昌幸が新年の挨拶に躑躅ヶ崎館を訪れていた。

前年の昌幸の活躍は、周囲を瞠目《どうもく》させるものがあった。各地の戦闘で北条勢を破ったことはもとより、得意の調略で上野国人の多くを武田傘下に収め、佐竹義重との同盟まで成立させたその手腕は、武田家中で高く評価された。

後年、秀吉と家康から恐れられる「表裏比興《ひきょう》の者」の萌芽は、この頃から始まっていた。

勝頼は、昌幸から上野戦線の話を聞くのが何よりの楽しみであった。この日も上機嫌で昌幸を迎えた勝頼は、夕膳《ゆうぜん》を挟み、昌幸と盃を傾けあった。

「それにしても、安房《あわ》(昌幸)のおかげで、上州表はよき展開となった」

「御屋形様の武運は尽きませぬ。武田の繁栄はこれからでござるぞ」

「おぬしに言われると、すっかりその気にさせられる」

主従は笑顔で盃を交わした。

「上州でのわれらの勢力伸張は、越後からの脅威が取り除かれたことが因。ほかの地域も、このように計策がうまくいけば、同様のことが起こりましょう。しかし、伊豆は一進一退、遠江は押され気味と聞きまするが」

「うむ、遠江は特に厳しい。しかし、東遠江を放棄することだけはできん」

頑《かたく》なな勝頼の気持ちを和らげるように、昌幸が勝頼の盃に酒を満たした。

「御屋形様、確かに高天神落ちなば、今まで保ってきた均衡が崩れる。織田・徳川・北条が同時に武田領に攻め入ることも考えられまする。そうなれば、美濃から伊奈谷を北上せんとする織田勢を下伊奈口で防ぎ、遠江から東進する徳川勢を駿河で迎え撃ち、北条勢を黄瀬川の線で押さえねばなりませぬ。甲信の兵だけで、これら外敵の侵入を防ぐのは容易ではござらぬ」

「いかにもな。これらの敵を諸口で防いでいる間に、おぬしと喜平次の後巻き(後詰)が間に合わねば、武田家は滅びる」

勝頼はいやにあっさりと滅亡を口にした。

「御屋形様、滅亡などとは滅相もない。時を稼ぐことができれば、いかようにも活路は見出せまする」

「時を稼ぐとは」

昌幸は箸《はし》を擱《お》くと、箱膳を横に押しやった。

「敵が迫れば、まずは堅固な城に籠り戦いを長引かせる。駆けつける越後勢と上州勢が敵に比べ寡兵でも、後詰の兵を敵は極度に恐れまする。背後から山戦《やまいくさ》（ゲリラ戦）を仕掛け、敵に厭戦《えんせん》気分を蔓延《まんえん》させれば、敵の士気は落ちる。そこを前後から突けば、いかな大軍でも崩すことは容易。この安房にお任せ下されば、いかようにも戦って見せまする」

「頼もしい言葉だ。しかし、その城をどこに築く」

勝頼と昌幸は同じことを考えていた。

「かねてからのわれらの構想通り、韮崎の地以外にないかと」

「うむ、いよいよ韮崎に城を築く時機が来たようだな」

「縄張りは、ぜひそれがしに」

「むろん、そのつもりだ」

「ただ、城を築くにしても生半可な詰城《つめじろ》ではいけませぬぞ。これからの世は政治と商業が不可分。国府と城下の移転も同時に行い、家臣団から商人まで、根こそぎ集住させねばなりますまい」

「うむ、わしもそう考えていた」

勝頼は意を決するがごとく盃をあおった。

「しかし、いかに堅固な城を韮崎に築いても、籠城戦を勝ち抜くことは容易ではありませぬ」

昌幸は顔を曇らせつつ言った。

「韮崎が危機に陥った場合、いかがいたせと――」

「武田家の本拠を甲斐国から移すべし」

昌幸が膝を進めた。

「われらが領国の西にあたる信濃の地には、木曾谷や伊奈谷などの南北に長い谷筋沿いに街道が開けております。これを守るのは困難この上なし。すなわち、いずこかの峠から敵の侵入を許し、根の部分にある要衝を先に落とされれば、その谷筋沿いに、いかに大輪の花（堅城）を咲かせようと、朽ち果てるしかありませせぬ。そうなれば、韮崎を守ることは至難の技」

「わが領国の地勢的不利はわかっておる。それでは危機に際して、どこに移転せよと申すのか」

昌幸は一呼吸入れてから答えた。

「上州吾妻《あがつま》の地にござります」

「吾妻か――」

昌幸は確信をもって続けた。

「吾妻の岩櫃城に御移座いただければ、信長がいかな大軍で攻め寄せようと、向こう一両年は持ちこたえてみせまする」

「それは真か」

「はい、岩櫃は、それがしが父や兄から受け継いだ普請作事の秘曲を尽くして造りました城なれば、敵は容易に近づけず、よしんば城際まで寄せられても、網の目状にめぐらせた堀のどこからでも城兵が飛び出せるように工夫を施してあります。すなわち、人知も及ばぬ〝縄〟を引いておりまする」

「〝陰陽の縄〟か」

〝陰陽の縄〟とは、攻防兼備の縄張りのことである。

「いかにも」

「しかし敵は大軍、いかに巧妙な〝縄〟を引いても、城一つで信長を押し返せるとは思えぬが――」

「その通りでございます。しかし上州吾妻郷であれば、われらの本拠信州上田郷に近く、小室には典厩殿（信豊）もいらっしゃいます。われらが両翼を成し、北信の地に拠《よ》れば、敵は碓氷《うすい》峠を突破することさえ叶いませぬ」

「なるほど、山戦で敵を疲弊させ、やっとの思いで岩櫃城にたどり着いた敵は、縄張りの妙で叩くという筋書きか」

「御意」

昌幸は「わが意を得たり」とばかりに、首肯した。

「思えば、われら武田一門は元をたどれば常陸国の出、甲斐に固執することもないのかも知れぬ」

勝頼がため息混じりに呟《つぶや》いた。

「いかにも。御屋形様さえご健在ならば、国などいかようにも移せましょう」

昌幸の構想は、「一所懸命」を旨とし、土地に縛り付けられて生きてきた武士たちの既成の価値観を覆すものだった。

「信長らが襲来した折は、いったん韮崎の新城に腰を据え、堂々と敵を迎え撃つ。しかし、形勢不利となれば、早々に新城を捨て上州に逃れる。これがこの戦略の要諦《ようてい》でござる」

これが昌幸の二段構えの防衛構想であった。

「安房よ、おぬしはとてつもない男だ」

勝頼は昌幸の才能に感嘆したが、昌幸は恬淡《てんたん》として言った。

「すべては法性院様のおかげでございます」

昌幸は、武藤喜兵衛と名乗っていた若き頃、奥近習として信玄の側近くに仕え、その思想、軍略、思考法から箸の上げ下げまで学んできた。

諏方で少年期を過ごし、信玄と接する機会が少なかった勝頼とは比較にならない濃密な時間を、昌幸は信玄と過ごしてきたのだ。むろん、教えを活かすことも才の一つではあるが、いま少し、信玄と接する機会が多ければ、己の人生も別のものになったであろうと、勝頼は思った。

「もういかん」

この日、三度目の出撃から戻った帯刀が槍《やり》を投げ捨て、虎口の中に倒れ込んだ。

「どざえるな！」

〝ふざけるな〟という意の伊奈言葉で、監物が帯刀を怒鳴りつけたが、そういう監物もすでに疲労困憊《こんぱい》しているらしく、肩が激しく上下している。

西曲輪《くるわ》には、負傷や疲労した将兵が足の踏み場もないほど横たわっていた。すでに息絶えたらしく、微動だにしない者もいる。片切隊の疲弊もひどく、口を利く者さえいない。

ほどなく桶《おけ》を下げた小者が柄杓《ひしゃく》を回してきたので、帯刀も水をむさぼるようにのんだ。

「四郎左はどうした」

人心地ついた帯刀が周囲を見回すと、監物が一方向を指差した。

「心配要らぬ。あそこだ」

監物の指し示した方角に、四郎左は横たわっていた。

小者から桶と柄杓をもらった帯刀は、そちらに足を引きずっていった。

「四郎左」

「ああ父上――」

「怪我はしとらんか」

「大丈夫だ。父上は」

「ほんのかすり傷程度だ」

二人はお互いの無事に安堵《あんど》しながら水をのんだ。城の外では、徳川方の攻撃が再び始まったらしく、早鉦《はやがね》、太鼓、喊声《かんせい》が同時に聞こえてきた。

「父上、また始まったな」

「ああ、まだ日は高い。これで終《しま》いとはいかぬだろう」

「しかし、いつまで続くのか」

「今日はもう出ぬぞ。誰に命じられても、わしは絶対に出ぬ」

帯刀がそう言ったときだった。

「下伊奈衆出陣用意！」

下伊奈衆を率いる下条伊豆守信氏《のぶうじ》の大声が曲輪内に轟いた。すでに監物も立ち上がり、信氏や軍監の横田尹松《ただとし》と話している。

そのとき、満身創痍《そうい》の栗田隊が戻ってきた。栗田隊は信濃善光寺の僧兵を主力とした精強な部隊だが、鉄砲などを嫌い旧式の武器を使うため、疲弊が甚だしい。

「まだ、いくらも休んでおらんのに――」

「父上、そう申されるな。もう新手《あらて》はいないのだ」

先に立ち上がった四郎左が帯刀を抱き起こした。

「松尾衆出陣！」

門が開かれ、先頭の松尾小笠原衆が飛び出したようだ。

帯刀も次第に体に緊張感が漲《みなぎ》ってきた。

「四郎左、わしの後ろを走れ。間違っても前を走るな」

「しかし父上——」

四郎左の声は、喊声に妨げられて語尾が聞こえなかった。

「春近《はるちか》衆出陣！」

やがて片切隊の出撃の時が訪れた。帯刀は覚悟を決めて走り出した。

飛び出してみると、先ほどより武田方は押されていた。組織だった筒《つつ》列を布《し》き、じわじわと包囲を縮める徳川方に対し、武田方は散発的な突撃を繰り返し、何とか戦線を保っている有様だった。

銃弾をかいくぐり、片切隊は前線の堀に飛び込んだ。堀といっても、城の四囲をめぐるものではなく、支撐《しとう》陣地（前線の堡塁《ほうるい》）の壕《ごう》である。こうした壕は、撤退時においても敵の進軍速度を遅らせる効果があり、幾重にも造られることがあった。

そこでは、わずかばかりの鉄砲を手にした武田方の足軽が必死に撃ち返していた。

「帯刀、筒列を布け」

監物の指示に従い、すでに二十に満たない数になった片切隊の鉄砲隊を、帯刀は堀際まで進めた。しかし足軽は疲労と怯《おび》えで、すでに戦意を失っている。帯刀は震える足軽の一人から鉄砲を奪うと、梯子《はしご》に身を預け、堀から半身を乗り出して撃ち始めた。堀内を見やると、監物が長柄隊を伏せさせ、出撃する時機を見計らっている。

「四郎左、玉薬《たまぐすり》をよこせ！」

帯刀は背後にいるはずの四郎左を振り返った。しかし、そこにいるはずの四郎左の姿はなかった。

（どこにいったのだ！）

堀内に飛び下り、先ほど鉄砲を奪った足軽に四郎左の行方を問うと、黙って監物の方を指差した。

（あの馬鹿が！）

長柄隊の中に四郎左がいた。帯刀が声をかけようとした瞬間、監物の軍配が振り下ろされた。それを合図に、長柄隊が飛び出して行く。

後ろ髪を引かれつつも、帯刀は味方の援護という使命を思い出し、周囲の足軽を叱咤《しった》しつつ、再び鉄砲を撃ち始めた。

（四郎左、死ぬな）

そう願う以外に、帯刀にできることはなかった。

玉薬が尽きようとする頃、監物率いる長柄隊が戻ってきた。明らかに突撃していった人数を下回っている。しかし、次々と堀に飛び込む傍輩《ほうばい》の中に、四郎左の姿はなかった。

最後に監物が堀内に飛び込んできた。

（少なくとも、此度は徳川勢の攻撃を凌《しの》いだらしい）

それを確認すると、帯刀は監物の許に走り寄った。

「親父殿、怪我はないか」

「大丈夫だ。それより筒衆（鉄砲隊）はどうした」

「手負いが一人出たが、誰も死んどらん」

「そうか、それはよかった。こちらは、物頭の六郎兵衛がやられた。槍足軽は宗十郎、雅楽介《うたのすけ》が斃れた。いずれも鉄砲にやられた」

監物が口惜しそうに言った。

「四郎左は」

「おぬしの後方で玉薬の運搬を命じたはずだが――」

「あの馬鹿は親父殿と一緒に飛び出したのだ」

「何だと！」

監物が半顔を引きつらせた。

監物は若い四郎左を庇《かば》い、いつも危険の少ない仕事を与えてくれた。ところが、戦場《いくさば》に慣れてきた四郎左は、勝手な行動を取り始め、監物や帯刀の叱責を受けることが多くなってきた。しかし、功名を挙げる機会を親でも奪えないのが、武士《もののふ》の掟《おきて》である。それゆえ、組織の和を乱さない限り、監物や帯刀も大目に見ざるを得なかった。

二人は顔を見合わせたが、次の言葉が出てこない。

「どうする」

監物がようやく声を搾り出した。

「どこぞで動けなくなっているやも知れん。夜になったら探しにいく」

帯刀が覚悟を決めるように言った。

「わかった」

監物はそれだけ言うと、帯刀の肩を強く摑んだ。気をしっかり持てという意である。しかし、多忙な監物は四郎左ばかりにかかずらってはいられない。後事を帯刀に託すと、報告のために城内に戻っていった。

(どうしたものか)

帯刀は途方に暮れたが、ほかの将兵の手前、悲しみを面に出すことはできない。

帯刀は周囲に厳しい声で油断を戒め、前方を警戒し続けることを命じた。

その時、疾風のごとく堀内に飛び込む影があった。

「敵だ！」

周囲に緊張が走った。すでに薄暮が迫っており、顔はよく見えないが、男が肩に人を背負っていることだけは確かだった。

「待て待て、味方だ！」

槍を構える武士や足軽に囲まれても、その男は落ち着いていた。

「武器を捨てろ！」

片切隊の槍衾《やりぶすま》が男を取り囲んだ。

「おいおい物騒だな。おぬしらはわしを知らぬのか」

「知らぬ」

帯刀がぞんざいに応じた。

「おぬしらは伊奈衆だな。わしの顔も伊奈までは売れていないので仕方がない。それでは、そなたと同じ背旗を挿したこの者は知っておろう」

男が肩に載せていた負傷者を下ろした。

「あっ、四郎左！」

慌てて帯刀が駆け寄り、四郎左の体を探ったが、特に傷はなかった。

「気を失っておるだけだ。おそらく、木の根にでも躓《つまず》いたのだろう。帰参のみやげに敵将の首とも思ったが、こちらの方が喜ばれると思うてな」

男が不敵な笑いを浮かべた。

「これはわが息子、お礼の申し上げようもない。しておぬし、今、帰参と申されたか」

「いかにも申した」

「貴殿の名は」

「辻弥兵衛」

その名に周囲からどよめきが起こった。

高天神城内に通された弥兵衛は、早速、旧知の横田尹松と面談した。かつては、お互い年齢も近く仲がよかったので、尹松は弥兵衛の帰参を心から喜んだ。

「御屋形様は武辺者を好む。貴殿がここにいることが知れても、見て見ぬ振りをし、功名を挙げた後、正式に帰参を認めるだろう」

「すまぬな」

「それにしても、一年余りの長き間、どこで何をしていたのだ」

尹松は囲炉裏に掛かった鍋《なべ》から、粥《かゆ》をすくい弥兵衛に勧めた。

「ああ、これもいい機《しお》と開き直り、路銀が続く限り諸国をめぐっていた」

熱い粥をかき込みながら弥兵衛が答えた。

「そうか、それはよき機会を得たな。諸国の事情もおいおい話してくれ」

「わかった」

「それにしても、諸国を見聞し、帰参を願う貴殿に比べ、小宮山内膳には困ったものだ」

「内膳がどうかしたのか」

弥兵衛の箸が止まった。

「貴殿のように素直に帰参を願うか、他国に仕官すればいいものを、彼の者は現体制を覆さんと、いろいろ策動しておる」

「策動だと」

「ああ、内膳は亡き弾正様の計策を貫くべく、当家と北条家との復縁に努めておる。そのあおりを食らい、甘利甚五郎と大熊新左衛門が謹慎を申し渡された」

尹松は、御館の乱当時の内膳の暗躍を語った。

「そうか、内膳はたった一人で釣閑らと戦っておるのか」

「うむ、今は亡き弾正様の忠実な子弟だった貴殿らだ。無理もない話だが、これではまさに蟷螂《とうろう》の斧《おの》だ。内膳は草の者に殺されるだろう」

「草の者だと」

「釣閑めが草を放ち、内膳暗殺を図っているとの雑説《ぞうせつ》だ」

「そうか――」

「まさか内膳に合力しようなどとは思うなよ。わしとて、内膳の気持ちはわからぬでもない。ときがときならば、合力したやも知れぬ。しかし、今はこの難局だ。御家に不満があっても、それを表に出しては、国は内から崩れる」

尹松が椀《わん》を渡すよう無言で促したので、弥兵衛は促されるまま椀を渡しつつ問うた。

「少なくとも、内膳は己の信ずる道を歩んでおるのだな」

「うむ、こちらにとっては迷惑な話だがな」

尹松は黙って粥をすくうと、弥兵衛に椀を突き返した。弥兵衛は感情の動きを覚られまいと、椀に顔を隠して粥をかき込んだ。

六

(夢だったか)

寝床から跳ね起きた勝頼は、全身にびっしょりと汗をかいていた。それを手巾《しゅきん》でぬぐいつつ、見たばかりの夢を回想した。いつものように、それは長篠の悪夢だった。

(あの時は何とか逃れられたが、今の夢では殺された。いや、あの時、殺された方がよほどましだったかも知れぬ)

長篠の戦いは、世に言われるように、馬防柵《ばぼうさく》と鉄砲の三段連射により武田騎馬隊が粉砕されたのではなく、長篠城を落とせないまま沼沢地《しょうたくち》での野戦に突入した結果、兵力に劣る武田勢がやがて劣勢となり、退却戦となったことで、被害が拡大したものだった。

あの時、次から次へと斃れていく宿老や将兵たちを置いて、勝頼は逃げに逃げた。

勇をもって父信玄を超えようとした勝頼にとり、それは堪え難い屈辱だった。

長篠の戦いの後、しばし勝頼は自信を喪失した。そこを出頭者たちに付け入られた。勝頼が元の勇者に戻った時、釣閑を中心にした内務官僚主導体制はすでに完成されており、勝頼はその中心に座らされていた。むろん、宿老ら武断派から文治派への主導権移行は、武田家を安定させるためには必要な措置だったのかも知れない。しかし、時が経つにつれ、側近、宿老生き残り、親類衆、先方衆《さきかた》の間には抜き難い溝が生じ、それが内部から武田家を蝕《むしば》み始めていた。

（父であれば、いかなる方策をとったのか）

勝頼は思うまいとしていたことを、また思った。

天正八年（一五八〇）三月、勝頼率いる武田勢主力は沼津三枚橋城に駐屯していた。

東遠江、駿河・伊豆、北武蔵と、同時に三つの戦線を維持する武田勢は、莫大《ばくだい》な戦費を費消しつつも、何とか国境線を維持していた。

特に伊豆方面では、昨年十二月の勝頼の攻勢により、北条方の後退が目立ち、武田方が優位を獲得しつつあった。

北武蔵では、鉢形城を落とすには至らなかったものの、真田昌幸・武田逍遥軒・同信豊による鉢形城包囲攻撃が一月まで続いた。その後、二月十二日には、赤城山東麓《とうろく》の深沢城（神梅《かんばい》城）で両軍が衝突、さらに、二月二十七日には南麓の山川戸張《やまかわとばり》（山上城下）でも激戦があった。

最後の力を振り絞るかのような武田家の猛攻を前に、北条方はたじたじとなっていた。

そのため氏政は、家康を通じて信長とも誼《よしみ》を通じようとしていた。

三月上旬、北条家の使者が京都に到着、鷹《たか》十三羽、馬五頭を信長に献上した。信長は上機嫌でこれを受け取り、使者たちに安土城を見学させた。

『信長公記《しんちょうこうき》』によると、氏政は信長に対し、「御縁辺相整え、関東八州御分国に参る」と言ったとされる。氏政は信長との同盟成立を望み、それが成ったあかつきには、織田家に属し、領国すべてを献上するというのである。

上野国では、依然、武田方の優勢が続いていた。硬軟取り混ぜた真田昌幸の駆け引きに、北条方は翻弄《ほんろう》され続けた。そして遂に、真田昌幸の調略により、金山《かなやま》城主由良《ゆら》国繁《くにしげ》、館林《たてばやし》城主長尾顕長《あきなが》兄弟が、北条家を離反したという噂が流れた。結局、噂に過ぎなかったが、これに絶望した氏政は、「当方終には可向滅亡候哉、上州勝頼之物に罷成候（当方は遂に滅亡に向かっている。上州は勝頼のものになってしまった）」とまで書状に記している。

　三月十四日早朝、沼津三枚橋城内で、勝頼が朝食をとっているところに、土屋昌恒が駆け込んできた。

「殿、北条水軍が浮島ヶ原沖に現れました！」

「何！」

　箸を擱いた勝頼はすぐさま出陣を命じた。

「敵は安宅船《あたけぶね》十艘《そう》という大船団、千本松原まで迫り、大筒《おおづつ》で砲撃を始めておるとのこと」

「岡部、小浜《おばま》、向井はどうした！」

　岡部貞綱、小浜景隆《かげたか》、向井政勝は、武田水軍の主力を担う海将たちである。

「敵の攻勢がやむまで、清水湊にとどまり、情勢を観望するとのことです」

「なぜだ！」

「まともに戦っては、こちらに利がないと申しております」

「士気に関わる。すぐに出帆させろ！」

彼我《ひが》の戦力差を考慮し、船手衆が動かないことは妥当な判断かも知れないが、全軍の士気にも関わることである。何らかの対抗策を講じることは必要であった。

浮島ヶ原は沼津千本浜に面した低地である。湿地帯のところどころに島が浮くように陸地が見えたため、浮島ヶ原と名づけられた。

富士山と積乱雲が大きな影を落とす浮島ヶ原には、塩焼きの煙が立ち上り、雄大な風景が広がっていた。その塩焼きの煙を引き裂くように、勝頼は浜に至る一本道を疾走した。

その間も砲声は、天地を揺るがすばかりに続いている。

あとわずかで千本浜というところで、勝頼の間近に着弾した。轟音《ごうおん》に馬が驚き、勝頼を振り落としそうになったが、すんでのところで勝頼は踏みとどまった。見ると、先ほどまであった松の木が根方から粉砕されている。

「殿、ご無事か！」

ようやく土屋昌恒らが追いついてきた。

「心配要らぬ！」

「殿、敵の大筒の威力は凄《すさ》まじい。われら負けじと岸から鉄砲を撃ち掛け、応戦いたしたが、安宅船は無垢《むく》の厚板で覆われているため効果なく、いったん、筒衆を後方に下がらせたとのこと」

「何の抵抗もできぬのか」

「残念ながらどうにもなりませぬ。殿、ここはいったんお退き下され」

北条水軍は横隊になって砲撃を行い、沼津千本浜から吉原海岸沿いに築かれた武田の陣と堀を破壊した。この堀は北条水軍の上陸を阻止するため、突貫工事で設けられたものだった。

「わが水軍はまだか！」

「すでに清水を出帆したはず。しかし風が逆！」

確かに北東風が吹いている。これでは、海路九里の遠方にある江尻、清水から沼津沖に到達するには、半刻《はんとき》（一時間）以上はかかる。

一方、北条方の水軍拠点重須《おもす》長浜城は、沼津まで海路二里の距離である。順風であれば小半刻（三十分）で浮島ヶ原を攻撃できる。当然、北条水軍はそうした風向きを計算に入れ、攻撃を仕掛けてきたに違いなかった。

「致し方ない。陣と堀をすべて放棄し、全軍、内陸まで撤退！」

劣勢の武田水軍が考えねばならない戦法上の工夫を、北条水軍に先んじられてしまった口惜しさに、勝頼は唇を嚙んだ。

「いまに見ておれ！」

勝頼は馬に鞭《むち》をくれた。

この日、武田方の陣地を破壊し尽くした北条水軍は、武田水軍が駆けつける前に、伊豆方面に撤退した。

この後、天正十年（一五八二）まで幾度か両軍の間で海戦があったが、明白な勝負《かちまけ》はつかなかった。この一連の駿河湾水軍戦は、武田方に消耗を強いるという北条方の決戦回避の姿勢が、色濃く出たものであった。

　夕日が沈む駿河湾を見下ろしながら、勝頼は怒りに震えていた。

　水軍の戦力差は歴然だった。しかも、いかに己が優位であろうと、北条方は決戦を回避し、武田方に消耗戦を強いてきた。いつもながら、退勢を一気に挽回《ばんかい》すべく、〝無二の一戦〟を挑む勝頼であったが、氏政は最後の一線を越えず、けっして危険を冒そうとはしなかった。

（これでは策の立てようもない）

　勝頼の焦慮は深まるばかりだった。

（水軍戦で敵を撃滅しない限り、伊豆を獲ることは叶わぬ。しかも、彼我の戦力差は歴然である。この差を詰めるのは容易ではない。策を仕掛けても、相州は危険を冒すような戦い方をしない。このままでは、いつまでたっても伊豆を獲ることなどできぬ。一方、伊豆同様、金鉱脈が眠っているという秩父はどうだ。釣閑の言に従い、秩父の入口を扼《やく》する鉢形城を攻めに攻めたが、一向に落ちる気配はない）

　勝頼は、釣閑の策が机上の空論に過ぎないことに、ようやく気づいた。釣閑の戦略は、一見、理に適っているように思えるが、実戦経験が少ない分、敵方の戦略に対する洞察力を欠いていたのだ。

（所詮《しょせん》、吏僚の浅知恵か）

北条家の強大な水軍戦力は伊豆防衛のための抑止力として使われていた。また、その狡《こう》猾《かつ》な戦術は、武田方に消耗を強いるという一点に集約されていた。これらをあらためて目の当たりにした勝頼は、釣閑の戦略がいかに現実味を欠いていたかを思い知った。

（このまま東奔西走を強いられ、最後には力尽きて滅びるのか——）

勝頼は、己の力だけではどうにもならない深い穴に落ちてしまったような気がした。

（それであらば、残り少なくなった軍資金の使途を再考せねばならない。無為な戦で使い切ってしまう前に、安房（真田昌幸）の構想を実現すべきではないか）

勝頼の鬢《びん》を海風がくすぐった。しかし、勝頼は己の思念の海に沈み、それを気にかける風もなかった。

やがて、夕日はゆっくりと沈んでいった。小姓《こしょう》や従者が心配そうな顔をし始めた頃、勝頼はようやくわれに返り、引き上げを命じた。


勝頼が沼津在陣を続けている間、武田、北条双方の北武蔵での衝突も続き、三月二十七日には武田逍遥軒と北条氏邦が上武国境倉賀野《くらがの》・八幡崎《はちまんざき》で合戦を繰り広げた。この戦いは武田方が優位に進め、四月十日に、逍遥軒が北条方の那波氏領に禁制を下している。

四月、上方《かみがた》で今後の戦局を左右する大きな動きがあった。信長と本願寺顕如光佐《けんにょこうさ》との和議が成立し、石山本願寺が大坂の地から紀州雑賀に退去したのだ。

信長は、この年の正月には播磨《はりま》国三木城の別所長治《ながはる》を自害に追い込み、播磨一国の平定に成功しており、西国での勢力伸張には著しいものがあった。

信長と本願寺の和睦《わぼく》は武田家にとって由々しき事態だった。本願寺顕如の正室は信玄の正室三条夫人の妹であり、こうした関係から、本願寺と武田家は緊密な関係を築き、信長包囲網の中核を成してきた。しかし、その時代も終わりを告げた。

この情勢に呼応するかのように、家康は再び駿河に侵攻を開始、田中・持舟両城を攻撃してきた。このときの攻撃は、在城部隊だけで何とか凌いだものの、武田、徳川間にあった力の均衡は、いよいよ崩れつつあった。

五月初旬、この知らせを受けた勝頼は遠江に向かった。


広厳院の境内には色とりどりの山躑躅《やまつつじ》と芍薬《しゃくやく》が咲き乱れていた。武田館に躑躅ヶ崎館という名が付けられたくらい、当時の府中周辺は、躑躅が咲く美しい地であった。ここ広厳院もその例に漏れず、花の咲き乱れる美しい寺だった。

その境内に、目深《まぶか》に市女笠《いちめがさ》をかぶる二人の女が走り込んできた。桂と浅茅である。しかし、二人は躑躅の美しさを楽しむゆとりもなく、慌しく雑掌《ざつしよう》長屋に入った。

「御方様、お久しゅうございます」

その一室で二人を待ち受けていたのは、小宮山内膳であった。

内膳の旅焼けした顔は以前にも増して精悍《せいかん》になっていた。

「内膳、達者で何よりです。それにしても、よく府中に戻れましたね」

「出奔して間もない頃は、草や素破《すっぱ》に付け狙われておりましたが、さすがに御屋形様や釣閑も、それどころではなくなったのでありましょう。近頃は身の危険もなくなりました」

「そなたが府中にいると聞き及び、矢も盾もたまらず参りました」

「御方様に知られるほどであらば、わが身も危ない」

桂は思ったことを口にしてしまい、恥ずかしげに俯《うつむ》いたが、内膳はそれを意に介さず、白い歯を見せて笑った。

「そなたのような忠臣を、家内では不忠者呼ばわりする者さえおります。わたしにはそれが残念でなりませぬ」

「言いたい者には言わせておけばいいのです。長いものに巻かれている連中に、それがしの気持ちはわかりませぬ」

内膳は恬淡としていた。逃避行が内膳を一回り大きい漢《おとこ》にしたようである。

桂は、会う度に大きくなる内膳という男に不思議な魅力を感じた。

「ところで、関東はいかがでありましたか」

内膳は顔を曇らせ、「北関東は、武田・佐竹両軍と、北条方の角逐《かくちく》の場と化し、家と糧を失った民の呻吟は言語に絶するものとなっております」と語った。

「何と恐ろしい——」

「北条家には、武田家に同情的な人々もおるとはいえ、ここまで随所でぶつかってしまっては、和睦への道は閉ざされたも同じ」

桂は、いよいよ己の存在が無意味になりつつあることを覚らざるを得なかった。

「しかし北条家は、その過去の教訓から、武田家との同盟が最も益あることを承知しております。武田家が西の障壁を成している限り、北条家は西方勢力からは安泰。この障壁がなくなれば、直接、織田・徳川と国境を接することになり、その方がよほど危ないと心得ておりましょう」

「そこなのです。わたしがお尋ねしたかったのは」

桂が膝を乗り出した。

「確かに、小田原に和睦を持ちかける隙はあると、それがしも見ております。特に、普段は強硬派の奥州様（氏照）が、此度は全く戦場に出てきていない。これが何を意味するのか――」

「わたしも同じことを考えておりました。北条家では、武田家から和睦を持ちかけられた際、直接、手を下していない奥州を前面に立て、交渉を行おうとしているのではないでしょうか」

「そうとも考えられます」

内膳は無精髭《ぶしょうひげ》をしごきつつうなずいた。

「内膳殿、お願いがございます」

「それがしにできることであらば何なりと」

「奥州に会い、その真意をお確かめいただけませぬか。もしもの折は、客分でも旗下でも構いませぬ。上様を匿《かくま》ってもらえまいか」

「なるほど」

「わたしが行けるものなら飛んで行きたい。ただ行ってしまえば、二度とここには戻れぬ」

「仰せの通り」

桂は、武田家が置かれた状況を理路整然と説明した。

信長・家康・氏政の三者が武田領に同時に攻め入った場合、武田家は未曾有《みぞう》の危機を迎える。西の木曾、南の穴山、東の小山田という国人領主化しつつある三人に運命を託すことになるが、この一角が崩れれば、武田の防衛線は雪崩を打って瓦解《がかい》する。唯一の頼りは北の上杉だけだが、景勝は混乱する国内の統一に躍起になっており、全軍を率いて助けに来られる状況にない。持久戦に持ち込みたくとも、敵の大軍に抵抗できるだけの大城郭が武田家にはない。むろん籠城策を取れたとしても、後詰のない籠城では長くは持たない。

こうした状況は内膳も十分に理解していた。

「内膳殿、唯一の道は、奥州を通して徐々にでも北条家との交渉手筋を開いておくことではないでしょうか」

「確かに、仰せの通りですな」

「それではやっていただけますね」

「とは申しても――」

内膳は、自らには北条家八王子衆に親しい知己がいないこと、たとえ、桂の密書を携えていっても、親武田派の手筋を介さない限り、ことはうまく運ばないと語った。

「それでは小山田殿を頼ってはいかがでしょう」

桂がすがるように言った。

「小山田殿は小心な御仁、御屋形様に疑いを持たれるようなことをするはずもありませぬ。話がまとまっていない状態で小山田殿を頼れば、それがしは捕らえられ、御方様は放逐されることになりましょう」

「確かに――」

「それゆえ、こうしたものは寺社手筋が最も有効。武田家に誼を通じた寺社を通じ、北条家内の親武田派の重臣につないでもらうことができたら話は早いのですが――」

「寺社であれば、高尾山はいかがでしょう。有喜寺《うきでら》（高尾山薬王院）ならば、兄上の帰依も深い上、武田家からも、代々、寄進をいたしておりますので、都合がよいはずです」

「なるほど、それはよきお考えかも知れませぬな。有喜寺に快川紹喜様の手筋はありませぬか」

「上人様は美濃から来られたお方ゆえ、強い手筋はないはずです」

「そうですか――」

しばらく考えた後、内膳が顔を上げた。

「それがし、〝つて〟がないこともありませぬ」

「それは真ですか！」

藁《わら》にもすがらんばかりに、桂は身を乗り出した。

「紹喜様の添え状をいただければ、何とかなるやも知れませぬ」

「わかりました。それは何とかいたします」

桂は小躍りせんばかりに喜んだ。

それから数日後、すべての手はずを調えた内膳は、東へ向かった。

七

天正八年（一五八〇）六月三十日、北条家の上野国最大の橋頭堡《きょうとうほ》ともいえる沼田城が、真田昌幸の手によって、遂に武田家の軍門に降った。

名胡桃城を拠点とした昌幸は、一月三十一日、沼田城の支城である明徳寺城を攻略し、沼田城下に放火の上、家老の矢沢頼綱に包囲させた。さらに、三月には、自ら本格的攻撃を開始、四月、五月と段階的に各曲輪《くるわ》を制圧、そして、六月三十日、城将の藤田信吉を投降させ、攻略に成功した。この間、厩橋、白井などの連絡拠点が、すでに武田方に転じているため、北条家は沼田城に後詰の派遣ができなかった。

一方、三月の浮島ヶ原沖海戦以来、緊張が高まる駿豆国境であったが、その後、大きな衝突はなく、六月末に氏政が小田原に引き上げるのを見届けた勝頼は、ようやく府中に帰還した。

府中に帰って早々、勝頼は重臣会議を召集した。四囲に敵を抱える中、前線の城代や城将らの参加は叶わなかったものの、躑躅ヶ崎館大広間には、逍遥軒、信豊、盛信、穴山信君ら親類衆と釣閑、大炊助ら側近が居並んでいた。

開口一番、勝頼は誰も予想だにしなかったことを発表した。

「わしが以前から考えていたことを実現する時が、いよいよまいった」

勝頼の意外な言葉に、釣閑と大炊助は顔を見合わせた。

「皆も承知だと思うが、長きにわたり、武田家は籠城戦に堪えうる城を持たなかった。かつては、国中《くになか》（甲府盆地）全体を城砦《じょうさい》と化し、守り切るだけの自信も兵力もあったが、われらを上回る強大な軍事力を持つ外敵の侵攻が、あり得ないとされた日々は終わった」

勝頼は言葉を切り、巫女《みこ》が神託を下すように、厳かに言った。

「それゆえ、新たに城を築くことにする」

勝頼の宣言は重臣たちに衝撃を与えた。それが、かつての信玄の方針を覆すものだったからである。

「御屋形様、詰城であれば、丸山の城（要害山城、積翠寺《せきすいじ》城）がありまする」

早速、穴山信君が反発した。

「丸山では数万の敵軍を数日も支えられぬ。あの城は手狭で、兵力を集中配備させることができぬからだ」

「それでは、いずこに新城を築かれるおつもりか」

「それは――」

勝頼は大きく息を吸うと言った。

「韮崎だ」

重臣たちの間にため息が漏れた。中には、「やはり」という顔をして、うなずいている者もいる。かねてより、彼らは勝頼と昌幸の構想を漏れ聞いていたからである。

「しかし、詰城としてははちと遠すぎまするぞ」

信君が当然の疑問を口にした。

「ああ、詰城ではないからな」

「えっ！」

「甲斐の国府を移転させる」

「何と！」

驚く重臣たちを尻目に、勝頼は、かつて桂に語ったのと同じ韮崎選地の様々な利点を述べた。

「何も国府まで移転せずとも、よろしいではありませぬか」

穴山信君がなおも食い下がったが、勝頼は、反駁《はんばく》をあらかじめ予想していたかのごとく切り返した。

「これからは商いの時代だ。この手狭な府中では城下の広がりも限界がある。商いの発展には、各地の商人や職人が集住できるだけの広い地が必要だ。しかも韮崎の地は、釜無川の流れに乗れば、富士川を経て、容易に江尻や駿府に抜けられる。これほど商いに適した地はない。軍事にも商いにも韮崎以上の地はないのだ」

「しかし、それは――」

信君はさらに何か言いたそうな様子だったが、結局、黙った。

韮崎移転により、勝頼は江尻城を本拠とする信君の首根っこを押さえる形になり、信君としては、これ以上の反論をすると、あらぬ疑いをかけられるからである。

(何たることか)

釣閑は、勝頼が何の相談もなく国府移転と新城構築を発表したことに、内心、憤慨していた。確かに、かつてそのような計画を耳にしたこともある。しかし勝頼とは、越後の金を元手に、金鉱脈の眠る北条領国を奪うという方針で一致しているはずと思っていた。

(ただでさえ軍資金にこと欠く昨今、国府移転という大事業の資金をどこから捻出《ねんしゅつ》するつもりか)

釣閑の胸内に、沸々《ふつふつ》とした怒りが湧いてきた。

釣閑が膝を進めた。

「恐れながら――」

「何だ！」

発言を求めたのが釣閑と知った勝頼は、強い口調で応じた。

「新城構築のみならず、国府移転ともなると、われらの考えが及ばぬほどの〝費え〟が掛かりまする。それをいかに調達するおつもりか」

「そのことか――」

勝頼は平然と続けた。

「戦果の上がっている上野戦線以外は国境を固め、出戦《でいくさ》を控えることで、散用（出費）を抑える。そして、残る越後の金すべてを国府移転に使う。さらに、領民にかかる諸役を減免し、彼らの得分（所得）を増やし、物資の流通を促す」

「お待ちあれ、商いで国家を成り立たせようというのは、それがしの持論でありますが、そのためには時を要します。ましてや、せっかくじわじわと上げてきた関銭等を旧に戻しては、国家の計会が立ち行きませぬ」

釣閑も重商主義者であったが、即効性のある財政政策以外に、逼迫した武田家の経営を救う術《すべ》はないと考えていた。しかし、勝頼はその意見に真っ向から反駁した。

「それがいかんのだ。おぬしらの言に従い、関銭等を上げてきたが、それが逆に領国内の物流を停滞させている。人から搾取するばかりでは、国家は富まぬ」

勝頼は、昌幸と語り合ってきた財政再建策をとうとうと述べた。しかし、釣閑も負けてはいなかった。

「われらに今、必要なものは金《かね》でござる。敵領土を制圧し、領民に多くの関銭、棟別銭《むねべつせん》を課し、さらに新たな金山を開発していかねば、織田・徳川・北条には抗し難いこと明白」

「いや、今は堪えるときだ。草木を育てるように商いを保護し、徐々にではあっても、われらの蔵入金《くらいりきん》を増やしていく。だからこそ城が必要なのだ。織田・徳川・北条に、同時に攻め込まれた時、われらは堅固な城に拠り、越後の上杉、上野の真田らが駆けつける暇を稼がねばならぬ。ここ府中でそれは無理だ」

激論が戦わされた。しかし、今回ばかりは一歩も退かないという勝頼の気魄《きはく》に押された釣閑が、最後には退き下がり、韮崎移転は正式なものとなった。しかし、肝心の税制改革はうやむやにされ、民への負担は軽減されなかった。窮迫した武田家の財政を支えるためには、それもまた致し方ないことでもあったのだ。

いずれにしても、勝頼は釣閑を制し、自らの意見を通した。それは武田家内における官僚主導体制の静かな終焉《しゅうえん》を意味した。これ以後、武田家内では、穴山信君、武田信豊、真田昌幸の発言力が急速に増し、官僚たちは後景に退いていくことになる。

この後、釣閑は病と称し、出仕が滞るようになる。このまま執政の座に居座り続けても、その発言権はすでにないに等しく、面目をつぶされるだけと判断してのものだった。年齢的にも、釣閑が半ば隠退ということは、誰の目にも明らかであった。

その日の夜、勝頼の御座所に仁科盛信が訪ねてきた。

「兄者、今日は見事でございましたな」

盛信が携えてきた濁酒《どぶろく》を勝頼に勧めた。

「今日だけは退くまいと思っておったからな」

「それでこそ兄者だ」

兄弟は満面笑みを浮かべて盃をあおった。

「わしは今まで、釣閑の言いなりに政務を執り行い、兵を動かしてきた。わしは長篠での大敗に学ばず、御館の乱では、何の見込みもないまま場当たり的に計策の転換を図り、苦境に陥った。その結果がどうだ。四囲を敵に囲まれ、身動きさえ取れなくなっている」

「兄者、それに気づいただけでもまだましだ。わしも今までは、酒と女にうつつをぬかし、〝かぶき者〟を気取っていた。しかし、これからは違う。兄者を助け、武田家を守り立てていくつもりだ」

「そうか──」

勝頼が感慨深げに盃を干した。

「兄者、わしは北条家のことはよくわからぬ。ただ雑説では、彼の家は一時《いっとき》の情に流されず、冷徹な判断を下せると聞く。評定《ひょうじょう》という仕組みがあり、そこには当主の判断を上回る権限があるからだという。たとえ三郎殿を兄者が見捨てたからといって、北条家の評定衆は先々を見据え、情に流されない判断を下すであろう。しかも、彼の家もわが家同様、信長の脅威に危機感を抱いておる。歩み寄るのは今ではないか」

「それを申しに参ったのだな！」

勝頼の顔が急に強張った。

「新しき城を築き、北条家と結べば、信長とて容易に手が出せぬはず」

「計策とはそれほど単純なものではない。佐竹には義を欠くことになる上、相州と家康が同盟を結んだ今となっては、すでに手遅れだ」

「佐竹のことはもっともだが、北条とのことは、わしは手遅れとは思えぬ。北条は消極的な動きに終始し、こちらからの働きかけを待っているような気がする」

「そうではない。相州は家康と示し合わせ、われらを消耗させ、自壊させようとしておるのだ」

「それは考え過ぎだ。こちらから辞を低くして歩み寄れば、話に乗らぬとは限らぬ」

「いや、もう手遅れだ」

「そんなことはない。兄者にその気があれば、手筋もあるではないか」

「桂のことか」

盛信が首肯した。

「おぬしは、桂に言いくるめられて参ったのだな」

「そうではない」

「いや、そうに違いない。桂はおぬしをも取り込んだのだ」

勝頼の瞳が憎悪に燃えた。

盛信は、勝頼の生い立ちからここに至るまでの様々なことに思いを馳せた。

権謀術数の権化であった父信玄と、第二の父ともいえる稀代《きたい》の謀略家長坂釣閑に振り回された人生がそこにあった。

（無理もないことだ）

盛信は、勝頼の屈折した思考や心理に同情した。しかし、己のごとき若輩者の力では、勝頼の頑な心をこじ開けられないこともわかっていた。

盛信はあっさりと座を払った。ただ、その去り際に一言だけ言い残した。

「兄者、御方様は芝蘭のごとき心を持った女人《にょにん》だ。それだけは間違いない」

しかし、勝頼は口を真一文字に結んだまま、何も言わなかった。

八

天正八年（一五八〇）の夏は瞬く間に過ぎていった。特に勝頼には、そう思えたに違いない。

六月末に黄瀬川の陣を引き払った氏政の代わりに、七月二十日、氏政嫡男の氏直が黄瀬川河畔まで大軍勢を率いてきた。同時に、家康は高天神、田中両城に同時攻撃を仕掛けてきた。徳川と北条が申し合わせているのは明白だった。

八月初旬、勝頼は黄瀬川西岸まで進出し、沼津三枚橋城の修築を行わせた。十月に予定している上州侵攻作戦を実施する上で、河東戦線の防備強化は必須《ひっす》なためである。

勝頼の方針は明快だった。残された国力を国府移転と上野国の勢力拡大に傾注し、そのほかの地域では防衛に専心し、敵に付け入る隙を与えないというものだった。

一方、武田勢が積極的に仕掛けてこないことを確認した氏直は、いったん小田原に帰還した。この急な帰還は家督相続のためだった。

八月十九日、小田原では氏政から氏直への家督相続の儀式である軍配団扇の譲渡が華々しく行われた。これは、信長との絆《きずな》を強めたい氏政が、信長の娘と氏直の縁組を願ったところ、信長からは氏直を当主に据えることを条件に、これを認めると通告してきたための措置であった。


西方から張り出した雲の色がだんだんと濃くなってきた。遠州灘《なだ》からは雷鳴が聞こえる。鍋、釜《かま》、椀《わん》を持ち出す音で、堀の中が騒がしくなってきた。

「親父殿、一雨ありそうな――」

帯刀の声に監物が薄く目を開けた。栄養失調のためか、近頃の監物は、顔が黒ずみ目立って元気がなくなってきている。長引く戦場生活が、六十をとうに超えた監物の肉体を蝕《むしば》み始めていることは明らかだった。

「これで、当面の水不足は解消されましょうな」

帯刀は、監物の気持ちを鼓舞するように言った。

「そうだな」

しかし監物は、半眼のまま、そう呟いただけだった。

やがて、黒雲が空を覆い、雨が降り出した。

武士も足軽《あしがる》小者もなく、皆、天に向けて大きく口を開け、全身に雨を浴びた。

子供の頃、長い日照りの後に雨があると、村人たちに笑顔が戻り、大人も子供も田んぼで踊り狂ったことを、帯刀は思い出した。そんな夜には、必ず汁講《しるこう》があり、雨で飛び出してきたところを捕まえた蛇や蛙やザザムシ（水生昆虫の総称）を味噌《みそ》鍋にして食らったものだった。

（あの頃は楽しかった）

帯刀は、顔いっぱいに雨を浴びて恍惚《こうこつ》としていた。

（気分がいいのう）

そのとき、監物の声が堀内に響いた。

「戻ったぞ！」

寝入っているとばかり思っていた監物が、すでに堀から身を乗り出し、敵のいる方角を窺《うかが》っている。

やがて、雨の中をひた走る音が聞こえてきたかと思うと、麦や雑穀を満載した荷駄と、それを囲んだ男たちの姿が視野に捉えられた。その背後からは、雨を切り裂くように矢が追いかけてくる。

「木橋を架けろ！」

監物の声に、帯刀たちは堀内に寝かせてあった木橋を渡した。何人かは、堀の前を塞《ふさ》いでいた虎落《もがり》を左右に押し分けている。そこを荷駄が次々と走り抜けていった。その間も、背後から追いすがる矢に射貫かれた幾人かが、隊列から落伍していく。

(四郎左——)

帯刀は反射的に飛び出し、負傷したらしき一人に肩を貸した。それは四郎左ではなかったが、帯刀は四郎左のつもりで、その男を助けた。

二人が揃って堀の中に倒れ込むと、その頭上を矢が通過していった。

人心地ついた頃、その男の傷口に金瘡薬《きんそう》を塗ってやると、男は帯刀に何度も礼を言った。

(わしが仲間を救うことで、四郎左も仲間に救われる)

帯刀は、四郎左を救ってくれた辻弥兵衛に対する恩返しの意を込めて、以前にも増して仲間を助けることに懸命になった。しかし、いくら待っても四郎左の姿は見えなかった。

(四郎左はまだか！)

迎えに出たい衝動を抑えつつ、帯刀は自らの持ち場に戻った。やがて最後の荷駄が駆け抜けていった。

帯刀が林間を凝視したその時、樹叢《じゅそう》の間を獣のように走る二つの影が、堀の中に飛び込んできた。四郎左と辻弥兵衛であった。二人は泥だらけであったが、どこにも傷を受けてはいないようである。

心中、帯刀は安堵《あんど》のため息を漏らした。

荷駄を追ってきた敵は、堀の近くまで押し寄せ、矢を射掛けてきたが、片切隊の激しい応戦にひるみ、やがて退いていった。

「危なかったな」

「辻様は逃げ足も速い」

二人は泥だらけの顔をくしゃくしゃにして笑い合っていた。それを横目で見つつ、帯刀は四郎左が急速に成長しつつあることを知った。すでに、帯刀や監物が庇う必要のない一人の武士が、そこにはいた。

四郎左は帯刀など眼中にないといった様子で、楽しそうに弥兵衛と語らっている。

（一人前面しおって）

今まで監物や帯刀を軍神のように崇《あが》めてきた四郎左が、外の世界を知り、別の勇者に惹《ひ》かれていくことに、帯刀は軽い嫉妬《しっと》を覚えた。しかし、それが成長であると、己に言い聞かせた。

「苦労であったな」

「何ほどのこともない」

監物が弥兵衛に竹筒を渡したが、弥兵衛は礼も言わずに竹筒を受け取ると、一気にのみ干した。そして、それを監物の了解を得ずに、四郎左に渡した。四郎左は空《から》になった竹筒をのぞいて何か戯言を言ったようだ。弥兵衛と周囲がどっと沸いた。

監物は柔和な微笑を浮かべていたが、身の置き所がないように立ち尽くしている。

（あれは親父殿が大切にのんでいた真水《すまし》ではないか。陣借りの分際が、一手の将に対する態度ではない）

自分のことならまだしも、監物がないがしろにされることに、帯刀は無性に腹が立った。

確かに、弥兵衛は帰参が叶いさえすれば、武田家の中核を成すであろう人材である。そこには、初老の先方衆物頭《ものがしら》とは比べものにならない人生が開けている。それが時折、弥兵衛の態度に出る。

四郎左は別の仲間から水をもらい、それをのみながら得意げに何かしゃべっている。むろん、監物に挨拶さえしない。

（初めは親父殿の前で緊張して、ものも言えなかったくせに）

帯刀は殴りつけてやろうかとも思ったが、他人の目もあるのでやめた。たとえ親子であっても、仲違《なかたが》いは殺伐とした雰囲気を隊内に作る。それは、監物が最も嫌うものの一つだった。

「辻殿のおかげで、刈り働きはうまくいったようだの」

「いや、麦はほとんど刈られている。わずかに残った雑穀を刈っておったら敵に見つかった。誰も殺されんかったが車を二つ置いてきた。割に合わん仕事だ」

監物の問いかけに、弥兵衛が吐き捨てるように答えた。

「それでも、辻様は敵を討ち取りました」

弥兵衛に阿《おもね》るような四郎左の言い様が、帯刀には情けなかった。

「それは大した働きでござったな。早速、横田殿にお伝えいたそう」

その言葉を聞いた弥兵衛の顔色が変わった。そして、竹筒を投げ捨てるとぞんざいに言った。

「余計なことはせんでいい。尹松などに伝えても、馬の糞にもならん」

四郎左をはじめとした数人がどっと沸いた。一方、顔をつぶされた恰好の監物は、所在なげに苦笑いを浮かべている。

(息子の命の恩人でなければ——)

帯刀は張り倒してやろうかと思ったが、たとえ命の恩人でなくとも、小心の帯刀には、そんなことができようはずもなかった。

監物の守る支撐《しとう》陣地で一休みした弥兵衛は、一人、無言で城内に戻っていった。それを見届けた監物は、再び同じ場所に腰を下ろし、先ほどと同じように目をつぶった。

今回だけは監物の特別の許しを得て、弥兵衛の麾下《きか》に加わった四郎左だったが、本来の所属は片切隊のため、名残惜しそうに弥兵衛を見送っていた。

不機嫌そうに座っている帯刀の横に、四郎左がやって来た。

「父上、此度の辻様の手際をお見せしたかった」

「そうかの」

「敵に気づかれず、われらは雑穀を刈り、車に載せていた。辻様は悠然と構え、周囲を警戒していた。『慌てるな、ゆっくりやれ』、とまで申していた。そのうち、辻様は『周囲を探ってくる』と言い残して消えた。われらは刈り働きが終わったのに帰るに帰れず、いらいらしとった。そこに辻様が戻ってきた。その背後から敵が迫っていた。辻様はわれらを先に走らせ、一人で殿軍《しんがり》を担った。先に行けと、しきりに促されたが、わしも辻様とともにその場に踏みとどまった。すると辻様は、わしの見ている前で、追いすがる敵を一刀の下《もと》に斬り倒したのだ」

「ふむ」

「父上、わしは辻様とともに戦ったのだぞ」

「それがどうした」

帯刀が関心なさげに大あくびをすると、四郎左は不貞腐《ふてくさ》れて行ってしまった。その後ろ姿を、帯刀は悲しげに見送った。

「四郎左も大きゅうなったな」

横で居眠りしているとばかり思っていた監物が、声をかけてきた。

「なに、まだまだ子供です」

監物に心中を見透かされたようで、帯刀は恥ずかしかった。

「そう思いたいのは親だけだ。子供は外の世界に触れて大きゅうなっていく。四郎左とて例外ではない。それを黙って見守ってやるのが親の役目だ」

「そういうものですかの」

帯刀は、怒りとも寂しさともつかない割り切れなさを感じた。見ると、監物は傍らの割れ鍋に溜《た》まった水を、器用な手つきで竹筒に移している。

帯刀はその横顔に老いの影を見た。

(わしも親父殿のように、老いていければいいのだが)

儚い望みとは知りつつも、帯刀は、当たり前に生きて、当たり前に老いたいと思った。

「それにしても今の話、ちと奇妙に思えぬか」

寝ているようでいて、監物は四郎左の話を聞いていた。

「何のことで」

「弥兵衛という男、刈り働きの荷駄隊を率いることを己から志願したと聞いたが、物見《ものみ》にもよく出ている。見ての通り、あんな気位の高い男が、よくそのような下働きを志願するものだと思っておったが、今の話を聞いていると、刈り働きの最中にも、おかしな行動を取ったものだな」

「と、申されると」

監物は、弥兵衛が刈り働きの最中に消えたことを指摘した。徳川方と接触する機会は、物見に出るか、刈り働きの時以外にない。弥兵衛が敵を率いてくるように現れたのも理由がある。急場ともなれば、不可解な行動を取っても、誰も疑念を抱く暇もないからだ。殿軍を担ったのもわざとらしい。今回は四郎左がしつこくつきまとったため、やむなく雑《ぞう》兵《ひょう》を斬り倒したが、本来は適当にあしらいつつ戻るつもりだったのだろう。しかも、その話が聡明《そうめい》な横田尹松の耳に届くことを嫌った。

監物は、その日なたくさい顔に似合わない鋭い指摘を次々と並べた。

「つまり親父殿は、先ほど、横田殿の名を出して探りを入れたのだな」

「ああ」

「なるほどな、親父殿はやはり利巧者だ」

「年ふりているだけだ」

監物はさも当たり前のように言った。

「して、これからどうする」

「どうもこうもない。どれも証拠のない話だ。忘れよう」

「しかし——」

帯刀はさらに問いたかったが、すでに監物は目を閉じていた。帯刀は割り切れない気持ちを抱きながら、監物の皺深い横顔を見つめていた。

九

九月初旬、北条方の小仏《こぼとけ》城山の関を一人の修験者が通過した。修験者は高尾山に所用ありとのことで、快川紹喜の書状を示したため、怪しまれることなく関を通過できた。

修験者が高尾山に入ると、それから数日後、数人の武者が高尾山有喜寺を訪れ、件《くだん》の修験者とともに山を下った。一行は北条氏照の本拠滝山城に向かった。

その修験者こそ小宮山内膳であった。内膳はかつて助けられた高尾山の僧堯覚を頼り、氏照に謁を請うた。堯覚は内膳の話を聞き、滝山城の氏照に渡りをつけた。それを聞いた氏照は、すぐに迎えを寄越したという次第であった。

北条氏照は、北条家四代当主氏政の次弟として、北条家の関東制覇の一翼を担ってきた傑物である。西武蔵から下野、下総《しもうさ》までをその支配下に置き、北条家の所領二百八十万石のうち、六十万石を領するといわれていた。

滝山城の千畳敷で、内膳は氏照と対面した。

「そなたが小宮山内膳佑殿か」

「はっ」

内膳は上目遣いに氏照を見た。

氏照は、関東一の猛将と謳われる人物とは思えない穏やかな風貌《ふうぼう》をしていた。

「父上は惜しいことをした。お会いしたことはないが、その勇名は東国の隅々にまで鳴り響いていた」

内膳の父丹後守虎高は、元亀元年（一五七三）の二俣城攻防戦において討死を遂げていた。

「そうまで申していただければ、父も草葉の陰で喜んでおりましょう」

「こちらこそ、彼の勇者のご子息に会えて光栄だ」

「ありがたきお言葉」

若輩の上、流浪《るろう》の身の内膳を、丁重な言葉で遇する氏照の思いやりに、内膳は熱いものがこみ上げてきた。

「堯覚に危急を救われたそうだな。あれはここらでも手に負えぬ荒法師だ」

氏照の笑いが邸内に響くと、居並ぶ家臣たちもつられるように笑った。それだけでも、主従の仲の良さが感じられる。

「あの時は参りました」

「その一件により、貴殿とわしは、こうして会うことができた。世の中、何が幸いするかわからぬ」

氏照はそう言うと、桂の様子について問うてきた。

「御方様は、一時は絶望し命を絶とうとさえしました。しかし、今は甲相一和のため、必死に生きんとしております」

内膳は、甲斐での桂の様子をその知る限り語った。氏照は瞑目し、内膳の話に耳を傾けていた。

話が終わった時、氏照の瞳に光るものがあった。

「桂、許せ——」

聞こえぬほど小さな声で、氏照が呟いた。

「御方様から託されたものが、こちらにございます」

懐から桂の書状を取り出した内膳は、小姓を通じて氏照に渡した。

それを読んだ氏照の顔色が瞬く間に変わった。

「主旨は了解した。しかし、われらは徳川のみならず、織田とも同盟締結交渉を進めている。それを承知の上での話か」

「もとより——」

内膳は大きくうなずくと、膝を進めた。

「織田家の野心が天下統一にあり、武田滅べば、上杉、北条も次々とその歯牙《しが》に掛けられるであろうことは明白。ただし、今の北条家の立場として、織田家と結んで武田家と敵対することはやむなし。それこそ武田家の身から出た錆《さび》。しかし、織田・徳川・北条が三方から攻め入れば、武田家は滅ぶ。武田家滅んだ後、信長が広大な北条領国を放置することがあり得ましょうか。おそらく信長は、ことあるごとに難題を突き付けて北条家を追い込みましょう。そのときに備えて、秘密裡《り》にわが主を匿っておけば、いざという際に武田旧臣を糾合できまする。彼らを甲斐で蜂起《ほうき》させれば、信長を東国から駆逐することも困難ではありませぬ」

弁舌がけっして得意ではない内膳であったが、武田家の命運はここに懸かっているとばかりに力説した。氏照は瞑目し、内膳の話を傾聴しているようだった。

「東国が一つにならねば、西国の脅威に抗することは叶いませぬ」

内膳が語り終わると、氏照がゆっくりと目を開けた。

「主旨は承知した。小田原の大殿（氏政）と語らった後、ご返事いたそう」

畳に額を擦り付けんばかりに平伏する内膳に、氏照は言った。

「三郎を殺されたことは兄として口惜しい。われらを足蹴《あしげ》にするかのように、甲越が同盟を結んだことも無念だ。しかし民を統べる者は、それら私怨《しえん》を捨て去り、大局に立って計策を練らねばならぬ。われら織田家に誼《よしみ》を通ずるといっても、信長を信じてのことではない。面従腹背も武略の一つ。われらはあらゆる雑説《ぞうせつ》を吟味しつつ、万が一に備えねばならぬ。それゆえ大殿はわしの出陣を止め、武田家に対して遺恨なきようにしていたのだ」

氏照が積極的に戦場に出張らないのは、桂と内膳が予想した通りの理由からであった。

「やはり、そういう意図でございましたか」

「それが武略というものだ」

氏照は苦い顔をして言った。

「それがしは、早速、郡内に入り、小山田殿と語らい、いざというときの内諾を取っておきまする」

「わかった」

そう言うと氏照は座を払ったが、去り際に言った。

「そなたほどの忠臣を持ち、四郎殿は幸せだな」

「はっ」

内膳は、武士としてこれほどうれしい言葉をもらったことはなかった。しかし、そんな自分が武田家から命を狙われているという皮肉を思い出し、寂しくもあった。

その後、岩殿城に小山田信茂を訪れた内膳は、すべてを洗いざらい語った。一つ間違えば、囚《とら》われの身になることも考えられたが、信茂は、元々、春日虎綱と意見が近く、虎綱の弟子たちに同情的な立場を取っていたので、了解を取り付けることは、それほど困難ではなかった。九月下旬、その報告を桂にするため、内膳は再び府中に潜行した。

九月、いよいよ勝頼は上野国侵攻作戦を発令した。それまでの上州戦線の主役だった真田昌幸は、新城の築城奉行を命じられ、勝頼と入れ違うように韮崎に入った。

一万の軍勢を率いた勝頼は、佐久《さく》往還を北上、小室（小諸）で東山道に入り、碓氷峠を越えた。勝頼は佐竹義重と連携し、上野国から北条勢力を一掃することを目指していた。

九月二十日、新田《にった》に陣を移した勝頼は、太田、小泉、由良、館林、富岡を席巻《せっけん》し、各城下を焼き払い、穫り入れの終わったばかりの穀物を奪い尽くした。

同時に、佐竹義重も足利《あしかが》表に進出し、足利、小山、館林などを攻撃した。

上野・下野は嵐が過ぎ去った後のごとき有様となった。男とみれば見境なく殺され、米穀や馬はもちろん、女子供までもが略奪の対象とされた。

これに対し、確固たる反撃姿勢さえ取れない北条家の威信は失墜した。

氏政は、広域牽制作戦を指向し、家康に高天神城攻撃を要請、自軍には黄瀬川を渡らせ、沼津三枚橋城を攻めさせた。

家康は要請に応じ、高天神城を攻めたが、この時も城を落とすには至らなかった。

一方、河東戦線では、沼津三枚橋城を守る曾根昌世、春日信達の部隊に反撃され、北条方は大平城際まで押し返される有様であった。今回の牽制作戦は全く効果がなかった。

九月下旬、北条家の上野国拠点城の一つである膳《ぜん》城が囲まれた。これを聞いた氏政は小田原を出陣、廏橋の二里南方の本庄に入った。しかし、〝無二の一戦〟を挑むべく、勝頼が利根川を越えると、氏政は躊躇《ちゅうちょ》なく撤退した。

九月下旬、佐竹義重が下野に侵攻し、有力国人の壬生《みぶ》・佐野両氏を従属させたという報が入り、北条家を取り巻く状況は悪化の一途をたどっていた。

十月三日、勝頼は、足利で佐竹義重と初めて会い、信頼関係を強固なものとするや、伊勢崎方面に転じ、大胡《だいこ》・山上の両城を落城させ、膳城を孤立させた。

十月初旬、遂に膳城を落とした勝頼は、城将の河田備前守はじめ守備隊の大半である六百四十三人を殺戮した。これにより、かねてから噂の絶えなかった金山城主由良国繁、館林城主長尾顕長兄弟が、遂に北条陣営から離反し、武田傘下に入った。氏政が最も恐れていたことが現実となったのだ。

これに安堵した勝頼は、利根川が増水し、これ以上の侵攻が困難となったこともあり、十月中旬、甲斐府中に引き上げた。

十一月、佐竹義重は小山・古河を攻撃、下野の有力国人皆川広照《ひろてる》を籠絡《ろうらく》した。この後、義重は下総に軍勢を展開、北条家の下総国一大拠点である飯沼城（逆井《さかさい》城）を攻略した。飯沼城は、北条家がその築城技術の粋を集めた最新型の平城《ひらじろ》であった。北条家に与えた衝撃は尋常なものではなかったはずである。

勝頼が去った後も、花菱《はなびし》の旗は榛名《はるな》山麓に翩翻《へんぽん》と翻っていた。

十一月下旬には、武田信豊が利根川を渡り、北武蔵に進撃、鉢形城に攻め寄せた。これを何とか退けた北条家であったが、遂に北武蔵まで、武田家の跳梁《ちょうりょう》を許すことになってしまった。

十二月に入ると、新城の経始《けいし》(設計と資材手配計画)に奔走する真田昌幸の名代として、真田勢を預かる矢沢頼綱が、長尾尻高《しったか》左馬助を猿ヶ京宮野城に滅ぼした。

これにより、上野・下野で、北条方の旗を下ろしていない有力国人は、富岡対馬《つしま》入道秀高(重朝《しげとも》)・六郎四郎父子を残すのみとなった。

勝頼の戦略転換は上々の滑り出しを見せていた。

一方の信長は、八月、石山本願寺に居座り続けていた本願寺顕如光佐の長男教如《きょうにょ》光寿《こうじゅ》を追い出すことに成功し、大坂の地を完全に掌握した。北陸戦線も順調に推移し、越前、加賀、能登を制し、上杉景勝とは越中を境として対峙していた。むろん、織田勢の圧倒的軍事力の前に、越後国内は動揺し、新発田、本庄、高梨等の国人層は、すでに信長に内通していた。

この時点で織田勢は、北陸で上杉氏と、中国方面で毛利氏と、四国で長宗我部《ちょうそかべ》氏と、紀伊で紀州惣国一揆と対陣しており、多方面作戦を展開できるだけの力をつけていた。

信長は、一方面軍だけで、武田家を倒せるだけの強大な軍事力を有するようになっていたのだ。

有情非情

一

　普請人足が右に左に行き交う韮崎の普請場を、釣閑と大炊助は歩いていた。新城の構築は、正月もないほどの突貫工事で行われており、瞬く間に堀が穿《うが》たれ、土塁が築かれていった。普請小屋には六連銭《れんせん》の旗が林立し、普請奉行頭が真田昌幸であることを、誇らしげに示している。真田昌幸を毛嫌いする釣閑と大炊助は、その小屋に近づかず、外郭に造成された重臣たちの屋敷地に向かった。

「上州に金《きん》は出るのか」

　釣閑が不機嫌そうに問うと、

「さあ、そんな話は、聞いたことがありませぬ」

　大炊助が手巾《しゅきん》で汗をぬぐいつつ答えた。

「それでは、なぜ上州を攻める」

「存じませぬ」

　太り肉《じし》の大炊助は、釣閑の健脚について行けず、小走りになって答えた。

大炊助は、このところの釣閑の権力の座からの急激な失墜に気を揉《も》んでいた。勝頼は明らかに釣閑の呪縛《じゅばく》を脱し、己の道を歩み始めている。しかも、釣閑は高齢で先がない。最近は、金蔓《かねづる》と恃んできた信州商人さえも寄り付かず、懐具合も寂しくなっているらしい。

大炊助は釣閑と距離を取ることを、そろそろ考え始めていた。

「大炊助、わしから逃れようとしておるな」

突然、振り向いた釣閑が大炊助の心を見透かすように言った。

「め、滅相もない」

大炊助は肝が縮んだ。

「わしならそうする。おぬしがそれを考えていないはずはない」

「いや――」

言葉に詰まった大炊助を尻目《しりめ》に、釣閑が続けた。

「人は欲心だけで生きているものだ。忠義者と謳われる者どもも、報われることを期待して忠義に励む。報われることを期待しない忠義者など、どこにもおらぬ。かつての宿老どもも、功に応じて法性院様から引き立てられたがゆえに励みに励んだのだ」

かつて信玄が重用した武辺者たちは、辺境の地侍《じざむらい》（馬場信春、真田幸綱）、他国の浪人（小幡虎盛、原虎胤《とらたね》、多田満頼《みつより》、横田高松）、農民（春日虎綱）、反逆者の子弟（山県昌景、内藤昌秀）などであった。

既得権益にしがみつき、勇気も才能もない親類や譜代《ふだい》の臣を、信玄は退け、彼ら武辺者を軍事の中枢に据えた。それにより、甲州武田軍団はほかに類を見ないほど精強になった。彼らは武功を挙げることで信玄から称揚され、恩賞や封地《ほうち》を賜った。それがうれしくてまた励んだ。その繰り返しにより、武田家は身に余るほど膨張した。その風船が弾《はじ》けたのが長篠であった。

ようやく、釣閑の屋敷地に指定されている次第窪《しだいくぼ》に出た。釣閑が切株に腰を下ろしたのを見て、大炊助も別の切株に座った。

「大炊助よ、わしから逃れたければ逃れよ。それはおぬしの勝手だ。しかし、わしは負けぬぞ」

まるで意固地な老人のように釣閑は言った。

(これは、いよいよいかんかも知れぬ)

大炊助は、あの頭脳明晰《めいせき》で深慮遠謀に長《た》けた釣閑にも、老いの影が迫っているのを感じた。考えてみれば、すでに釣閑は六十九歳である。ここにきて、判断力に衰えが見え始めているのは無理からぬことだった。金《きん》に目がくらみ、出たとこ勝負の外交政策を勝頼に勧めたことも、その証左である。

「長坂様、皆の勧めに従い、少しお休みになられた方がよろしいかも知れませぬ」

「ふん」

釣閑は不貞腐《ふてくき》れたように、足の先で蟻の巣を崩していた。その動作はまるで幼童のようであった。ついこの前まで光り輝く存在だった釣閑が、今では小さな老人にしか大炊助には見えなかった。所詮《しょせん》、釣閑の権力などは勝頼あってのものであり、その信頼が失われた今、釣閑など取るに足らない存在なのだ。

しかし、思考という思考をすべて釣閑に預け、これまでの地歩を築いてきた大炊助にとって、物事を論理的に考え、重大な判断を次々と下していくなどという芸当は、できようはずもなかった。ましてや勝頼を若手側近から取り戻し、伊豆ないしは秩父奪取に向けて政策を再転換させるなど、考えるべくもなかった。

(このお方が駄目になったときが、わしの駄目になるときでもあったのだ。それに気づかず、このお方の後釜《あとがま》を狙っていたわしは、何と愚かだったのか)

大炊助は天を仰ぎ嘆いた。その横では、いつまでも釣閑が蟻の穴を穿っていた。

高天神城本曲輪大広間では、激論が戦わされていた。それまで、運命共同体として心を一つにしていた城衆に亀裂《きれつ》が生じ始めたのだ。

昨秋、勝頼は苦境に陥った高天神城には一兵も援軍を送らず、上州に侵攻したという話が城中に広まったのが、その発端だった。本来、完全封鎖されている城内に、その手の話は伝わりようがない。しかし、辻弥兵衛が物見《ものみ》に出た折に捕まえたという敵の黒鍬者《くろくわもの》により、その話は城内の足軽《あしがる》小者に至るまで知れ渡った。

ここまで食うや食わずで徳川勢の猛攻に堪えてこられたのも、勝頼が必ず来てくれると信じていたからである。現に、今まで幾度も勝頼は来た。ところが、こうした苦境を顧みず、勝頼は上州に討ち入った。

落城の危機を迎えている高天神を救援せず、上州に討ち入ったということは、高天神が見捨てられたのではないかという疑念を生じさせた。しかも、敵の包囲網は日に日に堅固になり、今では刈り働きはおろか、物見にさえ出ることも覚束ぬ有様である。

冬に入り、糧秣《りょうまつ》は底をつき始め、このままでは戦う前に飢死するという噂さえ、兵たちの口端に上り始めている。

当然のごとく、城内のそこかしこから降伏開城の声が上がり始めた。それを背景にして、籠城《ろうじょう》継続派と降伏開城派に城中は分かれ始めていた。

岡部元信は勝頼に援軍を要請していることを城内に伝え、あと少しの辛抱であると訴え続けた。武辺で鳴らした元信の言葉に、これまでは収まっているものの、飢えと渇きが激しくなれば、同様の議論が再び沸騰することは明らかであった。

これに困った軍監の横田尹松《ただとし》は辻弥兵衛に相談を持ちかけた。

軍監といっても、若い尹松にあてがわれた部屋は茶室のように狭い。二人は膝《ひざ》をつき合わせるように座った。

「実はな、甲斐《かい》から後詰《ごづめ》が来るのかどうか、わしにもわからん。来なければ、この城はあと一月《ひとつき》と持たぬ。それどころか、敵と通じる者が出て、内から落ちるやも知れぬ」

尹松の言葉に弥兵衛は内心ぎくりとしたが、そんな様子をおくびにも出さずに笑った。

「水も漏らさぬほどの敵の重囲だ。通じたくとも術《すべ》はない」

「もっともだ」

尹松も力なく笑った。

「岡部殿は、連日、御屋形《おやかた》様に書状を書いている。しかし、ほとんどの使者は捕まって殺されたらしく、御屋形様からは何の返書もない。ところが先日、ようやく御屋形様から、来月には行くという返書があった」

「そうか」

弥兵衛にとり、その話は初耳だった。

何かの間違いで勝頼が来てしまえば、大戦《おおいくさ》になる可能性がある。そうなっても徳川方が勝つだろうが、「徳川方の被害を最小限にとどめるため、内から高天神城を崩す。最善の策は降伏開城に導くこと」という本多正信の方針に反することになる。もちろん大戦ともなれば、武功を挙げた者ばかり賞揚され、弥兵衛の功績は雲散霧消する。

(来させてはならぬ)

弥兵衛はめまぐるしく頭脳を回転させた。一方、尹松は苦渋の色をにじませつつ言った。

「しかし、これだけの重囲だ。御屋形様に長篠の二の舞を演じさせては、申し訳が立たぬ」

長篠では鳶ノ巣《とびのす》山の砦《とりで》を取られただけで、味方は浮き足立った。それでも決戦を強行した結果、無残な結果を生んだ。高天神城の周囲には、すでに六砦が築かれている。高天神周辺で決戦が行われた場合、徳川方は高所から戦況を観察し、逐次、適所に兵力を投入できる。これでは、武田方に全く勝ち目がないといっても過言ではなかった。

「ここで長篠の二の舞を演じれば、高天神どころではなくなる」

「後詰なくば、日ならずして降伏開城、来たら来たで御屋形様に勝ち目はない」

がっくりと肩を落とす尹松を横目で見つつ、弥兵衛は一計を案じた。

(このまま降伏させても、わが功は少ない。城衆をけしかけ、壮絶な落城に導くに越したことはない。しかも、わしが武功第一となるべく策を講じるのだ)

弥兵衛はわざと無愛想に言った。

「降伏開城を勧めることは、おぬしの立場としてできまい。だからといって、岡部殿と一緒に御屋形様に後詰を願うのも、武田家のためにはならぬ。それならば、城を打って出て、皆で討死するほかあるまい」

「やはり、それ以外に手はないのか――」

尹松の面が苦悶《くもん》に歪《ゆが》んだ。

「おぬしは御屋形様に後詰無用の書状を書け。わしは軍議の席で強硬策を主張する」

「わかった。よろしく頼む」

尹松は力なく首肯した。

府中の梅がその蕾《つぼみ》を大きく膨らませる二月、勝頼は快川紹喜の訪問を受けた。

紹喜は、以前から武田家の置かれた四面楚歌《そか》の状況を憂えており、寺社筋を通じて上方《かみがた》の情報を入手し、武田家の政治外交に役立てていた。ただ、自らの立場をわきまえるこの高僧は、信玄時代と同様、勝頼の方針には、一切、口出しせず、その距離を保ってきた。

「上州での躍進、拙僧も伝え聞きました。真田殿のお働きも目覚しく、敵方は顔色《がんしょく》なしとのこと」

「仰せの通りにございます。上人様はじめ僧籍の方々にも、ご心配をおかけしましたが、ようやく愁眉《しゅうび》が開けた感があります」

勝頼は上州戦線のことについて触れられることを最も好んだ。むろん、紹喜もそのことを知っての上で水を向けている。しかし、上方の情報が多く流れてくる紹喜の立場からすれば、武田家の衰勢が上州戦線の好転くらいではどうにもならないことは、十分にわかっていた。

しばし上州について歓談した後、紹喜が本題に入った。

「ときに御屋形様、遠江《とおとうみ》はいかがなされるおつもりか」

「実は上人様、それがしは全く異なる二つの具申を高天神の城衆から受けております」

「ほほう」

「城代を任せた岡部元信からは、再三にわたる後詰要請があり、後詰なくば開城もやむなしと、半ば脅されております。一方、軍監の横田尹松は、高天神に後詰しても益なし。高天神を見捨て、駿遠《すんえん》国境まで兵を退《ひ》くべしという意見を具申してまいりました」

「どちらも一理ありますな」

「はい、高天神を失えば味方全体の士気にも関わります。駿遠の先方衆《さきかた》は動揺し、離反する者も出るやも知れませぬ。一方、高天神、滝堺、小山の諸城を捨てられれば、大井川の線まで国境を後退させることにより、領国の防衛は易くなります」

「なるほど、危険を冒してまで東遠江を死守するか、国境を後退させつつも、時を稼ぎ、反攻の機会を窺《うかが》うか、判断の難しいところではありますな」

「仰せの通り、われらに必要なのは時を稼ぐことです。韮崎の新城の普請作事が成れば、敵の侵攻を受けても、籠城により乗り切ることができましょう。遠江の情勢も国中《くになか》の地固め次第で、いかようにも変わってくると思われます」

「いかにもその通りでありましょう。その時を稼ぐために最も有効な手は――」

紹喜はゆっくりと勝頼に視線を据えた。

「〝あつかい〟でございますな」

「いかにも」

「それをしたいのは山々でござるが、石山（本願寺）が紀州に退いた今となっては、信長が和談の席に着くはずもなく、ここのところ、信長への働きかけは止めておりました」

「もっともな仰せ。しかし、〝あつかい〟が成らずとも、信長の恩義ある者から和談をもちかければ、三月《みつき》から半年は稼げるのでは」

「それができまするか」

勝頼はすがるように問う。

「心当たりはあります。それは——」

当時、京都の妙心寺では、紹喜の弟子の南化玄興《なんかげんこう》が住持を務めていた。信玄の生前から、武田家では、妙心寺を中心とする禅宗の一学派、関山派《かんざんは》を外護《がいご》してきた。そうしたことから、関山派に属する紹喜や玄興は武田家に一方ならぬ恩義を感じていた。特に玄興は信長からも帰依《きえ》を受け、かつて信長の求めに応じて、安土山の縁起から安土築城に関する顚末《てんまつ》を記した『安土山記』を上梓《じょうし》した。すなわち玄興は、武田、織田双方から信頼されている高僧なのである。

紹喜は、この玄興を通じて、和睦《わぼく》は叶《かな》わぬまでも時間稼ぎを行うことを提案した。むろん勝頼に否はない。

さらに紹喜は、交渉の進み方次第では、御坊丸を信長に返還すべきであるとも言った。

御坊丸とは美濃《みの》遠山家に養子入りした信長の五男のことである、岩村城にいた元亀三年（一五七二）、秋山虎繁の攻撃により岩村城は降伏、その時、御坊丸は甲斐府中に送られ、武田家の人質とされた。それ以後、十年にわたり、甲斐にとどめ置かれた御坊丸は、すでに元服も済ませ、織田源三郎信房と名乗っていた。紹喜は、その信房を無償で信長に返還せよというのだ。

「委細承知いたしました。この話は上人様にお預けいたします」

勝頼は神妙に頭を下げた。

「お任せ下され。ただし、この交渉は今の力の均衡が崩れれば、意味を持たないものとなることをお忘れなく」

「いかにも。そうなると、やはり高天神を捨てるわけにはまいりませぬか」

「それは拙僧にはわからぬこと」

勝頼は、紹喜が戦術の相談にまでは首を突っ込まないつもりであることを覚った。

「上人様のおかげで、愁眉が開けてまいりました」

「それはよかった。しかし、外を固めるためには内を固めることも大切」

「はい、こうした難局に当たっては、家臣団の結束こそ肝要でございます」

「それだけではありますまい」

紹喜の面に哀しみの色が広がった。

「と、申しますと」

「御方様とのことでございます」

勝頼は言葉に詰まった。政治や戦略を紹喜に批判されても、素直に耳を傾ける勝頼であったが、夫婦のことだけは触れてほしくなかった。

「御方様は、芝蘭のような心根を持っております。このようなお方が人を陥れたり、傷つけたりするはずがありませぬ。この紹喜、それだけは請け合いまする」

「上人様も、北条と再び結べと申されるか」

「そこまでは申しませぬ。ただ人の生は短い。人を疑い生きるも一生、人を信じて生きるも一生、同じ一生なら信じて生きた方がよい。拙僧の申したきことはそれだけにございます」

それだけ言うと、紹喜はあっさりと座を払った。

勝頼はその背を見送りつつ、それでも割り切れない気持ちを抱いていた。

二

武田家の韮崎新城に先駆けて築城が始まった北条家の八王子城は、この頃、ようやくその一部が完成した。すでに滝山城から重臣屋敷の移転などが始まり、城下は活気に満ちていた。その槌音《つちおと》が響く中、内膳は堯覚に伴われ、新築成ったばかりの八王子城御主殿に向かった。

「たいへんな賑《にぎ》わいだな」

「ああ、ここに北条家滝山衆の本拠を移転するからな。しかし相次ぐ普請役に、民からは怨嗟《えんさ》の声が上がり始めている」

「北条家でもそうなのか」

武田家と比べて税率が低く、上下一致した体制が築かれているように見える北条家であっても、時代に対応した防衛体制を布くために、民へ過大な負担を強いていることを、内膳は初めて知った。

「武田も北条も、所詮は己が大事なのだ。他国からの圧力が強まることを理由に、苛斂誅《かれんちゅう》求《きゅう》する。これでは誰のための政道かわからぬ」

　堯覚は怒りを込めて語った。

「おぬしは北条贔屓《びいき》ではなかったのか」

「馬鹿を申すな、坊主がどこぞの大名など贔屓するか」

「しかし、北条陸奥守《むつのかみ》殿は貴殿の寺の大檀那《おおだんな》ではないか」

「だから困っておる」

　堯覚も、理想と現実の狭間《はざま》で悩んでいることに違いはなかった。

　多くの番匠《ばんしょう》（大工）が立ち働く城下町予定地を抜け、二人は御主殿と呼ばれる政庁と氏照の館を兼ねた広大な曲輪に入った。

「これは――」

　内膳はその豪壮華麗な様に驚いた。

（北条家の一支城主に過ぎない陸奥守が、いつの間にこれだけの富を蓄えたのか）

「つまり、わしの申したいことはこういうことだ」

　堯覚は吐き捨てるように言うと、門番に取り次ぎを頼んだ。

　大手門で堯覚と別れた内膳は、館内に迎え入れられ、中書院に導かれた。

「小宮山殿、少し見ぬ間にまた精悍《せいかん》になられたな」

　書見していたらしい氏照は、執務を中断し、にこやかに内膳を迎え入れた。

「奥州様こそ、ご加減はいかがでございますか」

氏照は、ここ一両年、病に臥《ふ》せっていることが多かったと内膳は聞いていた。

「ああ、公方様《くぼう》（足利義氏《よしうじ》）から薬をもらって、随分とよくなった」

氏照は、形骸化《けいがいか》した古河《こが》公方家の指南役（管理者）として、下野《しもつけ》・下総《しもうさ》に広がる公方領の実質的支配者でもあった。

「それは何よりでございました」

「上州や伊豆では、わが兄弟が走り回っておるようだが、おかげで、わしの方は高みの見物よ」

「その件は力足らず、何とも申し訳ございませぬ」

「そなたが詫《わ》びることではない」

決まり悪そうに頭《こうべ》を垂れる内膳をいたわるように氏照が笑った。

「早速だが、小田原で兄上と語らってきた」

「して、大殿のご意向はいかに」

内膳が膝を進めた。

「兄上は初め難色を示した。上州では散々にやられておるからな。しかし以前に比べ、信長の脅威に対して敏感にもなっている」

氏照は言葉を切ると、座を立ち、内膳を広縁に誘った。広縁からは北条家らしい質実剛健な造りの石庭が見える。縁に座を作らせた氏照は、内膳と至近に向き合った。それは氏照が親しい者にしか見せない態度である。

「兄上と談合を重ねたが、信長の仕置（政治）とわれらの仕置は相容《あいい》れるものではない」

（やはり）

その言葉に、内膳は一縷《いちる》の光明を見た。

「小宮山殿、われら国を統治する者は大局に立たねばならぬ。かつてわが父は、信玄公に一方的に同盟を破られ、縁戚《えんせき》の今川家を滅ぼされただけでなく、武相の地にも侵攻された。国土を焼き尽くされ、民は飢えて死んだ。信玄公を憎みても余りあるものだったろう。しかし、父はその死に際、兄上とわしに信玄公との再同盟を遺言として残した」

武田側の人間として内膳にも言い分はあったが、あえて口を閉ざした。

「大局に立てば、武田と再同盟することが、国を栄えさせることだったからだ。われらは口惜しくとも、膝を屈して信玄公に〝あつかい〟を請うた」

氏照は一息つくと、同朋《どうぼう》（茶坊主）に茶を所望した。

「奥州様、それでは御方様の願いを、大殿はお聞き届け下さいましたか」

必死の面持ちで尋ねる内膳に、氏照は大きくうなずいた。

「ああ、お礼の申しようもありませぬ」

内膳は感無量だった。そしてこの知らせを、一刻も早く桂に知らせたいと思った。そんな気持ちを知ってか知らずか、氏照は意外なことを問うてきた。

「この城の尾根続きにある山を知っておるか」

氏照の意外な問いに、内膳は何と答えるべきか言葉を探した。

「わが家の秘事（機密）だ。知っていては困るな」

氏照は哄笑《こうしょう》した後、真顔になって続けた。

「この背後の深沢山は独立した山だが、一本だけ痩せ尾根が奥に延びている。その尾根の先にある小さな山を削平した」

「と、申しますと」

「ゆくゆくはそこに別城を築く。石垣を配した堅固な城だ」

「つまり――」

「そこに四郎殿を迎える」

初め、その言葉の意味がわからなかった内膳であったが、やがてそれがわかると、歓喜が押し寄せてきた。

「ありがたき――、ありがたきお申し出」

内膳は庭に跳び下りると、氏照に向かい平伏した。

「われらの放った乱破《らっぱ》（忍）によると、信長はわれらの目指す関八州領有に待ったをかけるつもりのようだ。それどころか、われらから上州と河東表（東駿河《するが》）を奪うつもりらしい」

「まさか――」

「こちらから求めて信長に同盟を請うた手前、われらからこれを一方的に破棄するわけにはまいらぬ。しかし信長が増長し、われらの領土を奪おうとした時、われらは武田家とともに立つ」

「奥州様――」

感無量のあまり、内膳は礼の言葉さえ出てこなかった。

「しかし、われらも民の上に立つ身だ。桂かわいさから、また武田家への同情から肩入れするわけではない。われらはわれらに利があると思うから四郎殿を助ける。それだけのことだ」

氏照は冷徹な政治家として、厳しく釘《くぎ》を刺すことを忘れなかった。

「つまり、積極的な後詰は叶わぬということでございますな」

「そうだ。武田家討伐が始まれば、当家は、あくまで織田陣営の一旗頭として立たざるを得ない。むろん、積極的な働きをするつもりはないが、武田家が滅亡の危機に瀕《ひん》しても手を差し伸べるわけにはまいらぬ」

「そのこと、よくわかりました」

内膳は、氏照と北条家の微妙な立場を十分に理解した。

「しかし、負けず嫌いな四郎殿のことだ。北条に頭《こうべ》を垂れるくらいなら、滅亡の道を選ぶであろう」

「はい、それがしもそれを危惧《きぐ》しております」

「それを説くのは容易なことではない。しかし、四郎殿を説き伏せられる唯一の恃みである桂が、勘気をこうむっている今となっては、望みは薄いやも知れぬな」

「いえ、それがしの力で、何としても御屋形様と御方様の関係を修復いたします」

「そうか、おぬしならやり遂げるだろう」

氏照の視線には信頼感が溢《あふ》れていた。


三月十日、躑躅ヶ崎館の評定《ひょうじょう》の間は騒然としていた。高天神城を救うべく、一刻も早い出兵を主張する仁科盛信に対し、兵站《へいたん》維持に負担の大きい高天神、滝堺、小山の諸城を放棄し、大井川の線まで国境を下げることを主張する勝頼の間で、激しい議論が戦わされた。

戦略的には勝頼の主張が正しい。それは諸将もわかっている。しかし、高天神には多くの将兵が捨て措《お》かれたままである。高天神を見捨てることにより、先方衆の武田家への信頼が揺らぎ、領国全体が瓦解《がかい》の危機に瀕するであろうことも確かだった。

「五郎、遠州放棄は戦略上のことだ。われら、上州では着々と領土を拡大している。武田家が衰退しつつあるなど、誰も思うはずがない」

「兄上、遠州の放棄は致し方ないかも知れぬが、どんな小さな城でも、後詰せずして城兵を見殺しにすれば、全軍の士気に影響する。特に、駿河や信濃《しなの》の先方衆は動揺し、離反する者が出る。高天神城は放棄しても、後詰の兵を出して城兵を救うほかに手はない」

「しかし、それが成功するという保証はない」

「それなら、家康に〝無二の一戦〟を挑めばよい」

勝頼は言葉に詰まった。長篠以来、幾度も〝無二の一戦〟を唱えてきた勝頼であったが、家康と氏政にはいつも逃げられてきた。むろん今まで、勝頼は情勢と地勢から「勝てる」と判断した上で、決戦を挑んできたのである。しかし、蟻の這《は》い出る隙もないほど包囲された高天神城外で決戦を挑むことは、危険な賭《か》けとなる。この形勢では、家康は単独でも受けて立つに違いない。

「敵が高天神の周囲を固める前に、城兵を撤収させるべきだった」

「今更、それを申してどうなるというのだ！」

痛いところを突かれた勝頼が声を荒げた。

「兄上、わしに五千の兵を預けてくれぬか。わしが高天神まで出張り、城兵を救う」

「駄目だ」

そのとき、それまで黙していた釣閑が発言を求めた。すでに過去の人となりつつあった釣閑は、ここのところ、めっきり発言の機会もなくなっていた。しかしそれが逆に、不気味な雰囲気をかもし出してもいた。

「御屋形様が出向くこともありますまい。元々、駿遠の差配は穴山殿に任せておるはず」

「それはもっともだ。穴山殿が兵を出すのが筋というものではありますまいか」

小山田信茂がそれに同調すると、周囲からは次々と賛同の声が上がった。

評定の召集が掛かっても、穴山信君（この頃より梅雪斎不白《ばいせっさいふはく》）は病気と称し、ここのところ府中に出仕していない。「すでに敵方に通じたのではないか」という真《まこと》しやかな雑説《ぞうせつ》も流れ、梅雪の周囲には不穏な空気が漂っていた。

「兄上、ここは穴山殿の真意を質《ただ》すよき機会やも知れませぬぞ」

盛信も賛意をしめした。

「それはわかっておるが――」

勝頼は、独立傾向を強める穴山家に、自らの権力が及ばなくなっていることを覚っていた。もちろん、それは釣閑らも知っているはずである。すなわち、梅雪に一任するということは、高天神に後詰の兵は出さないということになる。この時点で、高天神の運命は定まったも同じである。

「御屋形様、われらは梅雪の老母や息子を証人に取っております。もしもの場合は――」

釣閑は、往年を髣髴《ほうふつ》とさせる鋭い眼光で勝頼に迫った。

「わかった」

勝頼は断じた。以前のように、釣閑に詰められた末での決定となった。周囲は、勝頼に対する釣閑の呪縛がいまだ強いことを再認識し、この老人が侮れない人物であることを、あらためて覚った。

早速、駿河国江尻城へと飛札が飛んだ。

(釣閑め――)

評定の間に一人残った勝頼は、先ほどまで釣閑が座していた場所に脇息《きょうそく》を投げつけた。

釣閑の提案は、勝頼の顔をつぶすためになされたに違いなかったからである。

（わしを蔑《さげす》むところの多い梅雪が、自らの手勢を犠牲にしてまで、危地に飛び込むはずもない。釣閑にも、それはわかっておるはずだ）

しかも、釣閑の意見が筋であり、誰も反駁《はんばく》できないことも事実だった。普段から梅雪をよく思っていない盛信が、高天神救援を忘れて賛同することも計算に入れてのことだろう。

（かの老人は、わしに恥をかかせても、己なくして武田家が成り立たぬことを証明しようとしておるのだ）

この危急存亡のときにあっても、釣閑は着々と元の権力を取り戻そうとしている。

（それが権力の魔に魅入られた者なのか）

勝頼は、釣閑の底知れぬ恐ろしさを垣間《かいま》見た思いがした。

（いずれにしても、高天神はわしの責だ）

勝頼は自責の念に駆られた。高天神城維持に固執し、自落撤退の時期を誤ったのは、勝頼一個の責任である。

天正二年（一五七四）、父でも落とせなかった高天神城を勝頼は落とした。あの時は、これで「父を超えた」とさえ思った。

（高天神に対する思い入れが強すぎたのだ）

翌年の長篠崩れの後、家康に諏方原城を攻略された時点で、高天神城への兵站維持は困難となった。それでも勝頼は高天神城に固執し、膨大な戦費を費やしてきた。

（もっと早く諦《あきら》めておればよかったのだ。いずれにしても、岡部らには申し訳が立たぬ）

勝頼は、高天神城一千の城兵たちに、心中、詫びた。すでに形骸化していた〝武田家の威信〟という亡霊を守るために、勝頼は多くの犠牲を払う羽目に陥った。しかも、それは武田家瓦解の一穴とも成り得るのである。

三

三月半ば、横須賀城方面から続く長い隊列を物見が確認した。そこに家康の馬標《うまじるし》である金無地開扇《きんむじかいせん》も見えたと物見が告げたことで、高天神城内は騒然となった。家康が出馬してきたということは、当然のごとく、惣懸りの日が近いということである。

早速、千畳敷と呼ばれる大広間に、主立つ者が召集された。

出戦玉砕を主張する栗田鶴寿《かくじゅ》ら強硬派、降伏開城論を唱える酒井極助《きわみのすけ》、興津《おきつ》藤太郎、浅羽九郎兵衛、横山次右衛門ら駿河先方衆に二分された議論は紛糾した。

「籠城が続けられぬなら、出撃して血路を開くべし」という栗田の主張に対し、「すぐにでも城を開くべし」という駿河衆の間に、険悪な空気が流れた。双方、一歩も譲らず、議論は堂々めぐりとなったが、岡部元信は会議劈頭《へきとう》から腕組みしたまま、沈思黙考している。

「伊奈の衆はいかが思われるか」

駿河衆から水を向けられた伊奈衆は顔を見合わせた。この時、高天神に入っている伊奈衆は〝春近五人衆〟が主力となっており、当然のごとく、皆の視線が本家当主の片切監物に向けられた。

聞いているのか聞いていないのか、監物はずっと瞑目《めいもく》していた。その姿は深い考えの淵《ふち》に沈んでいるようでもあり、ただ老翁が昼寝をしているようでもある。

「監物殿」

傍らの飯嶋為方に肘《ひじ》でつつかれた監物が、ようやく目を開けた。

「これは甲斐の衆の戦だ。どうするかは甲斐の衆が決めればよい」

それだけ言うと監物は再び目を閉じた。その言葉に、伊奈の同胞は失望し、駿河衆からは、あからさまな侮蔑《ぶべつ》の視線が注がれた。監物はそれを気にする風もなく、先ほどと同じ姿勢で、石のように沈黙した。

そうした最中《さなか》、横田尹松《ただとし》が弥兵衛に視線で合図した。

これまでの活躍を評価され、軍議の末席に招かれていた弥兵衛は、広縁に半身を置き、柱にもたれかかったまま、ここまで沈黙を守っていた。その弥兵衛がおもむろに口を開いた。

「愚劣な評定だ」

弥兵衛の一言に、参列する諸将は色めきたった。岡部元信もゆっくりと目を開いた。

「何を申すか！」

駿河衆の一人が弥兵衛に怒声を浴びせたが、弥兵衛はそれに応ずるでもなく、ゆっくりと立ち上がると、周囲を見回した。

「そもそも御屋形様に後詰を望むなど愚劣の極みだ。この城を助けに御屋形様が来たらどうなると思う！」

弥兵衛の言葉に動揺した一同の視線が元信に集まったが、元信は黙したままである。

「おぬしらは、ここで御屋形様に長篠の二の舞を演じさせたいのか」

「だからこそ、われらはその前に城を開き——」

駿河衆の言葉を制するように、弥兵衛が喚いた。

「武田家の武略に降伏開城などない！　城を開くぐらいなら、わしはここで腹を切る！」

「そうだ！」

その言葉に、栗田鶴寿らも賛同の雄叫《おたけ》びを上げた。善光寺の別当でありながら、逆にそうした立場だからこそ、常に勇猛であらねばならない栗田は、真っ先に弥兵衛に同調した。

弥兵衛はこれみよがしに短刀を眼前に置き、腹をくつろげた。賛同する者たちも、同様の行動をとった。

「待て」

その時、戦場でよく鍛えられたとおぼしき鉄錆《てつさ》びた声が響いた。

岡部元信である。

「腹を切りたい者は切ればよい。だが、それは真の忠義ではない。真の勇者《ゆうじゃ》とは、譲るべきときは譲り、退くべきときは退く者をいうのだ」

弥兵衛は驚き、尹松と顔を見合わせた。尹松と弥兵衛は、岡部元信こそ名誉を重んじる典型的な武辺者と見ていた。二人は、元信ほどの武辺者であれば、降伏開城論などに耳を傾けるはずはないと思っていた。

「それでは、岡部殿はいかがお考えか」

横田尹松が恐る恐る問うた。

「城を開ける」

「馬鹿な――」

反論しかけた弥兵衛を、元信の大きな手が制した。

「むろん、わしの腹と引き換えに皆を解放してもらう」

「とは申されても――」

何か言いかけた尹松も元信に制された。

「皆の申すことはいちいちもっともだ。城を守り抜いても、待っているのは飢え死にだ。また、城を出て戦えば全滅は必定。いずれにしてもわれらは死ぬ。それならば、死ぬ者は少ないほどよい。それが忠義というものだ」

泰然自若として言う元信に、栗田鶴寿も応じた。

「確かにそうかも知れぬ。それが通れば、生き残った者どもは甲斐に引き上げて再起も図れる。同じ死ぬなら、御屋形様の馬前で死ぬのが忠義というものかも知れん」

「そうだ。三河殿からは、再三、降伏を勧める矢文《やぶみ》が射込まれている。彼の御仁も、死を決したわれらと戦うことで、自軍が傷つくことを恐れておるのだ」

わが意を得たりとばかりに、駿河衆も賛同した。

「しかし、岡部殿だけを死なすわけにはまいらぬ。わしでよければ冥土《めいど》への供をしよう」

栗田の言葉をきっかけとして、多くの将領がともに腹を切ると言い出したが、岡部元信は彼らにいちいち謝意を表しながら言った。

「わしだけが死ぬからこそ、降伏開城に意義がある。皆は甲斐に戻り、再起してくれ」

元信の瞳《ひとみ》には光るものがあった。それを見た諸将も落涙した。

意外な展開に、弥兵衛と尹松は言葉もなく顔を見合わせた。

衆議は降伏開城と決した。翌二十日には、早速、使者が徳川陣に向かった。

すでに徳川勢九千は高天神城を包囲していた。

その内訳は、家康本隊三千、本多忠勝二千五百、榊原《さかきばら》康政二千五百、鳥居元忠一千という布陣である。さらに六砦には、小笠山砦に石川康通《やすみち》隊五百、能ヶ坂砦に本多康重隊五百、火ヶ峰砦、鹿《しし》ヶ《が》鼻《はな》砦、中村城山に大須賀康高隊七百五十、三井山砦に酒井忠重隊二百五十が配されていた。

この鉄壁の布陣を横目で見つつ、使者は家康本陣に入った。

ところが、ここで家康は高天神諸将の予想もしなかった返答をする。

「降伏開城はまかりならん」

苦虫を嚙《か》みつぶしたような顔で告げる家康に、使者はなおも食い下がったが、家康は黙って陣幕の外に消えた。

慌てた使者は再度の目通りを必死に嘆願したが、家康は二度と現れなかった。使者は悄然《しょうぜん》として城内に戻った。

「三河殿はそう申されたか」

岡部元信はそう言うと、口端に微笑を浮かべた。しかし、駿河衆はおさまらない。

「つい先日まで、城を明け渡すよう、再三、こちらに申し入れしながら、今更、降伏開城を許さぬとは、武士の風上にも置けぬ輩《やから》だ」

「これだけ時と手間をかけてわれらを干しながら、突然、力攻めに戦術転換するとは腑《ふ》に落ちぬ」

「気まぐれにもほどがある」

駿河衆は口々に喚《おめ》いたが、すでに戦う以外、何の方策もないことに変わりはなかった。

確かに家康の言動には、一貫性がなかった。膨大な費用と労力をかけ、高天神城を付城《つけじろ》で囲み、攻撃陣の背後に堀まで穿った意味が、これではないも同じである。

その時、元信が嘲るように言った。

「家康も走狗《そうく》に過ぎぬということよ」

皆の視線が元信に集まった。

「家康の背後にいる男が、見せしめの落城を望んでおるのだ」

「あっ」

背後にいる男とは信長以外にいない。諸将は、あらためて信長という男の恐ろしさに気づいた。

「信長は、この城にでき得《う》る限り凄惨《せいさん》な最後を遂げさせることで、武田家中の闘志と結束を打ち砕こうとしている。この城は、将来、開始されるであろう甲州征伐の布石となるのだ」

元信は威儀を正すと、「日ならずして惣懸りがあるだろう。その前にこちらから城を打って出る」とだけ告げた。

元信はそれだけ言うと再び瞑目した。もう反論する者は誰もいなかった。

軍議の末席で一部始終を聞いていた弥兵衛も腑に落ちなかった。

(状況が変わったのだな)

二週間ほど前に最後の連絡を取った折は、降伏開城を最善の策として進めるよう、本多正信から指示があった。むろん、弥兵衛は正信の言うままに動くつもりはなく、城兵に打って出させるつもりであった。しかし、こちらの意向と関わりなく、徳川方は降伏開城を許さないと言ってきた。

(岡部殿の申すように、信長の意向だな)

弥兵衛は、家康でさえ自分と同様の立場に過ぎないことを知り、気分がよくなった。

出陣は三月二十二日と決まり、軍議は出撃の段取りなどに移っていた。

「それでは以上のような陣立にて、龍ヶ谷と林の谷の二方面から同時に出撃する。遮二無二血路を開き、小山か滝堺目指して落ちよ。斃《たお》れた者は捨て措け。たとえ、それが主や親兄弟であろうとも振り返らずに、わが身一身だけを考えて落ちよ。それが忠義の道だ」

元信は恬淡《てんたん》として語ったが、逃れられる者がほとんどいないことは、明らかだった。

「そこで横田殿」

「はっ」

「貴殿は軍目付《いくさめつけ》だ。この顚末を御屋形様に報告していただかなければならぬ」

「しかし――」

すっかり死ぬ気になっていたらしい横田尹松《ただとし》は、困惑した。

「これは、われら駿遠衆と三河衆の怨念《おんねん》の戦だ。甲信の衆には関わりなきことだ」

「えっ」

武田対徳川という戦国大名間での争いであると思ってきた尹松や弥兵衛にとり、元信の話は意外だった。

「われら三百年の昔から、血で血を洗う抗争を繰り広げてきた」

元信はその怨恨の歴史を語った。

三河国と境を接する遠江国は、南北朝期より争いが絶えない地域であった。

応仁《おうにん》の乱以後、今川家の勢力伸張により、遠江守護斯波《しば》家、三河守護細川家・吉良《きら》家などの名家が次々と消えていく十五世紀後半から十六世紀にかけて、三河国は被支配地域と化した。これにより、三河武士本来の負けず嫌いの気質から、駿遠両国に対する妬《ねた》みや嫉《そね》みという感情が残った。

ところが、その閉塞《へいそく》状況が桶狭間の戦いにより一変した。三河武士はこの機会を逃さず、家康を担いで立ち上がった。彼らは持ち前の忍耐力と結束力を発揮し、じわじわと駿遠武士団を追い詰めた。三河武士の敵は、今川でも武田でもなく、昔からずっと駿遠の地侍たちだった。

その駿遠侍の象徴が岡部元信である。岡部家は朝比奈、孕石《はらみいし》などと並ぶ今川家の重臣の家柄だが、その中でも元信の武名は比類なきものがあった。桶狭間の退《ひ》き戦《いくさ》での奮戦、今川家崩壊時の踏ん張りなど、元信は、まさに衰運の駿遠地方を、一人で支えてきたといっても過言ではない働きを示してきた。そして彼は、高天神城攻防戦を自らの栄光を飾る壮絶な葬礼の場としたかった。

「これが駿遠侍の最後の戦いだ。皆、この場に居合わせたことを幸いと思え」

元信が厳粛な面持ちで言った。

「三河者の足下になど、ひれ伏せるか！」

「われらの意地を見せてくれるわ！」

昨日まで、降伏開城を唱えていた駿河国人《こくじん》たちが、涙を流して喚いていた。

(これは国衆どうしの怨恨の戦いだ)

弥兵衛は己の与《あず》り知らぬ因縁に驚き、また、岡部元信という名将の名将たる所以《ゆえん》に感嘆した。

「われらも冥土に同道させていただく！」

そのとき、栗田鶴寿が立ち上がった。

「かたじけない」

元信が鶴寿に一礼した。

「もとより、われら死ぬる覚悟だ。死を決した漢《おとこ》に駿河も信濃もない！」

「そうだ！」

僧兵たちが喚声を上げた。守るべき家族がいない分、僧兵たちは死への恐れが薄かった。

眼前で展開される光景に、弥兵衛はただ唖然《あぜん》とした。

（皆の心を一つにする恐るべき器量だ）

己が一生かかっても、身に付けることができないであろう器量を、岡部元信という武将が備えていることを、この時、弥兵衛は痛いほど知らされた。

「横田殿、かくなる次第だ。われらはわれらの戦をさせていただく」

「わかりました。委細を御屋形様に伝え、府中におられる岡部殿のご子息には、それなりの恩賞を下されるよう進言いたします」

「どうでもいいことだ」

元信は自嘲《じちよう》気味に笑った。その笑いは武田家の衰亡を見通しているかのようだった。

「申し上げたき儀がござる」

ここぞとばかりに、末席から弥兵衛が立ち上がった。

「何なりと申されよ」

元信が悠然と応じた。

「駿遠衆のご覚悟のほど、深く感じ入りました。横田殿を逃すことは、そのお役目上、異存ございませぬが、この地で甲州者が一人も死なぬわけにはまいりませぬ」

「うむ」

「皆の衆が出払った後、それがしは城に火を放ち、自刃して果てる所存」

「よき心がけ！」

元信は、その言葉を待っていたかのごとく膝を叩いた。

期せずして、各所から歓声が上がった。駿遠甲信の漢たちが心を一つにした瞬間であった。やがて、手回しの良い者が樽酒と大盃を運んできた。

「酒だ、酒だ！」

大笑する者、歓喜に咽《むせ》ぶ者、諸将はそれぞれの最後の酒を楽しんだ。

「監物殿、監物殿」

飯嶋為方からつつかれ、仏像のように瞑目していた片切監物がゆっくりと目を開けた。

「監物殿、皆、心を一《いっ》にして死ぬるようだが、われらはいかがなされるおつもりか」

軍議が喧騒《けんそう》の酒席と変わった中、春近五人衆の面々だけが、監物の顔を心配そうにのぞき込んでいた。

「どうせ死ぬのだ。われらも、ともに死ぬるぐらいは申すべきではないか」

家督を継いで間もない大嶋為輝が投げやりに言った。

監物は大あくびを一つすると、その細い目をしばたたかせた。

「監物殿」

困ったように顔を見合わせる春近五人衆を尻目に、監物はようやく重い口を開いた。

「威勢のいいことを申そうと申すまいと、死ぬるときは死ぬるし、助かるときは助かる」

「まるで禅問答だな」

飯嶋為方がお手上げといった恰好《かっこう》をしたので、春近五人衆の面々は苦い笑いを浮かべた。

監物に付き従ってきた帯刀は、情けない気分になった。

その時、横田尹松が酒を提げて近づいてきたので、春近五人衆は揃って威儀を正した。

尹松は監物の前に座ると、その盃を満たした。監物は一礼し、それをのみ干した。

「実は、片切殿にほかでもない頼みがある。〝犬戻り猿戻り〟の隠し道を、かつて貴殿の発案で造ったな。彼の道を通れば駿河方面に抜けられると聞いたが、途中、尾根が複雑に分かれていて、わかりにくいとも申しておったな」

「はあ」

「聞いての通り、わしは府中に戻り、この顚末を御屋形様に告げねばならぬ。ところが敵の重囲を突破することは容易でない。つまり、あの道を使うほかに手はない。そこでだ――」

尹松は申し訳なさそうに続けた。

「すでに死の覚悟はできておると察するが、できれば、わしの道役（道案内）を務めてくれぬか」

全く予想もしなかった申し出に、春近五人衆の面々は色めき立った。しかし監物は、尹松の依頼に何とも返答しない。

「監物殿、いかがであろうか」

尹松も焦《じ》れてきたようである。

「片切殿、お役目を果たすも果たせぬも貴殿次第だ。ここはわが頼みを聞いてくれぬか」

遂に尹松が頭を下げた。武田家きっての青年将校が、信州の一土豪に頭を下げるなど、異例中の異例である。

帯刀は、ひやひやしながら成り行きを見守っていた。

「わかりました。ただ、一つだけ条目がござる」

監物がようやく口を開いた。

「条目だと」

尹松が露骨に嫌な顔をした。

「はい、われら春近五人衆、源平の昔から歩を一にしてまいりました。ここで、それがしだけが逃れるわけにはまいりませぬ。われら春近五人衆すべてに、お供をお申し付けいただけませぬか」

監物の言葉に、春近五人衆の面々は驚きの色を浮かべた。

「野に伏せ、山に隠れながらの逃避行だ。大人数では敵に見つかる。いったい春近五人衆は中間小者も含めると何人おるのだ」

「おおよそ五十あまり」

「論外だ」

「いえ、それがしに考えがありまする」

監物は、薩摩《さつま》島津家が得意とした〝捨てがまり〟という戦法を語った。

高天神が落ちれば、諸方に追っ手が掛かるのは明白である。時ならず、〝犬戻り猿戻り〟の伏道《ふせみち》も見つかる。そこで、道の途中に数人ずつ伏兵を潜ませておき、追っ手に襲い掛かることで、時間を稼ぐ。伏兵は討死するが、その間に尹松は逃げられる。人一人が通れるだけの痩せ屋根もあるので、兵の多寡による影響は少ない。これらのことを、監物は理路整然と言ってのけた。

「なるほど考えたものだな。しばしお待ちあれ」

尹松は座を払うと、上席の岡部元信の許《もと》に向かった。やがて元信と、二言三言、会話を交わした尹松が戻ってきた。

「片切殿、貴殿の仰せの通りだ。その策でいこう」

「ありがたきお言葉」

監物はさも当然のような顔をして平伏した。

帯刀は、監物のしたたかさにあらためて感心した。

四

三月二十一日夜、高天神城千畳敷では、幸若舞《こうわかまい》の名手与三太夫《よぞうだゆう》が優雅に舞っていた。演目は、平泉《ひらいずみ》における義経の最期を描いた「高館《たかだち》」である。

この趣向は、長い籠城戦に倦《う》んだ家康が、与三太夫を浜松から呼び寄せたことを捕虜から聞いた弥兵衛の提案により実現した。

「今生《こんじょう》、最期の思い出に、与三太夫の舞が見たい」という城方の申し入れに家康も同意し、早速、与三太夫を城内に派遣してくれた。

岡部元信、横田尹松《ただとし》、栗田鶴寿をはじめとした諸将が、与三太夫の見事な舞に酔った。

いよいよ舞が終わり、与三太夫が徳川陣に帰るという時、弥兵衛が辞世の歌を書いた短冊を託そうと言い出した。

「それはいい」と賛同した諸将は、回された短冊に、それぞれの辞世の歌を書き付けた。

皆、それぞれの短冊を見せ合い、様々に賞賛や冷やかしを言い合ったので、場は和やかな雰囲気に包まれた。

最後に岡部元信の発案により、将領以上の者の辞世の歌が詠まれた後、弥兵衛が短冊を回収した。その時、思い出したように尹松が言った。

「そういえば辻殿は、若き頃より詩歌にも優れた才を発揮していた。ここは皆の最後を飾っていただけぬか」

「いや、それがし、最近は不調法でありますゆえ――」

弥兵衛が慌てて固辞した。

「今生最期ではござらぬか。ぜひに――」

「いやいや」

なぜか弥兵衛が固辞し続けたため、その場の雰囲気がしらけそうになるのを危惧した岡部元信が言った。

「今生最期の歌だ。詠むも詠まぬもそれぞれの勝手になさるがよい」

「いや、それがしは己の不調法を恥じたまで。岡部殿がそうまで申されるのなら、隠すこともありませぬ」

諸将から拍手が起こった。固辞したがゆえに、逆に弥兵衛は皆の注目を集めることになってしまった。

「それでは」

弥兵衛が遠慮がちに自らの短冊を詠んだ。

さきがけて命果てなん高天神
龍笛《りゆうてき》漂う夏の夕暮れ

今生の名残と聞きし舞囃子《まいはやし》

天に届けよ朝東風《あさこち》に乗り

聞き終わった一同に沈黙が訪れた。勿体《もったい》をつけたわりに、弥兵衛の二首は凡庸なものだったからである。

気まずい雰囲気を変えるように、岡部元信が弥兵衛の歌をほめ、自ら舞を披露すると言い出した。皆は拍手でそれを喜び、宴席に和やかな雰囲気が戻った。

この席にいる多くの者にとっての、今生最期の夜がゆっくりと更けていった。

そんな中、宴席で一人、弥兵衛の歌を繰り返し口ずさむ者がいた。

「さきがけて――か」

片切監物であった。

大手口方面から獣の雄叫びのような喊声《かんせい》が立て続けに起こった。続いて、早鉦と懸り太鼓のけたたましい音が聞こえてきた。

「いくぞ！」

横田尹松が前後に声をかけると、それを合図に六十余名の一隊が一列縦隊で動き出した。

帯刀は武者震いを一つすると、監物の背を見つめながら、痩せ尾根を走り始めた。

先頭を行く片切隊の背後には、尹松とその家人らが続いている。

喊声は武具のぶつかり合う音と混じり、鈍い雷鳴のようになって風に乗ってくる。

元信らが突撃を開始したに違いなかった。

不気味な雲気が周囲に満ち、誰一人として口を利く者などいない。

（人が多く死ぬときの空は、いつも赤みがかり、どんより曇っている）

帯刀は不吉な予感を振り払うように走った。

半刻《はんとき》（一時間）ばかり、人一人がやっと通れる程度の尾根道を行くと、やがて最初の堀切に達した。尾根筋がいったん狭まり、やや広くなる直前を掘り切ったものだ。この地形なら追っ手側一人に対し、二人ないし三人で防げる。

先頭の監物が隊列を止める合図を出した。

「どうした」

尹松が怪訝《けげん》そうに問うた。

「横田様、最初の伏兵はここに」

「うむ、わかった」

すでに心理的に逃げに入っているらしく、尹松が焦れるようにうなずいた。

「ここは、それがしが受け持ちまする」

監物の意外な言葉に、尹松の顔色が変わった。

「何を申すか、おぬしは最後まで道役を務めよ」

「いや、ここから先の道筋は、飯嶋、大嶋両名に嚙んで含めるように伝えてあります。道を違《たが》えることはありませぬ。それより、ここで追っ手を防ぐことが肝要でござる」

「とは申しても――」

「お任せ下され」

しばしやりとりが続いたが、結局、尹松も納得した。尹松はこんなところで論争するより、先を急ぎたかったのだ。

「だが、おぬし一人というわけにもいくまい」

「それがし一人で十分。敵が見えれば、獣の糞《ふん》を焚《た》きますゆえ、その茶色い煙が見えましたら、次の伏兵を置きなされよ。それまでは伏兵無用」

「わかった。好きにせい」

尹松は半ば怒るように走り去った。

〝片切十騎〟の生き残りである竹村次郎右衛門尉、南嶋小平太、米山内蔵助《くらのすけ》、上沼右近、新居万之介《まんのすけ》はもとより、春近五人衆とその配下の者どもも、口々に監物をたたえ、水、兵糧丸《ひょうろうがん》、芋がら縄（里芋の茎を煮しめて縄状に干した食物）といったものを置いていった。

皆が走り去った後、それらの山とともに二人の男が残っていた。

むろん帯刀と四郎左である。

「この〝あぶら者〟めが！　早う行かんか！」

監物は、怠け者を意味する伊奈言葉で罵《ののし》り、帯刀の背を押した。

「親父殿だけ置いて行けるか！」

「わしのことは構うな！」

「いや、構う！」

そう言ったとたん、監物の鉄拳《てっけん》が飛んだ。

「この〝ばかまて者（愚直者）〟が！　親子揃うて伊奈に帰れ」

監物の瞳は涙に濡《ぬ》れていた。

殴られた片頰を押さえつつ、帯刀が言った。

「親父殿も一緒に帰ろう」

その場に座り込む監物に合わせるように、二人も腰を下ろした。

図らずも監物の口から出た伊奈という言葉に、三人は故郷の風景を思い出し、熱いものがこみ上げてきたのだ。

「親父殿、父上、ともに伊奈に帰ろうな」

四郎左の言葉に、二人は童子《わらべ》のようにうなずいた。

その間も、戦場の喧騒が大きな雲気となり、三人の周囲を取り巻き始めていた。それはかつて岩村城攻防戦で味わった死の雲気と同じ類《たぐい》のものだった。

「やはり、城から煙が上がらぬ」

その時、唐突に監物が言った。確かに城の方角からは煙一筋上がっていない。しかし、それが何を意味するのか、帯刀には見当もつかなかった。

「親父殿、それはどういうことだ」

「弥兵衛が城を焼いていないということだ」

「そんな、辻様に限って——」

弥兵衛に心酔する四郎左が反論しかけた。

「確かに遅い」

帯刀も同調したので、四郎左は不満げに立ち上がり、猿《ましら》のように手近の木に登ると、城の方角を凝視して言った。

「どこからも煙は上がっとらん」

「やはりな」

監物は傍らに置いた兜《かぶと》を手に取った。

「親父殿、どこへ行く」

「城に戻る」

父子は啞然とした。

「戻ってどうする」

「弥兵衛を斬り、城を焼く」

その言葉に、二人は腰を抜かさんばかりに驚いた。

「弥兵衛は、〝ぶり（内通）〟をしておるのか」

「ああ、そのようだ」

「辻様に限り、そのようなことはない！」

四郎左が喚いたが、それを相手にせず、監物は意外な言葉を口にした。

「彼の者の辞世の歌を覚えておるか」

むろん、弥兵衛の詠んだ歌など覚えていない二人は顔を見合わせた。

さきがけて命果てなん高天神
　龍笛漂う夏の夕暮れ

今生の名残と聞きし舞囃子
　天に届けよ朝東風に乗り

監物はその二首を復唱した。

「弥兵衛は作法通り、辞世を二首披露した。一首目は龍を、二首目に囃子という語を無理に入れている」

「それがどうしたというのだ」

「この歌は、われらが龍ヶ谷と林の谷から出撃することを暗に示しておる。さらに、一首目に高天神と入れ、二首目に朝東風のよく吹く場所、すなわち与左衛門平《だいら》（三曲輪《くるわ》）と入れた。つまり、高天神城の与左衛門平で、徳川方の誰かを待つということだ」

「言われてみれば――」

詩歌にはとんと疎い帯刀でさえ、監物の解釈により、その意味が理解できた。

「以前より、わしは彼の者が怪しいと睨んでおったのだが、あえて騒がんでいた。一味同心して死に向かおうとしている城衆に、疑心暗鬼の種を蒔《ま》き散らしたくなかったからだ。歌だけでは何の証《あかし》にもならん。偶然の一致とうそぶけば、誰も咎《とが》めだてできん」

「それで、最後に城を焼くか否かで、弥兵衛の〝ぶり〟を確かめようとしたのだな」

「そうだ」

草鞋《わらじ》の紐を締め直した監物が立ち上がった。同時に、帯刀と四郎左も兜をかぶった。

「帯刀、此度《こたび》ばかりはわし一人で行く」

「親父殿、死ぬるも生きるも一緒だ。ともに伊奈に帰ると、さっき誓ったばかりではないか」

四郎左が泣きそうな顔で言った。

「確かにそう申した。しかし、これだけはわし一人でやる」

「な、なぜだ！」

「四郎左よ、よく覚えておけ。これがわしの仕事だからだ」

「仕事――」

「うむ、城を焼き、敵に使わせないようにすることが、わしに残された仕事だ。それを全うすることで、死んでいった傍輩も納得する」

「甲斐の者らは逃げ去ったのに、親父殿がなぜそんなことをする！」

「それは――」

監物は一呼吸置いた後、はっきりと言った。

「わしは武田の家臣だからだ」

「家臣といっても、先方衆ではないか！」

「いいか、四郎左」

監物は諭《さと》すように言った。

「先方衆であろうが、重代相恩の旗本だろうが、いったん家臣となったからには、その使命を全うせねばならぬ。それが武士の掟というものだ」

「それでは、わしもともに行く」

四郎左はなおも食い下がったが、監物は首を振った。

「おぬしら親子は勝手にここに残った。残ったついでに追いすがる敵をここで防げ。それがおぬしらの仕事だ」

監物はにべもなく言うと、大小を腰に差した。

「親父殿、もういいではないか」

その時、帯刀が疲れたように言った。

「わしらは、甲州者に駆り出されて否応《いやおう》もなくこの地まで来た。与えられた仕事も愚直なまでにこなした。ここでしばしの間、敵を待ち、どこぞに消えても、どこからも文句は出ぬはずだ」

「その通りだ。わしとて忠義心や功名心から戻るわけではない。ただ、あの城を焼くことで、己の仕事を全うさせたいのだ。それをせねば、死んだ傍輩たちに顔向けできぬ」

いかにも監物らしい言葉に、帯刀は言葉を失った。

「何も死にに行くわけではない。そんな辛気臭い顔をするな」

「わかった。だが、戻ると約束してくれ」

「ああ、約束しよう。おぬしもわしの後を追わぬと約束しろ」

「わかった」

「万が一、わしが戻らずば、間違いなく弥兵衛は黒だ。そして、彼の者はさらなる功を求め、武田家の中枢に入り込むだろう。明朝になれば、追っ手が掛かっても横田殿は逃げ切れる。おぬしらはこの場を脱し、彼の者のことを武田家に伝えよ」

「わしらの申すことを信じてもらえるか」

「それはわからん」

監物は、二、三歩踏み出して振り向いた。

「四郎左、父上の申すことをよく聞き、立派な武士になれ」

「親父殿、誓ってその通りにする」

四郎左が涙声で応じた。

「帯刀、万が一、わしに何かあったら、孫と家を頼む」

「もちろんだ」

帯刀も泣きながら首肯した。

「くれぐれも己の仕事を全うせいよ」

「親父殿、死ぬな！」

その言葉には答えず、監物は足早に元来た道を引き返していった。その小さな背を、帯刀と四郎左はいつまでも見送っていた。


（それにしても、これほどうまくいくとはな）

弥兵衛は与左衛門平の物見櫓《ものみやぐら》から龍ヶ谷の戦いを見物していた。すでに武田方の兵の姿は見えず、そこかしこには、首を掻《か》き切られた屍だけが散らばっている。

（さすが本多佐渡、わしの歌の意味を解したと見えて、林の谷と龍ヶ谷に幾重にも兵を配しておったな。この分ではそろそろ上がってくるだろう）

その時、弥兵衛の許に何かが焼け焦げる臭いが漂ってきた。慌てて振り返ると、西峰の曲輪群から黒煙がもうもうと上がっている。

（ば、馬鹿な――、誰か残っておったのか！）

慌てて櫓を駆け下りる弥兵衛に声がかかった。

「辻殿、〝ぶり〟はいかん」

声のした方を見ると、一人の老人が立っていた。記憶の底をまさぐり、それが伊奈の地侍片切某という名であったことを、弥兵衛は思い出した。周囲を見回し、敵が一人と確認した弥兵衛は余裕を取り戻した。

「ご老人、よくぞ見破ったな」

その間も風に煽《あお》られ、次の曲輪へと火の手は広がっている。

「おぬしより年ふりておるからな」

「ふん、火を付けおって、人の功を台無しにしたな！」

城は構築物を焼いてしまっては、すぐに使用できない。たとえ城を獲《と》っても、居住空間から軍事施設までを、一から造り直さねばならない手間と費用は莫大なものとなる。

弥兵衛が間合いを詰めると、監物はじわじわと後ずさった。

（勝てる）

弥兵衛は確信を持った。

この時代の剣戟《けんげき》は一瞬の勝負である。一の太刀か二の太刀を相手の急所に打ち込み、致命傷を負わせる。むろん、相手も打ち掛かってくるが、三の太刀までいくことは滅多になかった。それゆえ、先制攻撃を仕掛けた方が圧倒的に優位となる。

「せい！」

上段に構えた弥兵衛が化鳥《けちょう》のような気合とともに跳んだ。物打《ものうち》（切っ先から三寸）は、まごうかたなく監物の顔面を狙っている。

その時、監物の手から何かが投じられた。

「あっ！」

その長い紐《ひも》状の物体は弥兵衛の太刀の柄《つか》に絡みついた。弥兵衛が着地した時、監物は片膝をついて弥兵衛の一の太刀を受け止めた。一方、手元に巻きついているものが何かわかった瞬間、弥兵衛は太刀を放り出した。

「うわっ！」

同時に監物に金的を蹴《け》られ、弥兵衛は仰向けに転がった。次の瞬間、慌てて起き上がろうとする弥兵衛の首筋に冷たい感触が走った。むろん、監物の太刀である。

「蝮《まむし》を投げるとは卑怯《ひきょう》！」

「これが伊奈の喧嘩《けんか》作法だ」

監物の太刀の切っ先が弥兵衛の頸動脈《けいどうみゃく》を探った。せめてもの情けで、苦しまずに死なせてやろうという配慮である。

「た、頼む、命だけは――」

「だめだ。しかし、このことは黙っていよう。辻家の名誉は守られるはずだ」

弥兵衛が覚悟を決め、目を閉じた時だった。風を裂く音がした。

「うっ！」

驚いて目を開くと、半身《はんみ》になった監物の首に矢が刺さっていた。それでも、弥兵衛だけは殺そうと思ったのか、瀕死の監物が太刀を振り下ろしてきた。

すんでのところで、それを逃れた弥兵衛は無様に転がり続けた。

その時、再び風を裂く音がすると、監物の背に二の矢が刺さった。監物は口から血を吐きつつ、なおも弥兵衛を追おうとしたが、すでに弥兵衛との距離は二間ばかり離れている。

最期にそう言い残し、監物はその場に突っ伏した。

眼前で起こったことに唖然とするばかりの弥兵衛であったが、黒煙の中から本多正信が現れたことで、すべてを理解した。

「腕が鈍ったな」

正信が大弓の弦をしごきつつ近づいてきた。

「佐渡守様、助太刀かたじけのうございます」

弥兵衛が転がるように平伏した。

「おぬしにはまだ働いてもらわねばならぬのでな」

「何とお礼を申し上げてよいか」

「しかし、すべて焼いてしまったな」

正信は周囲を見回すと、残念そうに言った。

「はっ、申し訳ございませぬ」

「これでは上様の機嫌も悪い。城を丸ごと献上すると申したわしの面目も丸つぶれだ」

「いや、しかし――」

「功の半ばは認めよう。だが、一城の主というわけにはまいらぬ」

「それでは約束が――」

「誰がこの首をつないでやったのか！」

正信は弥兵衛の襟を摑《つか》んで立たせた。そこには、かつて浜松城で会った好々爺《こうこうや》然とした正信の面影はなかった。

「わ、わかりました」

「うむ、もうひと働きしてくれれば、よいのだ」

正信は人のよさそうな顔に戻り、弥兵衛に策を授け始めた。

その傍らには、監物の遺骸が転がっていた。


朝日が山の端から顔を出した。算を乱して蝙蝠《かわほり》たちが巣に帰っていく。帯刀は幾筋も煙の上る城の方角を、ずっと見つめていた。

「父上、親父殿が城を焼いたのだろう」

「うむ」

「敵も来なかった」

「火勢が強くて城に入れず、この道を見つけられなかったのだ」

「父上、親父殿は戻らん。もう潮時だ」

肩を落として四郎左が言った。

「ああ」

帯刀は打飼袋《うちかいぶくろ》と芋がら縄を袈裟《けさ》に掛け、草鞋の紐を締め直した。同じように出発の支度を調えつつ、四郎左が言った。

「親父殿のことだ。この道を戻れば、わしらや横田殿が危うい。きっと別の道に逃れたのだ。親父殿は死なん。どこぞにきっと逃れている」

「そうだな」

この道以外に逃れる道がないことを、二人は知っていた。それでも、二人は監物の死を受け容れたくなかった。

二人は尹松一行が去った尾根道をたどっていった。城の見える最後の尾根の頂で立ち止まった帯刀は、城に向かって手を合わせた。黙って四郎左もそれに倣った。

かくして高天神城は落ちた。

『浜松御在城記』によると、武田方の死者は七百三十名という。

岡部元信は大久保彦左衛門忠教《ただたか》の寄子《よりこ》である本多主水《もんど》に討ち取られた。駿遠侍の名誉を一身に担った武辺者は、その最も望む形で人生の最期を締めくくった。

この時、高天神城救出の命を受けた穴山梅雪は、何のかのと言い訳をして出陣せず、城衆を見殺しにした。このところ、梅雪に遠慮気味だった勝頼も、家臣団に断固たる態度を示さねばならず、梅雪の嫡男勝千代と自らの娘の婚約を破棄した。それにより、梅雪の離反は決定的となった。

五

高天神落城は武田家と徳川家の力の均衡を崩した。これ以後、徐々にではあるが、家康の侵攻速度は速まっていく。

下野戦線でも、事態は急変しつつあった。武田の同盟相手である佐竹義重が、小山城（祇園城）をめぐる戦いで北条勢に撃退されたのだ。しかも、それを知った武田傘下の上野国衆の宇津木下総守、白井長尾憲景が北条方に転じた。

こうして、高天神落城による影響は、両陣営に変化をもたらしていった。

一人の虚無僧《こむそう》が、駿河戸倉城の大手門で取り次ぎを依頼した。番士は氏照の過所《かしょ》（通行手形）を確かめ、虚無僧を中に通した。しばし遠侍《とおさぶらい》で待たされた後、虚無僧は広間に案内された。

「城代北条右衛門佐《うえもんのすけ》氏光、小田原へ出張のため、それがし笠原新六郎政晴がお相手いたす」

「かたじけない。それがしは武田大膳大夫《だいぜんのだいぶ》家臣小宮山内膳佑《ないぜんのすけ》に候」

武田家家臣という言葉に、居並ぶ家臣たちの顔が強張《こわば》った。

「奥州様の過所を確かめさせてもらった。火急の用とのことで通したが、用向きはいかに」

「用向きを話す前に、人払いしていただきたい」

「あいわかった」

政晴が顎で合図すると、潮が引くように配下の者どもが下がっていった。

二人になったところで、内膳が油紙で包んだ書状を前に置いた。すでに人払いした後なので、小姓もいない政晴は、仕方なく内膳と向き合う位置まで下りてきた。

「こ、これは――」

氏照の書状を読む政晴の顔色が瞬く間に変わった。

内膳は説明を付け加えた。

北条家では、いまだ隠居した氏政が強い発言力を持っているとはいえ、当主は氏直に代替わりした。

信長の娘をもらうことになっている氏直は、当然のごとく織田政権への接近を図るつもりである。そのため側近衆を刷新し、新たな権力構造を築こうとしている。その軍師格は、親織田派の筆頭である叔父《おじ》氏規《うじのり》（氏康五男）である。氏政・氏照と氏直・氏規の方針対立は顕在化しつつあり、前当主氏政は権力の中枢から遠ざけられつつあった。ここで正当な手続きで、武田家との密約交渉など持ち出そうものなら、氏直とその側近から一蹴《いっしゅう》されることは間違いなく、まず、氏照は氏政の肚《はら》を固めさせる必要があった。そのためには、内膳を氏政に会わせることが最も効果的である。

かくして、氏照は内膳を戸倉城に派遣した。

「小田原で大殿（氏政）に会うともなると、何かとうるさく詮索されるらしく、ここに来るように仰せつかった。間もなく、この城に大殿が来られると聞いているが――」

「奥州様がそう申すなら、間違いないだろう」

政晴はまだ疑い深そうな目を向けている。

「奥州様は書状で大殿の了解は取り付けたが、大殿は慎重なお方なので、それがしが、直接、会って話をするよう命じられた。右衛門佐殿（氏光）が不在とは知らなんだが、貴殿が取り次ぎの労を取ってくれると助かる」

「そうは申しても――」

政晴は明らかに戸惑っていた。

「いずれにしても、待たせていただく」

開き直ったかのように言い放つと、内膳は瞑目した。むろん、そのままにしておくわけにもいかず、政晴は着替えを与え、風呂《ふろ》と飯を用意させた。

城内の一室を与えられた内膳は、ようやく人心地がついた。

（弥兵衛は徳川家に仕官できただろうか）

内膳はぼんやりと親友のことを考えていた。

（わしは御屋形様への諫言《かんげん》に弥兵衛を誘い、道を誤らせてしまった）

そのことを思い出す度に胸がうずいた。たとえ、敵味方として刃《やいば》を交えることになろうとも、弥兵衛が徳川家に仕官できることを内膳は祈った。

（御方様は大丈夫であろうか）

続いて、内膳は桂のことを思った。

一度《ひとたび》、入水《じゅすい》した者は、水中の霊に見込まれ、再び入水するという、真しやかな言い伝えが、東国には残っていた。万が一とはいえ、桂を再び大きな落胆が襲った際、桂がそれに堪えられるか、内膳にはわからなかった。

その時、突如、数人の男たちが踏み込んできた。

「何奴！」

体を反転させて、床の間の太刀を取ろうとした内膳であったが、その腕を蹴り上げられ、体が仰向けになった。そのため、容易に四肢を押さえられた内膳は、当て身を食らって気を失った。瞬く間に高手小手に縛り上げられた内膳は、戸板に乗せられ土牢《つちろう》に運ばれた。

どのくらい時が経ったろうか——。滴る地下水が頬に当たり、内膳は目が覚めた。漆黒の闇の中、周囲を探り、ほどなくそこが土牢であることを覚った。すでに両手の縄は解かれていたが、足には枷《かせ》が嵌《は》められていた。それをはずそうと試みたが、頑丈な錠が掛かり、びくともしなかった。

混乱する記憶をたどり、ようやく内膳はここにいる理由《わけ》に思い至った。

（不覚だった）

しかし、いくら考えても、笠原政晴が内膳を捕らえた理由がわからない。氏照のお墨付きを持っている内膳を捕らえるということは、氏政の命によるものとは思えない。

（松田憲秀《のりひで》の息子の笠原が親織田派ということもあり得ない）

氏政時代の筆頭家老である松田憲秀は、当然のごとく氏政の考えに従っていると聞く。その息子の政晴が親織田派というのもおかしい。

（考えても致し方ない。この世には不可解なことが多々ある。後は運命に身を任せよう）

そう思った内膳は手枕で再び横になった。

十月、甲斐府中は大騒ぎとなっていた。それは、一応の普請が成った韮崎新城に移った勝頼が、家臣団にも府中引き払い令を発したためであった。

家臣の中には、相次ぐ出陣で窮迫し、韮崎に割り当てられた新地に館を造れない者もいた。そうした者も含めて、一斉に引き移るよう命令が発せられたのだからたまらない。家臣たちは様々に理由を構えて移転を渋った。

この有様に、急遽、伊豆から帰還した勝頼は激怒した。勝頼がすでに移転を完了しているにもかかわらず、勝頼を守るべき家臣たちがついてきていないのだ。

すでに移転を済ませた釣閑や大炊助らも、勝頼を焚《た》き付けたので、勝頼は怒りに任せて、府中打ち毀し令を発し、釣閑をその責任者に任命した。

何の利もない仕事ながら、鬱屈《うっくつ》した思いを抱き続けていた釣閑は、早速、府中に戻り、中間《ちゅうげん》や小者を指揮して屋敷という屋敷を片っ端から引き倒そうとした。

移転は武家階級だけという触れだったが、そこかしこに篝火《かがりび》が焚かれ、権威を笠《かさ》にきた中間や小者は商人の館まで押し入り、乱暴狼藉《ろうぜき》をほしいままにした。釣閑と大炊助もそれを大目に見たため、市民は恐慌状態に陥った。

かつて、日本で最も安全な都市の一つであった甲斐府中の城下が、一夜にして野盗の徘《はい》徊《かい》する無法地帯と化したのだ。

当然のごとく釣閑は、桂らの居住する西の御座にも退去を促してきた。

桂たちは館内で息を潜めてことの成り行きを見守っていたが、遂に、釣閑と大炊助を先頭にした打ち毀し部隊が、門前の馬出《うまだし》まで押し寄せてきた。

剣持、早野、清水らが門前に立ちはだかったが、勝頼の命令書を眼前に掲げられては、何の抵抗もできない。

早野内匠助が、桂たちが待つ御座所に駆けつけてきた。

「御方様、ここはお立ち退きいただくほかありませぬ」

「立ち退いてどこに行けと申すのですか」

「韮崎の新城に、われらの身の置き所はないと聞いております。ここは小田原に帰るほかありませぬ」

「いやです」

桂はきっぱりと言った。

「御方様、ここは早野の言を容れ、いったん恵林寺か広厳院を頼ったらいかがでしょう」

傍らから浅茅が心配そうに言った。

「わたしはこの場から動きませぬ。打ち毀すというなら、わたしごと打ち毀すがよい」

桂が毅然《きぜん》として言い切ったので、内匠助はその旨を告げに門前に向かった。

やがて、ことの次第を聞いた釣閑が、単身、乗り込んできた。釣閑は茶人頭巾《ずきん》に袖《そで》なしの道服《どうぶく》といった隠居姿で、悠然と奥廊下を渡ってきた。

「御方様、ご機嫌うるわしいようで」

釣閑が皮肉交じりの微笑を向けてきた。

「前代未聞の騒ぎが見られて、この上なく上機嫌です」

「ははは、これはやられましたな」

釣閑が、桂の眼前にどかとばかりに腰を下ろした。

「何と申されようと、わたしはここから動きませぬ」

「それはもとより承知の上でございます。御方様を無理にここから追い出そうなどとは思ってもおりませぬ」

釣閑は余裕のある態度で応じた。

「それならば、なぜあのような者たちを引き連れて来られたのか！」

「御方様の御座所は打ち毀しませぬが、それ以外はすべて打ち毀すつもりで参りました」

桂は、周囲がすべて打ち毀され、一間《ひとま》だけ残された館に、ぽつねんと座す自分の姿を想像した。

「わたしを愚弄《ぐろう》しておるのか！」

「愚弄などいたしておりませぬ」

「それでは何の恨みがあって――」

「恨みなどありませぬ」

そう言った時、一瞬だけ釣閑の顔に感情の色が差した。桂はそれを見逃さなかった。

「それでは、そなたは武田家に恨みがあるのですか」

「はっはっは」

釣閑は唐突に笑い出した。

「御方様、それがしは幾度となく宿老どもからそう謗《そし》られてきた。よもや、御方様からそれを指摘されるとは思ってもみませんでした」

釣閑には、義信事件に連座した嫡男源五郎を失うという苦い過去があった。しかも、ことあるごとに宿老たちからそれを指摘され、嫌な思いもしてきた。

「息子を殺された恨みから、釣閑は武田家を滅ぼそうとしている」と言った宿老の内藤昌秀に対し、釣閑が逆上し、斬り合い寸前になったこともあった。

しかし、桂も負けてはいなかった。

「それならば、越後内乱の折、なぜ御屋形様をそそのかし、三郎様を殺させたのか！」

「これは異なことを――」

「そなたの邪心により、武田家はこんなにも追い詰められた。わたしのささやかな幸せも奪われた。それなのにそなたは罰せられもせず、こうして白昼堂々、城下を歩いている」

桂の桜色の頰に、涙が一筋、流れ落ちた。それを見た釣閑は軽蔑したように笑った。

「退くも退かぬも御方様のご勝手。好きになされよ。ただし、打ち毀しはすぐに行わせていただきまする」

「わかりました」

釣閑が慇懃《いんぎん》無礼《ぶれい》に平伏し、座を払おうとしたその時、大炊助が駆け込んできた。

「失礼いたします」

桂に向かって平伏すると、大炊助は釣閑に何事か耳うちした。

「それは真《まこと》か」

「はい、確かに」

釣閑の面が怒りに引きつった。

「いかがなされました」

「御方様には関わりのなきこと」

釣閑は冷たく突き放したが、大炊助が代わりに答えた。

「先ほど、韮崎の御屋形様から飛札が届き、打ち毀しはいったん取りやめとなりました」

「何があったのです」

「御屋形様は、急遽、伊豆に出陣とのことで、帰陣するまでに移転を済ませるよう、家臣たちに猶予令が出されました」

「そうでしたか――」

胸を撫で下ろす桂を尻目に、釣閑は憮然《ぶぜん》として座を払った。大炊助は桂に一礼すると、釣閑の後を追っていった。

六

雨が降れば、土牢は水浸しになる。すでに十一月も終わろうとしており、伊豆といえども寒気は厳しい。寒さと水に浸したままの足先の冷たさに朦朧《もうろう》としながら、内膳は死を考えていた。

(こんな形で死ぬとは思わなかった)

白濁した意識の中で、内膳は様々なことを思った。これまでの人生で関わった人々の顔が、次々と浮かんでは消えた。その中には、釣閑や大炊助の顔もあったが、すでに憎しみさえ湧かなかった。むろん、勝頼と桂の顔も浮かんだ。

(お二人をお守りせねばならぬ)

それだけが生きようとする唯一の動機だった。

その時、にわかに外が騒がしくなり、数人の番士が土牢内に入ってきた。

(いよいよ斬られるか)

内膳に問う暇も与えず、番士たちは内膳の両肩を支えると、外に引っ立てていった。

風呂に入れられ、月代《さかやき》を剃《そ》られた内膳は、下帯、肩衣《かたぎぬ》、化粧袴《ばかま》などを与えられた。その間、かいがいしく世話をする小姓たちに事情を問うてみたが、誰一人として答える者はいなかった。

（氏政が来たのだ。そして、誤解が解かれたに違いない）

内膳は当然のごとくそう思った。やがて、取次役に導かれ、内膳は広間に連れて行かれた。しかし、そこで待っていたのは、考えもしなかった人物だった。

「こ、これは！」

顔を上げることを許された内膳は愕然《がくぜん》とした。

「驚いたか」

「お、御屋形様、これはいかなる仕儀で」

内膳の眼前に勝頼がいた。その傍らで、笠原政晴が狡猾《こうかつ》そうな追従笑《ついしょうわら》いを浮かべている。

（ここは北条の城のはず――）

すぐに状況がのみ込めず、内膳は困惑した。

「内膳、不可解であろう」

「いかにも。即座には解《げ》せませぬ」

「笠原殿、説明してやってくれ」

勝頼に促され、笠原政晴が語り始めた。

北条氏光の副官として戸倉城を守る笠原政晴は、以前より沼津三枚橋城の春日信達から内応の誘いを受けていた。武田側につけば、伊豆一国を充行《あておこな》うとまで言われ、遂に内応を決意した。しかし、笠原単身で武田方に身を投じたところで意味はない。どうしたものかと思っていたところに、城主の氏光が小田原に帰るという。政晴はこの機会を逃さず、戸倉城ごと武田方に献上しようとした。

そんな時に現れたのが内膳であった。事情はよくのみ込めないが、北条家のために働いていることは確かである。それで政晴は、城と併せて内膳も勝頼に献上することにしたというのだ。

「というわけだ」

笠原に事情を語らせた後、勝頼は人払いした。室内は勝頼と内膳だけになった。

「おぬしが桂の走狗となるとは、夢にも思わなんだ」

内膳は唇を嚙んで黙した。言い訳は見苦しいと思ったからである。

「それもこれも武田のことを思うてのようだな」

「いかにも」

内膳は胸を張って答えた。

「内膳、わしに命まで狙われ、それでも武田家のためを思うのはなぜだ」

「――――」

「釣閑憎しの情がそうさせるのか」

「よもや、あのような佞人《ねいじん》のことなど、眼中にありませぬ」

「それではなぜだ。他家に身を寄せ、帰参の機を窺うというのであれば話はわかる。しかし、命まで狙われながら、武田家に尽くそうとするその真意がわからぬ」

勝頼は真剣な眼差《まなざ》しで内膳に迫った。しかし内膳自身にも、その理由はわからなかった。

「御屋形様、それがしにも、それはわかりませぬ。ただ、内から湧き出る何かがそうさせるのです」

「何か、だと――」

「己一個の損得を通り越した何かが、それがしを突き動かすのです。それが漢籍に出てくる忠義ということなのか、それがしにはわかりませぬ」

「忠義か」

「はい、それがしが、武田家を大事と思う気持ちは、己の生まれ育った大地を愛するがごときものなのです」

内膳の言葉に打たれたがごとく、しばし瞑目した後、勝頼は言った。

「それでは桂は、なぜこれほどまでに武田家のことを思うのか」

「御方様のお心は、忠義などを通り越した、もっと大きなものでございます」

「それは何か」

「それは御仏の慈愛の心に近いもののような気がいたしまする」

「慈愛の心か――」

勝頼は遠くを見るような目をした。

「御方様は、万物を慈しむ菩薩《ぼさつ》の心根をお持ちでございます」

「桂が、そのような大きな心を持っておると申すのか」

「御屋形様はあまりにお近くにいたため、それがおわかりにならなかったのです」

勝頼の誤解を解くために、内膳は懸命に説いた。

「やはり、桂は何も知らなかったのか」

「申すまでもなきこと」

内膳の懸命の説得に、勝頼の心は動かされつつあった。

「しかし内膳、三郎はわしが殺したも同然、それでも、なぜ桂はわしを憎まぬ」

「憎んだことでありましょう。しかし御方様には、己の体を害する以外に、その憎しみを浄化させる術はなかったのです」

「そうか――」

「御方様はそういうお方です。しかし入水した後は、さらに大きな心根を持ち、武田家とその領民を慈しみ、甲相一和のために生きる決意をなさったのでございましょう」

勝頼はよろよろと立ち上がると、縁側の柱に体をもたせ掛けた。

「桂――」

勝頼は、府中の方角の空を見上げながら呟《つぶや》いた。

「わしは、わしはたいへんなものを見失っていたのやも知れぬ」

勝頼はがっくりと肩を落とすと、その場に座り込んだ。

内膳は勝頼に深く同情した。誰憚《はばか》ることなく愛し合えるはずの二人が、第三者の野心と欲心に惑わされ、その仲を引き裂かれたのだ。しかも勝頼は、その嫉妬心から政策まで誤り、国を失う危機に立たされつつある。

その時、渡り廊下の先から勝頼を呼ぶ声がした。

「いかがいたした！」

「北条勢が峠に見えましたる次第！」

笠原政晴が上ずった声を上げた。

「相州か」

「馬標から間違いないと」

「軍勢は引き連れておるか」

「馬廻衆《うままわり》だけの小勢にございます。おそらく、本隊は大平城に向かったはず。それでは、手はず通りに相州を迎え入れ、捕らえまする」

氏政は何ら疑うことなく、少人数で戸倉城に入ろうとしていた。笠原の段取りでは、何食わぬ顔で、氏政一行を城に迎え入れ、搦《から》め捕ってしまうというものらしかった。

二人のやりとりを聞いていた内膳は愕然とした。

「御屋形様、いかなる経緯でこうなったかは存じませぬが、ここで相州を捕らえては、北条家との絆《きずな》は間違いなく断たれることになりまする！」

内膳は勝頼の膝に手を掛けんばかりに迫った。

「これ以上、北条家の恨みを買えば、いかに鷹揚《おうよう》な相州者でも、われらを許しはいたしませぬ！」

勝頼と内膳のやりとりに不穏な空気を感じ取った笠原が、縁先まで走り込んできた。

「御屋形様、それでは段取り通り、それがしは大手で相州を迎え入れまする！」

笠原はそう言うや走り去ろうとした。

「御屋形様、お止め下さい！」

内膳の言葉に勝頼は目を開いた。

「待て！」

勝頼の鋭い声が笠原の足を止めた。

「笠原、鉄砲を撃ち掛け、敵を追い散らせ！」

「そ、そんな――。相州を捕らえるこれだけの好機はありませぬぞ！」

笠原も勝頼の眼前までにじり寄った。

「笠原、御屋形様の命が聞こえぬか。武田家では、当主の命に従わぬ者は、その場で斬られても文句は言えぬ」

内膳の言葉に合わせるように、勝頼は体をねじり、床の間の佩刀《はいとう》に手を掛けた。

笠原はその場に尻餅《しりもち》をついた。

「城に花菱の旗を翻し、相州に鉄砲を撃ち掛けよ」

「は、はい――」

笠原は平伏すると、脱兎《だっと》のごとく渡り廊下を走り去った。

「御屋形様、よくぞ――」

内膳は、安堵《あんど》から全身の力が抜けるように感じた。

「元々、こうした卑怯な作配（策謀）を、わしは好まん」

「それでこそ、御屋形様にございます」

しばらくすると、鉄砲の音が聞こえた。二人は顔を見合わせて笑った。

「内膳、苦労をかけたな」

「御屋形様のご心中を察すれば、それがしの苦労など、ものの数ではありませぬ。しかし、国法を破った罪は曲げられませぬ。それがしは甲斐に戻り、罪に服さねばなりませぬ。ただその前に――」

「わかっておる。相州に会いに行くのだな」

「はっ、その後《のち》、必ず出頭いたしまする」

「わかった。しばらくほとぼりを冷ました後、帰参いたせばよい。しかし、戸倉城を失い、北条方も気が立っておる。相州との話がうまくいくといいが――」

「覚悟はできておりまする」

「戸倉城を返すか」

「いや、すでに徳川の間者《かんじゃ》はそこかしこにおりましょう。戸倉をわれらが奪ったことは野火のごとく広まります。ここで、さしたる理由《わけ》もなく城を返せば、信長はわれらと北条の仲を疑い、小田原に詰問使を送ります。さすれば、小田原は旗幟を鮮明にせざるを得ないでしょう」

「そうだな」

縁際まで下がった内膳は平伏した。

「御屋形様、御方様と心を割ってお話し下され。それだけが、この内膳の願いにございます」

「わかった」

勝頼はそう言うと、再び瞑目した。

内膳はそっと障子を閉め、勝頼を一人にしてやった。

十二月、再び虚無僧に扮《ふん》した内膳は戸倉城を後にした。そして、大平城の大手口から、氏政に謁を請うた。

当初は、戸倉城を騙《だま》し取られたことに激昂していた氏政であったが、ほかならぬ氏照の口添えである。事情をよくのみ込んだ後は、渋々ながら、その願いを聞き届けた。

かくして、桂と内膳の願いは、北条家の親武田派に正式なものとして受け容れられた。

十二月末、勝頼は戸倉城を後にし、韮崎に戻っていった。

一方、十二月中旬、信長は甲州征伐を正式に決定した。その知らせは即座に家康にも伝えられた。しかし、同盟国である北条家に、それは伝えられなかった。北条家内の親武田派の活動が活発になることを、信長が嫌ったためである。

むろん、上方《かみがた》に放った武田家の諜者《ちょうじゃ》からも、しきりと信長の甲州征伐が近いという情報が、勝頼の許にもたらされていた。

必死の外交交渉を続ける快川紹喜と南化玄興は、御坊丸こと織田源三郎信房の返還を勝頼に要請、勝頼もこれを了解した。さらに佐竹義重からも、信長との和睦交渉を仲立ちするという申し入れがあった。むろん勝頼に否はない。二つ返事で義重に交渉を一任した。

義重は、御坊丸帰還に合わせるように信長に親書を送り、武田家との和睦を勧めた。しかし、すでに寺社筋や義重のような中堅大名の口利きで、信長が動くはずもなかった。

さも当然のごとく御坊丸を受け取った信長は、義重の親書を黙殺した。

七

西の御座の打ち毀しは延期されたものの、いつ何時、釣閑の息のかかった打ち毀し部隊が現れるか知れない状況に変わりはなかった。

桂の従者たちは戦々恐々とし、すでに荷造りを始めている者もいた。

予想に違《たが》わず、ほどなくして府中の打ち毀しは再開され、人夫たちの掛け声と家の倒れる音が、終日、続くようになった。その音に怯《おび》えつつ、西の御座の人々は、ひっそりと息を潜めるように生活していた。

それでも桂は、西の御座を引き払うつもりはなかった。家臣たちは桂に小田原に退くよう懸命に説得したが、桂は頑として聞かず、「われらがここを引き払うときは、韮崎の新城にわれらの居場所を造っていただいたときだけ」と、頑《かたく》なに言い張った。

快川紹喜は勝頼とともに韮崎にあり、頻繁に上方と連絡を取り合い、事態の打開を図っていた。仁科盛信はその居城である高遠に去っていった。再び釣閑らが現れれば、桂の頼りとする人間はいなかった。いつの日か心が通じ、勝頼が笑顔で迎えにくる日が訪れることを信じ、桂は運命に身を委《ゆだ》ねた。

そして、その日が遂にやってきた。

甲府盆地の虎落笛《もがりぶえ》がその寂しげな音色を一斉に奏でる頃、突然、桂は勝頼に召された。久方ぶりに渡る御主殿の渡り廊下は、足袋《たび》を通しても、その寒気が伝わるほどだったが、和解の予感に湧き立つ桂にはほてるほど温かかった。もどかしいほどに長い渡り廊下を通り、勝頼の執務室である中書院に導かれた桂は、遂に勝頼と対面を果たした。

久方ぶりに会った勝頼は、頬が落ち込むほどやつれていた。しかしその笑顔には、以前と変わらぬ優しさが溢れていた。

「桂、長きにわたり心配をかけた」

「上様——」

その一言で、雲間から無量光が差すように、それまでの苦悩が一掃された。桂は、極度の緊張から解放されたかのごとく、その場にくずおれた。

勝頼は偶然から内膳と会った経緯を話し、内膳から桂の真意を伝えられたと語った。それを聞いた桂の瞳からは、止めどもなく涙が流れ落ちた。遂に願いは天に通じ、勝頼は心を開いたのだ。

泣き崩れた桂の背を、勝頼が優しく撫でた。

「思えば、わしは迷いに満ちた道を歩んできた。父を超えんと己を見失い、長篠では多くの宿老を無駄死させた。越後では金に目がくらんだ上、嫉妬に狂い、喜平次に味方した。その結果、北条家をも敵に回してしまった」

桂の背を撫でながら、勝頼は独り言のように語った。

「上様、誰しも正しき方角を見失い、道に迷うことはございます。それは致し方なきこと。しかし、これからは違います。上様は道標《みちしるべ》の星を見分けられる大将となられたのです」

「たとえそうであっても、もう手遅れかも知れぬ」

勝頼の面に不安の色がよぎった。その不安は、信長の甲州征伐の噂からきていることは明白だった。

「上様、皆が心を一《いっ》にして手向かえば、信長ごときはものの数ではありませぬ。上様はそれをなし得る人となられたのです」

「わしがか――」

「そうです。上様はもう父上を超えられた。その証拠が真田安房であり、小宮山内膳などの忠義の士ではありますまいか。彼らは人としての上様を慕っております」

桂は懸命に勝頼の心を鼓舞しようとした。

「桂、わしは父を超えられない」

「いいえ、超えております。強さと恐怖だけで国を治めることは、一代限りであれば誰でもできます。しかし、その跡を継いだ上様は、艱難辛苦《かんなんしんく》を乗り越え、将としての徳を磨かれた。これからは、臣下も民も揃って上様をお慕い申し上げます。慈愛の心を持った上様に、彼らは喜んで付き従いましょう」

桂は懸命に説いた。その小さな口から発せられる言葉の数々は、勝頼に勇気を与えていった。

「父を超えたかどうかなど、さしたることではない。わしは何があっても、この領国と民を守らねばならぬのだ」

「そうです。それができるのは上様を措《お》いてほかにおりませぬ。ただ――」

桂は逡巡《しゅんじゅん》した。

「信長の侵攻を食い止められなかった折のことだな」

「はい、その時は、北条領にお逃れいただきますようお願いいたします。どんな屈辱に遭っても、生きることが、生き続けることが、武田家を再び繁栄させるための唯一の方策にございます」

「わかった」

勝頼が桂を抱き寄せた。

今までの思いのたけをすべて語った桂は、全身の力が抜けるのを感じた。このまま勝頼に抱かれ、天に召されてもいいとさえ思った。

「上様、これからは何があっても一緒です」

「もちろんだ。すでに、韮崎の新城に御座を造るよう手配しておいた。早速、移ってくれ」
「はい、喜んで――」
桂は勝頼の手を強く握った。勝頼も強く握り返した。男女の愛を超えた次元で、二人の心が通い合った瞬間であった。

高天神落城後、駿府に逃れた宮下帯刀父子は、半年にわたり、田中城、持舟城の在番を命じられた。幸いにして、五月に持舟城で小競り合いがあった程度で、それ以後は嵐の前の静けさのごとく、徳川勢は鳴りを潜めていた。

武田方には「大井川の線が堅いので、敵は攻め寄せられないのではないか」という楽観的な観測を持つ者もいたが、実は、家康とその幕僚は、信長の命による甲州侵攻作戦の準備に追われていたのである。

帯刀父子は、駿河の城の守備に就きながら監物の帰りを待った。しかし、いくら待っても監物は現れなかった。半年が過ぎる頃、二人は監物の死を事実として受け容れねばならぬと思った。

高天神落城から半年後、武田家では監物を討死したものとして扱い、片切家の留守居役に、孫宛の所領安堵状が届けられた。状況が状況だけに、逃亡者扱いされなかったことだけが唯一の救いであった。しかし、監物の死に何らかの形で辻弥兵衛が絡んでいるらしいので、吟味してほしいという帯刀の願いは一蹴された。

被支配階級である信濃先方衆の一地侍が、確固たる証拠もなく、武田軍団生え抜きの辻弥兵衛を訴え出たところで、奉行下役が取り上げてくれるはずもなかった。しかも、肝心の弥兵衛の生死さえ定かでないのである。

帯刀は、こうした疑惑を下役に訴え出ることの愚劣さをしみじみと味わった。そして、監物のためにも、勝頼とその側近に、直接、伝えねばならぬと思った。しかし駿河にいては、その機会はなかなかめぐってこない。

その頃、横田尹松とともに、いったん甲斐に逃れた飯嶋為方ら春近衆が、高遠に在番していることを帯刀は耳にした。大嶋為輝とその弟二人だけは、武田信豊付きとして小室在城衆となっていたが、そのほかの面々は、皆、高遠在番となっている。高遠であれば、穴山梅雪支配の駿河と違い、武田家直属の将領の行き来も多い。

監物から託された最後の仕事として、何としても弥兵衛の疑惑を武田家中枢の誰かに伝えねばならないと思った帯刀は、早速、春近衆とともに高遠で戦うことを願い出た。

十二月、その願いが受け容れられ、帯刀と四郎左は高遠に向かった。

武田家の政庁機関を韮崎に移転させるべく、大炊助は忙殺されていた。その最中《さなか》、木曾義昌より、正月なので人質をいったん国許に帰してほしいという嘆願があった。

義昌から人質として預かっているのは、義昌の老母（七十歳）、嫡男千太郎（十三歳）、娘（十七歳）の三名である。確かにここ四年間、義昌の人質は故郷に帰していない。義昌との良好な関係を保つ上でも、一時帰郷は認めてもおかしくなかった。むろんその代わりとして、義昌は使者としてやってきた義昌の末弟を人質にしてくれという。今までも代理を立てれば、人質の帰郷は認めてきたこともあり、手続き上も問題ない。しかも、親類衆の木曾氏の願いともなれば、無下に拒否するわけにもいかない。大炊助は了解しようとしたが、すんでのところで思いとどまった。

使者を待たせた大炊助は、韮崎の奉行所とは目と鼻の先にある釣閑館を訪れた。釣閑はすでに政権の中枢からはずされており、府中打ち毀し以来、大した役にも就いていないので、悠々自適の隠居生活を送っているはずであった。

大炊助が訪れた時、あいにく釣閑は留守だった。家宰の話では、釣閑は閑をもてあまし、毎日のように近くの川まで釣りに出かけているという。

(彼の御仁も、名の通り、釣閑となられたか)

ばかばかしくなった大炊助が奉行所に戻ろうとしたところに、釣閑が帰ってきた。

大炊助は以前と変わりない態度で、辞を低くして事情を話した。

縁先で話を聞き終わった釣閑は、魚籠《びく》の中を指し示した。わけがわからぬままに、大炊助が魚籠の中を覗き込むと、数匹の鮠《はや》が息も絶え絶えにもがいている。

「見るがいい。この魚らは同じ種だ。親兄弟かも知れぬ。ところが己が苦しいとなると、見境もなく体を動かし、ほかの魚の上に出ようとする。全く哀れなものだ」

「はあ」

「魚も人も同じ。最後は己だけでも助かろうとするのが、生き物の性《さが》というものだ」

「ということは――」

「伊予《いよ》（義昌）は寝返る」

声を潜めて釣閑が言った。

「ま、まさか」

「ただ、彼の男の甘さは肉親を救おうとしておることだ」

「確かに――」

「その弟とやらは偽者だろう」

「伊予の末弟とやらで、年は二十歳《はたち》そこそこ。奉行所では、誰もその顔を知る者がおりませぬ」

「そうであろう。伊予に大金を積まれた山作《やまづくり》（樵《きこり》）のせがれか何かだ。人質が帰った後、どさくさにまぎれて逃げ出すつもりであろう」

釣閑の頭脳は、相手の気持ちを読むということにかけては衰えていなかった。

「それでは、いかがいたすべきでしょうか」

大炊助の問いに、釣閑が哄笑《こうしょう》で応《こた》えた。

「おぬしはいつまでも変わらぬなあ。わしを見限ったからには、己だけで物事を判断していかねばならぬぞ」

「見限ったなど――」

「まあいい、いずれにしても証拠がない。その男をとどめ置き、様子を見るがいい。そのうち尻尾を出すはずだ」

「そういうものですか」

「そういうものだ」

釣閑はそこまで言うと魚を掴み、大炊助の眼前に掲げた。

「どうだ、食っていくか」

「いや、まだ執務がございますゆえ」

「毒など入っておらぬぞ」

釣閑は高笑いしながら奥に消えていった。


(こいつはひどいものだな)

甲斐府中に戻った弥兵衛は、破壊し尽くされた城下を見てため息をついた。

府中の町には、昔日の面影はなかった。家財を積んだ車が埃《ほこり》を蹴立てて行き交い、親とはぐれた子供が泣いている。そこかしこに糞尿《ふんにょう》は垂れ流され、街中に悪臭が満ちている。誰が食べたのか、内臓のない犬の死骸《しがい》が転がっている。

弥兵衛は無感動にそれらを見た。かつて、日本国内で最も平和で清潔な町の一つであった甲斐府中は、汚濁にまみれた無法都市と化していた。

柳小路《やなぎこうじ》にあった実家に行ってみると、思った通り、跡形もなく打ち毀されていた。

もっとも、老父と一族郎党は、すでに知行地《ちぎょうち》の八代《やつしろ》郡南野呂《のろ》郷に退隠しているので、どうということもなかったが、やはり、幼い頃から慣れ親しんだ家がなくなったという寂しさはあった。

（父祖代々、武田家に仕え、命を磨り減らしてきた挙句がこれだ）

弥兵衛の胸内に沸々とした怒りが湧いてきた。

（武士は故郷など持ってはいかんのだ。所詮、われらは渡り者だ）

弥兵衛は、己の選んだ道が正しかったことを確信した。

その時、弥兵衛の傍らを盗賊同然の恰好をした足軽たちが通り過ぎていった。本能的に菅笠《すげがさ》で顔を隠した弥兵衛であったが、足軽たちは弥兵衛に何の関心も示さず走り去った。

その方角には、躑躅ヶ崎館がある。

すでにほとんどの行政機能が韮崎に移転した中にあって、唯一、躑躅ヶ崎館に在り、治安維持に当たっているのが、残留部隊を率いる横田尹松であった。

（さて、いかに言い訳したものか）

高天神城でいかにして生き残れたか、弥兵衛はその理由を考えつつ、躑躅ヶ崎館に足を向けた。

氏政と接触後、その言葉通りに甲斐に戻った内膳は、広厳院に入ると、拈橋に依頼し、正式に出家得度した。

しばらく広厳院に居候した後、静かな地に蟄居《ちっきょ》しようと思った内膳は、高根村山の泉竜寺という小さな寺に入った。その寺は住持が死んだばかりで、廃寺になりかけているらしく、内膳が預かるには、至って都合がよかった。

内膳は名を小林道林と変え、泉竜寺で静かな生活に入った。己の力でやれることはやったという満足感に包まれ、内膳は仏と向き合う静かな日々を送ることにした。しかし、武田家に危機が迫れば、内膳はいつでも立つつもりであった。

(御屋形様と御方様のためとあらば——)

内膳はまさに水火も辞せぬという覚悟であった。

人々の様々な思いを乗せて、天正九年（一五八一）が暮れていった。

曙色《しょしょく》朧朧《ろうろう》

一

暮れも押し迫った十二月二十四日、桂とその従者たちは韮崎の新城に移った。これをもって、武田家の国府移転が完了した。

天正十年（一五八二）の正月は、国府移転の祝賀を兼ねた盛大なものとなった。韮崎は新府と呼ばれることになり、城の名も新府城と命名された。これにより、躑躅ヶ崎館《つつじがさきやかた》のある府中は古府中《こふちゅう》と呼ばれるようになる。

武田家を取り巻く状況が好転したわけではなかったが、すべてを心機一転することにより、新たな生命を吹き込まれたかのような気分が、武田家中に満ちた。

城の内外には花菱《はなびし》の旗が林立し、行き交う人々は皆、忙しげに道を急いでいる。この光景を見た者は誰しも、武田家の栄華が永劫《えいごう》に続くものと思うに違いなかった。

桂はその生涯で最も幸せな日々を送っていた。和解後の勝頼はかつてのように優しく、桂を掌《たなごころ》で包むように愛してくれた。

武田家では諏方上社《かみしゃ》から神水を取り寄せ、それを使って正月料理の煮炊きをする。真新しい炊事場で、桂は自ら指揮を執り、雑煮などを作った。

諏方の神水は屠蘇《とそ》に使われ、続々と年賀の挨拶《あいさつ》に登城する家臣たちに振る舞われた。さらに、駿河湾《するが》からは新鮮な魚介類が直送され、祝いの席を飾った。

忙しげに立ち働きながら、桂は、これでようやく武田家の一員になれたという感慨に浸った。一方、勝頼は、かいがいしく働く桂を目を細めて見守っていた。

正月二日には、夫婦揃って武田八幡宮に詣《もう》で、武田家の末永い繁栄を祈願した。

桂は、女として最大の幸せが訪れることを祈った。

(元気な嬰児《やや》が授かれますように)

桂の生涯で最も幸せな日々が瞬く間に過ぎていった。

祝賀一色の正月が一段落した一月二十六日深夜、一人の男が新府城に飛び込んできた。それがすべての始まりであった。その男の名は千村《ちむら》備前守(左京進《さきょうのしん》)家晴という。

家晴は木曾家内における親武田派の筆頭であり、この正月も、木曾家の威信を背負うがごとく美々しく着飾り、祝賀使として新府城に参上したばかりであった。

その家晴が、家人とともに落人《おちうど》のような姿で新府城に駆け込んできた。

「至急、お取り次ぎいただきたい」

寝所から駆けつけた勝頼は、早速、家晴と対面した。

「いかがいたした」

「はっ、わが主伊予守《いよのかみ》に謀反《むほん》の動きあり！」

この一言で、新府城は蜂の巣をつついたような騒ぎとなった。急遽《きゅうきょ》、参集した重臣たちは確実な情報を持たないまま、様々な憶測をめぐらし、疑心暗鬼に囚《とら》われていった。

ひとまずは詰問使を送ることで衆議一決し、早速、長遠寺実了が派遣された。

よもやとは思われるが、武田家の西の藩屛《はんぺい》である木曾義昌が謀反となれば一大事である。

その翌日、勝頼は領国内に陣触《じんぶ》れを発した。

その頃、辻弥兵衛は古府中躑躅ヶ崎館に居候していた。行政機関が韮崎新府に移転した後の古府中の治安維持を、旧友の横田尹松《ただとし》が担当していたからである。

しかし、本多正信が弥兵衛に期待した古府中の攪乱《かくらん》工作は、その必要がなくなっていた。すでに古府中は抜け殻の町と化していたからである。

（これでは、わしの出る幕はない）

弥兵衛は、為すこともなく閑散とした躑躅ヶ崎館内をうろついた。そうして見つけたのが信玄の書庫であった。移転に際し、膨大な蔵書は足手まとい以外の何物でもなかったらしく、その大半が捨て措《お》かれていた。

（こうしてみると、法性院様というのはどえらいものだったのだな）

弥兵衛は、噂に聞いていた信玄の勤勉ぶりや文学数寄《すき》の側面を思い起こした。

四書五経、兵法七書から唐時代の詩文集に至るまで、信玄の知識欲はとどまることを知らなかったのであろう。その書庫には、古今東西の万巻の書物が積まれていた。それらの書物を信玄はすべて読破したらしく、信玄直筆らしき添え書きや朱線が、そこかしこに散見された。

（これでは勝てぬはずだ）

弥兵衛は、信玄に滅ぼされていった大小の国人《こくじん》土豪たちに同情した。

そこに弥兵衛を探す尹松の声が聞こえた。

「ここだ」

仕方なく弥兵衛はその声に応《こた》えた。

「この火急の折に、そんなところにおったのか」

「ああ、こんなときだからこそ、法性院様の教えが役に立つ」

「なるほど、そういうものかな」

尹松は関心なさそうに言った。

「それより、ひどく慌ててどうしたというのだ」

「どうやら木曾殿が寝返ったらしい」

「まさか」

尹松はここ数日の状況を弥兵衛に語ると同時に、今後の動きも伝えた。

「木曾征伐の総大将は典厩殿（信豊）と決まった。わしは三番隊を任された。一番隊は山県三郎右衛門尉《うえもんのじょう》（昌満）、二番隊は今福筑前守《ちくぜんのかみ》（昌和）が率いる。わしの部隊も含め、総勢三千騎だ」

「ほほう」

弥兵衛の頭脳がめまぐるしく回転し始めた。

「おぬしも、ともに木曾征伐に赴かぬか」

尹松は弥兵衛に陣を貸してやり、武功を挙げさせ、勝頼の旗本に復帰できるよう働きかけてやるつもりでいるらしかった。

「せっかくだが、それはやめておこう」

「なぜだ。御屋形様の勘気を解くよい機会ではないか」

「いや、わしは追放されたことになっておる。出先の城ならまだしも、武田家御親類衆の軍に陣を借りるとなると、典厩殿もいい顔はしないだろう」

「それもそうだが――」

「それより、おぬしの後釜《あとがま》の古府中警固職はどうなる」

「それは、九一色衆や西之海《にしのうみ》衆ら〝境目〟の者どもが、わしと入れ違いに古府中に入り、その任に就く」

武川《むかわ》衆、津金《つがね》衆らと同様に、九一色、西之海衆は半農の土着武士団であるため、苗付けなどの農事や山仕事を優先したがる。武田家でもそれを大目に見ており、常は街道の関役を任せ、戦時は予備役のような立場に置いていた。そのため今回も、彼らには古府中警固という後方の任務が与えられていた。

「其奴《そやつ》らはいつ来やるのか」

「わからぬ」

弥兵衛は内心にやりとした。

「それではその間、古府中は無法地帯と化すな」

「うむ、それで困っておる。街の治安は、今の人数でも手が回らないほど荒れている。これでわしが兵を連れて行くとなると、古府中は盗賊の徘徊《はいかい》する巷《ちまた》となる。しかもここには、いまだ多数の証人がおる。新府に移せるようになるまでの間、証人も警固せねばならぬ」

「なるほどな」

尹松の言う証人警固とは、内応者に人質を奪還されないようにするという意味である。

「おぬしが木曾征伐に赴かぬなら、九一色衆らが参るまで、ここを預かってくれぬか」

「ほほう」

表向き驚いた顔をした弥兵衛であったが、その提案を待っていた。

「引き受けてくれるな」

「ほかならぬおぬしの依頼だ。断るわけにもいくまい」

「よかった。これで心置きなく出陣できる。そこで段取りだが――」

尹松は古府中の町衆と連携を取りつつ、街の治安を維持するよう依頼してきた。

一月二十八日、武田信豊を大将とする三千の軍勢が新府城を出陣した。翌日、諏方上原城に入った信豊は、すでに戻ってきていた実了から報告を聞いた。

意外にも、木曾福島城に入った実了は歓待を受けた。しばらく経ち、ようやく義昌が「此度《こたび》はいかなる用向きで」と問うので、実了が来訪の主旨を説明すると、義昌は愕然《がくぜん》とし、「謀反など露ほども考えておらず」と、八方、陳弁したという。

この話を聞いた信豊は判断がつきかね、勝頼に指示を仰いだ。それを聞いた勝頼と側近はひとまず安堵《あんど》したが、念のため信豊勢に上原駐屯を命じた。

事件はその夜に起こった。

義昌の弟と称し、年末に人質交換の使者でやってきていた男が、滞在していた新府城下の館から逃げ出したのだ。むろん、「隙を与えてどうするか見よ」という釣閑の指示に従った大炊助の罠《わな》である。

男は容易に捕まり、拷問に掛けられて口を割った。釣閑の予想に違《たが》わず、男は木曾家の小者に過ぎず、義昌の内応は事実であった。

この知らせを聞いた勝頼は激怒した。

かつて木曾家は、信玄により滅亡寸前まで追い込まれながらも、戦う前に降伏したため、特別に赦免されたという経緯がある。しかも信玄は、娘（真理姫）まで入輿《じゅよ》させ、一族として遇してきた。勝頼の立場からすれば、恩を仇《あだ》で返されたと思うのは当然であった。

二月一日、勝頼は義昌の人質三人を殺し、翌日、全軍に出陣を命じた。

その頃、義昌から救援依頼を受けた信長は、安土で軍議を開き、甲州征伐を正式に発令した。

信長は総大将に嫡男信忠を指名し、左右を信忠軍団の森武蔵守長可《むさしのかみながよし》、河尻肥前守秀隆《ひぜんのかみ》、毛利河内守《かわちのかみ》長秀、団平八郎忠正らに固めさせた。さらに遊撃部隊として、滝川左近将監《さこんしょうげん》一益、織田家連枝《れんし》衆を付けた。信忠指揮下の兵だけでも総勢三万という大軍である。

当時の信長は、すでに四百万石の領土を得ていたといわれる。同時期の武田家の百二十万石、北条家の二百八十万石を足して、ようやく信長に対抗できる石高となるが、貿易収入などを加味すれば、信長はゆうに五百万石を超える実力を有していた。信長旗本、明智、羽柴、柴田、丹羽《にわ》らの主力抜きで、三万の大軍勢を催せるだけの余裕が、すでに信長にはあったのだ。

討伐隊の大将の一人には、御坊丸こと織田信房も含まれていた。武田家に長年とどめ置かれた信房が、武田家に同情を寄せているか否かを試す信長一流の〝踏絵〟である。

信長の戦術は、信州の地形を十分に考慮した巧妙かつ確実なものだった。すなわち、美《み》濃《の》口と下伊奈口から信忠率いる主力部隊を北上させ、三州街道沿いに配置された諸城を落としていく。当然、武田側は後詰《ごづめ》部隊を南下させようとするはずだが、遠山友忠・木曾義昌の現地部隊に木曾口（鳥居峠）を扼《やく》させ、牽制《けんせい》ないしは横撃させることで、後詰部隊を釘付《くぎづ》けにする。そうなれば、勝頼は鳥居峠制圧に躍起になるはずなので、その間に、信忠らは高遠城近郊まで攻め寄せ、決戦を挑むというものだった。

むろん、駿河口から徳川家康三万、関東口から北条氏政三万、飛騨《ひだ》口から金森長近《ながちか》三千を侵入させることにより、武田方の地域勢力を想定主戦場の諏方方面に向かわせないという布石も怠りなかった。

二月三日、一万五千の軍勢を率い、諏方湖から約一里半南に位置する上原城に入った勝頼は、情報収集に躍起になっていた。次々と舞い込む使者は、どれも織田勢の本格的侵攻を示唆するものばかりで、勝頼と重臣たちの緊張は徐々に高まっていった。

集まりつつある情報を総合すると、敵は、国境の五つの口から同時に武田領に雪崩《なだ》れ込んでくるはずであった。

それを踏まえ、勝頼は以下のように防御体制を定めた。上野《こうずけ》国を真田昌幸、甲斐郡内を小山田信茂、駿豆《すんず》国境を曾根昌世と春日信達、駿遠国境は穴山梅雪に任せる。自らは上原城に本陣を定め、信州防衛の陣頭指揮を執ることにした。

勝頼は、敵主力である伊奈谷侵攻軍を松尾・飯田・大嶋の諸城で防ぎつつ、後詰部隊を繰り出し、徐々に敵兵力を減耗させていき、伊奈から逐い落とすという算段であった。

二

二月三日に森長可と団忠正を先発させた信忠は、十二日に岐阜城を出陣した。信忠は十四日に岩村城に入ることになるが、それに先立つ二月六日、先遣隊の森長可らが、下伊奈口から伊奈谷への侵入を開始した。

武田方の最初の関門は、浪合《なみあい》の滝之沢城に拠《よ》る下条伊豆守信氏である。下条氏は伊奈下条郷（伊賀良《いがら》庄）を本拠とする在地国人であるが、信氏は、信玄の妹を正室に迎えるほど武田家からの信頼が篤く、緒戦を任せるにはうってつけの人物であった。

信氏はすでに高齢の上、隠居していたが、武田家存亡の危機に際し、自ら軍配を執ることにした。それに従うは、嫡男の兵庫介《ひょうごのすけ》信正、次男頼安、家老の下条九兵衛氏長ら一族衆と、原、深見、平谷、浪合ら下伊奈衆である。

信氏は、本拠の吉岡城ではなく、浪合の滝之沢城で敵を迎撃することにした。滝之沢城は柳川を前衛にした東西一キロに及ぶ馬蹄形《ばていけい》の崖城である。この地は、平時、〝とつばせの関〟として、厳重な警備がなされていた。

信氏は、一千にも満たない寡兵であっても、粘り強く戦うことで敵の侵入を防ぎ、後詰の到来を待つという戦法をとった。

ところが、そこは信長である。家老の下条氏長を甘言で誘い、すでに内応を約束させていた。戦いが始まるや、氏長はすぐに寄手《よせて》を引き入れたため、「伊奈谷南部の要害」と謳《うた》われた滝之沢城が、ほとんど戦わずして陥落した。

その後、信氏父子は奥三河に潜伏するが、後に自害して果てる。

滝之沢城の呆気ない落城は、上原城の勝頼と幕僚を大いに動揺させた。

それでも勝頼は、後詰部隊を次の防衛線である松尾城救援に送り出した。

ところが二月七日、遠山・木曾連合軍が鳥居峠を越えて、経ヶ岳東麓《とうろく》の箕輪辺りまで侵入してきたことにより、高遠城の防衛力を弱めることが得策ではないと主張する大炊助ら官僚の意見が力を得た。

すでに述べたように、伊奈谷の根元にある高遠城が落ちれば、その南に配された城郭群は立ち枯れるだけなのだ。結局、松尾城救援部隊は遠山・木曾攻撃に向けられる。

ところが、遠山・木曾勢の目的は牽制であり、決戦の意図はない。所期の目的を達成した遠山・木曾勢は、威力偵察を終えると、鳥居峠を越えて木曾谷に撤退していった。一方、武田勢は反撃を恐れて、三州街道を南下することをためらった。これにより、松尾城の小笠原信嶺《のぶみね》が孤立した。

信嶺は大嶋城に配された武田逍遥軒の娘婿でもあり、武田家から信頼されていたが、いくら待っても後詰が来ないことに業を煮やしていた。今か今かと北方にひるがえる花菱の旗を待っていたが、見えてきたのは、南から来た永楽銭の旗であった。

二月十四日、信嶺は、森長可、団忠正の前に戦わずして降伏した。織田勢は一兵も損じず、滝之沢城に続いて松尾城をも手に入れた。

後詰しなかった武田家に対する信嶺の恨みは深かったらしく、その後、自ら道案内を志願し、真っ先に伊奈谷を駆け上っていくことになる。

翌十五日、小笠原勢を先鋒《せんぽう》に押し立てた織田勢は飯田城を囲んだ。飯田城には坂西織部《ばんざいおりべ》、保科筑前守正俊、同越前守正直父子、小幡因幡守《いなばのかみ》忠景ら二千余騎が籠《こも》っていた。ところが、保科父子が援将の小幡因幡に本曲輪《くるわ》を譲らず、戦う前から内輪もめをしていた。

その最中に敵が攻め寄せてきたが、その先頭には、なんと小笠原信嶺と下条氏長の旗が翩翻《へんぽん》とひるがえっていた。

これには城兵が動揺した。その表現を『甲乱記』に借りれば、「城の内、色めきわたり、騒ぐこと限りなし」という慌てようだったという。

『信長公記』によると、敵の動揺を見透かした森長可勢らが、飯田城近郊の梨野峠に上り、城兵がそちらに気をとられている隙に、小笠原信嶺らが城下の諸所に放火した。これにより、恐怖した小幡因幡がまず逃亡し、続いて保科らも慌てて逃げ去ったという。

『高遠記集成』によると、「士卒我先にと落ちるほど、小幡因幡守も落行ば、保科も力なく東北指して落ちて行く」という有様であったという。

また、『甲乱記』によると、城方は城下の宿場を焼き払い、敵の夜襲に備えていた。夜間になり、見張りに立てていた〝矢倉の番衆〟が、敵は夜襲の支度をしているらしく、城の周囲を鉄砲の火縄が数限りなく取り巻いていると騒ぎ出した。これを聞きつけた外曲輪の〝地下人《じげにん》〟たちがまず逃げ散り、その後は雪崩を打ったがごとく、全軍がわれ先にと逃げ出したという。しかし夜が明けてみると、鉄砲の火縄と見えたのは、城下を自焼した際の残り火が馬糞《ばふん》に付き、燃えていたものであったという。

またしても、織田勢は無血開城に成功した。一方、こうした雪崩現象に歯止めを掛けるべく、勝頼は木曾谷侵攻作戦を決定する。

これまで思うように後詰が繰り出せなかったのは、木曾谷の敵が鳥居峠から三州街道に睨《にら》みを利かせているためであり、峠を確保し、敵勢の牽制攻撃を防ぐことが先決とされた。

二月十五日、今福昌和率いる精鋭三千騎が上原城を後にした。同時に高遠城からは、仁科盛信自らが千八百の軍勢を率いて出陣した。

この頃、織田勢先鋒部隊に総大将の信忠が合流する。長期戦を想定し、十四日に岩村城に入った信忠であったが、森長可、団忠正らに率いられた先鋒部隊が、すでに飯田城に迫ったと聞き驚愕、半ば狂乱の体で伊奈谷を駆け上った。

もっとも、信長自身はこうした信忠の狂騒癖が気がかりであり、河尻秀隆に「城介のことは、信長が出馬するまで、軽はずみに先に進まないよう、滝川一益とよく相談するよう堅く申し聞かせよ」と書き送っている。

十五日深夜、河尻秀隆とともに飯田城を後にした信忠主力は大嶋《おおじま》城に向かった。

大嶋城は伊奈谷防衛の要《かなめ》とされた拠点城である。武田方はかねてよりこの城の構えを堅固にし、多くの兵糧《ひょうろう》や鉄砲を入れていた。

東の天竜川と西の三州街道の双方に睨みを利かせる大嶋城は、かつて岩村方面への兵站《へいたん》基地の役割を担っていた。それが一転して伊奈谷防衛の要衝として位置づけられ、突貫工事の末、武田流築城術の精華とたたえられる屈指の名城として生まれ変わった。

この城の〝縄（築城思想）〟は、大手を守る巨大な丸馬出《うまだし》と北側の小曲輪《くるわ》の連携による陣前逆襲を根幹としており、その攻撃的な多重防御構造は、武田家らしい積極性を示していた。

この城は、かつては春近五人衆の一角を担う大嶋氏のものであった。大嶋為輝の父長利のとき、武田家に城を明け渡し、大嶋氏は本拠を移した。以来、この城は武田家の直轄管理となり、城代は日向玄徳斎宗英《ひなたげんとくさいそうえい》が務めていた。

玄徳斎は、若き頃は大和守虎頭《とらあき》と称し、馬場信春の相備衆《あいぞなえ》として深志城に在番、天文年間に大嶋城代に任命された。目立った活躍はないが、実直な人柄で、勝頼から信頼を得ていた。

勝頼は援将として叔父《おじ》の武田逍遥軒を送り、さらに小原丹後守忠継《ただつぐ》、安中《あんなか》七郎三郎ら七百騎の武者と一千の雑兵《ぞうひょう》を籠らせた(別の記録によると総兵力四千)。一族の重鎮である逍遥軒が在城していることで、城内には「織田勢なにするものぞ」という気風が漲《みなぎ》り、城兵の士気は横溢《おういつ》していた。ところが、予想もしなかった事態が起こる。

逍遥軒が逃げたのである。

十六日、信忠が意気揚々と大嶋城に迫ったとき、すでに城はもぬけの殻となっていた。『甲乱記』によると、飯田城などから逃れ来た雑兵らが大嶋城の外曲輪を守る雑兵らに動揺を与え、それにより、雑兵らは外曲輪に火をかけて逃げ散った。これを見た逍遥軒は抵抗を諦《あきら》め、落去したという。

この時、城を捨てることに渋々同意した城代の日向玄徳斎は、自落撤退を恥じ、本拠である高根村山に戻った後、嫡男次郎三郎とともに自裁した。

この頃、勝頼は、越後の上杉景勝からの援兵到着の報を今か今かと待っていた。すでに二月の初めから、連日のごとく景勝に援兵を催促する書状を書き続けた勝頼であったが、越後からは〝なしのつぶて〟であった。「上杉は義の家ゆえ、そのうち大軍を率いて駆けつけましょう」という幕僚の慰めも耳に入らぬ勝頼は、景勝を恨み罵《ののし》ったが、そうしたところで、どうなるものでもなかった。

十六日、鳥居峠の麓《ふもと》に達した今福昌和は、すでに峠の中腹に築かれた藪原砦《やぶはらとりで》まで遠山・木曾勢が進出してきていることを知った。しかも、別働隊として頼りにしていた仁科盛信勢が、雪のため進むに進めず、高遠に引き返したという報も入った。それでも、鳥居峠を確保すべく、今福昌和は無理を承知で攻め上った。

いかな強兵でも、高所に攻め上る方に勝機は少ない。鳥居峠を押さえている敵方の雨のように降り注ぐ銃弾をかいくぐることは至難の技であり、武田家の精鋭は次々と斃《たお》れていった。織田方から余りあるほどの銃火器の補充を受けている遠山・木曾勢の装備を侮ったことが敗因であった。今福昌和は命からがら高遠に逃げ戻ったが、この戦いで武田方は、将領格四十余騎、雑兵も含めれば五百七十余騎が討ち取られた。

一方、駿河口を担当する家康は、二月十二日、悠然と浜松城を出陣した。目指すは大井川の線を守る小山城である。十六日、小山城近辺に現れた徳川勢を見た小山城の守備兵たちは、恐怖に駆られて逃げ出した。これにより、城将の朝比奈信置も戦わずして撤退を余儀なくされた。

　この二月十六日が、武田、織田双方の運命の分かれ目であったことは間違いない。この日だけで、織田陣営は伊奈谷の大嶋城、駿河の小山城を自落に追い込み、鳥居峠の戦いで、武田勢を完膚なきまでに叩《たた》き伏せたのである。

三

　二月十八日、上原城の軍議は紛糾していた。連日、寄せられる敗報や凶報に、山県昌満、横田尹松ら幕僚たちは、さかんに打開策を吟味し合うが、すでに兵力は底をついており、実現に難点があるものばかりであった。

　口を真一文字に結んで議論に聞き入っていた勝頼が、ようやく口を開いた。

「敵が高遠に打ち掛かるのを待ち、全軍を率いて決戦を挑む」

「それはあまりに無謀」

　武田信豊が反駁《はんばく》した。かつて勝頼とともに猪突《ちょとつ》猛進の象徴のようであった信豊も、相次ぐ要衝の失陥に意気阻喪し、半病人のようになっていた。事実、この時、繰り返し行われた上原城軍議にも、三回のうち二回は欠席していた。

「大事を取ってばかりでは勝機を失う！」

　勝頼が信豊の意見を一蹴した。

「しかし、ここで敗れれば、われらは立ち直れぬほどの打撃を受ける」

「では、どうすべきというのだ！」

勝頼が憔悴《しょうすい》した面を引きつらせた。

「どうもこうもない。甲斐に戻り決戦すべきであろう。信濃の国衆はわれらに恨みこそあれ、恩義など感じていない。元々、武田のために本気で戦うつもりなどないのだ。一方、甲斐こそわれらの本領。一蓮托生《いちれんたくしょう》の国人《くにうど》や領民がひしめいている。甲斐国内で戦うことにより勝機が見《み》出《いだ》せるというものだ。それでも駄目なら、真田安房の申し出に従い、上州（岩櫃城）に退けばよい」

信豊は甲斐での決戦を主張した。しかし、その策には大きな難点があった。

「それでは高遠を見殺しにするのか！」

「そのための高遠ではなかったのか」

勝頼に返す言葉はなかった。

かつて、韮崎の地に新城を築いたのは、北からやってくる敵を高遠城が支えてくれることを期待してのことだった。それを声高に唱え、新府築城を強行した手前、勝頼に反論はできなかった。

「われらも仁科殿を犠牲にするのだ。諏方衆からも文句は出まい」

信豊がさも当然のごとく言った。

おそらく父であれば、信豊と同じ判断を下しただろう。いや父であれば、このような状況に追い込まれる前に、追い込まれぬための手を幾重にも打ったはずだ――。勝頼は父と己の差を否応《いやおう》なく自覚せねばならなかった。

信豊は、言いたいことはすべて言い尽くしたという顔をして瞑目《めいもく》している。

勝頼は断を下さねばならなかった。

「いまだ北条家は積極的な動きを見せていない。上野国と伊豆方面は安泰。駿河方面でも小山城が落ちたとはいえ、田中城は沼沢地に囲まれた攻めるに難い城、しかも、城代の一条信就《のぶなり》と依田信蕃《のぶしげ》は頼りになる男だ。伊奈方面で後手に回ったくらいで弱音を吐くことはない。このままここに陣を構え、情勢を観望しよう」

結局、勝頼は高遠を見捨てることができなかった。高天神を見捨てたことによる衝撃の大きさを見てしまった今となっては、到底、高遠を見捨てることなどできようはずもなかったのだ。信豊は、「さもありなん」といった体で退席したが、次の軍議からは病と偽り、出てこなくなった。

新府城にも、敗報は続々と届けられた。勝頼はじめ幕僚は相次ぐ落城を伏せていたが、伊奈方面から落ちてくる下級武士や地下人も多く、事実は覆い隠しようもなくなっていた。

桂のいる東二曲輪の館にも、情報はひっきりなしに入ってきた。それらの知らせは、味方にとって不利なものばかりで、勝報を待ちわびる人々を落胆させ続けた。

普段、威勢のいいことばかり言っておきながら、少しでも不利となれば、味方を見限る者の多さに、桂は呆《あき》れ果てていた。

(重代の相恩をいかに捨てられようか——)

彼らがどのような思いで主家を裏切るのか、桂には想像もつかなかった。確かに信濃の国衆は、信玄の侵攻により否応なく武田家に従った人々である。しかし武田家は、彼らの独立性を認め、甲州の国人と対等に遇してきたと聞く。特に木曾義昌は西の藩屏として優遇され、信玄の娘さえ与えられ、一族として扱われてきたはずである。

(それが、どうして武田家を裏切れようか)

桂は、女人《にょにん》であることをこれほど恨んだことはなかった。

『理慶尼記《りけいにき》』には、勝頼夫人(桂)が「法華経五の巻に変成男子《へんじょうなんし》といふことあり。かたちこそ、女人に生まるるとゆふとも、心は男子に劣らめや。勝頼すはと申すなら、まず我先にとおほしめし、御守り刀に御心をかけさせたまひて、落ちさせたもふ」と言ったと記されている。後世の偽作といわれる『理慶尼記』だが、桂の激しい情念を今に伝えている。

十九日、桂は武田八幡宮《はちまんぐう》に願文を奉納した。これが著名な勝頼夫人の願文である。この願文は仮名文字を主体としたものだが、原文そのままでは読みにくいので、全文を読み下し文で掲げる(上野晴朗氏『定本武田勝頼』より)。

祈願の事

敬って申す

南無帰命頂礼、八幡大菩薩《だいぼさつ》。此の国の本主として、竹田の太郎と号せしより此のかた、代々守り給ふ。ここに不慮の逆臣出で来って、国家を悩ます。よって勝頼運を天道に任せ、命を軽んじて敵陣に向かう。しかりといえども、士卒理を得ざる間、その心まちまちたり。なんぞ、木曾義昌、そくばくの神慮をむなしくし、あわれ身の父母を捨てて奇兵を起こす。これみずから母を害するなり。なかんずく勝頼累代重恩のともがら、逆臣と心を一つにして、たちまちに覆えさんとする。万民の悩乱、仏法の妨げならずや。そもそも勝頼いかでか、悪心なからんや。思いの焔、天に揚り、瞋恚《しんい》（怒り）なお深からん。我もここにして相共に悲しむ。涙又闌干たり。神慮天命誠あらば、五虐十虐たるたぐい、諸天、かりそめにも加護あらじ。この時にいたって、神（信）心私なく、渇仰肝に銘ず。悲しきかな、神慮まことあらば、運命この時にいたるとも、願わくば霊神力を合わせて、勝つ事を勝頼一糸につけしめ給い、仇を四方に退けん。兵乱反《かえ》って命を開き、寿命長遠、子孫繁昌《はんじょう》の事。
右の大願成就ならば、勝頼我ともに、社壇、御垣建て、廻廊建立の事、敬って申す。

天正十年二月十九日　源勝頼うち

この願文は、勝頼の正当性を八幡大菩薩に訴え、木曾義昌ら叛臣《はんしん》たちの悪行をあげつらい、勝頼に加護があることを願ったものである。さらに、寿命長遠、子孫繁昌が成就した折は、多額の寄進をし、社殿等を新たに建立すると約束している。

武田家に対する切々たる思いが綿々と綴《つづ》られたこの願文は、桂の精神の高潔さと教養の高さを象徴するものとされている。

悲報は主に西からやってきた。しかし、桂は東からの朗報を待っていた。兄氏照に武田家援護の兵を挙げてもらえないかと、使者を八王子まで遣わしていたのである。この日、それがようやく届いた。

書状の封を切るのももどかしく、桂は氏照の密書を食い入るように読んだ。しかし、そこに書かれていたのは、桂の望むものにはほど遠いものだった。すなわち「北条家は織田方と手切れしたわけではない。それゆえ、あからさまな対立はできない。ただし、勝頼がひそかに落ち来たれば匿《かくま》う」と書かれていた。それは北条家らしい玉虫色の回答であった。

一方、新当主となった氏直は、親織田派の政治姿勢を貫こうとしていると聞く。そうであれば、いったん匿われた勝頼が捕らえられ、信長に引き渡される可能性もある。むろん氏政と氏照が、当面はそれをさせないであろうが、先々はどうなるかわからない。

桂は、北条家内における親武田派の発言力が、急速に弱まりつつあることを感じた。

桂が願文を奉納した十九日から翌日にかけて、信忠勢は、伊奈の片切、飯嶋、春日、箕輪の福与、辰野の宮所《みやどころ》の諸城を接収、高遠城を孤立させた。

信忠勢は春日城に本陣を置き、軍議を重ねていた。

周囲の城をすべて落としたとはいえ、信忠とその幕僚たちは高遠城攻撃を躊躇《ためら》っていた。

高遠城は武田方の信州最大の防衛拠点であり、相当の抵抗が予想されていたためである。しかも、背後の杖突峠を越えれば、二日の行程に上原城があり、勝頼率いる一万余の軍勢は健在である。さらに、馬場民部少輔《みんぶしようゆう》の守る深志城も高遠までは行程三日にあり、こちらも危険である。信忠勢が高遠城に攻め寄せるのを待って、勝頼と馬場勢が後詰してくるのは、兵法の定石であった。

しかも信忠の参謀格には、老獪《ろうかい》な滝川一益がいた。これから展開されるであろう甲斐国内での武田方の激しい抵抗を想定すれば、信忠と一益が、ここで兵力を損耗させることを避けようと考えるのは、もっともなことだった。

信忠と一益は高遠城を包囲すると、鳥居峠を確保している御坊丸織田信房らに深志城攻撃を託した。これが勝頼をおびき出す陽動作戦であることは明白だった。上原城から諏方湖を迂回《うかい》し、塩尻峠を越えて深志救援に向かうことは可能だが、それをすれば、すぐには高遠救援には赴けない。勝頼らが深志に向かえば、信忠は即座に高遠攻撃に移れるのだ。

勝頼は苦肉の策として、一部の兵を横田尹松、多田治部右衛門《じぶえもん》に託し、深志に向かわせた。しかしこの救援は間に合わず、結局、深志城は孤立し、馬場民部少輔は戦わずして降伏する。

深志城は平城でありながら、後に築かれた近世松本城と規模的には変わらず、外曲輪に三つの丸馬出を有する堅城であった。しかしいかな堅城も、巧妙な戦略構想あってこそ、堅城足り得るのである。城を囲まれ、後詰の見込みがないとすれば、堅固な構えも無用の長物でしかなかった。

これにより、上原と深志をつなぐ諏方高島城（茶臼山城《ちゃうすやま》）を守っていた安中左近も自落を余儀なくされた。

深志城、高島城の失陥により、織田勢は高遠城を落とさずとも、諏方湖の南から有賀峠を越えて甲斐方面への進出が可能となった。

さらに、この日の深夜、一条信就と依田信蕃の守る駿河田中城が自落したという報が入った。駿河戦線の要として頼りにしていた田中城のあまりに呆気ない最後だった。

その頃、ようやく北条家が動き出した。信長から武田攻めの正式要請が北条家に届いたのは、二月二十日になってからであった。信長は北条家に信を置いておらず、勝利が確実になった時点で、参戦を求めたのである。これには、北条家の真意を確かめるということと、上州の真田、郡内の小山田、河東の春日（曾根はすでに内応を約束）の軍勢を牽制させるという目的があった。

信長としては、どのみち勝つにしても、これらの武田領国外縁部の強兵が主戦場である甲斐国中《くになか》に駆けつける前に勝頼を屠《ほふ》ることで、織田勢の損害を最小限にとどめようとしていた。信長にとり、北条家は利用価値のある道具でしかなかった。そして北条家は、それを薄々感じていた。

ここまで信濃戦線の動静を見守っていた北条家では、予想を上回る織田勢の進撃速度に唖然《あぜん》とし、小田原城下は恐慌状態に陥りつつあった。この勢いで関東まで攻め込まれるのではないかという噂が、小田原では真しやかに流布され始めたからである。これにより、氏直・氏規ら親織田派は武田家を完全に見限りつつあった。

その筆頭である氏規は、「何らかの形で武田征伐に貢献しないと、たいへんなことになる」とばかりに、北条家内に警鐘を鳴らし続けた。しかし、氏政・氏照ら親武田派は、唯々《いい》諾々《だくだく》と信長に服従するつもりはなかった。こうした権力構造の二重化により、北条家は「終日及談合候」という状況に陥り、その動きは一貫性を欠くことになる。

高遠城では、堀を深くし、虎落《もがり》、逆茂木《さかもぎ》などを設ける作業が、連日連夜、続いていた。この城は三峰《みぶ》川と藤沢川の合流地点に築かれており、地下水も多い。そのため、皆、体半分を泥水に沈めながら懸命に作業していた。

二曲輪の外堀を役所（持ち場）とさせられた帯刀らは、二間の堀の深さを倍近くにするという難作業に取り組んでいた。

「これではだめだ」

帯刀は、この日、二本目の鋤《すき》を折った。当時の製錬技術では、岩盤を掘り崩す鋤や鍬《くわ》を作ることは容易ではない。そこかしこに折れた鋤と鍬の山が築かれていた。

「父上、すでに鋤も鍬もないようだ」

堀の上から四郎左がすまなそうに言った。

「致し方ない」

帯刀は舌打ちすると堀底から上がった。突貫作業が続く高遠城内には、すでに普請作事の監督者はおらず、指揮系統などあってなきがごときものになっていた。作業する者は作業をし、したくない者はぶらぶらしている。それでも、どこからも文句が出なかった。帯刀とて聖人君子ではない。働かずに済むものなら働きたくはない。しかし、城の防備を強化することは、自分たちの命を長らえることにつながる。それゆえ懸命に働いた。

水桶《みずおけ》から椀《わん》いっぱいの水をすくい、一気にそれをのみ干した帯刀は、近くの木陰まで行って横になった。

「父上、これからどうする」

隣で横になった四郎左が不安げに問いかけてきた。

「どうもこうもあるまい」

「それもそうだ」

すでに日は西に傾き、星が瞬き始めている。朝から働きづめで体は疲れきっているはずだが、帯刀は不思議と疲労を感じなかった。

(死が近づくと、疲れぬものだな)

帯刀は、そんな話を昔どこかで聞いた気がした。

「父上、伊奈に帰ったらまず何をする」

唐突に四郎左が問うてきた。

「何もせんで寝る」

「それでは何が食いたい」

「――――」

「わしは、母上の作った蜂の子の甘露煮が食いたい」

四郎左が甘えるように言った。

「故郷《くに》にいるときは、あまり好いていなかったろうに」

「ああ、でも今は無性に食いたい」

帯刀は四郎左の無邪気さが哀れだった。

(考えてみればまだ童子《わらべ》だ)

帯刀は、四郎左を早く故郷に帰してやりたいと、この時ほど思ったことはなかった。

その時、背後を横切る者たちの会話が聞こえた。

「伊奈の者が寝くさっておるわ」

「敵と見れば尻尾《しっぽ》を振る犬のような連中だ」

「道理で仕事もせんのか」

諏方者とおぼしき二人は笑いながら去って行った。四郎左は上半身を起こしかけたが、帯刀に腕を摑まれた。

「やめておけ」

四郎左は唇を嚙《か》みながら再び横になった。

「父上、あんなことをほざかれて黙っておるのか！」

「何を申しても無駄だ。この城は諏方衆だらけだ。下手に喧嘩《けんか》をすれば袋叩きに遭う」

監物の代わりに、いつしか己が分別臭いことを言う役回りになったことに、帯刀は気づいた。しかし、監物ほどの頭脳も胆力もない己が、修羅場で的確な判断が下せるか自信はなかった。

「よう、どうしている」

二人の許《もと》に、春近五人衆の一人飯嶋為方がやってきた。

「どうもこうもありませんわ。体はまだ働きたがっとるのですが、鋤鍬がない」

「そいつは困ったな」

為方が横に座ったので、帯刀も身を起こした。

「こうしておれば、諏方の者から悪口を叩かれるし、身の置き所がござらぬ」

「うむ、伊奈の者どもが容易に裏切ったので、ここまで追い込まれたと、諏方の者らは思っておるらしい」

「あほらし」

帯刀は情けなかった。たまたま伊奈が敵の侵攻経路の入口に当たっていただけであり、緒戦の連敗は伊奈の地侍《じざむらい》や地下人の責任ではない。どれも将領の判断で城を捨てるなり、降伏するなりしていったのであって、それを伊奈の国衆の責任にされてはたまらないと、帯刀は思った。

「この危急存亡のときに、仲間同士でいがみ合っても仕方ないのだが、負けが込めば必ずこうなるのが戦というものだ」

為方の言葉は、帯刀も十分に心得ていることだった。

「大方、逃げ去る途中で、この城に寄った甲斐の将領らが、己の責を伊奈の国人に押し付けていったのでござろう」

「おそらくな。しかし、諏方の者らはそれを真《ま》に受けている。先夜も伊奈の傍輩の小者が縊《くび》り殺されていた。むろん誰がやったかはわからぬし、誰も追及せぬ話だ」

「それでは、われら敵よりも味方を恐れねばならぬわけですな」

「それが戦というものだ」

帯刀はばかばかしくなり、再び寝転がった。

「ところで、辻弥兵衛のことだが――」

「あっ、いかがなされましたか！」

横になったばかりの帯刀が跳ね起きた。

「横田殿は敵のものとなった深志城の押さえで戻れぬゆえ、仁科様の側近連中に伝えたが、証拠がなくては詮議《せんぎ》のしようもないとのことだ。肝心の弥兵衛の行方もわからぬとあっては、いかんともし難い話だ」

帯刀は無理のない話だと思った。仁科盛信は籠城戦のことで頭がいっぱいの上、そのほかの将も証拠のない話に取り合っている暇はない。横田尹松《ただとし》だけが頼りだったが、尹松は帯刀と入れ違いのように深志に向かってしまっていた。ともかくも、この籠城戦を乗り切り、弥兵衛の居所を摑んでからでないと、埒《らち》の明かない話であった。

「ところで、仁科様から直々に密命を申し付けられた」

為方がおもむろに切り出した。

「はあ」

「城の搦手《からめて》に道を造る」

「伏道《ふせみち》（脱出道）でござるな」

「うむ、そうだと思うが、女子供でも通れる道にせよとのことだ」

「いつから普請に入りまするか」

「明日からでよい。呼びに行くから支度をしといてくれ。心配せんでも、鋤と鍬は用意しておく」

そう言って笑うと、為方は立ち上がった。

「飯嶋殿、館が落ちたそうだな」

「ああ、分不相応の広すぎる館に、守備兵はわずか四十。落ちるのはわかっていた」

為方が自嘲《じちょう》気味に笑った。飯嶋氏の本拠飯嶋城は、天竜川の河岸段丘を利用した伊奈谷の要害の一つであったが、城域の広さが災いし、武田家の防衛戦略上、半ば放棄せざるを得ない城となっていた。

「家の衆は大丈夫かの」

「敵が来たれば、山に逃げるよう申し付けてある。多分、大丈夫だ」

為方が少し心配そうに言った。

「おぬしのところもやられたようだの」

「間違いなくやられましたな。でも、われらが一族郎党は、いざというときの逃げ隠れの段取りを、親父殿から嫌というほど叩き込まれておりますゆえ、皆、無事のはず」

「そうか、それなら心配は要らんな」

為方は本曲輪の方に去っていった。

片切郷はもとより、伊奈谷のすべての城や館は敵の蹂躙《じゅうりん》に任せるほかなかった。中には守備兵さえ置いていないところもある。そうした打ち捨てられた城も含めて、伊奈谷はすべて灰になっているはずであった。

帯刀は故郷《ふるさと》の風景を思い浮かべた。思い出の中の故郷には、菜の花が咲き乱れ、多くの蝶《ちょう》が舞い踊っていた。しかし、そうした光景も、すでにこの世に存在しないかも知れないのだ。これだけ戦い続けて得たものが、焼け爛《ただ》れた故郷の大地だけだと思うと、帯刀は虚《むな》しさに胸が締めつけられた。

「父上、親父殿は本当に死んだのか」

ずっと黙していた四郎左が唐突に話しかけてきたので、帯刀は現実に引き戻された。

「ああ、死んだとしか思えん」

それだけ言うと帯刀は再び目を閉じた。すると、再び片切郷の春が現れた。日光が燦々《さんさん》と降り注ぐ畦道《あぜみち》を、幼い四郎左を肩車した帯刀が往《ゆ》く。

(あの日に帰れたらな——)

帯刀は徐々に夢境に踏み入っていった。

すでに周囲には夜の帳《とばり》が下り始め、作業を終えた下級武士や地下人たちが、焚火《たきび》を囲んで談笑している。その時、夕餉《ゆうげ》を告げる銅鑼《どら》の音《ね》が城内に響き渡った。

「父上、飯だ」

立ち上がった四郎左が振り返ると、帯刀はすでに深い眠りに落ちていた。

四

その頃、辻弥兵衛は古府中躑躅ヶ崎館に居座り、続々と入府する辺境武士団に応接していた。九一色衆の渡辺囚獄佑守《ひとやのすけまもる》をはじめ、西之海衆の頭目らを次々と引見した弥兵衛は、勝頼から古府中総取締を正式に任されたと述べ、それぞれに「国許の小屋(小城・小砦の総称)に引き籠り待機せよ」と伝えた。国衆たちは「陣触れに応じて出てきたものを、また帰れというのはおかしい」と、いぶかしみながらも引き上げていった。

弥兵衛は躑躅ヶ崎館の書庫に籠り、腹を抱えて笑った。混乱にまぎれ、ぬけぬけと古府中総取締を名乗り、見事、武田家に忠実な国衆たちを追い返した。これにより彼らは、再度の陣触れにも即座に応じてくることはないはずだった。

(法性院様よ、あんたが万巻の書物を読破し、全知全能を傾けて造ったこの国が、今、滅ぶのだ)

信玄がいたらどのように思うか、弥兵衛は問うてみたかった。

（武田家が四百年かけて積み上げてきたものを、一朝にして葬り去る。それをわしの手で成し遂げるのだ）

弥兵衛は自らを万能者のように感じた。

二月二十二日、そんな弥兵衛の許に、本多正信から書状が届いた。一読した弥兵衛の表情が変わり、書状を持ってきた忍を一喝した。

「穴山梅雪の証人を救ってやれだと！　梅雪が煮え切らぬのなら、有無を言わさず揉《も》みつぶしてしまえばよい！」

「佐渡守様はことを穏便に済ませたいとのこと。確かに証人を救わずとも、梅雪様は徳川家に通じましょう。しかし、ここで恩を売っておけば、今後、梅雪様は徳川家に忠節を尽くさざるを得ませぬ」

年かさの忍が諭すように言った。

「ははあ、さすが徳川殿、武田家滅んだ後、甲信の地を手に入れるには、梅雪の合力《ごうりき》が必要となる。証人を救うことで恩を売り、他日に備え、梅雪をてなずけておこうという魂胆だな」

弥兵衛の推測に対し、忍は無言でうなずいた。

「ところで、この仕事をやりおおせたら、一城を任せるだけでなく、一万貫の領土を与えるところここに書いてあるが、それは真か」

「そう書いてあるのなら、その通りでござろう」

忍が無愛想に答えた。

一万貫といえば、石高に換算すると二万五千石に相当する。言うまでもなく、破格の待遇である。

「わかった。やってみよう」

「それが妥当な了見というものでございましょう」

独り言かと聞き間違うほどの小声で、忍が呟いた。

弥兵衛がさらに悪態をつこうと振り向いた時、すでに忍の姿はなかった。

二十五日、弥兵衛は町年寄《まちどしより》に対し、「すべての証人を新府城に移せ」という勝頼の命令を伝えた。

かつて人質たちは、町衆の監視の下《もと》、それぞれの古府中屋敷で、比較的、自由な生活を許されていたが、勝頼主力の上原進駐に伴い、桂らが去った後の西の御座に集住させられていた。

弥兵衛は町年寄らに移送を急ぐよう居丈高に迫った。しかし、誰から申し入れがあっても、けっして渡してはならぬと勝頼から直々に申し付けられている人質である。町衆は断固として弥兵衛の申し出を拒否した。

押し問答が続いたが、埒が明かない。

その時、古府中の大木戸を押し通り、百を超える穴山勢が町に入ったという報が届いた。穴山勢は力ずくで木戸を打ち破ったわけではなく、御屋形様内密の御用と称して押し通ったという。いくら敵への内通の噂があるとはいえ、穴山梅雪は親類衆筆頭格である。内密の御用と言われれば、木戸を守る町衆も通さないわけにはいかない。

この報に慌てた振りをした弥兵衛は「一刻も早く証人を移さねば力ずくで奪われる」と騒ぎ、ようやく町年寄の合意を取り付けた。しかし年寄たちは、人質護送の兵を町衆から出すと言って聞かず、三十人ほどの若者を付けてきた。弥兵衛は、いまいましく思いながらも疑われることを嫌い、これを許した。

一行は慌しく新府城に向けて出発した。ところが、古府中を出てほどない竜王の渡しに差し掛かったところで、河畔《かはん》に隠れていた別の穴山勢に行く手を阻まれた。

百を超える穴山勢に襲われた町衆は、ことごとく殺された。横田尹松《ただとし》から弥兵衛に付けられた十人余の軽輩も、口封じのため消された。

弥兵衛は腕組みし、それを笑って見ていた。町衆の一人が弥兵衛の裏切りに気づき、打ち掛かってきたが、弥兵衛は抜き打ちで斬り捨てた。

この時、弥兵衛は罪もない若者を斬り捨てることに、何の罪悪感も抱かなかった。

（もう後戻りできぬのだな――）

弥兵衛は、己が身も心も裏切り者になったことを覚った。それは一種、自虐的快感を伴う奇妙な感覚であった。

「残りの証人はどうする」

死体を雑木林に隠し終えた穴山衆の物頭《ものがしら》が弥兵衛に問うてきた。見ると、穴山信君の親族以外の人質は、怯えて一固まりとなっている。

「そうさな——」

「逃してやれ」

物頭は弥兵衛を蔑《さげす》むような言い方をした。それが弥兵衛の癇《かん》に障った。

「そうはいかん。わしが徳川方に通じていることを、まだ勝頼らに知られるわけにはいかぬのだ」

「此奴らは故郷に帰るだけだ。新府に注進に行く物好きなどおらぬ」

ようやく解放されたにもかかわらず、再び人質にされに新府に行く馬鹿もいないと、弥兵衛も思った。しかし、弥兵衛の心は氷のように冷たくなっていた。

「駄目だ」

「それでは殺すのか」

物頭の目に脅えた色が走った。

弥兵衛は、裏切り者になりきれないこの武士を逆に蔑んだ目で見た。

「見ていろ」

弥兵衛は手近にいた小児を引っつかむと、片手で空中に抛《ほう》り投げた。

「あっ」

その身内はもとより、穴山衆も驚く中、空中で血しぶきが上がり、小児の首が飛んだ。それを見た人質たちは恐慌をきたし、われ先に逃げ出そうとするが、この混乱に慌てた穴山衆にことごとく討ち取られた。

「ここにいる証人は、いまだ武田家に忠誠を誓っている者たちの親族だ。殺しても一向に構わぬ」

死んだ人質の着物の袖で刀の血をぬぐいながら、弥兵衛が大声で言った。

「何とむごい——」

物頭も反射的に一人の女を斬っていた。それを後悔するかのように、女の骸《むくろ》に手を合わる物頭の姿に弥兵衛は偽善を感じた。

「おぬしの主《あるじ》が〝返り忠〟し、おぬしはそれに従った。その時点で、おぬしとわしは同じ穴の狢《むじな》だ」

物頭は憤懣《ふんまん》やるかたない顔をして、弥兵衛を睨《ね》めつけたが、思い直したように向き直り、配下に人質たちの死体を隠すよう指示した。

古府中に戻ると、陽動が目的の穴山勢はすでに退散していた。弥兵衛は何食わぬ顔で、任務が完了したことを年寄らに告げた。

年寄らは怪訝《けげん》そうな顔をして若者たちの行方を問うたが、弥兵衛は当然のような顔をして、「わしの配下ともども徴発され、高遠に連れて行かれた」とだけ答えた。その言葉に年寄たちは落胆し、自分たちの浅はかさを呪った。そして口々に、武田家に対する恨みつらみを述べ立てた。

弥兵衛は笑いを嚙み殺し、「こうなるとわかっていたから、わしは配下の者だけで行くと申したのだ。それをおぬしらがどうしても若衆を付けると言い張るので同意した。それを今更何だ。お上の命に従えぬ者は投獄する！」といきまいた。

町年寄たちは、口々に恨みがましいことを並べつつ去っていった。

彼らにとって、弥兵衛こそが武田家の代表であり、弥兵衛が居丈高になればなるほど、武田家に対する怒りが募る。しかも、かつて彼らに何の相談もなく、武田家は国府を移転した。それでも、彼らは武田家の命に服してきたのである。

（これで町衆もついてこぬ）

弥兵衛は内心ほくそ笑んだ。

二月二十七日、躑躅ヶ崎館で主のように振る舞う弥兵衛の許に、一人の僧がやってきた。

僧は小宮山内膳の弟拈橋であった。弥兵衛は内膳と同様、拈橋とも幼馴染《おさななじみ》である。

今は悟りの境地に達した高僧のような顔をしている拈橋だが、かつては甲斐の山野を走り回る内膳と弥兵衛の背後を、洟《はな》を垂らしながら懸命に追いかける一人の少年だった。

「ご挨拶が遅れましたことあいすみませぬ。帰参叶ってからは、古府中の警固を任されておられると聞き、ご多忙ではないかと、遠慮いたしておりました」

「紆余曲折あり、こうした仕儀とあいなった。いずれにしても、わしとおぬしの仲だ。遠慮など要らぬ」

「ありがたきお言葉」

「それより、兄上は息災か」

「はい、兄は小林道林と称し、高根の泉竜寺に蟄居しております。今は心静かに仏の道を歩んでおるとのこと」

「まさか本気で一念発起したわけではあるまい」

「いえ、すでに、世の動静にも関心がないと申しております」

「そうか、一本気な奴だからな」

拈橋はこれまでの経緯を簡単に語った。

それを神妙な顔つきで聞いていた弥兵衛が、率直な疑問を口にした。

「内膳は弾正様の遺志を貫こうとしたのだな。だが、なぜ別れ際に、わしを誘わなかったのか」

「辻様をこれ以上、巻き込みたくはなかったのでありましょう」

「そうか、あいつらしいな――」

弥兵衛は残念でならなかった。あの時、密命を帯びていることを話していてくれたなら、自分も内膳とともに武田家のため奔走していたかも知れないのだ。

（おそらく内膳は、徳川家に仕官し、新たな人生を切り開こうとしているわしの邪魔をし

たくはなかったのだ)

内膳の優しさが武田家にとって仇《あだ》となってしまったことを、弥兵衛は知った。

(忠臣と逆臣は紙ひとえなのだ)

弥兵衛は自ら望んだものとはいえ、その置かれた立場を思うと情けなくなった。裏切り者の沼にどっぷりと浸《つ》かった己に比べ、真っ直ぐに生きる内膳が羨《うらや》ましくもあった。

その気持ちを知ってか知らずか、拈橋が言った。

「ただ、この危急存亡のときにあって、兄がこのまま、何も為さぬとは思えませぬ」

「だろうな、あの男は必ず何か考えている」

弥兵衛は、期待と羨望《せんぼう》が入り混じった不思議な感情を、内膳に対して抱いていた。

「拙僧は、民のために何か手伝えぬことはないかと思い、韮崎に参ります」

「そうか、それで挨拶に寄ったというのだな」

「はい、拙僧のような者でも、傷つき苦しむ者たちの世話をすることぐらいはできます」

「うむ、よき心がけだ」

躑躅ヶ崎館に在庫の金瘡薬などを拈橋に渡した弥兵衛は、門前まで拈橋を見送った。

拈橋は何度も振り向き、頭を下げつつ、西に去っていった。

二月二十日に信長から参戦の要請を受けた北条氏政は、二十五日になってようやく小田原を出陣した。この間、八方手を尽くして伊奈戦線の情報を集めていた氏政であったが、武田家の抵抗が依然として微弱で、織田勢に対して戦いらしい戦いができていないことを知り、慌てていた。

（早晩、武田は滅ぶ）

氏政はそう思ったが、それならそれで戦後の不安が残る。武田という障壁が崩れ去った後、北条家は、織田・徳川と、直接、国境を接することになるのだ。

氏政は、氏邦に上野一国に戦闘地域を限るよう指示し、自らは河東地域の確保だけを念頭に置いた。むろん、不透明なその後の状況を鑑《かんが》み、兵力を損なわないようにしておくためである。

すでにこの頃、弟の氏規は当主氏直の了解を取りつけ、先手衆を率いて出陣していた。二月二十六日、氏規率いる部隊は、単独で天神ヶ尾城の攻略に成功した。この城は北条方長久保城の付城《つけじろ》として築かれた小規模な砦で、武田方の将兵はほとんどおらず、抵抗らしい抵抗もなかった。

翌二十七日、戸倉城際まで迫った氏規は、笠原政晴に降伏開城を迫った。万事休した政晴は詫《わ》びを入れて降伏し、北条家帰参を許された。しかし、この時、戸倉城に籠っていた武田勢は降伏をよしとせず、翌日、大規模な戦闘があり、「凶徒千余人一人も討ち取り洩らさず」（北条家家臣山角康定書状）という状況に立ち至った。

二十八日、氏規先遣隊は、春日信達の守る沼津三枚橋城を自落に追い込んだ。信達は海津城目指して落ちていった。

ちなみに、この後、信達は川中島周辺で地域領主化を図り、上杉家の傘下に入ったが、この年六月に始まる天正壬午の乱に際し、北条・真田連合に寝返り、七月、樋口与六により謀殺されている。これにより、弾正虎綱からわずか二代にして春日家も滅亡した。

西駿河においても、武田方は後退を続けていた。

二十七日、徳川方の圧迫を受け、駿河先方《さきかた》衆筆頭の朝比奈信置が守備する持舟城が自落した。二十九日、信置は久能城に後退し、今福丹波守（筑前守昌和の兄）・善十郎父子とともに最後の抵抗を試みるが、当然のごとく、江尻城の穴山梅雪の後詰はなく、同日中に再び久能城から逃亡する。久能城を脱出した信置は蒲原《かんばら》城に拠るが、結局、家康の説得に応じて降伏した。

家康はしばし信置を蒲原城に置いていたが、信置の嫡男信良が勝頼の召しに応じ、諏方方面に出張っていたため、信長の目にとまり、後に信置は処刑される。信良も諏方で成敗され、かつての今川家筆頭家老、掛川城主朝比奈惣領家《そうりようけ》は滅亡する。

五

駿河戦線を支えていた朝比奈信置が、持舟城を落去したという報が入った二十八日、勝頼とその幕僚は信州放棄を決定する。その前日までは、上原城に腰を据えて、塩尻、有賀の両峠で敵を防ぎ、杖突峠から高遠へ後詰するという作戦を実行に移そうとしていた勝頼であったが、駿河戦線の崩壊により、甲斐本国が危うくなり、撤退を余儀なくされた。

武田方の先遣部隊が杖突峠から撤退したことを知った織田勢は、「得たり」とばかりに杖突峠を押さえた。これにより、高遠城が四面楚歌《そか》の状態に陥った。

勝頼は断腸の思いで信濃国を放棄した。父信玄が人智も及ばぬ権謀術数を駆使し、十年以上の歳月をかけて経略した信濃国を、勝頼はわずか一月《ひとつき》で放棄せざるを得なかった。

しかも、弟盛信と高遠城を見捨てたのだ。

二十八日、幽鬼のような姿に変わり果て、勝頼は新府城に戻ってきた。食事は喉《のど》を通らず、目は落ち窪み、頬はこけ、勝頼は別人のように憔悴していた。

奥の間に駆けつけた桂は、凄惨《せいさん》なまでの勝頼の顔を見て、どのような言葉をかけていいかわからなかった。

茫然《ぼうぜん》と立ち尽くす桂に気づいた勝頼が、ぽつりと言った。

「そろそろ相府（小田原）に帰る支度を調えた方がよい」

予期してはいたものの、その言葉は桂の胸にずしりと響いた。それは、武田家滅亡が実感として迫った初めての言葉であった。

「いいえ、わたしは退きませぬ」

桂は決然と言い切った。

「退かぬか――」

勝頼が皮肉な笑いを浮かべた。

「そなたのような気構えの者がいま少しおれば、わしはまだ上原城にいたはずだ」

「委細はわかりませぬが、逍遥軒様はじめ重臣の方々には、それぞれの事情がおありだったのでしょう」

「存亡を賭《か》けた一戦に、それぞれの事情や都合もあるまい」

勝頼が嘲《あざけ》るように笑った。

「お怒りはもっともでございます。しかし、ここは皆の罪をお赦しいただき、武田家が一つになれるよう、ご尽力下さい」

「もう手遅れだ」

「いいえ、手遅れではありませぬ。われら法性院様の頃より外征をもっぱらとし、敵の攻勢を堪えしのぐことがありませんでした。緒戦の負けは、その転換が図れなかっただけにございます」

「桂にまでそう言われては、わしの立つ瀬がない」

勝頼は苦笑いしたが、桂は真剣だった。

「ことここに至れば、この城にどっしりと腰を下ろし、籠城の支度を始めましょう。さすれば、お味方衆も落ち着きを取り戻しまする」

「むろん、そのつもりで戻った」

そう言いつつも勝頼の顔は、とても勝算があるようには見えなかった。

「わたしも御屋形様とともに、この城を動きませぬ」

「頼もしいことだ」

　勝頼はそれだけ言うと立ち上がった。

「おぬしの気持ちはよくわかった。それだけ武田家のためを思うてくれる室を迎えられたこと、真《まこと》にわしは果報者だ。しかし、この城から落ちることになったら、脇目もふらず小田原を目指せ」

「いいえ、落ちるときも一緒であれば、死ぬときも一緒にございます」

「桂――」

「上様、わたしを武田家の者と認めてくださるなら、どうぞここにおとどめ置き下さい」

　しばし沈黙した後、勝頼が首肯した。

「あいわかった」

　武田家から逃げ出す者ばかりの中、一人だけでも逃げない者がいることを、桂は知ってもらいたかった。

「すまぬな――」

　取次役により軍議に呼び出された勝頼は、寂しそうに去っていった。

　その後ろ姿を見送る桂の頰を一筋の涙が伝った。

（おいたわしや――）

　ここまで追い込まれた勝頼が、桂には哀れで仕方なかった。そしてただ母のように、勝頼を守ってあげたかった。

二十九日、新府城において早朝より始まった軍議は、今後の方針を決定する重要なものとなった。
策は四つに絞られた。すなわち、新府籠城、丸山の詰城への籠城、岩殿城への撤退、岩《いわ》
櫃《びつ》城への撤退である。
この年、十六歳になる勝頼嫡男の信勝は新府籠城策に固執した。
「この城を何のために造ったのか、こうした際に、ここで戦うために造ったのではない
か！」
信勝の言に、真田昌幸が難色を示した。
「若、この城は半造作ゆえ、織田の大軍を引き受けて戦うことは叶いませぬ」
後に『甲陽軍鑑』でも指摘されている通り、新府城は「半造作」の城であった。曲輪の
削平、土塁や堀の普請が不十分なのは言うまでもなく、望楼、櫓《やぐら》、門塀などの防御施設の
作事は、半分ほども進んでいなかった。
「それでもいいではないか！　同じ滅ぶなら逃げ隠れせず、われらの本城で滅ぶべし！
そして、われらの肉体を焼く煙を諏方大神とご先祖に捧《ささ》げ、せめてもの償いとしようでは
ないか！」
信勝の悲痛な叫びを勝頼が制した。
「信勝、われらは、連綿と受け継がれてきた甲斐源氏の血脈を絶やしてはならぬのだ。最

後の最後まで望みは捨てぬ」

「父上、どこぞの野辺に屍《かばね》を晒《さら》すくらいなら、われら、この城を焼く焔《ほむら》の中で死ぬべきです！」

「信勝、軽々しく死などという言葉を口にしてはならぬ！」

「とは申しても――」

なおも何か言いかける信勝を、勝頼が制した。

「いよいよとなれば、わしも武田家の名に恥じぬ最期を遂げるつもりだ。それまでは己の命を大切にせよ」

「わかりました」

信勝は不承不承、引き下がった。

「それでは、岩殿城への撤退という案はいかがか」

今度は、小山田信茂が進み出た。

「岩殿城は堅固この上ない大雲戒《だいうんかい》（要害）。いかに信長相手とはいえ、半年は持ちましょう。その間に、毛利ら西国勢も巻き返しを図ること必定。そうなってから和議を調えればよい」

信茂は自信ありげに述べたが、真田昌幸は首を振った。

「岩殿城は確かに大雲戒だが、北条家の領土に近すぎる。信長を恐れた相州（氏政）が大動員をかければ、北条家だけで数万の軍勢がやってくる。しかも、敵は兵站維持が容易だ。

たとえ西国で毛利が動こうが、信長は岩殿を相州に任せて引き上げることができる」

「むろん、その通りではござるが――」

武田家が相当の抵抗を見せると思われていた当初と異なり、北条家内における親武田派の発言力は、かなり後退していると予想された。そうなれば、昌幸の想定も現実味を帯びてくる。それゆえ信茂は、岩殿への撤退を、それ以上、強く主張することはしなかった。

「やはり、安房は岩櫃を勧めるか」

勝頼が覚悟を決めるように問うた。

「いかにも」

昌幸は自信を持って答えた。しかし、昌幸の主張する岩櫃城移転策は、甲斐国を捨てることになる。甲斐を母国とする者がほとんどの武田家臣団にとって、それは堪え難いことであった。

「武田家は甲斐に根を下ろし、ここまでになった。やはり、甲斐国で踏ん張ることで、活路が見出せるというものではないか」

山県昌満が新府籠城説を蒸し返した。

「そうは申すものの、ここ新府に残る兵はわずか一千あまり。すでに甲斐国内でさえ、われらを信じて集まる国人《くにうど》はおりませぬ」

昌幸が反論したが、昌満も負けていない。

「九一色、西之海衆ら甲斐南東部の一揆《いっき》には陣触れを発しておる。すでに古府中に集まってきておるはずだ」

「一昨日、古府中を通過した折には、いまだいずれの衆も着いてはおりませんでしたぞ」

九一色衆らが辻弥兵衛に言いくるめられて、すでに本領に帰ってしまったなどとは、武田家首脳部は知りようはずもなかった。

「遅れておるのだ」

山県昌満の言を無視し、昌幸が勝頼に迫った。

「すでに昨日、春日殿が沼津を捨て善光寺表に戻ったという知らせが入りました。これで、河東戦線も崩壊しました。氏政が信長を恐れるなら、武田領に兵を進めるは必定。江尻もすでに家康のもの。われらだけで、四方から迫る敵を引き受けることは不可能。この城は一日として保てませぬ」

「造った本人がそう申しては、みもふたもない」

昌満が呆れたように言った。

「それでは、法性院様のご計策に則《のっと》り、丸山の詰城に籠るというのはいかが」

横田尹松が遠慮気味に問うたが、真田昌幸はそれをも言下に否定した。

「あの城は、せいぜい一万の敵兵をしのぐだけの造り。三万を超える軍勢を防ぐことは叶いませぬ」

さらに昌幸は丸山の城が、もしも危機に陥った場合の逃げ道がないことを指摘した。すなわち、丸山の搦手から太良《たら》ヶ峠を越え、帯那山の尾根を伝い、黒平峠、大弛《おおだるみ》峠を越えれば、信濃国川上郷だが、夏でも難路である上、この季節はいまだ残雪が深いため、女子供の足では進もうにも進めない。敵に捕捉《ほそく》されることは必至であると主張した。

「一方、岩櫃であれば、信州小室には相模守（信豊）殿、上州箕輪には内藤大和（昌月《まさあき》）殿、同じく国峰《くにみね》には小幡上総介（信貞）殿がおります。彼らと連携し、織田勢を迎え撃てば、相当な戦いができましょう。しかも、その背後には上杉家がある。いざとなれば、上杉家に逃げ込み、ともに信長と戦えばよい」

昌幸の構想の見事さに圧倒され、諸将は沈黙した。それを見て勝頼が断を下した。

「岩櫃に逃れよう。ただし、わしはどうしても高遠を見捨てるわけにはまいらぬ。もしも五郎らが奮戦し、一月《ひとつき》も城を支えられれば情勢は変わる。そのときこそ反撃に移れる」

勝頼は自らに言い聞かせるように言った。たとえそれが空論であっても、諸将に異議はなかった。これにより、昌幸は一足先に岩櫃に先行し、防衛態勢を固めることになった。

無法地帯と化した古府中にあって、辻弥兵衛は王者になった心境であった。九一色、西之海衆らも口車に乗せて国許に帰し、穴山家の人質もまんまと奪還した。

（武田家には、わしの知謀に勝る者はおらん）

弥兵衛は一人、盃《さかずき》を傾け、悦に入っていた。

（この活躍が家康殿の耳にも入っておればよいのだが――）

弥兵衛が案ずるのはそのことだけだった。

自らの将来の姿に想像をめぐらせつつ、盃を傾ける弥兵衛の許に、件《くだん》の忍がやってきたのは、二月二十九日の夜であった。

「これは佐渡守様からの書状にございます」

「ふん」

差し出された書状を奪い、無造作に開けた弥兵衛の眉間《みけん》にたちまち皺《しわ》が寄った。

「いい加減にしろ！」

弥兵衛が書状を投げつけたが、忍は畳の一点を見据えたまま何も答えなかった。忍の仕事は、弥兵衛に書状を渡し、その返事を聞くだけなので、当たり前である。

「いかに人のよいわしでも、ここまではできん！」

その書状には、「勝頼が上州岩櫃に退去する公算が高まった。岩櫃に退かれると、徳川家が兵站を維持するための負担は大きくなる。それゆえ、いかなる方法を用いても、勝頼を岩櫃に行かせてはならない」とあった。

悪態をつく弥兵衛を無視して、忍が言った。

「わが主は、それがしに口頭で伝えよと申したこともありまする」

食い入るように書状を読み返していた弥兵衛が面を上げた。

「ことが成ったあかつきには、駿河二郡と一城を、辻様にお預けになるとのことです」

「そ、それは城代ではなく、城主としてだな」

「いかにも」

城主とは俗にいう一国一城の主である。徳川家傘下とはいえ、城代と異なり、税の徴収権もあるため、莫大《ばくだい》な富が築ける。

「それは真か」

弥兵衛の顔色が変わった。

「わが主は言葉を違《たが》えたことがありませぬ」

「主とは本多佐渡だな」

「いいえ」

「それでは誰だ」

「われら忍は家康公直々の命で動きます」

「ということは、わしの働きは家康公のお耳に届いておるのか」

忍が無言でうなずいた。

「そうか」

弥兵衛は湧き立つようなうれしさを覚えた。

「家康公に伝えよ、委細承知したとな」

忍はうなずくと、黙って闇に消えた。

(これで、わしも一国一城の主か!)

弥兵衛はあらためて感慨に浸った。

春の月がぼんやりと出ていた。その月の下には大小無数の篝火《かがりび》が瞬いている。夥《おびただ》しい数の敵が、月蔵山《がつぞうさん》の麓《ふもと》から山腹にかけて布陣しているのだ。

（まるで祭りのようだな）

帯刀は故郷の祭りを思い出した。常の日とは違う大人たちの華やいだ顔、走り回る子供と犬、山や谷に反響する神楽《かぐら》の笛と太鼓、そして、片切城から御射山《みさやま》社の参道まで続く無数の灯火、それが片切郷の祭りであった。

（帰りたいな）

目と鼻の先にありながら、けっして手の届かぬ故郷を帯刀は思った。しかし眼前の火は、祭りのためではなく、城兵たちを死へと誘《いざな》う送り火であった。

（いよいよどうにもならぬな）

帯刀は死を覚悟していた。幾度となく死の危機に瀕《ひん》しても、それを乗り越えてきた帯刀であったが、今度ばかりはそうもいかない。これだけの大軍を前にしては、個人個人の運不運など、芥子粒《けしつぶ》と何ら変わりはないのだ。誰もが、怒濤《どとう》のような死の津波にのみ込まれるほかないはずである。

（それでも親父殿がいてくれたら、どれだけ心強かったか）

詮ないことと知りつつも、帯刀は監物を思った。

（同じ死ぬにしても、親父殿と一緒なら納得がいったはずだ）

月が再び雲間から顔をのぞかせた。その薄青い光が傍らにまどろむ四郎左を照らした。

昼間の労働の疲れからか、四郎左はぐっすりと寝入っていた。その四郎左も明日をも知れぬ命である。

(おぬしを道連れにしたくなかった)

帯刀は悔やんだ。少しでも故郷の近くで仲間と一緒に戦いたいと思い、高遠行きを希望したのが間違いだった。あのまま持舟辺りの城にいれば、戦わずして降伏開城となり、今頃、故郷への道を四郎左とともに歩んでいたかも知れない。しかし、それもこれも、今となっては詮ない話である。

(すまぬな、四郎左)

四郎左の向こうには、片切十騎の生き残りが寝ていた。帯刀同様、飯嶋為方の陣を借りている竹村、南嶋、米山、上沼、新居の面々である。仲のよい者もいれば嫌いな者もいる。しかし、そんなことは、もうどうでもいいことであった。

雲間から漏れる月光は、彼らの寝顔も順繰りに照らしていった。どの顔も子供のように無邪気に見えた。帯刀は、彼らとともに死ねることがせめてもの救いだと思った。

六

月が変わり、三月一日となったが、武田家の苦悩は深まるばかりだった。

前日に江尻城を明け渡した穴山梅雪は、この日、家康と面接し、臣従の誓書を差し出した。これにより、梅雪は名実ともに織田陣営の一将となった。

一方、北条家にあり孤軍奮闘する氏規は、この日、深沢城の攻略に成功する。深沢城は、信玄と氏康が取ったり取られたりを繰り返した河東地域の要衝であったが、それも呆気なく北条方の手に帰した。城将の城和泉守景茂《じょうかげもち》（意庵）は、第四次川中島合戦などで活躍した猛将であったが、戦いらしい戦いもせずに甲斐に退去した。氏規は、翌日には吉原城をも落とし、富士川以東の河東地域を制圧する。これにより、駿河全土が織田陣営のものとなった。

古府中を出た弥兵衛は西を目指していた。

新府城のある韮崎を迂回《うかい》し、信州往還（逸見《へみ》街道）をさらに諏方方面に向かった弥兵衛は、高根村山に至った。

（こんな小寺に住んでいるのか）

村人に尋ね、ようやくたどり着いた寺は、日のあたらぬ北向きの山腹に建てられていた。

朽ちかけた山門をくぐると、寺男らしき痩《や》せた男が、背を向けて地面に這《は》いつくばっていた。

（長芋の担根《たんこん》（球根）でも植えておるのか）

弥兵衛はその背後まで行き、声をかけた。

「おいそこの者、ここに住む者で小宮山――、いや、小林道林と申す僧を知らぬか」

背を向けた男は作業の手を止め、ゆっくりと振り向いた。

「弥兵衛か」

「あっ」

痩せて面変わりしていたが、それは間違いなく小宮山内膳その人であった。

「やはり弥兵衛か、懐かしいの」

「息災であったか！」

二人は笑みを浮かべて歩み寄った。

「内膳、随分とやつれたな」

「ああ、おぬしは逆に肥えたな」

二人は昔のように肩を叩いて笑い合った。

「古府中におることは平五郎（拈橋）から聞いていたが、結局、徳川には仕官しなかったのか」

「うむ、あの後、気が変わって諸国を流浪しておった」

「そうか、おぬしも苦労したのだな」

内膳の言葉には、友へのいたわりの情が込められていた。

後ろめたさを感じつつも、弥兵衛は明るく応じた。

「おぬしに比べたら、わしの苦労など何ほどのこともない。平五郎から聞いたが、おぬしは弾正様の遺志を継ぎ、武田と北条のために奔走していたというではないか」

「しかし、それも無駄な努力となりそうだ」

「こんな山寺にいて、なぜ、それを知る」

「先日、この地を預かる日向玄徳斎殿が大嶋城から戻ったというので、話を聞きに行った」

内膳は、急坂を転げ落ちるような武田家の衰勢を詳しく知っていた。

「やはり、おぬしは僧のまま朽ち果てるつもりはないのだな」

「うむ、どのみち戦は長引く。必ずや、わしもお役に立てる日がくる」

弥兵衛は、それでも内膳が事態を甘く見ていることを、この時、知った。信長軍団の最新装備と士気の高さを知らぬ者には、それもまた致し方ないことであった。

「達者でな。互いに運があれば、また会おう」

本堂に入り、しばし歓談した後、弥兵衛が座を払った。

「待て、おぬしはこれからどうする」

「わしか」

弥兵衛は、内膳に偽りを言う後ろめたさを感じつつも、それを面には出さずに言った。

「わしはこれから御屋形様の許に赴き、帰参を願い出る」

「そうか、それはよかった。この衰勢にあって帰参を願い出るとは、天晴《あっぱ》れな心がけだ」

「それでは息災でな」

「待て」

去りかけた弥兵衛の背に、内膳の声がかかった。

「もう一度、そこに座ってくれぬか」

内膳に勧められるままに、弥兵衛が座り直した。

「実は、おぬしに頼みたいことがある」

「それは何だ」

「平五郎からはどこまで聞いておる」

「おぬしが武田と北条の間を周旋していたが、それが露見し、御屋形様に蟄居を申し付けられたというところまでは聞いたが、それ以上の事情は知らぬ」

「わかった」

内膳はこれまでの経緯を話した。

「そこまで話をつけておったのか——」

弥兵衛は、内膳の熱意と努力に頭が下がる思いだった。

「うむ。しかし、わしとて御方様には及ばぬ」

「そうか、御方様はそれほどに武田家のことをお思いだったか」

「うむ、あれほど武田家の行く末を思っておられる方はほかにおらぬ」

弥兵衛は、己の与《あずか》り知らぬところで、懸命に武田家を存続させようとしている一人の女性がいることを、この時、初めて知った。

弥兵衛の複雑な胸中を知ってか知らずか、内膳は本題に入った。

「御屋形様は甲斐国を容易には捨てきれまい。当面は籠城戦となるだろうが、半造作の新府城では心許《こころもと》ない。となれば、落ち行く先として郡内岩殿城を考えるであろう」

「そうか、北条への根回しはできているが、逆に小山田出羽への根回しが不十分ということか」

「うむ、ここにきて心配になったのだが、出羽殿は元来が小心だ。武田家の凋落《ちょうらく》にたいそう動揺しておるであろう。御屋形様を八王子へと落とす際には郡内を通過せねばならぬ。その折に、逆心でも起こされてはたまらない」

「なるほどな」

「そこで、わしの代わりに郡内に行き、出羽殿を力づけてほしいのだ。岩殿には甘利と大熊もいる。彼らもきっと力になってくれるはずだ」

弥兵衛は腕組みし、考えに沈んだ。

（これは、もしや大芝居が打てるやも知れぬ）

しばし考えた後、弥兵衛は顔を上げた。

「ほかならぬおぬしの頼みだ。引き受けよう」

「すまぬな」

内膳は弥兵衛の手を取らんばかりに喜んだ。

「ところで、おぬしはどうする」

「わしには別の考えがある」

「そうか」

弥兵衛は内膳の別の考えをあえて問わなかった。考えの中身はわからぬが、その考えを全うさせてやることが、友としてのせめてもの思いやりだった。

寺を出た弥兵衛は来た道を戻り、新府城へ向かった。むろん弥兵衛の脳裡には、芝居の筋書きが輪郭を持ち始めていた。しかし心の奥底には、黒雲のようなわだかまりがあることも確かである。それは弥兵衛の心に澱《おり》のように残る良心の残滓《ざんし》であった。

やにわに立ち止まった弥兵衛は、太刀を抜くと道脇の桜の枝を斬った。桜の花が雪のように周囲に舞った。

「さらばだ」

弥兵衛は己の良心に訣別《けつべつ》した。


「弥兵衛か」

「はっ」

弥兵衛は深く平伏した。

「面を上げよ」

新府城で久方ぶりに見《まみ》えた勝頼は、見違えるほどやつれていた。弥兵衛はその心労を思い絶句した。

「横田尹松より、そなたの活躍は聞いていた。高天神では苦労であったな」

「城を守れず、申し訳もございませぬ」

「もうよいのだ。それより、誤解からそなたのような忠臣を追い出し、こちらこそ詫《わ》びねばならぬ」

「もったいなきお言葉」

弥兵衛は本気で帰参したかのような気分になり、涙が出そうになった。

「よくぞ戻ってきてくれた。これからも武田家のために励んでくれ」

「はっ」

弥兵衛は額を青畳に擦り付けた。

「それより、先ほど奏者に重大な知らせがあると申したな」

「はっ、そのことは、お人払いをされてからお話しいたします」

勝頼が土屋昌恒らに目で合図すると、昌恒らは、弥兵衛に不審な視線を投げつつ座を払った。

「実は――」

弥兵衛は、昨夜、古府中に現れた真田昌幸一行に、一夜の宿として躑躅ヶ崎館の西の御座を提供したと語り始めた。昌幸は古府中に残る商人らと深夜まで会談し、岩櫃に運び込む兵糧《ひょうろう》、武具、玉薬の手配をしていると、弥兵衛は思っていた。しかし、あまりに人の出入りが多いので、何か手伝えることはないかと、弥兵衛も西の御座に赴いた。

そこでばったり出くわしたのが駿河商人の友野某だった。某は、元は穴山家の御用商人であり、ここに出入りするのはいかにもおかしい。

弥兵衛は踵《きびす》を返すと、某が出てくるのを待ち伏せて取り押さえた。早速、某を問い詰めたところ、話の辻褄《つじつま》が合わなくなってきた。そこで拷問にかけると口を割った。

某の話によると、昌幸はすでに穴山梅雪を通じて徳川家とは昵懇《じっこん》の間柄であり、勝頼を岩櫃に誘い入れて捕らえ、それを土産に、織田政権への参加を果たそうとしているというのだ。弥兵衛は驚き、昌幸を捕らえようとしたが、昌幸はすでに古府中を後にしていた。

弥兵衛はもっともらしく考えてきた話を語った。

「あり得ぬ話だ」

勝頼は弥兵衛の話を言下に否定したが、その顔色には、一抹の不安が漂っていた。

「それがしも信じたくはない話でございます。むろん、その真偽を確かめたわけではありませぬ」

「その商人はどうした」

「拷問が激しく、こと切れました」

勝頼の面には、迷いの色が差していた。

それを認めた弥兵衛は、この機会を逃さじと畳みかけた。

「御屋形様、真田はわずか三代にわたる家臣。それに比べ小山田殿は武田家重代相恩の御親類。ここは議論に及ぶべくもないと思われまする」

「おぬしは、岩殿に退くが上策だと申すか」

「はっ」

弥兵衛は大げさに平伏した。

勝頼は脇息にもたれ、しばし瞑目した後、ため息とともに「わかった。考えておく」とだけ言った。

「それであればそれがし、先行して岩殿に入り、お迎えの支度を調えまする。ただし――」

弥兵衛は言葉を切り、一瞬、逡巡したかのような素振りを見せた後、勝頼に視線を据えた。

「笹子《ささご》峠にて郡内の様子を窺《うかが》い、小山田殿に逆心の気配あれば、日川《ひかわ》渓谷をさかのぼり、上州岩櫃にお逃れ下さい」

「そうか、そこまで懸念せねばならぬか――」

天を仰いで慨嘆する勝頼に、なおも弥兵衛は迫った。

「つきましては、小山田殿の真意を確かめるため、穴山梅雪の偽書をお作りいただけませぬか」

「そんなものをどうする」

「万が一ということもありますゆえ、それを使い、小山田殿に探りを入れてみます」

「わかった。祐筆《ゆうひつ》に梅雪の花押《かおう》を真似させれば、偽書など造作なきことだ」

「さらに、岩殿に蟄居させられているわが友、甘利甚五郎と大熊新左衛門をご赦面いただけませぬか。彼の者らは必ずや力になると思います」

「そうであったな。早速、出羽守宛に二人の宥免《ゆうめん》状を書こう」

「ありがたきこと」

弥兵衛は深く平伏しつつ、上目遣いに勝頼を見た。勝頼の面には苦渋の色がにじんでいた。信頼していた家臣に次々と裏切られ、誰も信じられなくなった一人の男がそこにいた。


三月一日、高遠城は全く孤立していた。

前日、上原城近郊から武田の殿軍《しんがり》が退いていったとの報を受けた信忠は、本陣を春日城から高遠城の向かい地にあたる白山《はくさん》に移した。白山とは三峰川《みぶがわ》を隔てた対岸の小丘陵のことである。

信忠は着陣するや城将の仁科盛信に降伏開城の使僧を送ったが、盛信はこれを拒否、決戦は必至となった。ちなみに、盛信は徹底抗戦の意志を表すために、この僧の両耳と鼻を切り落として送り返してきたという。

しかし、織田勢三万に対して武田勢はわずか三千。しかも、脱走者が後を絶たず、本来の戦闘能力は半減していた。

高遠城本曲輪には、明日の決戦を前にして今生《こんじょう》の別れの酒宴が催されていた。

酒宴の座には、仁科五郎盛信を筆頭に、小山田昌成《まさなり》、その嫡男昌盛、昌成弟の昌貞、小幡忠景、渡辺金太夫照《てらす》、諏方頼豊・頼清兄弟、飯嶋為方・同小太郎、今福昌和らが居並んでいた。

昌成の小山田家は、信茂の郡内小山田家とは、数代前に分かれた別系統で、さほど近い姻戚《いんせき》関係にはない。郡内小山田家と区別するために、その所領がある場所の名を取り、石田小山田氏と呼ばれる。

父昌辰《まさとき》は、板垣信方の副将として攻城戦、籠城戦を専門としていたが、それを継いだ昌成もその道の熟達者であった。すでにこの時、昌成は隠居していたが、主家の危機に際して復帰、一族を挙げて最前線の高遠城入りを希望したのである。

高遠城本曲輪の大広間は、死を目前にしたとは思えない明るい雰囲気に包まれていた。居並ぶ諸将は酒を酌み交しつつ哄笑し、互いに過去の武勇伝を披露し合っていた。

「敵は雲霞《うんか》のごとき大軍、これでわれら明日をも知れぬ命となった」

盛信がさっぱりとした口調で言った。

「仰せの通り、此度は万が一にも御運を開く戦いとはなりませぬ。しかし、それならそれで、心置きなく戦うことができまする」

昌成が満足そうに答えると、弟の昌貞も盃を干しつつ言った。

「われら二心なき者ここに集い、ともに死ねることこそ、武士として生まれた甲斐があったというもの」

「皆、武田家のために真にあいすまぬ」

盛信の頬を熱いものが伝った。それを見た諸将ももらい泣きした。

座がしんみりとしてしまうのを嫌ったのか、飯嶋為方がすかさず立ち上がった。

「不調法ではござれど、伊奈の田植え踊りをご披露いたそう」

為方は自ら謡を付けつつ、扇子を持って踊り始めた。その剽げた仕草に、一同は手を叩いて笑った。盛信も泣きながら笑った。宴はいつ果てるともなく続いていった。

子《ね》の刻（午前零時）過ぎに宴を抜け出した盛信は、身を清め、髪を結い直した。そして、新しい下帯を締め、香を薫《た》いた。

城内の各所には煌々《こうこう》と篝火が焚かれ、各所で酒盛りも続いているらしく、時折、風に乗って、笑い声などが聞こえてくる。その喧騒《けんそう》を聞きつつ、死出の支度を終えた盛信は、妹の松姫こと信松尼《しんしょうに》を呼んだ。

永禄《えいろく》四年（一五六一）、松姫は、信玄の六女として生まれた。母は側室油川《あぶらかわ》氏の娘で、同腹の兄に仁科盛信と葛山十郎信貞、妹に上杉景勝に嫁いだ菊姫がいる。永禄十年（一五六七）、七歳の松姫は、十一歳の信忠と婚約させられた。この縁談は、勝頼の正室遠山氏が没したため、信玄と信長の間で、あらためて調えられたものであった。ところが、しばらくして両家の間は険悪となり、縁談も自然消滅となった。

その後、松姫は出家得度し、信松尼と称し、天正七年（一五七九）に高遠城主となった盛信に招かれ、高遠城に住むことになった。

盛信は涼やかな微笑で妹を迎えた。松姫もすでに死を覚悟しており、白装束に身を包んでいた。

「松、ここまで付き合わせてしまい、すまなかった」

「わたしは、死するときは兄上とともにと思い、望んでこの城に入りました。覚悟はできております」

「そうか――」

口ごもる盛信を制するように、松姫が言った。

「兄上、今更、わたしを何方《いずかた》へ落とすなどとは、お考えめさるな」

「おぬしの覚悟はわかっておる。しかし、考えてもみよ。われらがもしも滅んだ折、武田家の菩提《ぼだい》を誰が弔うのか。戦に負ければ男兄弟はすべて死ぬ。おぬし以外の姉妹はすべて他家に嫁いでおる。他家に嫁げばもはや他人。武田家の菩提を弔うことはできぬ」

「それはわかっておりますが――」

「おぬしのほかに、誰がわれらの冥福《めいふく》を祈るのだ」

「とは申しても――」

「われら屍を野に晒すことは厭《いと》わぬ。甲斐源氏の血がここで途絶えようと、それは天命として致し方ない。しかしわしは、父上はじめ御先祖の供養を絶やすことが辛《つら》いのだ」

盛信の懇願に、松姫の心もようやく動いた。

「わかりました」

「すまぬな」

盛信の面には、これで思い残すことはないという色が表れていた。

「しかし、これだけの重囲を、いかにかいくぐりますするのか」

松姫の疑問はもっともであった。織田勢は高遠城の三方を囲んでおり、唯一、軍勢が配されていない東側には三峰川が流れていた。

「それについてはすでに手を打ってある。心配には及ばぬ」

「わかりました」

松姫は、それ以上、何も問わなかった。

二人は水盃を交わし、今生の別れを惜しんだ。

七

「おい」

誰かに体を揺さぶられて帯刀は目を覚ました。

「お、親父殿か」

「何を寝呆けておる」

ようやく目を開けると、飯嶋為方が灯火をかざしていた。

「あっ、もう朝でござるか」

慌てて甲冑《かっちゅう》を着けようとする帯刀を、為方が制した。

「まだ朝ではないが、ちと貴殿にお願いしたいことがある」

「はあ、何なりと——」

帯刀は、何か危険な役割を与えられるであろうことを予期した。

「本曲輪の仁科様には、妹君がおられるであろう」

「ああ、尼御料人様でござるな。気立ての優しいお方で、われらにも手ずから握り飯を配っていただいた」

「たった今、仁科様の許から使番が来られて、その尼御料人様を新府の城まで落とすことになった」

「それは無理」と、帯刀は言いかけたが、次の瞬間には為方の用向きに気づいた。

「それがしには務まりませぬ」もっと腕の立つ者が適任では」

「いや、やたら武勇を誇る者は、諦めが早いからだめだ。何よりも、あの抜け道を知る者はわずかしかおらぬ」

為方に命じられ、笹原が広がる城の外に抜け道を作っておいたことを、帯刀は思い出した。確かにその道を知る者は少ない。

「侍女や尼僧ら足弱《あしよわ》は置いていく。姫様と従者の三人だけだ」

「しかし、それなら飯嶋様のご子息や配下の者に託せばよい。わしはもう逃げたくない」

それは帯刀の正直な心境であった。帯刀とて命は惜しい。ましてや息子の四郎左だけは何とか救いたかった。しかし、連日の疲労と緊張は、帯刀から命に対する執着心を失わせていた。

「帯刀殿、わしらは片切殿のおかげであの高天神から逃げおおせた。その恩に報いられるのは、この場を措いてほかにはない。ましてや、一手を預かるこのわしが息子を逃したとあっては、諏方の衆から後ろ指を差される」

「とは申しても――」

「帯刀殿、この仕事には危険が伴う。貴殿のように〝山抜け〟に長《た》け、冷静な判断が下せる者でしか務まらぬ。しかも、見つかれば間違いなく殺される。逆に、われらは明日になれば降伏するやも知れぬ。命の危険はどっちもどっちだ」

為方の言うことも、もっともだった。こうなってしまえば、何が死を決するかなど誰にもわからない。しかも、勝頼の許に赴けば、弥兵衛のことを伝える機会があるかも知れないのだ。

「引き受けてくれるな」

「はあ――」

帯刀がうなずくと、為方はうれしそうに帯刀の肩を叩き、四郎左を起こすよう促した。そして、二人に出立の支度をさせると、松姫の待つ新館曲輪《にいたちくるわ》へ連れて行った。

城を出た一行は、法幢院曲輪《ほうどういんくるわ》の外に広がる笹原を走った。どの笹も背丈ほどの高さがあるが、抜け道の笹はあらかじめ伐採しておいたので、女の足でも走り抜けられるようになっている。一行は、事前に帯刀が付けておいた目印を頼りに、笹と沼沢地《しょうたくち》を縫うように造られた抜け道を進んだ。

それでもいつ何時、敵の物見《ものみ》と遭遇するかわからない。帯刀は一行よりやや先行して、安全を確認しつつ進んだ。

飯嶋為方と帯刀の開拓した隠し道は、すでに織田方に掌握されている杖突街道を避け、入笠山の中腹を北に迂回しつつ、諏方南に出るという脱出路であった。難路ではあるが、これ以外に甲斐に逃れる道はなかった。

三峰川沿いの湿原は泥土に足を取られるほどの場所もある。そんな場所では、四郎左が「御免」と言うや、松姫を抱きかかえた。松姫は頰を赤らめながらも無言で従った。やがて一行は、内密にしていた渡河地点に着いた。

帯刀はあらかじめ隠しておいた小舟を引いてくると、一行をそれに乗せた。舟は人の重みでしばしば浅瀬に乗り上げ、その度に帯刀と四郎左は腰まで水に浸《つ》かって舟を押した。松姫に同行する石黒八兵衛という老侍や何阿弥《かあみ》という同朋《どうぼう》（茶坊主）は、父子を手伝うでもなく舟の上で眺めていた。父子が何度目かに舟を降りたとき、遂に松姫が叱ったので、石黒らは仕方なく腰まで水に浸かりながら父子を手伝った。

やがて、対岸までたどり着いた一行が小休止していると、帯刀の目算通り、東の空が白み始めた。

（これで、山入りしても道を誤ることはない）

帯刀が無言で歩き出すと、一行はそれに従った。

三月二日の夜が明けた。彼我《ひが》の戦力差を考慮すれば、一日として城を保つことが困難であると覚った仁科盛信は、ほぼ全軍で突撃を敢行するつもりであった。

小山田昌成が「我も人も今日を限りの命なれば、城構《しろがまえ》も用心もいらざることにて候」と言ったと、『甲乱記』にある。

『高遠記集成』によると、昌成が立てたという武田方の作戦はいたって単純だった。敵味方が衝突し、しばし防いでいる間に、若い信忠は味方を督戦すべく、必ずや城近くまで陣を進めるだろう。それを見るや、残兵をかき集め、「丸備え」という陣形を作り、ただひたすら信忠の首だけ目指して、駆けに駆け入るというものであった。むろん、勝算などあろうはずもなく、昌成は「たとえ信忠を討ち漏らすとも勇名は死後に顕《あらわ》すべし」と言っている。

城方が大手口を開き、敵に打ち掛かると、寄手《よせて》も負けじと応戦した。

緒戦は、朱柄の大身槍《おおみのやり》を振り回す渡辺金太夫の奮戦により、織田勢が蹴散らされたが、衆寡敵せず、武田方は次第に押され始めた。いずれにしても、火力と兵力の差から勝敗は歴然であった。諏方頼清、渡辺金太夫、小幡忠景、今福昌和、そして飯嶋為方父子も次々と討死を遂げていった。

『甲乱記』では、小山田一族が五百の精兵を擁して大手から突出し、「敵を右往左往させ」、「四角八方へ切りて廻」ったというが、これが最後の抵抗だった。

やがて、満身創痍《そうい》の小山田昌成父子、同昌貞、原佑貞、春日河内らが本曲輪に戻ってきた。盛信は彼らの天晴れな働きを、「こころよげ」にたたえて迎え入れた。

小山田一族の奮戦を、楚の項羽等の英雄になぞらえて賞賛した盛信は、自ら出陣しようとしたところ、昌成から、「大将と申すは士卒に戦をさせ、ことが窮まれば尋常に御腹を召されるもの」と言われ、出陣を思いとどまったという。

その後、二、三曲輪で白兵戦が始まったと聞いた盛信らは、本曲輪の望楼に上り、盃を酌み交わした。戯言などを言いつつ、七、八杯ものんだところで、盛信が大笑しつつ、「今までの酒宴の中でも、今日のものはひとしお面白い。何か肴《さかな》はないものか」と問うと、昌成がすかさず、「ここにいい肴がござる」と言いつつ腹を掻き切った。盛信はそれを見て喜び、「これは珍しい肴だ」と言うや、自らも十文字に腹を切り下げたという。

続いて、二人にとどめを刺した昌貞が、今生の名残にと、十杯ほど立て続けに盃を干してから立ち腹を切った。残った者たちはそれぞれの妻子を殺した後、敵中に討ち入り、ことごとく討死を遂げたという。

かくして高遠城は落ちた。織田方の挙げた兜首は四百。雑兵合わせて二千五百八十余人の将兵がこの城で命を落とした。一方、寄手の死者も二千七百五十余人と記録されている。

落涙闌干《らくるいらんかん》

一

高遠落城と同じ三月二日、弥兵衛は古府中に舞い戻った。ついこの前までは、野盗が跳梁《ちょうりょう》する無法地帯と化していた古府中であったが、すでに略奪するものさえなく、野盗の影すら見えなかった。

(これがあの府中か)

朽ちかけた躑躅ヶ崎館《つつじがさきやかた》の大手門前に立ち、弥兵衛は感慨に耽《ふけ》った。

かつて、甲斐府中は東国有数の都市だった。京からは著名な文人墨客が頻繁に訪れ、勧められるままに長逗留《ながとうりゅう》していた。彼らを歓迎する宴は連日行われ、その雅楽の華麗な調べは、風に乗って町中に流れていた。

また府中は、海から遠い山間にありながら、各地の産物や唐《から》渡りの書画骨董《こっとう》が集まり、特に甲府盆地で最大規模の八日市場では、「八日市場にないものは猫の卵に馬の角」と謡われるほどの賑わいを見せていた。

それもこれも、亡き信玄の威光のたまものだった。

（その町を破壊する役割を、わしが担うとは思いもしなかった）

己一個の知恵と才覚でこの一大都市を破壊したと、弥兵衛は錯覚していた。

「辻殿」

その時、背後から声がかかった。ぎょっとして振り向くと、熊が立っていた。

よく見ると、それは惣黒熊毛《そうこぐま》の具足《ぐそく》を着けた九一色衆の頭領、渡辺囚獄佑守《ひとやのすけまもる》である。囚獄佑は、岩塊のように厳《いか》つい髭面《ひげづら》に、人懐っこい笑みを浮かべていた。

囚獄佑の宰領する九一色衆は、富士五湖の一つである本栖湖《もとす》周辺を本領にしている一揆《いっき》である。「九一色」の語源は「工一色」からきており、彼らはその基盤を農事に置かず、手工業と商業に置いているところが特異であった。彼らは手工芸品や曲物《まげもの》（木製容器）などを生産し、各地に行商して生計を立てていた。また、近隣の西之海衆は、その基盤を富士原生林（樹海）での〝杣《そま》（山仕事）〟に置いており、こちらも特異な一揆であった。

弥兵衛は斬られるのではないかと思い後ずさったが、囚獄佑はにやりとして言った。

「心配するな、あの時は見事に謀《たばか》られたが、今は同じ穴の狢《むじな》だ」

囚獄佑は決まり悪そうに説明を始めた。

九一色衆は弥兵衛に騙《だま》され、いったんは本領の本栖に帰ったものの、やはりおかしいということになり、再び古府中に戻ろうとした。ところが、その頃になると、仲間の行商人から武田方劣勢の情報が相次いで届いた。そのため再出陣をためらっていると、寄親《よりおや》の穴山梅雪が徳川に通じたという報が届いた。これにより、九一色衆は西之海衆とともに武田家傘下を脱し、梅雪を通じて家康に臣従したということであった。

「という次第だ。早速、本多佐渡守様から貴殿の手助けをするよう命じられ、駆けつけてきた」

「そういうことか」

弥兵衛はほっとした。

「心配するな、貴殿の命には絶対に従うよう、本多様から命じられておる。われら九一色衆十七騎を手足と思っていただいて構わぬ」

戦時の九一色衆は十七の騎乗武者から成る地侍集団に変貌《へんぼう》する。彼らの総兵力は、中間《ちゆうげん》小者まで含めれば、優に百を超す。すなわち弥兵衛は、一瞬にして百を超す手勢を持ったことになる。

「かたじけない。しかしながら百程度の兵では、この地で勝頼らを迎え撃つには不足だ」

弥兵衛は、新府を退去してくる勝頼らの軍勢を三千は下らないと踏んでいた。その点、弥兵衛でさえも、いまだ武田家の威光を過大評価していた。

「では、どうする」

囚獄佑がその髭面を近づけてきた。

弥兵衛はその口臭に顔をしかめつつ返した。

「野盗だろうが土民だろうが構わぬ。貴殿は躑躅ヶ崎館を打ち毀した上、できる限りの兵をかき集め、明日にも日川渓谷の上流にある田野に向かってくれ」

「田野だと。そんなところで、いったい何をするのだ。本多様からは岩殿に追い込むと聞いておるぞ」

「わしに考えがあるのだ」

弥兵衛が自信ありげに答えた。

「まあいい」

囚獄佑は、それ以上、聞き返さずに踵《きびす》を返した。その歩き去った方には、心配そうに成り行きを見守る九一色衆の顔が見えた。どの顔も弥兵衛の鼻息を窺《うかが》い怯《おび》えている。まさに弥兵衛の報告一つで、彼らの死命が決せられるのだ。

（〝返り忠〟とはかくも不安なものなのだ。今のうちに苦しむだけ苦しめ）

弥兵衛は心の中で彼らを嘲笑《あざわら》った。


三月三日、前日夕刻に高遠城が落ちたという報がもたらされた。

これにより、新府城は蜂の巣をつついたような騒ぎとなった。孤立していたとはいえ、高遠は要害であり、そこには三千の精鋭が籠《こも》っていたのだ。わずか半日で落ちるなど、勝頼たちは夢想だにしなかった。いずれにしても、上原城を放棄した今となっては、敵の次の標的は新府城になる。しかし新府城は、半造作のまま防御施設の作事はほとんど進んでいない。高遠が敵を押しとどめている間に、突貫工事を敢行し、敵を迎え撃てるだけの防御力を施すというわずかな望みも、これで水泡に帰した。

勝頼らは頭を抱えた。

しかも、恃みとしていた武川、津金の両一揆は、それぞれの小屋（砦《とりで》）に引き籠り、いくら呼びかけても出てこないという。

それだけならまだしも、上原城で三千いた軍勢も、新府に戻るや一千にまで減っていた。多数の逃亡者が出たためである。一千では、たとえ普請作事が完了していたとしても、広大な新府城を守ることは覚束ない。

城とは守備兵力を想定して縄が引かれる。その想定からかけ離れた兵力では、単郭の小《しょう》砦《さい》ほどの防御力も発揮できないのだ。

越後まで援軍要請に出向いていた長遠寺実了も、すでに新府に戻ってきていた。実了は「樋口与六にのらりくらりと誤魔化された」と、無念の面持ちで語った。

信長の調略により、景勝の越後新政権は攪乱《かくらん》され、各地で叛乱《はんらん》や土一揆が頻発、救援の兵を向けるどころではなかったのだ。しかし、そうした事情を知るよしもない勝頼らは、先代とあまりに違う景勝のご都合主義に怒り狂った。

ちなみに、この二日後の三月五日、景勝は申し訳のように信濃に兵を入れる。むろん、武田家を救うというより、火事場泥棒のように、北信の一部を掠《かす》め取ろうとしたのである。

しかし、織田方の勢威が並々ならぬものであることを知ると、あっさりと兵を退き、それ以後、本能寺で信長が斃れるまで、一切、甲信の地に関与しようとしなかった。

勝頼帰陣を聞いた桂が本曲輪に駆けつけると、そこには以前に増して憔悴《しょうすい》した顔つきの勝頼が、脇息《きょうそく》にもたれかかり、ぼんやりと畳の一点を見つめていた。

「上様」

あまりに痛々しいその姿に衝撃を受けた桂は、眼前に泣き崩れた。

「桂か」

「上様、さぞや無念でございましょうな」

桂の瞳《ひとみ》から闌干《らんかん》と涙が流れた。

「戦いたくとも戦えぬ。これほど無念なことはない」

喉奥から搾り出すようにそれだけ言った勝頼は、再び沈黙した。

「御屋形様！」

その時、背後から跡部大炊助の甲高い声が聞こえた。

「残された者どもで協議した結果、明日にも、この城を捨てることにあいなりました」

思いもしなかった大炊助の言葉に、桂は愕然《がくぜん》とした。

「そ、それは上様もご承知なのか！」

「それをお伺いに参りました」

しかし、その会話が聞こえているはずの勝頼は、うなだれたまま何の反応も示さない。

「上様、丹精込めて造り上げたこの城を、一戦も試みずにお捨てなさるのですか！」

桂の問いに、ようやく顔を上げた勝頼は力なく首を縦に振った。

啞然とする桂を尻目に、大炊助が問うた。

「御屋形様、落ち行く先はいずこに」

「――――」

「広間では、敵の追撃がこれほど急となれば、上州に落ちるのは容易でないとの意見が出されております。それゆえ、岩櫃か岩殿か、御屋形様にご決心を仰ごうということになりました」

「そうだな――」

「やはり岩櫃でござるか、それとも岩殿になさるか」

「好きにせい」

勝頼はそれだけ言うと、ため息をついた。

「父上！」

そのとき、信勝が現れた。

「何用だ」

「父上、何をしておられる。いち早くこの城を立ち退き、敵の手が届かぬところへお逃れ下され」

「おぬしは残るつもりか」

「この城に籠り、時を稼ぎまする」

「何を申すか。おぬしこそ早々にここを立ち退け」

「嫌です！」

父子のやりとりを聞いていた桂が口を挟んだ。

「お待ち下さい。誰が死ぬか生きるか論じている折ではありませぬ。この城が守れぬのなら、いち早く城を割り（破却し）、ともに落ちましょうぞ」

「ともに、とな――」

勝頼が呆然《ぼうぜん》と問うた。

「そうです。われらは家族ではありませぬか」

桂の言葉に信勝も強くうなずいた。

「家族か――」

勝頼の瞳は徐々に正気の光を取り戻しつつあった。

「そうか、われらは家族であったな」

何かに憑かれたように、勝頼が立ち上がりかけた。

「御屋形様、いずこにお逃げなされるか」

先ほどから、やきもきしつつやりとりを聞いていた大炊助が、苛立《いらだ》ったように問うた。

武田家を生かすも殺すもここが岐路だった。勝頼の判断にすべてがかかっているのだ。

「上様」

決断がつかない勝頼を見かねた桂が言った。

「上州岩櫃は確かに遠すぎるやも知れませぬ。そこに行き着くまでに、どれだけ多くの者たちが欠け落ちるか。少ない人数では、途中、土民に襲われても、どれほどの抵抗ができましょうや。岩殿であらば甲斐国内、しかも、二日もあれば着きまする」

「そうだな――」

勝頼は逡巡《しゅんじゅん》していた。

女子供を含めた一千を超す人々が、岩櫃までの難路を踏破できるとは、到底、思えなかった。また少ない人数で向かえば、土民の襲撃を受ける可能性もある。

（岩殿であれば、いかな大軍に囲まれても一月《ひとつき》は持つ。その間に西国で異変があれば、兄上たちの考えも変わるやも知れない）

勝頼は額にうっすらと汗を浮かべ、思考の淵《ふち》に沈んでいた。

やがて勝頼が腕組みを解き、ゆっくりと顔を上げた。

「岩殿に行こう」

「上様――」

結論がどうあれ、勝頼の肩から荷が一つ降りたことに、桂は安堵《あんど》した。

「郡内岩殿ですな、それがしは皆に伝えてまいります」

慌しく走り去る大炊助に代わり、信勝が進み出た。

「父上、わかりました。この城を捨て、ともに岩殿に逃れましょう」

「かような仕儀に至り、真にあいすまぬ」

「もう、そのようなことを申されますな」

信勝の瞳に熱いものが光った。それを見せまいと、信勝は「御免!」と言うや、下がっていった。勝頼と桂は二人きりになった。

「桂、近頃はどうしたわけか、おぬしが輿《こし》入れしてきた頃をよく思い出す」

勝頼の顔は、ふっ切れたように晴れ晴れとしていた。

「あの頃は希望があった」

「上様――」

その言葉を聞いた桂は、躊躇《ちゅうちょ》なく勝頼の腕の中に飛び込んだ。勝頼も戸惑うことなく桂を受け止めた。

「最後の一人となっても、わたしが上様をお守り申し上げます」

「桂――」

勝頼は桂を強く抱きしめた。その強さには、切羽詰まった感情が籠っていた。

桂は勝頼を守るようにその肩に腕を回し、その胸に顔を埋めて泣いた。

大広間で待つ家臣らに、新府城を退去し、岩殿城に落ちることが告げられた。いざ退去となると、諸将の間に動揺の波が押し寄せた。しかし、ざわめく諸将を抑えるべき勝頼は出てこない。

すでに穴山梅雪は裏切り、逍遥軒は姿をくらましていた。それゆえ親類衆筆頭の座には、勝頼の従兄弟《いとこ》にあたる信豊が座していた。

一同は信豊を仰ぎ見て、あらためて武田家の結束を固めるような言葉を期待した。しかし、信豊の口から発せられた言葉は、その正反対のものであった。

「ここで戦わぬのなら、わしは小室に帰る」

信豊の離脱宣言とも取れるその言葉に、一同の動揺は頂点に達した。

「帰っていかがなされるおつもりか！」

土屋昌恒が詰問口調で問うた。

「真田安房とともに反撃の機会を窺う」

「何を仰せか！　われらが揃って岩櫃に落ちるならまだしも、すでに岩殿に落ちると決まった今となって、小室に籠るとは不可解ではありませぬか！」

勝頼側近の一人である安倍加賀守宗貞が迫った。

安倍宗貞は、土屋昌恒同様、勝頼の側近であるが、春日信達の後任として海津城代を務めていたところを、呼び返されていた。

宗貞に迫られた信豊は憮然《ぶぜん》として応じた。

「いざという折は岩櫃に籠るという話ではなかったか。わしはその前提で様々に備えてきた。それを今更、変えられても困る。それゆえ、わしは小室に帰る」

そう言い捨てると、信豊は座を払った。

それを機《しお》に、列席する諸将は次々と手を挙げ、本拠に戻って兵をまとめてから馳《は》せ参ずるなどと言い残して立ち去っていった。

これに慌てた安倍、土屋ら勝頼側近は、説得を試みるべく彼らに追いすがっていった。

これらの光景を呆然と見ていた大炊助は、われに返ると、どさくさにまぎれて立ち去ろうとした。

「尾張守殿」

そのとき、背後から声がかかった。大炊助が恐る恐る振り向くと、閑散とした大広間に、横田尹松《ただとし》が、一人、端座していた。

「わしはここに残る」

尹松は覚悟を決めたように言った。

「何を馬鹿なことを！　この城は焼くことになっておる」

大炊助には、尹松が気でも狂ったかのように思えた。

「それはわかっておる。わしは焼け落ちた城跡で、城介（信忠）らを迎え、御屋形様の命《いのち》乞《ご》いをする」

「寝ぼけたことを申すな。信長父子が御屋形様を赦すわけがあるまい」

「ではそれ以外、御屋形様を救ういかなる手だてがあるというのか。甲信の地を明け渡し、御屋形様は出家の上、小田原預かりとしてもらう。さすれば、織田方も武田掃討戦を早々に終わらせ、西国征伐に向かえる。信長にとって悪い話ではない」

大炊助は尹松の話に呆《あき》れ、身をひるがえした。

「待て、その仕事はわし一人ではできぬ。織田家の甲斐統治に協力し、信長の御屋形様への心証をよくせねばならぬ。それには、領国の内情に精通した貴殿の力が必要だ」

尹松を無視して、大炊助はそそくさとその場から立ち去ろうとした。ところが、ようやく渡り廊下に逃れたと思ったところに土屋昌恒が立ちはだかった。

「尾張守殿、どこに行かれる」

「ど、どこと申されても――」

「行くところなどないであろう」

「ああ、うむ――」

「残った者だけで、これから立ち退きの段取りを決める。貴殿がおらねば話は進まぬ」

昌恒はそう言うと、引っ立てるように大炊助を大広間に連れ戻した。

二

退去の支度が調ったという知らせを受けた勝頼は、大手口に向かった。

ところが、そこで目にしたものは、わずか六百あまりの軍勢に、百あまりの上臈《じょうろう》、女房たちであった。

「皆はどうした」

愕然とする勝頼の傍に、土屋昌恒が走り寄り、「それぞれ勝手な事情を申し述べ、おのおの本拠に退去いたしました。ここにおるのはわれら直臣とその手勢だけです」と、無念の面持ちで言った。

勝頼は言葉もなかった。いかに衰勢に陥ったとはいえ、己の求心力がここまで落ちているとは、思ってもみなかったのだ。

「御屋形様、全館に火をかけました」

勝頼に追いついてきた大炊助が慌しく報告した。

「わかった――」

勝頼は名残惜しげに城を見渡した。

すでに城は、ところどころから黒煙が上がっていた。構築物も少なく、燃え尽きるまでには一刻《いっとき》（二時間）も要さないはずである。

結局、新府城は二月余《ふたつき》りしか使用されなかった。その無骨な構えとは裏腹な儚《はかな》さに、勝頼は自らを見る思いがした。

未練を断ち切るように、勝頼が視線を前方に移そうとした時、目の端に黒い影がよぎった。

「大炊助、まだ人がおるような」

「ま、まさか――」

二人が揃って城を見上げると、黒煙がもうもうと上がる中、本曲輪に人がいた。続いて、その人物の笑い声が、新木のはじける音とともに漂ってきた。

「あっ、あれは釣閑ではないか！」

「まさしく、長坂様に相違なし」

目を凝らすと、釣閑らしき人影は手招きしているように見える。

(釣閑め、わしに何か申し置きたいことがあるのだな!)

勝頼は馬を下りると大手道を駆け上がった。背後から呼び止める声と追いすがる足音がしたが、勝頼は振り向き、「これは釣閑とわしだけの話だ。誰もついてくるな!」と叫び、黒煙の中に駆け入った。その声に気圧《けお》された家臣たちは顔を見合わせ、その場にとどまった。

勝頼が本曲輪《くるわ》に駆け込むと、黒煙の中に釣閑が立っていた。

「御屋形様、よくぞ参られた」

「釣閑、すでにどこぞに逐電《ちくてん》したと思っておったが、いまだこの辺りをうろついておったか!」

「ははは、わしには帰るべきところなどございませぬ」

「本拠の長坂郷に帰ればよいではないか」

「すでに一族郎党に至るまで、自裁いたしました」

「何だと――」

黒煙はいよいよひどくなり、赤い炎が蛇のように、その中を這《は》い回っている。

「ご心配には及びませぬ。それがしは、武田家への忠義心から血脈を絶ったわけではございませぬ」

「それでは、どうしてかようなことをした」

「はっははは」

釣閑は勝頼の問いに答えず、ただ笑い続けた。

「そうか、わしへのあてつけだな」

「買いかぶりもほどほどになされよ」

「何！」

「あてつけではござらぬ」

「それでは何だ！」

炎により巻き起こった烈風が釣閑の黒衣をひるがえした。勝頼には、釣閑が大鴉《おおがらす》となり、今にも飛び立つかのように思えた。

「御屋形様、このままでは、わしは武田家を滅ぼした悪臣として青史に名をとどめましょう。さすれば弾正らの勝ちだ。しかし、わしと一族が見事な最期を遂げることで、後世に現れるであろう、宿老どもを賞賛し、真を捻《ね》じ曲げようとする史家たちは沈黙する」

「おぬしという男は、死した弾正らと今でも戦っていたのか！」

「それが人というものではござらぬか」

釣閑の双眸《そうぼう》に冷たい炎が灯った。それは、酸いも甘いも人生のすべてを見切った者だけが持つ醒《さ》めた光だった。

勝頼はこの光に負けまいとして言った。

「おぬしは損得勘定だけでわしを操った。その結果がこれだ。後世の評価は定まったも同じだ」

「それは違う！」

釣閑は毛ほども動じることなく言い返した。

「人の心の根底には損得勘定しかありませぬ。忠義、忠節という輩《やから》ほど、実は己一個の欲得で動いておるものです」

「そんなことはない！」

「いや、そうだ！　御屋形様はこの有様をなんと見る。将も兵も逃げ散り、御屋形様を守ろうとする者などおらぬではないか！　これが、人は欲得だけで動くという何よりの証拠！」

「――――」

釣閑の厳しい指摘に、勝頼は返す言葉もなかった。

「御屋形様が言葉だけの忠義心なるものに期待せず、法性院様のごとく、人の欲心を操ることができれば、今日この日はなかった」

「わしは――、わしは人の心の奥底を見ることが嫌だった」

「だからこうした仕儀にあいなったのだ。法性院様はそれを恐れずに見た。それゆえ、天下に手が掛かるところまでいった」

「しかし、人の心とは欲心ばかりではない！」

「いや、欲心ばかりだ。御屋形様は最期の時まで、嫌というほど人の心の醜さを見ねばならぬ」

釣閑の面に哀しみの色が表れたが、それも一瞬のことだった。再び鉄のように冷たい面つきになった釣閑は、威儀を正し、勝頼に深々と頭を下げた。

「それでは冥土《めいど》にてお待ちいたしております る」

そう言うや、釣閑は黒衣をひるがえし、すでに火の移った持仏堂に向かった。

「釣閑！」

「四郎様、さらば――」

最後に釣閑は勝頼の方を振り向いて笑った。その笑顔は、かつて父代わりであった長坂虎房のものだった。

次の瞬間、釣閑は持仏堂の中に消えていた。炎はすでに持仏堂全体を包み込んでいたが、その中からは、いつまでも高笑いが聞こえていた。笑い声は、持仏堂の天井が崩れるまで続いた。一代の佞臣《ねいしん》は自らの最期を見事にしめくくった。

（釣閑、おぬしは人の心の奥底まで見すぎたのだ）

焼け落ちた持仏堂に手を合わせた勝頼は、過去を断ち切るかのように踵《きびす》を返すと、急いで大手道を駆け下っていった。

「兄者《あにじゃ》、兄者はおらぬか」

「ここにおる」

拈橋が振り向くと、大根を提げた内膳が裏庭から現れた。

「平五郎、久方ぶりだな」

「この寺には、もうおらぬかと思うたぞ」

「ああ、御屋形様の軍勢が新府目指して落ちていくのを横目で見て、よほど帰参を願い出ようかと思うたが――」

「思いとどまったか」

「別の考えがあってな」

内膳が拈橋に座を勧めた。

「無事でよかった」

拈橋は笑いかけたが、内膳は浮かぬ顔をして言った。

「高遠が落ちたと聞いた」

「うむ。わしも向かおうとしたが間に合わなかった」

拈橋は、信州往還を続々と逃げて来る敗残兵から、諏方一帯の悲惨な有様を聞かされた。それでも何かの役に立ちたいと諏方に向かったが、その途中で兄の寺に寄ったのだった。

「いずれにしても、わしは甘かった。織田と武田の力の差は、わしらの想像を絶するほど広がっていたのだ」

「そのようだな」

「ほどなくこの地にも織田勢が押し寄せるだろう。それゆえ、ここで犬死するくらいなら、古府中に向かおうと思う。おぬしの寺に厄介になるぞ」

「それは構わぬが、留守を託した寺男らも逃げ散っておるだろう。すでに打ち毀されておるやも知れぬ」

「しばし雨露がしのげれば、それでよい」

土間に立った内膳が大根を洗いながら言った。

「兄者、わしは高遠から落ちてくる民の世話をしに諏方まで行く」

「うむ、それがいいだろう。おぬしはおぬしの道を往《ゆ》け」

「わしらはいつもそうだったな」

「それが兄弟というものだ」

二人は期せずして笑った。

「兄者、達者でな」

拈橋は笑顔で兄に別れを告げ、その場を立ち去ろうとした。

「もう行くのか。飯ぐらい食っていけ」

「ふろふきか」

「ああ」

内膳がよく肥えた大根を掲げると、拈橋の腹が鳴った。

結局、一泊していくことになった拈橋は、食事をともにした後、兄と蓆《むしろ》を分け合い、横になった。

「兄者、古府中に戻り、何をする」

「ああ、そのことか——」

内膳は生返事で応じた。

「先ほど申していた別の考えとは、古府中で何かをするということだな」

手枕をはずし、反対側に寝返った内膳が言った。

「城介《じょうのすけ》（信忠）と刺し違える」

拈橋は「まだ、そんな世迷言《よまいごと》をほざいているのか」と、言おうとして思いとどまった。

おそらく、内膳は内膳なりに真剣に考えてのことなのだろうと思い直したからである。

「行軍の途中を狙うのは困難だ。新府城でも無理だ。彼奴が本陣を定めるであろう古府中ならば、町場（市街地）ゆえ機会があるやも知れぬ」

「兄者は変わらぬ」

拈橋はため息をついた。

「変わってたまるか」

内膳は憤然として言い返した。

その言葉には、武田家中の不甲斐《ふがい》なさに対する内膳の鬱積《うっせき》した怒りが込められていた。

「兄者、武田はもう終《しま》いだ。兄者がこうして寺に籠ることになったのは、仏の思《おぼ》し召しだ。

仏は兄者を生かし、衆生《しゅじょう》を救う役目を課したのだ」

「おぬしらしい考え方だ」

内膳が笑ったので、拈橋は、仏が笑われたような気がしてむっとした。

気まずい沈黙の後、内膳がぽつりと言った。

「おととい、珍しい男が来た」

「誰だ」

「弥兵衛だ」

「ああ、そういえば、いつか兄者の寺を訪《おとな》うと申しておった」

「おぬしも会ったそうだな」

「ああ、弥兵衛殿は横田様が去った後、古府中の警固に当たっていた。わしがこちらに出向く際、挨拶《あいさつ》に行くと、弥兵衛殿は持てないほどの金瘡薬を出してくれた」

「そうか、あいつはいい奴だからな」

内膳がうれしそうに言った。

「兄者は弥兵衛殿とどんな話をした」

「とりとめもない話だ」

「そうか」

拈橋があくびをすると、内膳がぽつりと言った。

「依頼ごともした」

「今更、何の依頼ごとだ」

その問いに対する答えは返ってこなかった。いや、返ってきたのかも知れないが、その時、拈橋はすでに夢境を彷徨《さまよ》っていた。

この日、高遠城から辛《から》くも逃れ出た諏方頼豊とその一門が逃げ込んだ諏方上社《かみしゃ》、下社《しもしゃ》が、信忠勢により焼き打ちに遭った。上下社ともに跡形もなく焼き払われ、頼豊は処刑された。

諏方家を滅ぼした織田勢は、いよいよ甲州入りの支度を始めていた。しかしこの頃、上野国《こうずけ》では、北条家の調略活動が活発になってきており、武田家重臣である内藤昌月《まさあき》、和田信業《のぶなり》がその傘下に入った。この知らせを受けた信忠は、弟源三郎信房と森長可を、急遽《きゅうきょ》、上野国に派遣し、北条家の動きを牽制《けんせい》させようとした。

織田と北条の間では、すでに武田家滅亡後の暗闘が始まっていた。

三

三月三日、入笠山の山中で一泊した帯刀らは、中腹を迂回《うかい》し、武智川《たけちがわ》沿いの崖際《がけぎわ》道に出た。この川沿いの道を下れば、山麓《さんろく》の富士見集落である。

しばらく行くと、視界が開け、右手方向に甲府盆地が見えてきた。ここまで来れば、敵の追っ手は掛からないはずだ。

ようやく帯刀がほっとした時、藪《やぶ》の中から「おい、待て」という声がした。帯刀が身構えるより早く、そこかしこの藪からばらばらと土民が現れた。それぞれ竹槍《たけやり》や鍬《くわ》などの得物を持ち、警戒した視線を帯刀に注いでいる。その中の数名は帯刀の背後に回り込んだ。

（しまった）

帯刀は自らのことよりも、少し後ろを来ているはずの松姫一行の安否を気遣った。

（ここは何とか切り抜けねば――）

突然、帯刀が土下座したので、土民たちは面食らった。

「申し訳もありもうさん。わしは伊奈谷の地侍でござる。高遠におりましたが、戦が恐ろしゅうて逃げ出してまいりました。どうぞ、お許し下され」

帯刀は額を地面に擦り付けた。

土民たちは顔を見合わせ、何やらひそひそと話し始めた。

彼らは野盗の類《たぐい》ではなく、明らかに農民だった。彼らにも武田家が負け続けているという情報は入っているらしく、家族や家財とともに村の城に籠っていたのだ。帯刀は、その警戒網にまんまと掛かってしまった。

「何卒《なにとぞ》、ご慈悲を――」

帯刀は泣きながら哀願した。芝居をしているうちに本気で悲しくなり、帯刀は辺り憚《はばか》らず声を上げて泣いた。その様があまりに真に迫っていたためか、土民たちは戸惑っているようだった。

やがて、頭目らしき男が言った。

「そんなに泣くな。命までは取らぬ。金目の物を置いてさっさと失せろ」

「ありがたきお言葉」

帯刀は大小を腰からはずし、路銀としてもらった永楽銭を懐から摑《つか》み出した。大した額ではなかったが、土民にはあまりある額だったらしく、幾人かがそれに飛びついた。一方、かつて帯刀が横田尹松から拝領した梅花皮《かいらぎ》造りの大小を手にし、頭目らしき男はご満悦の体だった。

「おい、まだ持っておるだろう」

「いえ、これですべてでございます」

大半の路銀を四郎左に預けていたため、実際、これがすべてであった。

押し問答に痺《しび》れを切らした土民の一人が、帯刀の衣類を剝《は》ぎ取ろうとした時だった。

「社家《しゃけ》様、これを見て下せえ」

背後から聞こえた声に帯刀が振り向くと、松姫や四郎左が引っ立てられていた。

帯刀は愕然としたが、不幸中の幸いだったのは、たとえ敵に見つかっても、松姫の安全を第一とし、けっして抵抗してはならぬという命を、四郎左が守ったことであった。

四郎左は憮然とした面持ちで帯刀を見ていた。

「おお、これはいかにも高貴な尼御前《あまごぜ》。もしや武田の姫君では――」

社家（神主）と呼ばれた男が飛び上がらんばかりに驚いた。

「その通りです」

松姫は威厳に溢《あふ》れた声音で返した。その言葉に周囲から歓声が沸いた。

こうした場合、織田方に武田家の縁者を引き渡せば、多大な恩賞が下されるだけでなく、村は本領と権益を安堵され、織田方の略奪から逃れることができる。

「よし、こいつも縛り上げ、ともに引っ立てろ！」

社家の言葉に応じ、わらわらと土民が帯刀に近づいてきた。帯刀は観念したように俯いていたが、その視線は一人の土民の腰に吸い寄せられていた。

その土民が帯刀の手を後ろに回そうとした瞬間であった。帯刀は土民の腰に差した鈍刀《なまくら》を抜き取ると、体をひるがえし、その足を払った。

「ぎゃっ！」

動脈を叩き断られ、腿《もも》から血を噴出させた土民の一人が、もんどりうって倒れた。続いて、啞然《あぜん》としているもう一人の足を払った。

「ひっ」

脛《すね》を斬られ、もう一人も倒れた。

瞬時にして辺りは大騒ぎになった。

四郎左は近くの一人に体当たりし、崖下に突き落とした。

「此奴！」

社家と呼ばれた男が、梅花皮の刀を抜き帯刀に斬り掛かってきた。帯刀はその刃《やいば》を頭上で受けたが、帯刀の手にした鈍刀は、相当の数打物《かずうちもの》だったらしく、呆気《あっけ》なく途中から折れた。帯刀は咄嗟《とっさ》に首をねじってよけたため、頸動脈《けいどうみゃく》は切られずに済んだが、肩甲骨に梅花皮の刀が食い込んだ。

（さすがに、凄《すご》い斬れ味だの――）

激しい痛みに堪えながらも、帯刀は梅花皮の柄《つか》を摑んだ。社家も刀を取られまいと、必死に抵抗する。その時、刀が動脈に達し、血が噴出した。血飛沫《ちしぶき》が飛び、社家の顔が歪《ゆが》んだ。その一瞬の隙《すき》を突き、帯刀が足を引っ掛けた。

「あっ!」

社家は前のめりに転倒し、その手から刀が落ちた。すかさずそれを拾った帯刀は、起き上がりかけた社家を袈裟《けさ》懸《が》けに斬り下げた。

「ぐわっ!」

社家が斬られると、土民たちはにわかに浮き足立ったが、それでも遠巻きに帯刀らを囲んでいた。

一方、この隙に四郎左は松姫の手を借り、縄掛けをはずした。松姫だけは縄掛けされていなかったのが幸いした。自由となった四郎左は、獣《けもの》のような速さで、一人の土民に襲い掛かり、その男が提げていた自分の刀を奪った。

「四郎左、信松尼様を連れて逃げろ!」

「わかった!」

四郎左は、松姫を背負い山道を駆け下って行った。その後ろを石黒八兵衛と何阿弥が縄掛けされたまま走り去った。それを追おうとする土民らを背後から斬り倒した帯刀は、四郎左たちの駆け去った山道に立ちはだかった。土民たちはじりじりと間合いを詰めてきた。

夥《おびただ》しい血を肩から滴らせつつ、帯刀はゆっくりと後ずさった。

三日早朝に新府城を出発した勝頼一行は、野盗の跳梁する街道を避けて、竜地山《りゅうじやま》を越え、昼前に古府中に着いた。しかし、わずかながら期待していた越後勢や一揆《いっき》衆は一兵たりとも見えず、古府中は廃墟《はいきょ》と化していた。

この有様を見て覚悟を決めた勝頼の叔父《おじ》一条信竜とその嫡男信就は、勝頼一行が逃げ延びる時を稼ぐため、自らの本拠である上野城に籠城《ろうじょう》することを申し出た。

勝頼は手を取って叔父の覚悟に感謝し、別れの盃《さかずき》を交わした。

唯一、残っていた一条信竜館で中食《なかじき》をつかった一行は、躑躅ヶ崎館の前を通過した。

勝頼は、無残に打ち毀された躑躅ヶ崎館を見ないように通り過ぎようとした。

「御屋形様」

その時、勝頼の馬前に、長遠寺実了が拝跪《はいき》した。

「実了殿、何か――」

「実は、御聖道様《ごしょうどう》が、ともに逃げるのは皆への迷惑とおっしゃり、畦村《あぜむら》の入明《にゅうみょう》寺に向かわれました」

「何、兄上が――」

御聖道様とは信玄次男の竜芳（二郎信親）のことである。彼は生まれてすぐに疱瘡《ほうそう》を患い盲目となったため、半僧半俗のまま信州海野《うんの》家の名跡を継いでいた。実了はその養育係であった関係から、ずっと竜芳の世話をしてきた。竜芳は足手まといになることを嫌い、勝頼一行と別れたいというのだ。

勝頼は、ずっと竜芳が哀れでならなかった。本来であれば、長男義信の死後、跡を取るのは竜芳のはずであった。しかし盲目なるがゆえ、それは叶わず、ずっと置き捨てられた存在となっていたからである。

「御屋形様、それがしもここで暇をいただき、御聖道様の行く末を見届けたいと思います」

すでに齢《よわい》五十を超える実了も、足手まといになることは明白であった。

「わかりました。実了殿、長きにわたり武田家のために尽くしていただき、お礼の申しようもありませぬ。今までの働きに報いることができず、申し訳ありませぬ」

勝頼が実了の手を取って謝意を述べた。

「こちらこそお役に立てず、慙愧《ざんき》に堪えませぬ」

実了の瞳にも光るものがあった。

「御屋形様、それがしも実了殿に同道し――」

実了の背後から、おずおずと大炊助が進み出てきた。

「おぬしもわしの許を去りたいのか」

「はい――」

大炊助は視線を落として首肯した。

「わかった。無理に引きとめはせぬ。去りたい者は去ればよい」

「かたじけのうございます」

大炊助は実了の陰に隠れるように去っていった。

この後、入明寺に入った実了は、住持の栄順と話し合い、寺内に竜芳を隠すが、古府中が織田勢に制圧されると万事休した。人の口に戸は立てられぬと言うが、竜芳の所在がばれるのは時間の問題だった。二人は額を寄せ合い話し合ったが、名案は浮かばなかった。しかし、それを知った竜芳はあっさりと腹を切った。享年四十二であった。

竜芳には一子信道がいた。いまだ三歳の幼児だったので、実了が抱えて安曇野《あずみの》の犬飼村に逃れた。後にこの信道は顕了道快と称し、父と同じ半僧半俗の身になる。この家系が、後に徳川幕府や明治維新政府から武田家嫡流と認められることになる。

一方、大炊助は信濃から越後に逃れようとしたらしく、諏方で捕らえられ、十五日に処刑された。また異説によると、諏方で殺されたのは次男の大炊助昌勝であり、本人は最後まで勝頼に付き従ったという記録もある。むろん、真相は闇の中である。

この後、勝頼一行は甲斐善光寺に赴いた。この寺は、永禄元年（一五五八）に信玄が開基した縁《ゆかり》から武田家とは所縁の深い寺である。

勝頼らは本尊の阿弥陀如来《あみだにょらい》に懸命に祈った。

戦勝祈願の後、門前まで至ると、宿老最後の生き残り、小幡豊後守《ぶんごのかみ》昌盛が拝跪していた。

昌盛は病を得て長く病床にあったが、勝頼退去を聞き、今生の暇乞《いとまご》いにと、療養先の黒駒から駆けつけてきたのである。

昌盛は勝頼の行く末を案じ、様々な忠告をした。そして、勝頼の馬の手綱を取ってしばらく同道した後、遂に歩けなくなり、路傍で一行を見送った。このときの無理がたたったのか、昌盛はこの三日後の三月六日、四十九歳でこの世を去る。

この折、昌盛とともに拝跪する十一歳の少年がいた。昌盛三男の勘兵衛景憲《かげのり》である。後に景憲は徳川家に仕え、武田流軍学を創出、『甲陽軍鑑《こうようぐんかん》』を編纂《へんさん》した。

善光寺を出た勝頼一行は石和《いさわ》を過ぎ、春日居《かすがい》の渡しで笛吹川を越えた。

その日の夕刻、一行は勝沼柏尾《かしわお》の大善寺に入った。

大善寺は養老二年（七一八）、行基《ぎょうき》によって開基された東国屈指の名刹《めいさつ》である。かつて皇室の祈願所でもあったこの寺は、武田家からも代々の庇護《ひご》を受けていた。

この寺には、勝頼の祖父信虎の弟である勝沼次郎五郎信友の娘にあたる理慶尼がいた。

勝沼信友は信虎の弟として、その甲斐統一を助けたが、天文四年（一五三五）、北条氏との合戦で討死した。跡を継いだ嫡男信元は、永禄三年（一五六〇）、謀反《むほん》の疑いをかけられ、信玄に誅殺《ちゅうさつ》された。その際、理慶尼は嫁ぎ先から離縁されて尼となった。

理慶尼は武田家に対する恨みを水に流し、勝頼一行を篤くもてなした。

この理慶尼が後に記したものが、勝頼らの逃避行を綴《つづ》った『理慶尼記』といわれる。

これによると、寺の本尊が薬師如来と聞いた桂は、夜通し堂に籠って死後の幸せを祈り、「西を出で　東へゆきて後の世の　宿柏尾と　頼む御仏」と詠んだという。しかし、ここでも配下の逃散《ちょうさん》は続いたらしく、勝頼が「誰かある」と声をかけても、返事する者とていなかったという。

四

四日、岩殿城に現れた弥兵衛は、勝頼の委任状を掲げ、小山田信茂に面談を請うた。

春日虎綱と親しかった信茂は、弾正門下の若者たちに好意を抱いており、肩を抱くように弥兵衛を迎え入れてくれた。

「ひどいことになったな」

信茂は、日なたくさい顔に苦渋をにじませていた。

「まさかこれほどまでに押しに押されるとは、思いもよりませんでした」

「いよいよ御屋形様がここに参られるということか――」

かつて、岩殿入りを勝頼に勧めた信茂であったが、いざとなると荷が重いらしく、迷惑そうな言い方をした。弥兵衛には、信茂のその言い様が卑怯に思えた。

「小宮山内膳から聞いての通り、八王子での受け容れが確かなものとなりましたら、御移座いたしまする。それまでの辛抱でござる」

「わかっておる。すでに、わしからも八王子に使者を飛ばして受け容れを打診しておる。ところで――」

信茂が落ち着きのない視線を彷徨わせつつ言った。

「わしも行っていいか」

「ご随意に」

弥兵衛は、土壇場に至ってのこうした信茂の女々《めめ》しい態度が気に入らなかった。

「おぬしは、先行してわしの真意を確かめにきたというわけだな」

「いかにも」

「確かに梅雪からは、さかんに内応の誘いがある」

「ほほう」

「しかし、わしはそんな話には乗らん」

「なぜに」

弥兵衛は自らの立場を忘れて、純粋にその理由が知りたかった。

「小山田家は半独立の国人《くにうど》であり、進退は自由だ。しかし――」

信茂の面が幾分か紅潮したように見えた。

「ここで敵に寝返っては、武辺で鳴らした小山田家の名が廃《すた》る。名が廃っては、家が立ち行かない。よしんば武田家が滅んでも、小山田家の忠義心が天下に知れ渡れば、信長とて容易には小山田家を断絶できぬはずだ。それもまた武略の一つだ」

「なるほど」

弥兵衛は、こうした形の忠義というものもあるのかと感心した。しかし、東国武家社会特有のこうした考え方を、信長が認めるはずもなかった。

「とは申しても、それは建前だ」

信茂がきまり悪そうに言った。

「知っての通り、わしは母親と息子を証人として御屋形様に取られている。そのため、御屋形様を裏切れぬのだ。わしは何の取柄もない男だが、己一個が助かるために、血を分けた母や子を見殺しにするような男ではない」

「人として、もっともなことでございます」

「そう言ってくれると助かる」

信茂は、安堵したかのようにため息をついた。弥兵衛は、この信茂の弱さが小山田家を滅ぼすことを確信した。

「小山田殿の真意、よくわかりました。しかし、御屋形様とその側近の間には、諸将の相次ぐ〝返り忠〟に疑心暗鬼が渦巻いております。よろしければ梅雪の書状を証《あかし》としていただけませぬか」

「それもそうだな。御屋形様には、わしの真意を正しく伝えてくれ」

そう言うと、信茂は梅雪からの書状数通を文箱《ふばこ》から取り出した。弥兵衛はそれらを押しいただくと懐に入れた。続いて、弥兵衛は籠城戦の段取りを打ち合わせた後、甘利甚五郎と大熊新左衛門が赦免されたことを告げ、その証拠となる朱印状を差し出した。

「早速ですが、二人を連れ、笹子峠まで御屋形様一行を出迎えに参りたいと思います」

「それがいい。明日にも手勢を率い、出立するがよい」

信茂は何の疑念も抱かず、弥兵衛の言葉に賛意を示した。

その夜、晴れて謹慎処分が解けた甘利甚五郎、大熊新左衛門と弥兵衛は、酒を酌み交わした。

「それにしても、おぬしのおかげで蟄居《ちっきょ》が解けた。わしらもこれで、武田家のために一働きができる」

甘利甚五郎がうれしそうに言った。

「おう、その通りだ。たとえ討死しようと、主家のために働けることに勝る喜びはない」

大熊新左衛門も満足そうに盃を干した。

「それもこれもおぬしのおかげだ」

二人はあらためて弥兵衛に感謝した。

(死ぬとわかっていながら、二人は勝頼の許に駆けつけるつもりだな)

弥兵衛は、嘲《あざけ》りと羨望《せんぼう》の入り混じった複雑な感情で二人を見た。

「わしも、おぬしらがいれば心強い」

「われらは友だからな」

「そうだ！」

三人は同時に盃をあおった。

「しかし、内膳がおらぬのは寂しい限りだ」

甘利甚五郎がしんみりと言った。

「彼奴がおれば、われら四人組、御屋形様の馬前で、ともに討死できるものを――」

大熊新左衛門が残念そうに言うと、再び盃を干した。

「そうだな――」

弥兵衛は苦い酒をのんだ。

「内膳に会ったのなら、有無を言わさず連れ来たればよかったものを――」

「あやつは稀代《きたい》の頑固者だ。わしの言うことなど聞かん」

「それもそうだ」

二人は笑って納得した。

「それにしても、出羽殿（小山田信茂）の様子は妙だと思わぬか」

酒が回った頃、弥兵衛がおもむろに切り出した。

「取り立てて、何も感じないが――」

「特に怪しい素振りは見せておらぬぞ」

二人は口を揃えて言った。謹慎の身とはいえ、二人とも獄につながれていたわけではなく、信茂の傍らで政務を手伝っていた。つまり、そのあたりの事情には精通していた。

しかし、弥兵衛はそのくらいのことで退くつもりはなかった。

「実はな、御屋形様の周辺では出羽殿謀反の話で持ちきりだった。そこで、御屋形様は出羽殿と親しいわしを遣わし、真偽を確かめようとしたのだ」

「そういうことか」

二人は容易に納得した。

「して、出羽殿に何か怪しげな様子でもあったのか」

「うむ」

弥兵衛は懐から何通かの書状を取り出した。そして、「これを見よ」と言いつつ、二人の前に広げた。

「これは間違いなく梅雪の書状だ」

「つまり梅雪めが、出羽殿を内応に誘ったというわけか」

「そういうことだ」

「おのれ、穴山――」

二人は口々に梅雪を罵《ののし》った。

「しかしこれだけでは、出羽殿が〝返り忠〟しておるという証拠にはならぬ」

「逆に、こうしておぬしに誘いの書状を差し出したということは、疑念を晴らすことにならぬか」

二人は顔を見合わせた。

「いや、わしは前もって用意してきた梅雪の偽委任状を見せ、実は梅雪からの使いであると偽ったところ、出羽は救われたような顔をして、こう申したのだ」

弥兵衛は眉間《みけん》に皺《しわ》を寄せ、悲しみの色を装った。

「委細、お任せするので、よろしく頼むとな」

「な、何だと！」

「そして、これら内応勧誘の書状を御屋形様に見せて信じさせ、この城に引き込んでほしいと申すのだ。つまり、御屋形様を捕らえ、敵方に引き渡すという算段だ。ことここに至れば、それ以外に赦免される術はないとも申していた」

弥兵衛は、勝頼の祐筆《ゆうひつ》に書かせた梅雪の偽委任状を二人に見せた。

「これは――」

「御屋形様の祐筆が書いた偽書だ。こちらの梅雪の花押と見比べてみろ」

「確かに――」

いかにうまく花押を真似ても、偽書と言われて比べられれば、その違いが際立つ。

二人は絶句して顔を見合わせた。

「これで、疑念を差し挟む余地はなかろう」

「おのれ出羽！」

二人は立ち上がり、今にも信茂を斬りに行こうとした。

「まあ待て」

「何を待つ！」

「実はな、わしが機転を利かせ、おぬしらと笹子峠で御屋形様ご一行を出迎え、岩殿に迎え入れると申したところ、出羽は喜んで承知した。ここは黙って峠まで行き、真《まこと》を御屋形様に話そう。そして、われらも上州にお供させていただこう」

弥兵衛はさも忠義者らしく、真剣な面持ちで続けた。

「今更、ここでことを起こしても、出羽を斬るのは容易ではない。逆に殺されるだけだ。それなら、御屋形様の馬前で死んだ方がましだとは思わぬか」

「うむ、それもそうだな」

二人はうなずき、再び腰を下ろした。

弥兵衛は二人の顔を見ないように、苦い酒をあおった。


三日の夜から四日の朝にかけて、大善寺の薬師堂に籠り、夜通し武田家勝利を祈念し続けた桂は、夜明けとともに堂を出た。

観音開きの扉を開けると、朝日が堂内の隅々まで差し込んできた。射るような朝日の明るさに、桂は意識が朦朧《もうろう》とし、足元がふらついた。

「御方様」

ともに堂に籠った浅茅が桂を支えた。

やがて桂は、境内の砂利を踏むうちに正気を取り戻していった。気づくと、天目山から昇る朝日が、境内の桜を鮮やかに浮き立たせている。桂は、こういうときほど、四季折々の花々の美しさが心に染み入ると思った。

「浅茅、桜はこの世の楽も苦も知らず、毎年、この季節に花をつける。草木とはかように強きもの。わたしは生まれ変わったら草木になりたい」

「御方様、何を仰せです」

「なぜ人の世には、これほど憂きことが多いのか」

「御方様――」

浅茅は懐から懐紙を取り出し、目頭をぬぐった。

「浅茅、よくぞここまで仕えてくれた。暇を出すゆえ、今のうちにどこぞへでも落ちるがよい」

「何を仰せです。浅茅は最後までお供いたします」

「わたしのことはもうよい。そなたは己の身の振り方を考えなさい」

桂はすべてを諦《あきら》めたかのように言った。

「御方様、〝つなぎ〟となった時から、わたしはすでに命を捨てた身。この世に何の未練もございませぬ」

「未練か――」

桜の下を歩みつつ、桂は独り言のように言った。

「己の使命を全うできなかったわたしとて、この世に未練がないのは同じ」

桂は、武田家と北条家の紐帯《ちゅうたい》として、甲相一和を維持することができなかった自分を責め苛《さいな》んでいた。それも、自らの出生の秘密が勝頼の判断を狂わせ、武田家をここまで追い込んでしまったのだ。

「御方様は立派にお務めを全うしました。これ以上のことは誰も成しえませぬ」

「しかし、それもすべて水泡に帰した」

桜の小枝を手折り、それに頬ずりしつつ桂は言った。

「わたしは、上様のお子さえ宿すことができませんでした。わたしは〝女の戦〟にも敗れた。わたしの生涯はいったい何だったのでしょう」

すでに桂の横顔に生気はなかった。そこには、死の彼岸を見てしまった者だけが知る透徹した諦念《ていねん》が溢れていた。

「御方様、お気をしっかりとお持ち下さい。まだ、戦は負けと決まったわけではありませぬ。奥州様が、必ずやよきようにお取り計らい下さいます」

「そんなことはない。兄上は小田原の意向なくして勝手に動けぬ。小田原では、大殿と若殿の間で意思統一もままならぬと聞く。現にここ半年、江雪からは何のつなぎもないはず」

浅茅がはっとした。

「御方様はご存じだったのですね」

「おぬしが江雪を通じて、武田家の救済策を懸命に講じていたのは知っています。しかし兄上同様、江雪とて動こうにも動けぬはず」

「仰せの通りにございます」

「われらは小田原からも見捨てられたのです」

桂は南の空を睨《ね》めつけた。

「御方様、希望を捨ててはいけません。大殿と奥州様は、武田家滅んだ後、信長の魔手が関東に伸びることを見越しております。それゆえ陰に回り、周到に手配りしているはず」

「そうかも知れぬが、それとて今までのこと。武田家の瓦解《がかい》がこうまで早くては、上様を匿《かくま》うことに利はないと、気づき始めていることでしょう。現にわが兄の一人（氏規）は、信長の歓心を買うため、駿河にある武田の城を、次々と落としているというではありませぬか」

二人の佇む桜の木の下を風が通り抜けた。桜の花は風に乗り、天高く舞い上がった。

「浅茅、極楽浄土とは、かように美しきものであろうか」

「御方様、滅相もない」

すでに桂の涙は涸《か》れ果て、怒りや悲しみといった感情さえ湧いてこなかった。

「内膳は仏門に入ったと聞きました」

桂が唐突に言った。

「はい、わたくしもそのように聞いております」

「彼の者がいてくれたら――」

どんなに心強いかと桂は思った。

桜は二人を慰めるかのように、風が吹く度に花を降らせた。

四日夕刻、諏方と韮崎をつなぐ信州往還には、難民の群れが溢れていた。織田勢が武田残党の隠れ場所をなくすため、焼き働きを始めたのだ。

駐屯地の安全確保のためにも、占領軍として、やむをえないことであったが、これにより、多くの農民が焼け出された。農民たちは難民となり、追い立てられるように東に向かった。難民を保護せず敵方に追いやり、敵地の糧秣《りょうまつ》をさらに窮乏させるという戦法も、兵法の常道である。

難民の無言の行列は、甲斐国めざし連綿と続いていた。その流れに逆らうかのように、何とか諏方にたどり着いた拈橋は、諏方社どころか周辺一帯まで焼き尽くされた有様を見て、茫然《ぼうぜん》と立ち尽くした。結局、高遠行きを諦めた拈橋は、諏方から落ちる難民の世話を焼きながら、再び甲斐に戻ることにした。

拈橋は人々を励まし励ましして歩み続けた。

しかし、子供らは口々に飢餓を訴え、次々とその場に座り込んだ。そうした子らに親たちは幾度か声をかけるが、それでも動けない子らは置いていかれた。拈橋はそうした子らに近づき、なけなしの水を与えるが、大半は二度と歩こうとしなかった。親たちの後を追うことを諦めた子らは泣くこともせず、ただじっと死を待っていた。そうした子や老人が路傍に溢れていた。

拈橋は一人一人に励ましの声をかけ、水を与え、歩くよう促した。しかしその多くは、悟りの境地に達したかのような瞳をして、ただ首を横に振るだけだった。

「頼む、歩いてくれ」

あまりに過酷な運命を次々と目の当たりにし、拈橋は堪え切れなかった。狂い出してしまうかとも思った。しまいには泣きながら、歩き続けることを子らに頼んで回った。

竜地ヶ原辺りまで来たとき、路傍に横たわり、死を待つだけの少女を見つけた。拈橋はその少女を抱き起こして水をのませた。五歳前後のその少女は、わずかに水をのみ礼を言ったようだったが、聞こえないくらいかすかな声だった。

（この子はもう助からぬ）

拈橋は、力なく垂れ下がったその子の首を抱いて泣いた。ひたすら泣いた。生まれて初めて、この世に仏などいないと思った。

その時、少女が拈橋の背を軽く叩いた。それは、「ありがとう、もういいのです」と言っているかのようだった。拈橋は驚き、少女の顔を見たが、少女はすでにこと切れていた。拈橋は声を上げて泣いた。しかし、それを気にとめる者は一人もいなかった。

そんなことを繰り返すうちに、拈橋の水もなくなった。拈橋は沢の水を汲《く》むべく、難民の群れから離れた。日はすでに西に傾いていたが、拈橋はせせらぎの音を頼りに沢を探した。

四半刻《はんとき》（三十分）あまり歩み続け、ようやく沢を見つけた拈橋は、存分に水をのんだ。ようやく生きた心地がしたが、最後にのんだ一口に少し血の味がした。拈橋が反射的に上流を見ると、上流対岸の水際に人がうつ伏せている。明らかに落ち武者である。死人かと思ったが、わずかに動いている。拈橋はためらわず対岸に渡り、その半死人に声をかけた。

「もし、お武家様、もし――」

肩を揺すってみたが反応はない。それどころか、ぬるっとした感覚が手先に走った。拈橋が手を見ると、血がべっとりついている。

(ひどい怪我だ)

拈橋が触診すると、左の肩甲骨にひびが入り、骨と腱《けん》が剝《む》きだしになっていた。

(これはだめだ。血が流れすぎている)

拈橋は、その経験から、武士に死が迫っていることを覚った。

「南無《なむ》阿弥陀仏――」

ひとしきり経を唱え、拈橋がその場を去ろうとしたとき、武士がわずかに動き、うめき声を上げた。

「御屋形様、仁科様の命を受け――」

武士がうわ言で口上を述べているようだったので、立ち去りかけた拈橋は再び武士の許に戻った。

(仁科様と申したところを見ると、高遠からの使者やも知れぬ。仁科様から御屋形様に大事な言伝《ことづて》でもあるのか――)

助かるまいとは思ったが、拈橋は血止めをするとその武士を背負った。武士は中肉中背だが筋肉質らしく、ずしりと重かった。それでも拈橋には若さと体力がある。

（大丈夫だ。炭焼小屋までなら行ける）

沢に下りる際に見つけた炭焼小屋を目指し、拈橋は元来た道を戻っていった。

四日朝、柏尾の大善寺を出発した勝頼一行は、横吹という小さな村で中食をとった。

勝頼は、常に戦場に持参して祈りを捧げていた菩薩《ぼさつ》像と厨子《ずし》を、その村の乙名《おとな》（庄屋）に預けた。ここからは修羅場となり、祈る暇もないことが予想されるため、己の代わりに祈ってくれという願いも伝えた。後にこの村では、その尊像を大切に保存し、武田不動尊として祀《まつ》ったという。

すでにこの時、騎乗武者は四十一人を数えるばかりになり、上臈、女房ら非戦闘員の数が、それを上回るようになっていた。

勝頼は横吹から小山田信茂に使者を出し、ともかくも、早急に岩殿城に迎え入れてくれるよう伝えた。信茂からは、自分は籠城戦の支度で多忙なので、辻弥兵衛らに兵を付けて、笹子峠まで迎えに遣わしたという返事が届いた。この知らせに、沈痛な面持ちだった人々の顔が久方ぶりに明るくなった。

「さすが小山田殿」と、信茂の覚悟をたたえる者や、「いい死に場所を得られる」とばかりに、手に唾《つば》をつけ、刀の目釘《めくぎ》を湿らせる老武者もいた。

幾分明るくなった一行を率い、勝頼は横吹を出発した。

日川渓谷もこの辺りに来ると、左右の崖が近づいたように感じられるほど、ぐっと狭くなる。勝頼は自らの手元に一千の兵力があれば、こうした地形を活《い》かしていかようにも戦い、敵を防いで見せる自信があった。しかし、百にも満たない軍勢では、どこまでも落ち延びる以外に手はなかった。

午後に鶴瀬宿《つるせじゆく》を通過した一行は、夕刻には駒飼宿《こまかい》の国人《こくじん》石見某の館に入った。石見の一族郎党はすでに逃げ散ったらしく、館はすでに無人であったが、米穀などは残されていた。

(せめてもの償いか)

勝頼は苦笑いすると旅装を解いた。

風が暖かい静かな夜だった。瞑目《めいもく》し、渓谷の水音に耳を澄ませていると、勝頼が入ってきた。

「何を聞いていた」

「川音にございます」

「そうか」

勝頼は口端に薄く微笑を浮かべて、蒲団の上に胡坐《あぐら》をかいた。

桂は、ここにきて柔和になった勝頼の顔つきを見て安堵した。

「このような場において風雅な心を持つなど、覚悟が足らないと、ご立腹なさると思いました」

勝頼の面に、久方ぶりに笑みが広がった。

「浮世の憂さを忘れんがために風雅はある。このようなときこそ、そうした心が必要なのだ」

二人はしばし黙して水の音を聞いた。そうしているうちに、桂はだんだん心が澄んでくるような気がした。

「上様、このまま流れていくような――」

桂は無意識に勝頼にもたれ掛かった。

「このまま二人で流されて行ければ、どれほど楽なものか」

搾り出すような勝頼の言葉に、桂はあらためて勝頼の責任の重さを知った。武田家の頭領というその両肩の重みを少しでも軽くさせたいと思い、桂は無心にその肩を撫でた。

されるがままになりながら勝頼が言った。

「あの世に行っても、おぬしと連れ添いたいものだ」

「上様――」

桂は感極まり、いつまでも勝頼の肩を撫で続けた。

五

五日、七万の軍勢を率いた信長が安土城を出陣した。思いのほか順調に進みつつある甲州征伐に満足し、予定を繰り上げての出陣であった。青息吐息の武田家相手に、七万の軍勢は多すぎるかも知れないが、すでに信長は武田家滅亡後を見据えていた。すなわち信長には、東国に織田家の武威とその正当性を示し、北条家をはじめとする関東の諸勢力を威服させようという狙いがあった。

そのため信長本隊には、太政大臣の近衛《このえ》前久《さきひさ》と正親町《おおぎまち》天皇の勅使万里小路《までのこうじ》充房《みつふさ》の二人が従軍させられていた。むろん、天皇からは東国鎮定の勅書を得ている。信長は天皇を頂点とした〝礼の秩序〟を振りかざすことにより、東国の仕置（統治）を円滑に進めようとしていた。

長良《ながら》川《がわ》河畔まで来たところで、信長の許に仁科盛信の首が届いた。首実検の後、信長は首を河原に晒《さら》すと、進軍を再開した。

同じ頃、新府城攻撃に向かった信忠は、無人の城跡を眺めて唖然としていた。新府城では、相当の抵抗があると覚悟していた織田勢だったが、その予想は見事に裏切られた。

単身、新府城跡に残った横田尹松は、白装束で信忠の前に進み出《い》でて、一身に代えて勝頼の助命嘆願を行ったが、それが認められるはずもなく、捕らえられた。ただ、その振る舞いがあまりに堂々としていたため、命だけは助けられた。

この日、信忠は、各地に隠れる武田旧臣宛に、速やかに出頭すれば命を助け本領を安堵するという触れを出した。そのため、この日から翌日にかけて、これを信じた親類衆と家臣らが相次いで出頭してきた。むろんこれは、〝計策の廻文《まわしぶみ》〟という偽りの触れであり、出頭してきた者たちは、ことごとく処刑された。

五日午後、弥兵衛らに率いられた百余の小山田勢が笹子峠に到着した。小休止を命じた弥兵衛は、甘利甚五郎と大熊新左衛門を呼び、三人だけの軍議を開いた。

「ここから御屋形様ご一行とともに日川渓谷をさかのぼり、上州に抜けるつもりであったが、上州は思いのほか遠い。せめて甲武国境までの経路の安全を確かめ、凡下（土民）を慰撫《いぶ》しておく必要がある」

「もっともな話だ」

「わしは御屋形様の過所《かしょ》（手形）を持っている。御屋形様ご一行に先行し、安全を確保し、道中に不便がないよう、話をつけておく」

「うむ、それはいい考えだ」

二人は顔を見合わせてうなずいた。

「しかし、問題がある」

弥兵衛は、実は二人の赦免までは勝頼の了解が取れておらず、二人を連れ出すための口実であったことを告げた。

「それでは、われらだけで出羽の逆心を告げても、御屋形様は信じぬではないか！」

「そういうことになる」

「それでは、やはりおぬしがここにいなければなるまい」

「いや、おぬしの代わりにわしが上州への道を確保しに行こう」

二人は口々に言った。

「待て、御屋形様の過所はわしの名になっている。乙名の中にはわしの顔を見知っている者もいる。これは、わしでなければできぬ仕事だ」

弥兵衛は困った振りをし、しばし沈思黙考した末に言った。

「一つだけ方法がある」

「それは何だ」

「ここに柵《さく》を築き、御屋形様ご一行に鉄砲を撃ち掛けろ」

「何を馬鹿な」

「狂ったか」

「いや、小山田逆心を伝えるには、それ以外に手はない」

弥兵衛は理路整然と説明した。すなわち甘利と大熊は、勝頼の勘気をこうむったまま岩殿城に捨て措かれた。当然、勝頼としては恨まれていると思っている。特に、忠臣と思ってきた者たちに裏切られ、疑心暗鬼に陥っている中をのこのこ出て行き、小山田逆心を訴えても、信じてもらえるはずもなく、逆に罠《わな》だと思われるだろう。悪くすると、小山田信茂を信じて岩殿城に入ると言い出すかも知れない。

「そこでだ。小山田家の旗を掲げ、この峠から鉄砲を撃ち掛ける。さすれば、御屋形様は小山田逆心を信じ、北に向かうはずだ」

「そんな手の込んだことをするよりも、おぬしが書状を書き、置いていけばよいではないか」

「馬鹿を申すな。わしとて帰参したばかりだ。御屋形様が書状くらいで信じるはずもなかろう」

二人は頭をひねって考えこんだ。

(馬鹿め)

さらに弥兵衛はひらめいたかのように膝を打った。

「そうだ、甘利はここから鉄砲を撃ち掛けろ。大熊は人質となっている出羽の親族を奪うがいい」

「何だと――」

「これで、御屋形様は小山田逆心を確信する」

「それはそうかも知れぬが――」

甘利甚五郎がおずおずと問うた。

「御屋形様ご一行が北に逃れた後、われらはどうする」

弥兵衛はやれやれという顔をした。

「証人を使い、信茂をおびき出して殺せ。彼奴は家族に甘い。その後、誰ぞ一族の者を立てて全軍を率い、御屋形様の後を追え。織田勢が迫れば、それを防ぎ、御屋形様を何としても上州にお逃しいたすのだ」

二人は腕組みして黙り込んだ。弥兵衛の理屈には寸分の隙もなかったからである。一方、弥兵衛はあえて黙した。ここまで詰めておけば、後は相手から結論を言ってくれるからである。案の定、二人が了解するまで、さほどの時を要さなかった。

「わかった。それ以外に手はなさそうだ」

「われら一時的に叛臣《はんしん》となるが、後で汚名を雪《そそ》ぐ機会はあるな」

「むろんだ。小山田勢を率いて思う存分に暴れればよい。これほどの武名の誉れはない」

「それもそうだな」

二人が納得したようだったので、弥兵衛は立ち上がった。彼らの決心をひるがえらせぬためには、彼らに再考の機会を与えず、素早く行動することが肝心だからである。

その時、勝頼の使者が入ったという知らせが届いた。

「使者は通すな。捕らえるか引き返させろ」

弥兵衛はそう言うと、陣笠《じんがさ》をかぶり、単身、尾根道を北に向かった。


六日の朝が明けた。拈橋は、わずかばかりのわらびやぜんまいを入れた籠《かご》を持ち、炭焼小屋に戻った。早速、朝餉《あさげ》の支度に掛かろうとすると、背後から弱々しい声が聞こえた。

「もし――」

拈橋は慌てて男の許に駆け寄った。

「意識がお戻りか！」

幾度か呼びかけると、男は薄く眼を開けてうなずいた。

「ここはどこか」

「竜地ヶ原だ」

「ああ、そこなら古府中は目前だ」

そう言うと、男は起き上がった。しかし、左肩に痛みが走ったのか、苦痛に顔を歪ませながら片膝《ひざ》をついた。

「無理をしてはいけない。まだ怪我が癒《い》えておらぬ」

「わしはどうしてここに」

「お武家様は河原に倒れておいでだった」

「ああ、そうだった。水をのもうとして――」

「さあ無理をせず、もう一度、お眠りなされよ」

「いや、わしには大事な仕事がある」

「と申しても、その体では――」

「助けてくれたこと、恩に着る」

男は顔をしかめつつ身づくろいを始めた。

拈橋が竹筒を渡すと、男は目礼し、うまそうにのんだ。

「いかなる仕事があろうが、その体では無理だ。しばらくここで養生なされよ」

「せっかくのお勧めだが、そうはいかぬのだ」

男はよろよろと立ち上がったが、多くの血を失ったためか、再び膝をついた。

「その体ではとても無理だ」

「御坊、わしはこんな体だ。いつ何時、倒れるやも知れぬ。もし御坊が武田家にご恩のあるお方なら、手を貸してくれぬか」

「わ、わかった。しかし、いかなる理由《わけ》があるのだ」

男は伊奈の地侍宮下帯刀玄元《はるもと》と名乗り、高遠城脱出の顚末《てんまつ》を語った。

「つまり、信松尼様ご一行に追いつき、無事に御屋形様にお引き渡しすることが貴殿の仕事ということだな」

「うむ。しかし、実はそれだけではないのだ」

「まだ何かおありか」

「ある」と言いつつ、男は「辻弥兵衛という武士を知らぬか」と拈橋に問うた。

「辻弥兵衛と申したか！」

拈橋の顔色が変わった。

「御坊は知り合いか」

「ああ、弥兵衛がいかがいたした」

男は、弥兵衛が徳川方に通じているのではないかという疑念を話し、それを勝頼らに伝えねばならぬと言った。

「な、何と——」

「御坊は弥兵衛といかなる関係か」

「実はな——」

拈橋は、自分と弥兵衛との関係やこれまでの経緯《いきさつ》を語った。

「ということは、ほんの数日前、弥兵衛が御坊の兄上と会ったというのだな」

「うむ。しかも兄者は何か大事な依頼ごとをしたと申していた」

しばし考えに沈んだ後、やにわに男が立ち上がった。

「兄上はどこにおいでか」

「古府中の広厳院という寺に入り、城介の首を狙っておるはずだ」

「わかった」

大小を腰に差すと、人が変わったように男の面持ちが引き締まった。

「わしを兄上の許に連れて行ってくれぬか」

そう言うや、拈橋の返事も聞かず、男はよろめきながら小屋を飛び出していった。


六日、勝頼らは戸惑っていた。駒飼にとどまっているので迎えを寄越すように、五日朝に小山田信茂に使者を送ったが、それが六日になっても戻らないのだ。怪訝《けげん》に思いながらも物見を送ってみたところ、すでに笹子峠には、小山田勢の出迎えらしき部隊が駐屯しており、勝頼一行を待っている様子だという。

「ただの手違いだった。こちらから出向こう」

勝頼は皆を安心させるようにそう言うと、出発の支度にかかった。しかし、安倍宗貞が疑問を口にした。

「御屋形様、それはちとおかしい。御屋形様がここまでいらしているのだ。笹子の部隊が出迎えなら、ここに使いを寄越すのが礼というものではないか」

「いかにもその通り。笹子峠は小山田家が武田家と仲違《なかたが》いしている頃には、砦を築いていたところ。そこに兵を置くのは不審極まりない」

土屋昌恒も同調した。あまりの裏切り者の多さに、勝頼側近たちも慎重過ぎるくらい慎重になっていた。

「出羽が裏切るくらいなら、われらも終いだ。余計な疑心など抱かずに行こう」

勝頼は半ば開き直って言ったが、結局、安倍と土屋の意見を容れ、再度、物見を出すことにした。

夕刻に戻った物見が言うには、小山田勢は柵を築き、逆茂木《さかもぎ》などを配しているという。

「これは謀反に相違なし!」

宗貞が断言した。

「そんなことはない」

勝頼は言下にそれを否定した。

「わしの首を獲《と》りたいなら、岩殿に引き込んでから討てばよい。それをあえて峠を封鎖するとは愚の骨頂ではないか」

「たとえそうであっても、小山田殿の意向がわからぬうちは慎重に行動すべし」

宗貞がなおも食い下がった。

「敵方を笹子峠で防がんとして、柵を設けておるのだろう」

「それならば、そうと告げてくるのが筋でございましょう」

勝頼らは額を寄せ合い議論を繰り返したが、答えは見つからなかった。

そこに桂が現れた。

「どうなされたのです。どうして峠に向かわれぬのですか」

桂が当然の疑問を口にしたので、土屋昌恒が理由《わけ》を説明した。

それを聞いた桂は、顔色を変えて訴えた。

「上様、これは誤解に過ぎませぬ。名ある者を使者として送れば、それなりに応対いたすでしょう。さすれば、おのずと誤解は解けるはず」

「それは、すでにわれらも考えていた。桂、すまぬが、われらの差配に口を挟まないでもらいたい」

「すみませぬ」

桂は恥じ入るように俯いた。

「いずれにしても、明朝、一番で使者を出そう」

「それがしが行きましょう」

土屋昌恒が名乗り出たが、勝頼は首を振った。

「ことを穏やかに運ぶべく、ここは僧籍に身を置く者に頼みたい」

結局、勝頼の従兄弟（逍遥軒次男）にあたる大竜寺住持の麟岳《りんがく》が使者に立つことになった。一同、その日は不安を抱いたまま寝に就いた。

七日、信忠率いる織田勢三万が古府中に入った。信忠は、唯一残っていた一条信竜館を本陣に定め、各所に禁制を出すとともに、出頭してきた信虎五男の武田上野介信友らを処刑した。

同日、諏方に到着した信長は、こちらも降伏してきた武田逍遥軒らの首を刎ねた。彼らは、出頭した者は赦免するという信長父子の触書《ふれがき》〝計策の廻文〟を信じ、のこのこと出てきたところを殺されたのだ。

徳川勢はそれより一足早く甲斐に入ったが、古府中に入ることを遠慮し、富士川河畔岩間宿周辺に駐屯していた。ことここに至れば、織田勢だけで武田家を屠《ほふ》ることは容易であり、家康は信長父子の指示を待つことにした。これも家康らしい気配りの一つである。

北条氏規は富士川沿いを北上し、甲斐入国を窺《うかが》ったが、突如、進軍を停止した。氏政から上野国金山城への異動を命じられたためである。これは、北条家内部で外交方針をめぐっての対立が顕在化した結果であった。北条家は、この後、一斉に兵を退き、国境線を固めることに終始する。彼らはいまだ信長の真意を疑っていたのだ。

すでに古府中は野盗さえ逃げ散った後で、廃墟のようになっていたが、その三里ほど南にある上野城には、三百余の軍勢を率いた一条信竜父子が陣を構えていた。信竜は敵の進軍速度を少しでも遅らせようと、死を覚悟で籠城していた。しかし、信竜の手勢と、これに同調した天台宗二十一宿坊の僧兵だけでは、三万の織田勢に対して蟷螂《とうろう》の斧《おの》に等しかった。

しかし信忠は、この軍勢の意図を測りかねて進軍を停止した。さらに奇襲攻撃を恐れ、古府中から上野城に至る街道沿いの建物という建物すべてを打ち毀した。

かろうじて残っていた広厳院にも、敵の将兵がやってきた。内膳はその前に寺を脱け、新たに信忠の本陣となった甲斐善光寺に向かった。しかし、その途中には、いくつもの関が設けられ、多くの兵が守備していた。それでも広厳院の拈橋と名乗り、いくつかの関を通過した内膳であったが、到底、信忠の許にはたどり着けないことを覚らざるを得なかった。

この日の襲撃を諦めた内膳は、夜になり広厳院に戻ったが、留守の間に、広厳院は見事なまでに打ち毀されていた。

内膳は周囲に誰もいないことを確かめると、裏山の墓地に埋めておいた水と干し芋を掘り出した。

（やはり、御屋形様の許に走るか）

内膳が思案顔で干し芋を頬張ったとき、寺の方に人の気配がした。

（敵か野盗か――）

内膳は太刀を引っ摑むと、足音を忍ばせて声のする方に向かった。

「わしの寺が毀《こぼ》たれてしまった」

拈橋が膝をついて嘆いていた。しかし、帯刀は拈橋を慰めるでもなく、周囲の暗がりを見回した。

「やはり、おらぬか」

月光の下、寺は瓦礫の山と化して静まり返っていた。観音像の残骸《ざんがい》に向かって懸命に経を唱える拈橋を置いて、帯刀は奥へと進んだ。そのとき、突然、闇から人影が現れた。

「何者だ！」

「ああ、そなたが内膳殿だな」

「なぜ、わしの名を知る！」

内膳が身構えたところに拈橋が駆けつけ、これまでの経緯を語った。

三人は瓦礫の山に座り、弥兵衛のこれまでの行動やその狙いについて語り合った。

「何ということだ――」

帯刀の話を聞いた内膳は愕然とした。

「弥兵衛はただ一人高天神に残った。それでも死なずに甲斐に戻った。それがすべてを証明しておる」

「しかし、あの弥兵衛が――」

「兄者、古府中の街でも、おかしいという雑説《ぞうせつ》はあった。いったん集まった九一色衆と西之海衆は、その日のうちに引き返してしまうし、高遠に連れて行かれたと弥兵衛が申していた古府中の町衆は、誰一人として戻らぬ」

「古府中の町衆など、高遠には来なかった」

帯刀がぽつりと言った。

「やめた」

内膳が急に立ち上がった。

拈橋が驚いて問うた。

「何をやめたのか」

「城介の命をいただくことをやめた」

「ということは――」

「ともかくも東に向かい、御屋形様を守る」

内膳はきっぱりと言った。

「わしも信松尼様のことが気がかりゆえ、同道させていただく」

帯刀は、実は四郎左のことが心配であった。しかも、甲斐国の東方については不案内なので、内膳について行きたかった。

「よし、そうとなれば話は早い」

勢いよく拈橋も立ち上がったが、内膳は頭《かぶり》を振った。

「おぬしは残れ」

「何を申すか。兄者がわしの名を騙《かた》ったので、織田方に誰何《すいか》されても、わしは己の名を名乗れぬ。そうともなれば殺されるのが落ちだ」

拈橋は必死の形相で迫った。

内膳は、やれやれといった顔つきで、「わかった。しかし、二人とも遅れれば置いていく」と言うと、無言で西に向かって歩き出した。

不可解に思った帯刀がその理由《わけ》を問うと、内膳はにやりとし、「まずは織田の馬をいただく」とだけ答えた。

三人の影が廃墟と化した古府中の街に長く伸びていた。

六

八日早朝、ようやく弥兵衛は栖雲寺《せいうん》に入った。

日川渓谷の上流にあるこの禅刹は、貞和《じょうわ》四年（一三四八）、業海本浄禅師が武田家の外護により開山した。すでに述べた通り、応永《おうえい》二十三年（一四一六）の上杉禅秀の乱の折、鎌倉公方《くぼう》勢に敗れた武田信満が、この寺までたどり着いて自害したことで、武田一門の思い入れが特に深い寺であった。

弥兵衛は二日かけて笹子峠から栖雲寺への経路を踏査し、脇道や獣道《けものみち》がないことを確かめた。また、隠れることができそうな場所も虱《しらみ》つぶしに調べておいた。

（勝頼は必ず来る）

確認作業に丸二日を費やしたが、これで確実に勝頼を討ち取れる確信を弥兵衛は持った。

栖雲寺では、渡辺囚獄佑守が痺《しび》れを切らしていた。

「待ったぞ」

囚獄佑が不機嫌そうに言った。

「それにしても、よく集めたな。軽く見ても三百はいるだろう」

その怒りをはぐらかすように、弥兵衛は寺の内外に屯《たむろ》する土民の群れに感心した。

「六百になんなんとしている。こちらに来る間も、話を聞きつけた近在の凡下どもが次々と加わってきた。その応対で大わらわだ」

（衰勢になれば、そんなものか）

甲斐国内の領民にさえ見限られた勝頼に、弥兵衛は同情した。

「野盗や地下人《じげにん》の類ばかりだが、ここに集う兵は、毎日、五十人近く増え続けている。これからも増えるだろう。もう寺内には収容しきれんし、食い物もない」

囚獄佑は不満たらたらに言った。

「何とかやり繰りしろ。あと二日もすれば、勝頼は間違いなくここに来る。その時こそ、われらの手で勝頼を討ち取るのだ。さすれば恩賞は望みのままだ」

「それなら話は別だ」

恩賞の話をして、ようやく囚獄佑の機嫌が直った。

（ふん、欲深い地下人めが）

弥兵衛は囚獄佑とその下に集まる土民たちの浅ましさを嘲《あざけ》ったが、次の瞬間には、彼らと寸分違わぬ己の身に気づいた。

(わしがこいつらと同じ穴の狢《むじな》とは、ご先祖様も草葉の陰で泣いておるだろう)

弥兵衛は自嘲《じちょう》した。

「辻殿」

囚獄佑のあらたまった声で、弥兵衛はわれに返った。

「われらのこうした動きは、間違いなく本多様のお耳に達しておるであろうな」

囚獄佑が疑い深そうな目を向けてきた。九一色衆の利益を守らねばならない立場にある囚獄佑が、用心深いのは当然であった。

「当たり前だ」

「いいか、偽りは申すなよ。この戦は織田殿の催したものであり、徳川殿は織田殿の指示で動いていることくらい、わしでも知っている。抜け駆けの功名が織田殿の勘気に触れれば、いくら勝頼の首を獲っても、われらは罰せられる。そのとき、徳川殿は庇《かば》ってくれぬはずだ」

「そんなことはわかっておる」

弥兵衛はわざとぞんざいに言った。

確かに、従来の権益を守りたいだけの囚獄佑と、大博打《おおばくち》を打ち大出頭を目論《もくろ》む弥兵衛とは、立場も目的も違う。事態が煮詰まれば、その相違点が頭をもたげてくるのは当然であった。しかし、兵を持たない弥兵衛としては、囚獄佑を騙してでも、九一色衆を利用せざるを得ないのだ。弥兵衛は、敵ばかりか味方をも欺かねばならない立場にあった。

「もし、再びわれらを謀《たばか》ったなら、命はないものと思えよ」

「ふん」

囚獄佑の脅しを鼻で笑った弥兵衛であったが、この仕掛けが事前に知られれば、味方にさえ命を狙われかねない危うさに冷や汗が流れた。それでも弥兵衛は、囚獄佑を睨めつけると荒々しく立ち上がった。

弥兵衛が座を払うと、囚獄佑の周囲に九一色衆の主立つ者が集まり、小声で密談している姿が目に入った。立ち去る弥兵衛の背後から、その声の一部が漏れ聞こえた。それは「ここにいても仕方がない、本栖に立ち退こう」と聞こえた。

(勝頼め、早く来い)

弥兵衛はもはや一刻の猶予もないことを覚った。

八日の夕刻に笹子峠から戻った麟岳和尚《おしょう》の報告を聞いた勝頼らは当惑した。麟岳が言うには、笹子峠に陣取る小山田勢の将は甘利、大熊の二名であり、辻弥兵衛はいない。二人は「小山田殿の命により、御屋形様ご一行を通すわけにはまいらぬ」と言ったという。その態度に不審を抱いた麟岳がいくら問い詰めても、「通すわけにはまいらぬ」の一点張りで、埒《らち》が明かない。「岩殿の小山田殿に、直接、意向を問い質させてくれ」と言っても、

「それはならぬ」と、頑として応じないという。

「これは不審だ」

土屋昌恒が疑念をあらわにした。

「確かに、御屋形様に含むもののある甘利、大熊を寄越すあたり、出羽殿が心変わりしたと思ってよさそうだな」

安倍宗貞も昌恒に同意したが、勝頼はそれでも小山田信茂を信じたかった。

「わしは明日にも笹子峠を押し通る」

「父上、それ以外に道はありませぬ」

信勝も勝頼に賛意を示した。結局、土屋も安倍も、それ以上の反論はしなかった。勝頼の意志を通させてやることくらいしか、もはや彼らにできることはなかったからである。

明朝出発と告げられた桂は胸を撫で下ろした。しかし、「笹子峠の小山田勢の向背定まらず」とも聞き、再び不安になった。

深夜になり、ようやく自室に戻った勝頼と話す機会を得た桂は、単刀直入に問うてみた。

「出羽守殿は敵に通じておるのでしょうか」

「そうかも知れぬが、あの場で、わしがそれを糾弾するわけにもまいらぬ」

「やはりそうでしたか」

かすかに揺れる灯心の向こうに、勝頼の青白い顔があった。かつては戦塵《せんじん》にまみれ、日に焼けていた勝頼の顔からは、すっかり生気が失せていた。

「もしも、笹子峠の甘利らが打ち掛かってきたなら、存分に戦い、討死するまでだ」

「上様、早まってはなりませぬ」

「わしはもう戦いに疲れた」

勝頼から闘志が急速に失われつつあることを知り、桂は愕然とした。

「上様、生きることを諦めてはなりませぬ。出羽殿に謀反の疑いがあるなら、皆で上州を目指しましょう」

「――」

「岩殿から八王子に逃れることが最良の策と申し上げたのはわたしです。しかし、出羽殿の動きが怪しいとなれば話は別。今からでも遅くはありませぬ。上州に向かいましょう」

「上州か――」

勝頼は新天地を夢見るような目をした。

「そこで雌伏し、再起を期しましょう。たとえ、その地に骨を埋めることになっても、それならそれでよいではありませぬか」

「そうだな――」

必死に迫る桂とは対照的に、勝頼には、意欲というものが失せ始めているようだった。

「上様、生きましょう。最後の最後まで諦めずに戦いましょう。それがご先祖様へのお勤めだと思いませぬか」

「しかし桂、ここで笹子峠の兵を恐れて逃げたとあっては、わしの武名も地に落ちる。そうなっては、後々、兵も集まらぬ。ここは意地を見せねばならぬ」

「確かに、それはもっともかも知れませぬ。しかし――」

「桂、おぬしの申したいことはよくわかる。しかし、ここは任せてくれぬか」

勝頼は自ら死地に飛び込みたいのだと桂は思った。しかし、任せてくれとまで言われては、それ以上、返す言葉はなかった。

七

九日早朝、勝頼らは駒飼の石見某の館を出発した。目指すは笹子峠である。戦闘が予想されるため、桂ら女房衆は勝頼一行と離れ、後方を進んだ。

卯《う》の下刻（午前七時頃）、笹子峠下に着いた勝頼らは、峠に陣する小山田勢に大声で来着を告げた。しかし峠は、不気味なほど静まり返っている。しばし様子を窺った後、勝頼は前進を命じた。

その時、峠から山をも震わせるほどの筒音が轟いた。

「止まれ！」

勝頼は行軍を止めると馬を下り、岩陰に身を隠した。即座に勝頼の周囲に家臣たちが集まってきた。

「小山田め、やはり裏切りおって」

安倍宗貞が歯噛みして口惜しがった。

「父上、かくなる上は攻め上り、一矢を報いましょうぞ！」

信勝が怒りに顔を赤らめながら叫んだ。

「御屋形様、それがしに一手お預け下され。半刻もあらば、甘利、大熊の首をお持ちいたしましょう」

土屋昌恒が勝頼に迫ったが、勝頼は口を真一文字に結び、前方の峠を見上げていた。

このときの光景を『甲乱記』では、「甘利左衛門尉、大熊備前守、秋山摂津守、合属して勝頼が天目山へ入り申すまじきとて、鉄砲を撃ち掛け、矢を放つこと、軒端をすぎる雨よりもなおはげし」と記している。むろんここでいう天目山は笹子峠の誤りである。

その頃、桂らのいる日影村の諏方神社にも、筒音が聞こえてきた。女たちが悲鳴を上げたが、桂は眦《まなじり》を決し、峠の方角を睨みつけた。その時である。背後の藪から数十人の兵が湧き出てきた。

「敵襲！」

麟岳和尚の声で護衛部隊は次々に敵に打ち掛かっていった。ところが、敵は一太刀二太刀合わせると、次々と逃げていく。護衛を任された者たちも、つられるようにそれらを追っていった。

「追うな、戻れ！」

麟岳和尚が声を嗄《か》らして叫んだが、味方は瞬く間に藪の中に分け入ってしまった。彼らは戦に慣れていない僧兵や官僚たちであるため、退《ひ》き際というものを知らない。桂が気づいたとき、周囲にほとんど味方の姿はなかった。

その時、別の一団が藪から飛び出してきた。

（ここで、討たれるのか――）

桂は覚悟を決め、侍女の持つ薙刀《なぎなた》を手に取った。ところがその一団は、真っ先に人質のところに飛び込むと、老婆と小児を担いで、風のように藪の中に消えていった。この時、桂にはこの一団の狙いが初めてわかった。

「おのれ！」

麟岳和尚も気づいたらしく、一団を追いかけようとしたが、「麟岳殿、捨て措きなさい」という桂の声を聞いて、その場に踏みとどまった。

麟岳は口惜しそうに顔を歪めつつ、一団の逃げた方向を睨めつけていた。

その直後、陽動作戦に掛かった僧兵たちが三々五々戻ってきた。しかし、時すでに遅く、敵の一団は霞《かすみ》のように消えていた。

「奪われたのは小山田殿の母君とご子息ですね」

「そのようです」

麟岳和尚が口惜しそうにうなずいた。

やがて勝頼らが戻ってきた。

「上様！」

桂は勝頼の無事な姿を見て安堵した。しかし勝頼は、暗い顔をさらに暗くして言った。

「やはり出羽の〝返り忠〟だった。甘利、大熊はわれらを郡内に入れることを拒み、鉄砲を撃ち掛けてきた。彼奴らと刺し違えようとも考えたがやめた」

「よきご分別でございました」

桂は、勝頼が無事に戻ったことだけでも、神仏に感謝したかった。

「こちらにも敵が現れたと聞いたが」

「はい、小山田殿の手の者とおぼしき一団が現れ、小山田殿の証人を奪っていきました」

「そうか――」

これでいよいよ信茂の裏切りは裏付けられた。

「申し訳ございませぬ」

「なぜ、おぬしが謝るのだ」

「私が麟岳殿に追わぬようにと申しました」

「是非にも及ばぬことだ」

勝頼はがっくりと肩を落とした。よほど信茂の裏切りがこたえたのであろうか、新府城にいる頃より、勝頼は一回りも小さくなったように感じられた。

「いずれにしても、これで万事休すだ。安倍と土屋と話し合ったが、ここで腹を切ることにした」

決然と言い放つと、勝頼はその場に胡坐をかいた。

「上様、お待ち下さい」

「今更、何を待てと申すのだ」

「命を捨てることはいつでもできます。しかし、生き延びる努力は今しかできませぬ」

「生き延びる努力か――」

勝頼の面には、徒労感がにじんでいた。

「上様、生きて再びこの地に戻るのです！」

「この地にか――」

勝頼の面に複雑な感情が走った。相次ぐ配下の裏切りと逃亡の果て、甲斐の民にまで見限られつつある勝頼である。「この地に戻ろう」と言われても、素直に同意できるものではなかった。

「それが叶《かな》わぬなら、上州に新天地を求めましょう」

「上州は遠いぞ」

「遠くても構わぬではありませぬか」

「それほどまでに、そなたはわしを生かしたいのか」

「生かしたい、生きてほしいのです」

「そうか――」

勝頼がゆっくりと立ち上がった。

「そなたのために、今しばらく生きてみよう」

勝頼は、知らぬ間に膝をついていた桂の手を取り、身を起こさせた。そして、すっかり自害する気分に満たされていた側近たちを鼓舞し、一行を出発させた。しかし、追撃されればひとたまりもないはずであるのに、笹子峠の敵は追ってこなかった。桂はそれをいぶかしみつつ、日川渓谷を北に向かった。

笹子峠の頂から、去り行く勝頼一行を見送った甘利甚五郎と大熊新左衛門は、一行の最後尾が視野から消えると、ほっと胸を撫で下ろした。しかし、戻ってくることも考えられるので、半刻（一時間）ほどはその場で陣を解かず、配下に中食をとらせることにした。

「ようやく行ったな」

大熊新左衛門が握り飯を頬張りながら言った。

「うむ、心苦しいがこれ以外に手はなかった」

甘利甚五郎は飯も喉《のど》を通らないらしく、握り飯を持ったまま苦しげな顔をしている。

「峠に攻め掛かってこられたら、どうしようかとひやひやしたぞ」

「うむ――」

「弥兵衛の筋書き通りという点では、証人も奪えたし上首尾だろう」

「しかしな――」

甘利甚五郎が首をかしげた。

「何かおかしい。うまく申せぬのだが何かおかしい気がする」

「うむ、確かに言われてみれば、その通りだな」

二人は首をひねった。

「いずれにしても、一刻も猶予はない。証人を餌にして出羽をおびき出して斬り捨て、一刻も早く御屋形様の後を追おう。そうせねば、われら末代まで叛臣の汚名を着ることになる」

「その通りだ」

二人が同時に立ち上がった時だった。

「敵味方定かならぬ騎馬武者が三騎、こちらに走り来ます！」

物見の絶叫を聞いた二人は顔を見合わせた。

「敵か」

「こんなところに三騎で来るなど、御屋形様の後を追ってきた者以外に考えられぬ」

「それもそうだ」

再び物見が大声で指示を仰いできた。

「いかがいたしまするか」

「鉄砲を撃ち掛けろ」

その命に従い、鉄砲が再び火を噴いた。ところが、一瞬たじろいだ三人は、物陰に隠れた後、馬を下りてこちらに向かってくるという。

「ここを武田方の防衛線と勘違いしておるらしい」

「致し方ない。事情を話して追い払おう」

二人は連れ立って峠道を下った。

笹子峠から発せられた筒音に驚いた内膳、帯刀、拈橋の三人は、咄嗟に馬を下り、近くの物陰に隠れた。

「あれは威嚇だ。完全に射程の外で撃ってきた」

内膳が冷や汗をぬぐいつつ言った。

「小山田殿は御屋形様をすでに郡内に引き入れ、笹子峠で敵を防ぐつもりなのだ。敵であろうが味方であろうが、ここを通すなという命を出しておるのであろう」

帯刀が憶測を語った。

「しかし敵の物見なら、われらのように堂々とは近づかぬであろうし、峠の小山田勢も威嚇の銃撃などせぬのではないか」

転がった拍子に盗んだ甲冑《かっちゅう》を泥だらけにしてしまった拈橋が不満げに言った。

「だから第二撃はないだろう」

内膳と帯刀は同時に立ち上がると、馬の手綱を取り、ゆっくりと歩み始めた。それを見た拈橋も慌てて後を追った。

やがて三人は射程内に踏み入ったが、峠からは何の反応もない。

ようやく峠の入口に差し掛かると、峠から二人の男が駆け下りてくるのが見えた。三人は身構えたが、峠道を走り来る二人の手に、鉄砲などの飛び道具は見えない。その時、目を凝らしていた内膳の顔に驚きの色が広がった。

「あっ、あれは！」

拈橋も声を上げた。同時に、駆け下ってくる二人も何事か叫んでいる。

「な、内膳か！」

「まさかおぬしらは――」

その二人が誰であるか認めた内膳も走り寄った。

三人は肩を叩いて再会を喜び合った。しかし興奮が冷め、甘利と大熊から事情を聞かされた内膳の顔は蒼白《そうはく》になった。

「それでは、弥兵衛はおぬしらを置いて、北に向かったと申すのだな！」

「いかにも」

「弥兵衛に謀《たばか》られた！」

内膳はそう言うと、獣のような雄叫びを上げて、その場に突っ伏した。

「兄者！」

「内膳、どうしたのだ！」

四人は内膳の苦しみの理由がわからず、唖然とするばかりである。

「わしが――、このわしが御屋形様を窮地に陥れてしまった」

喉奥から搾り出すように内膳が言った。

「な、何だと」

その意味するところがわからず、甘利と大熊は顔を見合わせた。

「仕掛けはこうだ」

内膳は弥兵衛の仕組んだ罠を説明した。

「まさか――」

「弥兵衛は、かき集めた土民兵とともに、栖雲寺辺りでご一行を待ち伏せておるだろう」

今度は、甘利と大熊の顔面が蒼白になった。

「何ということを！」

「おのれ、弥兵衛め！」

二人は口々に弥兵衛を罵ったが、すべては後の祭りだった。

「弥兵衛のことは後でいい。まずは御屋形様にことの次第を伝えねばなるまい」

内膳が立ち上がった。

「話の途中で申し訳ないが、御屋形様ご一行とは別に、尼御料人様のご一行を見かけなかったか」

呆然とする二人に、背後から帯刀が声をかけた。しかし、二人が頭《かぶり》を振ったのを見ると、帯刀は無言で今来た道を引き返していった。それを見た内膳も後を追おうとした。

「待て内膳、われらも行く」

甘利と大熊が同行を願ったが、内膳はそれを制した。

「おぬしらは岩殿に走り、洗いざらいすべてを話し、出羽殿に証人を返して謝罪しろ。そして、御屋形様を助けるべく兵を出してもらうことだ。さもなくば、古府中まで来ている敵方は、容易にご一行を捕捉する」

「わかった」

甘利と大熊が首肯した。

「わしは御屋形様の後を追う」

「内膳、われらの代わりに御屋形様の窮地を救ってくれ」

「おぬしの手で弥兵衛を討ち取ってくれ」

「もとより、そのつもりだ」

内膳は草鞋《わらじ》の紐を締め直しながらうなずいた。

「次に会うのはあの世だな」

「ああ、そのようだ」

内膳は身をひるがえすと、峠道を下っていった。拈橋も遅れじとそれに続いた。甘利と大熊も弾《はじ》かれたように踵を返し、峠道を登っていった。

八

（ここは——）

崖沿いの隘路《あいろ》を抜けると、見覚えのある風景が広がっていた。段々状になった猫の額のような田畑には、春の息吹が宿り、路傍や河原には、白梅や菜の花が咲き香っている。桂は記憶をまさぐった。

（あれは――）

甲斐に輿《こし》入れした五年前、桂は栖雲寺に詣《もう》でた。その途中、小休止したのがこの地だった。

（あの時、わたしは少女だった）

桂は胸いっぱいに春の花を抱え、それを天に向かって抛り投げたことを思い出した。あの時、未知の生活に対して張り裂けんばかりの期待を抱いた桂は、一人の少女だった。

（もう、あの時のわたしには戻れない）

五年という歳月がいかに己を鍛え成熟させたかを、桂は知った。少女から女へ、そして甲斐国の御方様へと、桂は人生を駆け抜けたのだ。

（たとえ短くとも、わたしの生涯には春夏秋冬があった）

桂は、己の人生が見事に完結していることを、この時、知った。

「浅茅、馬を――」

脇を歩んでいた浅茅が桂の乗る馬を止めた。

「御方様、いかがいたしました」

「馬を少し下りたい」

桂は馬を下りると、白梅や菜の花の咲き香る野に分け入った。浅茅ら従者は、桂が小用を足すのだと思い、誰もついてこなかった。

腰の高さほどもある菜の花の海を歩んだ桂は一輪の花を手折った。そして、それをしばらく見つめた後、天に向かって投げた。

(さようなら)

かつて投げた胸いっぱいの菜の花は少女への訣別《けつべつ》だった。今、投げた一輪の菜の花は人生への訣別であった。

あの日と同じように、春の日が穏やかな光を田園に注ぐ中、桂は吹っ切れたような微笑を口端に浮かべ、行列に戻っていった。

内膳らが馬に水をやるために日影村の小川で小休止していると、近隣の地下人たちが山を下ってきた。彼らの背後の山からは、煙が上がっている。

「われらを織田の物見と勘違いしておるな」

帯刀が警戒を怠らずに言った。

「小屋を焼いて出てきたに相違ない」

内膳が馬の背に水を掛けながら返した。

小屋とは、非常時に農民たちが籠る〝村の城〟のことである。主に浅い堀や低い土塁を持つ単郭の城で、敵方の軍勢というよりも、略奪を許された足軽や混乱に乗じてやってくる野盗の類から、財産や女子供を守るために使われる。その小屋を焼くことは、戦う意志がないことを敵方に知らせる意味があった。

村乙名とおぼしき中年の男が走り寄ると、三人の前に跪《ひざまず》いた。

「お武家様、われら武田家に縁も所縁《ゆかり》もない者どもです。何卒《なにとぞ》、禁制をお取り次ぎ下さいまし」

禁制の発給を受けていない村落や寺社は、侵略者の略奪対象となる。

「それでは、馬を替えてもらえるか」

内膳が織田方を装って要求した。

「馬など一頭もございませぬ」

「それではだめだな」

「馬と若い衆は、武田の御屋形様にすべて連れて行かれました。わしらは何の抵抗もできませなんだ」

「そういうことか」

「ただ、それがあまりに口惜しいと思っていたところ、武田の御屋形様を追うように、尼御前様のご一行がここを通りました。それでわれら、その一行を捕らえました。それをお引き渡しいたしますゆえ――」

「な、何だと！」

帯刀が乙名の胸倉を摑んだ。

「おぬし今、尼御前様と申したか！」

「は、はい――」

恐怖から乙名の歯の根が合わず、がたがたという音がかすかに聞こえる。

「すぐに案内《あない》せい！」

帯刀の迫力に圧倒された乙名は、転がるように走り出した。三人もそれに続いた。村人たちは左右に道を空け、呆然として彼らを見送った。

しばらく行くと、朽ちかけた炭焼小屋があった。乙名が呼びかけると、五人あまりの男が出てきた。

内膳は彼らを跪かせ、拈橋に見張らせた。一方、帯刀は彼らとすれ違うように中に入った。

「信松尼様！」

「あっ、帯刀殿！」

突然、現れた帯刀に一同は驚いた。

「信松尼様、よくぞご無事で――」

「帯刀殿こそ」

松姫以外は縄掛けされていたが、従者二人にも怪我などないようだった。

「四郎左は」

問うと同時に、帯刀は小屋の隅に仰臥《ぎょうが》する四郎左を見つけた。その頭には、半ばまで真紅に染まった白布が巻かれていた。

「四郎左！」

帯刀が駆け寄ると同時に、四郎左が目を開けた。

「ち、父上か——」

「おう、わしだ！」

「父上、生きておったか」

「当たり前だ」

帯刀は四郎左の傷を見ようとしたが、その手を松姫がそっと押さえた。

「大丈夫、深手《ふかで》ではありません。村人の投げた石が頭に当たり、四郎左殿は昏倒《こんとう》しました。われらは四郎左殿がいなければ何の抵抗もできません。それで為すところなく、村人に捕まりました」

「そういうことでしたか——」

帯刀は、この辺りが投石攻撃の本場であることを思い出した。

かつて武田家最強軍団と謳《うた》われた郡内小山田勢は、石礫《いしつぶて》を主武器にして、緒戦で敵陣を攪乱するのを常としていた。

「父上、信松尼様を御屋形様の許にお連れすることが叶わず、申し訳ありませぬ」

「いいのだ。信松尼様もおぬしも無事で何よりだ」

帯刀と四郎左が話している間に、内膳は松姫に委細を説明し、村人が内膳らを織田の物見と勘違いしているのをいいことに、松姫一行を連れ出した。四郎左も頭の傷以外に外傷はなく、元気よく立ち上がった。

その後、村人たちをうまく言いくるめて山に帰した内膳らは、日川渓谷を北に進んだ。ところが、それほど行かないうちに、上流から下ってくる一行に出くわした。

その一行は内膳らを敵方と勘違いし、戦闘態勢を布こうとしたが、内膳が走り寄り、味方であることを告げた。内膳は先頭の侍としばし立ち話すると戻ってきた。

「帯刀殿、あれは御屋形様三女の貞姫様ご一行だ。これから郡内方面に落ちるか織田勢に投降するという」

「そうか、おいたわしいことだ」

姫であれば、敵に投降しても命を取られずに済む。勝頼は苦肉の策として、貞姫を敵に託そうとしているのだ。

帯刀は、あらためて勝頼の置かれた絶望的な状況を知った。

「だが、いまだ笹子峠に敵影はないはずだ。わしは今なら郡内に落ちられると思う。そのまま、岩殿、上野原を通り越し、桂川沿いに小仏峠を越えれば八王子だ」

「何が申したい」

「このまま信松尼様を御屋形様の許にお連れしても、巻き添えで命を落とすだけになるだろう。貞姫様同様、信松尼様を北条方に保護してもらうと同時に、後詰を差し向けるよう、信松尼様に奥州様を口説いてもらうのだ」

「何だと――」

「それ以外、御屋形様を救う手だてはない」

内膳は、甘利と大熊の説得に応えた小山田信茂が、織田勢を阻止する行動に移るとは思えず、頼りは八王子の北条勢だけであると語った。ほとんど可能性がないとはいえ、武田家滅亡後、侵攻してくる織田勢をあらためて引き受けるよりも、混乱に乗じて奇襲を行った方が、北条家にとって勝機はある。内膳はその可能性に賭《か》けるほかないと力説した。

「貴殿は四郎左殿とともに笹子峠を越え、貞姫様と信松尼様を北条家に引き渡せ」

「四郎左も行ってよいのか」

「むろんだ」

「かたじけない」

帯刀はほっと胸を撫で下ろした。

「よいか帯刀殿、貴殿の双肩に武田家の存亡がかかっている」

その言葉を聞いた帯刀は愕然とした。この窮地から脱せると思い、ほっとしていたが、実際には重大な使命を課せられたことになる。

(たいへんなことになった)

信濃先方衆《さきかた》として常に戦線の末端にいた自分が、武田家の命運を握ることになるとは、帯刀は夢にも思わなかった。

(果たして、わしにできるか――、いや、やり遂げねばならぬ)

空の彼方《かなた》から（大丈夫、おぬしならできる）と、監物が語りかけてくるような気がした。

「帯刀殿、岩殿城下は混乱しておるだろう。東に逃れようとする人々で、大月も上野原も関は開いておるはずだ。その人々に交じって小仏を越えろ。この混乱はすでに八王子にも知られているに違いない。おそらく、小仏には奥州様の手の者がおるはずだ」

「わ、わかった」

帯刀がうなずくと、内膳は「よろしく頼む」と言って頭を下げ、松姫の許に赴き、説得を始めた。その間に、帯刀は四郎左に語りかけた。

「傷は痛むか」

「もう大丈夫だ」

「われらは内膳殿らと別れ、姫様たちを守りつつ東に向かう」

「そうか」

四郎左は半ば予期していたらしく、驚いた風もなかった。

「八王子まで行けば、われらは生き延びられる。そこでほとぼりを冷ましてから、ともに伊奈に帰ろう」

「――――」

「今なら苗付けの季節に間に合う」

帯刀は脳裡に伊奈の風景を思い描いた。たとえ荒されていようが、四郎左と二人でがんばれば、田畑は旧に復する。そうすれば、また家族三人で楽しく暮らせる。

帯刀は、久方ぶりに生きる気力が湧いてきた。

「父上」

「何だ」

夢見心地の帯刀に四郎左が言った。

「わしは行かぬ」

「な、何だと――」

帯刀は愕然とした。

「信松尼様は、父上が八王子までお供してくれ」

「馬鹿を申すでない。これは大事な仕事だぞ」

「これは父上に課せられた仕事だ。わしは皆とともに高遠で死にたかったが、大事な仕事と聞き、父上を手助けするため、ここまでついてきた」

「その仕事はまだ終わってはおらぬ！」

「ここからは、危険はないはずだ」

「――――」

確かに、今のうちであれば、郡内から八王子に抜ける道は安全だった。

「父上、伊奈の最後の夜を覚えておるか」

「な、何――」

帯刀の脳裡に、親子三人で過ごした最後の夜の光景がありありと浮かんだ。

「わしはあの時、武士になるからには、武田の御屋形様の側近くに仕えたいと申した。その夢をようやく叶える時がきた」

「――」

「伊奈の城はどれも戦わずして落ち、伊奈の衆は逃げ散った。わしは肩身が狭かった。しかし、わしだけでも御屋形様の許に駆けつければ、伊奈にも最後まで忠義を貫いた者がいたと、御屋形様に知っていただけるだろう」

「この馬鹿め！　子供に何ができる！」

「何もできないから、駆けつけることだけでもしたいのだ」

「な、何を申すか！」

帯刀は四郎左を殴ろうとして躊躇《ちゅうちょ》した。負傷していたからではなく、息子が知らぬ間に、一人前の漢《おとこ》になっていたからである。

「父上、わしは弥兵衛殿に憧《あこが》れた。弥兵衛殿こそ真の武者だと思った。わしは弥兵衛殿のようになりたかった。しかし、結局はこのざまだ。彼奴は己の立身だけを考える卑怯者《ひきょうもの》だった。彼奴に一太刀でも浴びせずば、死んで行った親父殿に顔向けができぬ」

「――」

監物の名を出され、帯刀はたじろいだ。

「父上、わしに親父殿の仇を取らせてくれ」

「駄目だ！　それならば、わしが行く！」

「父上は肩の腱が切れている。返り討ちに遭うのが落ちだ」

確かに四郎左の言う通りだった。利き腕が上がらない状態では、内膳らの足手まといになるだけである。

「待て！」

「父上、親不孝を許してくれ」

「さらばだ」

「行かんでくれ――」

帯刀は四郎左の足に取りすがって泣いた。

いつの間にか自らは老い、息子は成長していたのだ。

「話はついたか」

「はい」

父子の許に歩み寄ってきた内膳に、四郎左がうなずいた。

「貞姫様を守ってほしいとお願いし、信松尼様にもようやくご納得いただけた。して、おぬしはどうする」

「小宮山様にお供させていただきます」

「死にに行くのだぞ」

「もとより、そのつもり」

「そうか」

即座に事情を察した内膳は、泣き崩れる帯刀の肩に手を掛けた。

「四郎左殿はもう一人前の漢だ。思うようにさせてやれ」

それ以外、帯刀にかけてやれる言葉はなかった。

その時、村人たちが立ち去った方角を見張っていた拈橋が声を上げた。

「まずい！　連中がやってくる」

いつまでもその場にとどまる内膳らを怪しんだ村人たちが、手に手に鋤《すき》や鍬《くわ》を持ち、こちらの様子を窺っている。それを見た内膳が大声を発した。

「まだ何か用か！」

あまりの声の大きさに驚いた村人たちは、蜘蛛《くも》の子を散らすように逃げ散った。

「村人たちはわれらのことを怪しみ始めた。急がねばならぬ」

内膳が馬にまたがると、拈橋もそれに続いた。

彼らに遅れじと、四郎左も帯刀の乗ってきた馬に飛び乗った。

「内膳！」

市女《いちめ》笠をとった松姫が内膳を呼んだ。

「そなたの忠義は忘れませぬぞ」

「姫様、奥州様説得のこと、くれぐれもお頼み申し上げまする。帯刀殿、短い間だったが、伊奈侍の精華を見せていただいた！」

そう叫ぶと内膳は馬に鞭《むち》をくれた。続いて、拈橋が「御仏のご加護を！」と言い置いて走り去った。

路傍にくずおれる帯刀に、馬上の四郎左が声をかけた。

「父上、ここまで育ててくれて礼の申しようもない。母上のことをよろしく頼む」

それだけ言い残すと、四郎左は風のように去っていった。

「頼む、行かんでくれ——」

帯刀は独り言のようにその言葉を繰り返した。しかし、四郎左の後ろ姿は瞬く間に小さくなっていった。

「帯刀殿、さあ行きましょう」

いつの間にか、松姫が背後から帯刀の肩を支えていた。帯刀はようやくわれに返った。

「姫様、ご迷惑をおかけしました。もう心配は要りませぬ」

帯刀は涙をぬぐい、松姫を背負おうとしたが、松姫はそれを拒否した。

「わたしには両の足があります。どんな難路であっても、わたしはこの足で新たな地に踏み入ります」

松姫が先に立って歩き出した。その決意を知った帯刀は、どんなことをしても松姫を八王子に送り届けねばならぬと思った。

二人が歩き始めると、貞姫の従者や輿も遅れじと従った。

すでに三月九日の夕日が山の端に掛かっていた。

明日というものがあるなら、息子に与えてほしいと、帯刀は夕日に向かって祈った。

槿花一朝《きんかいっちょう》

一

古府中に本陣を据えた信忠は、上野城に拠《よ》る一条信竜、信就父子の意図を図りかね、進軍をためらっていた。しかし、信長が長良川を渡ったと聞き、追撃を再開することにした。九日に古府中を発した滝川・河尻の先手部隊は、石和で夜営すると、十日早朝より、日川渓谷をさかのぼり始めた。まさに、間一髪で松姫一行は笹子峠を越えたことになる。

同日、信忠は徳川勢に一条信竜の籠《こも》る上野城攻撃を命じた。

家康は信竜の勇を惜しみ、降伏を勧めたが、信竜父子がこれを拒否したため、十日早朝、上野城攻撃を開始した。

一条勢は先陣の鳥居元忠隊に果敢な先制攻撃を仕掛けたが、第二陣の本多忠勝隊に横撃《おうげき》され、やむなく上野城に撤退した。その後も力戦したが、正午頃に城は落ち、信竜も自害して果てた。嫡男の信就も捕らえられ、後に斬首《ざんしゅ》された。これにより、織田勢の進軍を妨げるものは何もなくなった。

十日、岩殿城に戻った甘利甚五郎と大熊新左衛門の二人は、小山田信茂に洗いざらい経《いき》緯《さつ》を話した。これを聞いた信茂は愕然《がくぜん》とした。しかも、織田勢がすでに石和まで来ているという報が入り、岩殿城内は蜂の巣をついたような騒ぎとなった。

甘利と大熊は、自らの非を認め、後詰勢を出すよう必死の説得を試みたが、信茂は恐怖が先に立ち、二人を捕らえ牢《ろう》に押し込んだ。やがて、織田勢の先手衆が日川渓谷をさかのぼって行ったという報が、信茂の許《もと》に届いた。これで戦機は去った。

信茂は、甘利と大熊の二人を突き出し、信長父子に赦《ゆる》しを請おうと思ったが、二人はすでに舌を噛《か》み切っていた。


日川渓谷沿いの道がいよいよ狭まり、内膳、四郎左、拈橋の三人は馬を捨てて進んだ。

雪解けの泥土には夥《おびただ》しい足跡がついており、勝頼一行も馬を捨てたことは明らかだった。中には、子供の小さな足跡もあり、痛ましさが募った。

そのまましばらく行くと、やや開けた土地で小荷駄隊が立ち往生していた。人夫の大半は逃げ散ったらしく、進みたくとも進めないようである。

残った武士たちは、すでに進む気力さえ失せているらしく、虚《うつ》ろな目をして内膳らを見ていた。内膳は不要な荷と車を防御壁とするべく、隘路《あいろ》に積み上げることを指示し、先を急いだ。

やがて田野集落の入口にあたる水野田まで来て、ようやく三人は本隊に追いついた。荷駄隊同様、彼らも疲れきり、そこかしこに座り込んだまま顔を上げようとさえしなかった。

（これでは、到底、上州まで行き着けぬ）

内膳は一行の惨めなほどに疲れきった有様に驚き、かける言葉さえ見つからなかった。

やがて、内膳らは鳥居畑集落の乙名《おとな》館に掲げられた勝頼の馬標《うまじるし》を見つけた。館の前面は花菱《はなびし》の陣幕で包まれている。それを見るや、内膳は興奮が抑えられなくなり、駆け出した。

「御屋形《おやかた》様！」

内膳の声に陣幕内の人影が動き、土屋昌恒が現れた。

「内膳か！」

「小宮山内膳、参上仕《つかまつ》った！」

続いて、勝頼とその側近たちが陣幕の外に飛び出してきた。

「内膳！」

拝跪《はいき》する内膳の傍らまで近づいた勝頼は、その肩に手を置いた。

「内膳、きっと来てくれると思っていたぞ！」

「もったいなきお言葉――」

感激のあまり、内膳は勝頼の顔をまともに見られなかった。

「苦労をかけたな。おぬしが来たからには、百万の味方を得たようなものだ」

「御屋形様――」

内膳の瞳《ひとみ》から大粒の涙が流れ落ちた。

「内膳殿！」

その時、奥から桂の声がした。

桂は、武将たちをかき分けるようにして内膳の前に進み出た。

「御方様――」

内膳の瞳は涙に濡《ぬ》れ、桂の顔さえ定かに見えなかった。

「御方様、何のお力にもなれず申し訳ありませんでした」

「内膳、その気持ちだけで十分です」

「御方様、おいたわしい」

ようやく桂の顔に焦点を合わせた内膳は、そのあまりのやつれ方に声も出なかった。勝頼も同様に憔悴《しょうすい》しきっていた。しかし、悪い雲気を振り払うように勝頼は言った。

「内膳、われらのことは心配に及ばぬ。まだまだわれらは諦《あきら》めてはおらぬ。明日は栖雲寺に入り、その後は上州目指してひた走るつもりだ」

その言葉を聞いた内膳の顔が歪《ゆが》んだ。

「御屋形様、この内膳、ここで腹を切らねばならぬほどの失態を仕出《しで》かしました」

「な、何、それはどういうことだ」

内膳は弥兵衛を信じ、小山田家への使いを託したことや、これまでの顚末《てんまつ》を語った。

「それでは、われら揃って弥兵衛にしてやられたわけだな」

「い、いかにも――」

「友を信じるのは武士として当然のことだ。おぬしに落ち度はない」

「ありがたきお言葉――」

内膳は額を地に擦り付けた。

「いずれにしても栖雲寺には、辻弥兵衛とあまたの土民兵がおると申すのだな」

「おそらく弥兵衛は、土民らとともに御屋形様がお越しになるのを今か今かと待っておるはず」

「何ということだ――」

勝頼は天を仰ぎ、自嘲《じちょう》的な微笑を浮かべた。

傍らでこれを聞いていた桂の面が蒼白《そうはく》となった。

「どうしたら、どうしたらいいのです！」

桂の問いに、内膳は威儀を正して言上した。

「今から道を引き返し、笹子峠から郡内に抜けるべし。織田勢の来着が遅れていれば、峠を越えられましょう」

それを聞いた桂は勝頼に向き直った。

「上様、ここは内膳の言に従いましょう」

「――」

「御屋形様、一刻も早くこの場からお引き返し下さい！」

内膳も必死の形相で迫った。

二人は勝頼の草摺《くさずり》に取りすがった。しかし、勝頼はけっして首を縦に振らなかった。

「桂、内膳、もうよいのだ。これ以上、醜態を晒すわけにはまいらぬ。武士はその死すべき処《ところ》で死なねば、必ず恥をかくという」

　この瞬間、武田家の命運は決した。

　すでに日は西に傾き、天目山の起伏が鮮やかな影を落としていた。

「栖雲寺に陣を布き、信満公の墓前で信勝に家督を譲ろうと思っておったが、それさえも叶《かな》わぬ夢となってしまった。かくなる上は、今宵ここで〝擐甲《かんこう》の儀（家督継承の儀式）〟を執り行い、明日、敵勢と最後の一戦を試みる」

　勝頼の言葉に周囲は賛意を示した。すでに疲労困憊《こんぱい》している一行には、諦めの空気が漂っていた。それは死を覚悟した者たちだけが持つ厳粛な空気でもあった。内膳は、己もその空気に少しずつ同化していくような気がした。

　穏やかな微笑を浮かべて勝頼は陣幕内に戻っていった。桂や側近たちも付き従った。この時、内膳はすべてが終わったことを覚った。

「内膳殿」

　呆然とする内膳の肩に、背後から手が置かれた。

「四郎左殿か」

「気をしっかりとお持ち下さい」

「ああ――」

「ここで気落ちしてしまっては、弥兵衛に一矢報いることは叶いませぬぞ」

「そうであったな」

「ことここに至っては、一刻も早く弥兵衛の首を獲《と》るほかありませぬ」

「うむ、わしは夜明けとともに栖雲寺に向かおうと思う」

「夜襲の方が効果的では」

「狙うは弥兵衛の首一つ。夜陰にまぎれて逃げられては、御屋形様に合わせる顔がない」

そう言うと内膳は白刃を抜き、目釘《めくぎ》を確かめた。その刃は月光に反射して妖《あや》しく光った。

夜の帳《とばり》が下りる頃、擐甲の儀が終わった。これにより、晴れて信勝が武田家当主となった。信勝は頬を紅潮させ、胸を張って陣幕から出てきた。外で控えていた将兵たちが一斉に拝跪すると、夜のしじまに甲冑《かっちゅう》の擦れ合う音が満ちた。

続いて勝頼が姿を現し、御旗《みはた》と楯無《たてなし》の鎧《よろい》が引き出された。

「これをもって、信勝を武田家当主とする」

「応!」

勝頼が家臣の前で信勝の戴冠《たいかん》を発表した。続いて信勝が前に進み出た。

「夜明けとともに押し寄せるであろう敵を、ここで迎え撃つ!」

「応!」

「御旗、楯無、御照覧あれ!」

信勝の声が静寂を切り裂いた。

「御旗、楯無、御照覧あれ！」

「御旗、楯無、御照覧あれ！」

家臣たちの連呼が夜空に響き渡った。

内膳の胸内《むなうち》に熱いものがこみ上げてきた。ここまで付き従った家臣たちも同様らしく、そこかしこからすすり泣きが聞こえる。これが御旗と楯無の鎧への最後の誓いであることを、皆、知っているのだ。

信勝は満足そうにうなずくと、陣幕の内に消えた。諸将もそれぞれの寝場所に散っていった。

夜を明かすつもりの内膳は近くの焚火《たきび》に腰を下ろした。四郎左と拈橋もそれに倣った。三人が無言で炎を見つめていると、そこに土屋昌恒がやってきた。昌恒は内膳の傍らに座り、焚火に手をかざした。

「やはり戻ったな」

「戻りましたな」

期せずして二人の顔に笑みが広がった。

「恥ずかしい話だがこの体《てい》たらくだ。武者は四十一人、足軽《あしがる》小者のほとんどは逃げ散ってしまった。いるのは女子供ばかり」

内膳が耳をそば立てると、確かに女のすすり泣きや、事情のわからぬ子供のはしゃぐ声が聞こえてきた。

「逍遥軒様、相模守様はもとより、釣閑や大炊助さえおらぬようですが、彼らはいかがいたしましたか」

「うむ――」

昌恒はそれぞれの動向を話した。

「御屋形様は、よほど人に恵まれていなかったようですな」

内膳は、人材運のなかった勝頼が哀れでならなかった。

「それでも、おぬしは来てくれた」

「それがし一人ではどうにもなりませぬ」

「おぬしが来てくれたことで、御屋形様とわれらは、どれだけ勇気づけられたかわからぬ」

昌恒の瞳も濡れていた。ここまで、いかに苦境にあっても気丈に振る舞い、勝頼を支えてきた昌恒だったが、その内心は、味方に対する口惜しさで張り裂けんばかりだったに違いない。内膳は昌恒の苦衷を察した。

やがて女子供も寝静まり、残り少なくなった武士たちの行き交う姿が、ところどころにある篝火《かがりび》に映り、影を大きく伸ばすばかりになった。

「土屋様、一つだけお聞き届けいただきたいことがありまする」

無言で焚火を見つめていた内膳が、唐突に切り出した。

「おう、何なりと申せ」

「この者は――」

内膳が横に座っていた四郎左の肩を叩《たた》いた。

膝《ひざ》に顔を埋めて半ば眠っていた四郎左が驚いて顔を上げた。

「この者は、信州伊奈の地侍《じざむらい》で宮下四郎左衛門尉光延と申します。年若とはいえ、高天神などの戦いで生き残った剛の者です。明日はこの者を御屋形様の傍でお使いいただけませぬか」

その言葉に驚いた四郎左が反論した。

「それがしは小宮山様とともに栖雲寺に赴き、辻弥兵衛の首を獲るつもり。その望みは、聞き届けられたものと思っておりました！」

「四郎左殿、弥兵衛はわしの手で討ち取る。これは弥兵衛とわしの間のことだ」

「いや、それがしも弥兵衛に騙《だま》された一人。一矢報いねば気が済みませぬ」

「おぬしには、もっと大事な使命があるはずだ」

内膳が諭すように言った。

「御屋形様の側近くに仕えるのが、おぬしの夢であったろう。そして、伊奈侍の誠を御屋形様の眼前に示すのではなかったか。それに比べれば、弥兵衛ごときを討ち取ることは些《さ》事《じ》に過ぎぬ」

「とは申しても――」

「弥兵衛は必ず討ち取ってやる。おぬしは御屋形様をお守りし、その立派な最期を見届けろ。そして、それを後世に伝えよ」

「は、はい――」

「平五郎！」

「はっ」

内膳は、同じく焚火を囲んでいた拈橋に声をかけた。

「おぬしはすべてが終わった後、皆の胴を一所に集め、茶毘《だび》に付せ。そして、戦死者の菩提《ぼだい》を弔え。四郎左殿は甲斐源氏の最期を見届け、後世に伝える役を担う。坊主の従者であれば、敵も命までは取らぬ。四郎左殿をそなたの小者として使え」

「はい」

「委細承知した。御屋形様にはわしから伝えておく。四郎左とやら、明朝、わしの許に来い」

内膳の意図を察したらしく、昌恒が立ち上がった。

「よろしく頼みます」

内膳が立ち上がり、深々と頭を下げた。四郎左と拈橋もつられるように頭を下げた。昌恒は目礼し、三人の許を去っていった。

二

同じ頃、栖雲寺の弥兵衛は焦《じ》れていた。物見《ものみ》の報告では、十日の夕刻には栖雲寺に入るはずの勝頼一行が、鳥居畑に腰を据え、夜営しているというのだ。十日中に栖雲寺で討ち取ろうとしていた弥兵衛の思惑は、消し飛ぼうとしていた。

「まあいい、明日にはここに着くはずだ」

弥兵衛は自らを落ち着かせるように言った。しかし、その言葉を小耳に挟んだ渡辺囚獄佑守が憎々しげに応じた。

「おぬしの申すことは当てにならぬ。勝頼は鳥居畑に陣を布き、後方から迫る織田勢と一戦交え、華々しく散華《さんげ》するつもりではないのか」

「いや、勝頼は必ずここに来る。逃げるにしても腹を切るにしても、必ずやこの寺に来る」

弥兵衛は、かつて武田信満がこの寺で腹を切り、武田家が滅亡の危機を迎えたにもかかわらず、その後、不死鳥のごとく蘇《よみがえ》った話をした。

「勝頼はその故事に倣い、ここで信勝を逃し、己は自害して果てるつもりだ」

「しかし、今まで待ってもそうならぬということは、おぬしの申すことが当てにならぬということだ」

「いや、おぬしの間抜けな物見が正確に勝頼の動きを摑めぬから、見込み違いが生じるのだ」

「ふん、それなら、おぬしが物見に立つがよい」

「わかった。それなら兵を貸せ」

「九一色衆は出さぬ。兵ならおぬしが集めろ」

囚獄佑は炒《い》り豆を口に放り込みつつ、嘲《あざけ》るように言った。

弥兵衛は抜き打ちに斬ってやろうかとも思ったが、大事の前の小事と思い直し、すんでのところで堪えた。

(兵を持たぬ者の悲しさよ)

弥兵衛は、武田家あっての己であることを、この時ほど痛感したことはなかった。かってであれば、囚獄佑など地に這《は》いつくばって、弥兵衛の下知《げち》に従ったであろう。それも、弥兵衛の背後には武田家の威光があったからである。

(わしは、己の首をも絞めておるのではないか)

弥兵衛の心の片隅に疑念が芽生えた。

それを振り払うように本堂を出ると、外は静寂に包まれていた。六百あまりの凡下が周囲に満ちているはずだが、その人気《ひとけ》を感じないほど、弥兵衛は孤独だった。

(かつて、わしの周りには友がいた)

弥兵衛は懐かしい日々を思い起こした。春日虎綱を中心に、内膳、甚五郎、新左衛門がいた。横田尹松《ただとし》や拈橋もいた。弥兵衛は彼らをことごとく裏切った。

(あの日々はもう帰ってこぬのだ)

思い出の中で、彼らは笑っていた。

(わしは、彼の者らの笑顔を二度と見ることができぬ)

しかし弥兵衛は、胸内からこみ上げるものを抑え込んだ。

（今更、道は引き返せぬ！）

弥兵衛は眦《まなじり》を決すると、闇に向かって叫んだ。

「これから物見に出る。わしと一緒に行きたい者は進み出よ！」

弥兵衛の声が石庭に響き渡った。しかし、静寂は一段と深まった気がした。

弥兵衛は、もう一度、声を張り上げた。

「ここを取り仕切っておる辻弥兵衛だ。勝頼の動向を探りに鳥居畑まで行く。出発は夜明け前だ。われこそはと思わん者は、寅《とら》の下刻（午前五時頃）までに、ここに参集せよ！」

そう叫ぶやいなや弥兵衛は踵を返した。一刻でも早くその場を立ち去りたい心境であったからである。


雲間から月がぼんやりと顔をのぞかせていた。桂は臥所《ふしど》を抜け出し、乙名館の小さな縁先から月を見つめた。

（あの月は小田原で眺めていたものと同じ）

ここ半年余り、慌しい日々を送ってきた桂には過去の思い出に浸る暇もなかった。

（そういえば――）

桂は、三郎のことを思い出す機会がめっきり少なくなったことに気づいた。かつて、桂のすべてであった三郎も、今や追憶の彼方《かなた》の人となりつつあった。

桂は、三郎からもらった匂袋を久方ぶりに手にしてみた。それは色あせ、香りもすでになくなっていた。

(わたしは、本当に三郎様に恋していたのか)

桂はすでにその答えを知っていた。

(わたしは三郎様に憧《あこが》れていただけ)

桂は、憧れを恋心と思い込んでいた少女の頃を思い出し、微笑ましい気分になった。

(それでは、わたしは四郎様を慕っているのか)

桂は勇気をもって己に問いかけてみた。

(わからない)

それが桂の答えだった。桂は女として勝頼を愛する以上に、勝頼と武田家を母のように守ろうとした。その愛が深ければ深いほど、男としての勝頼の実体は遠ざかっていくばかりだった。

(わたしにとって、四郎様とは何だったのか)

桂には、どうしてもその答えが見つからなかった。

その時、桂の胸中に一人の男の姿が浮かんだ。

(まさか——)

桂は懸命にその姿を消そうとした。しかし、消そうとすればするだけ、その姿ははっきりと輪郭を持って浮かんできた。

「今日は満月か」

突然、背後から勝頼に声をかけられ、桂は息が止まりそうになった。

「はい、欠けたるもののない、すべて満ち足りた夜にございます」

桂は正座し、その場を取り繕った。しかし勝頼は、そんな桂の様子など一向に気にかけていないようだった。

「これだけゆっくりと月を眺めるのも、久しぶりだな」

「真《まこと》に慌しい日々でございました」

「それも、もう終わらせよう」

勝頼は寂しげに笑い、桂を抱き寄せた。

「上様、長いようで短い日々でございましたな」

「おぬしには悲しい思いばかりさせてしまった」

「何を仰せですか、桂は幸せでした」

「それは真か、桂は本当に満ち足りていたのか」

「はい、上様と夫婦《めおと》になれて桂は幸せでした」

「もう四郎と呼べ」

「はい」

桂は勝頼の胸に顔を埋めた。

「桂、明日はわれらの最期の日となろう」

「はい、覚悟はできております」

「そなたは小田原に落ちろ」

予想もしなかった勝頼の言葉に、桂は顔を上げた。

「何を仰せです！」

「わしはただ——」

勝頼は少年のようにはにかみながら言った。

「そなたに生きてほしいのだ」

「四郎様——」

「小田原に落ち、相州（氏政）によき再嫁先を見つけてもらえ」

「な、何ということを——」

桂は勝頼の胸で泣き崩れた。勝頼は優しく桂の黒髪を撫《な》でつつ言った。

「桂よ、わしのために生きてくれ。さすれば、わしは桂の思い出の中で生き続けられる」

「そ、そこまで、わたしのことを——」

桂の瞳から涙が闌干《らんかん》と流れた。その涙には、女として勝頼を愛せない歯がゆさ、口惜しさも混じっていた。しかし、勝頼は気づいていた。

「桂よ、そなたの気持ちはわかっている」

「いいえ」

「いいのだ桂、わしは己の気持ちに正直なそなたが愛《いと》しい。わし一個よりも、武田家を、そして甲信の地と民を、慈愛の心で包んでくれたそなたが好きだ」

「ああ、四郎様」

桂は勝頼の胸にしがみついた。

「桂、頼む、生きてくれ」

「四郎様」

ひとしきり泣いた桂は威儀を正し、あらためて勝頼に向き直った。

「わたしは再嫁するつもりはありませぬし、尼僧になって、残りの命を仏に捧《ささ》げるつもりもありませぬ。四郎様とともに明日、この世に別れを告げます」

「何を申す――」

「いいえ、これだけは聞いていただきます。上州まで行けぬのなら、ともに冥土《めいど》へ旅立ちましょう。そこがわれら夫婦の新天地です」

「桂」

「それだけが、わたしの願い――」

そこまで言うと、桂は泣き崩れた。勝頼の瞳にも涙が光っていた。

「わかった。後腐れなく、われらともにここで散ろう」

「四郎様」

桂は再び勝頼の胸に顔を埋めた。

ひしと抱き合う二人に、月は慈愛に満ちた光を注いだ。

三

(たったこれだけか)

篝火に映った頭数は、わずか十人あまりであった。半ば予想していたとはいえ、弥兵衛は全身の力が抜けるほどがっかりした。しかも、どれも食いつめ者としか思えない荒《すさ》んだ顔をしており、修羅場において戦力として期待できそうな者はいなかった。

「これから物見に出る!」

落胆を隠すように弥兵衛が指揮棒を振り上げた時、寺の本堂から渡辺囚獄佑とその腹心たちが現れた。

「今更、何用か!」

弥兵衛は、囚獄佑が頭を下げにきたと思い、居丈高に言った。

「辻殿、先ほど本多佐渡守様の密使が着いた」

「なぜ、それを早く知らせぬ!」

「おぬしにではない。わしへの使者だ」

「な、何だと――」

本多正信が弥兵衛の頭越しに囚獄佑に使者を遣わしたことに、弥兵衛は愕然とした。

「おぬしの動きが不可解であったゆえ、わしがひそかにここにいることを本多様に伝えた。すると、早速、本多様から使者が来た」

「な、何――」

「おぬしには、またしても謀《たばか》られたな」

囚獄佑は、苦々しい顔つきで懐の書状を取り出した。

「わしもこれを読んで驚いた。まさか本多様の下知を無視し、おぬしが独断でわしらをここに連れ込んだとは思わなんだ。本多様の下知は、勝頼らを岩殿に追い込めというものであったらしいな。実は、徳川殿は岩殿に勝頼を追い込み、籠城《ろうじょう》させて時を稼ぎ、信長が焦れてきた頃、和談を調えるつもりでいたというのだ。そして、勝頼と信勝の命はいただくものの、穴山勝千代（梅雪嫡男）を当主に立て、武田家を丸ごと傘下に収める。そういう算段だったそうな。おそらく、徳川殿の狙いは――」

囚獄佑が声を潜めた。

「信長を斃《たお》すことにある」

「な、何だと――」

「それであれば、北条のおかしな動きもわかる。徳川殿の流した偽説により、北条は幻惑され、信長に対する恐怖と嫌悪を植え付けられた。これにより、信長の怒りの矛先は北条に向くだろう。来年には、天下獲りの祝祭も兼ね、信長は関東に全軍を向けるはずだ。そして此度《こたび》のように、勝利が確かなものとなってから悠然と出陣する。当然、通過するのは――」

「徳川領だな――」

「そうだ。徳川殿は北条を餌に信長を誘い出し、騙《だま》し討ちするつもりでおったのだ。そして信長残党を、北条、武田遺臣とともに討つ。徳川殿のこの大掛かりな筋書きを、見事にぶち壊したのがおぬしというわけだ」

「ああ――」

弥兵衛が天を仰いだ。

「おぬしの独善と浅慮が勝頼を田野に追い込むことになった。つまり、織田勢が勝頼の首を挙げることになる。これにより信長は何の気兼ねもなく、甲信の地を焦土にできる。むろん、武田旧臣も末端まで処刑されるだろう」

「つまり、わしは――」

「郷里を灰にし、同胞《はらから》を殺し、挙句の果てに徳川殿の勘気をこうむることになる」

「ま、まさか――」

弥兵衛はその場にくずおれた。

「実は、ここの指揮もわしに一任された」

「そ、それではわしは――」

「ただの徒士《かち》だ」

愕然とする弥兵衛の傍らにしゃがみ込んだ囚獄佑が、にやにやしながら正信からの書状を示した。震える手でそれを読んだ弥兵衛は、囚獄佑の言うことがすべて真であることを認めざるを得なかった。

「ああ――」

今までの苦労が水の泡となりつつあることを弥兵衛は覚った。その様子を楽しむように見ていた囚獄佑が耳元で囁《ささや》いた。

「むろん、そこは本多様だ。ここまでよくやったおぬしのことを忘れてはいない」

「そ、それは真か！」

絶望に打ちひしがれていた弥兵衛の顔に、希望の灯がともった。

「ああ真だ。これは使者の口上だが、おぬしが先手として敵陣に斬り込み、見事、勝頼の首を挙げたなら、すべては水に流しておぬしの功を認め、約束通り、一国一城の主《あるじ》に取り立てるとのことだ」

「な、何だと――」

「勝頼と信勝の首を、織田の正規兵ではない徳川の息がかかったわれらが獲ることで、この地への信長の影響力を少しでも減らそうというわけだ。ことここに至れば、せめてそれだけでもというのが、徳川殿の意向だろう」

すでに織田と徳川の間では、武田家滅亡後の暗闘が始まっていた。戦後処理の主導権を握るためには、勝頼の首を獲ることが絶対条件である。それを家康は、「期せずして」という形で遂げようとしていた。

「この口上を信じるも信じぬもおぬし次第だ。まあ、信じずにここにいても結構だが、このまま何もせねば、おぬしは一生、徒士のままだ」

囚獄佑とその配下が大笑した。

「ああ――」

「まあ、好きにするがよい」

「ま、待て――」

立ち去りかけた囚獄佑を弥兵衛が呼び止めた。

「何だ」

弥兵衛の幽鬼のような形相に、さすがの囚獄佑もたじろいだ。

「わしがこの手で勝頼の首を挙げればよいのだな」

「うむ、それでよい。おぬしの後にはわれらが続く。心置きなく斬り込め」

「わかった」

弥兵衛は立ち上がると、何が起こったのか一切わからず、呆気《あつけ》に取られている土民兵に言った。

「これから鳥居畑の武田家本陣に斬り込む。今更、嫌だとは言わさん!」

鬼気迫る弥兵衛の剣幕に、脱落する者は出なかった。

「出陣!」

弥兵衛が指揮棒を振り上げた。

弥兵衛らが去った後、囚獄佑も配下に出陣の支度を命じた。その折、九一色衆の一人が囚獄佑に問うた。

「お頭《かしら》、使者は口上など述べなかったではありませぬか」

「ああ、あれは出《で》鱈目《たらめ》だ」

「しかし、出鱈目を申してまで弥兵衛に功を取らせることもありますまい」

「馬鹿め。死を決している勝頼らに手向かえば、こちらも相当の痛手を負う。弥兵衛と土民兵を露払いにして、勝頼らが疲れたところを、われら九一色衆が突入し、首を挙げればよい」

「なるほど」

配下は感心して走り去った。

その頃には、山の端からわずかに朝日が顔を出し始めていた。

空が白み始めた頃、内膳は手早く甲冑を着け、草鞋《わらじ》を履くと、昌恒からもらった鉄砲を背に括《くく》り付けた。内膳は鉄砲の音で弥兵衛の配下を逃げ散らし、その隙に、弥兵衛に一騎討ちを挑むつもりであった。

（それ以外に、単騎で弥兵衛を討ち取ることはできぬ）

掘立小屋の蓆《むしろ》を引き上げると、暗がりに人が立っていた。

「誰だ」

「わしだ」

暗がりから現れた拈橋は、織田方から盗んだ甲冑を身に着けていた。

「平五郎──」

「何のつもりだ」

「わしも行く」

その言葉が終わるか終わらぬかのうちに、内膳の鉄拳《てっけん》が飛んだ。

「何をする──」

思わず膝をついた拈橋が頬を押さえてうめいた。

「同じことを何度、わしに言わせるのだ！」

「兄者を一人で行かせるわけにはまいらぬ！」

「馬鹿め」

「わしは──、わしは兄者に生きていてほしいのだ」

その場に座り込み、拈橋は泣きじゃくった。傍らにしゃがんだ内膳は、弟の肩に手を掛けた。

「平五郎、死しても魂はこの地に残る。わしはいつでもおぬしと一緒だ」

「兄者──」

「おぬしには武田家の菩提を弔うというとてつもない使命がある。それを為せるのはおぬししかおらぬ」

「兄者、連れて行ってくれ！」

膝に取りすがる拈橋の手を優しく払い、内膳は出発した。

「兄者！」

いつまでも聞こえる拈橋のすすり泣きを振り払うかのように、内膳は背後を振り向かずに、その場から立ち去った。

丁度その頃、山嶺《さんれい》の輪郭がおぼろに見えるようになり、朝靄《あさもや》が周囲に漂い始めた。それを裂くように進んだ内膳は、渓谷沿いの道に出る寸前、勝頼と桂のいる乙名館の方を振り仰いだ。

「平五郎、さらばだ」

（御屋形様、長きにわたりお世話になりました。これがこの世でのお別れです。この身は骸となっても、魂魄《こんぱく》は常に御屋形様のお側に控えております）

内膳は深く一礼した。

（御方様――）

桂のことを思った時、内膳の胸に迫るものがあった。

（あの世で再びあい見《まみ》えることを、楽しみにいたしております）

内膳は一礼すると、想いを断ち切るように歩き出した。そのとき、朝日が雲間から顔を出し、野に咲く春の花を一斉に照らした。

人々の様々な思いを乗せて、天正十年（一五八二）三月十一日の朝が、静かに明けていった。

それから小半刻《こはんとき》後、整列する将兵の前に、勝頼と信勝が現れた。

勝頼は、紅《くれない》糸威《いとおどし》の胴丸に猩々緋《しょうじょうひ》の陣羽織をまとい、白熊《はぐま》の引廻《ひきまわ》しを付けた鉄錆地六十二《てつさびじろくじゅうに》間小星兜《けんこぼしかぶと》をかぶり、富士山の前立てを朝日に反射させていた。

一方、信勝は大松の根元に立てられた武田家の御旗を背に、楯無の鎧を着用し、来国長《らいくにながの》の太刀を佩《は》いていた。二人とも、甲斐源氏の頭領にふさわしい出で立ちであった。

「皆の者、よく聞け！」

三献の儀を済ませた後、信勝が前に進み出た。

「敵はすでに駒飼まで迫っている。ほどなくここにやって来よう。また、旧恩を忘れた地下人どももすでに栖雲寺に参集していると聞く。北も南もすでに退路は断たれた。ことここに至らば、この地で〝無二の一戦〟を挑み、武田家の武名を後世に残すのみ！」

「応！」

「すでに栖雲寺の敵を討ったため、小宮山内膳は出陣した。土屋昌恒は内膳を助けるべく北に向かえ、安倍宗貞は残り全軍を率いて、南から迫る織田勢に当たれ」

「応！」

安倍宗貞と土屋昌恒が立ち上がった。

全軍と言っても、すでに武者は四十余名に過ぎなかったが、信玄往時と何ら変わらず、彼らは胸を張って出陣していった。

勝頼と信勝の周囲には、年若い小姓か老いた武者ばかりとなった。突然、心細くなったのか、女官や侍女たちからすすり泣きが漏れる。

その時、信勝と勝頼の前に、一人の若者が拝跪した。

「大殿、御屋形様」

「うむ」

「このような場で、名乗りを上げるのをお許し下さい」

四郎左は自らの名と、ここに至った経緯を言上した。

「うむ、惣三（土屋昌恒）からおおよそは聞いておる。天晴《あっぱ》れな心がけだ。おぬしのような若者のためにも、武田家を残したかった――」

勝頼は語尾を震わせた。

「大殿、御屋形様、わが伊奈の同胞《はらから》をお赦し下され！」

四郎左は地面に額を擦り付けた。

「四郎左とやら、伊奈にも心正しき者もおれば心悪しき者もいる。諏方も甲斐も同じだ。伊奈に罪はない。罪は人の心にある」

「はっ、ありがたきお言葉――」

四郎左は感激し、涙をぼろぼろとこぼした。

「さあ、武田家最後の戦いだ。悔いなきよう存分に暴れようぞ！」

勝頼はそう言うと、爽快《そうかい》な笑みを浮かべた。

鳥居畑からいくらも行かないところに浅茅が立っていた。

（どうしてこんなところに――）

内膳はその理由に思い至らなかった。

「ご出陣のところ、邪魔だていたして申し訳ありませぬ」

「何用か」

「御方様から、これを内膳様にと――」

浅茅が藤と葛《くず》の枝を差し出した。

「藤と葛か――」

それを手にした内膳は、はっとした。

藤波の咲く春の野に延ふ葛の
　　下よし恋ひば久しくもあらむ

内膳は万葉の古歌を思い出した。

それは、「藤が一面に咲く春の野に、這うようにのびている葛のように、人目につかぬよう、ひそかに恋してまいりましたが、想いが叶うまでには随分と時がかかりました」という意味であった。

内膳は震える手で藤と葛の枝を小さく手折ると、兜の錣《しころ》に挿した。そして、これまでの浅茅の労をねぎらい、最後に言った。

「これで、こころおきなく死ねる！」

内膳は浅茅に一礼すると、崖道を走り去った。

浅茅はその背に手を合わせ、内膳の武運を祈った。

四

笹子から初狩、大月、駒橋、鳥沢、犬目、上野原、吉野、小原と続く甲州街道の宿を、九日から十一日までの足掛け三日がかりで踏破し、松姫一行はいよいよ小仏峠に至った。

松姫と貞姫を伴った逃避行は容易なものではなかった。ある時は山道に踏み入り、また、ある時は沢に隠れつつ、一行はにじるように東へと進んだ。

小仏まで来ると、東へ逃れようとする人々の数も随分と減ってきた。津久井から三増《みませ》峠を越えて小田原方面へと抜ける者が多いためである。

「信松尼様、あと一息でございます」

貞姫を背負い先頭を行く帯刀が松姫に声をかけた。

「そのようですね」

松姫も歯を食いしばって歩んでいた。

その時、峠から大地を踏み鳴らすように下りてくる者がいた。修験僧《しゅげんそう》の姿をしたかなりの巨漢である。

（すわ、敵か！）

帯刀は身構えた。

「よくぞ参った！」

しかし、巨漢の僧は無防備なまま抱きつかんばかりに走り寄ってきた。

「心配するな、われら奥州様の迎えだ」

先ほど出会った山作《やまづくり》に駄賃をはずみ、小仏峠にある北条家の関城まで使いに走らせたことを、帯刀は思い出した。

その僧は帯刀の背から貞姫を奪うと、自らが背負った。帯刀は一切の重責から解放され、その場にへたりこんだ。

「大丈夫か」

僧に声をかけられても、帯刀には応《こた》える気力さえ残っていなかった。それでも複数の足音が聞こえたので、峠道を見上げると、その僧の仲間らしき者たちが駆けつけてくる姿が見えた。

（これで、わが仕事も終わった）

僧が差し出す竹筒の水をのんだ帯刀は、力が抜けて顔も上げられなかった。

僧たちに続いて、北条家の重臣とおぼしき狩衣《かりぎぬ》姿をした男たちが駆け下りてきた。

「武田の御屋形様はいずこに！」

彼らは勝頼の姿を探しているらしかった。

「御屋形様はおらぬ」

竹筒の水をのみ終わった帯刀が言った。

「それでは、ここにおわす方々は——」

男は貞姫と松姫の前に片膝をつきつつ、帯刀に問うた。貴人には直接、問うてはならないという仕《し》来《きた》りがあるからである。

「名乗るのはそちらが先であろう！」

帯刀の怒声が林間に轟いた。助けてもらって怒鳴るのもおかしいが、姫たちの威厳を守るためにも、帯刀は厳しい態度で臨まねばならぬと思っていた。

「こ、これは失礼仕った。それがしは——」

その男は板部岡江雪と名乗った。

内心、帯刀は腰を抜かしそうになった。板部岡江雪といえば、北条家の外交を一手に束ねる重臣中の重臣である。

「ここにおわすは——」

帯刀が威厳を取り繕いつつ、貞姫と松姫を紹介した。

「よくぞ、ご無事で」

江雪は涙をこぼさんばかりに喜び、二人に平伏した。

「江雪とやら、大儀である」

松姫も威厳ある態度で応えた。

「ははっ」

その威に打たれたかのように、江雪は畏《かしこ》まった。

「やはり、御方様は残りましたか」

互いの名乗りが終わり、握り飯などを食した後、江雪が問うてきた。

「残念ながら——」

帯刀の返答を聞いた江雪は、がっくりと肩を落とした。

その時、傍らから松姫が、「江雪とやら、わたしは大事な仕事を託されてまいった。はよう奥州様に会わせてほしい」と厳しい口調で告げた。

「わかりました。それではすぐに参りましょう」

江雪はそう答えると、修験者に松姫を背負うよう指示したが、松姫はそれを拒否し、峠道を登り始めた。従者たちと北条家の迎えの者たちも、その後に続いた。

この後、松姫は八王子に逃れ、城下恩方《おんかた》の心源院《しんげんいん》に隠れた。当時の心源院の住持は随翁《ずいおう》舜悦《しゅんえつ》といい、北条氏康、氏照らが帰依《きえ》するほどの傑僧であった。舜悦は後難を恐れることなく松姫らを匿った。氏照もそれを見て見ぬふりをした。松姫は元和二年（一六一六）に五十六歳で死去するまで、この地で余生を送った。一方、貞姫は、その後、古河公方《こがくぼう》足利氏の家臣宮原勘五郎義久に嫁ぎ、八十一歳の天寿を全うした。

その場には、帯刀と巨漢の修験僧だけが残った。

「おぬしの名は何と申す」

「わしは信州伊奈の地侍だ。名乗るほどの者ではない」

「信州から参られたか。苦労なことであった」

「ああ、苦労したかも知れぬ」

帯刀は苦い笑いを浮かべつつ、苦闘の日々を思い起こした。しかし、己に課された仕事が終わったからといって、安堵している暇はなかった。

(四郎左、待っておれよ)

帯刀は竹筒を僧に返し、もらったばかりの新しい草鞋を手に取った。しかし、多数の血豆がつぶれた足からは血が滴り、醜くむくんでいた。

僧は無言で金瘡薬を取り出すと、帯刀の足に塗り、草鞋まで履かせてくれた。

「かたじけない」

「わしは堯覚という高尾山の僧だが、おぬしは小宮山内膳という男をご存じないか」

草鞋を履かせ終わった僧が、唐突に問うてきた。

帯刀は草鞋の紐を締める手を休め、その僧の顔をまじまじと見つめた。

「そうか、内膳殿の命を救った修験とは、おぬしのことであったか」

「そのようだな。やはりおぬしは内膳殿のことを知っておったか」

「うむ」

「内膳殿は死んだか」

「多分な」

「無念であったろうな」

「いや――」

帯刀は「彼の男に無念などという言葉は似合わない」と言おうとしてやめた。帯刀の返答を待つまでもなく、すでに堯覚は、西を向いて手を合わせていたからである。

「甲信の地は、たいへんなことになっておるようだな」

祈りを終えた堯覚が気の毒そうに言った。

「うむ」

しかし、帯刀は同情などされたくなかった。

(われらが国のことは、われらが心配する)

草鞋の履き心地を確かめた帯刀は、堯覚に一礼すると、今来た道を引き返そうとした。

「待て、どこへ行く。おぬしは八王子に来ぬのか」

堯覚が驚いて問うた。

「いや、わしは甲斐に戻る」

「今戻れば、殺されるだけだぞ」

「ああ、多分な」

「なぜ、死にに戻る」

「わしは――」

帯刀は大きく息を吸うと、西方に広がる甲斐の大地を見下ろしつつ答えた。

「武田家の家臣だからだ」

帯刀は胸を張って峠道を下っていった。堯覚はその後ろ姿を呆然と見送った。


風が強くなってきた。

（北風か――）

風は日川渓谷の上流から吹き下りてきた。〝日川おろし〟と呼ばれるこの地域特有の北風である。その風が、乙名屋敷の周囲にめぐらされた竹垣の間を吹き抜けていく。その度に、虎落笛《もがりぶえ》が悲しげな音を奏でる。

勝頼はその音を聞く度に、辛《つら》かった昔を思い出した。

幼い頃の母との死別、宿老たちとの確執、意のままにならぬ官僚たち、そして、己が何者であるかを証明せんとした修羅の日々、それもこれも、今となっては遠い昔のことであった。

（わしは、いったい誰のために戦ってきたのか）

大武田家を維持するため、外敵との戦いに明け暮れた日々。しかし、そこから得たものは何もなかった。

（わしは、武田家をつぶすためだけに、この世に生まれてきたのか――）

勝頼は、虚《むな》しさで胸が締めつけられるような気がした。

（わしの生涯は、いったい何だったのか）

自問してみたが答えは浮かばず、乙名屋敷の虎落笛だけが悲しい音を奏でていた。

「父上、当主とはたいへんな仕事でございますな」

隣の床机《しょうぎ》に腰掛ける信勝が声をかけてきたので、勝頼はわれに返った。

「こうして、楯無の鎧を着、武田の当主として陣頭に立って初めて、その責務の重さがわかりました」

「責務か――」

「父上、さぞ辛うございましたな」

「――」

勝頼は一気に年老いた気がした。その反面、信勝は格段に成長した気がする。一夜にして、二人は人生の四季を駆け抜けたのだ。

「もっと早く、すべてをおぬしに任せるべきであった」

今日の信勝の晴れがましい姿を見て、勝頼はしみじみとそう思った。

「いや、これでいいのです。それがしが武田家当主として戦陣に立つのは、これが最初にして最後となりましょう。しかし、これで法性院様や父上と気持ちが通じ合えた気がします。これが真の意味で血脈を継承することでありましょう」

勝頼には、息子がこれほど頼もしく見えたことはなかった。信勝は、かつての己のように燦然《さんぜん》と輝いていた。

「しかし、おぬしが死んでは武田の血も絶えることになる」

「父上、もういいのです。われらの血をこの甲斐の大地に注ぐことで、われらは永遠の命を得るのです」

「――――」

「恥ずべきことは何もありませぬ」

信勝は烈風に抗するように、胸を張って言った。

「立派になったな――」

勝頼は信勝の頼もしさを目の当たりにし、目頭が熱くなった。

「それもこれも、父上のおかげでございます」

「わしのおかげ――」

「父上の薫陶なくして、今のそれがしはありませぬ」

「そうか、そう言ってくれるか」

勝頼は、己が残し得たものが何であるかを、この時、覚った。

「父上、母上とともに、冥土への旅ができること、この上なき喜びにございます。われらは――」

信勝は蒼天を見上げつつ言った。

「家族でありますゆえ」

「家族か――」

勝頼の胸に迫るものがあった。

虎落笛の音が、一層、激しくなった。その風に乗り、刀槍《とうそう》のぶつかり合う音と、人々の喚《おめ》き声が聞こえてきた。

「父上、いよいよですな」

「始まったな」

「あれは下流に違いなし」

「安倍の手勢が織田勢に仕掛けたのだ」

「意外に近い。猶予はありませぬ」

「うむ」

父子は強く視線を交わした。

五

弥兵衛は脱兎《だっと》のごとく崖際道を下った。もう何も考えるのは嫌だった。ただ一途《いちず》に、勝頼の首を獲ることだけを考えようとした。それ以外に救われる道はないのだと、弥兵衛は己に言い聞かせた。その反面、心の奥底では、武田勢に討ち取られることで、すべての非道は清算され、己の身が浄化されるのではないかという矛盾した期待もあった。

道が渓谷近くまで下ったところで、人馬の喧騒《けんそう》が聞こえてきた。下流のどこかで、武田の残兵と織田勢が衝突したに違いないと弥兵衛は確信した。

弥兵衛がさらに足を速めようとした時だった。静かな谷に筒音が響き渡った。銃弾は弥兵衛の頭上の崖に当たったらしく、おびただしい土くれが落下してきた。弥兵衛とそれに付き従う土民兵は、本能的に身をかがめた。

「弥兵衛！」

そのとき、大音声《だいおんじょう》が渓谷に響き渡った。

「ま、まさか――」

「やはり弥兵衛か！」

弥兵衛は河原の大岩の上にいる男を見た。

「内膳か！」

「応！」

男は岩を飛び下りると、鉄砲を捨てて近づいてきた。

弥兵衛は混乱した。内膳がどうしてここにいるのか、にわかに理解できなかったのだ。

「おぬしが、なぜここにいる！」

「わしは――」

内膳は一呼吸措くと、一際《ひときわ》、大声で叫んだ。

「武田家の家臣だからだ！」

「――――」

「おぬしは違うのか！」

弥兵衛は言葉に詰まり、視線をはずした。

「どうやら違うようだな」

内膳は一歩踏み出し、太刀を抜いた。

「何のつもりだ！」

「おぬしを斬る」

内膳の気魄《きはく》に押され、弥兵衛は後ずさった。

「おぬしとはやりたくない」

「今更、何を申す！」

咄嗟に弥兵衛は背後を見回したが、先ほどの筒音により、土民兵はすでに逃げ散っていた。

「わしは――、わしはここで死ぬわけにはまいらぬのだ！」

「死なずば、一生、負い目を背負って生きることになるぞ！」

「それでも構わぬ！」

「それは嘘だ！　わしの友にそんな漢《おとこ》はおらぬ。わしの知る辻弥兵衛は――」

内膳の視線が弥兵衛の瞳を捉《とら》えた。

「れっきとした武田家の家臣だ！」

「ああ――」

弥兵衛は抜いた太刀を落とし、その場に突っ伏した。

「弥兵衛、済んだことはもうよい。ここで腹を切れ」

「内膳――」

「もう何も申すな。弾正様のあの時の一言が、おぬしとわしを分かったのだ。おぬしは本来の武士の道を歩んだ。わしは――」

内膳が空を仰ぐと、一羽の鷹《たか》が弧を描くように飛んでいた。

「わしは、御屋形様と御方様の周りを飛んでいたかった。愛する人々のために働きたかったのだ」

内膳は、もう弥兵衛に怒りも憎しみも感じなかった。ただ、悔いなく人生の最期を飾れる己と比べ、弥兵衛が哀れでならなかった。

「なあ、弥兵衛――」

内膳が下を向くと、すでに弥兵衛は腹を掻き切っていた。

「弥兵衛！」

内膳が近寄ると、弥兵衛はすでに虫の息だった。

「内膳、すまなかった……」

「もうよいのだ」

「先に行く」

そう言うと弥兵衛は刃を引き抜き、首に当てた。しかし、力が残っていないのか、どうしても下に引けない。内膳は無言で弥兵衛の手を取り、その最後の仕事を手伝った。

それを見て弥兵衛は口の端を緩めた。それは幼い頃から、内膳が見慣れた弥兵衛の笑顔だった。次の瞬間、鮮血がほとばしり、弥兵衛は前のめりに倒れると、事切れた。

「辻弥兵衛、ただ今、武田家に帰参いたしました！」

内膳は大声で叫ぶと、弥兵衛の骸に向かって手を合わせた。

（弥兵衛、すべてを忘れて成仏せいよ）

その時、崖際道を下ってくる多くの兵が見えた。先ほどの筒音を聞きつけ、道を急いでいることは明らかだった。

内膳は、それが栖雲寺にいるという土民兵であることを覚った。

（御屋形様の馬前で死なんとしましたが、どうもそれは叶わぬようです。一足先にお暇《いとま》いたしまする）

内膳は心の中でそう呟《つぶや》くと、腹をくつろげ脇差を抜いた。

敵の放った矢が、内膳の周囲に落ち始めたが、内膳はそれを気にすることもなく、悠然と腹に白刃を突き立てた。

「うっ……」

瞳の裏に桂の面影がよぎった。

（御方様、お慕いいたしておりました！）

内膳はゆっくりと刃を回した。

小宮山内膳佑友晴は、江戸期に入り、忠義の士の象徴として江戸幕府から祀り上げられることになる。旗本たちに儒教的忠義心を植え付けようという江戸幕府の政策に利用された感は否めないが、内膳は英雄となった。その影響は幕末まで続き、幕末を代表する儒学者である藤田東湖《とうこ》は「天晴れな男、武士の鑑《かがみ》、国史の精華」とまで言って内膳をたたえた。


人馬の喧騒が近づいてくる。絶え間ない射撃音も次第に大きくなってきた。武田方が徐々に押され始めているのは明白だった。桂はいよいよ最期の時が来たことを覚った。

「浅茅、支度を」

すでに死化粧を済ませた桂は、輿入れの折に着た母の形見の辻《つじ》が花《はな》染めの小袖《こそで》に着替えると、奥の間から外に出た。

庭には、剣持、清水、早野ら、小田原から付き従ってきた者たちが控えていた。

「皆、揃っておりますね」

「はっ、誰一人の欠落《かけおち》もありませぬ」

度重なる心労からか、目立って白髪の多くなった剣持但馬守が、皆を代表して答えた。

「ここまでわたしに付き従っていただき礼を申す。おぬしたちが誰一人欠落することなく、ここに揃っておるのは、北条家の誇りです」

桂は従者たちに礼を言うと、乙名館の前にしつらえられた勝頼の本陣に向かった。

「四郎様」

「桂」

二人はしばし無言で見つめあった。

「別れを告げに来たのか」

「いいえ、一足先に六道の辻でお待ちいたしておると、お伝えに参りました」

「そうか」

勝頼が会心の笑みを浮かべた。

「母上」

信勝が桂に呼びかけた。

「母と――、いま母と呼んでくれましたね」

たとえ自分の産んだ子でなくとも、最期の時に母となれたことが、桂にはこの上なくうれしかった。

「母上、ありがとうございました」

「こちらこそ、礼の申しようもありませぬ」

桂は信勝に一礼すると、勝頼に向き直った。

「四郎様、わたしは甲斐国に輿入れできて、この上なく幸せでした」

「本当にそう思ってくれるか」

「はい、あまたの女人が意にそぐわぬ夫と連れ添い、無為に一生を送る中、わたしは素晴

は永劫《えいごう》だ。親子三人、冥土で仲よく暮らそう」
「そうか、わしもそなたと連れ添えてよかった。たとえ短くとも、天が与えてくれた縁《えにし》
らしきお方と連れ添えました」

勝頼と桂は笑顔で視線を交わした。

「それでは、先にお暇させていただきます」

「うむ」

桂は一礼すると屋敷内の庭に戻った。庭には白絹が敷かれ、中央の折敷《おしき》の上には、短刀が一振り置かれている。侍女たちがすすり泣く中、桂は折敷の前にゆっくりと座った。

「御方様、やはりご翻意いただけませぬか――」

剣持但馬が桂の眼前に転《まろ》び出た。

「わたしの決意は変わりませぬ」

「はっ――」

但馬は無念のあまり、その場に突っ伏した。

「その方らは小田原に戻り、兄上らにこの様子を克明に伝えよ。わたしがいかなる死に方をしたか、兄上にすべて伝えよ」

さらに、「これを形見に」と言いつつ、桂は短刀を取り、黒髪を切って浅茅に渡した。

そして、短冊に辞世の歌を書きつけた。

黒髪の乱れたる世ぞ果てしなき
　思ひに消る露《きゅ》の玉の緒

筆と短冊を擱いた桂は、西に向き直り、白い手を合わせた。

（ただ今、御仏の許に参ります）

祈り終わった桂は再び短刀を手にした。その時、泣き崩れていた但馬が顔を上げた。

「それがし高齢ゆえ、この世に何の未練もありませぬ。西方浄土へ道案内させていただきまする」

「あっ！」

桂が制止する暇もなく、但馬は腹に刃を突き立てた。すかさず清水又七郎が駆け寄ってとどめを刺した。続いてその又七郎が言った。

「御方様、それがしは足が悪く、これ以上、お役目を果たすことが叶いませぬ。但馬殿とともに、お待ちいたしております」

「いけません！」

桂の言葉が終わらぬうちに、清水又七郎も腹を切った。早野内匠助が駆け寄り、又七郎にとどめを刺した。

悲痛なすすり泣きが周囲に満ちた。

「御方様」

内匠助が前に進み出た。

「内匠助――」

「それがしは、剣持殿、清水殿から小田原への使いを託されました。そのお役目が終わり次第、皆様の許へ参らせていただきます」

「いいえ、そなたは生きて、この有様を語りなさい。小田原がこうならないよう、この悲しい様を語り継ぎなさい」

「――」

「これは、わたしの今生《こんじよう》最後の願いです」

「はい――」

内匠助は涙を流しながら平伏した。

「浅茅」

「はい」

「内匠助とともに小田原に落ちなさい」

「――」

浅茅は地面の一点を見つめたまま、何も言わなかった。

浅茅も後を追うつもりであることを、桂は確信した。

「そなたはわれら母子《おやこ》二代によく仕えてくれた。しかし、それも今日までとします」

「――」

「浅茅、これからは己のために生きよ」

「己の——、己のために生きるのでございますか」

浅茅が驚いたように顔を上げた。

己の人生を生きるなど、浅茅は考えたこともないはずであった。

「浅茅、わたしができなかったことを……」

桂は声を詰まらせた。

「子を産み、育て、女としての幸せを全うせよ」

「御方様——」

「浅茅、わたしの代わりに、〝女の戦〟に勝つのです！」

浅茅は桂の前に泣き崩れた。

「内匠助、浅茅を頼みましたぞ」

「はっ」

桂は再び西方浄土に向かって手を合わせた。そして大きく深呼吸すると、眼前の短刀に手を掛けた。

そのとき、幼い頃の思い出が鮮やかに蘇った。三郎と鶴の顔も、今度ははっきりと思い出せた。二人とも満面に笑みを浮かべていた。

（今、参りますからね。待っていて下さい）

桂は瞑目すると、白刃を自らの口に向けて持ち直した。その時、瞳の裏に勝頼の笑顔が浮かんだ。

（四郎様、一足先に参ります）

そして最後の瞬間、小宮山内膳の精悍《せいかん》な顔が脳裏をよぎった。桂はその胸に飛び込むように、刃を喉《のど》の奥深くに突き立てた。

すかさず早野内匠助が駆け寄り、桂の上体を起こすと、心臓にとどめを刺した。鮮血がほとばしり、桂は事切れた。血に染まってはいるものの、その死に顔は安らぎに包まれていた。

「さあ、早く」

内匠助は桂の遺骸に手を合わせると、浅茅と女官たちを促した。

泣き崩れていた浅茅も意を決したように立ち上がった。その時、桂の襟元から落ちた匂袋が、浅茅の目にとまった。浅茅はためらいつつも、それを手に取った。

その匂袋が、〝女の戦〟に臨む浅茅を守ってくれるはずだった。浅茅は匂袋を握り締め、桂の遺骸に手を合わせた。

六

本陣に床机を据え、戦況を見守る勝頼と信勝の許に、桂自害の知らせが入った。勝頼はうなずいただけで、何ら表情を変えず瞑目していた。その間も、戦況は刻々と動いていた。

隘路を盾に、大軍をうまく防いでいた安倍宗貞であったが、次々と繰り出される敵の新手に押され始めた。

一方、栖雲寺から押し寄せてきた土民兵を巧みに防いでいた土屋昌恒も、雲霞のごとく湧き出る敵には抗しようもなく、防戦を配下に任せ、単騎、本陣に走り戻ってきた。

「御屋形様、大殿様、戦況芳しからず！　そろそろご出陣のお支度を！」

「あいわかった！」

信勝が立ち上がり、兜をかぶると小姓から大槍《おおやり》を受け取った。

「父上、新羅三郎義光公以来の甲斐源氏の精華を、いよいよ満天下に示す時がまいりました！」

「うむ」

「お先に！」

信勝は、後見役の麟岳和尚、側近の河村下総守らを従え、走り去った。

勝頼も悠然と出陣の支度に掛かった。四郎左は、勝頼の近習、小姓とともに側近くに控えていたが、いよいよという時、背後から袖を引く者がいる。

「拈橋殿か」

「大殿様はいよいよご出陣です。四郎左殿はこちらにおいで下され」

拈橋が小声で四郎左を促した。

四郎左は、眼前で出陣の支度をする勝頼を見て、後ろ髪を引かれる思いだった。

「ささ、早く」

拈橋は動かぬ四郎左の袖をなおも引いた。

そのやりとりを見つけた土屋昌恒がやってきた。

「四郎左殿、もうよい。後はわれらに任せよ」

「はっ――」

その言葉に、四郎左がようやく腰を上げた時、勝頼が軍配を高く掲げた。

「出陣！」

走り出した勝頼の背後から、土屋昌恒と五人ほどの近習、小姓が続いた。つられて四郎左も走り出そうとしたが、拈橋に腕を摑まれた。

「四郎左殿、お役目をお忘れなきよう！」

拈橋は用意してきた僧衣を四郎左に押し付け、短刀を取り出した。そして、「髷《まげ》を落としまする」と言いつつ、四郎左を座らせようとした。

「拈橋殿、お待ち下され」

「何を今更――」

「やはり、わしは行く」

拈橋は愕然とした。

「それでは、父上と母上のことは、宮下家のことはどうでもよろしいのか！」

「――」

「皆が懸命に四郎左殿を生かそうとしている。ここは皆の気持ちに応えるのだ」

「拈橋殿」

四郎左は瞳に涙を溜《た》めて振り返った。

「わしは――、わしはただの伊奈の地侍の息子だ。しかし、わしにも誇りがある。ここで卑怯《ひきょう》な振る舞いをすれば、一生悔いが残る」

「そ、それほど父上を悲しませたいのか！」

「父はわかってくれるはずだ！」

「待て！」

「拈橋殿、お心遣い痛み入る！」

四郎左は槍を取って駆け出した。

敵と槍を合わせ、幾人かを討ち取った勝頼と信勝は、再び本陣に戻った。

「父上、爽快な気分ですな！」

腕の傷を手当てさせながら、信勝が声を弾ませた。

「おう、わしも久方ぶりに槍を取ったが、若い頃に戻ったようだ」

「しかし、残念ながらそれがしは手負いとなりました。おそらく長くは戦えませぬ。それゆえ、先にお暇させていただきまする」

「そうか――」

「父上、長きにわたりお世話になりました。これにて御免！」

信勝は満面に微笑みを浮かべて奥に消えた。麟岳和尚らも勝頼に挨拶し、信勝の後に続いた。

屋敷の奥に入った信勝は麟岳と刺し違えて果てた。信勝に幼い頃より仕え、親友のような間柄であった河村下総守は、二人にとどめを刺した上、腹を十文字に掻き切り、信勝を守るように覆いかぶさり果てたという。

本陣には、勝頼、土屋昌恒、四郎左とわずかばかりの近習だけになった。勝頼は具足櫃《ぐそくびつ》に腰を下ろし、悠然と水をのんでいた。その眼前に拝跪する昌恒が勝頼を促した。

「そろそろお支度を」

「うむ」

昌恒は小姓に合図し、真新しい白絹を敷かせた。皆、涙を流しながら、黙々と作業を進めていた。丁度その時、外の様子がにわかに慌しくなり、刀槍のぶつかり合う音と喚き声が間近に聞こえた。陣幕のすぐ外で、いよいよ戦闘が始まったのだ。

「御免！」

昌恒はそう言い残すと、陣幕の外へ走り去った。近習、小姓らも、次々と名乗った上、勝頼に暇乞いし、後に続いた。皆、勝頼のために、少しでも時を稼ごうとしていた。

この後、昌恒は、滝川一益の重臣、滝川儀大夫益氏と一騎討ちし、見事な最期を遂げた。勝頼の近習をしていた実弟二人も昌恒の後を追った。

瞬く間に、本陣は勝頼と四郎左だけとなった。

「大殿様」

「ああ、伊奈の者か」

勝頼が覚えていてくれたことで、四郎左は奮い立った。しかし、勝頼は疲労困憊の体で、具足櫃から腰を上げられないでいた。

「宮下四郎左、介錯《かいしやく》仕ります」

「うむ」

勝頼がようやく腰を上げようとした時だった。陣幕の一部が破れ、血しぶきが上がった。そこから数名の敵が飛び込んできた。敵は勝頼を認めると、脱兎のごとく駆け寄ってきた。

「大殿、お早く！」

四郎左は介錯を諦めて槍を取った。

勝頼も槍を取り、具足櫃から立ち上がった。

「どけ！」

「どくか！」

四郎左は勝頼の前に躍り出て、先頭の敵と無我夢中で槍を合わせた。しかし、敵は次々と陣幕を破って駆け入って来る。四郎左は懸命に左右の敵を払っていたが、遂に勝頼と離れ離れになった。

「こしゃくな、小僧め！」

「小僧ではない、武田大膳大夫勝頼公が家臣、宮下四郎左衛門尉光延だ！」

四郎左は懸命に敵の槍をなぎ払い、勝頼に近づこうとした。しかし、その時、歓喜の声が上がった。

「伊藤伊右衛門尉永光、武田四郎殿を討ち取ったり！」

（あっ！）

四郎左が振り向くと、すでに勝頼は押し倒され、首を掻かれている最中だった。

「大殿！」

慌てて駆け寄ろうとする四郎左の横腹に、槍の穂先が深々と刺さった。

「あうっ……」

腹が熱かった。続いて、激痛が襲ってきた。たまらず四郎左はその場にくずおれた。

すかさず近づいた敵は、四郎左を蹴倒し、のしかかってきた。

（首を掻かれるのだな）

四郎左はぼんやりとそう思った。

「御免！」

敵は脇差を抜いたが、四郎左の若さに気づき、とどめを打つことをためらった。

「それがしは美濃の津田小平次と申す者、武田四郎殿に最後まで付き従った勇者の名を聞き、後々までの語り草といたしたい」

武者がそう言うのを、四郎左ははっきりと聞いた。しかし、四郎左は別のことを考えていた。

「空が――」

「今、何と」

「空が青い。伊奈の空と同じだ……」

四郎左の口元に耳を付け、それを聞いた津田小平次は、諦めたように首を振り、淡々とした手つきでとどめを刺した。

四郎左は青い空を眺めながら息絶えた。


すべてが終わった。

滝川儀大夫の音頭で勝鬨《かちどき》を挙げた織田勢は、そこかしこに腰を下ろし休憩した。小者により、手早く水と稗餅《ひえもち》が配られる。甲冑を脱ぎ、餅を頬張りながら、将兵たちが和やかに談笑する姿も見られた。手負いの者は後方に搬送され、軽度の負傷者はその場で治療されている。首実検に供するため、主立つ者の首も持ち去られた。

勝頼の首は伊藤永光の馬の鞍《くら》にくくり付けられ、甲斐善光寺で待つ信忠の許に送り届けられた。

勝利に沸く滝川勢の間を縫い、首のない勝頼の遺骸にたどり着いた拈橋は、声を上げて泣いた。

（おいたわしや――）

遺骸は甲冑なども剝《は》ぎ取られ、褌《ふんどし》一丁の姿となって打ち捨てられていた。拈橋は己の袈裟《けさ》を掛けると、懸命に経を唱えた。それに気づいた織田方の将兵が徐々に寄り集まり、ともに経を和した。その声は次第に増し、周囲は厳粛な空気に包まれていった。


（遅かったか）

ようやく、渡辺囚獄佑に率いられた九一色衆と土民兵が鳥居畑に到着した。

土屋昌恒の部隊に阻まれた囚獄佑らは、結局、主戦場に間に合わず、無念の臍《ほぞ》を噬《か》んだ。しかし、これで九一色衆の本領と権益が、安堵されることは間違いなかった。

囚獄佑が傍輩と談笑しているところに、本多正信がやってきた。

「おい」

「これは本多様」

「どうも上首尾とはいかなんだな」

正信は、後片付けが始まった戦場を眺めつつ言った。

「申し訳ありませぬ」

「まあ、致し方あるまい」

そう言うと、本多正信は歩き去ろうとした。

「本多様、われらのことは――」

「大丈夫だ。おぬしらのことは信長公のお耳にも入れておく。本領は安堵されるだろう」

「はっ、かたじけのうございます！」

囚獄佑は地面に這《は》いつくばって礼を言った。

「ところで、あの〝虚け《うつけ》〟はどうした」

「〝虚け〟とは、辻弥兵衛のことでございますか」

「うむ」

「経緯《いきさつ》はわかりませぬが、上流の河原で腹を切っておりました。どうやら、以前の仲間に諭されたようで――」

「以前の仲間とは」

「小宮山内膳と申す使番をやっていた男です」

「それで、其奴はどうした」

「同じく腹を切っておりました」

「ははあ」

正信は、万事のみ込めたような顔をした。

「辻殿の遺骸はいかがいたしまするか」

「鴉《からす》にでもくれてやれ」

「今、何と――」

「鴉にでもくれてやれと申した」

「は、はい――」

戸惑う囚獄佑を尻目に、正信が吐き捨てるように言った。

「彼奴に〝返り忠〟は無理だった。いかに欲心があっても、主家や仲間に未練のある者には〝返り忠〟などできぬのだ。〝返り忠〟をするなら徹底してやらねばならぬ。その覚悟がない限り、やらぬ方がいい」

「はっ」

囚獄佑は、正信の心の奥底を垣間《かいま》見て恐ろしくなった。そして、自らも内応の時機を逸していたら、ここで首になっていたかと思うと、背筋が寒くなった。

（すんでのところで、すべてを失うところだった）

囚獄佑は胸を撫で下ろした。

再び礼を言おうと、囚獄佑が顔を上げた時、すでに正信の姿は消えていた。

眼前には、菜の花が咲き香る常と変わらぬ春の光景が広がっていた。


三月十二日、織田勢と入れ違うように渓谷をさかのぼる一人の土民がいた。草鞋は擦り切れ、すでに足は血まみれになっていたが、男は構わず崖道を登った。

（四郎左、今、行くからな）

宮下帯刀は一心不乱に田野を目指していた。途中、笹子峠で追い剝ぎに襲われたが、戦う暇もないので、梅花皮《かいらぎ》造りの大小を渡し、その薄汚れた着物と交換してもらった。

帯刀の鬼気迫る慌てように圧倒された追い剝ぎは、帯刀に言われるがままに着物を脱いだ。しかし、それが功を奏し、帯刀は、残務処理に携わる織田の兵にも見咎《みとが》められることはなかった。

やがて田野鳥居畑に着いた帯刀は啞然《あぜん》とした。そこかしこに穿《うが》たれた大穴から黒煙が上がり、人を焼く臭いが周囲に立ち込めていたのだ。

「四郎左！」

帯刀は必死に叫びつつ鳥居畑を彷徨《さまよ》った。一つの穴に近づこうとしたところ、遺骸を焼いていた下人に蹴り倒された。

「四郎左――」

すでに抵抗する気力もなく、帯刀は泥土の中に突っ伏し、起き上がろうとしなかった。

帯刀の耳には、己の口から漏れる嗚咽だけが聞こえていた。

いつまでそうしていたか、帯刀には時間の感覚さえなくなっていたが、しばらくして、肩を抱き起こそうとする者に気づいた。

「帯刀殿」

「し、四郎左か」

帯刀が振り向くと、そこに拈橋が立っていた。

「やはり帯刀殿でございましたか」

「ああ拈橋殿、四郎左は死んだのか」

「残念ながら――」

拈橋の案内で、帯刀は勝頼の最期の陣となった乙名館に導かれた。勝頼に別れを言いに来る武田遺臣のために、拈橋は、勝頼ら主立つ者の首のない遺骸を館内に安置していた。

拈橋は、まず奥の間に安置された勝頼と信勝の遺骸に帯刀を案内した。

「ま、まさか、これが御屋形様――」

帯刀は勝頼と言葉を交わしたこともなく、遠目でしか見たことがなかった。しかし、あの颯爽《さっそう》とした勝頼がこうして首のない骸になってしまうなど、にわかに信じられなかった。

「御屋形様とそのご家族は、見事な最期を遂げられました」

勝頼と信勝の傍らには、桂の遺骸もあった。むろん首と胴はつながっていたが、顔に掛けられた白布は真紅に染まっていた。

「御方様まで――」

帯刀は三人の前にひれ伏し、懸命に経を唱えた。

「四郎左殿はこちらに」

拈橋の声でわれに返った帯刀は、ふらふらと立ち上がり、隣室に入った。そこには、勝頼の側近たちの首のない遺骸が並べられていた。四郎左の遺骸はすぐにわかった。

「四郎左、こんな姿になって――」

帯刀は遺骸にすがって泣いた。

「すまんかったな」

その言葉を幾度も繰り返しつつ、帯刀は四郎左の体を撫でた。

「四郎左、一緒に伊奈に帰ろう。蜂の子の甘露煮をたらふく食わせてやる――」

まるで生きているかのように、帯刀は四郎左に語りかけた。

「帯刀殿、四郎左殿は御仏の許に参られたのです」

「いや、生きておるよ。まだ体が温かい」

拈橋は、いたたまれないかのように、懸命に経を唱えた。

その厳粛な声音を聞いているうちに、帯刀は正気を取り戻していった。

やがて気持ちを落ち着けた帯刀は、拈橋から四郎左の最期を聞いた。

「四郎左殿は大殿様に付き従った最後の家臣となりました」

「そうか――」

帯刀は、かつて四郎左が言っていた願いが遂《つい》に叶ったことを知った。

「拙僧は岩陰から見ておりましたが、真に見事な武者ぶりでございました」

「四郎左は、死んで己が何者であるかを証明した」

「その通りでございます」

「わしは、過ぎたる息子を持った」

帯刀はそう言うと、吹っ切れたように立ち上がった。

「四郎左、冥土でも御屋形様とそのご家族をお守りするのだぞ」

帯刀は、かつてのように厳しい口調で四郎左に語りかけた。その声音はすでに帯刀本来ものであった。

拈橋の差し出す遺品の大小を受け取った帯刀は、織田の足軽にさえ見向きもされなかったそのみすぼらしい拵《こしら》えを見て、涙がこぼれそうになった。

脇差を抜くと、その刃は自分が差していた頃と変わりなく、鈍刀《なまくら》特有の鈍い光を放っていた。帯刀はこんな刀で戦った四郎左が哀れでならなかった。

「四郎左、よくやった」

帯刀は四郎左への未練を断ち切るように、刀身を鞘《さや》に収めた。

「拈橋殿、世話になった」

「帯刀殿、こちらこそお礼の申し上げようもありませぬ」

「それでは、これにて――」

「帯刀殿、故郷《おくに》に帰られるか」

「それ以外、帰るところはない」

故郷という言葉を聞き、帯刀は帰りたくとも帰れなかった四郎左が哀れになったが、もう涙は見せなかった。

外には青空が広がっていた。それは伊奈まで続いているはずだった。帯刀は、四郎左が絶命する時、きっとこの青空を見たであろうと確信した。

(四郎左、そして内膳殿をはじめとした忠義の士よ、時は移ろうても、わしはおぬしたちを忘れはせぬ。甲信の民もきっと同じだ)

帯刀は武田家の家臣であることを、この時ほど誇りに思ったことはなかった。

黒煙が上がる戦場を、帯刀は胸を張って後にした。

七

三月十三日、信長は信州浪合《なみあい》で甲州征伐の終結を宣言した。栄光に彩られた信長の戦歴に、また新たな一章が書き加えられた。しかし、この完璧《かんぺき》すぎる勝利は、さらに信長を増長させ、神をも恐れぬほどの慢心を生むことになる。

翌十四日、信長は、勝頼、信勝の首実検を信州浪合で行った。

同じ日、善光寺に出頭した小山田信茂は、翌日、同寺で斬られた。老母、妻、八歳になる嫡男弥三郎、三歳の童女も処刑された。

『甲乱記』には、勝頼生害《しょうがい》以後、わずか十二日（四日の誤り）、生き延びるために、信茂は「梟悪《きょうあく》の名を末代に流し、嘲りを万人の舌頭《ぜっとう》に残し」と記されている。

この日、仁科盛信の同腹弟である葛山信貞も同寺で斬られた。同日、山県昌満も郡内で討たれた。

翌十六日、武田信豊が一族ともども小室城外で自害した。この時、春近五人衆生き残りの大嶋為輝と二人の弟は、信豊を守り討死を遂げた。そのほかにも、馬場民部少輔、朝比奈信良（信置嫡男）ら多くの武田家家臣が信忠により誅《ちゅう》された。その中には、ほとんど意味のない殺戮《さつりく》もあった。

信忠の圧制とは対照的に、家康は、依田信蕃、横田尹松《ただとし》、保科正直ら有能な若手武将を保護し、甲信の地にその名を浸透させようとしていた。これがその後、功を奏し、甲信の兵は家康天下取りに多大な貢献をすることになる。

二十九日には、武田攻めの論功行賞が発表された。

徳川家康には駿河一国が与えられ、穴山梅雪は甲斐八代《やつしろ》・巨摩《こま》両郡と駿河江尻領が安堵され、木曾義昌には木曾谷の本領のほかに信濃国の安曇《あずみ》、筑摩《ちくま》の二郡が与えられた。

一方、織田軍団では、河尻秀隆に穴山領を除く甲斐一国、森長可に信濃四郡（高井、水内《みのち》、更科《さらしな》、埴科《はにしな》）、毛利長秀に信濃一郡（伊奈）、滝川一益に上野国一国と信濃二郡（小県《ちいさがた》、佐久《さく》）が与えられた。

四月三日、〝武田仕置〟を終えた信長は、意気揚々と古府中に入った。

同日、信長の命により、恵林寺が焼き打ちに遭った。

住持の快川紹喜はじめ、一山の僧全員が〝焼き籠《ごめ》〟に処された。その表向きの理由は、信長に反旗をひるがえした六角義治《よしはる》を匿ったこととされる。しかし実際は、勝頼を救うために、紹喜が、朝廷、寺社筋などに、様々な働きかけを行ったためであった。信長がこうした策動を苦々しく思っていたことは明らかである。

また、恵林寺が健在な限り、武田家の菩提は弔われ続け、その度に、甲斐の人々は武田家の栄光を思い出すであろうことも確かである。

信長には、武田家葬送の儀式として、恵林寺を焼く必要があった。

死に際して、快川紹喜が言ったとされる「安禅必ずしも山水を須《もち》いず、心頭滅却すれば、火も自ずから涼し」という偈《げ》（仏徳をたたえる漢詩）は、あまりにも有名である。

信長のその後は、今更、触れるまでもないだろう。

武田家滅亡から約三月《みつき》後の六月二日、信長は本能寺に斃れる。この時、嫡男信忠と御坊丸信房も父に殉じた。これにより織田家は急速に衰退し、信長往時の栄光は見る影もなくなる。

勝頼と信勝の死により、穴山梅雪の息子勝千代が武田家本宗家の名跡を継承した。これで名実ともに、武田家は梅雪のものとなった。梅雪はすでに隠居していたが、息子に代わり、五月十五日、家康とともに信長への御礼言上のための上洛《じょうらく》を果たした。

ところが、六月二日、のんびりと堺見物をしていた家康と梅雪の許に本能寺の凶報が伝わり、事態は一変する。家康と別れて帰国の途についた梅雪は、山城国木津川畔草内《くさうち》の渡《わたし》で土民の襲撃に遭い討死を遂げる。享年四十二であった。その後、勝千代も夭折《ようせつ》し、穴山家は断絶する。

木曾義昌は本拠を深志城に移したが、本能寺の混乱に乗じて、信濃守護小笠原家が勢力を挽回《ばんかい》、義昌は木曾谷に逃げ帰る。その後、家康、秀吉、再び家康と主を変転させるが、結局、家康の関東移封に伴い、木曾谷を失う。その後、下総《しもうさ》に一万石の所領を得たが、義昌の死後、息子義利《よしとし》の代に、お家騒動から改易処分となる。

真田昌幸は岩櫃城の防備を固め、勝頼らの来着を待ったといわれる。しかし、勝頼らは来なかった。武田家滅亡を聞いた昌幸は、単独で生き延びるために、この一年だけで、武田、織田（滝川）、北条、徳川、上杉と、五度も主を変えた。それが秀吉から「表裏比興の者」と呼ばれる所以《ゆえん》となるが、彼はこの難局を見事に乗り切った。神川合戦（第一次上田城合戦）、小田原攻め、第二次上田城合戦と続くその後の活躍は周知の通りである。その次男信繁《のぶしげ》（幸村）は、大坂の陣で獅子奮迅の活躍を見せ、敗れはしたものの、「日本一の兵《つわもの》」の名を天下に知らしめた。長男の信之はその家を守り、松代《まつしろ》藩十万石の礎を築いた。昌幸は武田家に最後まで忠節を尽くし、忠臣としてその名を残し、その息子たちは、天下並ぶ者なき武辺の名と、大名としての家名存続の双方を成し遂げた。

本能寺の変により、織田家の武田旧領支配体制もわずか三月《みつき》で瓦解する。これにより、織田方の武将の運命も変転する。

森長可とともに甲州征伐の先陣を務め、戦後の論功行賞で岩村城主となった団忠正は、本能寺の変で信長父子に殉じた。一国一城の主となってわずか三月《みつき》後のことであった。

本能寺の変後、甲斐各地で土民の蜂起《ほうき》が起こり、河尻秀隆は惨殺される。

一方、本能寺の凶報を聞いた森長可は間髪容《い》れず、その本拠海津城を後にした。しかし、光秀討伐戦に間に合わず、岳父の池田恒興《つねおき》とともに秀吉の麾下《きか》に参じた。それも束の間、二年後の小牧《こまき》・長久手《ながくて》合戦で、岳父とともに壮絶な討死を遂げる。

高遠城を本拠とした毛利長秀は、本能寺の変を聞き、領地を捨てて逃亡、秀吉の庇護《ひご》下に入る。その後、小牧・長久手、九州征伐、小田原征伐などで活躍、あらためて秀吉から信州飯田十万石を拝領する。しかし文禄《ぶんろく》二年（一五九三）、朝鮮の陣で病没、後嗣なく改易となる。

東国奉行（旧関東管領《かんれい》）を拝命した滝川一益は、廐橋城に本拠を据え、関東十ヶ国の統治を開始した。俗に言う織田政権の〝関東仕置〟である。しかし、それが端緒に就いたばかりの六月、本能寺の変が起こった。

織田政権の関東介入を快く思っていなかった北条家は、早速、上野国に攻め寄せ、神流《かんな》川《がわ》で滝川勢と激突する。これに敗れた一益は旧領の伊勢長島に逃れた。この後、一益は秀吉と家康の間を行き来し、勢力挽回を図るがままならず、結局、すべてを失い、越前大野に隠棲《いんせい》、不遇のうちに生涯を閉じる。

北条家も、武田家滅亡から十年と経ないうちに同じ道をたどることになる。武田家滅亡時における上方《かみがた》政権への根深い不信が、秀吉政権への対応を誤らせたことが原因であった。武田討伐に加わった織田方の武将はことごとく悲運に見舞われた。その中でただ一人運を開いた者がいる。言わずと知れた徳川家康である。武田家滅亡直後から、家康は武田旧臣を擁護、懐柔し、何があるかわからない将来に目を向けていた。その備えが、本能寺の変後に勃発《ぼっぱつ》した徳川対北条の武田遺領争奪戦〝天正壬午《じんご》の乱〟において奏功し、甲信の地から北条家を駆逐することに成功する。

家康は自らの手本となった信玄と武田家に敬意を払い、その菩提を弔うために、寺社を建立ないしは存続させた。特に、天童山景徳院を建立し、拈橋を初代住持に据え、勝頼とその家族を丁重に弔った。

帯刀は諏方から杖突峠を越え、高遠に入った。織田勢に蹂躙《じゅうりん》された信濃の地は、どこも惨憺《さんたん》たる有様だった。諏方社はすべて焼かれ、かつての壮麗な神殿はことごとく灰燼に帰していた。

高遠の城下町も、あますところなく焼き尽くされており、城からは、いまだ死骸を焼く黒煙が上がっていた。焼け出された民はそこかしこに固まり、新しい統治者の〝施し（炊き出し）〟を待っている。

帯刀はその雑踏を抜け、さらに三州街道を南下した。

織田勢も進軍を急いでいた時期だったためか、ほかの地に比べると、伊奈の損害は軽微だった。そこかしこに刈り働きや略奪に遭った形跡は認められたが、焼かれている田畑は思ったほど多くはなかった。

さらに三州街道を南下した帯刀は、赤須《あかず》郷を過ぎ、飯嶋郷に入った。ここまで来れば、片切郷は目前である。

飯嶋郷を過ぎた辺りの峠道からは、後に舟山城と呼ばれるほど、船に似た形の片切城が望める。

そこで帯刀は立ち止まり、城を仰いだ。

（ようやく帰ってきたな）

かつて、いくつもの櫓《やぐら》を構え、街道を睥睨《へいげい》していた片切城は、当然のごとく焼け落ちていた。予想はしていたものの、禿山《はげやま》同然のその姿を見て、帯刀はあらためて敗者の悲哀を味わった。

帯刀は焼け落ちた片切城の突端に行ってみた。そこからは、眼下に広がる田島平の水田地帯を挟んで、天竜川、そして赤石山脈が見渡せる。

日は西に傾き、すべてを褐色に染め始めていた。その雄大な風景だけは、出発した時と何ら変わらなかった。

大きく息を吸うと、懐かしい空気が胸腔《きょうこう》に満ちた。

「親父殿、四郎左、帰ってきたぞ」

帯刀は残った水を周囲に撒《ま》き、手を合わせた。

（できればともに帰りたかった。そして、ともにこの光景を見たかった）

再びこみ上げる無念の思いを抑えた帯刀は、ゆっくりと大手道を下っていった。

穏やかな春の日が帯刀の背を照らした。

空には大小様々な雲が行き交い、大きな影を田畑に落としている。その上には、田野で見たと同じ青い空が広がっていた。

宮下帯刀のその後は詳《つまび》らかではない。

田嶋八幡神社の神主宮沢丹後守の次男弥惣二《やそうじ》という者を養子に迎え入れ、文禄二年（一五九三）に没したことが、「宮下系図」からわかる程度である。

おそらく彼は、後半生を農夫として平凡に過ごし、そして死んでいったのだろう。

帯刀には、そんな生き方が似つかわしかったことも確かである。

解説

縄田一男（文芸評論家）

日記代わりの手帖《てちょう》を繰ってみると、私がはじめて伊東潤さんにお会いしたのは、本書『武田家滅亡』の単行本刊行後の二〇〇七年三月であった。

私が本書の帯に「これほどの書き手が今までどこに隠れていたのか」という推薦文を書いたのが御縁で、伊東さんと角川書店の編集の方二人、そして私とで会食をすることになったのである。

はじめてお会いする伊東さんは、見るからに質実剛健、エネルギッシュなパワーがあふれんばかりの精悍《せいかん》な容貌《ようぼう》をされており、聞けば、本物の戦国武者の鎧兜《よろいかぶと》や甲冑《かっちゅう》を身に着け、武者行列に参加することもあるのだ、という。

ああ、この人は理屈を超えて、身体で戦国時代とつながっているのだと、私は『武田家滅亡』を読んだ際に感じた、戦国を活写するリアルな筆致に合点がいった思いがした。

それほど『武田家滅亡』は、新人ばなれのした力作だった。当時、ＮＨＫの大河ドラマは井上靖原作の「風林火山」が放送されており、毎度のことだが、書店には夥《おびただ》しいほどの便乗本があふれていた。

が、『武田家滅亡』は、それらの本とは明らかに違っていた。作者は武田家滅亡を本能寺の変と並ぶ戦国最大の謎としてとらえており、武田が破滅へ向かう過程で、私は男たちの心の軋《きし》る音を確かに聴いた。これは決して幻聴ではない。

実際、NHKの大河ドラマでブームがあおられている中、便乗本を回避した真の傑作をものするのは至難のわざだ。前述の『風林火山』以外にも同じ作者による短篇「天目山の雲」や新田次郎の『武田勝頼』等の先行する名作が存在するからだ。

しかしながら作者はよく健闘し、自分なりの作品を見事にものしているではないか。私は、即座に「野に遺賢あり」ということばを思い出した。

本書は書き出しからしてすでに非常に優れている。物語は、天正《てんしょう》五（一五七七）年一月十八日、亡き北条氏康の娘である桂姫が、武田勝頼に輿入《こしい》れするところからはじまる。桂が願うのは、唯《ただ》一つ、自分が甲相一和、両家の末永い繁栄の架け橋となること。

これは、越後に人質に取られた兄・三郎の「わしは証人（人質）として越後に赴くのではない。越相一和のために行くのだ」ということばを受けたものだ。そしてあとひとつ、彼女に悔いがあるとすれば、それは残された姪《めい》・鶴の幸せ——しかしながら、平和を祈って虚しく、義を誓って甲斐《かい》のないのが戦国の世の習いではなかったか。

ここで、もし、はじめて武田家の滅亡の物語に接する読者であるならば、果たしてこれから桂の辿《たど》る運命はどういうものになるのか、とページを繰るであろうし、一方、史実を御存じの方ならば、彼女の健気《けなげ》な思いに嘆息を禁じ得ないだろう。

そしてもし、解説を先に読んでいらっしゃる方がいるならば、ここからは本書の核心について触れるので、是非とも本文の方に移っていただきたい、と思う。

何故なら、桂こそは、急速に衰退に向かう武田家を陰で支え、天目山では小田原へ帰るように、という勝頼のことばを退け、矢弾の飛び交う中、夫とともに武田に殉じた女性として知られているからだ。

とまれ、この冒頭部から、作者の抜かりない筆致は、まずもって読者の心をむんずと摑《つか》んで放さないであろう。

では桂が嫁した勝頼が凡将であったのか、というと必ずしもそうではない。勝頼の武人としての才は、むしろ父信玄を上回っている。しかし、あまりに淡白な性格が勝頼の政治家としての成長を阻害してしまっているのである。

そして一国の武将が野心より内省にはしるとき、領土は累卵の危機に瀕《ひん》する、といっていいだろう。ましてやそこに、一人の佞奸《ねいかん》の臣が加わればなおさらではないか。

その男の名は長坂釣閑——勝頼の傅役《もりやく》に当たる人物である。桂が武田家に嫁した当時、武田家は、釣閑ら側近官僚、穴山信君ら親類衆、そして春日虎綱ら宿老生き残り組の三者鼎立《ていりつ》という危い均衡の上に成り立っていた、と作者は説く。

そして伊東さん描くところの敵役、釣閑の何と魅力的なことか。故信玄から絶対の信頼を得ていた宿老たちへの憧憬《しょうけい》を、己れの暗い情念の中、嫉妬《しっと》へと育ててゆき、文官と蔑《さげす》まれ、軍《いくさ》評定でも小さくなるしかなかった自分が遂に武田家を取り仕切るときがきた、とほくそ笑む、釣閑の屈折した心情を作者は余すところなく活写。作者がこの釣閑という人物を手中におさめた時、本書の成功は約束されたといっていい。

釣閑は確かに経済官僚としての優れた一面を持っていたが、その有能さは「政治も軍事も金がなければ立ち行かぬ」「金は万能だ。金の前には帝でさえひれ伏す」と断じてはばからぬ、怪物的拝金主義とでもいうべきパワーを秘めている。その存在感は、まるで釣閑の側からも一篇の作品が成立するくらいの迫力をもって作中から屹立《きつりつ》してくるほどだ。

このような男が、前述の勝頼の内省的な弱み――「父（信玄）は神代から続いた諏方家を滅ぼし、母を拉致すると、飯を食らうように犯した。その挙句に生まれたのがこのわしだ」「わしの血は穢れているのだ」「（わしは、武田家をつぶすためだけに、この世に生まれてきたのか――）」等々といった弱みに喰《く》らいつくのだからたまったものではない。

そしてうまく描けている、という点では作中の脇を固める人物たち――故なき勘気をこうむり、武田家から追放されるも、御家に忠誠を誓う小宮山内膳と、裏切者としての道を歩む辻弥兵衛といった対照的なキャラクターも作中に躍動。作者の手にかかるとどんな端役でさえも、きちんと血の通った人間として描かれているのは、さすがだというべきだろう。

ここで伊東潤さんの経歴について筆を費やすと、伊東さんは一九六〇年、神奈川県生まれ。早稲田大学卒業後、日本アイビーエムに勤務。後、SAPジャパンを経て、外資系日本企業の事業責任者を歴任、二〇〇六年にクエーサー・マネジメントを設立し、独自のコンサルティング・サービスを展開中ということになる。

そして実は、本書以前に『戦国関東血風録　北条氏照修羅往道』『悲雲山中城　戦国関東血風録外伝』（叢文社刊）、『虚けの舞　織田信雄と北条氏規』（彩流社刊）といった一連の北条氏サーガともいうべき作品があり、これが後の『北条氏照　秀吉に挑んだ義将』（PHP文庫書き下ろし）につながっていく。実は本書が、いわばメジャーデビューであって、私が帯に寄せた文章「どこに隠れていたのか」は正しくなく、私が知らなかっただけということになる。

さらに、自らの事業との絡みから、本書には、物語と現代を合わせ鏡とする手法がとられている。たとえば、信玄が既得権益にしがみつき、宿老を軍事の中枢に据え、彼らは「武功を挙げることで信玄から称揚され、恩賞や封地を賜った。それがうれしくてまた励んだ。その繰り返しにより、武田家は身に余るほど膨張した。その風船が弾けたのが長篠であった」（傍点引用者）という箇所はどうであろうか。信玄と勝頼――彼らはあたかもバブル全盛期とその後を象徴しているようではないか。

また伊東さんは一方でこうした骨太の小説を発表しながら、他方で『天下人の失敗学　すべての人間は4つの性格に分類できる』（講談社＋α新書）のようなサラリーマン向けの歴史読物も刊行している。その天下人四人の中には、たとえ〈三日天下〉といわれたにせよ、ちゃんと明智光秀が入っているのが泣かせるではないか。

そして話を本書に戻せば、伊東さんは、滅びゆく武田家の中で最後に残ったものこそ、勝頼と桂の愛であったと、万感せまる思いで物語を終幕へと導いてゆく。

　この万感せまるということでいえば、織田信長の伊賀《いが》攻めに材をとり、これを伊賀の里で育った四人の若者たちの青春群像として描いた『山河果てるとも』（角川書店刊）のラストは、本書よりもさらに素晴らしいものになっている。正に伊東潤、恐るべし――。

　さらに作者は、今年二〇〇九年に入ってから、初の連作短篇集となる『戦国奇譚　首』（講談社刊）を刊行した。こちらは戦国時代、武者たちの論功行賞のバロメーターたりえた敵の〈首〉をめぐる、六篇の人間喜劇（その中には、かの英国の劇作家が「すべての悲劇は喜劇に通ず」といったように、無論、悲劇も入っている）を収録。連短の書き手としても抜群の技量の持ち主であることを証明してみせた。

　もしあなたが戦国小説のファンであるならば、努々《ゆめゆめ》、伊東潤という名をお忘れ召さるな――彼こそは、すべての戦国小説ファンがマークすべき、期待の大型作家なのだから。

本書は、二〇〇七年二月に小社より刊行された
単行本に加筆・修正し、文庫化したものです。

武田家滅亡《たけだけめつぼう》

伊東潤《いとうじゅん》

平成21年 12月25日　初版発行
令和７年　9月10日　27版発行

発行者●山下直久

発行●株式会社KADOKAWA
〒102-8177　東京都千代田区富士見2-13-3
電話　0570-002-301(ナビダイヤル)

角川文庫 16029

印刷所●株式会社KADOKAWA
製本所●株式会社KADOKAWA

表紙画●和田三造

●お問い合わせ
https://www.kadokawa.co.jp/（「お問い合わせ」へお進みください）
※内容によっては、お答えできない場合があります。
※サポートは日本国内のみとさせていただきます。
※Japanese text only

ISBN978-4-04-394321-0　C0193

◆◇◇

角川文庫発刊に際して

角川源義

第二次世界大戦の敗北は、軍事力の敗北であった以上に、私たちの若い文化力の敗退であった。私たちの文化が戦争に対して如何に無力であり、単なるあだ花に過ぎなかったかを、私たちは身を以て体験し痛感した。西洋近代文化の摂取にとって、明治以後八十年の歳月は決して短かすぎたとは言えない。にもかかわらず、近代文化の伝統を確立し、自由な批判と柔軟な良識に富む文化層として自らを形成することに私たちは失敗して来た。そしてこれは、各層への文化の普及滲透を任務とする出版人の責任でもあった。

一九四五年以来、私たちは再び振出しに戻り、第一歩から踏み出すことを余儀なくされた。これは大きな不幸ではあるが、反面、これまでの混沌・未熟・歪曲の中にあった我が国の文化に秩序と確たる基礎を齎らすためには絶好の機会でもある。角川書店は、このような祖国の文化的危機にあたり、微力をも顧みず再建の礎石たるべき抱負と決意とをもって出発したが、ここに創立以来の念願を果すべく角川文庫を発刊する。これまで刊行されたあらゆる全集叢書文庫類の長所と短所とを検討し、古今東西の不朽の典籍を、良心的編集のもとに、廉価に、そして書架にふさわしい美本として、多くのひとびとに提供しようとする。しかし私たちは徒らに百科全書的な知識のジレッタントを作ることを目的とせず、あくまで祖国の文化に秩序と再建への道を示し、この文庫を角川書店の栄ある事業として、今後永久に継続発展せしめ、学芸と教養との殿堂として大成せんことを期したい。多くの読書子の愛情ある忠言と支持とによって、この希望と抱負とを完遂せしめられんことを願う。

一九四九年五月三日

角川文庫ベストセラー

近藤勇白書　池波正太郎

池田屋事件をはじめ、油小路の死闘、鳥羽伏見の戦いなど、「誠」の旗の下に結集した幕末新選組の活躍の跡を克明にたどりながら、局長近藤勇の熱血と豊かな人間味を描く痛快小説。

仇討ち　池波正太郎

夏目半介は四十八歳になっていた。父の仇笠原孫七郎を追って三十年。今は娼家のお君に溺れる日々……仇討ちの非人間性とそれに翻弄される人間の運命を鮮やかに浮き彫りにする。

炎の武士　池波正太郎

戦国の世、各地に群雄が割拠し天下をとろうと争っていた。三河の国長篠城は武田勝頼の軍勢一万七千に包囲され、ありの這い出るすきもなかった……悲劇の武士の劇的な生きざまを描く。

卜伝最後の旅　池波正太郎

諸国の剣客との数々の真剣試合に勝利をおさめた剣豪塚原卜伝。武田信玄の招きを受けて甲斐の国を訪れたのは七十一歳の老境に達した春だった。多種多彩な人間を取りあげた時代小説。

戦国と幕末　池波正太郎

戦国時代の最後を飾る数々の英雄、忠臣蔵で末代まで名を残した赤穂義士、男伊達を誇る幡随院長兵衛、そして幕末のアンチ・ヒーロー土方歳三、永倉新八など、ユニークな史観で転換期の男たちの生き方を描く。

角川文庫ベストセラー

賊将　池波正太郎

西南戦争に散った快男児〈人斬り半次郎〉こと桐野利秋を描く表題作ほか、応仁の乱に何ら力を発揮できない足利義政の苦悩を描く「応仁の乱」など、直木賞受賞直前の力作を収録した珠玉短編集。

雷桜　宇江佐真理

乳飲み子の頃に何者かにさらわれた庄屋の愛娘・遊（ゆう）。15年の時を経て、遊は、狼女となって帰還した。そして身分違いの恋に落ちるが——。数奇な運命を辿った女性の凛とした生涯を描く、長編時代ロマン。

三日月が円くなるまで　小十郎始末記　宇江佐真理

仙石藩と、隣接する島北藩は、かねてより不仲だった。島北藩江戸屋敷に潜り込み、顔を潰された藩主の汚名を雪ごうとする仙石藩士。小十郎はその助太刀を命じられる。青年武士の江戸の青春を描く時代小説。

咸臨丸、サンフランシスコにて　植松三十里

安政7年、遣米使節団を乗せ出航した咸臨丸には、吉松たち日本人水夫も乗り組んでいた。歴史の渦に消えた男たちの運命を辿った歴史文学賞受賞作が大幅改稿を経て待望の文庫化。書き下ろし後日譚も併載。

燃えたぎる石　植松三十里

鎖国下の日本近海に異国船が頻繁に姿を現し、材木商・片寄平蔵は木材需要の儲け話を耳にする。が、江戸湾に来航したペリー艦隊には、「燃える石」が燃料として渡されたと聞き、平蔵は常磐炭坑開発に取り組む。

角川文庫ベストセラー

新選組興亡録

司馬遼太郎・柴田錬三郎・北原亞以子 他
編／縄田一男

「新選組」を描いた名作・秀作の精選アンソロジー。司馬遼太郎、柴田錬三郎、北原亞以子、戸川幸夫、船山馨、直木三十五、国枝史郎、子母沢寛、草森紳一による9編で読む「新選組」。時代小説の醍醐味！

新選組烈士伝

司馬遼太郎・津本 陽・池波正太郎 他
編／縄田一男

「新選組」を描いた名作・秀作の精選アンソロジー。津本陽、池波正太郎、三好徹、南原幹雄、子母沢寛、司馬遼太郎、早乙女貢、井上友一郎、立原正秋、船山馨の、名手10人による「新選組」競演！

下天は夢か 全四巻

津本 陽

戦国の世に頭角を現した織田信秀は、尾張を統一し国主大名となる夢を果たせず病没。家督を継いだ信長は、内戦を勝ち抜き、強敵・今川義元を討ち取ると、天下布武を掲げ天下を目指す。歴史小説の金字塔！

乾山晩愁

葉 室 麟

天才絵師の名をほしいままにした兄・尾形光琳が没して以来、尾形乾山は陶工としての限界に悩む。在りし日の兄を思い、晩年の「花籠図」に苦悩を昇華させるまでを描く歴史文学賞受賞の表題作など、珠玉5篇。

実朝の首

葉 室 麟

将軍・源実朝が鶴岡八幡宮で殺され、討った公暁も三浦義村に斬られた。実朝の首級を託された公暁の従者が一人逃れるが、消えた「首」奪還をめぐり、朝廷も巻き込んだ駆け引きが始まる。尼将軍・政子の深謀とは。

角川文庫ベストセラー

めおと
諸田玲子

小藩の江戸詰め藩士、倉田家に突然現れた女。若き当主・勇之助の腹違いの妹だというが、妻の幸江は疑念を抱く。「江戸褄の女」他、男女・夫婦のかたちを描く全6編。人気作家の原点、オリジナル時代短編集。

青嵐
諸田玲子

最後の侠客・清水次郎長のもとに2人の松吉がいた。一の子分で森の石松こと三州の松吉と、相撲取り顔負けの巨体で豚松と呼ばれた三保の松吉。互いに認め合う2人に、幕末の苛烈な運命が待ち受けていた。

甲賀忍法帖
山田風太郎ベストコレクション
山田風太郎

400年来の宿敵として対立してきた伊賀と甲賀の忍者たちが、秘術の限りを尽くして繰り広げる地獄絵巻。壮絶な死闘の果てに漂う哀しい慕情とは……風太郎忍法帖の記念碑的作品！

伊賀忍法帖
山田風太郎ベストコレクション
山田風太郎

自らの横恋慕の成就のため、戦国の梟雄・松永弾正は淫石なる催淫剤作りを根来七天狗に命じる。その毒牙に散った妻、篝火の敵を討つため、伊賀忍者・笛吹城太郎が立ち上がる。予想外の忍法勝負の行方とは!?

魔界転生 (上)(下)
山田風太郎ベストコレクション
山田風太郎

島原の乱に敗れ、幕府へ復讐を誓う森宗意軒は忍法「魔界転生」を編み出し、名だたる剣豪らを魔人として現世に蘇らせていく。最強の魔人たちに挑むは柳生十兵衛！　手に汗握る死闘の連続。忍法帖の最大傑作。